O
Círculo Íntimo

T. C. Boyle

O Círculo Íntimo

Tradução
Jorge Ritter

Rio de Janeiro | 2013

Copyright © T. Coraghessan Boyle, 2004
Copyright da tradução © Bertrand Brasil, 2013

Título original: *The Inner Circle*

Capa: Rodrigo Rodrigues
Imagem de capa: Nick Clements/Getty Images

Editoração: DFL

Texto revisado segundo o novo
Acordo Ortográfico da Língua Portuguesa

2013
Impresso no Brasil
Printed in Brazil

CIP-Brasil. Catalogação na fonte
Sindicato Nacional dos Editores de Livros, RJ

B785c	Boyle, T. Coraghessan, 1948- O círculo íntimo/ T. C. Boyle; tradução Jorge Ritter. – Rio de Janeiro: Bertrand Brasil, 2013. 560 p.: 23 cm.
	Tradução de: The inner circle ISBN 978-85-286-1579-1
	1. Romance americano. I. Ritter, Jorge. II. Título.
13-00529	CDD: 813 CDU: 821.111(73)-3

Todos os direitos reservados pela:
EDITORA BERTRAND BRASIL LTDA.
Rua Argentina, 171 – 2º andar – São Cristóvão
20921-380 – Rio de Janeiro – RJ
Tel.: (0xx21) 2585-2070 – Fax: (0xx21) 2585-2087

Não é permitida a reprodução total ou parcial desta obra, por quaisquer meios, sem a prévia autorização por escrito da Editora.

Atendimento e venda direta ao leitor:
mdireto@record.com.br ou (0xx21) 2585-2002

Para Robert Coover, *mi apreciadísimo maestro*

NOTA DO AUTOR

Esta é uma obra de ficção, e todos os personagens e situações foram inventados, com exceção das figuras históricas de Alfred C. Kinsey e sua esposa, Clara Bracken (McMillen) Kinsey. Sou grato aos biógrafos de dr. Kinsey – Cornelia Christenson, Jonathan Gathorne-Hardy, James H. Jones e Wardell B. Pomeroy – por grande parte do material verídico acerca dos detalhes de suas vidas. Gostaria, ainda, de agradecer a Jenny Bass e a Shawn C. Wilson, do Instituto Kinsey, por sua ajuda e sua generosidade.

A eternidade estava em nossos lábios e olhos,
A felicidade em nosso semblante pendia...

— William Shakespeare, *Antônio e Cleópatra*

Algum tipo de estímulo não peniano da genitália feminina é quase universal entre os mamíferos inferiores, entre os quais, porém, a falta de mãos preênseis transfere a responsabilidade do ato para o nariz e a boca do macho.

— Alfred C. Kinsey, *Comportamento sexual na fêmea humana*

PRÓLOGO

Bloomington, Indiana

25 de agosto de 1956

OLHANDO PARA TRÁS agora, não creio que, algum dia, eu tenha sido realmente um reprimido sexual (para usar uma das expressões favoritas de Prok), mas admito que eu era bastante ingênuo quando o encontrei pela primeira vez, além de irremediavelmente estúpido e convencional. Não sei o que ele viu em mim, na verdade (ou talvez eu saiba). Perdoe-me o momento de vaidade, mas minha mulher, Iris, afirma que fui um tanto destruidor de corações no campus, embora eu tenha sido o último a saber disso, pois não estava saindo com ninguém e sempre me senti desconfortável com o tipo de conversa fiada que costuma levar a perguntas casuais sobre planos para depois da aula ou o que você vai ou não fazer no sábado depois do jogo. Eu tinha um físico atraente naquela época, com um harmonioso par de ombros de zagueiro de futebol americano e uma cintura fina (fui titular do time de minha escola no Ensino Médio até sofrer uma concussão no meio da temporada do segundo ano e minha mãe pôr um fim prematuro em minha carreira) e, diferentemente da maioria dos homens na faculdade, eu tratava de me manter em forma – ainda o faço –, mas não importa. Para completar o quadro, porque já consegui me expor até demais, fui abençoado com o que Iris chama de olhos "sensíveis", o que quer que isso queira dizer, e uma basta cabeleira cor de trigo com um ondulado natural que derrotou qualquer creme ou brilhantina que eu já tenha encontrado. Quanto ao sexo, eu era ávido, mas inexperiente, e tinha aquela forma normal de timidez: inseguro com relação a mim mesmo e tão desinformado quanto a isso como qualquer pessoa que você possa imaginar.

Na realidade, a primeira vez que me envolvi em algo mais que uma noção teórica sobre o que se dava no coito – isto é, a mecânica do ato em si – foi durante meu último ano na Universidade de Indiana, no outono de 1939, quando me vi sentado em uma sala de conferências lotada até não poder mais com estudantes de ambos os sexos, silenciosos e com as bocas secas, enquanto os *slides* de Prok se projetavam enormes na tela. Eu estava lá por insistência de uma garota chamada Laura Feeney, uma das *femmes fatales* do campus, que pareciam nunca ir a lugar algum sem estar de braços dados com um atleta. Laura tinha a reputação de ser "fácil", embora eu possa assegurar que nunca fui beneficiário da sua generosidade sexual (na verdade, se era como diziam os rumores como apenas mais tarde fui saber, quanto mais provocantes as mulheres, maior domínio exercem sobre suas vidas sexuais e vice-versa). Lembro de ter-me sentido nitidamente lisonjeado quando ela me parou no corredor no dia da matrícula do trimestre de outono e segurou meu braço perto do ombro e me deu um beijinho no rosto.

– Ah, oi, John – sussurrou –, eu estava pensando em você agora mesmo. Como foi seu verão?

No verão, eu tinha voltado para casa, em Michigan, para abastecer prateleiras e ensacar compras, e, se eu dispunha de cinco minutos para mim mesmo, minha mãe logo me colocava para podar as árvores, consertar o telhado e limpar a horta. Eu me sentia solitário, entediado a ponto de chorar e me masturbava duas vezes por dia no sótão, que mais parecia a solitária de uma prisão. Meu único alívio vinha dos livros. Fiquei enfeitiçado por John Donne e Andrew Marvell naquele verão, e reli três vezes o *Astrophel and Stella*, de Sir Philip Sidney para me preparar para um curso de literatura inglesa que eu pretendia fazer no outono. Mas eu não podia contar isso tudo a Laura Feeney – ou melhor, eu não podia contar nada disso. Ela me acharia um fiasco completo. O que eu era mesmo. Então, encolhi os ombros e disse:

– Tudo bem, acho.

Vozes reverberavam pela escadaria, batiam-se nos cantos e voavam pelo corredor inteiro até onde as mesas de matrícula tinham sido colocadas, na quadra.

– Sim – disse Laura, e seu sorriso esfriou por um instante –, sei como você se sente. Para mim foi trabalho, trabalho e trabalho. Meu pai é dono de uma lanchonete em Fort Wayne, sabia?

Eu não sabia. Balancei a cabeça e senti um cacho inteiro de meus cabelos reluzentes soltar-se, embora eu devesse ter usado nele meio pote de creme naquele dia. Eu estava vestindo uma de minhas novas camisas Arrow, que minha avó havia mandado de Chicago, e uma gravata xadrez fina que devo ter usado todos os dias para ir à aula naquele ano, na esperança de causar uma boa impressão, a pasta em uma das mãos, uma pilha de livros da biblioteca na outra. Como já disse, o dom da conversa fiada me escapava. Acredito ter dito algo como: "Fort Wayne, é?"

De qualquer forma, o que eu disse não teve importância, porque ela arregalou os olhos azul-turquesa (ela era ruiva, tinha cabelos quase loiros, na verdade, e uma pele tão branca que parecia nunca ter tomado sol), apertou meu braço e falou em voz baixa:

– Escute – disse –, eu só queria saber se você não se importa de ser meu noivo...

Suas palavras pairaram no ar entre nós, bloqueando tudo o mais – o tagarelar de um grupo de calouros materializava-se subitamente, vindo do banheiro masculino, o som da buzina de um carro na rua – e posso somente imaginar a cara que devo ter feito. Isso foi muito antes de Prok me ensinar a esconder todos os fios soltos de minhas emoções por trás de uma máscara de impassividade, e tudo o que eu pensava com frequência escapava para a expressão de meu rosto, junto com o sangue, que se instalava em minhas faces como um barômetro, indicando a minha confusão.

– John, você não está corando, está?

– Não – disse eu –, de forma alguma. Eu só...

Ela manteve seu olhar no meu, aproveitando o momento.

– Só o quê?

Encolhi os ombros.

– Estávamos ao sol... isso foi ontem, ontem à tarde. Carregando móveis. Então, acho que, bem...

Alguém passou roçando em mim, um estudante que me parecia vagamente familiar (fora ele meu colega de classe na aula de psicologia no ano anterior?), e, então, ela arrematou:

– Quer dizer, só pelo semestre. Só para fazer de conta. – Ela desviou o olhar, e seus cabelos subiram e desceram como uma onda. Quando voltou a me encarar, ela ergueu o rosto até ele parecer um satélite do meu próprio, pálido e brilhante à luz das janelas no fim do corredor. – Você sabe – disse ela –, para o curso sobre casamento?

Aquele foi o momento em que tudo começou, embora eu não tenha me dado conta na hora – como eu poderia? Como eu poderia prever que uma garota superficial e manipuladora que eu mal conhecia seria a força motriz que me levaria a Prok e Mac, Corcoran, Rutledge, à mesa a que agora estou sentado, tentando tirar o máximo que eu puder tirar disso antes que o mundo vá para o espaço?

– Sim – disse eu –, sim, é claro.

E Laura Feeney sorriu, e, antes que eu me desse conta, estava a caminho de me tornar um iniciado nos assuntos do sexo, abandonando o ideal pelo real, o sonho de Stella ("Verdade, aquela verdadeira beleza é mesmo virtude")* pela anatomia, pela fisiologia e por um conhecimento profundo das glândulas de Bartholin e dos pequenos lábios. Tudo isso – todos os anos de pesquisa, os milhares de quilômetros viajados, as histórias ouvidas, a investigação e a busca e o pioneirismo – desenrolado como a linha de um carretel infinito na mão branca como leite de Laura Feeney, em uma manhã, em todos os outros aspectos, comum de outono em 1939.

Mas não quero fazer muito caso disso – todos temos aqueles momentos que nos definem. E não quero manter você no escuro também. O "curso sobre casamento" a que Laura Feeney se referia – mais precisamente, "Casamento e Família" – estava sendo proposto pelo professor Kinsey, do Departamento de Zoologia, e meia dúzia de seus colegas de outras disciplinas, e era a sensação do campus. O curso era aberto apenas para o corpo docente e os funcionários, estudantes casados ou noivos, e alunos do último ano de ambos os sexos. Haveria onze aulas ao todo, cinco delas cobrindo as facetas sociológicas, psicológicas, econômicas, legais e religiosas do casamento, todas a ser ministradas por professores de fora do Departamento de Zoologia, e elas tinham que se mostrar bastante instrutivas, creio eu, e necessárias, mas, a bem da verdade, não passavam de uma fachada para as seis destemidas aulas (com apoio audiovisual) que Prok havia programado sobre a fisiologia das relações intramaritais.

A notícia tinha se espalhado pelo campus, e suspeito de que havia um número considerável de garotas do penúltimo ano,

---

* No original: "True, that true beauty virtue is indeed." (N. T.)

como Laura Feeney, comprando anéis de noivado falsos nas lojas de 1,99 – talvez até garotas do segundo ano e calouras. Meu palpite é de que os atletas de Laura estavam ocupados com seus esportes da temporada de outono e, por tabela, com seus treinadores, então ela me escalou no papel de possível noivo. Eu não me importava. Não vou dizer que ela fazia meu tipo, mas, por outro lado, todas as mulheres fazem o tipo de qualquer homem sob as circunstâncias certas. Ela era popular, bonita, e se, por uma hora ou duas da semana, as pessoas achassem que ela era minha, tanto melhor. Até aquele momento, eu estivera imerso em meus estudos, entrei para a lista de honra do reitor em cinco dos primeiros seis semestres, e mal conhecia qualquer garota, fosse no campus, fosse em minha cidade natal, e ter Laura junto de mim enquanto outros casais passavam por nós e o sol do outono derramava sua calda sobre as árvores e o mundo aparente se mantinha imóvel por minutos inteiros era uma emoção que eu nunca sentira. Seria amor? Não sei. Certamente era algo, e isso mexia comigo – eu sempre poderia ter esperanças, não poderia?

De qualquer maneira, como eu estava dizendo, a notícia se espalhara, e a sala de conferências estava transbordando de gente quando chegamos lá no primeiro dia. Lembro-me de me surpreender com o número de jovens professores lotando as primeiras fileiras com suas esposas empertigadas e afetadas, e com o fato de eu não ter reconhecido muitos deles. Havia uma meia dúzia de professores mais velhos também, parecendo perdidos e até vagamente constrangidos, e sua presença era um verdadeiro enigma: era de se esperar que pessoas na faixa dos 40 e 50 anos com filhos crescidos estivessem familiarizadas com os fatos básicos da vida, mas lá estavam eles. ("Talvez eles precisem de um curso de atualização", disse Laura, com um sorriso meio forçado e a voz bem baixa, e mesmo aquilo, a menção mais simples do que aqueles casais deviam fazer em particular – ou tinham feito um dia –, me fazia sentir calor por todo o corpo). Mas, é claro, a multidão real era composta por estudantes. Devia haver trezentos ou mais de nós lá, apertados ombro a ombro, todos esperando ser escandalizados, ouvir as palavras proibidas sendo pronunciadas em alto e bom tom e ver o ato em si retratado ao vivo e em cores.

A dra. Hoenig, Reitora das Mulheres, ficara na porta enquanto nos registrávamos, pronta para deitar as garras em qualquer um que não estivesse em sua lista de estudantes inscritos. Ela era uma mulher baixa, peituda, com um vestido deselegante e um cloche cinza que parecia uma extensão de seus cabelos, presos com grampos, e, apesar de ter seus 40 anos na época, parecia-nos tão ancestral e vigilante quanto a Esfinge, os óculos brilhando quando ela se curvava para conferir os nomes na lista e examinar minuciosamente os anéis nos dedos de todas as garotas que se diziam noivas. Fomos aceitos e assistimos às conferências preliminares, esperando o tempo passar até o dr. Kinsey subir no palco. Nós o víramos no início – ele havia eletrizado a todos com sua palestra introdutória, afirmando que não existiam anormalidades em relação ao sexo, exceto a abstinência, o celibato e o casamento tardio –, mas então ele fora seguido por um médico da faculdade de medicina cuja voz tinha um tom perfeitamente sintonizado com a frequência do sono, e depois por um pastor metodista e um homenzinho atormentado do Departamento de Psicologia que falou *ad nauseam* sobre os *Três ensaios sobre a teoria da sexualidade*, de Freud.

Estava chovendo, eu lembro, no dia pelo qual todos estivéramos esperando – o dia da apresentação de *slides* – e, quando Laura e eu entramos na antessala com a horda de outros estudantes se livrando de guarda-chuvas e capas impermeáveis, fiquei impressionado com o profundo cheiro de suor de toda aquela carne aglomerada e oleosa. Laura deve ter notado isso também, pois, no instante em que passou com a cabeça recatadamente baixa pela reitora Hoenig, franziu o nariz e sussurrou: "Que cheiro, parece que alguém soltou todos os gatos."

Eu não sabia o que dizer sobre isso, então dei um sorriso débil para ela (não seria correto dar a impressão de que eu estava me divertindo, porque aquilo era estudo, afinal, era ciência, e cada rosto parecia sóbrio como se passado a ferro) e deixei que minha mão direita descansasse levemente sobre a cintura de Laura enquanto eu a guiava através da aglomeração até o salão semiescuro. Tínhamos chegado com quinze minutos de antecedência, mas todos os assentos dos corredores já estavam cheios e tivemos que nos esgueirar desajeitadamente por uma fileira de joelhos dobrados, sacolas de livros e guarda-chuvas, para que alcançássemos o meio de uma das filas do fundo. Laura se ajeitou, balançou os cabelos, acenou para umas trinta ou quarenta pessoas que não reconheci, então se curvou furtiva para a frente sobre o estojo de maquiagem e retocou o batom. Levantou-se apertando os lábios e me lançando o tipo de olhar que ela poderia ter reservado para um irmãozinho ou talvez para o cão da família – ela era uma estudante no penúltimo ano da faculdade, vinda de Fort Wayne, e eu era um estudante no último ano, vindo de Michigan, e não havia nada, absolutamente nada entre nós, não importava o quanto eu quisesse acreditar no contrário.

Olhei para as fileiras abaixo. Quase todas as garotas estavam olhando de relance a seu redor, com olhos brilhando, enquanto os homens mexiam com suas pastas e se aborreciam com as pontas de seus lápis. Um cara do meu dormitório – Dick Martone – olhou por acaso para cima e nossos olhos se encontraram brevemente. Ambos desviamos o olhar, mas não antes que eu pudesse perceber sua excitação. Ali estávamos – ele espremido entre dois outros estudantes do último ano e eu envaidecido com Laura Feeney a meu lado –, prestes a ver e a participar do que estivéramos desejando ardentemente por boa parte de nossas vidas. Não consigo nem começar a descrever o *frisson* que corria por aquele salão, transmitido de assento para assento, de cotovelo para cotovelo, através de toda a massa ansiosa que formávamos. Nas últimas semanas, tínhamos sido instruídos sobre a história e os costumes do casamento, ouvido sobre as emoções despertadas, as ramificações legais do vínculo nupcial e mesmo a anatomia das estruturas envolvidas na reprodução, ouvíramos as palavras "pênis", "mamilo", "vagina" e "clitóris" faladas em voz alta diante de pessoas de ambos os sexos, e agora as veríamos por nós mesmos. Eu sentia o sangue latejar em minhas extremidades.

Então, a porta lateral se abriu e dr. Kinsey apareceu, decididamente avançando, com passos largos até o pódio. Apesar de o termos visto um momento antes, caminhando pesadamente pelo campus de galochas e chapéu, ele parecia recém-chegado de uma campina ensolarada, os feixes de eriçados cabelos à pompadour erguendo-se do topo de sua cabeça como se tivessem sido prensados com uma forma, o terno escuro, a camisa branca e a gravata-borboleta impecáveis, o rosto relaxado e jovem. Ele tinha uns 45 anos na época, uma presença que se avantajava com uma cabeça grande demais, ombros curiosamente estreitos e uma ligeira corcunda – consequência do raquitismo de que padecera quando criança – e nunca desperdiçava um movimento ou um único minuto do tempo de qualquer pessoa. O murmúrio de expectativa foi cortado abruptamente quando ele se aproximou do púlpito e ergueu a cabeça para olhar a plateia. Silêncio. Absoluto. Todos percebemos o som da chuva então, um crepitar constante, como uma estática ao fundo.

– Hoje, vamos discutir a fisiologia da reação sexual e do orgasmo no animal humano – começou ele, sem preliminares, sem notas, e, à medida que seu tom de voz sereno e direto penetrava a plateia, pude sentir Laura Feeney ficar tensa a meu lado. Olhei-a de soslaio. O rosto estava extasiado, a blusa branca brilhando na obscuridade da sala de conferências, como se fosse o único ponto radiante no côncavo campo de visão do público. Ela usava meias até os joelhos e uma saia plissada que subia justa, revelando o aumento gradual de volume dos músculos longos das coxas. Seu perfume me prendia como um torno.

Professor Kinsey – Prok – seguiu adiante, com a ajuda do projetor no alto, sobre sua cabeça, documentando como o pênis se expande em virtude da vasodilatação e, durante o orgasmo, libera de dois a cinco milhões de espermatozoides, dependendo do indivíduo, e então voltou sua atenção para os órgãos reprodutores femininos. Falou detalhadamente sobre as secreções vaginais e sua função de facilitar a introdução do pênis, falou da importância correspondente das secreções cervicais, as quais, em alguns casos, podem servir para relaxar o tampão mucoso que geralmente se encontra na abertura – o *os* – do cérvix do útero e pode evitar a fertilização por bloquear o movimento do esperma em direção ao útero e, posteriormente, às trompas. Nós baixamos as cabeças, escrevendo com pressa e furiosamente nos cadernos. Laura Feeney inflou a meu lado até ficar do tamanho de um dos balões que voavam durante os desfiles da Macy's. Todos nós respirávamos como se fôssemos um só.

E então, abruptamente, apareceu o primeiro dos *slides*, um close colorido de um falo ereto e circuncidado, seguido da foto de uma vagina molhada e brilhando à sua espera.

– A vagina tem que estar bem aberta enquanto o órgão masculino ereto a penetra – prosseguiu dr. Kinsey, quando o *slide* seguinte tomou conta da tela atrás dele –, e assim a fêmea empregou dois dedos com esta finalidade. Vocês vão observar que o clitóris está estimulado a esta altura, proporcionando, desse modo, o estímulo erótico necessário para a conclusão do ato por parte da fêmea.

Havia mais: um relato bastante detalhado e mecânico das várias posições que o animal humano emprega ao praticar o coito, bem como técnicas preliminares, e um chamariz (como se precisássemos) para a próxima aula, que abordaria a fertilização e (aqui irromperam os sussurros) como evitá-la.

Ouvi tudo. Até tomei notas, embora, mais tarde, eu não conseguisse entendê-las. Assim que os *slides* apareceram, perdi toda a consciência do momento (e não consigo enfatizar o suficiente o choque que eles me causaram, a sensação física imediata e intensa que era quase como um mergulho em uma corrente gélida ou um tapa no rosto: ali estava, ali estava, finalmente!). Podia ser que eu estivesse lá, sentado e aprumado na cadeira, com Laura Feeney soberbamente ao meu lado, podia ser que eu estivesse respirando e piscando os olhos e que o sangue circulasse em minhas veias, mas, para todos os efeitos, eu não estava lá, de jeito algum.

Mais tarde – e não faço a menor ideia de como a conferência terminou –, as pessoas recolheram suas coisas em silêncio e saíram pelos corredores laterais em uma procissão sombria. Não havia nada dos empurrões e brincadeiras que normalmente se esperaria de um bando de estudantes soltos depois de uma hora de confinamento. Em vez disso, o público avançava apático, arrastando os pés, os ombros caídos, evitando olhares, como refugiados escapando de algum desastre. Eu não conseguia olhar para Laura Feeney. Não conseguia guiá-la com a mão em sua cintura também – eu estava pegando fogo, estava em chamas, e tinha medo de que o toque mais sutil a incinerasse. Estudei a nuca de Laura, os cabelos, os ombros, enquanto avançávamos pela multidão e rumávamos para o cheiro de chuva além das portas grandes e escancaradas no fim do corredor. Demoramos por um instante à soleira da porta em virtude da aglomeração na saída, enquanto a chuva desabava e as pessoas ajeitavam seus chapéus e se atrapalhavam com os guarda-chuvas, mas, em seguida, abri o meu, e Laura e eu descemos os degraus para a rua chuvosa.

Devemos ter caminhado uns cem metros, com as árvores se debatendo ao vento e o guarda-chuva escorrendo água, antes que eu achasse qualquer coisa para dizer.

– Você... quer dar um passeio? Ou precisa passear, talvez..., porque eu poderia levá-la de volta para o dormitório se for isso que você...

O rosto dela estava fechado e pálido, e ela caminhava rígida a meu lado, evitando o máximo possível qualquer contato corporal diante das circunstâncias. Ela parou de repente, e também parei, lutando desajeitadamente para manter o guarda-chuva sobre a cabeça dela.

– Um passeio? – repetiu ela. – Com esse tempo? Acho que você pegou a espécie errada aqui... Eu sou um *animal humano*, não uma pata. – E então rimos, os dois, e estava tudo bem.

– Bem, que tal um café então... e talvez uma fatia de, sei lá, torta? Ou um drinque? – hesitei. A chuva cintilava nos cabelos dela e seus olhos estavam brilhantes. – Eu bem que estou precisando de uns goles depois daquilo. Eu me senti... O que eu quero dizer é que eu nunca...

Ela tocou meu cotovelo e seu sorriso subitamente se abriu e então desapareceu, tão rapidamente quanto surgira.

– Não – disse ela, e sua voz saiu suave –, eu também não.

Levei Laura para um bar lotado de estudantes buscando uma trégua do tempo, e a primeira coisa que ela fez quando nos acomodamos a uma mesa junto da janela foi tirar o anel falso do dedo e escondê-lo no compartimento interno da bolsa. Então, desprendeu o chapéu, ajeitou os cabelos com as mãos e virou-se para retocar o batom. Eu não havia pensado no que viria depois, e, assim que concordamos sobre o local para onde estávamos indo, não conversamos muito também, a chuva oferecendo sua música de fundo sobre os timbales dos guarda-chuvas e dedilhando as cordas das árvores desfolhadas como se isso fosse toda a distração que poderíamos suportar. Naquele instante, enquanto eu apoiava os cotovelos sobre a mesa e me inclinava na direção de Laura para perguntar o que ela gostaria de beber, dei-me conta de que tudo aquilo lembrava muito um encontro e abençoei minha sorte por ainda ter dois dólares e cinquenta na carteira após pagar o quarto e o refeitório com meu escasso salário semanal (eu trabalhava na biblioteca da universidade na época, empurrando uma vassoura e recolocando os livros nas prateleiras cinco noites por semana).

– Ah, não sei – disse Laura, e dava para perceber que ela ainda não voltara completamente a si. – O que você vai pedir?

– Uísque. E uma cerveja para ajudá-lo a descer.

Ela fez um beicinho.

– Posso pedir uma bebida mais fraca, se você preferir, que tal um refrigerante?

– Um Tom Collins* – disse ela –, vou pedir um Tom Collins.

– E seus olhos começaram a perscrutar o ambiente.

A parte de baixo e as bainhas de minha calça estavam molhadas, e minhas meias fizeram um ruído molhado nos sapatos quando me levantei para ir até o bar. O lugar estava abafado e úmido, ombros e cotovelos assomavam por todo o lugar, a serragem no chão estava compactada e escura pelas impressões de centenas de saltos molhados. Quando voltei para a mesa com nossos drinques, havia outro casal sentado de frente para Laura, a garota com um chapéu de veludo verde que realçava a cor de seus olhos, o homem usando um sobretudo molhado abotoado até o colarinho

---

* Coquetel com gim, limão, água mineral e açúcar. (N. T.)

e o nó da gravata. Ele tinha um nariz comprido e adunco, e seus olhos pareciam alfinetes muito próximos um do outro. Não me lembro do nome dele, tampouco do dela, depois de tanto tempo. Vamos chamá-los de Sally e Bill, para os fins deste relato, e identificá-los como colegas no curso sobre casamento, namorados certamente (infinitamente mais que Laura e eu), embora ainda não fossem realmente noivos.

Laura fez as apresentações. Inclinei a cabeça cumprimentando-os e disse-lhes estar satisfeito em conhecê-los.

Bill tinha uma jarra de cerveja em sua frente, a espuma gasosa subindo das profundezas em um belo espetáculo dourado, e observei em silêncio enquanto ele passava a língua no canto da boca e servia cuidadosamente meio copo para Sally e um inteiro para si. O líquido dourado redemoinhou no copo, e o colarinho subiu e firmou-se antes de formar um disco branco perfeito.

– Parece que você já fez isso antes – disse eu.

– Pode apostar que sim – respondeu ele, depois esperou até que tivéssemos erguido os copos. – Um brinde – propôs. – Ao professor Kinsey! – exclamou. – Quem mais?

O brinde foi recebido com um risinho abafado da mesa às nossas costas, mas rimos (todos os quatro) como forma de vencer nosso constrangimento. Havia apenas uma coisa em nossas cabeças, um assunto sobre o qual estávamos todos ansiosos para falar, e, apesar de Bill tê-lo insinuado, ainda não nos sentíamos confortáveis. Ficamos em silêncio por um momento, examinando os rostos das pessoas encharcadas, entrando e saindo pela porta.

– Gostei do seu anel, Sally – disse Laura finalmente. – Foi muito caro?

E então estavam as duas rindo, e Bill e eu ríamos junto com elas, ríamos para valer, ríamos pelo prazer e o alívio súbitos do riso. Eu podia sentir o uísque assentando em meu estômago e enviando mensagens para os extremos distantes de meus nervos, e meu rosto brilhava, assim como os dos três. Nós compartilhávamos um segredo, nós quatro tínhamos enganado a reitora Hoenig e acabado de passar por um rito de iniciação em uma sala escura do Prédio de Biologia. Isso durou um minuto. Bill acendeu um cigarro. As garotas sondaram os olhos uma da outra.

– Nossa – disse Bill finalmente –, vocês já haviam visto alguma coisa assim na vida?

– Pensei que eu ia morrer – disse Sally. Ela lançou um olhar para mim, depois examinou o desenho dos anéis molhados que o copo de cerveja havia feito sobre a mesa. – Se minha mãe... – começou, mas não conseguiu terminar o raciocínio.

– Meu Deus – suspirou Laura, balbuciando –, minha mãe teria dado um chilique. – Ela acendera um cigarro também, e ele queimava lentamente, agora no cinzeiro, o branco do papel manchado do vermelho do toque dos lábios dela. Ela o pegou distraidamente, deu um trago rápido, exalou: – Porque nós nunca, em minha família, quer dizer, discutimos, você sabe, de onde vêm os meninos e as meninas.

Sally ergueu a mão até a boca, como quem vai contar um segredo.

– Ele é chamado de "Dr. Sexo", sabiam?

– Quem o chama assim? – Eu me sentia como se estivesse flutuando acima da mesa, com todas as minhas cordas cortadas e o chão desaparecendo rapidamente abaixo de mim. Tudo aquilo era pesado, picante, perverso, como quando uma criança aprende pela primeira vez as palavras estritamente proibidas que dr. Kinsey havia pronunciado tão clara e indiferentemente para nós havia apenas uma hora.

Sally ergueu as sobrancelhas até encostarem na aba do chapéu.

— As pessoas. Pelo campus.

— Sem falar na cidade — acrescentou Bill, baixando a voz. — Ele faz você dar entrevistas, sabe? Sobre sua vida sexual — ele riu —, ou a falta dela.

— Eu odiaria isso — disse Sally. — É tão... *pessoal*. E ele nem é médico. Ou pastor.

Eu fiquei morto de calor de repente, apesar de o lugar estar tão úmido quanto uma rua inundada.

— *Casos* — disse eu, surpreendendo a mim mesmo. — Casos clínicos. Ele explicou isso tudo... De que outra forma nós vamos saber o que as pessoas...

— O animal humano, você quer dizer — intercedeu Laura.

— ... o que as pessoas fazem quando elas... quando elas acasalam, se não olharmos para isso cientificamente? E, francamente, não sei de vocês, mas eu aplaudo o que o Kinsey está fazendo, e se é algo chocante, acho que nós deveríamos nos perguntar por que, pois, afinal, não se trata de uma, uma... uma *função* tão universal quanto o comportamento reprodutivo, uma razão tão lógica para se estudar quanto a circulação do sangue, ou a forma como a córnea trabalha, ou qualquer outro conhecimento lógico que nós acumulamos através dos séculos? — Podia ser o uísque falando, mas lá estava eu, defendendo Prok antes mesmo de conhecê-lo.

— Sim, mas... — e todos nos apoiamos na mesa e falamos até nossos copos ficarem vazios e, então, os enchemos e os esvaziamos de novo, a chuva fazendo desenhos na sujeira da janela, então a janela ficando escura e a maré de estudantes fluindo e refluindo à medida que as pessoas iam para casa jantar e ler seus livros. Eram sete horas. Eu não tinha mais dinheiro. Minha cabeça latejava, mas eu nunca estivera tão entusiasmado em minha vida. Quando Bill e Sally pediram licença e se espremeram pela porta para o sereno da noite, deixei-me ficar por um momento, meio bêbado, e coloquei um braço sobre os ombros de Laura.

– Então, ainda somos noivos, não é? – sussurrei.

O sorriso dela espalhou-se ternamente dos lábios para os olhos. Laura tirou a cereja de marasquino do copo e brincou com ela entre os dedos antes de pressioná-la delicadamente em minha boca.

– Claro – disse ela.

– Então, será que não deveríamos... ou será que não temos a obrigação de... de...

– Claro – disse ela e, inclinando-se para a frente, me deu um beijo, um beijo adoçado pelo gosto de cereja e o cheiro do perfume de Laura e a proximidade de seu corpo, que estava quente e lânguido naquele momento. Foi um beijo longo, o mais longo que eu já experimentara, intenso e confuso por causa do que tínhamos visto na tela da sala de conferências, por causa da memória visual daqueles órgãos complementares projetados para o prazer sensorial e a reprodução da espécie, mutuamente receptivos, autolubrificados, coesos e naturais. Fiz uma pausa para buscar fôlego, animado, encorajado e, apesar de não haver nada entre nós e de ambos sabermos disso, cochichei:

– Vamos para minha casa.

A expressão do rosto de Laura transformou-se subitamente. Seus olhos endureceram, e seus traços ficaram nítidos como se eu nunca os tivesse realmente visto antes, como se aquela não fosse a garota que eu acabara de beijar em um momento de doce esquecimento. Estávamos os dois absolutamente imóveis, nossa respiração misturando-se, as mãos paradas na ponta da mesa como se não soubéssemos o que fazer com elas, até que Laura voltou as costas para mim e começou a pegar a bolsa, a capa de chuva, o chapéu. Nesse instante, tomei ciência das vozes no bar, alguém cantando em um timbre desafinado de barítono e o sibilar de um barril recém-aberto.

– Não sei o que você está pensando, John – disse ela, e a essa altura eu me levantava também, subitamente atrapalhado e me sentindo enrubescer. – Não sou esse tipo de garota.

MAS ME DEIXE retroceder um momento, porque não quero começar isso aqui com o pé esquerdo. Esta história não é sobre mim, é sobre Prok, e Prok está morto, e eu estou sentado aqui, em meu escritório, a fechadura trancada, o resto lamentável de um coquetel Zombie* já morno junto a meu cotovelo, e tento falar para esta máquina e pôr em ordem meus pensamentos, enquanto Iris caminha de um lado para outro no corredor, com seus saltos altos, e para a cada terceira volta para virar a maçaneta da porta e me lembrar, com um grito abafado, que vamos chegar tarde. Tarde para quê, eu gostaria de saber. Tarde para perambular pelo funeral com um bando de repórteres e curiosos? Tarde para demonstrar nosso apoio? Ou dedicação? Isso vai fazer algum bem a Mac? Ou às crianças? Ou a Corcoran, a Rutledge, ou mesmo a meu próprio filho, John Jr., que se trancou em seu quarto escada acima duas horas atrás porque não aguenta mais morte e tristeza e sofrimento, porque, ao contrário dos necrófilos e dos farejadores de carniça e de todo o resto, ele não tem o menor desejo de olhar para a casca vazia da grandeza? Isto é, o cadáver. Os restos mortais. Prok, em seu caixão, como uma efígie de cera, seco, limpo e cheio de formol, o homem que não tinha ilusões, o cientista, o empírico, o evolucionista, Prok. Prok está morto, está morto, está morto, e nada mais importa.

---

* Coquetel de rum, licor e suco de frutas servido em um copo alto. (N. T.)

— John, que droga, quer fazer o favor de abrir esta porta? — Iris está forçando a maçaneta e batendo com o punho fechado nas folhas de madeira de carvalho da porta que eu mesmo entalhei e envernizei. E quem nos levou a olhar esta casa, quem nos emprestou o dinheiro para comprá-la? Quem nos deu tudo o que temos?

— Tudo bem, tudo bem! — grito eu, e então levanto da mesa, engulo à força os restos do triste drinque e arrasto os pés pelo tapete para virar a chave e escancarar a porta.

Iris está lá, seu rosto está maculado de raiva e exasperação, e ela entra silenciosamente no quarto, de vestido preto e meias pretas, saltos altos, chapéu e véu. Minha esposa. Trinta e seis anos de idade, a mãe de meu filho, tão esbelta, morena, bela e com olhos tão grandes quanto no dia em que a conheci. E irada. Profunda, intensamente irada.

— O que você está fazendo? — quer saber ela, avançando para cima de mim, suas mãos gesticulando nervosamente à frente de meu rosto. — Não vê que nós *já* estamos vinte minutos atrasados?

— E, então, vendo de relance o copo em minha mão: — Você está bebendo? Às duas da tarde? Meu Deus, você me dá nojo. Ele não era Deus, sabia?

Sinto-me vazio, um tronco com toda a essência extirpada. Não preciso que chamem a minha atenção, não preciso de nada, preciso apenas ficar sozinho.

— Para você, é fácil dizer.

Não sei o que esperar, as garras de minha mulher ou os primeiros golpes de uma briga conjugal iniciada há quinze anos, e então o abrir-se das mais profundas feridas, daquelas que supuram. Estou pronto para isso, pronto para lutar e jogar tudo na cara dela, porque ela está errada e ambos sabemos disso, mas ela me surpreende. Leva as mãos aos quadris, joga-as ao lado de seu corpo, e a observo recompor seu rosto.

— Não, John — diz ela finalmente, e coloca todo o poder destrutivo dos anos na cadência grave e desesperançada da voz —, não é fácil. Nunca foi fácil. Você sabe o que eu queria?
Não vou responder, não vou lhe dar esse gosto.
— Queria jamais tê-lo conhecido, nunca ter ouvido falar dele. Queria que ele não tivesse nascido.
Posso ouvir nosso filho caminhando pelo quarto, no andar de cima, a percussão surda de seus pés como um trovão distante. O maxilar de Iris está rígido, seus ombros jogados para trás em uma postura totalmente marcial, e ela já me dispensou, caminhando na direção da porta com seus passos rápidos e vigorosos.
— Coloque uma gravata — fala ela asperamente, por sobre o ombro, e se vai. Mas não. Ela volta de repente, em um rebote, com a cabeça enquadrada pelo vão da porta, os olhos alternando-se de mim para o gravador e de volta para mim. — E desligue essa droga!

PARTE I

PRÉDIO DE BIOLOGIA

1

APESAR DE TODA a minha bravata no bar aquele dia, devo admitir que eu tinha minhas apreensões com relação à entrevista, e sei que isso deve soar ridículo vindo de mim, uma vez que contribuí materialmente para o projeto a tal grau que pode apenas ser superado por Corcoran e pelo próprio Prok, e que no fim conduzi em torno de duas mil entrevistas sozinho, mas, para falar a verdade, eu estava apavorado. Ou talvez "intimidado" seja uma palavra melhor. É preciso entender que, naquela época, sexo e sexualidade simplesmente não eram assuntos discutidos em nenhum lugar, em nenhum foro (menos ainda em uma sala de conferências pública no campus de uma universidade). Os cursos sobre casamento haviam começado a aparecer em outras faculdades e universidades pelo país, principalmente em resposta ao pânico gerado pelas doenças venéreas nos anos 1930, mas eles eram superficiais e eufemísticos, e, no que diz respeito a um aconselhamento, a uma discussão franca, face a face, sobre patologias e predileções, não havia nada acessível a uma pessoa comum a não ser as banalidades de um pastor ou de um padre local.

E, assim, como reiterou dr. Kinsey em sua palestra de conclusão, ele estava empreendendo um projeto revolucionário de pesquisa a fim de descrever e quantificar o comportamento sexual humano como uma forma de revelar o que tinha sido escondido por tanto tempo atrás de um véu de tabu, superstição e proibição religiosa, e a fim, ainda, de fornecer dados para quem deles necessitasse. E ele estava fazendo um apelo para que nós – os estudantes lascivos, apaixonados e com as palmas das mãos suadas da plateia – o ajudássemos. Ele concluíra naquele momento sua visão geral do curso, resumindo seus comentários sobre as variações individuais, bem como suas observações sobre o controle de natalidade (acrescentando, quase como uma meditação que, se as camisinhas não tinham a lubrificação natural proporcionada no homem pelas secreções das glândulas Cowper, a saliva poderia ser usada como um substituto eficaz), e parou então em nossa frente, com o rosto animado e as mãos entrelaçadas sobre o atril diante dele.

– Eu faço um apelo a todos vocês – disse ele, após uma pausa momentânea – para que venham e cedam suas histórias individuais, pois elas são extremamente vitais para nossa compreensão da sexualidade humana.

A luz ambiente estava baixa e uniforme, a sala, superaquecida, e um leve cheiro de poeira e cera de assoalho pairava no ar. Lá fora, a primeira neve da estação branqueava o chão de leve, mas, podíamos também estar em um cofre lacrado. As pessoas se contorciam nos assentos. A jovem à minha frente olhou furtivamente para o relógio.

– Ora, nós sabemos mais a respeito da vida sexual da *Drosophila melanogaster* (a mosca das frutas) que sobre as práticas cotidianas mais comuns de nossa própria espécie – prosseguiu Prok, com a voz firme e os olhos fixos na plateia –, mais sobre os hábitos de um inseto que sobre as atividades que ocorrem nos quartos deste país, nos sofás das salas e nos bancos de trás dos automóveis, atividades por cuja ocorrência cada um de nós pode estar presente nesta sala hoje. Isso faz sentido cientificamente? Isso é minimamente racional ou defensável?

Laura estava sentada a meu lado, mantendo as aparências, embora, no transcorrer do semestre, tivesse se apaixonado perdidamente por um jogador do time de basquete chamado Jim Willard e sido pega duas vezes na companhia dele pela reitora Hoenig, que tinha um excelente termômetro para medir a temperatura dos romances no campus. Ambas as vezes, Laura conseguira se safar da situação (Jim era um amigo da família, um primo, na realidade, isto é, primo de segundo grau, e ela assumira a incumbência de ajudá-lo com seus estudos, visto que o basquete consumia tanto seu tempo), mas a reitora Hoenig estava de olho em nós dois. A reitora ficou visivelmente irritada quando Laura e eu chegamos à porta juntos e fez o que considerei um comentário completamente inapropriado sobre os sinos do casamento e eu ainda estava furioso com isso passada metade da palestra. De qualquer maneira, Laura estava do meu lado, sua cabeça curvada sobre o caderno no pretexto de estar tomando notas, quando, na realidade, ela estava rabiscando, desenhando figuras compridas em vestidos e casacos de pele e chapéus rebuscados com penas e pelo menos um coração palpitante trespassado pela flecha do amor.

O que dr. Kinsey queria de nós, a razão daquele apelo, era cem por cento de nossa cooperação a fim de que marcássemos entrevistas privadas com ele e cedêssemos nossas histórias sexuais. Em prol da ciência. Todas as nossas revelações seriam registradas em código e permaneceriam estritamente confidenciais. Na realidade, ninguém, a não ser dr. Kinsey, tinha conhecimento da chave para esse código que ele projetara, e, assim, ninguém poderia, um dia, descobrir de quem se tratava em dada história.

— E devo enfatizar a importância da cooperação de todos vocês ser de cem por cento — acrescentou ele, dando uma pancada seca com a mão —, pois qualquer coisa menos que isso compromete nossa confiabilidade estatística. Se tomarmos as histórias somente daqueles que nos procurarem, teremos um quadro realmente muito impreciso da sociedade como um todo, mas se pudermos documentar cem por cento dos grupos (todos os estudantes de faculdade presentes nesta sala de conferências, por exemplo, todos os jovens de uma certa fraternidade, os membros do Elk's Club, enfermeiras, os presos na Colônia Penal Estadual de Putnamville), então obteremos um quadro preciso, completo.

Prok fez uma pausa para percorrer com o olhar toda a plateia, da esquerda para a direita, das últimas às primeiras fileiras. Uma paralisia baixou sobre nós. Laura ergueu a cabeça.

– Muito bem – disse ele, finalmente –, a fim de atingir esse objetivo, começarei a marcar entrevistas logo após o término desta aula.

Por causa de nossa artimanha, Laura e eu fomos agendados consecutivamente, como futuros marido e mulher, apesar de minha importância para Laura já ter expirado a essa altura e de ela me evitar acintosamente quando passeava pelo campus na companhia do enorme Jim Willard, que, com um metro e noventa e cem quilos, dava estabilidade sob as tabelas para nosso time de basquete. Laura e eu fomos separadamente para o Prédio de Biologia em uma tarde de dezembro amarga e castigada pelo vento, as folhas secas rolando pelo gramado crestado, as árvores desfolhadas e desoladas, e todos no campus fungando com o mesmo resfriado. A entrevista de Laura tinha sido marcada primeiro, e, visto que as entrevistas naquela época levavam em média pouco mais de uma hora, não havia realmente muito sentido em acompanhá-la até lá. Mesmo assim, eu sentira medo na noite anterior e, quando me encontrei com ela e Willard nos degraus da biblioteca, argumentei que deveríamos aparecer juntos, para mantermos as aparências. Eu não me importava, levaria meus livros e estudaria enquanto ela estivesse no gabinete de Kinsey. Mas Laura balançou a cabeça antes mesmo de eu terminar de falar.

– Você é um amor, John – disse ela –, e agradeço sua preocupação, sinceramente, mas o semestre já está quase no fim. O que eles poderiam fazer conosco?

Willard rondava ao fundo, olhando-me com o jeito que ele normalmente reservava, no centro da quadra, para o lance inicial dos jogos.

– Além disso – disse Laura, mostrando os dentes com um sorrisinho nervoso –, as pessoas deixam de se amar, não é? Até a reitora Hoenig tem que ser realista, ela não pode esperar que *todos* os noivados durem.

Eu não queria dar o braço a torcer. Eu sentia algo que nunca sentira antes e não conseguia definir o que era, não naquele momento, não com os poderes de que dispunha e sendo a pessoa que eu era na época. Mas será que posso dizer que o rosto dela era um pequeno milagre na luz que jorrava das altas janelas em arco, e que me lembrei do beijo no bar e da sensação que era tê-la se movendo a meu lado na sala de conferências? Será que posso dizer isso e depois encerrar o assunto?

– E uma medida disciplinar? – disse eu.

Ela soltou um riso seco.

– Medida disciplinar? Você está brincando? – Ela olhou para Willard e de novo para mim. – Estou pouco me lixando para todas as medidas disciplinares do mundo.

E, assim, parti sozinho para o Prédio de Biologia, seguindo um rasto suave do perfume de Laura que ficara no ar, a gola de meu sobretudo voltada para cima por conta do vento e livros embaixo de um dos braços. O prédio, assim como a maioria das construções do campus, era feito com o calcário da região. Ele se erguia dos domínios escuros das árvores, como um templo degradado, o céu por detrás quase completamente lavado de luz, e não pude deixar de pensar que ele parecia diferente em setembro, quando estava assentado na folhagem.

À medida que eu avançava no caminho, com as folhas estalando embaixo de meus pés, senti uma pontada súbita de apreensão. Eu não conhecia Prok ainda, ou melhor, conhecia-o somente como uma presença distante e formal sobre o pódio, e temi o que ele poderia pensar de mim. Veja bem, não era somente a mentira que eu contara com Laura que jogava uma sombra sobre as coisas, mas minha própria história. Eu me envergonhava profundamente dela, envergonhava-me de quem eu era e do que eu tinha feito, e nunca falava sobre sexo, nem com meus amigos mais próximos, nem com o pedagogo da escola, nem mesmo com meu tio (Robert, o irmão mais novo de meu pai), que fizera o melhor possível para assumir o lugar do irmão morto até virar um animal migratório e desaparecer também.

Eu quebrava a cabeça, perguntando-me que tipo de coisas dr. Kinsey se interessaria por saber e se eu teria coragem de omitir, ou mentir, mentir descaradamente, quando a porta da rua se escancarou e Laura apareceu. Ela usava um casaco escuro com um cinto, meias brancas e botinas, a parte de baixo de suas pernas exposta ao frio, e ela parecia pequena e frágil em contraste com o prédio e da pesada e grande folha da porta. Veio uma rajada de vento, e as duas mãos de Laura foram automaticamente para o chapéu, e, se ela não tivesse olhado de relance para a frente naquele instante e me visto ali, não sei se eu não teria simplesmente dado meia-volta e desaparecido. Mas Laura olhou para a frente. E me lançou um olhar estranho, como se não conseguisse realmente me reconhecer, ou estivesse, de alguma forma, vendo-me fora de contexto. Não tive escolha a não ser seguir caminho e subir os degraus de pedra, e nesse instante ela me deu um sorriso pesaroso.

– Sua vez, heim? – disse ela, parada no patamar, segurando a porta para mim.

– O que ele perguntou? – bufei, subindo dois degraus de cada vez. O corredor atrás de Laura estava deserto, e vi o brilho opaco do piso ladrilhado, as luzes dispostas em intervalos e a escadaria escura abrindo-se como uma boca a distância.

– Ah, não sei – disse ela, com a respiração se condensando no frio –, tudo.

– Ele perguntou sobre... sobre nós?

– Ha-hã. Francamente, não acho que ele se importe, de qualquer forma. Ele... ele realmente acredita no que está fazendo e quer que as pessoas... se abram, pode-se dizer. Tudo tem a ver com a pesquisa, com o objetivo de se chegar à verdade das coisas, e a maneira como ele faz isso..., quer dizer, não é o que você está pensando. Não é embaraçoso, não mesmo. Você vai ver. Ele simplesmente deixa você à vontade.

Eu não sabia o que dizer sobre isso. Laura estava bem a meu lado, tão próxima que eu podia sentir o suave aroma de sua pasta de dentes de hortelã, que se misturava com o perfume e a fragrância do shampoo com que ela lavara os cabelos. Seu rosto estava aberto, e seus lábios, entreabertos, mas os olhos me olhavam através, como se ela esperasse que Jim Willard (ou mesmo Prok) saísse da fileira de árvores do outro lado da rua. Ela apenas olhava, fixamente, como se tivesse acabado de acordar – ou sido hipnotizada por um dos charlatões da feira do condado. O vento batia em minha nuca e o ar quente do prédio parecia o bafo de alguma fera em meu rosto.

– Ele não hipnotiza a gente, hipnotiza?

As costas de Laura se apoiavam contra a porta, e ela me lançou um olhar longo e demorado, avaliando-me.

— Não, John — disse, com um tom protetor —, não, ele não hipnotiza. Mas, ouça — continuou, enquanto ajeitava um último cacho de cabelo solto no chapéu —, eu nunca lhe agradeci direito pelo que você fez, a maioria dos garotos que eu conheço não iriam nem mortos para aquele curso, foi muito legal da sua parte. Então, obrigada. De coração.

— Tudo bem — murmurei —, foi um prazer. — Então ela largou a porta, que eu segurei com a mão, e entrei rápido no prédio, enquanto Laura se afastava escada abaixo.

O gabinete de dr. Kinsey ficava no fim do corredor do segundo andar. Minha entrevista era a última do dia, e os corredores, que estiveram fervilhando de estudantes uma hora antes, estavam desertos. Os professores também tinham ido para casa, as luzes de todos os gabinetes e salas de aula do prédio estavam apagadas. Nem o faxineiro estava por ali. Parei no bebedor — minha garganta estava seca — e depois segui pelo corredor, meus passos ecoando como tiros no vazio do prédio. Havia uma pequena antessala sem janelas nem graça, e, para além dela, ficavam os confins fracamente iluminados do gabinete em si. A porta estava aberta, e consegui ver duas estantes de livros metálicas que iam até o teto, e também o brilho louro do que acreditei ser a cabeça de dr. Kinsey, inclinada sobre a mesa em uma aura de luz amarela. Hesitei por um momento. Depois, bati à porta.

Dr. Kinsey voltou o olhar para longe do que fazia sobre a mesa para que pudesse ter uma visão clara do vão da porta. Então imediatamente levantou-se.

— Milk? — chamou, vindo rapidamente em minha direção, sua mão estendida e um olhar de arroubo, como se eu fosse, na face da Terra, a pessoa que mais o deixava feliz em ver. — John Milk?

Apertei a mão de Kinsey e assenti, hesitando nos gestos normais de cumprimento.

— É um prazer — eu poderia ter dito, mas seria tão baixo que duvido que ele conseguisse me ouvir.

— Que bom que você veio — declarou ele, ainda apertando minha mão. Ficamos parados à porta por um momento, e me dei conta da altura de Kinsey, pelo menos um e oitenta, e de sua simples presença física. Pensei que ele seria capaz de enfrentar Jim Willard se quisesse.

— Por favor, entre — disse ele, soltando minha mão e me guiando para dentro do gabinete, onde indicou a cadeira mais próxima de sua mesa. — Milk — seguiu falando, enquanto eu me acomodava na cadeira e ele, por sua vez, se colocava à vontade atrás da mesa —, é de origem alemã, não é?

— Sim, minha família era Milch na terra de onde veio, mas meu avô mudou o sobrenome.

— Teutônico demais, não? É claro, não existe raça mais batalhadora que o bom anglo-germânico, exceto talvez os escoceses. Minha família é escocesa, sabe? Mas suponho que você já deduziu isso por causa de meu sobrenome... Gostaria de um cigarro?

Sobre a mesa à minha frente, expostos como uma oferenda, estavam maços de cigarros, cheios, de quatro marcas diferentes, assim como cinzeiro e isqueiro. Eu não sabia, na época, o quanto Prok detestava o fumo — ele achava que o cigarro deveria ser banido de todos os lugares públicos, e, sem dúvida, da maioria dos privados também —, tampouco eu sabia que ele fornecia os cigarros, apesar disso, além de refrigerantes, café, chá, e, nos locais apropriados, álcool, em um esforço para tornar o processo das entrevistas mais agradável. O que Kinsey queria, acima de tudo, era ganhar o tipo de intimidade que leva às confidências, e ele tinha verdadeiro talento para isso – para deixar as pessoas à vontade e fazê-las se abrirem. Sem isso, o projeto nunca teria saído do papel.

De qualquer maneira, escolhi a marca de que eu mais gostava, mas que eu não tinha condições de comprar, acendi um cigarro e traguei profunda e paliativamente, deixando a delicada sensação da nicotina me acalmar. Durante todo esse tempo, Prok me olhava radiante, o homem mais bondoso e amigável do mundo, e, se você visse a expressão, diria que Prok inventara o cigarro e tinha uma participação majoritária nas ações da Pall Mall.

– Espero que você tenha gostado do curso sobre casamento – dizia ele –, e que quaisquer conceitos equivocados que você e sua noiva pudessem ter..., aliás, uma garota encantadora, muito, muito simpática..., tenham sido esclarecidos...

Desviei os olhos dele – um erro, já que uma de suas regras fundamentais era discutir um assunto o tempo inteiro olhando nos olhos, como o indicador primordial de veracidade. Eu disse algo evasivo. Ou melhor, murmurei algo evasivo e inaudível.

– Não tenha medo, Milk, ninguém vai morder você aqui, ou julgá-lo, e estou perfeitamente consciente de que vários bons estudantes estão, vamos dizer, *mexendo os pauzinhos* a fim de satisfazer a reitora Hoenig e outros autonomeados guardiões morais do campus e da comunidade.

Bati a cinza do meu cigarro, estudando o cilindro descolorido perfeito que caiu no cinzeiro, então encarei o olhar de Kinsey. Senti meu rosto corar em um instante, a velha sensação de estar exposto.

– Desculpe, senhor – disse eu.

Ele gesticulou impaciente com a mão.

– Não há nada de que se desculpar, Milk, nada mesmo. Estou interessado em conseguir informações para pessoas que precisem delas, e, se dependesse de mim e apenas de mim, não haveria

proibições de qualquer espécie para assistir ao curso. Mas me fale de você. Quantos anos você tem?
— Vinte e um.
— Data de nascimento?
— Dois de outubro de 1918.
— Você é natural de Indiana, nascido aqui, certo?
— Michigan.
— E seus pais?
— Minha mãe é professora em uma escola primária lá mesmo. Meu pai é falecido. Morreu em um acidente no lago, ou melhor, ninguém sabe realmente o que aconteceu. O que houve foi... que não conseguiram encontrar o corpo.

Prok não tirava seus olhos dos meus em momento algum, mas estava tomando notas em uma folha de papel solitária sobre a mesa à sua frente. Sem que eu soubesse, a entrevista já havia começado, mas Prok parou naquele instante, para expressar suas condolências. Perguntou-me qual era minha idade na época da morte de meu pai – eu tinha 9 anos, quase no fim das aulas para as férias de verão, e meu pai estava louco para velejar. Havia lixado e polido o barco durante todo o inverno e pela primavera adentro, e em seguida o lançara à água, e tudo em que eu conseguia pensar era nos longos dias ensolarados à nossa frente, quando navegaríamos livres, rondando as ondas da costa como o Deus que fez as águas e o filho que veio para caminhar sobre elas. Então, Prok disse que também tivera que se virar sem a orientação de um pai, pelo menos logo que saiu de casa para a faculdade e se livrou de uma influência paterna asfixiante. Seu pai queria que ele fosse engenheiro – dava para eu imaginar isso? –, mas ele preferia mesmo a biologia. A biologia era a sua paixão. Ele fez um gesto informal para o gabinete atulhado atrás dele, para grandes estantes com insetos alfinetados em bandejas.

— Você sabia — continuou — que identifiquei dezesseis novas espécies de vespas galhadoras? — E deu uma risadinha. — Se dependesse de meu pai, elas hoje seriam desconhecidas. — Seus olhos brilhavam. — Pobrezinhas.

Nossa conversa — foi apenas isso — desenvolvera sua própria lógica, seu ritmo. Era inusitado. Quanto mais tempo conversávamos, e era quase como falar com seu eu interior ou confidenciar com o médico da família a portas fechadas, mais ele parecia saber o que eu estava pensando e sentindo. Não era somente porque ele era um mestre no que estava fazendo, mas porque você podia sentir que ele verdadeiramente compartilhava dos seus sentimentos, que o coração dele se partia junto com o seu.

O que nos leva ao ponto central da entrevista: minha história sexual. Conversamos por uns quinze minutos antes de a primeira questão se insinuar, tão casualmente como se não fosse mais que uma reflexão sobre seus pais ou sua criação. Falamos sobre os amigos com quem eu costumava brincar quando garoto, e me perdi em memórias nostálgicas, rostos e lugares e nomes flutuando como fina névoa por meu cérebro, quando dr. Kinsey, com seu tom mais suave e controlado, perguntou:

— Quantos anos você tinha quando notou, pela primeira vez, as diferenças anatômicas entre meninos e meninas?

— Não sei. Acho que bem cedo. Cinco? Seis?

— Havia nudez em sua casa quando você era criança? Da parte de seus pais ou de você mesmo?

Levei um tempo tentando me lembrar.

— Não — disse eu —, não, acho que não.

— Seus pais faziam você se vestir quando você aparecia nu?

— Faziam. Mas, como eu disse, isso foi quando eu era muito novo, provavelmente com 2 ou 3 anos. Ou não, mais tarde.

Houve um incidente (eu devia ter 5 anos, 5 pelo menos, porque foi antes da nossa mudança para a casa na rua Cherry) um dia quente, eu estava tomando banho com minha mãe no lago, saí da água e tirei minha sunga molhada. Ela ficou furiosa comigo, e lembro que eu não conseguia entender por quê.

– Você foi repreendido?
– Fui.
– Fisicamente?
– Devo ter sido, mas não foi a primeira vez.
– Quais foram as outras ocasiões?

Cada pergunta seguia a anterior de forma lógica, e elas vinham rápidas: tão logo Prok ouvia e registrava a resposta, já estava na próxima. E, mesmo assim, você não se sentia interrogado, mas, em vez disso, sentia-se participante de uma conversa em andamento, focada no assunto mais fascinante do mundo: você. E as perguntas eram sempre formuladas de maneira a conseguir a resposta mais precisa e livre de ambiguidades. Então, não era: "Você já se masturbou?", mas: "Quando você se masturbou pela primeira vez?" e "Que idade você tinha quando viu a genitália nua de seu próprio sexo? E do sexo oposto?" Quanto mais o entrevistado progredia na idade das lembranças, mais profundamente as perguntas abordavam suas práticas sexuais, passando pelas indagações relativamente inócuas ("Com que idade você começou a ter pelos pubianos?") e cálculos de sua altura, seu peso, se era canhoto ou destro, até chegar ao: "Quando você experimentou o coito pela primeira vez?"

Meu nariz pingava – eu também pegara o resfriado que dominava o campus – e eu estava em meu quarto cigarro, eu não sabia onde me encontrava nem quem era eu no momento em que essa última pergunta surgiu. Dr. Kinsey estudou minha reação, meu rosto, seus olhos presos aos meus, o lápis pairando sobre a folha

de papel. *Está tudo bem*, parecia dizer ele, *seja o que for, está tudo bem. Você pode confiar em mim.* E mais: *Você* precisa *confiar em mim.*
Hesitei, e essa hesitação lhe disse tudo.
— Nunca — disse eu. — Ou melhor, ainda não.
Sem que eu soubesse, havia uma série de perguntas — doze, para ser exato — que indicavam a predileção de uma pessoa pelo mesmo sexo, ou, como Prok gostava de chamar, para não causar alarme ou preconceito, a história-H. Naquele momento, ele mudou de posição na cadeira e pigarreou.
— Vamos retroceder — disse ele. — Que idade você tinha quando viu a genitália nua de uma pessoa de seu próprio sexo?
Eu lhe dei a resposta, que ele rapidamente comparou com minha resposta anterior.
— E quando você viu, pela primeira vez, o pênis ereto de outro indivíduo?
Respondi-lhe.
E, então, as perguntas se seguiram no que passaríamos a chamar de nosso estilo "rolo compressor", cada uma vinda no ensejo da outra.
— Quando você tocou pela primeira vez os genitais de uma pessoa de seu próprio sexo? Quando você levou uma pessoa de seu próprio sexo pela primeira vez ao orgasmo? Quando você levou oralmente uma pessoa de seu próprio sexo pela primeira vez ao orgasmo?
Desviei o olhar, e Kinsey interrompeu a entrevista por um momento. Fez-se um silêncio. Ouvi os sinos batendo as seis horas da tarde na torre do relógio, do outro lado do campus.
— Milk — disse Kinsey —, John, deixe-me lembrá-lo de que não há nada, absolutamente nada, de que se envergonhar. Não existe ato sexual com consentimento entre as partes que seja de forma

alguma qualitativamente diferente de qualquer outro, não importa qual seja a ética prevalente de uma dada sociedade. Se lhe interessa, minha própria história sexual foi muito similar à sua quando eu tinha sua idade, e até mais tarde.

Mas esse talvez seja o momento adequado para trazer à tona a escala de 0-6 que Prok delineara para mensurar as preferências sexuais de um indivíduo – uma escala que busca mapear toda a gama de tendências sexuais humanas, desde o contexto exclusivamente heterossexual (0) ao exclusivamente homossexual (6). Veja bem, Prok acreditava – e eu também passei a acreditar – que o homem, em seu estado natural, é pansexual, e que apenas as censuras da sociedade, especialmente as sociedades sob o domínio dos códigos judaico-cristãos e maometanos, evitam que as pessoas expressem suas necessidades e seus desejos abertamente, e que, por isso, legiões inteiras sofrem de vários desajustes sexuais. Mas estou botando o carro na frente dos bois.

Naquele dia, naquela sala, protegendo com um lenço meu nariz, que pingava, na presença de Prok, a me orientar, comecei a me conhecer de uma forma que nunca acreditei ser possível. O que eu considerava uma fonte de vergonha tornou-se normal – o próprio Prok tivera experiências similares quando era garoto e se masturbara continuamente – e, se me perguntassem, eu me classificaria, talvez, como 1 ou 2 na escala 0-6, então era algo, algo significativo. E eu ansiava por experiência, como qualquer um, só isso. Eu ficava constrangido perto de garotas, morria de medo delas – punha as mulheres em um pedestal e nunca as via como seres sexuados, como eu, com as mesmas necessidades, os mesmos desejos. Tinha sido perfeitamente natural ter experiências com os únicos parceiros disponíveis para mim, com garotos, porque, como Prok diz, todos precisamos de uma válvula de escape. Talvez eu não tenha me dado conta de tudo isso naquele fim de tarde, no gabinete de Prok, mas pensei em Laura Feeney sentada ali antes de mim – naquela mesma cadeira – e em como Prok teria perguntado a ela com qual idade ela começara a masturbar-se e quando ela vira pela primeira vez a genitália nua do sexo oposto e quando ela vira pela primeira vez o falo ereto e levara o sexo oposto ao orgasmo, e me senti como Colombo avistando terra no horizonte.

O relógio na torre batia o quarto de hora, seis e quarenta e cinco, quando terminamos e dr. Kinsey se inclinou sobre a mesa para me passar um cartão-postal endereçado a si mesmo – Dr. Alfred C. Kinsey, Professor de Zoologia, Prédio de Biologia, Universidade de Indiana.

– Bem aqui, está vendo – disse ele –, vou precisar de quatro medidas básicas, por favor.

– Sim – disse eu, tomando o cartão no que parecia um transe. E não, ele não tinha me hipnotizado, não no sentido convencional, mas bem que poderia.

– Muito bem, então. Preciso que você, ao chegar em casa, meça primeiro a circunferência e então o comprimento, a partir da base do abdômen, do pênis flácido, e, quando estiver bem estimulado, a circunferência e o comprimento enquanto ereto. E, ah, sim, anote também o ângulo de curvatura...

O VENTO SE empoleirara nas árvores naquela noite, juntando forças para varrer o Kentucky, e, às nove horas, pequenas pedras de granizo batiam contra a janela do quarto do sótão que eu dividia com um colega do último ano da faculdade, Paul Sehorn, na pensão da sra. Elsa Lorber, na avenida Kirkwood. Era uma casa velha, de ossos fracos e nenhum pudor em se queixar, especialmente à noite. Fora construída na década de 1870 e estava bastante sólida, suponho, mesmo após uma geração de estudantes terem lhe impingido o tipo bruto de uso que derrubara um bom número de outras casas da mesma época. Infelizmente, não era muito bem-isolada, e a fornalha de carvão antiquada nunca parecia elevar a temperatura muito acima da zona do claramente desconfortável. No inverno anterior, eu acordara certa manhã e encontrara uma crosta de gelo interposta entre meus lábios e na água que sobrara no copo que eu deixara sobre a mesinha de cabeceira. Por um mês, Paul se referiu a mim como Nanook.*

Havia uma mesa a um canto, ocupada pela máquina de escrever Olympia usada, que minha mãe havia me dado quando saí de casa para cursar a faculdade, e um velho rádio Philco que peguei para mim quando minha avó o jogara fora. Encostado à parede oposta, ao lado da porta, havia um armário que ostentava seu fedor de naftalina, e nós dividíamos seu espaço limitado, nossas camisas, calças e ternos (cada um tinha um, o meu era xadrez para combinar com a gravata, o do Paul herdado e de sarja azul com uns bons sete centímetros de bainha no punho) pendurados lado a lado em uns doze cabides desgastados de madeira. Além disso, apenas os sapatos embaixo das camas, os sobretudos no andar de baixo, em ganchos perto da entrada, os objetos pessoais espalhados em nossas escrivaninhas iguais e os livros ordenados em uma estante barata de madeira de pinho que eu havia achado em um bazar de caridade (quatro compartimentos igualmente divididos, 25 centímetros para mim, 25 centímetros para Paul). O banheiro ficava do outro lado do corredor.

Na maior parte das noites, eu e Paul ligávamos o rádio (ouvíamos somente dois seriados, e depois o *swing* de Cincinnati,

---

* Mestre dos ursos na mitologia inuíte, a palavra significa, literalmente,"urso polar". (N. T.)

suave e apagado pela distância, como um sussurro), encostávamos às nossas camas e estudávamos até os dedos ficarem dormentes com o frio. Naquela noite, entretanto, Paul saíra para um encontro e o quarto era todo meu, apesar de dificilmente haver silêncio, considerando-se o barulho dos passos e a bagunça interminável dos outros estudantes, e os longos tratados sobre tudo, desde a existência de Deus ao avanço nazista pelo *Lebensraum*, que pareciam sempre ocorrer do lado de fora da porta do banheiro. Às dez, o granizo mudou para neve.

Fiquei ali, embaixo do cobertor, em minha cama, tentando ler – pelo que me lembro, eu tinha uma prova no dia seguinte –, mas não cheguei muito longe. Os galhos do olmo nos fundos da casa arranhavam as paredes como se algo estivesse tentando escalá-las para escapar da tempestade, e o sinal do rádio estava tão ruim que tive que me levantar para desligá-lo. Desenhei um círculo no vidro gélido e espiei pela janela. O mundo estava denso e embaçado, as luzes das ruas quase completamente apagadas, nenhum som além do vento e do raspar intermitente da neve contra o vidro. Senti-me pequeno, encurralado. Angustiado. Entediado.

Pensei em dr. Kinsey então – verdade seja dita, eu não pensara em muita coisa além disso durante toda a noite, até mesmo na hora do jantar – e atravessei o quarto até minha escrivaninha pela vigésima vez para ver o cartão-postal que Prok me dera. Deixei uma de minhas mãos cair sobre as calças, pressionar o local, e comecei a me massagear distraidamente através da gabardine. E *como* eu mediria? Eu não tinha régua, mas poderia facilmente atravessar o corredor e pegar uma emprestada com Bob Hickenlooper, o sabe-tudo da arquitetura – se houvesse alguém que tinha uma régua, esse alguém era ele. Mas, mesmo assim, eu ainda não estava totalmente convencido. Aquilo tudo era vagamente obsceno, até ridículo. Medir o próprio pênis? Mas havia algo além disso, é claro – e tenho certeza de que você já imagina. E se eu não estivesse à altura dos outros? E se o meu fosse, bem, *menor* que o dos outros homens? Como seria? Deveria eu acrescentar alguns centímetros para não decepcionar o distinto cientista ávido por classificar e catalogar? É claro que eu mal fazia ideia de qual era o comprimento médio de um pênis, mas não era esse todo o conceito do empreendimento para início de conversa? O que fora a conferência de Kinsey sobre as variações individuais senão uma tentativa de fazer com que todos nos sentíssemos um pouco mais seguros com relação a coisas como o tamanho dos seios e o comprimento do pênis, coisas assim?

Sim, afirmei para mim mesmo, sim, certamente vou tomar as medidas e cuidar para ser o mais preciso e honesto possível. Mas, ao pensar sobre aquilo, é claro, imaginando a base fria da régua T de um estudante de arquitetura pressionada contra meu pênis, percebi que estava tendo uma ereção. Foi então (e por favor não interprete mal o que vou dizer) que pensei na sra. Lorber. Ela ficava na sala de estar no térreo todas as noites, ouvindo rádio e fazendo tricô, e eu sabia que ela guardava uma fita métrica no cesto de costura, uma fita macia e flexível, feita com um tecido lustroso, o tipo de coisa que você imaginaria usar em um empreendimento científico privado como o que eu estava planejando.

Tudo bem. Ótimo. Antes que eu pudesse pensar a respeito, já estava galopando escada abaixo, os três lanços da escada desconjuntada, ignorando o grito de Tom Tomalin me convidando para um carteado e a saudação indisposta de Ben Webber, com todos os seus 120 quilos, que se esforçava em subir para seu quarto. Ofegante e mal contendo minha expectativa, parei do lado de fora da porta aberta da sala de estar e bati de leve no umbral. A sra. Lorber estava sentada em sua poltrona favorita, mexendo um novelo de lã caramelo e com o gato esparramado no colo. Não tirou os olhos do tricô, apesar de saber que eu estava lá – ela sabia de tudo o que acontecia na casa, a menor agitação ou respiração de seus pupilos, e posicionara a poltrona de maneira a ter uma visão estratégica da entrada e da escada caso alguém fosse tão burro a ponto de tentar contrabandear algo às escondidas para o quarto. (A sra. Lorber tinha uns 65 anos na época, uma velha de ombros largos, barriguda, com papos no pescoço e um olhar direto, predador; bebidas alcoólicas, alimentos que exigiam aquecimento e, especialmente, mulheres eram estritamente proibidas).

– Com licença, sra. Lorber – murmurei.

Ela fixou o olhar em mim, e esperei que ela sorrisse ou ao menos fizesse um gesto de reconhecimento com a cabeça, mas seu rosto não deixava transparecer nada.

– Será que eu poderia, é..., poderia pegar emprestada sua... fita métrica. Só por um minuto. Já vou trazer de volta, prometo.

Ela deixou escapar um sorriso composto de todas as pequenas inconveniências, crises e desastres que os estudantes haviam lhe infligido através dos anos, e, então, sem dizer uma palavra, curvou-se para a direita e começou a vasculhar o cesto de costura.

– Aqui – disse finalmente, estendendo a fita métrica enquanto eu atravessava a sala –, mas não se esqueça de me devolver.

Inclinando-me sobre a sra. Lorber, senti o cheiro do creme que ela passava nas pernas à noite e do ar fermentado e quente preso embaixo da sua saia. O gato olhou para mim, inexpressivo.

– Sim – disse eu, os dedos frios e secos dela tocando os meus enquanto eu pegava a fita métrica –, vou devolvê-la. É só um minuto e já trago de volta, prometo.

Eu estava quase fora da sala quando a sra. Lorber me parou.

– Mas que diabos você precisa medir, John? O que é? São as cortinas? Porque espero sinceramente que vocês dois não tenham estragado...

— É um, é um, projeto. Para a aula de literatura.

— Literatura? O quê, versos de poesia? O número de centímetros por verso em *Don Juan*? Hmm? — Ela deu uma risada. — Aquilo, sim, era um poema... Ainda faz parte do currículo? Ou, não, é claro que tem que fazer. Lord Byron, ãh? Aquilo, sim, era um poeta.

— Sim — concordei —, mas a senhora vai ter que, quer dizer, eu tenho que...

— Vai, vai — disse ela, enxotando-me com as mãos. — Não vá desperdiçar seu tempo com uma velha quando você tem *medidas* para tomar.

Voltei me arrastando escada acima, a fita métrica queimando como carvão quente em meu bolso. Eu me sentia culpado, pervertido, tudo o que há de pior, ainda mais pela mentira e pelo uso que eu daria para o instrumento inocente de minha senhoria. Pensei nela mexendo na fita e medindo o cachecol que tricotava para uma sobrinha ou uma neta favorita. Talvez eu devesse lhe devolver, pensei, agora mesmo, antes que a fita fosse profanada. Eu poderia sair pela manhã e comprar uma para mim — afinal de contas, uma fita métrica era uma coisa prática de se ter, porque você nunca sabe quando vai ter de medir algo, como prateleiras de livros, por exemplo. Meus pés batiam nos degraus como martelos. A tempestade sussurrava nos vidros das janelas.

Assim que cheguei ao quarto, vi que meu entusiasmo pelo pequeno exercício estatístico de dr. Kinsey tinha diminuído, mas soltei o cinto e baixei as calças obedientemente, desenrolando a fita métrica da sra. Lorber para registrar minhas dimensões, agora flácidas. Mas acontece que, tão logo coloquei a fita contra meu pênis, ele começou a ficar duro de novo, e eu não conseguia tomar uma medida precisa. Antes que eu me desse conta, estava me tocando e tentava reconstruir na memória o olhar de Laura Feeney, sentada a meu lado na semiescuridão da sala de conferências, enquanto o projetor de slides clicava e clicava e todos prendíamos a respiração. E então vi a garota da fileira da frente em minha aula de literatura, uma garota com lábios carnudos e olhos violeta e panturrilhas que se acariciavam sob a mesa até eu querer desmaiar com aquele atrito, e finalmente havia uma mulher, sem traços, anônima, com os peitos de fora e os mamilos duros e sua boceta – era assim que eu queria chamar, sua boceta – igual à da tela.

LEVANTEI CEDO NA manhã seguinte, a luz que entrava bruxuleante pela janela e iluminava o teto inclinado acima da cama era mais pálida que a luz que estávamos acostumados a ver, era mais azul, como o brilho líquido no fundo de uma piscina. Eu estava cheio da expectativa que vem com a primeira boa neve da estação. A tempestade havia passado, mas, lá fora, o céu tinha um tom de prata polida, como uma grande baixela de cabeça para baixo, rajadas se jogando contra a terra. Não acordei Paul. Ele tinha chegado tarde – bem depois de eu ter ido para a cama –, e eu não queria incomodá-lo, nem tanto por qualquer consideração pelo seu descanso de beleza, mas porque eu não estava a fim de companhia. Queria perambular pelas ruas, ver o mundo transformado – apenas desfrutá-lo, só para mim – antes de ir tomar o café da manhã no refeitório e de dar uma última olhada em minhas anotações para a prova.

Havia meio metro de neve, talvez mais – era difícil dizer, porque o vento a juntara em montes contra as cercas e os prédios. Nenhuma das calçadas fora limpa ainda, os automóveis estavam cobertos de neve junto ao meio-fio, e os pássaros desciam perplexos do campo escuro das coníferas que ornavam a rua até o chão coberto de branco. Luzes brilhavam opacas das profundezas das casas. Senti cheiro de bacon, da fumaça de madeira queimando, o limpo e denso aroma do ar novo que vinha do norte.

Ainda não eram nem sete horas, e quase ninguém se mexia no campus. Quem estava na rua andava silenciosamente pelo pátio, figuras encolhidas, arrancadas de um sonho e jogadas ali, como um remendo fora de lugar, e não havia mais de dez estudantes no refeitório, onde normalmente haveria cem – mesmo os atendentes estavam reduzidos a uma única mulher maldefinida que servia a comida mecanicamente e, depois, ia até o caixa registrar a venda através de ondas de silêncio batendo contra a costa. Escolhi a mesa da janela e fiquei sentado lá, olhando sobre meus livros e para as árvores junto ao córrego, misturando preguiçosamente o açúcar em uma xícara de café. Eu vivia um daqueles momentos silenciosos, de contemplação, quando o mundo diminui o ritmo até parar, e todas as suas possibilidades se revelam. Mágico. Um momento mágico. Não é assim que dizem as canções de amor?

Ela estava falando comigo antes que eu me desse conta de sua presença:

– Olá, John.

– Olá – disse eu e, quando olhei para cima, não a reconheci a princípio.

Ela usava um casaco pesado e um chapéu, os cabelos negros sedosos puxados como um véu de cada lado do rosto, os olhos acesos por dentro, como se houvesse filamentos por trás deles e uma pilha escondida por baixo das roupas. Eram sete da manhã – ou nem isso –, e ela estava usando rímel, o que ressaltava mais ainda a cor daqueles olhos, que conseguiam ser verdes e azuis ao mesmo tempo, como o mar do porto de Havana, onde as águas da costa se mesclam às do oceano, e a proa branca do barco desliza, à deriva, placidamente, de um mundo para outro, e tudo se dissolve em um sonho.

– Não está me reconhecendo?

Ela estava desabotoando a gola do casaco, mexendo no chapéu, ajeitando os cabelos e o cachecol, duplamente enrolado em volta do pescoço. De repente, tudo se movia de novo, como se acabassem de recolocar um filme no projetor, os livros dela deslizando sobre a mesa ao lado dos meus, o casaco aberto revelando o vestido que se amoldava a seu corpo e, depois, a cadeira a meu lado sendo puxada e a garota – quem *era*? – sentando-se na ponta dela. E então me lembrei:

– Você é a Iris.

Ela me sorria de orelha a orelha, aquele sorriso que toma emprestado um pouco do sumo dos olhos e vem da mesma fonte de energia oculta.

– Iris McAuliffe, irmã caçula de Tommy. Você não me reconheceu?

– Reconheci, sim. É claro que sim. Minha mãe... Quer dizer..., ela, e depois eu, viu você pelo campus, é claro...

– Ouvi dizer que você está noivo.

Eu não sabia o que dizer sobre aquilo – eu certamente não gostaria que chegasse aos ouvidos de minha mãe de forma alguma –, então baixei a cabeça e tomei um gole de café.

O sorriso de Iris desapareceu.

– Ela é muito bonita – sussurrou. – Laura Feeney.

– É – disse eu, meus olhos fixos na xícara. – Mas eu não estou realmente, nós não estamos... – Eu a encarei. Quase fora de meu campo de visão, a mulher do caixa registrava um café e uma rosca, como se estivesse se movendo embaixo d'água, e vi a careca e os ombros estreitos de meu professor de literatura, seu casaco salpicado de neve. – Foi, foi tudo fingimento, sabe? Para o curso sobre casamento.

Eu a observei lidando brevemente com a informação antes de o sorriso voltar.

– Quer dizer que vocês... mentiram? Só para... Meu Deus! – disse ela, relaxando a postura e se deixando cair para trás na cadeira, membros chacoalhando, mãos nervosas. – Ouvi dizer que o curso foi realmente *indecente*...

2

FIZ PROVAS, ESCREVI dissertações ("A dualidade nos poemas de amor de John Donne", "A Melanésia de Malikowski"), peguei um ônibus para minha cidade, Michigan City, para passar o Natal, e presenteei minha mãe com uma cesta com fragrâncias de banho e sabonetes perfumados em forma de peixes e sereias. Alguns dos meus velhos amigos da escola apareceram – Tommy McAuliffe, em particular, que era agora subgerente do supermercado – e foi uma surpresa ver que ele viera com sua irmã caçula, Iris. Eu sabia que agora ela estava no segundo ano da Universidade de Indiana? Ali estava ela, parada na soleira da porta, ao lado do irmão, e, apesar de eu mal a conhecer, comecei a gostar do fato de ela ser o tipo de garota que sabe o que quer e sempre, sempre consegue – sempre, não importa o que seja. Contei para Tommy que eu a tinha visto havia pouco no campus – no dia da nevasca, não? – enquanto ela me olhava com seus sempre enormes olhos azuis, como se tivesse se esquecido. Comemos biscoitos *pfefferneuse* em frente à lareira e bebemos conhaque às escondidas cada vez que minha mãe voltava à cozinha para olhar suas tortas. Um pouco antes do Ano-Novo, pensei em convidar Iris para ir ao cinema ou talvez andar de patins no gelo – seria um encontro –, mas não apareceu oportunidade. Então, voltei à faculdade e os dias do desolado e escuro meado de janeiro se fecharam.

O CÍRCULO ÍNTIMO

Uma noite, eu estava na biblioteca, recolocando livros nas prateleiras do segundo andar, quando olhei para o corredor oposto ao que eu estava e lá estava Prok – dr. Kinsey –, ajoelhado, correndo os olhos pelos títulos da última prateleira. Ele estava em constante movimento, pegando a lombada de um ou outro livro, e, ao mesmo tempo, empurrando-o de volta ao lugar, e, durante todo esse tempo, movimentando-se para a frente e para trás sobre o ponto de apoio do joelho. Era estranho vê-lo lá – ou melhor, não tão estranho quanto inesperado –, e fiquei paralisado por um momento. Eu não sabia o que fazer – eu deveria dizer olá, ignorá-lo, pegar uma pilha de livros e me abaixar a um canto? E, mesmo se eu dissesse olá, ele se lembraria de mim? Ele tinha centenas de estudantes e, apesar de ter conduzido entrevistas privadas – como a minha – com todos, ou quase todos, como se poderia esperar que ele se lembrasse de cada um? Fiquei observando-o com o canto do olho. Parecia resmungar para si – seria um número de registro o que ele estava repetindo? –, e então ele encontrou o que procurava, puxou o livro da prateleira e pôs-se de pé, tudo com um só movimento. Foi quando ele olhou para a frente e me viu.

Isso durou um instante. Vi sua expressão neutra abrir-se em reconhecimento, e, então, ele veio pelo corredor e estendeu a mão.

– Milk – disse ele –, olá. Que bom vê-lo.

– Olá, senhor. Eu... eu achei que não se lembraria de mim, afinal, com todos os seus, bem, estudantes...

– Não seja bobo. É claro que me lembro de você. John Milk, de Michigan City, nascido em 2 de outubro de 1918.

Ele me abriu um sorriso, deixou os dentes de cima ficarem à mostra e as linhas de expressão marcarem as bochechas, de forma que todo o rosto se encheu de uma espécie de júbilo desregrado.

— Um metro e setenta e oito, oitenta quilos. Mas você não perdeu peso nenhum, não é?

— Quase nada — disse eu. Meu sorriso uma imitação fraca do dele, e pensei naquelas outras medidas, as que eu escrevera em um cartão-postal e enviara para Kinsey pelo correio. E além disso, meus segredos, e minha vergonha, e tudo que isso implicava. — Minha mãe fez comida, o senhor sabe. Nas férias de Natal.

— Sim — disse ele —, sim, sim, é claro. Nada como comida de mãe, hum? — Ele continuava sorrindo, ainda mais abertamente, se isso fosse possível. — O melhor, amor de mãe, para ser mais preciso.

Tive que concordar. Assenti com a cabeça, e então o tempo parou, sob a fraca luz dourada das lâmpadas. Percebi os usuários da biblioteca movendo-se mudos em meio às estantes, um livro caindo no chão em algum lugar, um sussurro.

— Presumo que você está trabalhando aqui?

Disse-lhe que sim, apesar de terem cortado horas minhas recentemente e eu mal conseguir pagar minhas contas.

— Arrumando os livros, na maior parte do tempo. Assim que fechamos as portas, eu varro o lugar, esvazio as cestas de lixo e confiro se tudo está em ordem.

Ele estava parado ali, me observando, balançando para a frente e para trás sobre os calcanhares. Não pude deixar de dar uma olhada no título do livro: *Vida sexual na Grécia antiga*, de Hans Licht.

— Ficando acordado até tarde, hein? Não é um pouco duro para os seus estudos?

Dei de ombros.

— A gente faz o que pode.

Ele ficou em silêncio por um momento, como se estivesse decidindo o que fazer, os olhos todo o tempo fixos nos meus.

– Sabe Milk, John – disse ele, suavemente, quase meditativo –, eu tenho um jardim na minha propriedade. A sra. Kinsey e eu temos. Clara. Na primavera, é o orgulho de Bloomington, um autêntico jardim botânico com dois hectares e meio de área fértil. Eu cultivo lírios e íris, e estamos planejando um lago, com viveiro para plantas aquáticas. Você devia nos fazer uma visita, devia mesmo.

Eu não estava entendendo. Eu vinha dormindo tarde e estava bastante cansado. Por falta de uma opção melhor, encarei-o com meu olhar servil de estudante.

– O que quero dizer é que venho pensando há um tempo em contratar alguém para me ajudar com o jardim... É claro que, no momento, ele não passa de cascas secas e terra congelada... Mas na primavera, bem, é quando nós realmente o trazemos para a vida. Até lá e também depois disso, precisaremos de alguma ajuda na Biblioteca de Biologia. O que você acha?

Uma semana mais tarde, eu já estava trabalhando no Prédio de Biologia, com horas adicionais e sem sair tarde em nenhuma noite. O acervo de livros da Biblioteca de Biologia era consideravelmente menor que o da principal, e os usuários eram de quantidade igualmente reduzida, de forma que eu tinha mais tempo para mim mesmo no trabalho, um tempo que eu poderia usar em proveito de meus estudos (e, para ser honesto, sonhando acordado – eu passei um tempo enorme naquele semestre olhando para o vazio, como se todas as respostas de que eu precisava estivessem ali, escritas com tinta fraca). Eu não encontrava muito com Prok – ele ficava sozinho a maior parte do tempo em seu gabinete, no segundo andar – e, como, na época, a pesquisa sobre sexo estava em estágios incipientes, ele ainda não precisava de ninguém para ajudá-lo com as entrevistas ou a classificação dos resultados. Ele era, como você deve saber, uma das principais autoridades do mundo em Cinipídeos – vespas galhadoras – e ainda estava, naquela época, ocupado em coletá-las dos carvalhos por todo o país, empregando suas assistentes (três estudantes) exclusivamente para ajudá-lo a registrar as medidas de vespas e as dispor nas caixas Schmitt reservadas para elas. A taxonomia – essa era a sua especialidade, tanto como entomologista quanto como compilador das práticas sexuais humanas.

De qualquer maneira, o trabalho era uma mamata e, nas primeiras semanas, saí do baixo-astral que parecia ter tomado conta de mim, animado com as noites livres e a grana extra no bolso. Fui jogar boliche com Paul e sua namorada, Betsy, e então insisti que fossem meus convidados para uns cheeseburguers e, não sei quantas jarras de cerveja depois, Paul me levou para um canto e me contou que eles queriam que eu fosse o primeiro a saber que estavam noivos e iam se casar. O jukebox tocava "Oh, Johnny" repetidamente, e Betsy ficava dizendo "Você é o próximo, John-Johnny-John, você é o próximo", e eu mal me abalei quando Laura Feeney e Jim Willard entraram passeando e se acomodaram em uma mesa ao fundo. Ficamos acordados até tarde naquela noite, Paul e eu, engolindo copos d'água cheios de conhaque levados às escondidas para nosso quarto, bem debaixo do nariz da sra. Lorber, e, apesar de ter dormido demais na manhã seguinte, acordei me sentindo feliz por Paul e esperançoso com relação a mim mesmo.

Infelizmente, aquele estado de espírito não durou. Percebi que meu colega de quarto – um homem de minha idade e com mesmos interesses – ia se casar e que já tinha um trabalho à sua espera na empresa de distribuição de alimentos de seu pai, enquanto eu tinha que me olhar no espelho todas as manhãs e admitir que não fazia a menor ideia do que aconteceria comigo. Eu estava perdido, como a maioria dos alunos no último ano, acredito eu, preocupado com o trabalho de conclusão de curso e encarando a formatura, em junho, sem a menor noção do que seria feito da minha vida – ou mesmo do que eu faria para conseguir um bom emprego. Tudo que eu sabia era que preferiria ser mandado para a ilha do Diabo como sub-assistente do assistente do cozinheiro em um sopão para pobres do que voltar para Michigan City para mais um verão com minha mãe. E, como se isso não fosse suficiente, pairando sobre tudo havia a perspectiva da guerra na Europa e os boatos de recrutamento.

Então, eu me sentia deprimido, as condições do tempo iam de mal a pior, Paul sempre na rua com Betsy, a ponto de eu começar a esquecer o rosto dele, e os livros no carrinho da biblioteca ficando cada vez mais pesados (eu me sentia um Sísifo* bibliográfico, o trabalho sem fim, cada volume colocado no lugar sendo substituído por outro e depois outro). E então duas coisas aconteceram. A primeira tinha a ver com Iris, como você deve ter imaginado. Apesar de ela ser estudante de inglês, como eu, ela apareceu na Biblioteca de Biologia uma tarde, precisando desesperadamente de informações sobre o ciclo de vida do parasita *Plasmodium* para um curso introdutório obrigatório de biologia que ela estava fazendo com o próprio professor Kinsey.

– Temos que citar pelo menos três publicações científicas – disse ela, ainda ofegante por ter corrido pelo campus enfrentando o vento firme –, e eu tenho que escrever tudo isso até amanhã para a aula.

---

* Rei que, na mitologia grega, foi condenado a empurrar uma enorme pedra morro acima por toda a eternidade. (N. T.)

Eu estava preenchendo fichas de catalogação para os livros recém-chegados quando ela apareceu na minha escrivaninha e me pegou de surpresa. Antes que eu pudesse pensar em sorrir, a mão dela foi parar em meus cabelos, ajeitando onde o cacho rebelde sempre se soltava.

– Eu ficaria... claro – disse eu. – Na verdade, não sou eu... É do bibliotecário que você precisa, é... o sr. Elster, mas eu poderia... Vou fazer o melhor que puder, certamente. – E então encontrei meu sorriso. – Por você, é claro.

Sua voz saiu suave.

– Eu não queria incomodar... Tenho certeza de que você tem coisas mais importantes para fazer. Mas se você pudesse ao menos me indicar a direção certa...

Levantei e olhei de relance para o outro lado da sala onde Elster estava, em sua escrivaninha, parcialmente obscurecido por uma divisória envernizada. Ele era um homenzinho baixo, magro e amargurado, ainda em seus 20 anos. Ele sempre fazia questão de me mostrar que não era o meu trabalho tirar dúvidas ou ajudar as pessoas – essa função era dele, e ele morria de ciúmes dela. Naquele instante, entretanto, ele parecia distraído, absorto em alguma papelada – ou em uma das palavras cruzadas com as quais ele estava sempre se exasperando. Quando respondi, minha voz saiu suave também – estávamos em uma biblioteca afinal, e não havia razão para chamarmos atenção. – As edições recentes das publicações estão em ordem alfabética na parede dos fundos, mas você precisa mesmo é dos índices, e eles estão... Bem, por que eu não pego logo para você?

Ela estava sorrindo para mim como se eu já tivesse encontrado as citações relevantes, anotado para ela e preparado a dissertação sozinho, e seus olhos piscavam e varriam meu rosto de uma forma que depois identificaríamos como uma das mensagens subliminares de disponibilidade (prontidão para se engajar em relações sexuais, isto é, beijos, carícias, manipulação genital e o coito), apesar de que, na época, eu conseguia pensar apenas que devia haver alguma coisa presa entre meus dentes ou que meus cabelos precisavam de mais um pouco de creme.

– Você teve notícias de sua mãe? – perguntou ela, mudando de assunto abruptamente.

– Tive – disse eu. – Ou, não. Quer dizer, por que você está perguntando, aconteceu...?

– Ah, não, não – disse ela –, não. Eu só queria saber como ela vai, porque não tive a oportunidade de lhe agradecer por aquela tarde agradável e pela hospitalidade. E pela sua também. Nós nos divertimos muito, Tommy e eu.

– Aqueles biscoitos estavam maravilhosos – disse eu, estupidamente. – Na realidade, são uma receita de minha avó. Uma tradição da família.

Por um momento, pensei que ela não ia responder e fiquei parado ali, constrangido em minha escrivaninha, buscando em minha mente uma saída para o nível seguinte de conversa fiada – a mãe dela, eu não deveria perguntar sobre a mãe dela, apesar de eu mal a conhecer? –, mas então ela disse algo tão baixo que não consegui entender direito.

– O quê?

– Eu disse que eles estavam, sim. – Devo ter parecido confuso, pois ela acrescentou: – Os biscoitos. Concordo com você.

Por um minuto, fiquei atrapalhado com a informação – como já disse, conversa fiada não era meu forte... Bem, a não ser que eu tivesse tomado uns drinques –, e então ela deu uma risadinha e ri junto, enquanto dava olhadelas nervosas para a escrivaninha de Elster e em volta.

– Bem – disse eu, finalmente –, porque você não procura um lugar para sentar e eu... bem, os índices.

Ela se acomodou em uma das mesas grandes de carvalho amarelo, largando a bolsa, a sacola de livros, as luvas, o casaco e o chapéu como se estivessem em exibição em um bazar de caridade, e levei até ela os índices das publicações que poderiam ser mais promissoras, depois voltei para meu trabalho na escrivaninha principal. A sala estava quente – superaquecida, na verdade – e cheirava, como a maioria das bibliotecas, a pó e cera de lustrar o chão, além dos cheiros furtivos dos corpos dos usuários. Um raio do sol de inverno coloria a parede atrás de Iris. Era bastante fraco. Tentei me concentrar no que eu estava fazendo, copiando os apontamentos na minha letra de forma mais caprichada, mas eu continuava olhando para ela, impressionado com a vitalidade que ela trouxera para aquela atmosfera estéril. Ela usava uma saia longa, meias escuras e um blusão de lã apertado que exibia suas curvas e complementava seus olhos. Observei sua cabeça abaixar e levantar sobre o trabalho – primeiro a publicação, depois o caderno e de volta –, como se ela fosse algum animal selvagem exótico sorvendo água de um regato em uma fábula pastoral.

Mas ela não era selvagem, de forma alguma – era mansa como qualquer garota. E, como Iris admitiu posteriormente, fora até a biblioteca naquele dia com a clara intenção de me lembrar: de que ainda estava viva e disponível, de que tinha lábios que poderiam ser beijados e mãos que ansiavam por ser seguradas. Na verdade, já tinha tomado suas notas sobre os microparasitas detestáveis que causam a malária – já tinha tudo de que precisava – e estava ali, em minha escrivaninha, com seus cabelos brilhantes e sua cabeça movendo-se somente para meu deleite. Iris tinha, como minha mãe sabia muito antes de mim, decidido me conquistar e estava determinada a deixar que eu descobrisse esse fato do meu próprio jeito vacilante. Antes de ir para casa, tivemos mais uma conversinha, e consegui, de alguma forma, convidá-la para sair na noite de sábado e ver a produção universitária de uma peça qualquer da Broadway.

A outra coisa que aconteceu envolveu Prok, e suponho que isso foi emblemático para tudo que iria se desenrolar entre nós – isto é, entre mim e Prok, por um lado, e entre mim e Iris, por outro. Foi na mesma semana que Iris apareceu na biblioteca – talvez até no mesmo dia. Não consigo me lembrar bem agora. Eu tinha acabado de sair do trabalho quando ouvi alguém chamar meu nome e vi Prok descendo os degraus na frente do prédio.

– Milk, você tem um minuto? – chamou ele, aproximando-se e tirando uma luva para apertar minha mão. – Então, como vão as coisas? O emprego novo está bem?

– Sim – disse eu. – Estou muito... É interessante. – Minhas palavras pairaram no ar, como se ninguém as tivesse dito. Tateei em busca de meus cigarros dentro do bolso da jaqueta, então me dei conta de que devia tê-los deixado na escrivaninha.

– Mas vamos caminhar – disse ele. – Você está indo na mesma direção que eu?

– Eu moro na Kirkwood.

– Ah. Bem. Direção errada, então. Mas me faça esse favor... Acredito que um rapaz jovem como você deva ser capaz de aguentar um desvio de duas quadras, não é?

E então caminhamos – em direção à casa dele, na rua First –, as árvores do campus dispostas à nossa volta como estátuas, as luzes brilhando altas nas janelas dos prédios grandes e opacos sob um céu que escurecia. O ar estava tenso com o frio, esticado finamente sobre a pele da noite, mas eu me sentia bem por ter saído após o confinamento na biblioteca. Havia trechos com gelo na rua. Latas de lixo estavam colocadas junto ao meio-fio. Prok seguia um pouco à minha frente, marchando em seus passos costumeiros, cada qual valendo por dois (para Prok, tudo era uma competição, até caminhar), e falando por sobre o ombro, de maneira que suas palavras chegavam até mim dentro de um envelope de dióxido de carbono congelado.

— Eu estava mesmo comentando com Clara sobre como você é interessante e o quanto você me impressionou, e ela disse: "Bem, por que não o convidamos para jantar, então?", e pensei que isso talvez lhe agradasse, porque imagino que você não costuma comer muito uma comida caseira, não é? Você sabe, como estávamos falando na outra semana, o toque materno?

— Não — disse eu —, o senhor está totalmente certo. Em geral, como apenas no refeitório ou em algum café. — Eu estava radiante com o elogio — *eu o impressionara* —, e as palavras saíram facilmente.

— Bastante gordura e cartilagem para alimentar aquelas células cerebrais em crescimento. — Ele virara sua cabeça grande para que pudesse sorrir para mim.

— E é claro que não podemos cozinhar para nós mesmos...

— Uma pensão para estudantes, hein?

Assenti. Nós estávamos em uma das ruas laterais agora, do outro lado da universidade. Havia muito pouco tráfego.

— Bem — disse ele, parando subitamente e dando uma volta para me encarar —, o que me diz? Que tal sábado, às seis da tarde?

Devo ter hesitado, pois ele acrescentou, em um tom completamente diferente, quase como se estivesse se preparando para defender uma causa: — Se você não tiver nada para fazer, é claro. Você não tem nada planejado, não é? Para sábado?

Desviei o olhar para a rua deserta. Então, voltei-o para ele:

— Não — respondi. — Na realidade, não.

A CASA DE Prok ficava a uma curta distância do campus, a pé, mas, naquela época, ela era considerada de certa forma fora de mão, pois a rua First e a vizinhança à sua volta ainda não tinham se desenvolvido até o ponto a que chegaram hoje. Eu tive a impressão de uma casa estranha, imprensada, cercada por espigões altos e escuros da floresta, e, em algum lugar próximo, havia o barulho de um regato. Apesar de não existirem postes de luz até aquele ponto, o brilho das estrelas e uma lua crescente eram suficientes para me orientar e passar pela corcova escura ocasional de um automóvel deixado junto ao meio-fio, e cada uma das casas por onde eu passava parecia ter uma lâmpada acesa em todas as janelas. Eu estava um pouco atrasado, porque levara quase uma hora inteira decidindo o que levar para a anfitriã – um arranjo de flores secas e pinhas que parecia ter sido borrifado com concreto branco no qual estavam enfiadas umas penas sarapintadas de pássaro, uma garrafa de uísque Kentucky em um cesto, ou um queijo que me chamou a atenção na vitrine da mercearia. Decidi finalmente pelo queijo – as flores secas eram muito arriscadas, já que eu não sabia nada de botânica e estaria entrando no território de conhecedores, e deixei o conhaque de lado, porque não sabia o que Prok achava do consumo de bebidas alcoólicas, apesar de suspeitar de que ele se opunha à bebida, tanto por considerá-la uma perda de tempo quanto por ser prejudicial à saúde.

    Quando cheguei lá, às seis e quinze, ofegante, tive que parar e conferir de novo o endereço. Eu sempre fora tímido para encontros sociais, temia que estivesse no lugar errado ou que tivesse confundido a data, que meus anfitriões não me reconhecessem ou até que tivessem se esquecido de ter me convidado. Era uma bobagem, eu sei, mas eu me sentira assim mesmo com meus amigos de infância, em Michigan City, parado na soleira da porta de algum amiguinho com uma luva de beisebol ou uma bola de basquete, como eu fizera mil vezes antes, e de repente eu me convencia por completo de que eles não me deixariam entrar, de que diriam algo duro e ofensivo, e me poriam para correr como um cachorro perdido. Não ajudava em nada eu não me considerar à altura desse professor de meia-idade e sua esposa (fosse ela quem fosse, eu estava morrendo de medo dela e do que ela poderia pensar de mim, e num estado que se aproximava do pânico ao pensar nos outros convidados, que, até onde eu sabia, podiam ser desde o prefeito da cidade passando pelo meu professor de literatura e o reitor da universidade). O que eu diria para eles? O que eu faria?

Então, por que eu aceitara o convite, para começo de conversa? Não sei dizer ao certo. Foi como aquele momento com Laura Feeney no corredor, depois da matrícula, um momento que parece apresentar-se como o convite a uma escolha, mas que é, na realidade, uma confluência de circunstâncias que prendem você a um curso de ação tão decisivo quanto o fato de Prok prender os seus Cinipídeos ao quadro de uma caixa. Destino, acho que pode se chamar assim, ainda que eu não queira passar a impressão de que estou fazendo qualquer tipo de associação metafísica ou mística aqui – não tenho nem um pingo de misticismo no meu corpo, não após passar os últimos dezesseis anos com Prok. Eu fiz minha escolha. Eu disse sim, como diria para tantos outros convites que Prok viria a me fazer, quisesse eu ou não. Além disso, olhando para trás agora, posso ver que Prok era uma figura paterna para um jovem cujo pai se fora havia tanto tempo, e que ele era influente e persuasivo – nunca alguém dissera não para Prok –, mas era mais do que isso também. Eu me sentia lisonjeado. Ele havia me escolhido – estava *impressionado* comigo –, e eu arruinara meu primeiro encontro com Iris para estar lá naquela noite de um sábado de fevereiro.

Mas tive que conferir novamente o endereço, porque a casa era totalmente – qual seria a melhor palavra para descrevê-la? – fora do comum. Da rua, sob o domínio da noite, ela parecia uma casa de mau gosto, algo saído de um conto de fadas, o covil de um necromante ou duende. O caminho de pedras seguia tortuosamente através de moitas de vegetação (o credo sobre horticultura de Prok: "A linha ortogonal é o recurso do planejador da cidade; a curvilínea, o prazer do jardineiro"), e, apesar de ser possível perceber que havia ali uma ordem e que levava realmente para a porta da frente, o efeito era enganosamente natural. Quanto à casa, ela reluzia com janelas e tinha um telhado íngreme, de telhas de madeira e paredes construídas com tijolos de formatos diferentes (artigos de segunda mão que Prok comprara por uma ninharia) com fartas demãos de argamassa jogadas nas fendas, como o glacê sobre um bolo ruindo. Aquela era a casa de um cientista? Eu não podia acreditar. Era certo que eu pegara o endereço errado – ouvira-o mal, ou invertera a ordem dos números –, mas àquela altura já estava parado no degrau da porta e atrasado, de maneira que não havia mais nada a fazer senão enfiar o queijo embaixo do braço (era um Stilton e devia pesar quatro quilos), tomar coragem e levantar a aldrava de bronze.

Uma mulher atendeu a porta – ou melhor, uma *fêmea*, como Prok preferiria. Ela era pequenina, infantil, com os cabelos ainda mais escuros que os de Iris e aparados curtos, deixando as orelhas à mostra. Tinha um belo sorriso, natural e sincero, e o dirigia para mim mesmo enquanto abria a porta com a mão branca e esbelta.

– Eu estava... Eu vim... Professor Kinsey mora aqui, por acaso?

– Eu sou Clara – disse ela, já aceitando o queijo. – E você deve ser John. Mas venha, entre, Prok está terminando algumas coisas e vai nos encontrar agora mesmo.

Ela me levou para dentro, para a sala de estar, que era tão fora do comum quanto o exterior da casa. As paredes eram pintadas de preto (ou, como vim a saber mais tarde, tingidas com chá, que Prok achava que as preservaria mais eficientemente que a pintura), e os móveis, rústicos e feitos em casa, eram de nogueira vergada, tingidos da mesma forma. Havia um piano curto encostado a uma parede (também escura), várias estantes cheias de discos e um gramofone. Lâmpadas estavam dispostas em torno da sala, suavizando os cantos, e um fogo queimava na lareira aberta. Não havia sinal de outros convidados.

— Sra. Kinsey, tenho que lhe dizer que sinto muito por ter, bem, me atrasado... Normalmente eu não... Mas, eu, é..., tive dificuldade em encontrar o lugar, e eu, é...

— Bobagem — disse ela. — Não fazemos cerimônia aqui, John... vamos comer quando tivermos fome, então não se preocupe. E, por favor, me chame de Clara. Ou, melhor ainda, Mac. — Sua voz era suspirada e hesitante, cada sílaba puxando a próxima com uma aderência sutil, como se as palavras fossem um doce, como caramelos, deixando-se ficar relutantemente em seus lábios. Tinha 41 anos, era mãe de três crianças, e não tinha nenhuma beleza que chamasse a atenção, mas era fascinante, absolutamente, e, daquele momento em diante, eu me encontrava preso por seu encanto.

Estávamos parados no meio da sala, sobre o que parecia um tapete feito em casa. Eu o devia estar estudando inconscientemente, porque Mac (seu apelido, uma abreviação de seu nome de solteira, McMillen, da mesma forma que Prok era a versão curta de professor K.) comentou:

— Lindo, não é? Um trabalho à mão de meu marido.

Eu disse algo vazio em resposta, sobre o fato de ele ser um homem muito talentoso.

Mac soltou uma risada. Fiquei me perguntando onde estariam as crianças, onde estariam os outros convidados, e, ao mesmo tempo, rezando secretamente para que não houvesse nenhum.

— Mas, veja só! Não lhe perguntei se você gostaria de beber algo.

Eu gostaria. Eu queria um conhaque, um bem forte, para trazer de volta a vida nos dedos de minhas mãos e meus pés, para soltar a língua do céu da boca.

— Oh — disse eu —, não sei. Qualquer coisa. Quem sabe uma água.

Nesse momento, como que aproveitando uma deixa (mas isso é um clichê: ele estava lá o tempo todo, observando do corredor, tenho certeza disso), Prok apareceu, com uma bandeja esmaltada em sua mão, uma seleção de licores e três copos em miniatura com hastes longas.

— Milk — exclamou ele —, que bom que você veio. Seja bem-vindo, seja bem-vindo. — Ele colocou a bandeja em uma mesa baixa e escura na frente da lareira e fez um gesto para que eu me sentasse. — Vejo que você já conheceu Mac. E o que é isso, um queijo? Ah, esplêndido. Quem sabe Mac não faz as honras da casa. E alguns biscoitos, por favor, querida. Uns biscoitinhos seriam uma maravilha. E agora — voltando-se novamente para mim —, você gostaria de uma bebida mais forte?

Aceitei um dos copinhos — bem pouco, apenas um dedo —, enquanto Prok discorria sobre as propriedades dos vários licores na bandeja, fazendo observações sobre como um colega que viajara pela Itália havia trazido de volta esse e sobre como aquele havia sido altamente recomendado pelo professor Simmonds, do Departamento de História. Eu realmente não tinha muito a dizer em resposta. Beberiquei o drinque — tinha um aroma forte de alguma erva, que eu não conseguia reconhecer, e tinha a consistência e a doçura enjoativa de um melado — e percebi, o tempo todo, que minha suposição inicial estava correta: professor Kinsey não sabia nada sobre bebidas. Estávamos falando sobre o curso de casamento e minhas impressões sobre ele quando Mac entrou furtivamente de novo na sala, com mais uma bandeja, trazendo meu Stilton no centro de uma provisão de biscoitos salgados.

– Apenas dissecando o curso sobre casamento – disse Prok, olhando-a com uma expressão que eu não fazia ideia do que significava, e me ocorreu então que ele certamente a tinha entrevistado também (ela devia estar entre as primeiras), e, ao pensar isso, um marido submetendo a esposa a um questionário, fiquei estranhamente excitado. Ele era um mestre da entrevista, como eu sabia por experiência própria. Quanto mais os anos passavam, mais isso ficava evidente, e não havia como se esquivar. Ele podia dizer em um instante se um indivíduo estava tergiversando, quase como se estivesse ligado à pessoa feito um detector de mentiras humano. Ela devia ter contado tudo, ele saberia todos os seus segredos, como sabia os meus. Eu vi, com uma emoção repentina, o poder desse conhecimento. Ceder sua história era ceder sua alma, e possuí-la era o engrandecimento máximo, como o canibal que fica cada vez mais forte com o espírito de cada uma de suas sucessivas vítimas.

Durante o jantar, a conversa foi exclusivamente sobre sexo. Prok foi falando sobre o projeto, como ele poderia desenvolver uma taxonomia do comportamento sexual humano da mesma forma como fora capaz de classificar as vespas de acordo com as variações dentro da espécie. Nós estávamos comendo algum tipo de ensopado – Prok o chamava *goulash* –, que ele mesmo preparara. Ofereceu leite em vez de cerveja ou vinho, servindo-o de uma jarra de vidro e fazendo uma de suas raras investidas humorísticas ("Gostaria de um pouco de leite, Milk?"),* e estávamos somente

---

* Em inglês o gracejo faz sentido, "Care for some milk, Milk?". (N. T.)

nós três à mesa. As crianças aparentemente tinham jantado antes, de maneira que, como dizia Prok, "Nós pudéssemos nos conhecer sem ter que dividir nossa atenção", e, cada vez que Prok fazia uma pausa para respirar, o que era raro, Mac dava seu palpite sobre o assunto. Aquilo me surpreendia, pois ela era tão informada quanto ele – e capaz também de soltar termos como "cunilíngua" e "felação" na conversação de jantar.

De minha parte, estava encantado com tanta atenção. Nunca pensara em mim mesmo como um sujeito além de comum, mesmo ao receber dez nos trabalhos do curso ou conseguir marcar *touchdown* em um jogo de futebol americano no segundo grau, e ali estavam duas pessoas vibrantes, inteligentes, cosmopolitas – dois adultos – pedindo minhas opiniões e me tratando como igual. Era inebriante, e meu sentimento era de não querer deixar nunca mais aquela mesa ou aquele sofá junto à lareira, onde ficamos após o jantar, com tigelas de sorvete de baunilha, enquanto Prok dissertava, em sua voz aguda incansável, e Mac interferia pontualmente, com sua articulação perfeita. O relógio marcou nove horas, e depois dez. Mac desapareceu em algum momento para verificar se as crianças estavam na cama (duas garotas de quatorze e dezesseis e um garoto de onze), e houve um momento incômodo, no qual expressei minha preocupação com o adiantado da hora, mas Prok me cortou com um aceno. Longe de estar exausto, seguiu em frente, mais determinado ainda.

Ele mexeu no fogo. Depois, acomodou-se no chão com trançados de fazendas com os quais estava confeccionando um tapete novo ("Muito econômico, Milk. Você devia começar a fazer isso também. Qualquer coisa descartada, roupas velhas, lençóis, tiras de musselina tingidas na cor que você preferir, e você ficaria surpreso com a durabilidade de um tapete desses, é surpreendente. Ora, esse aqui, onde estou sentado? Eu o trancei quando era professor assistente em nossa casinha charmosa alugada em 1921, nosso primeiro lar, na realidade, após termos nos casado") e, no silêncio quebrado apenas pelos estalidos e o silvo do fogo, ele abriu para mim todas as suas esperanças e aspirações sobre o projeto. Dez mil entrevistas, era isso que ele queria – no mínimo –, e as entrevistas tinham que ser conduzidas face a face, para assegurar sua exatidão, diferentemente dos questionários impressos ou das análises subjetivas que os pesquisadores anteriores preferiram.

Apenas então *nós* poderíamos (ele já estava incluindo o jovem neófito diante dele) ter os dados para derrubar as superstições cheias de preconceitos que arruinaram tantas vidas. Tome a masturbação, por exemplo. Sabia eu que pessoas respeitáveis – médicos, pastores e afins – tinham, na realidade, disseminado a noção chocante de que a masturbação levava à insanidade?

Ele voltou-se para mim, seus óculos refletindo imagens duplas do fogo consumindo uma acha de carvalho partida, de maneira que a reflexão se dissolvia em seus olhos.

– Ora, a masturbação é o escape mais natural e inofensivo que a espécie adquiriu para liberar a tensão sexual. Ela é puramente positiva, um benefício legítimo para a espécie e para a sociedade como um todo, e qualquer pastor digno de sua posição deveria proferir sermões sobre o assunto, vá por mim. Pense só, Milk, pense só em todo o mal feito pela repressão sexual e a culpa que adolescentes saudáveis e normais são condenados desnecessariamente a sentir... – Devo ter corado neste ponto, pensando em nossa última entrevista, pois ele mudou de assunto subitamente e me perguntou, sem rodeios, se eu não o ajudaria, contribuindo para o projeto.

– Bem, sim, quer dizer... Certamente, eu ficaria... – atrapalhei-me tentando recuperar o controle. – Mas o que eu poderia fazer, concretamente? Isto é...

— Muito simples — disse ele, mudando de posição no tapete. — Apenas faça uma pesquisa com os homens de sua pensão... Você disse que há quatorze estudantes além de você?
— Isso mesmo — disse eu. — Sim. Quatorze.
— Apenas os convoque e os convença a virem para meu gabinete ceder suas histórias... Você tem um grupo potencial de cem por cento lá, John. Você se dá conta disso?

Eu não era do tipo que fazia amizades íntimas com facilidade — acho que já deixei isso claro aqui —, e a perspectiva era atemorizante, mas me vi inclinando a cabeça em concordância, porque, como costumo dizer, as pessoas simplesmente não diziam não para Prok.

E, no entanto, enquanto eu estava lá, conspirando com ele como um filho favorito, em algum lugar, no fundo de minha mente, um lugar obscurecido naquele momento, estava um sentimento de culpa, leve, mas persistente, a respeito de Iris. Veja bem, não fora simplesmente minha indecisão sobre o queijo o que me fizera chegar tarde naquela noite, mas o fato de que deixei Iris — ou a questão Iris, eu deveria dizer — para o último minuto. Não sei por que isso aconteceu. Não sou um protelador, ou não costumo ser. De outra forma, eu não teria alcançado o que conquistei na faculdade, ou o que conquistaria nos anos seguintes, com Prok. Mas, todas as vezes em que pensei em ligar para Iris, meu coração começou a bater tão violentamente que tive medo de estar tendo um ataque, até que, por fim, me dei conta de que eu tinha que a ver pessoalmente, nem que fosse apenas para me explicar e tentar remendar as coisas da melhor forma possível. Eu queria sair com ela, queria muito — começara a pensar em Iris em momentos peculiares, imaginando-a do jeito que estava naquele dia na biblioteca ou naquela tarde na casa de minha mãe, balançando as pernas embaixo da cadeira como uma garotinha, gesticulando para defender uma opinião, olhos brilhando com qualquer assunto que fosse, parasitas, poesia ou o sofrimento dos lituanos –, mas, quanto mais eu adiava o cancelamento do encontro, pior me sentia.

Finalmente, chegou o sábado, e eu ainda não tinha criado coragem para vê-la. Acordei com os roncos grosseiros de Paul e o barulho da cortina cinza de gelo batendo na janela. Acordei pensando em Iris, pensando que eu tinha que ir até seu dormitório naquele minuto e convidá-la para tomar café da manhã, de maneira que eu pudesse olhar nos olhos dela sobre uma mesa de ovos fritos, bolinhos e café e dizer-lhe que a levaria para sair no sábado seguinte, sem falta, que eu estava doido para fazer isso, que não havia nada que eu quisesse mais (e, talvez, visto que eu já comprara os bilhetes para aquela noite, ela quisesse ir com uma amiga), mas que ela precisava entender, e que eu sentia muito, mais que isso – era angústia –, poderia ela me perdoar um dia? Mas não fui a seu dormitório. Era muito cedo. Sete. Eram apenas sete horas, ou um pouco mais, e ela acordaria apenas muito mais tarde, ou assim eu disse para mim mesmo. Em vez disso, levei meus livros e fui tomar café sozinho no refeitório e li as primeiras seis estrofes do "Il Penseroso", de Milton, repetidas vezes, até não as suportar mais ("Daí as Alegrias vãs e ilusórias/ filhas da Insensatez criadas sem pai",* etc.). Levantei da mesa e saí porta afora sem nem perceber o que estava fazendo.

O relógio da torre estava anunciando as oito horas e o frio passava pelas solas de meus sapatos. Um dos atletas descartados de Laura Feeney, superalimentado e com pés que pareciam botas de neve, passou lerdo por mim, a caminho do ginásio, enquanto eu atravessava um trecho com árvores e seguia diagonalmente por

---

* No original: "Hence vain deluding Joys,/ The brood of Folly without father bred". (N. T.)

um gramado marrom ressecado em direção ao dormitório de Iris. Dentro, havia o cheiro de uma fragrância artificial, como se eu tivesse, de alguma forma, sido transportado para o balcão de uma loja da Marshall Field's, e a assistente residente – uma garota de 20 anos com uma pele ruim e uns cabelos de pajem louros e sem viço – olhou para mim como se eu tivesse ido até lá para violentar cada uma das alunas do prédio.

– Olá – disse eu, caminhando rapidamente pelo aposento e tentando reunir forças. Era agora ou nunca –, por acaso, Iris McAuliffe está? Quer dizer, será que ela está acordada?

A atendente me lançou um olhar duro, seus traços reduzidos ao essencial.

– Sou John – apresentei-me. – John Milk. Você poderia dizer a ela que John Milk está aqui? Por favor?

– Ela não está.

– Como assim "ela não está"? Às oito horas da manhã? Em um dia de sábado?

Mas a assistente não ajudava. Ela simplesmente repetiu com um longo suspiro de exasperação, como se eu tivesse passado todas as manhãs da minha vida na recepção do dormitório das garotas, importunando-a:

– Ela não está.

Olhei para a porta no ponto mais distante do saguão, a que dava para o santuário que havia para além dela, e, naquele momento, ela se abriu e duas garotas saíram, abotoando os casacos e ajustando os chapéus para o mergulho através das portas exteriores e o abraço concreto da manhã. Elas me lançaram um olhar divertido – que homem em seu juízo perfeito convidaria uma garota para sair àquela hora? – e passaram pelas portas com animação e risos.

– Tudo bem, então – disse eu, tomando o caminho de um covarde. – Posso deixar um bilhete?

Naquele momento, porém, eu estava com Prok, em frente à lareira, concordando em dar meu primeiro passo inequívoco a caminho de uma carreira na área da pesquisa sexual. Quem teria imaginado? Quem sequer sabia que existia algo assim? Pergunte a qualquer garoto o que quer ser, e ele vai responder caubói, bombeiro, detetive. Pergunte a um estudante, e ele vai dizer que quer cursar direito, ou medicina, ou que quer dar aulas, ou estudar administração, ou engenharia. Mas ninguém escolhe pesquisar sobre sexo.

Eu observava Prok trabalhar em seu tapete de trapos, esticando um fio de tecido de quinze centímetros, depois o entretecendo com outro, o negócio todo estirado como uma saia sobre suas pernas abertas. Ele falava sobre suas histórias-H, de quando estivera em uma colônia penal agrícola sozinho e começara a ouvir as histórias dos prisioneiros – "E são histórias muito extensas, Milk, não duvide disso." – e sobre um homem que havia se oferecido para levá-lo ao submundo homossexual de Chicago, e quão significativo isso era, na medida em que as histórias-H eram tão vitais para se avaliar o quadro maior das histórias heterossexuais, como eu, sem dúvida, poderia apreciar. E então ele fez uma pausa por um momento, seus olhos buscando os meus, prendendo-os com aquele olhar resoluto que ele deve ter aprendido de tanto olhar a própria imagem no espelho por horas seguidas. Sua voz ficou terna e baixa:

– Isto é, John, acredito que você, mais do que ninguém, deveria estar especialmente atento à esta questão...

Eu talvez tenha corado. Não sei. Mas me lembro do seu abraço naquela noite, quando ele parou na porta para me agradecer por ter ido, agradecer-me pelo queijo e por meus *insights*, e me dar todo tipo de conselho e admoestação-Prok a respeito do frio, as ruas congeladas, os motoristas incompetentes e por aí afora.

O CÍRCULO ÍNTIMO

– Boa-noite, Milk – disse ele, puxando-me para seus braços e me apertando tanto que pude sentir a ondulação, a contração de seus músculos e seu calor. Respirei a fragrância da brilhantina de seus cabelos, o almíscar, o convite doce e quente de seu hálito.

Ele me soltou. A porta fechou. Saí caminhando para a escuridão.

3

— Então, paul, por favor, você vai ter que repetir isso para mim, porque não estou entendendo uma coisa aqui. Você se opõe à ciência, é isso? À compilação de dados? Eu, sinceramente, não entendo.

Estávamos em nosso quarto, esperando para ir jantar, o dia se fechando em torno dos últimos raios pálidos de um sol sem brilho. Estava frio. E não apenas lá fora: a sra. Lorber devia ter posto a caldeira para funcionar apenas com fumaça. Paul — e sei que ainda não o descrevi, e me perdoe, por favor, pois sou novo nisso —, Paul estava deitado diagonalmente em sua cama desarrumada, a cabeça apoiada contra a parede, o cobertor puxado até o queixo. Ele era quase um ano mais velho que eu e usava um bigode bem fino, obsessivamente cuidado, do tipo Ronald Colman,* mas a cor natural de seus cabelos era tão pálida e desbotada que mal se podia percebê-lo, mesmo de perto. Seus olhos eram azuis, mas de uma tonalidade tão fraca que eram quase transparentes. Ele tinha dois ouvidos, um nariz, uma boca, um queixo — e um par de lábios finos e descorados que pareciam quase sempre estar apertando algo, talvez por conta de um problema congênito no encaixe das mandíbulas. O que mais? Seus pais eram ingleses, de Yorkshire, ele adorava xadrez, Lucky Strikes e o Zorro, e, é claro, Betsy. Com quem ele havia chegado aos finalmentes, apesar de ainda não

---

* Ator inglês (1891-1958) com extensa filmografia em Hollywood. (N. T.)

serem casados – ou melhor, com quem ele chegava aos finalmentes com frequência. Como eu sabia? Ele havia me contado – sobre o coito com Betsy – com uma riqueza de detalhes que teria satisfeito Prok se eu conseguisse fazer Paul sentar-se para uma entrevista.

Eu passava noites acordado, esperando que ele voltasse para casa e nós pudéssemos ficar fumando no escuro, enquanto ele, em seu tom rouco e baixo, discorria sobre como ele a havia pressionado contra a parede no corredor do prédio da calefação do campus, ou como a prendera por baixo no banco de trás de um carro emprestado, o aquecedor no máximo, e como ela estava com vontade, como era quente, como ela passara a usar apenas saias e a não vestir calcinha, apenas para facilitar as coisas, e como ansiavam por casar-se para que pudessem transar em uma cama, com lençóis e cobertores, sem se preocupar com a polícia ou um vigia ou quem quer que fosse...

– Mas por que eu deveria? – disse ele. – Por que eu deveria desperdiçar uma hora e meia com algum estranho de quem posso nem gostar? O que eu ganho com isso?

– Ciência – disse eu. – O avanço do conhecimento. Você já parou para pensar que, se existissem mais homens como dr. Kinsey, talvez você não precisasse entrar e sair escondido dos lugares com sua noiva, porque as relações sexuais pré-matrimoniais seriam sancionadas e até encorajadas?

Ele ficou em silêncio por um momento. A janela ficara cinza. Levantei para acender a luz antes de me enrolar em um cobertor e recostar na cama. Sombras infestavam os cantos. Eu conseguia ver minha respiração pairar vaporizada no ar.

– Não sei – disse ele. – É pessoal demais.

– Pessoal demais? – Eu não conseguia acreditar no que estava ouvindo. – Como você pode dizer isso logo para mim, quando me dá uma descrição detalhada de tudo o que você e Betsy fazem sete noites por semana...

— Ah... — disse ele, e sua mão se ergueu e caiu como uma veia pulsante embaixo do cobertor —, você não passa de um cara patético. Você não sabe nem aonde ele vai, não é? Você não faz ideia, com todo o seu curso sobre casamento, de como é gostoso, como é quente e gostoso, e acho que vou ter que ajudar você a fazer isso pela primeira vez. Hum, qual é o nome dela, *Iris*?

— Vá se foder, Paul. Isso me ofende. Mesmo. Só porque você teve sorte com a Betsy, encontrou alguém que...

— Tudo bem — disse ele —, está certo. Não vá ter um chilique. Eu vou falar com ele. Certo? Satisfeito?

Demorei um pouco, a respiração congelando embaixo do nariz, o cobertor bem fechado na garganta.

— Sim — disse eu por fim, e tentei soar apaziguado, acima de tudo, mas ele me deixara chateado, deixara sim (eu não tinha experiência e sabia disso, mas isso era um crime? Ele tinha que me esfregar isso na cara? Não achava que eu queria amor — amor *e* sexo — tanto quanto qualquer outro?).

Ele estava pensativo e chutou distraidamente a franja do cobertor para melhor enrolá-lo em torno dos pés com meias. Dois dedos lamberam a sombra do bigode.

— Então, aonde devo ir? Você está inscrevendo as pessoas, como é que é?

Eu já saíra da cama e fora para minha escrivaninha, o cobertor arrastando-se pelo chão, o caderno de anotações em mãos.

— Tenho os horários dele aqui mesmo — disse eu.

Antes do fim do mês, fui promovido de lacaio da biblioteca a assistente especial do dr. Alfred C. Kinsey, professor de zoologia, e, quando eu topava com Elster no corredor ou na entrada do Prédio de Biologia, ele olhava através de mim, como se eu não existisse. Suponho que devia haver algum ressentimento entre uma facção dos formandos de biologia também, eu não tinha treino algum naquele campo fora o curso introdutório que fizera com professor Eigenmann em meu segundo ano. Àquela altura, eu fora premiado com uma das posições mais cobiçadas do departamento, mas o que Prok estava procurando, acima de tudo, era alguém com quem pudesse estabelecer uma relação, alguém com quem pudesse compartilhar de seu entusiasmo pelo projeto incipiente que produziria, em última análise, os dois trabalhos inspiradores na história da pesquisa sobre sexo. Essa pessoa poderia ter sido qualquer uma, independentemente da disciplina. Que tenha sido eu o eleito para ser o primeiro a entrar no círculo íntimo de Prok é algo pelo que serei grato para sempre. E orgulhoso. Até hoje agradeço a Laura Feeney por isso.

De qualquer maneira, Prok me colocou em uma escrivaninha no canto dos fundos do gabinete, onde fiquei apertado entre altas estantes cinza-chumbo e de onde eu tinha uma visão frontal das janelas, que tinham pilhas de galhas embrulhadas em sacos de redes, para conter quaisquer insetos que pudessem se chocar nelas, amostras que podiam ter sido coletadas na Sierra Madre Oriental ou em Prescott, Arizona, ou mesmo nos Apeninos ou nas colinas escarpadas do interior de Hokkaido (interessados enviavam para Prok amostras do mundo inteiro). Havia um cheiro indefinível naquele gabinete, não exatamente desagradável, mas *esquisito*, um cheiro que era apenas daquele espaço construído e confinado no segundo andar do Prédio de Biologia. As vespas tinham algo a ver com aquilo, é claro, mas uma galha – uma excrescência como que feita de madeira, encontrada nos carvalhos e arbustos de rosas, e cujo crescimento é promovido pelas larvas das vespas que vivem dentro dela – de fato tinha um cheiro relativamente agradável, suponho que um cheiro de casca de árvore e tanino. (Para sentir, é só quebrar uma galha de uma árvore e segurá-la próxima ao nariz por um momento.) E as vespas em si não têm uma fragrância discernível, até onde pude detectar. Havia os rastos remanescentes da fumaça de cigarro que os indivíduos sendo entrevistados por Prok exalavam, em densas nuvens escuras, enquanto contavam suas histórias. E havia o cheiro do próprio Prok – limpo e escovado. Ele era um campeão do banho gelado a cada manhã e era quase obsessivo com o sabão. Por fim, na mistura, entrava o perfume das três mulheres assistentes, que compartilhavam a escrivaninha comigo e alternavam turnos, além dos cheiros comuns de um escritório: tinta, serragem dos lápis, o óleo das máquinas de escrever e (nesse caso) o produto químico usado para desencorajar uma espécie minúscula de besouro que costuma causar o maior estrago nas coleções entomológicas por toda parte.

No meu primeiro dia, Prok ajudou-me a me estabelecer e me deu a primeira aula sobre como decifrar seu código secreto e traduzir os resultados de seus arquivos. Ele era muito meticuloso, um modelo de eficiência, e, se sua escrita por extenso era de certa forma artística, cheia de floreios e grandes voltas, sua escrita em letra de forma, assim como a minha, era quase um enfileiramento mecânico de letras tão uniformes que poderiam ser tomadas, a um olhar de relance, por um texto datilografado. Olhando sobre meu ombro, balançando de um pé para o outro, mal contendo sua energia, ele espiava minha escrita, tomava minhas mãos impacientemente ou arrancava o papel delas e o amassava para arremessar no lixo. Isso durou horas naquele primeiro dia, ele caminhando de um lado para outro de sua própria mesa para a minha, até que, por fim, quando sentiu que eu tinha pegado o jeito, ele descansou um quadril no canto de minha escrivaninha e disse:

— Sabe, Milk, você está indo muito bem. Devo dizer que estou bastante satisfeito.

Olhei para ele e murmurei algo em resposta, tentando indicar minha satisfação pelo elogio, mas, ao mesmo tempo, sem parecer subserviente demais — Prok podia estar firmemente no comando, sempre no comando, um líder nato, mas nunca exigia subserviência, não importava o que se pudesse falar dele por aí.

Passado um momento, ele me disse:

— Você reparou nas galhas, é claro.

Deixou com facilidade o canto de minha escrivaninha, foi até a estante de livros e tirou uma coisa enorme, bulbosa, com várias faces e que parecia a cabeça preservada de alguma fera extinta. Depois, colocou-a sobre a superfície de madeira à minha frente.

— A maior dessas amostras conhecida e conservada — disse ele. — Doze câmaras, um quilo e quatrocentos gramas. Eu mesmo a coletei nos montes Apalaches.

Nós dois a admiramos por um momento e, então, ele me encorajou a passar minhas mãos sobre a superfície áspera e marcada da coisa.

— Nada há para se ter medo, é simplesmente a expressão de uma colônia particularmente vigorosa de *Cynipidae*. Mas, então, você provavelmente não sabe nada sobre os Cinipídeos, não é? A não ser, talvez, que professor Eigenmann tenha tocado no assunto no curso introdutório. — Ele tinha começado a sorrir. Na realidade, sorria largamente. Fizera uma piada, tanto sobre mim (sobre como poderia eu me lembrar) quanto sobre seu colega, que tinha que cobrir toda a vida na terra, desde o paramécio à cavalinha, passando pela sequoia gigante e o *Homo sapiens*, no curso de um semestre, e dificilmente poderia ter devotado mais que um único momento para a vespa galhadora, se tanto.

Sorri largamente de volta, sem saber muito bem o que ele esperava de mim.

– Sei que são vespas – disse eu. – E relativamente pequenas se comparadas às que estariam voando lá fora se agora estivéssemos no verão.

– Esse é um inseto parasítico, primorosamente adaptado – disse Prok, olhando para a galha quase com ternura. – Uma espécie praticamente sedentária, que não voa e passa todo o ciclo de vida em uma única árvore. Talvez, uma vez passado muito tempo, os adultos possam emergir e rastejar por terra para outra árvore, 15 ou 30 m distante, e esse é o limite de sua independência, o raio de ação de seu campo, o que as torna um estudo tão interessante. Veja bem, fui capaz de rastrear as origens de uma dada espécie simplesmente ao seguir seu rasto geográfico e observar as variações nas características herdadas.

Ele começou a caminhar de um lado para outro novamente, parando apenas para tirar os óculos e olhar para fora da janela por um momento, antes de voltar para a escrivaninha, remover delicadamente a galha exemplar e colocá-la cuidadosamente no alto da estante de livros.

– Mas temo que eu tenha uma notícia ruim para você. – Ele estava rindo largamente. Esse era o início de mais uma piada. – Elas tendem a ter uma vida sexual um tanto limitada. Infelizmente, isto é, para elas, os machos são realmente muito raros na sociedade cinipídea. A maior parte da espécie se reproduz por meio da partenogênese. Você se lembra da partenogênese, do curso do professor Eigenmann, não é?

Mais um sorriso largo. Seu rosto virou-se para o meu e, em seguida, desviou-se novamente.

– Não pense que estou tocando no assunto de meus Cinipídeos para ouvir apenas minha voz, e, sim, posso ver aquele olhar curioso em seus olhos, não tente escondê-lo. *Mas que diabos o Kinsey está armando agora*, você está pensando, não? Mas há um método na minha loucura. O que estou tentando dizer é que a sua presença aqui é o marco de uma nova era: de segunda-feira em diante, vou reduzir as horas de minhas três assistentes em seu favor, Milk. Fui o mais longe que pude com a vespa das galhas, e, agora, com sua ajuda e a perspectiva de um financiamento adequado por parte da Fundação Rockefeller e do Conselho Nacional de Pesquisa, vamos nos concentrar em uma e apenas uma coisa. Acho que você sabe o que é...

NAQUELE ANO, MARÇO chegou voando e partiu voando também, peguei-me fazendo uma jornada dupla no gabinete de Prok e em seu jardim. O tempo ameno parecia avigorá-lo (como se um homem de sua energia quase sobre-humana precisasse de avigoramento), fazendo com que saísse para a rua o máximo possível nos fins de semana, particularmente aos domingos. Ele tivera uma criação estritamente metodista, que lhe causara toda sorte de tormentos na adolescência em relação a seus ímpetos naturais e, assim que descobrira a ciência e aplicara uma abordagem filogenética para o comportamento humano, tornou-se fanaticamente ateu e fazia questão de trabalhar em seu jardim enquanto o resto de Bloomington estava na igreja. O fim do mês estava quente o suficiente para que ele pudesse trabalhar sem camisa e de calção, e ele me encorajou a fazer o mesmo. Por fim, à medida que os dias esquentavam entre o fim da primavera e o começo do verão, trabalhávamos habitualmente os dois tão próximos da nudez quanto era decentemente possível – mas estou me precipitando.

Lembro-me daquele mês distintamente como uma época em que me senti em paz comigo mesmo de um jeito que não me sentira por muito tempo. Havia a atenção constante de Prok, seu encorajamento tranquilo, sua instrução, o sentimento de reciprocidade quando nos sentávamos em silêncio, curvados sobre nossas mesas, a sensação de ser um dos primeiros colaboradores de algo revolucionário e empolgante. Havia as caminhadas na natureza – ele e Mac me levavam com as crianças para o lago Monroe, para as cavernas Bluespring e Clear Creek, para passeios na miscelânea de campos e matas nos fundos de sua casa. Prok o tempo inteiro dissertando sobre a geologia do solo, sobre as ervas silvestres e as flores do campo que tinham começado a aparecer nas clareiras, ou os primeiros pássaros migratórios a reaparecer – e lembro-me também da paz envolvente da mesa de jantar e da lareira. Eu me sentia bem com eles, era bom apenas estar ali. Mac simplesmente passou a preparar uma porção extra todas as vezes em que eu estava trabalhando no jardim ou quando voltávamos de um de nossos passeios, e, quanto mais eu protestava quanto a os estar atrapalhando, a não querer ser um chato ou um aborrecimento, mais os dois se esforçavam para me tranquilizar. Essa situação chegou a um ponto em que eu estava passando mais tempo na casa dos Kinsey que na pensão da sra. Lorber, e Paul, que fora o esteio de meu mundo nos últimos três anos – meu amigo mais querido e próximo no campus –, começou a brincar que o único momento em que ele ainda me via era quando eu estava dormindo. Ele tinha Betsy, eu tinha Prok e Mac. Era inevitável que nós nos afastássemos.

Foi por volta dessa época que fiz algo de que não sinto o menor orgulho, mas que deve ser relatado aqui, apenas para deixar um registro fidedigno. Ou melhor, para mantê-lo fidedigno. Afinal, qual é o sentido desse exercício – dessa recordação dos fatos passados – se não vou ser absolutamente sincero? Não tenho nada a esconder. Sou uma pessoa diferente agora de quem eu era quando entrei naquele curso sobre casamento, e não mudaria coisa alguma do que aconteceu, por nada neste mundo.

O CÍRCULO ÍNTIMO

De qualquer maneira, eu era um discípulo perspicaz – eu sempre fora bom com quebra-cabeças e criptogramas – e aprendi o código de Prok em tempo recorde. Em duas ou três semanas, tinha memorizado o código. Uma tarde – era meio da semana, e Prok tinha ido a Indianápolis de carro para fazer uma palestra para o corpo docente de uma faculdade privada sobre o tópico de escapes sexuais disponíveis para os adolescentes, além de, não coincidentemente, coletar o maior número de histórias possível, tanto dos professores quanto do corpo discente –, vi-me sozinho no gabinete, transcrevendo as histórias codificadas das folhas de anotações de Prok para um formato maior, próprio para os arquivos, de maneira que pudéssemos calcular a incidência dos vários comportamentos para a análise estatística (no sistema de Prok, uma única folha codificada continha até vinte páginas de informações. Por fim, é claro, as informações teriam que ser cotejadas, primeiro à mão e, então, após termos nossa máquina de tabular Hollerith, em cartões perfurados). Inicialmente, o trabalho parecia empolgante – o assunto era sexo, afinal de contas –, mas naquele dia, com essas histórias, que eram de estudantes homens não muito diferentes do grupo de cem por cento que eu conseguira para ele em minha pensão, eram bastante prosaicas. Houvera alguma experimentação (limitada) com outros garotos e animais de fazendas, masturbação furtiva, pouca experiência de coito, mas uma boa dose de carícias, beijos profundos e incursões (também limitadas) no contato oral-genital. Minha mão doía de segurar a caneta. As pontas de meus dedos estavam manchadas de tinta. Refreei um bocejo.

Não sei o que ocorreu comigo nem mesmo como a ideia surgiu em minha cabeça, mas me vi procurando o código secundário na escrivaninha de Prok, o código que dava a chave para as identidades de todos os indivíduos em seus arquivos – um código que ele compartilhava com prudência, fosse comigo, fosse com qualquer outra pessoa, por motivos de segurança. Se seus entrevistados não estivessem absolutamente assegurados do anonimato, para início de conversa, a vasta maioria deles nunca contaria sua história. A segurança era a pedra fundamental do projeto – naquela época e hoje em dia. Mas quando realmente peguei o código em minhas mãos, não pude deixar de notar algumas correspondências com o código de entrevistas (imagine um tipo de estenografia reinventada, abreviações combinadas, símbolos científicos e os marcadores do código do estenógrafo em um novo tipo de criptograma) e, assim que percebi essas correspondências, não pude evitar que minha mente desse um salto à frente. Resumindo, levei menos de uma hora para quebrar o segundo código e, quando consegui, quando descobri a chave para todos os arquivos, não pude deixar de usá-la. Não pude. Simplesmente, não consegui resistir.

Anos mais tarde, quando Prok já era a pessoa mais conhecida neste país fora o próprio presidente, quando apareceu na capa da revista *Time* e a imprensa parecia sempre querer mais, a pergunta mais frequente que lhe faziam era sobre sua vida sexual. Ele invariavelmente respondia que havia contribuído com sua história para o projeto, da mesma forma que tantos milhares de outros haviam feito, e que ela permaneceria anônima, da mesma forma que a de todos permaneceria. Isso era verdade, é claro, e apenas nós, do círculo íntimo, viemos a conhecer os detalhes daquela vida sexual em primeira mão – nós juramos manter segredo, afinal a estrutura de nossas vidas se desmancharia se qualquer coisa escapasse –, mas, naquela tarde tediosa, com um sol demasiadamente forte atravessando as persianas e grandes moscas zunindo distraidamente sobre as estantes de vespas preservadas, o arquivo de dr. Kinsey foi o primeiro que eu procurei e, após o dele, o de Mac.

Eu estava de pé junto ao fichário, a respiração vindo em espasmos, a pasta aberta à minha frente. A cada segundo,

O CÍRCULO ÍNTIMO

eu olhava de relance sobre meu ombro, pronto para escorregar o arquivo de volta para seu lugar ao primeiro som que viesse de fora do gabinete. Eu estava tenso, sim, mas também absorto. Ali estava a história de Prok, em minhas mãos, sua natureza mais profunda revelada da forma mais elementar: ele tinha minha história e, agora, eu tinha a dele. Ela era diferente de qualquer coisa que eu antecipara.

Quando era garoto, Prok fora mais desajeitado e tímido do que eu, nem um pouco interessado em esportes organizados ou atividades sociais de tipo algum. Para compensar um organismo enfraquecido por crises de raquitismo, febres tifoide e reumática quando muito jovem, ele buscara a natureza, escalando e explorando obsessivamente até tornar-se o homem em boa forma e vigoroso que eu conheci (apesar de ele nunca ter perdido a corcunda pronunciada, resultado de uma curvatura dupla da espinha). Ele era escoteiro e masturbava-se compulsivamente. Seu pai era um moralista religioso. Até um estágio bem avançado, seus 20 anos – mais velho que eu –, ele nunca tivera uma experiência sexual madura e satisfatória. Aquilo viera somente após seu casamento com Clara.

E, nesse momento, a história ficou interessante. Apesar de a lua de mel envolver uma longa e árdua excursão, no início do verão, pelas montanhas White, durante a qual ele e a noiva foram forçados a ficar juntos na proximidade íntima de sua barraca todas as noites, o casamento apenas foi consumado alguns meses depois. O atraso, como vim a saber depois, foi consequência tanto da inexperiência dos dois quanto de um ligeiro impedimento fisiológico em relação ao hímen de Clara, que era mais grosso que o normal (além do fato de o pênis de Prok ser bem maior que o esperado). Imaginei o embaraço mútuo, o recato deles, sua falta de conhecimento ou experiência, imaginei-os se beijando, investindo e lutando em seus sacos de dormir e barracas, nos chalés do acampamento de verão onde trabalharam como supervisores em julho e agosto daquele ano. E, então, de volta à cidade, em sua primeira casa alugada em Bloomington, nenhum avanço, apenas frustração. Após três meses de casamento, o sexo ainda permanecia um mistério para os dois – somente após um procedimento cirúrgico que livrou Mac de seu transtorno eles finalmente conseguiram realizar o coito. Prok tinha 28 anos nessa época.

Saber disso – descobri-lo como se eu fosse um egiptólogo a decifrar os hieróglifos que contam a vida e os hábitos de algum faraó antigo – causou-me uma estranha sensação. Por um lado, não pude deixar de pensar em meu mentor de certa forma diminuído. Ele, que pregava a liberdade sexual, pelo menos privadamente, já fora tão prisioneiro de costumes antiquados, timidez, ignorância e de sua incapacidade de agir quanto eu era. E, por outro lado, sua história me deu esperança e uma espécie de estranha confiança de que a minha própria confusão sexual algum dia se resolveria.

Havia mais. Sua história-H, que começara com associações adolescentes, como a minha própria, tornou-se cada vez mais complexa. O professor de zoologia, o cientista ilustre com uma estrela ao lado de seu nome no *American Men of Science*, o pai de meia-idade de três filhos e entomologista feliz no casamento, com um jeito sério, estava avançando para o alto na escala 0-6, tendo iniciado relações com vários de seus estudantes durante longas viagens de campo e experimentado por fim uma relação intensa e muito próxima com um estudante não muito mais velho que eu. Como eu me sentia com aquilo? E Mac, e ela?

Meu sangue acelerava e suponho que, se alguém tivesse me visto no gabinete naquele dia, veria meu rosto corado. Folheei as páginas rapidamente, todo olhos gananciosos e dedos trêmulos. Então, coloquei a pasta de Prok de volta no armário e peguei a de Mac. Sua história era mais extensa que eu esperava, e, à medida que os símbolos se revelavam, não pude deixar de imaginá-la nua, suas mãos, seus lábios, a forma como ela caminhava, o tom envolvente de sua voz. Eu estava excitado, admito, e já me levantara da escrivaninha para procurar nos arquivos as histórias de Laura Feeney, de Paul e dos filhos dos Kinsey, quando me contive. O que eu estava fazendo? Aquilo era voyeurismo, era errado, uma violação da confiança que Prok havia depositado em mim. Lá estava eu, jogando tudo fora apenas para satisfazer a curiosidade mais vil. De repente – escurecera, as lâmpadas brilhavam suavemente, as galhas pareciam sombrias e surreais –, senti-me envergonhado, tão profundamente envergonhado como jamais me sentira na vida. Eu mal consegui respirar até colocar os arquivos de volta e trancar o código em seu lugar na gaveta. Durante todo o tempo, prestei atenção em se não vinham passos na entrada. Desliguei as luzes, tranquei tudo. E, quando saí, furtivamente, para o corredor, levantei a gola e escondi o rosto, como um criminoso.

No dia seguinte, Prok estava de volta, um vulcão de energia, assobiando baixinho uma canção de Hugo Wolf, apressando-se pelo gabinete em uma pantomima veloz de movimentos rápidos e abruptos, levantando-se de sua escrivaninha e voltando a ela, um olhar de relance para as caixas Schmitt, depois para os arquivos, uma conferida superficial em uma galha inativa havia dois anos que subitamente voltara a gerar vespinhas e, então, um grito enquanto olhava no microscópio.

– Um novo gênero, Milk, creio que inteiramente novo!

Quando eu chegara, ele me dera meio instante para me acomodar e, então, com um sorriso aberto, largara uma pasta compacta sobre minha mesa.

— Dezoito histórias — disse ele, mostrando os dentes. — E as 36 mais esperadas. Fiquei acordado até as duas essa madrugada apenas para anotá-las.

— Que notícia maravilhosa — disse eu, compartilhando o sorriso com ele.

— Alguma dificuldade enquanto estive fora?

Lutei para manter a cara séria. *Não desvie o olhar*, disse para mim mesmo, *não faça isso*.

— Não — disse eu, desviando o olhar —, não, foi tudo bem.

Ele me olhava com curiosidade. Abri a pasta na esperança de distraí-lo, mas não funcionou. Na realidade, não creio que tenha nascido uma pessoa nesta Terra mais ligada às nuances do com portamento humano que Prok, ninguém mais sensível à expressão facial e ao que passamos a chamar de linguagem corporal — ele era um sabujo das emoções, nunca deixava passara nada.

— Tudo? — cutucou.

Eu queria confessar naquele momento, mas não o fiz. Murmurei algo em sentido afirmativo e fui além:

— Você quer que transcreva essas histórias agora mesmo?

Ele parecia ausente e não respondeu de imediato. Sempre parecera mais jovem que de fato era — naquela época, as pessoas comumente achavam que ele era de cinco a dez anos mais novo que sua idade real —, mas vi as linhas em seu rosto, as primeiras marcas indistintas da composição acabada que ele levaria para o túmulo consigo. Mas ele deve estar exausto, pensei, esforçando-se ao máximo para coletar as histórias, percorrendo toda aquela distância em seu Nash velho e barulhento, de pé até tarde, de pé cedo, ninguém para ajudá-lo.

— Sabe — disse ele, após um momento, e foi quase como se estivesse lendo meus pensamentos —, estive pensando em como seria conveniente, essencial, que eu treinasse outro entrevistador, alguém em quem eu pudesse confiar para coletar os dados junto comigo, uma pessoa que não tivesse necessariamente qualquer treinamento científico, mas que pudesse absorver a técnica que desenvolvi e aplicá-la com rigor. Um estudo rápido, John. Alguém como você. – Uma pausa. – O que você me diz?

Fui tomado tão de surpresa – e estava tão consumido de culpa com minha invasão dos arquivos – que me atrapalhei completamente daquela vez.

– Eu... Bem, é claro – comecei. – Bem, certamente, você sabe, eu teria... E eu ainda *tenho* que me formar...

– Em inglês – disse ele, e as palavras saíram de sua boca como algo repugnante, algo mastigado e cuspido para fora de novo. – Nunca entendi realmente a aplicação disso... Isto é, como um campo.

– Eu não sei – dei de ombros. Ele ainda estava me olhando, observando-me com uma atenção extraordinária. – Acho que poderia talvez dar aulas. Quer dizer, algum dia.

Ele suspirou. A paciência não era uma de suas muitas qualidades. Tampouco ele assimilava bem uma decepção.

– Apenas pense a respeito, John, é tudo que eu peço. Não precisa decidir nesse instante, vamos conversar no jantar. Estamos esperando você hoje à noite, seis em ponto. Quer dizer, a não ser que você tenha outros planos?

— Pesquisa sobre sexo? Você está louco?

Paul estava estirado na cama, como se tivesse sido levado até ali por uma maré que acabara de baixar. Ele mascava um chiclete e, com a raquete apoiada ao peito, apertava preguiçosamente uma bola de tênis. Meia dúzia de livros estavam espalhados pelo chão, de capa para baixo, como outros destroços de um naufrágio.

Não senti vontade de lhe explicar – de qualquer forma, ele não entenderia.

– Pelo menos é um trabalho – disse eu, tirando o pulôver pela cabeça com todo o cuidado, para não despentear os cabelos. Eu estava mudando de roupa para ir à casa dos Kinsey (eles não gostavam de formalidades, como dizia Mac – em sua intimidade, eles poderiam até ser considerados boêmios –, mas eu achava que um convite para um jantar, formal ou informal, exigia um paletó e uma gravata, e ainda penso assim).

Paul deixou a bola rolar para fora da raquete e cair no chão, onde quicou três ou quatro vezes e desapareceu debaixo de minha escrivaninha.

– Mas o tipo de pergunta que ele faz... é embaraçoso. Você não vai...? – Ele se conteve. Então, viu a resposta em meu rosto. – Você vai, não é?

Eu estava em frente ao espelho, dando o nó da gravata, estudando meus olhos, a forma como os cabelos grudavam brilhantes dos lados da cabeça.

– Você não parecia ter objeção alguma na época, se bem me lembro... Você disse, na realidade, que achou a experiência única. Não foi essa a palavra que você usou, "única"?

– Olha, John, eu posso estar completamente enganado nessa, mas você não acha que é preciso um tipo de pessoa diferente para ficar bisbilhotando o tempo inteiro a intimidade dos outros?

Lancei-lhe um olhar que se projetou do espelho, atravessando todo o quarto. Lá estava ele, diminuído na cama, diminuído e ficando menor a cada momento. Eu não disse nada.

– Eu não chamaria o professor de um cara esquisito ou um pervertido ou nada assim, mas você não se dá conta de que todos vão achar isso? E sua mãe? Você acha que ela vai aprovar... que você siga essa carreira?

— Eu já falei mil vezes — disse eu, colocando o paletó —, é ciência, pesquisa, como qualquer outra coisa. Como o Lister descobrindo o antisséptico ou aquele... Como é mesmo o nome daquele com o bolor do pão? Por que não devemos saber o máximo possível sobre tudo que faz o animal humano? — Eu estava na porta agora, de saída, mas parei para lhe dar chance de responder.

— O animal humano? Você parece ele falando, John, você se dá conta disso? Isso é o que ele diz. Mas e os seres humanos, feitos à imagem de Deus? E nós? E a alma?

Fiquei logo irritado.

— Não existe Deus. Nem alma. Sabe o que há de errado com você?

Ele não se mexeu em nenhum momento na cama, nem levantou a cabeça.

— Não, mas acho que você vai me dizer.

— Você tem a cabeça limitada, só isso — informei, e deixei que a porta pontuasse a verdade disso com minha saída.

A sra. Lorber me cumprimentou com a cabeça de seu posto na cadeira de balanço, e lhe dei um sorriso tenso em resposta. Depois, eu estava na rua, os salgueiros em flor na esquina, os botões firmes e claros resplandecendo nas árvores, uma brisa quente vindo do sul, carregada de promessas da estação que estava chegando. Atravessando a Atwater, em frente ao campus, meus olhos seguiram uma morena linda, suas pernas nuas e excitantes enquanto ela se afastava pela avenida de árvores, e pensei em Iris. Eu não a encontrava havia mais de um mês, isto é, desde que a deixara na mão, e me sentia mal com isso — e, é claro, quanto mais adiava encontrá-la, pior me sentia.

Um carro passou lentamente pela rua, tão lento que pensei que o motorista tinha a intenção de parar junto à calçada e estacionar. Era um velho, o rosto fechado e ansioso, agarrando a direção como se tivesse medo de que alguém fosse arrancá-la dele. Observei-o por um momento, tempo suficiente para ver uma dupla de ciclistas passar. Ele não olhava para a direita ou para a esquerda, nem dava indício algum de que reparara neles ou em algo mais, e me vi sonhando acordado com um carro que fosse meu um dia, partindo pelas colinas, para longe da cidade, até uma estrada que me levasse ao sabor do vento e eu pudesse estar em qualquer lugar. Estudantes perambulavam em ambas direções. Dois cães boxer sentados me observaram firmes e atentos por trás de uma cerca de madeira.

Quando virei na First, encontrei um casal logo à minha frente, a garota apoiada no homem até eles formarem uma pessoa apenas, passeando sobre quatro membros sincronizados, e atravessei para o lado mais distante da rua, para evitar ultrapassá-los. Vê-los ali, ver o jeito com que se completavam, fez-me pensar em Iris de novo. O que eu fizera era imperdoável. Prometi para mim mesmo que ligaria para ela no dia seguinte – apenas tomaria coragem e ligaria – e, se ela dissesse para eu cair fora, ir pro inferno, calar a boca e desaparecer, pelo menos a situação ficaria resolvida. Eu não tinha como negar que mereceria.

Então, caminhei. E, se reparei nas várias operações da natureza em sua estação de renovação – se percebi a fragrância das forsítias ou observei os pássaros voarem para as árvores com pedaços de palha ou galhos presos transversalmente em seus bicos –, não sei realmente se os observei, pelo menos não conscientemente. Era primavera, somente isso, e eu estava na rua First, indo para a casa dos Kinsey. Para o jantar. Prok em pessoa me recebeu à porta. Vestia seu short de jardinagem e nada mais, as pernas magras, musculosas, os dedos dos pés descalços por cima das tábuas compridas e polidas do chão encerado. Seus cabelos, como sempre, pareciam recém-cortados.

— Ah, Milk — disse ele, conduzindo-me para dentro —, eu estava agora mesmo espalhando um pouco de húmus sobre os íris... e os lírios também. Não pude resistir, o tempo está tão agradável.

Ele vestiu uma camisa de mangas curtas para o jantar, mas sem sapatos nem meias. Mac estava vestida mais informalmente que em qualquer uma das ocasiões anteriores em que eu fora jantar, um short e uma blusa de algodão azul-claro que deixava à mostra o pescoço e a linha delicada da clavícula. Ela parecia ter cortado os cabelos também, eles estavam quase tão curtos agora quanto os de um homem. Senti-me um tanto idiota com meu paletó e minha gravata, mas tanto Prok quanto Mac me tranquilizaram: eles estavam apenas precipitando um pouco a temporada, só isso.

Após o jantar, as crianças se dispersaram e Prok, Mac e eu sentamos para conversar um pouco na sala da frente. Prok estava com seu tapete e Mac com seu tricô. Ele falava animadamente sobre a volta prematura de algum tipo de pássaro — não lembro qual —, um verão antes, quando mudou de assunto abruptamente e se voltou para mim.

— Milk — disse —, John. Você pensou sobre o que eu lhe disse hoje à tarde?

As agulhas de Mac brilharam. Ela estava me estudando com seus olhos castanhos, serenos, um sorriso maternal imobilizado nos cantos dos lábios.

Eu disse para ele — disse para *eles* — que havia pensado.

— Bem, seria, uma honra — disse eu. — E quero dizer o quanto... Que o senhor possa ser tão generoso com um jovem, um estudante...

— Bom — disse Prok em seu tom de voz conciliador —, muito bom. Vamos ver como aumentaremos suas horas e, tão logo o semestre termine, você vai trabalhar comigo em horário integral.

O salário continua como está. E claro que vamos seguir trabalhando juntos no jardim também.

A noite prosseguiu naquele clima – clima de celebração, uma atmosfera relaxada e amigável – até Mac pedir licença e me deixar sozinho com Prok. Eu não tinha apreensão alguma sobre o trabalho que ele estava oferecendo – era importante, empolgante, nobre até – e me sentia profundamente agradecido por ter recebido uma oferta de emprego estável em uma época em que a situação global não era nem um pouco boa, mas eu tinha uma reserva. Ou melhor, um escrúpulo, acho que deveria dizer. Eu não me sentia bem com o que fizera no gabinete por trás das costas dele. Ali estava ele, fazendo mais que sua obrigação para me tornar alguém, para investir em mim e em meu futuro da forma mais concreta, e eu o decepcionara, enganara, traíra a confiança depositada em mim. Ele estava falando sobre a escola em Indianápolis – a Escola Porter, como era chamada –, descrevendo alguns dos detalhes das histórias mais intrigantes, especialmente de dois professores que estavam escondendo duas extensas histórias-H da administração e da comunidade também, quando o interrompi.

– Professor Kinsey – disse eu. – Prok. Escuta, tenho que lhe contar algo.

Ele parou o que estava fazendo – seus dedos longos e ágeis imobilizados na franja do tapete sendo confeccionado – para concentrar seu olhar em mim.

– Sim – disse ele. – O que é, Milk?

Parecia haver uma campainha em meus ouvidos, uma espécie de alarme se repetindo ali. Devo ter erguido a voz para ser ouvido.

– Eu tenho uma confissão a fazer.

Pela primeira vez, Prok não tinha nada a dizer. Ele retrocedeu para seu estilo de entrevista, todo ouvidos.

— É que eu... Quando você estava fora, eu quebrei o código. Isto é, o código secundário. Eu... eu receio que tenha mexido em sua escrivaninha.

Sua primeira reação foi de descrença.

— Impossível — disse ele.

Mantive resoluto seu olhar, as sinetas tinindo em meus ouvidos, seus olhos entrando e saindo de foco até serem como dois planetas gêmeos flutuando no espaço celeste.

— Procurei apenas duas histórias, só isso, e sei que é imperdoável, mas não consegui me segurar...

Duas palavras apenas:

— De quem?

Algo voou na janela, então, batendo na direção da luz da lâmpada, um morcego, acho eu, ou um pássaro desorientado nas sombras da noite que caíra. Houve uma batida surda de asas contra o vidro e, então, ele não estava mais ali. — A sua — disse eu, a voz sufocada na garganta. — E a de Mac.

Ele me deixou pendurado um momento, então disse:

— Você quebrou o código?

— Sim — murmurei.

— Nunca imaginei que alguém pudesse quebrar meu código, mesmo que essa pessoa conseguisse ter acesso a ele de alguma forma. Você compreende que agora vou ter que projetar um novo?

— Compreendo.

Eu não disse nada, pensando no trabalho que isso acarretaria, o desperdício de seu tempo irrecuperável, minha própria curiosidade fútil, e como eu havia atrasado o projeto antes mesmo que tivesse uma chance de contribuir para ele. Eu estava com raiva de mim mesmo. E envergonhado.

Prok levantou-se, foi até o consolo da lareira e passou um tempo reorganizando os porta-retratos ali. Estudei-o de costas, a longa extensão afilada dele, os ombros estreitados, os cabelos curtos. Em seguida, foi até perto da janela, espiou a escuridão, voltou atravessando a sala e sentou-se no sofá, antes estendendo o braço para desligar a lâmpada. As sombras avançaram furtivamente para envolver a sala, a única luz emanando de uma lâmpada no corredor.

– Então – disse ele, por fim –, você conhece minha história, é isso? Mas aqui – dando um tapinha ao lado dele no sofá –, venha sentar aqui.

Obedeci. Levantei da cadeira e me acomodei ao lado dele no sofá.

Ele colocou seu braço em torno de meu ombro e me aproximou dele de maneira que nossos rostos não estavam a mais que quinze centímetro de distância.

– Você não deveria ter espiado, John – sussurrou. – Não deveria. Mas vou lhe dizer uma coisa, foi bom que você confessasse.

– Desculpe – disse eu.

– Demonstra caráter. Você se dá conta disso, não é? – Ele deu um abraço fraternal em meu ombro. – Você é um jovem bom, John, e aprecio sua sinceridade, aprecio mesmo.

E, então, algo estranho aconteceu, a última coisa que eu esperaria diante das circunstâncias – ele me beijou. Inclinou-se, fechou os olhos e me beijou. Algum tempo passou, durante o qual nenhum de nós disse nada. Depois, ele me pegou pela mão e me levou escada acima, para o quarto vazio no sótão, e me lembro de uma mesa de pingue-pongue ali, coisas de crianças, um caniço de pesca e uma máquina de costura velha – e uma cama. Não voltei para casa aquela noite, não até bem tarde.

4

IRIS ESTAVA FAZENDO um curso sobre Shakespeare aquele semestre no mesmo prédio em que eu assistia às aulas de poesia britânica moderna de professor Ellis. Eu não sabia disso na época, porque ainda não dera um jeito de falar com ela, apesar da intenção de fazê-lo, então foi uma surpresa encontrá-la, uma tarde, no corredor. Minha lembrança é de um dia triste, branco como algodão para além das janelas, o linóleo escorregadio de umidade, o mundo inteiro soltando um cheiro desagradável de mofo e fermentação. A chuva vinha caindo regularmente na última semana e continuaria a cair, segundo a previsão do tempo. Eu não estava pensando em nada, guarda-chuva, caderno de anotações e texto de poesia enfiados debaixo de um braço, o chapéu pingando no outro, abrindo meu caminho a esmo em meio à turba de estudantes no corredor. Talvez eu estivesse sonhando. Talvez fosse isso.

Ela estava à minha frente antes que eu pudesse me preparar, bem ali, dois ombros bem abertos, uma garota com uma capa amarela sorrindo de maneira contagiante e esquivando-se pelo caminho, alguém exclamando algo. Iris. Ali estava ela. Nós dois paramos.

– Oi – disse ela, e seu sorriso foi uma verdadeira aula.

– Sim – disse eu –, oi.

Seus olhos pareciam drenar toda a luz do corredor, e não havia nada que eu pudesse fazer a não ser encará-los, fascinado.

Ela parecia ter feito algo com os cabelos também, ou talvez eles estivessem apenas molhados. O que ela estava vestindo? Um suéter seis vezes maior que seu tamanho, uma saia de lã, meias até o tornozelo, botas.

– Você tem o Ellis nesse horário, é?

– Britânica Contemporânea – disse eu. – Isto é, poesia. Mas escuta, eu nunca... Você recebeu meu bilhete?

Ela me lançou um olhar irônico.

– Sabe, naquele dia... Quando era para termos ido à peça? Eu deixei as entradas e, sabe, um bilhete, com a garota da recepção. A assistente... Eu estava me perguntando se você, se você recebeu.

Dois grupos de estudantes passaram se desviando de nós enquanto nos mantínhamos ali, como postes na entrada úmida. Havia um zum-zum de conversa, vi o professor Ellis no canto mais distante do corredor, uma centena de pares de sapatos guinchando no linóleo molhado.

– Por favor, John – disse ela, a boca reduzida a um nada, um talho, uma rachadura reveladora na fachada de porcelana de seu rosto reluzente e martirizado –, não aqui. Aqui não é o lugar para isso.

Encarei-a apenas, mortificado. Um sentimento esmagador de culpa e perda, algo condenado e inescapável começou a rufar em minha pele tensa, e minha nuca esfriou, e os cabelos formigavam no couro cabeludo.

– Pelo menos me ouça – pedi.

– Você quer conversar? Tudo bem. Ótimo. Estou interessada em ouvir o que você tem a dizer, realmente estou. – Seu rosto perdera a cor, e ela se mantinha absolutamente rígida. – Às quatro horas – disse, a voz lutando pelo tom certo –, na Webster's. Você não tem como não me achar. Vou estar na mesa dos fundos, sentada, sozinha.

O CÍRCULO ÍNTIMO

Tive que pedir para Prok trocar meu horário naquele dia, e não posso dizer que ele tenha ficado eufórico com isso – qualquer coisa que interferisse com o trabalho era antiético em relação ao projeto e, consequentemente, para com ele –, mas consegui chegar à drogaria Webster's antes de Iris. Quando ela passou pela porta, com seu chapéu de inverno, e fez um show sacudindo o guarda-chuva e jogando os cabelos para trás a fim de mascarar o que quer que ela estivesse sentindo, eu estava lá. Disse para ela que estava contente por ela poder comparecer, e então lhe contei o quanto gostava dela e como estava chateado pelo que tinha acontecido. Minha explicação provavelmente encheria páginas, mas basta dizer que mencionei Prok e a importância de cultivar sua amizade para meu trabalho e minhas perspectivas futuras.

Ela ouviu friamente, deixou-me ir cada vez mais fundo, até que, em determinado momento, seu rosto se iluminou com um sorriso, e ela disse:

– Levei um amigo comigo. Para a peça. E foi uma das coisas mais agradáveis que fiz desde que cheguei aqui, no primeiro ano.

– Ah – disse eu –, bem, nesse caso...

– Você não vai perguntar o nome dele?

Estávamos tomando chá e lutando contra o impulso de embeber nossos sonhos polvilhados nas pequenas xícaras de cerâmica colocadas sobre os pires à nossa frente. Eu não bebia chá. Eu nem gostava de chá. Mas estava bebendo porque fora isso o que ela pedira, lançando um olhar para a garçonete – e depois para mim –, o que fez o chá parecer exótico, a escolha definitiva daqueles que sabiam das coisas. Eu tinha acabado de levar a xícara a meus lábios e a colocara de novo sobre a mesa. Tentei soar casual.

– O nome *dele*? – disse eu. – Ora, eu o conheço?

Ela balançou a cabeça, seus cabelos recebendo a luz que passava pela janela.

— Acho que não. Ele está no último ano. Arquitetura. Bob Hickenlooper.

O que posso dizer? O rosto de Hickenlooper se ergueu diante de mim, um rosto, digamos, de uma beleza convencional, o rosto de um dos caras mais populares do campus. Ele tinha a reputação de correr atrás de qualquer coisa que vacilasse sobre um par de saltos – até sem os saltos – e também era um CDF, com um futuro promissor pela frente. O ciúme tomou conta de mim. Meus cabelos – um cacho que nunca parecia querer ficar no lugar – caíram sobre minha testa, e tive o impulso de pegá-lo e arrancá-lo com um puxão furioso. – Ele... ele mora em minha pensão – disse eu, fazendo a voz mais fria e controlada possível.

Ela estava se divertindo – era evidente, pelo brilho de seus olhos e a forma como se ajeitou na cadeira para me ver melhor. Observei-a enquanto baixava a cabeça e franzia os lábios para um gole longo e lento de chá.

— Mas chega de falar de mim – disse –, e você? Ouvi dizer que foi promovido.

— Sim, eu...

— Pesquisa sobre sexo, não é?

Assenti com a cabeça, uma centena de pensamentos brigando. Como ela soubera daquilo: por Hickenlooper? Paul? A mãe dela? Mas como a mãe dela ficara sabendo se a minha não?... Eu queria mudar de assunto, queria convidá-la para o cinema na noite de sábado, ali mesmo – e o fiz, mas não antes de ela dizer:

— Como você foi cair *nessa*?

O TEMPO ESQUENTOU. Prok e eu começamos a passar cada vez mais tempo no jardim, arrastando pedras para as quinas e os cantos, cavando a terra com pás, empurrando carrinhos de mão para cima e para baixo com cascas de árvores e adubo de galinha, podando, cortando, aparando. Dividimos e transplantamos muitos ramalhetes de lírios de todas as espécies, e íris– os íris eram sua paixão, ele havia coletado mais de 250 espécies deles e estava sempre negociando e vendendo bulbos pelo correio para todo o país. Também plantamos árvores – árvores frutíferas, ornamentais, árvores novas que tiramos com as raízes dos morros – e todo tipo de plantas nativas, erva-dos-cancros, vara-de-ouro, bistorta, áster e cenoura silvestre. Elas realçavam o esplendor dos canteiros e emprestavam a toda a propriedade um ar rústico, como se ela fosse produto da natureza, não do homem. Enquanto trabalhávamos, Prok conversava sobre um assunto apenas – sexo – e, particularmente, sobre histórias-H que ele estava coletando, não apenas em Chicago e Indianápolis agora, mas em Nova York também. Ele se comoveu quase às lágrimas com os relatos de infratores sexuais que entrevistara na prisão, pessoas encarceradas por atos comuns que porventura colidiam com leis antiquadas. Eles tinham sido processados quase arbitrariamente, como o homem de South Bend, preso por ter feito sexo oral com sua esposa (ou melhor, ex-esposa, segundo ela), ou os vários casais homossexuais separados e expostos pelos cônjuges vingativos, os pais ou a polícia de cidades pequenas. O coito fora do casamento era universalmente banido, a masturbação, ilegal, a sodomia, um crime na maioria dos estados.

– Sabe – disse-me ele, mais de uma vez, defendendo seu ponto de vista e já preparando a próxima palestra na cabeça –, é totalmente absurdo. Se todas as leis sobre o sexo fossem rigorosamente levadas a julgamento, em torno de 85 por cento da população adulta estaria atrás das grades.

Eu disse que concordava com ele. Em gênero, número e grau. Que minha vida seria mil vezes melhor se não fossem todas as proibições colocadas em mim a partir do momento em que entendi para o que servia o equipamento entre minhas pernas. Ele sorriu, colocou o braço sobre meus ombros.

– Eu sei, eu sei – disse –, estou pregando para um convertido.

Comecei a ver mais Iris durante esse período – levei-a ao cinema e saímos para caminhadas ou nos encontramos para estudar na biblioteca –, apesar de que, com os exames finais chegando, a formatura se aproximando e o tempo exigido para o projeto, sem mencionar o jardim, nossa relação progredia aos trancos e barrancos. A essa altura, Prok e eu estávamos despidos ao mínimo necessário enquanto trabalhávamos na rua, ambos ficamos tão bronzeados que poderiam nos confundir com uma dupla de trabalhadores italianos. Prok não era um nudista, não oficialmente (ele era autossuficiente demais para juntar-se a qualquer grupo ou movimento), mas estava constantemente nu ou tão próximo da nudez quanto poderia estar, dadas as circunstâncias. Em sua cabeça, a nudez era uma expressão do estado mais natural e relaxado do animal humano – os mesmos órgãos de controle social que haviam proscrito determinados atos sexuais ditaram que as pessoas deveriam usar roupas, enquanto uma série de sociedades fora da tradição judaico-cristã funcionava muito bem sem elas, ou com muito poucas. "Os ilhéus de Trobriand, por exemplo, Milk, pense nos ilhéus de Trobriand. Ou os samoanos." Para enfatizar seu ponto de vista com os vizinhos e quaisquer pedestres desavisados que pudessem passar por ali, Prok reduzira seu traje de jardinagem a um tipo de sunga cor de carne e a um único sapato, que ele usava no pé direito, para cavar. Eu segui o exemplo, é claro, pois isso era o que se esperava de mim, e sempre fiz o que esperavam de mim. (Era uma questão de lealdade, apenas isso, de uma ética fundamental para meu treinamento, para minha educação

– acho que para minha própria natureza –, apesar de Iris ser impiedosa sobre esse assunto anos mais tarde.)

O que aconteceu em seguida – foi um pouco antes da formatura, em junho – surpreendeu até a mim, e fui o motivo de tudo. Toda essa conversa sobre sexo seria e deveria ser natural e descomplicada simplesmente pelo relaxamento das censuras da sociedade, o que me fez pensar em minha própria situação e nos escapes (um termo do Prok) disponíveis para mim. Eu era jovem, saudável, e o exercício, o sol, a sensação e a fragrância da terra estavam fazendo com que eu quase explodisse de desejo. Eu estava com tesão, nunca estivera com tanto tesão, frustrado, com raiva. Eu queria Iris, queria Laura Feeney, queria qualquer uma, mas não sabia por onde começar. Por outro lado, Prok e eu continuamos a ter *encontros* (mas, como ele odiaria o eufemismo, sexo, nós fazíamos sexo), apesar de, como já disse, minha história-H ser limitada e, se eu era um 1 ou no máximo um 2 na escala 0-6, isso descreveria a extensão de minha inclinação naquela direção. Assim, comecei, de meu jeito hesitante, a abordar o assunto de relações heterossexuais com ele. Mas deixe-me voltar um momento, porque me lembro do dia claramente e preciso descrever a cena aqui.

Era uma manhã de domingo e tínhamos começado a trabalhar cedo no jardim, os sinos das igrejas dobrando a distância, as pessoas passando a pé a caminho dos cultos, o ar denso com o calor e a umidade, a promessa de um temporal de fim de tarde pairando sobre os morros. O jardim estava aberto – todos os domingos, Prok colocava um cartaz escrito à mão para que as pessoas pudessem ter uma chance de fazer um passeio na propriedade e ouvi-lo dissertar sobre cada variedade de flor e planta, sua classificação, as espécies mais próximas, suas preferências em relação a solo, luz e irrigação. Nada agradava mais a Prok que exibir o que ele conseguira com sua horticultura, e, mais uma vez, isso derivava tanto de seus instintos competitivos (os lírios de ninguém poderiam ter a esperança de se comparar um dia aos seus) quanto qualquer outra coisa. Estávamos trabalhando em meio a hemerocales em um dos canteiros do jardim da frente, os dois de quatro no chão, quando Prok olhou para cima e disse:

– Ora, olha só, não é a reitora Hoenig? E quem é aquela junto dela? Aposto que... Sim, aposto que deve ser sua mãe, que veio de Cleveland. Alguém não tinha mencionado que a mãe dela estava de visita?

Prok ergueu-se, de joelhos, um sorriso fechado nos lábios. Olhei para ver a reitora, estava vestida como quem vai para a igreja, passando pela calçada na frente da casa e falando animadamente com uma velha que andava curvada e cujo rosto passava impressão de honestidade, com um chapéu que parecia um bolo de casamento invertido. Eu sabia que a reitora tinha se mudado havia pouco para uma casa a duas portas de distância da de Prok, mas, além disso, eu sabia pouco ou nada sobre os professores e realmente não tinha uma resposta para ele.

– Não sei – disse eu. – Não ouvi nada a respeito.

O sorriso alargou-se. Ele estava observando aquelas mulheres da forma como um predador olharia para a presa. Vi que elas não teriam chance alguma, a velha se deslocando com tamanho vagar que estava praticamente parada.

– O que me ocorreu agora – disse Prok, a voz cheia de alegria subversiva – é que o jardim está aberto, não é?

Não sorri de volta. Não queria me envolver com a reitora. Eu podia estar sob a proteção de Prok, mas ainda assim não conseguia deixar de me encolher toda vez que a via. Eu me sentia culpado das acusações, e a ironia era que nunca consegui mais que um único beijo de Laura Feeney, apesar de todo o embaraço que a situação me causara.

Prok pegou-as no portão:

– Reitora Hoenig, Sarah! – chamou ele, disparando até a calçada com sua sunga e um único sapato desleixado. A reitora olhou-o com uma expressão de espanto, enquanto a mãe, que não parecia ter mais de um metro e meio nos saltos, visivelmente sobressaltou-se. Mas Prok não estava nem um pouco preocupado com isso. Ele era o cavalheiro mais perfeito, refinado e cortês em todo o estado de Indiana e vira as damas passando por acaso – Voltando para casa da igreja, não é? – E apenas sentiu que tinha que chamar a atenção delas para os encantos de seu jardim e oferecer-lhes o raro privilégio de um passeio conduzido pessoalmente. – E quem seria essa dama encantadora? – perguntou, voltando-se para a velha com uma mesura. – Sua mãe, presumo?

A reitora – atarracada, peituda, dura como um sargento – estava perdida. Ela estava sempre no comando, supervisionando os alunos e controlando os dormitórios com mão de ferro, mas a situação estava claramente fora do seu controle.

– Sim, essa é minha mãe, Leonora. Mãe, este é professor Kinsey, do Departamento de Zoologia.

Prok pegou a mão da senhora e apertou-a. Havia um lustre de suor em seu peito, os músculos longos e as veias dos braços salientes em sua definição trabalhada, abdômen encrespado com claros pelos louros que começavam a ficar grisalhos. Ele pairava sobre a velha como um troglodita nu, todo sensualidade e presença, e, no entanto, o que ela ouvia saindo de sua boca era a linguagem da cultura e da civilidade. – Ouvi dizer que a senhora é de Cleveland?

Os olhos da velha tinham voltado para a cabeça. Ela mal conseguiu resmungar uma resposta afirmativa.

– Uma joia de cidade – disse Prok, coçando preguiçosamente os pelos das axilas de seu braço esquerdo. – Um museu de primeira classe. Absolutamente. Sem mencionar a orquestra sinfônica... Eu a invejo por isso, sra. Hoenig. Mas, por favor, não vamos ficar aqui parados na rua, venham e deixem-me mostrar-lhes minha menina dos olhos... Vocês gostam de lírios, não é?

A mãe da reitora meneou a cabeça entorpecida. Depois, lançou um olhar desamparado para a filha. A reitora Hoenig sorria comedida, não era um sorriso receptivo, de forma alguma.

– Uma pena, temos que seguir adiante, professor Kinsey, mas gostaria de agradecer-lhe pela consideração...

Prok cortou-a.

– Não seja boba – disse ele, tomando a senhora pelo braço e guiando-a através do portão –, não se trata de forma alguma de uma intrusão, na realidade, é um prazer para mim, e quando é que a sua mãe tem a oportunidade de ver uma maravilha botânica como essa na época de seu auge, eu poderia acrescentar? Não é mesmo, sra. Hoenig?

A mãe da reitora não teve oportunidade de expressar qualquer opinião, porque foi nesse instante que ela me viu parado praticamente nu na frente das hortênsias. (Prok havia me passado um sermão sobre o que ele via como minha modéstia excessiva, e eu tinha gradualmente passado a pensar como ele – apesar de meus trajes de jardinagem não serem tão mínimos quanto os seus, na época eu usava apenas uma espécie de tanga escura que ele modelara para mim e um par de tênis manchados de terra, sem meias.) Ela deu um salto para trás, como se uma corrente elétrica tivesse passado por ela, mas Prok a manteve firme e a guiou pelo caminho até onde eu estava, a reitora seguindo de má vontade atrás.

– Sra. Hoenig – estava dizendo ele –, eu gostaria de apresentar-lhe meu assistente, John Milk. Milk, a sra. Hoenig. E creio que você conhece a reitora...

Enquanto pegava a mão da senhora e a apertava suavemente, eu podia sentir os olhos da reitora me examinando. Ela estava fora de lugar ali, já derrotada – veria o jardim com sua mãe e ouviria o monólogo ininterrupto de Prok, e, enquanto isso, aprenderia algo sobre a condição natural do animal humano, gostasse ou não disso –, mas ela não pôde deixar de dar uma alfinetada em mim.

– Sim, certamente – disse ela. – Do curso sobre casamento. Mas acredito que você esteja esperando passar a formatura para celebrar a união, não é, John?

Eu estava aprendendo. Com Prok. Com o mestre em pessoa. E não me retrai, não abaixei os olhos nem deixei que minha expressão me entregasse.

– Acho que não – disse eu. – Ou melhor, realmente não.

A senhora deixou escapar uma exclamação sobre os íris com praganas, quase um longo e atenuado arrulho, e Prok a encorajou, encantado, mas, antes que a reitora pudesse voltar a mim, ele olhou sobre o ombro e disse:

– Ele encontrou outra pessoa, não é isso, Milk?

O que eu poderia fazer a não ser assentir com a cabeça?

Após as mulheres partirem, carregadas de flores cortadas, Prok e eu terminamos o trabalho que tinha sido interrompido na parte da frente e então gastamos uma hora inteira trabalhando com a picareta e a pá no jardim dos fundos (Prok estava construindo o lago para plantas aquáticas, e era muito difícil tirar as pedras e levar e espalhar a terra que tínhamos removido). Bem ao meio-dia, Mac apareceu com sanduíches e refrigerantes, e nós três nos sentamos no chão, contemplando os contornos do que escavamos e conversando. Ela estava com os pés na terra, vestia um short cáqui e a blusa que usava como supervisora nos acampamentos e como líder das bandeirantes. Notei que ela havia partido os cabelos do lado esquerdo e os passara sobre a testa, prendendo-os com um pregador sobre a orelha direita. Não sei o que era, mas, naquela tarde em particular, ela estava alegre e jovial, de um jeito que eu nunca vira antes. Ela puxou as pernas e se recostou enquanto comia e ria, e interrompia o monólogo de Prok para fazer um comentário ou outro, e, apesar de estar com quarenta e poucos anos na época, parecia despreocupada, agindo como uma garota, nem um pouco como se esperaria de uma dona de casa e mãe.

Sobre o que nós falamos durante o almoço naquela tarde? Não lembro. O lago, provavelmente, sua profundidade e dimensões, as plantas que Prok estava planejando para ele, pontederiáceas, íris, é claro, com suas raízes bem na água, e o que nós achávamos da *Sarracenia purpurea* para a zona de transição? Quando vi, estava olhando furtivamente para Mac, suas pernas, seus tornozelos, o lugar onde suas coxas bronzeadas sumiam na curva do short. Foi isso que me impeliu, creio eu, que me fez arriscar algo que eu teria sido incapaz de fazer mesmo umas poucas semanas antes, mas, como eu disse, minha educação estava avançando rapidamente. Foi assim que aconteceu: quando Mac juntou os pratos e Prok e eu a observamos voltar pelo gramado e desaparecer nos fundos da casa, voltei-me para ele:

– Prok, espero que você leve isso numa boa – comecei –, mas estive pensando... Com relação à minha educação e às minhas necessidades também... Sobre o que nós estávamos falando ontem, da minha necessidade de um escape feminino, certo?

Ele estava se levantando, já ansioso para voltar ao trabalho.

– Sim – disse –, sim, o que você quer dizer?

– Ora, veja bem, eu estava me perguntando como você se sentiria a respeito... é... de Mac...?

Ele pareceu confuso.

– Mac?

— Sim — disse eu, e olhei-o bem nos olhos, aluno perspicaz que eu era. — Mac.

Ele demorou um pouco.

— Você quer dizer, você quer... com a *Mac*?

Podem dizer o que quiserem sobre ele — e parece que todo mundo tem uma opinião —, mas Prok não era hipócrita. Ele pregava a libertação sexual para homens e mulheres e vivia o que pregava. Um sorriso débil surgiu em seus lábios, seus olhos faiscaram de diversão, como se a piada fosse sobre ele. Então, largou a pá e me disse que passaria a proposta para sua esposa naquela noite, e, se ela consentisse, eu tinha sua bênção.

No fim das contas, Mac ficou tão surpresa quanto o marido. Surpresa, mas lisonjeada também. Quando apareci para trabalhar no jardim no fim de semana seguinte, vi que ela estava sozinha em casa. Eu estava nos fundos, na cratera que eu e Prok tínhamos escavado até a altura dos joelhos, perguntando-me onde estaria ele — teria dormido até tarde? (impossível; mesmo quando seu coração já estava combalido, com quase 60 anos, ele nunca dormia mais que quatro ou cinco horas por noite) —, quando percebi o sussurro de pés descalços na grama e olhei para cima. E então vi Mac parada ali, à minha frente, com um sorriso terno e tímido nos lábios.

— Olá, John — disse ela, os olhos brilhando, aquele tom envolvente na voz —, vim aqui só para dizer que Prok levou as crianças para o lago Monroe para passar o dia. Explorar um pouco e coletar galhas. Ele disse...

Eu senti como se os ventrículos de meu coração tivessem sido obstruídos à força. Eu estava tendo dificuldade para respirar. O sol era uma coisa palpável, um peso sobre meus ombros, que eu mal conseguia sustentar. Pensei que poderia perder a consciência,

e talvez tenha perdido, por apenas um instante, oscilando sobre meus pés enquanto a terra girava fora de controle embaixo de mim.
— Ele disse que você não precisava trabalhar hoje. Se não quisesse.

MAIS UMA VEZ, gostaria de ser franco aqui — se Prok me ensinou algo, foi isso. O eufemismo é o recurso dos falsos, dos tímidos, dos reprimidos sexuais. Eu não lido com eufemismos e gosto de contar as coisas sem rodeios. Ou como elas são. Indo direto ao ponto, comecei a ficar intoxicado com Mac. Ela foi a primeira, a mulher que me tirou a virgindade, ou, para expressá-lo do jeito que os indivíduos mais baixos diriam em inúmeras entrevistas — no vernáculo que tantas vezes chega à verdade com muito mais força que o circunlóquio mais grandioso —, ela foi minha primeira trepada. Pronto, falei. E, se Iris ouvir isso um dia, quando tudo tiver passado — ou quando for transcrito para um livro, e é isso que deve acontecer: um livro —, não tenho nada a esconder. Ela conhece minha história sexual. Ela a conhece desde o início, assim como eu conheço a dela.

Mas, naquele dia de junho, com as flores em uma orgia e a atmosfera tão agradável e estimulante como um banho de fragrâncias, a casa graciosa pairando atrás de nós, o silêncio denso e entorpecedor da manhã nos isolando do mundo, Mac estendeu a mão para mim e eu a peguei. Ela não disse uma palavra. Apenas me puxou delicadamente até me transmitir o que queria e eu saí de dentro da escavação, deixando que ela me levasse até um lugar nos fundos do jardim, onde as árvores se fechavam à nossa volta. Havia um cobertor ali, aberto sobre a grama, e a visão dele me excitou repentinamente: ela planejara tudo de antemão, pensando em mim, desejando-me, e ali estava a prova disso.

— Aqui — disse —, sente. — E eu obedeci, minha respiração curta e rápida, enquanto ela pairava acima de mim, desabotoando a blusa, tirando o short. E, com um mergulho lento e gracioso do corpo, ajoelhava-se a meu lado e deixava que suas mãos corressem sobre meu peito e meu abdômen, durante o tempo inteiro exercendo a pressão mais suave sobre os pontos tensos de meus ombros e braços, até que, finalmente, eu descansava sobre meus cotovelos. Então, de costas, eu podia sentir os dedos dela sobre o elástico de minha tanga. O momento pareceu durar para sempre. O pano não estava mais ali e senti quando ela me pegou no ponto que realmente importava. Eu sabia o que ela estava fazendo. Eu vira os slides, transcrevera as histórias. E eu fizera o curso do professor Keating sobre os clássicos, conhecia o *Édipo rei* e o *Édipo em Colono*, sabia que Prok era o velho rei, eu era o filho e Mac a mãe. Meus olhos estavam abertos. Eu não era uma vítima. E aquilo era sexo — não amor, sexo — e me apresentei a ele como se o tivesse feito minha vida inteira.

5

No SÁBADO SEGUINTE, foi minha formatura.

Minha mãe — falarei mais sobre ela daqui a pouco — foi de carro desde Michigan City com Tommy McAuliffe e minha tia Marjorie no Dodge de Tommy (nós nunca tivemos carro; era um luxo que, de acordo com minha mãe, simplesmente não tínhamos condições de ter, por isso nunca aprendi a dirigir, não até Prok assumir essa responsabilidade e me ensinar, mais tarde, naquele verão). Isso foi em junho de 1940, e os eventos na Europa — a retirada de Dunquerque e a queda iminente da França — ofuscavam as festas de formatura, provavelmente as mais sombrias da história da Universidade de Indiana. Todos estavam agitados, não apenas os formandos. O recrutamento era quase uma certeza agora. Todos os estudantes da graduação seriam afetados.

Mas eu estava já me formando — e, ainda por cima, com uma *magna cum laude* —, e minha mãe faria uma festa, com ou sem Hitler. Já tinha reservado quartos para ela e minha tia um ano inteiro antes a fim de passar na frente dos outros pais, aqueles que talvez não fossem tão espertos ou previdentes. Tommy dormiria em uma cama de lona no quarto que eu dividia com Paul Sehorn, tudo acertado diretamente de antemão com a sra. Lorber.

Bom, em relação à minha mãe. Acho que devo dar a ela o que é de direito, apesar de poderem argumentar que a contribuição dela não tenha sido das mais importantes para a história de Prok, mas, mesmo assim, tenho dificuldade de falar sobre ela (ela vive e está bem, no momento em que escrevo esse testemunho, dou aulas em uma escola primária em Michigan City e tenho quase 60 anos). Seu caráter foi – é – formado pelas circunstâncias, quer dizer, por circunstâncias específicas: ter cuidado de um filho sozinha durante a Depressão, ficar viúva aos 30 anos e com os pais a quase mil milhas de distância, impossibilitados (e sem vontade) de ajudar. Ela era uma pessoa moderada, meticulosa, tão eficiente e previsível quanto uma máquina; dificilmente se encontraria alguém à altura dela nisso. Mas isso soa duro demais, e não quero ser duro – ela me deu roupas, alimento, oportunidade. E, se o seu eu emocional recolheu-se após o desaparecimento de meu pai, então realmente não tenho condição alguma de culpá-la. Tampouco a outro qualquer. Ela absorveu sua tristeza, bebeu-a como uma esponja e, então, endureceu com ela até calcificar. Mas isso não é certo também. Ela é minha mãe e a amo, do jeito que qualquer filho ama sua mãe. Nem preciso dizer isso. Talvez seja melhor me ater a uma descrição física dela.

Minha mãe era mais alta que a média – um e setenta e cinco –, jogara basquete no ensino médio, adorava natação, caminhadas e fofocas. Era descendente de holandeses – seu sobrenome de solteira era Van Der Post – e tinha um ondulado natural nos cabelos, uma mistura de ruivo e castanho que no verão ficava dourada nas pontas. Era bonita, chamava a atenção – tenho consciência disso, mas ninguém pensa na mãe assim. Chamava a atenção, sei, e isso a deixava orgulhosa. Ficava sempre dizendo que fulano de tal tinha elogiado suas pernas ou que os pulôveres caíam bem nela, como em uma modelo. Dizia também que, um dia, quem sabe?, faria um teste em Hollywood. Mas, se ela teve algum escape sexual depois da morte de meu pai, cuidou muito bem de escondê-lo de mim. Essa é outra história, e eu não mencionaria nada aqui se não fosse o encontro entre ela e Prok. Faço isso pelo bem deste relato, é óbvio.

De qualquer maneira, eu estava olhando pela janela, naquela tarde de sexta-feira, quando o Dodge de Tommy encostou no meio-fio com um clarão de luz do sol refletida; minha mãe e tia Marjorie saíram dele, olharam à sua volta como se tivessem sido deixadas na Amazônia em vez de Bloomington, Indiana, e arrumaram os chapéus um momento antes de subir os degraus de entrada da pensão. Eu poderia tê-las recebido na porta, mas esperei um momento, não sei exatamente por quê. Essa era uma época de celebração, de alegria – finalmente, eu seria mimado um pouco; certamente, haveria um belo jantar, ostras, aipos fritos e recheados com queijo, filés malpassados sobre baixelas de prata em contraste com uma toalha de linho tão branca que poderia ter sido feita naquela mesma manhã –, mas eu simplesmente fiquei ali, à janela, e não fiz um movimento sequer até ouvir a voz dela na entrada. Não sei o que estava dizendo – cumprimentando a sra. Lorber, sem dúvida, fazendo alguma crítica sobre o estado das estradas ou a direção de Tommy, ou ainda falando sobre o tempo, não estava quente? Mas o tom de sua voz me pegou e desci para seu abraço frio, o filho obediente, John, seu garoto John.

As três mulheres paradas no vestíbulo voltaram-se ligeiramente para a escada, como se estivessem posando para uma foto de grupo, que, suponho, poderia ser chamada "Aguardando os passos dele numa época de muito júbilo" ou "Quem vai salvar a pátria?"

– Mãe – disse eu, descendo um degrau de cada vez, lentamente, com dignidade, sem os pulos e as brincadeiras de um estudante –, seja bem-vinda. E tia Marjorie, sou tão grato. E sra. Lorber... A senhora foi apresentada à sra. Lorber?

O CÍRCULO ÍNTIMO

Minha mãe me abraçou de seu jeito duro e formal, mas seus olhos me diziam que ela estava orgulhosa de mim e satisfeita também. Ela estava prestes a dizer algo nesse sentido – ou, pelo menos, achei que estava – quando Tommy subiu voando os degraus da rua e irrompeu pela porta para me agarrar em um abraço de urso.

– Olá, professor! – gritou, sacudindo-me como um pacote extragrande com o qual ele estava prestes a fazer uma rifa. – E então, vamos agitar! – Todos sorriram como se ele tivesse perdido a razão. E tinha mesmo. Um tempo depois, quando estávamos sozinhos no quarto, ele me mostrou a força motriz por trás de sua loucura temporária: um frasco de uísque no tamanho certo para o bolso interno de um casaco esportivo. Ele me passou o uísque e automaticamente dei um longo gole, que desceu queimando; e, quando tentei passar o uísque de volta, Tommy não o aceitou.

– Olhe para as iniciais nele – disse, afundando na cama de Paul como se suas pernas não o suportassem mais.

Reproduzidas ali, em filigranas, estavam as iniciais JAM, de John Anthony Milk.

– Essas são *minhas* iniciais – disse eu, feito bobo.

Tommy me observava com olhos que tinham a profundidade de dois longos túneis. Ele ouvira minha mãe e minha tia por horas a fio e quem poderia culpá-lo por já estar bem longe da sobriedade?

– É isso mesmo, sim – disse ele.

Estávamos nós cinco no jantar daquela noite – minha mãe, minha tia, Tommy, Iris e eu. O restaurante ficava no andar térreo de um hotel no centro da cidade (não o que minha tia e minha mãe estavam hospedadas, que era muito mais modesto) que tinha a reputação de ser o melhor em Bloomington, pelo menos naquela pacata e provinciana cidade antes da guerra. Havia plantas em vasos entre uma mesa e outra e o maître se enfeitara com o que ele possuía de mais próximo de um smoking, conseguindo prender os cabelos de tal forma em seu couro cabeludo que pareciam uma touca de banho com uma parte penteada para o lado. O menu ia desde uma sopa de cebolas *au gratin,* passando por postas de vitela grelhada, salmão e, é claro, carne em todas as suas manifestações. Começamos todos com salada de camarão, os camarões empoleirados encantadoramente perto das taças individuais com gelo. Tommy e eu pedimos cervejas enquanto as damas ficaram com uma rodada de *gin fizzes.** Eu me senti eufórico. Não apenas era o centro das atenções – aquela festa era para mim, eu era um adulto agora, um formando que conseguira algo com suas próprias forças, não se parecia em nada com as festas de aniversário organizadas que minha mãe costumava dar até eu terminar o segundo grau e partir para a universidade –, mas eu tinha que considerar o frasco de uísque também. Seu conteúdo tinha contribuído bastante para abastecer meu entusiasmo. Eu estaria bêbado? Não sei. Mas via as coisas com uma espécie de clareza ofuscante, como se o mundo tivesse sido subitamente iluminado, como se eu houvesse vivido minha vida inteira em duas dimensões, preto e branco, e agora tudo tinha três dimensões, estava em tecnicolor. Iris, por exemplo.

Ela estava sentada do outro lado da mesa, seus ombros nus com um vestido de organdi sem alças – azul, um azul suave, de bom gosto, com um chapéu pequenino combinando, preso no topo da sombra volumosa de seus cabelos – e vi que ela fizera as sobrancelhas e as redesenhara em dois arcos negros perfeitos que levavam a seus olhos. Até aquele momento, não tínhamos dito muito um para o outro, ela absorta com minha mãe e minha tia, Tommy e eu revivendo os velhos tempos com uma série de risinhos abafados e socos nos braços e todo o resto da coisa adolescente que

---

* Coquetel com gim, soda e limão. (N. T.)

ainda nos aprisionava na juventude, embora ficássemos mortificados se alguém nos tomasse por outra coisa que não homens. Minha mãe disse:

— Temos que intervir. Agora não há mais escolha. Deus me perdoe se meu filho tiver que ir... Não preciso dizer que ele é a única coisa que tenho no mundo... Mas nós não podemos nos dar o luxo de nos desligarmos do resto da humanidade, realmente não podemos, não mais.

— É nisso que eles gostariam de que a senhora acreditasse — disse Iris, largando o garfo. Ela pedira peixe, e as escamas brancas cintilavam nos dentes do garfo contra a poça âmbar de molho no prato. — Por que deveríamos entrar nessa? Perdoem-me, eu sei que a Holanda foi ocupada, mas isso já aconteceu antes, não é? Guerra após guerra?

Tommy estava no meio da lembrança de uma brincadeira que ele fizera depois de um jogo de futebol-americano com nossos maiores rivais, e se enganara ao pensar que eu tomara parte dela, mas estava tão imerso na memória que eu não quis desiludi-lo. Só que, naquele momento, ele olhou para a irmã como se não acreditasse no que acabara de ouvir.

— Ora, por favor, mana. Você está brincando comigo? A França vai cair em uma semana, duas no máximo, e então Hitler pode bombardear a Inglaterra até que não sobre nada a não ser ruínas. Você realmente acha que ele vai ficar satisfeito com isso? Você acha que ele vai mandar uma caixa de chocolates para o Roosevelt, um beijo e fazer as pazes?

— Exatamente — disse minha mãe, com o queixo firme. — Pode levar anos para ele chegar aqui, uma década até, quem vai saber? Mas o mundo é menor do que você pensa, Iris, e ninguém está seguro enquanto esse maluco estiver vivo. Você viu o cinejornal semana passada? O passo do ganso. Você não tem vontade de morrer quando vê o passo do ganso?

— A senhora não entende. Essa guerra não é nossa — disse Iris. — Ela não tem nada a ver conosco. Por que os nossos garotos deveriam morrer por um império decadente, por, por... John — disse ela, voltando-se para mim —, o que você acha?

O que eu achava era que a festa tinha azedado. O que eu achava era que Iris parecia a coisa mais bela que eu já vira em minha vida, os olhos acesos de indignação, a boca franzida, o salmão a seu alcance. Tentei um sorriso largo.

— Não sei — murmurei —, mas, pessoalmente? Eu não gostaria de morrer.

Eu buscava a frivolidade, estava tentando levar todos para outro lugar e obliterar o ditador pavoneado do jantar de comemoração, mas ninguém riu. Eles apenas me olharam — mesmo tia Marjorie, a pessoa mais afável que já conheci — como se eu admitisse ter cometido uma fraude ou o estupro de uma criança ou um assassinato. Nós estávamos prestes a entrar em guerra. Não havia como se livrar disso.

Foi Iris quem veio a meu socorro. Ela aproveitara um momento para puxar o garfo por entre os lábios e mastigar o peixe e um bocado de vagens.

— É isso que estou querendo dizer — disse, ainda mastigando. — Eu não quero morrer também. Ninguém quer.

Minha mãe gesticulou, encerrando a questão.

— Você ainda é muito jovem. Você não compreende, há uma conjuntura maior aqui, uma questão maior...

— Ei — disse Tommy, como se estivesse acordando de uma sesta —, ninguém quer mais cerveja... ou um coquetel?

Nós acompanhamos minha mãe e tia Marjorie de volta ao hotel, então saímos para um último drinque, apenas nós três.

Por fim, levei Iris de volta para o dormitório um pouco antes do horário limite para voltar. Uma dúzia de casais estava sentada pelo saguão, olhando fixamente uns nos olhos dos outros. Uma das garotas tinha marcas de grama na saia – uma listra de um verde intenso contra um bege quase branco –, e um cara que reconheci vagamente estava no sofá com sua garota, encostando-se de tal forma que parecia estar grudado nela. Apesar disso, os pés da moça estavam no chão – essa era a regra –, assim como os dele. A assistente residente – a mesma loura de cabelos quebradiços – estava com a cabeça enterrada em um livro.

Tommy tinha reduzido a marcha consideravelmente conforme a noite avançava, e agora, enquanto atravessávamos o saguão até um lugar com mais privacidade, na parede mais distante, atrás da mesa da assistente residente, ele não estava mais caminhando, mas cambaleando. O braço de Iris estava enfiado no meu. Ficamos ali, encostados à parede por um tempo, enquanto Tommy lutava para acender um cigarro – ele deixou cair o cigarro duas vezes no carpete, depois os fósforos.

– Escutem – disse ele, endireitando-se e olhando de soslaio pela sala, como se nunca tivesse visto homens e mulheres se agarrando antes –, eu tenho que... Está quente aqui, não é? Olha, eu preciso achar um banheiro em algum lugar, tudo bem?

Nós o observamos enquanto seguia pé ante pé pelo carpete, movendo-se como se o chão sólido tivesse sido convertido em um trampolim, e, então, ele saiu porta afora, a fragrância do ar da noite a segui-lo.

– Bom e velho Tommy – disse eu, por falta de qualquer coisa melhor para dizer. – Ele deve ser um ótimo irmão. Você tem sorte, sabia?

Iris estava perdida em pensamentos, apoiada à parede, os ombros encolhidos como se estivesse com frio. Ela me olhava atentamente. Seus braços – braços graciosos, lindos, os braços mais formosos, mais perfeitamente torneados que eu já vira – estavam cruzados sobre os peitos, mas ela os deixou cair dos lados do corpo naquele instante, como se estivesse se abrindo para mim. Já tínhamos nos beijado, naquele mesmo lugar, mas fora do campo de visão da assistente. Tinham sido beijos constrangidos e apropriados, ou tão apropriados quanto poderiam ser, levando-se em conta que estávamos ali contra a parede, em um lugar onde a luz da lâmpada era mais fraca. Nossas línguas tinham acabado de descobrir uma função completamente nova. Ela não acreditava em carícias ou sexo antes do casamento, tinha sido educada e assombrada como uma católica, diminuída pelo que tinha sido imposto para ela e incapaz de escapar daquilo.

– Você não se importa, não é? – sussurrara ela uma noite, a respiração quente em meu rosto, o gosto dela em meus lábios.

– Não – dissera eu –, não me importo.

Mas naquela noite – minha grande noite, a noite anterior à cerimônia de formatura e toda a incerteza que isso implicava –, ela me segurou e pressionou o corpo contra o meu, de maneira que pude sentir seus seios moldando-se contra meu peito. A voz era tão baixa que eu mal conseguia ouvi-la.

– Quero um beijo – sussurrou ela.

A CERIMÔNIA TRANSCORREU como o planejado, os discursos foram bastante inspiradores, o tempo cooperou, o presidente Wells apertou a mão de todos e entregou os diplomas um depois do outro, enquanto uma brisa suave descia de Illinois para animar nossas togas e desmanchar delicadamente o penteado das garotas. Mais tarde, houve uma recepção fechada na casa de Prok – ele insistira, ele não aceitaria um não como resposta, era o mínimo que poderia fazer para um jovem que fizera tanto por ele

– e pudemos comemorar em meio às flores e provar o ponche de Mac e licores de Prok. Minha mãe não se deu muito bem com Mac, o que era comum – ela sempre usara sua reserva como uma armadura e nunca fora realmente calorosa com as pessoas, não até ter se encontrado com elas umas quatro ou cinco vezes, e mesmo então não havia uma garantia. Mas havia algo mais profundo e complexo envolvido ali, e eu provavelmente citaria Freud diante daquela conjuntura, não fosse o fato de Prok ter me instruído tão rigorosamente contra ele.

Prok, entretanto, era outra história – minha mãe parecia ter gostado dele logo de cara. É claro, ele se esforçou ao máximo para deixá-la à vontade, dando-lhe toda a atenção e proporcionando-lhe um passeio prolongado pelo jardim. Durante o tempo inteiro perguntava a opinião dela sobre as dálias ou os heliotrópios – ou sobre as azaleias que pareciam realmente vicejar nas condições mais acidificadas que ele podia criar. Ela já tentara usar borra de café? Borra de café era uma das formas mais convenientes e efetivas de se mudar o fator pH do solo, pelo menos até onde Prok fora capaz de descobrir. É claro que você tinha que ter cuidado com a clorose, mas isso podia ser resolvido com a adição de um quelífero de ferro ao solo, bem introduzido, o que aliás nem era preciso dizer...

Fiquei a observá-los enquanto se afastavam lentamente do corpo principal da festa, minha mãe equilibrando uma taça pequenina de licor em uma das mãos enluvadas, o sol se refletindo no topo do chapéu e formando uma transparência cintilante da única pena comprida que pendia para trás; Prok meneando a cabeça e gesticulando enquanto a guiava pelo caminho. Ele estava vestido formalmente naquilo que nós (isto é, Corcoran, Rutledge e eu) passamos a considerar seu uniforme: paletó escuro, camisa branca e uma gravata-borboleta de padrão geométrico com duas cores e um nó bem dado. Eu percebia que Prok estava um pouco ansioso por ter que abrir mão de um dia de trabalho, primeiro para a convocação acadêmica na cerimônia de formatura e, agora, para aquele pequeno encontro. Mas, para um olhar desavisado, ele parecia tão relaxado e encantador quanto o proprietário de uma plantação no período anterior à guerra, mostrando sua propriedade. As crianças estavam jogando um demorado jogo de críquete enquanto Iris, Tommy e eu sentamos embaixo de uma árvore com minha tia Marjorie e Mac, que acabara de tirar os sapatos e estava sempre indo e vindo rápido da casa com uma bandeja de canapés ou tortinhas de caqui, tudo preparado naquela manhã mesmo, em minha homenagem.

Estávamos falando de tudo, menos da guerra, afinal, ela estava acontecendo em algum outro lugar, bem além do oceano, e aquele era o nosso dia – de Tommy, de Iris e meu –, e não havia razão para deixar a escuridão se intrometer. Minha tia, que nunca fora uma mulher de muita conversa, a não ser que estivesse fofocando com sua cunhada, estava sentada em uma cadeira de vime, tinha os tornozelos cruzados e sorria um riso distante, pensando talvez no marido, que fora morto em Ipres na Primeira Guerra. Mac, quando estava conosco, participava encantadoramente de qualquer assunto, incluindo as bandeirantes, tricô – tia Marjorie aguçou os ouvidos um pouco nesse ponto – e, é claro, a pesquisa sobre sexo. O ambiente todo era bem descontraído.

Em determinado momento, assim que as crianças terminaram o jogo com o grito de vitória de uma das garotas, Iris se levantou do gramado dando batidinhas no vestido, como se estivesse deitada na grama desde que ela brotara.

– Por que não jogamos? – disse ela. – Você, eu e Tommy. Vamos?

O CÍRCULO ÍNTIMO

Se hesitei (e pode ser que eu o tenha feito, relaxado como estava com a presença dela – e a de Mac –, além de pelo líquido dourado que brotava do frasco em minha mão), ela não queria nem saber.
– Vamos – repetiu ela. – Você está com medo de que eu o derrote. – Usava um vestido de verão que deixava seus braços de fora. Então, alongou-se e juntou os calcanhares, fazendo um muque com o braço direito. – Porque deveria. Tenho que avisar você de que fui a campeã de críquete de todo o meu bairro.
– Quando você tinha 9 anos, talvez – disse Tommy, mas ele mesmo já se levantava da grama.
Jogamos uma partida preguiçosa, o sol firme sobre nossas cabeças, Iris perseguindo nossas bolas e martelando-as para os canteiros sempre que tinha uma chance. Tínhamos acessos de risos. O frasco circulava. Acho que eu nunca me sentira tão feliz, a não ser por uma coisa – o olhar que Prok nos lançou quando emergiu com minha mãe, vindos dos fundos da propriedade. Seu rosto revelou-se por apenas um instante, a boca torceu em um bico de desdém, e fiquei a me perguntar que pecado estávamos cometendo, que transgressão, até que me ocorreu a resposta: Prok odiava jogos de qualquer tipo. Jogos eram contraproducentes. Jogos eram, por definição, um desperdício de tempo – isto é, um passatempo, o que dava no mesmo. Apenas o trabalho tinha validade para ele. Prok nunca compreendia quando nós (de novo, Corcoran, Rutledge e eu) passávamos ainda que apenas um instante entretidos com qualquer atividade que não servisse diretamente ao projeto. Passávamos doze horas em um único dia recolhendo histórias sexuais e, depois, voltávamos para o hotel, para descansarmos ouvindo rádio ou jogando cartas, e Prok insistia que devíamos estar lendo ou estudando, a fim de avançarmos na pesquisa.
Certa vez – e estou dando um salto de uns oito ou dez anos para a frente – Prok, Corcoran e eu estávamos em uma viagem

de pesquisa para tomar histórias na Flórida. Tínhamos ido desde Indiana de carro, para que Prok pudesse se reunir com um grupo de administradores de faculdades que estavam promovendo uma série de seminários em Miami. Passamos cinco dias intensos de esforço registrando histórias a partir do momento em que terminávamos o café da manhã até as dez ou onze da noite. No último dia, antes de voltarmos dirigindo até Indiana e até o gelo perene do inverno, terminamos às oito da noite e em uma travessura, Corcoran e eu paramos em um campo de minigolfe. Corcoran – muito extrovertido, radiante, festivo, um aventureiro sexual – estava dirigindo, porque Prok estava ocupado com uma lanterna e um monte de entrevistas que tínhamos acabado de coletar.

– Escute – gritou ele, subitamente –, John, você está vendo aquilo, ali adiante, à esquerda?

Eu estava no banco de trás. Inclinei-me para a frente sobre o assento e vi. Era um parque cintilante de luzes que o fuscavam a noite da Flórida. E havia um sinal sobreposto acima deles: MINIGOLFE TEETER'S.

– Hora de descansar e relaxar um pouco? – perguntou ele, já dando uma guinada na direção, enquanto Prok espiava distraidamente para fora dos papéis em seu colo.

Corcoran tinha um traço anti-autoritário, uma meninice divertida que Prok tolerava da forma como não faria com ninguém mais. Então, me animei naquele momento. "Por que não?" – pensei. – "Por que não dar uma relaxada, nem que seja só por uma hora?"

– Claro, sim – disse eu –, isso seria... isso viria bem a calhar. E *vamos* embora amanhã...

E antes que Prok pudesse protestar, já era um fato consumado, o carro encostou protegido da chuva em um estacionamento de cascalhos, Corcoran e eu pagamos as entradas e escolhemos nossos tacos enquanto as palmeiras farfalhavam na brisa que era tão quente quanto o bafo do forno em casa. Devemos ter jogado por duas horas ou mais, e nos sentíamos lépidos e um pouco bobos, como garotos que, apesar da frivolidade da situação, sempre competiram um com o outro e lutaram para vencer não importando quão insignificante a vitória pudesse ser. (Pelo que me lembro, para que fique registrado, terminei ganhando dele naquela noite, nem que tenha sido por bem pouquinho). Mas e Prok. Prok tentou ser condescendente, mas estava fora de si. Ele não conseguia entender aquilo. Não conseguia imaginar como adultos podiam se comportar como adolescentes. Por que eles dissipariam um tempo precioso que poderia ser devotado ao projeto, ao trabalho, à ampliação do conhecimento e o avanço da cultura em nome de uma diversão enfadonha? Ele caminhava de um lado para outro e nos chamou intimidante por trás da cerca.

– Corcoran – gritou, e sua voz era um balido miserável de protesto. – Corcoran. Milk. Vocês estão atrasando o projeto!

Mas, no dia de minha formatura, eu não tinha consciência ainda da visão intransigente de Prok com relação ao que considerava atividades frívolas, e o olhar que ele nos lançou exprimindo sua opinião sobre um jogo inocente de críquete me fez refletir. Tentei analisar aquele olhar. Tentei decifrar o que ele pressagiava – a festa tinha terminado? Minha mãe teria dito algo para ele – ou ele para ela – que teria mudado o caráter do dia? Ela estaria sabendo de Prok e eu – ou de Mac e eu – e teria dito alguma coisa?

No fim das contas, não era nada disso, apenas Prok sendo ele mesmo. E terminamos o jogo, voltamos para o lugar sombreado no gramado. Prok entrou na casa por um instante e voltou com um presente para minha mãe – uma galha especialmente retorcida, que não se desenvolvera mais, a qual ele envernizara como um objeto de arte – e, quando ela agradeceu, vi uma sugestão de reciprocidade ali, e eu não sabia como me sentir a respeito daquilo. Havia uma cumplicidade entre eles, e me dei conta, naquele momento, de que isso não tinha nada a ver comigo: Prok, pensei, estivera falando sobre o projeto e a convencera, da mesma maneira como convencera praticamente a todos cujo caminho cruzara, a ceder a história dela. A história de minha mãe. Ela sentaria com ele por duas horas no dia seguinte, ou talvez mesmo naquela noite, e responderia às 350 perguntas sobre seus hábitos masturbatórios e como ela chegava ao orgasmo e com que homens ela dormira desde que meu pai morrera.

Tudo fica um pouco nebuloso agora, e não sei se o que aconteceu em seguida foi uma consequência direta disso ou não – e, mais uma vez, isso seria uma tarefa para os psiquiatras interpretarem, e Prok odiava os psiquiatras –, mas sei que pedi licença do grupo reunido no gramado, deixei Iris ali, minha mãe também, e subi pelo caminho sinuoso em direção à casa, onde eu sabia que Mac estava preparando algo, um lanche leve, dissera ela, para todos. Entrei sem bater na porta, um convidado de honra àquela altura, quase um membro da família. As crianças não estavam em lugar nenhum à vista. Tudo estava parado. Os móveis pareciam recuar para os fundos da sala, sombria e esquelética, os discos inclinados nas prateleiras como se esperassem a mão que iria trazê-los para a vida. A distância, lá do outro lado do jardim, ouvi o burburinho de vozes.

Encontrei Mac na cozinha, no balcão, de costas para mim. Ela ainda estava de pés no chão, mas tinha colocado um avental sobre o vestido, e dava para ver onde ele estava amarrado, logo acima das saliências do quadril. Precisava lhe dizer o quanto eu precisava dela naquele momento – a que ponto eu me tornara um discípulo do mestre? Cheguei por trás – e ela sabia que eu estava lá, estava

O CÍRCULO ÍNTIMO

esperando por mim – e pressionei meu corpo contra ela de maneira que mal podia sentir minha dureza contra a maciez de suas nádegas, e estendi as duas mãos em torno dela, para abraçar seus seios. Então, a coisa mais linda: ela voltou a cabeça para me beijar, para me dar a excitação de sua língua e sublimar a reciprocidade do momento. E, em seguida, estávamos no chão da cozinha, agarrando as roupas um do outro. Nenhuma criança apareceu. Ninguém se intrometeu. E fiz sexo com ela ali mesmo, em um arrebatamento rápido e ardente de estocadas, lambidas e mordidas que não deve ter durado mais que três minutos do início ao fim. E, então, puxei o zíper e voltei pelo gramado até Iris e minha mãe.

6

A PARTIR DO outono de 1938, quando Prok iniciou o curso sobre casamento, começaram os boatos no campus e também na comunidade, e esses sussurros cresceram até um vozerio de aversão e depois escândalo. Conforme o verão de 1940 cedeu lugar ao outono, uma aliança de forças juntou-se contra ele. O número de professores tinha me chamado atenção – especialmente professores mais velhos –, professores presentes na aula do curso a que eu e Laura tínhamos assistido juntos, mas só então eu começara a entender: eram espiões, testemunhas hostis, os zangões da convenção e da moral antiquada que queriam manter o mundo no obscurantismo concernente ao sexo. Eles não estavam ali para ser educados – estavam ali para derrubar Prok.

À frente de todos, estava dr. Thurman B. Rice, do Conselho de Saúde do Estado de Indiana e do corpo docente de medicina da Universidade de Indiana. Rice em pessoa tinha promovido um curso precursor ao do Prok no início dos anos 1930 – um "curso de higiene", como ele o chamava –, e fora uma das piadas correntes no campus, um exercício de alusões, desinformações e frescura vitoriana. Obviamente, ele assistira à palestra na qual Prok mostrara seus slides infames, e protestara, por escrito, para o presidente Wells, para o Conselho de Administração e para o próprio Prok, dizendo que as fotos eram tão explícitas que tinham excitado até a ele – um homem casado havia trinta anos, que dedicara ao assunto um "estudo realmente objetivo" –, e que, em consequência daquilo, temia pelo corpo discente. E se uma aluna inocente de uma escola mista ficasse tão excitada a ponto de terminar se envolvendo em um intercurso sexual, engravidando e tendo que ser mandada para casa como um artigo estragado? E aí?

Ele ganhou o apoio do resto dos colegas do curso de medicina, que, como um todo, achavam que o professor Kinsey estava se apropriando de algo que era uma função essencialmente médica: como ele poderia ousar entrevistar e aconselhar estudantes de ambos os sexos sobre questões fisiológicas – ainda mais a portas fechadas –, quando o Kinsey mesmo não tinha treinamento médico? Acrescente-se a isso o protesto unânime dos pastores da cidade, uma enxurrada de cartas de mães Hoosier* preocupadas porque tinham ouvido rumores de que aquele professor estava instruindo suas filhas sobre os vários métodos de controle de natalidade e pedindo que elas medissem seus próprios clitóris, além da entidade imorredoura da reitora Hoenig, que nunca perdoaria Prok por aquela exibição no jardim e pelo que ela considerava sua busca fervorosa pelas histórias de algumas das estudantes mais reservadas sob sua proteção. Eu podia imaginar bem que um linchamento público estava a caminho.

Eu atravessava o campus em uma manhã parada e mormacenta do início de setembro, a caminho do trabalho, pensando em nada mais significativo que o que eu faria para o jantar, quando tudo isso – os rumores, o rancor, o sentimento antiProk fervendo no caldeirão da comunidade – pegou-me de um jeito imediato. Laura Feeney, uma estudante no último ano agora, mais bonita e com o corpo mais belo do que eu lembrava, vinha em minha direção pelo caminho junto ao córrego, com um texto abraçado aos seios (entre os quais balançava um colar com um anel

---

* Natural ou habitante do estado de Indiana, EUA. (N. T.)

de formatura presumivelmente de Jim Willard). Quando levantou o olhar e me reconheceu, uma mudança ocorreu em seu rosto e ela parou onde estava, ficando imóvel ali até eu chegar junto a ela.

– Laura – disse eu, subitamente desajeitado –, olá – mais uma vez, desajeitado.

Ela levou um instante.

– John – murmurou, um tanto insegura no tom de voz, como se estivesse experimentando o nome para ver se era o certo. – Ah, olá. Que prazer vê-lo. – Uma pausa. – E como foi seu verão?

Poderíamos conversar sobre as mesmas coisas que um ano atrás, exceto que, dessa vez, eu não tinha voltado para o castigo que era Michigan City e o quarto no sótão na casa de minha mãe, pois eu estava me virando no mundo agora, trabalhando em um emprego de turno integral, morando na pensão da sra. Lorber, apesar de Paul Sehorn ter ido embora e em breve chegar meu novo companheiro de quarto – quer dizer, se alguém respondesse ao anúncio da senhoria. Observei o rosto de Laura durante nosso bate-papo ritualístico – ela era muito boa nisso, ou melhor, sedutora mesmo – e então tomei coragem e comentei sobre a corrente em torno de seu pescoço.

– Vejo que você está usando o anel de formatura de Jim Willard.

– O quê? Ah, isso? – (Uma desculpa para roçar os próprios peitos e erguer o anel até o nível dos olhos). Ela soltou uma risada que era para ser uma autocensura, mas conseguiu soar apenas como um flerte. Meu interesse cresceu. – Você não vai acreditar nisso, mas troquei um Willard por outro. – Mais uma vez, a risada. – Você conhece Willard Polk?

Hesitei.

– Cocapitão do time de futebol americano? Ele é meu namorado. Estamos planejando o noivado para quando chegar o Natal.

– Ela deu uma volta preguiçosa com o bico de um sapato e não pude deixar de olhar de relance seus tornozelos e suas pernas. – Jim e eu? Parecia que nós simplesmente não tínhamos mais nada a ver, só isso. Mas agora – e naquele instante ela veio com todo o poder de seu sorriso –, agora estou apaixonada. Realmente. De verdade. Agora é para valer. É para o resto da vida. – Mais uma pausa. Seu rosto contraiu-se em torno da boca. Os olhos estreitaram-se. – Mas e você? Não sei se ouvi direito, mas você está realmente *trabalhando* com dr. Kinsey agora?

Inclinei a cabeça e tentei sorrir.

– Nosso velho professor – disse ela. – Dr. Sexo. – Ela ainda estava brincando com o anel, mas, naquele instante, deixou-o cair entre os seios de novo. – Ouvi dizer que você mesmo está fazendo entrevistas sobre sexo agora. É verdade?

Eu era uma pessoa inteiramente diferente do que fora um ano antes, sexualmente experiente, vivendo no mundo, versado em todas as práticas sexuais que existiam por aí, mas, mesmo assim, ainda não conseguia fazer com que o sangue deixasse de correr para minhas faces.

– Apenas com homens – disse eu. – Estudantes. Porque, você sabe, eles são mais básicos, se você compreende o que eu quero dizer?

– Ah? – O flerte tinha voltado para sua voz. – Mas e as garotas? Elas não são mais... *básicas* ainda? Todas aquelas virgens vestais nos dormitórios? Você vai entrevistá-las também, ou essa pesquisa só vai nos mostrar que animais são os homens... Como se já não soubéssemos, não é, John?

Então, corei. Eu fizera sexo com Mac, sentira falta de Iris o verão todo com uma dor tão profunda e inconsolável que era como se alguma parte essencial de meu corpo tivesse sido cortada, e fiquei parado ali, desejoso de que o sangue descesse de minhas faces, pois eu queria – por que não o dizer? – *foder* Laura Feeney, não importa de quantos Willards ela tivesse sido. Eu a vi nua, sem o vestido, o chapeuzinho e os sapatos, vi seus seios nus e os bicos duros de excitação. Laura Feeney, Laura Feeney: nenhuma garota a não ser você. Foi isso que eu disse para ela com meus olhos, e ela percebeu, viu a mudança em mim, e deu até um passo para trás – isto é, deslocou o peso e sutilmente aumentou a distância entre nós.

– Não – respondi, e acho que a olhava com malícia, admito isso –, melhor, vou entrevistar mulheres também. Prok me prometeu. Mas não aqui. Não no campus.

Um elevar de sobrancelhas.

– *Prok*?

– Professor Kinsey. É assim que nós, que eu...

– Ouvi dizer que vão despedi-lo.

Foi nesse momento que todo o canto dos pássaros, o burburinho do córrego e a descarga de um carro no estacionamento dos professores foram subitamente suspensos como pelo levantar da batuta de um maestro. Eu não sabia o que dizer. Não ficaria tão surpreso – ou chocado, chocado é a melhor palavra – se ela tivesse me dito que os nazistas estavam marchando sobre Muncie.

– Eles não podem fazer isso – disse eu, por fim –, ele é um cientista reconhecido. Ele é professor titular.

– O curso sobre casamento está acabado. Você sabe como o estão chamando? De uma sessão de obscenidades. "Aquela sessão de obscenidades" é o que estão dizendo. – Ela estudava as reações em meu rosto. – O próprio presidente Wells vai despedi-lo... Por, não sei, *depravação moral*. Pelo menos, foi o que ouvi dizer.

* * *

O CÍRCULO ÍNTIMO

NA MANHÃ SEGUINTE, antes que o sol tivesse levantado, Prok e eu subimos no Nash (não lembro o modelo ou mesmo o ano daquela coisa, mas ele tinha comprado o carro usado no ano de 1928 e, até onde eu podia perceber, parecia não desmontar apenas por causa dos grampos e da ferrugem) e partimos para West Lafayette, onde Prok fora convidado a dar uma palestra para um grupo combinado de turmas de sociologia na Universidade de Purdue. No caminho, estávamos planejando parar em Crawfordsville e pegar as entrevistas que não tínhamos conseguido encaixar em nosso planejamento, quando Prok dera uma palestra em DePauw na semana anterior. E, é claro, esperávamos tomar as histórias do grupo que assistiria à palestra da noite, reservamos os três dias seguintes para isso. O almoço seria sobre quatro rodas; a água morna, tirada de uma botija que eu colocara nas tábuas do assoalho atrás do assento e alguns bocados da dieta da estrada (uvas-passas, castanhas, sementes de girassol e um único pedaço de chocolate) que o Prok consumia no almoço todos os dias da sua vida, ou se refestelando no Hotel Astor na Times Square, ou perambulando nos contrafortes da Sierra Madre em busca de galhas, ou sentado atrás de sua escrivaninha no Prédio de Biologia.

Não havia um rádio no carro, mas isso não importava, na verdade, pois Prok proporcionava todo o entretenimento sozinho, falando sem parar desde o minuto em que me sentei ao lado dele na luz tênue do amanhecer até desembarcarmos em Crawfordsville. E então continuou, sem perder o fio da meada, até chegarmos, no fim da tarde, a West Lafayette. Ele falava sobre sexo. Sobre o projeto. Sobre a necessidade de coletar mais histórias das classes mais baixas, mais histórias de negros, mais histórias de motoristas de táxi, mineiros e maquinistas de locomotiva a vapor – isto é, para equilibrar, pois, por mais valiosas que fossem as entrevistas dos estudantes, elas forneciam apenas uma porção do quadro.

Se passávamos por uma vaca parada à beira da estrada, ele falava sobre a produção de leite e a escassez dos anos de seca. Ele falava sobre topografia, sobre a ecologia ribeirinha e lacustre, sobre a procura por cogumelos selvagens – eu já provara cogumelos frescos, ligeiramente panados e fritos? Eu não me sentia perdido, nem um pouco. Eu o deixava falar. Era tudo parte de minha educação.

Estávamos chegando ao White River, perto de Spencer, quando o sol subiu por trás de nós e se derramou pela água, deixando tudo com um tom de cobre. Uma grande garça azul se destacou com nitidez contra a névoa que ascendia da superfície, os milharais pegaram fogo e as macieiras e as pereiras emergiram da escuridão, carregadas de frutas reluzentes. A superfície da estrada estava molhada com o orvalho e, quando o sol a tocou, o vapor também subiu até ceder lugar à corrida dos pneus e se espraiar sobre os anteparos da ponte como uma tempestade em formação. Foi esse o momento que escolhi para me livrar do fardo da informação perturbadora que Laura Feeney havia descarregado sobre mim e que vinha se debatendo em minha cabeça nas últimas vinte e quatro horas.

– Prok – disse eu, interrompendo-o no meio de uma história que eu já ouvira duas vezes antes sobre um indivíduo na colônia penal agrícola do estado que pusera o pênis para fora no meio da entrevista e o colocara sobre a mesa para ser medido –, é verdade que, bem, ouvi dizer que você está sendo pressionado de novo... Isto é, mais do que revelou para mim... Com relação ao curso sobre casamento. Eles não vão... bem... *despedi-lo*, não é?

O CÍRCULO ÍNTIMO

Um raio baixo de sol transfixou o interior do carro e iluminou o rosto de Prok dos lábios para baixo, como se ele estivesse usando uma barba de luz. Ele me lançou um olhar abatido, a cabeça ligeiramente desviada, deixando o branco dos olhos à mostra.

– E onde, precisamente, você conseguiu essa informação?

– Eu... bem, Laura Feeney. Laura Feeney me contou isso ontem de manhã. Você sabe, a garota que eu assisti ao curso sobre casamento junto?

– Com quem.

– Sim, certo... a garota com quem eu assisti.

Os tabuões da ponte chacoalharam embaixo das rodas e vi a garça firmar-se e alongar as asas. Os olhos de Prok estavam fixos na estrada. Ele ficou em silêncio por um momento. Então, murmurou:

– Suponho que a srta. Feeney teve uma reunião com o presidente Wells em pessoa? Ou foi com o Conselho de Administração?

– Você está fazendo pouco caso disso, Prok, e não está certo. Eu só estou... estou preocupado, só isso, e *existem* rumores. Você não pode negar isso...

Ele soltou um suspiro, lançando-me um olhar rápido de comiseração. Depois, voltou para a estrada.

– Eu me sinto como Galileu – disse ele –, se quer saber. Caçado, oprimido e com o direito básico de investigação científica negado, simplesmente porque algum clérigo, ou alguma velha solteirona fria como a reitora Hoenig, ou mesmo um decadente como Thurmond Rice sente-se ameaçado pelos fatos. Eles não conseguem encarar a realidade, e isso resume todo o assunto.

Senti um aperto no peito. Então, era verdade. Olhei para fora da janela, para a geometria dura dos milharais, o motor gemendo embaixo de meus pés, o mundo passando.

– Eles vão me dar um ultimato: deixe de lado o curso sobre casamento ou abra mão da pesquisa, um ou outro.

– Mas você não pode... Isso seria reconhecer que o sexo é sujo, que eles estiveram certos o tempo inteiro...

Mais um suspiro. A cara fechada. Suas mãos eram como garras presas à direção.

– Veja bem, o problema está em combinar o curso com as entrevistas, sem falar no aconselhamento sobre questões sexuais, que tem sido um acompanhamento tão natural das informações que nós ministramos...

Ele reduziu a marcha quando o carro passou em um buraco, estendendo os amortecedores e caindo forte de novo com um salavanco, e então colocou uma das mãos sobre meu joelho.

– É a pesquisa que eles querem. Eles simplesmente não se conformam com a ideia de pegarmos criaturas jovens e impressionáveis por trás de portas fechadas. Afinal, você nunca sabe o que pode acontecer. – Ele apertou meu joelho. – Não é verdade, John?

NOSSO CRONOGRAMA ERA apertado, mas tivemos sorte naquele dia, porque os indivíduos de DePaw foram todos pontuais, cederam suas informações e voltaram para suas vidas, para que nós pudéssemos voltar para as nossas. A dieta da estrada com *aqua pura* no carro, Prok desviando dos carroções das fazendas, dos caminhões sobrecarregados e de uma ocasional vaca solta, uma longa sequência de campos intensamente verdes se alternando com florestas vistosas e baixadas sombrias, e estávamos lá, sãos e salvos em West Lafayette, 45 minutos antes da hora para que a palestra estava marcada para começar.

Não lembro grande coisa do hotel, embora eu devesse, porque aquela viagem foi um verdadeiro divisor de águas para mim.

O CÍRCULO ÍNTIMO

Todas as centenas de cidades, hotéis e motéis de estrada que visitamos com o passar dos anos parecem ter produzido uma impressão genérica. Provavelmente, aquele era um prédio de tijolos do século passado, necessitando de uma limpeza com um jato de areia e de uma pintura, e talvez ficasse na rua principal, junto ao prédio do tribunal. Devia haver árvores, um cachorro encolhido na calçada da frente, carros estacionados na diagonal. O prédio em si devia ter três andares, com uma entrada separada para o restaurante e o bar. Dividimos o quarto para poupar dinheiro – Prok era um prodígio em economia –, da mesma forma que faríamos três ou quatro anos depois, quando acrescentamos Corcoran e, por fim, Rutledge ao time.

No que concerne à palestra, Prok precisava de algo? Não, estava tudo bem. Ele se barbeou com o torso nu de frente para o espelho do banheiro, então trocou de camisa, amarrou a gravata-borboleta, enfiou-se no paletó e partiu com passos vigorosos para a universidade, com seu anfitrião, o professor McBride do Departamento de Sociologia, lutando para acompanhá-lo. Eu vinha por último. Quando chegamos, o auditório já estava cheio (a notícia estava se espalhando, mesmo naqueles dias iniciais, e, se as turmas de sociologia, combinadas, podiam gabar-se de ter sessenta estudantes, devia haver trezentos desocupados e curiosos ali também, esperando por um pouco de excitação). Como de costume, Prok falou sem notas e, como de costume, conquistou a plateia do momento em que as primeiras palavras saíram de sua boca até saírem as últimas. (O assunto podia ter sido sexo pré-matrimonial, psicologia da repressão sexual, função dos escapes adolescentes, história da pesquisa sobre sexo ou frequência da masturbação na comparação entre homens e mulheres de um determinado grupo etário – não importava realmente para Prok: todos os discursos eram um discurso. E eu deveria dizer aqui também que ele tinha um dom particular para se comunicar que nunca lançava mão de truques ou gestos teatrais. Sua era voz clara e distinta e, em grande parte, sem modulações, sob todos aspectos um homem das ciências discorrendo sobre um assunto de grande interesse para toda a humanidade. Ele não era um Marco Antônio ou mesmo um Brutus, mas cumpria a tarefa como nenhum outro seria capaz de fazer.)

E, mais uma vez, como de costume, muitos entrevistados em potencial apresentaram-se para ceder voluntariamente suas histórias no fim da palestra. Prok e eu sentamos lado a lado na mesa comprida atrás do leitoril e marcamos os horários. O jantar? Não lembro se comemos naquela noite – podem ter sido sanduíches pedidos no quarto –, mas ambos começamos a coletar as histórias tão logo a sala de conferências se esvaziou e voltamos para o hotel. Prok conduziu suas entrevistas em nosso quarto, e fui acomodado em uma sala privada de reuniões localizada logo atrás do restaurante. Devia ser mais de meia-noite quando terminei (três homens estudantes de sociologia querendo ganhar um crédito extra com o professor McBride ao se apresentarem como voluntários, as respostas esperadas, nada que eu não tivesse ouvido antes), e me lembro de ter afundado em uma poltrona do lobby com um drinque aguado junto a mim, eu observando os ponteiros se arrastarem em volta do relógio enquanto Prok conduzia sua última entrevista da noite.

Mais tarde, comparamos as anotações enquanto nos aprontávamos para dormir, e foi aí que descobrimos uma discrepância no cronograma para a manhã seguinte: nós tínhamos marcado inadvertidamente duas mulheres para a mesma hora, em vez de uma mulher e um homem. O que significava que ou nós teríamos que cancelar uma delas ou eu seria obrigado a registrar minha primeira história feminina, um passo que Prok ainda não me considerara qualificado para dar. Ele tirou os olhos do horário, balançou a cabeça lentamente, então se levantou do sofá e foi para o banheiro cuidar de sua profilaxia dental (ele era um campeão em manter os dentes em boas condições, um hábito higiênico que permitiu que levasse junto consigo sua arcada inteira para a sepultura).

— Não sei, Milk — disse ele, erguendo a voz para ser ouvido sobre o som da água correndo —, mas detestaria ter que cancelar. Por um lado, é ineficiente. E, por outro, poderia nos custar dados. Não. Não há nada que possamos fazer senão seguir em frente.

Um instante depois, ele estava de volta ao quarto, pairando sobre mim, completamente vestido, o que em si era estranho, porque, a partir do momento em que terminávamos o dia, ele normalmente se despia totalmente e me encorajava a fazer o mesmo. (Sim, nós ficávamos sozinhos juntos bastante tempo naquelas viagens, e continuamos a ter relações sexuais, embora minha educação — e minhas predileções — estivessem me levando para a direção oposta. Eu reverenciava Prok — ainda o reverencio —, mas, pouco a pouco, eu estava me distanciando dele nesse sentido e me voltando para Mac, Iris, as estudantes com seus pulôveres folgados e suas saias apertadas, que vagavam pelo campus como antílopes na planície. Não importa: eu gostava de estar com Prok — sentia-me privilegiado por estar com ele — e esperava ansiosamente por aquelas viagens, pois elas me tiravam do tédio de minha escrivaninha e da vida limitada de uma cidade pequena. Possibilitavam-me ver e absorver algo de um mundo maior, de Indiana certamente, mas, às vezes, de Chicago e Nova York, São Francisco e Havana também.)

— Teremos que acelerar seu treinamento — disse ele, e não havia um traço de leviandade em seu tom de voz.

Eu estava exausto. A viagem, as refeições insuficientes, a força de concentração exigida para registrar cinco histórias em um único dia — tudo isso combinado para me esgotar tão seguramente quanto se eu tivesse passado o dia em trabalhos forçados, acorrentado a um outro presidiário e quebrando pedras com uma marreta.

— Teremos? — repeti.

— A entrevista com mulheres exige, eu diria, um pouco mais de sutileza que com homens, especialmente as que você vem conduzindo, com estudantes próximos de sua própria idade. Você é quase um colega de fraternidade ou um irmão mais velho para eles. Não, eu sei como você se sente com relação a essas questões, isto é, com relação a mulheres, e Mac e eu discutimos isso a fundo... — ele deixou a declaração pairar por um momento — e me pergunto se você é capaz de ser absolutamente desinteressado e profissional.

Fiz alguns ruídos no sentido de que sim.

Ele me observava cuidadosamente. Ainda parado em cima de mim, ainda de camisa e gravata-borboleta.

— Você vai me perdoar, Milk, mas suas emoções muitas vezes aparecem em seu rosto, e não podemos permitir isso no primeiro momento em que uma mulher — *essa* mulher de amanhã — lhe disser alguma coisa que você possa achar excitante.

Lutei para manter o rosto firme — e pálido.

— Eu acho que..., se você me der essa chance, tenho certeza de que eu posso...

Ele acabou me treinando por duas horas naquela noite. Primeiro, eu era a mulher, depois ele era, e vice-versa, e vice-versa de novo. Era uma enxurrada de perguntas, seus olhos em cima de mim como chicotes, como um banho de água fria de manhã bem cedo, intratáveis e impiedosos. Ele era rigoroso, exigente, hipercrítico e, se eu dava uma vacilada, me servia café quente até meus nervos ficarem tão abalados que, acho, não dormi nada durante aquela noite. Mas Prok dormiu. Fiquei deitado ali, acordado na escuridão, pensando em mil coisas, mas, principalmente, em Iris, que eu não vira o verão inteiro, embora nós tivéssemos escrito um para o outro quase todos os dias. Ela devia estar de volta ao campus em dois dias, e eu pensava nela quando as sombras se suavizaram e os primeiros sons furtivos do despertar da rua vieram para dentro pela janela, enquanto Prok resfolegava, arfava e dormia o sono dos justos.

DE MANHÃ, DURANTE o café no quarto, Prok me fez mais perguntas. Levei um garfo cheio de ovo e torrada até a boca, coloquei-o de volta, respondi a uma e tomei um gole rápido de café. Quase me rebelei – ele não tinha confiança em mim depois de tanto tempo? –, mas o deixei impor sua vontade, apesar do fato de não existir uma diferença fundamental na forma como as entrevistas masculinas e femininas eram conduzidas, exceto que a sequência e o tipo das perguntas eram específicas para um sexo ou o outro. Por exemplo, para uma mulher você perguntava sobre a primeira menstruação e a idade na qual os seios se desenvolveram e por aí afora. Prok não estava questionando minha competência, mas minha idade e minha experiência, ou a falta dela. Ele dizia: "Milk, Milk, eu gostaria que você fosse vinte anos mais velho. E casado. Casado com filhos. Quantos filhos você quer, John...? Três está bom?"

Eu estava no andar térreo, na sala de reuniões, dez minutos antes da hora marcada, às nove. Antes de o indivíduo chegar, nós, em geral, registrávamos os dados básicos – a data, o número da entrevista (para nossos arquivos), o sexo do indivíduo e a fonte da história (isto é, através de que meio o indivíduo chegara a nós, e nesse caso, é claro, fora um resultado direto do pedido de Prok após a palestra de sociologia). Eu não sabia o que esperar. Tínhamos marcado umas 28 entrevistas para os próximos três dias e mais muitas para nossa viagem de volta, na semana seguinte, e eu não tinha como ligar os nomes da planilha de horários com qualquer indivíduo, apesar de ter sentado lá e os registrado na noite anterior. A mulher que eu entrevistaria – e vou lhe atribuir um nome fictício aqui, a bem da confidencialidade – era uma jovem de 25 anos, esposa de um professor, ainda sem filhos. Sra. Foshay. Vamos chamá-la de sra. Foshay.

Houve uma batida na porta. Eu estava sentado em uma poltrona junto à uma lareira sem fogo, a folha de horários e a pasta da sra. Foshay abertas sobre uma mesinha de centro junto a mim. A outra cadeira – mogno, pelúcia vermelha, padrão *edwardiano** de hotel – estava posicionada diretamente à minha frente.

– Entre – disse eu, levantando-me para cumprimentá-la mal a porta se escancarou.

No vão da porta, espiando para dentro do quarto como se ela, de alguma forma, tivesse chegado ao lugar errado, estava uma jovem muito bonita, vestida no auge da moda – como se tivesse acabado de sair de uma boate na rua 42 depois de uma noite com direito a jantar, dança e champanhe. Ela sorriu, hesitante.

– Ah, olá – disse ela –, não tinha certeza se estava no lugar certo...

Eu atravessara a sala até ela e naquele instante, peguei sua mão e dei um aperto breve e profissional.

---

* Alusão ao rei Edward VII, da Inglaterra, cujo governo ficou conhecido por seu estilo opulento e requintado. (N. T.)

O CÍRCULO ÍNTIMO

– Eu realmente, bem, eu realmente aprecio que a senhora tenha vindo... É importante..., porque toda história, não importando quão extensa, ou, ou inextensa..., quer dizer, não extensa..., contribui para o todo de maneira que, que...

Seu sorriso se revelou de repente, um sorriso de lábios cheios e estonteante, que fez revoadas inteiras de pássaros decolarem e rodopiarem em meu estômago.

– Ah, o prazer é meu – murmurou ela enquanto eu indicava a cadeira e a observava sentar-se –, tudo pelo bem da ciência, hein?

Ofereci a ela um cigarro – escolheu um Lucky –, acendi-o para ela e lamentei que não fossem nove da noite em vez de nove da manhã, para que pudéssemos os dois beber um drinque. Um drinque me seria de grande ajuda para acalmar meu estado de nervos.

– Bom – disse eu, inclinado sobre a folha da entrevista, o lápis na mão. – Então, sra. Foshay, talvez queira me contar um pouco de sua história...

– Alice, me chame de Alice.

– Sim, *Alice*. Você vive aqui há bastante tempo, quer dizer, aqui em West Lafayette?

A conversa fiada, que tinha a intenção, como já disse, de deixar o indivíduo à vontade, levou talvez cinco minutos e, então, meu cérebro se congelou. Não pude deixar de reparar em como os seios da sra. Foshay preenchiam toda a sua blusa – preenchiam ao ponto de deixá-la esticada – e em como suas pernas eram insinuantes com aquele par de meias transparentes. Um momento de silêncio passou como um trem de carga.

– Muito bem, então. E você viveu em Trenton, como disse, até que idade?

Consegui entrar no ritmo das coisas à medida que passávamos os dados factuais (número de irmãos, irmãs, sua condição de irmã gêmea, participação em uma irmandade, a frequência com que ela ia ao cinema, etc.), mantendo um método simples de pergunta-resposta, e mesmo as primeiras perguntas sequenciais sobre o início da puberdade saíram-se bem, mas temo ter vacilado um pouco quando entramos nas áreas mais sensíveis.

— Quando você começou a se masturbar? — perguntei, acendendo um cigarro para mim mesmo.

— Eu devia ter 11 anos — disse ela, dando uma tragada no Lucky. — Ou talvez 12. — Jogou a cabeça para trás e soltou a fumaça, tão preocupada quando se estivesse no salão de beleza ou conversando com uma amiga ao telefone. — Nós ainda morávamos em Newark, e me lembro das cortinas, minha mãe as tinha feito para mim quando eu era criança, muito coloridas e decoradas com figurinhas tiradas de histórias infantis, esse tipo de coisa. Minha irmã Jean, que é um ano mais velha do que eu, me ensinou a técnica.

Larguei o cigarro, fiz uma anotação no quadrado correto.

— Ah, é? E qual era essa técnica?

Ela tentou desviar o olhar, mas segurei-a com meus olhos. Não pisquei, nem me mexi.

— Bem, você vai achar isso esquisito ou talvez difícil de acreditar...

— Não — respondi, e minha voz estava tão sufocada que mal consegui colocá-la para fora —, não, de forma alguma... não existe nenhuma atividade que nós já não tenhamos registrado, e certamente, como Prok — isto é, *dr. Kinsey* — descreveu em linhas gerais na palestra da noite passada, nós não fazemos julgamentos...

Ela pareceu encorajada. Passou a mão nos cabelos, que estavam jogados e presos no topo da cabeça em um rolo, e a franja escovada em um penteado exagerado à pompadour, lembrando o jeito que a Dolly Dawn* costumava se produzir, e creio que a maioria

---

* Cantora norte-americana (1916-2002).

das pessoas vai se lembrar dela da banda de George Hall ("It's a Sin to Tell a Lie", ou, ao menos, "Yellow Basket").

– Bem – disse ela –, eu tenho articulações ultraflexíveis. Jean também. E meu irmão, Charlie, idem.

– Sim? – disse eu, o lápis de prontidão.

– Nós..., Jean e eu..., subíamos na cama, lado a lado, e dávamos uma espécie de giro para trás, você sabe, como os acrobatas fazem no circo? Só que nós segurávamos essa posição e então, bem, por sermos ultraflexíveis, lambíamos a nós mesmas.

O termo que me ocorreu foi "autocunilíngua". Prok não tinha ainda pensado em um quadro ou código para aquilo, então fiz uma anotação livre. Provavelmente, eu estava corando. E com certeza estava de pau duro.

Seguimos adiante.

Aquele era seu primeiro casamento? Sim. Ela havia experimentado um beijo de língua antes de se casar? Sim. Tinha experimentado uma troca de carícias? Sim. Tinha bolinado a genitália masculina, experimentado contato oral-genital, praticado coito? Sim, sim e sim. Quantos parceiros tivera, excluindo seu marido? Ela acreditava que algo em torno de vinte. "Vinte?", repeti, tentando manter minha voz neutra. Ela não saberia dizer, realmente, poderia ser um pouco menos ou mesmo até 25, e seus olhos pareciam sonhadores por um instante, enquanto tentava lembrar-se. E com relação ao orgasmo: quando fora a primeira vez que ela se dera conta de estar tendo um orgasmo? Já conseguira chegar ao orgasmo através da masturbação, carícias, intercurso? Quando fora seu orgasmo mais recente?

Foi ali que me vi em uma situação difícil de novo, pois perguntei para aquela mulher de uma beleza convencional, a muito provavelmente mimada esposa de um professor, aquele joia loura elegante, vestida com um gosto impecável, a próxima questão da sequência:

— Quantos orgasmos você tem, em média?

Ela fumava o quinto cigarro, e, se estava relaxada desde o início, naquele momento ficou mais calorosa e entusiasmada que qualquer indivíduo que eu entrevistara até então. Ela olhou para mim e deu um sorrisinho. Eu estava continuamente — e pouco profissionalmente — de pau duro por quase duas horas.

— Ah, acho que uns dez ou doze.

Meu rosto deve ter deixado transparecer minha surpresa, porque poucos de nossos indivíduos com vida sexual mais intensa chegavam a tal categoria numérica.

— Por semana? — perguntei. E, então, estupidamente: — Ou essa é uma aproximação mensal?

Aquela foi a vez de ela corar, a mais ligeira vermelhidão da pele embaixo das maçãs do rosto e em torno das bordas das narinas.

— Ah, não — disse ela. — Não. Temo que isso seja *diariamente*.

SE IRIS ESTAVA, de alguma forma, chateada por eu não estar lá para receber a ela e Tommy e ajudá-los a arrastar para cima seu baú de viagem por três lanços de escada no dormitório das mulheres, ela não demonstrou. Prok e eu voltamos para Bloomington de manhã cedo no quarto dia, como planejado — ele ainda tinha que conciliar a pesquisa com suas aulas naquela época —, e fui direto para o gabinete, transcrever as folhas codificadas e juntá-las, desenvolvidamente a nosso banco de dados sobre o comportamento sexual humano, que estava em franca expansão. Devo dizer que aquilo era sempre empolgante. Eu me sentia, de certa forma, suponho, como um caçador voltando de uma expedição de sucesso, com um saco cheio de pássaros comuns e talvez alguns exóticos. Sobre a entrevista acima, por favor, de modo algum mulheres revelam uma vida sexual tão rica e extensa quanto a daquela jovem esposa do professor. Muito mais típico, especialmente entre as fêmeas, é um histórico de repressão sexual, culpa e uma experiência limitada, tanto no número de parceiros quanto de atividades. Eu deveria acrescentar também, apenas para concluir o caso, que, no momento em que a porta se fechou atrás dela – da sra. Foshay –, não pude deixar de aliviar a pressão em minha genitália, apesar de saber que, se Prok ficasse sabendo daquilo, ele teria me esfolado vivo (profissionalismo, profissionalismo era a palavra-chave, pelo menos na superfície). Pelo menos no início. Gozei em tempo recorde, a sala mofada ainda fragrante com o perfume dela e o calor de sua presença, mal tive tempo de limpar o chão com o lenço e me arrumar antes da próxima batida na porta soar e o rosto pontilhado de espinhas de um estudante de sociologia de 19 anos, que não teria reconhecido a genitália feminina se a exibissem para ele em uma mesa de exame ginecológico, aparecer no vão da porta. Ele me olhou firme, então disse – ou melhor, resmungou:

– Estou no lugar certo?

Mas Iris. Imediatamente após o trabalho, atravessei o campus correndo até o dormitório. Mais cedo, quando pareceu que Prok e eu não terminaríamos até as sete, deixei um recado pelo telefone com a assistente residente, avisando que eu iria direto do trabalho e a levaria para jantar (quer dizer, Iris, não a assistente), e que ela não comesse antes. Como eu estava falando com a assistente, não podia realmente expressar muito do que eu estava sentindo, acrescentei que estava ansioso para vê-la. Isto é, depois de tanto tempo. Muito. Muito mesmo.

Cheguei lá às sete e quinze, mas Iris me deixou esperando. Não sei o que ela estava fazendo – ou procurando me fazer sofrer um pouquinho ou tomando um cuidado extra com seu vestido e sua maquiagem, para reforçar a impressão que causaria em mim, recorrendo à prerrogativa das mulheres, como veremos a seguir, de fazer o que quer que seja bem-feito –, mas me vi levantando do sofá a toda hora e andando de um lado para outro pelo saguão para a aflição da assistente residente, que pelo menos fingia estar lendo o livro aberto sobre a escrivaninha à sua frente. Eu estava ansioso, e não saberia dizer realmente por quê. Talvez fosse a expectativa – quase três meses de separação, a troca de cartas e fotos instantâneas, as declarações de amor de ambas as partes –, o que era simplesmente de se esperar. Eu não poderia dizer se me sentira solitário durante o verão, não precisamente, não com Mac e Prok e as longas horas que eu passara viajando e trabalhando em minha escrivaninha, mas acho que usei as cartas como uma oportunidade de externar para ela minhas esperanças e aspirações (e temores; eu esperava receber minha notificação de recrutamento, como quase todos os homens no campus). Isso tornava o momento de nosso reencontro muito mais significativo. E carregado. Eu citara poemas de amor também – "Enquanto o lado negro de nosso amor nasce, luz de minha sombra, sangue de meu coração, vem a mim!"* – e agora teria que me mostrar à altura de tudo aquilo. E ela também. Será que ela se importava comigo? Teria conhecido outra pessoa? Seria eu merecedor dela?

Eram quase oito horas, e pelo menos trinta mulheres tinham descido pelas escadas e passado pelos portais do santuário – para encontrar e abraçar os homens com quem tinham marcado um encontro e finalmente ir ao cinema ou ao rinque de patinação ou ao assento de trás de um carro – quando Iris finalmente apareceu. Eu estivera andando de um lado para outro, ficara no canto mais distante do saguão, de costas para a sala, quando ouvi o suspiro

---

* Em inglês: "Now while the dark about our loves is strewn,/ Light of my dark, blood of my heart, O come". (N. T.)

indistinto da porta empurrando o dispositivo pneumático que a mantinha fechada. Posso dizer o óbvio? Ela estava muito bonita e, além de bonita, era especial, uma em um milhão, porque eu estivera escrevendo para ela e pensando nela todo o verão, porque era Iris McAuliffe e era minha se eu a quisesse. Eu soube naquele momento, soube no minuto em que a vi. Aquilo era amor. Aquilo era tudo.

Mas o que tinha acontecido? Ela tinha encrespado os cabelos de maneira que balançavam em uma sucessão de ondas intrincadas que se sobrepunham em seus ombros e enquadravam a medalha no seu pescoço, a medalha que eu dera para ela, e era a foto de quem que estava ali? Seu vestido – azul, sem mangas, cortado no joelho – era novo, comprado para a ocasião, e seus olhos, sempre o ponto focal, pareciam saltar sobre mim através da sala (uma ilusão, percebi mais tarde, que era aumentada pela aplicação habilidosa de rímel, sombra nos olhos e ruge). Ela parecia menor, mais morena, mais bonita do que eu lembrava. Fiquei parado ali, desamparado, e observei-a enquanto atravessava o carpete até onde eu estava, deixando que eu a segurasse e beijasse.

– Você está de volta – disse ela.

– Pois é. E você também. Não vi Tommy. – Ela inclinou a cabeça.

– Ele tinha que trabalhar, então ficou aqui só por um dia. Ficou decepcionado, mas sabia que você estava... Onde você estava mesmo?

– Purdue. E DePaw.

– Ele sabia que você estava trabalhando. – A assistente residente tinha fixado seus olhos sobre nós, como se tivesse o poder de olhar através das camadas de nossa roupa e de nossa pele para dissecar e examinar nossos ossos até a medula. – Ele mandou lembranças.

Senti um pouco de tristeza por um instante, uma pontada ligeira de remorso penetrando e, então, saindo como a lâmina de uma faca. E eu sabia que eu devia ter dado uma força para ela – para ela e para Tommy também –, mas encerrei o assunto. Não havia nada que eu pudesse ter feito. O cronograma de Prok tinha sido determinado com meses de antecedência e não dava para alterá-lo.

– Pena que eu não estava aqui – disse eu, olhando de soslaio sobre o ombro para a assistente residente (não a loura sem graça, mas uma garota nova, atarracada, com um rosto pálido e os cabelos enrolados na cabeça como um monte de entulho). A assistente residente baixou os olhos. Voltei a atenção para Iris (Iris, cuja mão eu parecia estar segurando) e disse: – Mas você deve estar faminta. Que tal um bom bife?

Agora que eu estava estabelecido – ou tão estabelecido quanto um homem que esperava sua notificação de recrutamento em uma época incerta poderia estar –, não havia um impedimento real para que eu visse Iris sempre que eu quisesse. Eu não tinha mais que frequentar as aulas, fazer provas ou escrever dissertações. Minhas horas com Prok eram relativamente estáveis, mesmo que muito além da semana padrão de quarenta horas de trabalho. Nosso único problema tangia às viagens – eu estava na estrada com Prok por três a quatro dias, semana sim, semana não, e o ritmo estava prestes a se acelerar –, mas Iris e eu fomos capazes de nos adaptar, porque queríamos isso. Se antes nós estávamos nos encontrando despreocupadamente, sentindo um ao outro, com calma, sem pressão ou compromisso, agora as coisas eram diferentes, radicalmente diferentes. Nós íamos a todos os lugares juntos – nos encontrávamos para refeições, assistíamos a concertos, saíamos para dançar, para passeios, para andar de patins, sentávamos no saguão de noite, lado a lado, tão próximos que respirávamos como um, Iris com seus estudos e eu absorto com Magnus Hirschfield e Robert Latou Dickinson, tentando acompanhar a literatura dessa área. Cheguei ao ponto de me sentir vazio se ela não estava ali, como se eu perdesse a essência sem ela. Quando Iris estava em aula e eu estava no trabalho ou sentado em algum hotel de segunda categoria olhando nos olhos de um estudante superalimentado que era obcecado pela Rita Hayworth ou que se masturbava demais, eu pensava em Iris, apenas em Iris.

O outono cedeu lugar ao inverno e o inverno se estendeu pelos feriados de fim de ano e pelo Ano-Novo (fomos juntos para casa, de ônibus, para as nossas respectivas famílias em Michigan City, e tudo parecia novo e alegre, apesar do fato de Tommy ter sido convocado para o Exército e de os nazistas, os fascistas e o Japão imperial estarem avançando implacavelmente em todas as frentes). Voltamos, então, para a melancolia sem sol de janeiro, o campus carregado de neve e atingido por aqueles ventos que tornam supérfluos os chapéus e os cachecóis. Eu havia me alistado também, como exigido pela lei, juntamente com todos os outros homens de 21 a 35 anos, mas meu número não fora chamado e, assim, continuamos de onde tínhamos parado, passando cada minuto fora do trabalho ou da faculdade na companhia um do outro. Tudo ia bem. Estávamos felizes. Escrevi cartas longas e cheias de conversa furada para Paul Sehorn, e me pegava assoviando enquanto caminhava a passos largos pelo terreno árido até o dormitório das mulheres todas as noites depois do trabalho (onde não conseguia deixar de brincar com a assistente residente, que se tornara tão familiar e inofensiva quanto uma avó caduca, embora só tivesse uns 20 anos).

Havia um problema fundamental, entretanto, que não é difícil de se adivinhar. Sexo. Sexo era o problema. Mesmo se Iris estivesse a fim, e até esse ponto eu não tinha mesmo certeza se estava, dada sua educação e sua virgindade, não havia absolutamente nenhum lugar aonde pudéssemos ir para tirar essa dúvida. No ano anterior, quando eu dera uma cantada em Laura Feeney em um acesso impetuoso de perturbação sexual, tudo não passava de uma bravata: eu não poderia tê-la levado para casa a não ser que a sra. Lorber tivesse morrido coincidentemente de um derrame no mesmo instante em que meu convite tivesse sido feito. E mesmo que eu conseguisse, de alguma forma, passar Iris sorrateiramente por uma janela do segundo andar no meio da noite, havia meu novo companheiro de quarto (um aluno no último ano, vindo de um povoado remoto, chamado Ezra Voorhees, cujas sensibilidades e os hábitos higiênicos pessoais eram, digamos assim, rústicos, para não dizer coisa pior). Era frustrante. Iris e eu nos agarrávamos por horas no saguão ou na biblioteca, até eu sentir dor – uma dor física real nas bolas, que Prok definiu como uma formação excessiva de fluidos seminais nos testículos e nos canais deferentes – e então eu tinha que voltar para meu quarto e me aliviar embaixo das cobertas enquanto meu companheiro de quarto fingia estar dormindo. Sempre que eu podia, eu procurava Mac, mas não me sentia bem fazendo aquilo, não mais.

Foi Prok que encontrou a solução. Como eu já disse, ele me ensinara a dirigir naquele verão, e, quando lhe expliquei a situação com Iris, ele demonstrou quão generoso era – e como estava disposto a ser prestativo por minha causa. Lembro-me de abordar o assunto com ele em uma de nossas viagens para coletar histórias (dessa vez, para Gary e um bairro negro em particular de lá) e de ele se voltar para mim com um sorriso, dizendo:

– Sim, já é hora, Milk. Você precisa de outro escape, assim como todos nós. Que tal isso? Pegue o Nash. Pegue-o sempre que você quiser.

– Mas não seria inconveniente para você... ou Mac?

— Inconveniente nada... nós nunca usamos o carro de noite, de qualquer forma. Na realidade, o que vou fazer é simplesmente deixar a chave embaixo daquele tijolo solto que nós não chegamos a consertar no verão passado... Você sabe, nos fundos, no muro baixo em torno do caquizeiro? Sabe de qual estou falando?

E assim, pela primeira vez em minha vida, eu tinha um automóvel para fazer o que bem entendesse, mesmo tendo que ser, é claro, especialmente cuidadoso, visto que ele representava o ativo não humano mais importante do projeto. Como ficaríamos sem ele? De qualquer maneira, quando voltamos da viagem, fui direto até Iris — encontrei-a no pátio quando ela seguia de uma aula para outra — e a informei de que a buscaria com estilo naquela noite.

— Com estilo? — perguntou, e me lançou um sorriso esperto. O vento levantou a aba de seu chapéu e a deixou tremulando como a asa de um pássaro.

— Isso mesmo — respondi. — Sua própria limusine à sua disposição, *mademoiselle*.

— O carro do Kinsey? — perguntou ela. — O vespomóvel!

— Vou levá-la para fora da cidade. Para comemorarmos em um restaurante de beira de estrada.

— Não sei — disse ela. — No carro do *Kinsey*?

— Melhor que nada. — Senti como se tivesse sido levado para uma comédia de Shakespeare, trocando gracejos com Rosalinda ou Beatriz na floresta de Arden ou uma *piazza* ensolarada em Messina. Mas ali era Indiana, e era inverno, e Iris estava me deixando no ar. Só para se divertir.

— Você conhece algum restaurante de beira de estrada? Já foi a algum?

— Claro — menti. — Claro, dezenas de vezes.

— E depois? — perguntou ela, fixando-me com um olhar provocador.

— Nós comemos, bebemos e nos divertimos.

— E depois?

— E depois — respondi, inclinando-me em sua direção, o vento entrando gola adentro e uma leva de estudantes passando apressados com rostos pálidos e dormentes —, mais tarde, podemos ir para uma ruela sossegada e escura e, bem..., ter um pouco de privacidade...

Apesar de tudo, apesar de todo o planejamento que eu fizera para levar Iris a sós a um local retirado, sem mencionar as fantasias que eu alimentara, eu estava nervosíssimo naquela noite. O restaurante de beira de estrada era tudo menos romântico, um antro enfumaçado e mal-iluminado, tomado de rostos bêbados com olhares maliciosos. Lá, oferecia-se o tipo de cozinha que consagrou a má reputação da culinária local. Pedi uma tigela do que parecia um ensopado de carne com pelo menos um dedo de gordura derretida em cima e um pacote de biscoitos salgados dormidos para ajudar a engrossá-lo. Iris empurrava algo chamado bife Salisbury pelo prato até que, finalmente, desistiu e esmagou as ervilhas que o acompanhavam em um tipo de purê, e comeu aquilo com os biscoitos esfarelados. Cada um bebeu duas cervejas.

Eu a observava enquanto bebia a segunda garrafa, tentando sondar seu humor. Eu fizera uma série de alusões sobre o que eu esperava que a noite trouxesse, e ela parecera receptiva ou, pelo menos, resignada.

— Vamos lá, termine essa cerveja — disse eu.

Ela me lançou um olhar frio — ou talvez fosse apenas minha imaginação (mais provável era que sua intenção fosse irônica). Ela adorava brincar.

— Ah, e por quê? Você tem algo planejado para o resto da noite? Tem uma reunião do Clube de Gamão no campus, você sabia? E tem um encontro de canto na igreja Presbiteriana? Você não está com vontade de cantar para valer, John? Não seria ótimo?

Minha mão encontrou o joelho dela embaixo da mesa.

– Você sabe o que eu quero – disse eu.

– Não – disse ela, toda inocência. – O que poderia ser?

A noite estava fria – ártica, na realidade –, e o aquecedor do Nash não chegava a ser grande coisa. Eu ouvira falar de um casal que deixara o carro ligado dentro da garagem (era o carro do pai da garota, três da manhã, os pais dormindo no andar de cima da casa) e terminara se asfixiando. Os dois foram descobertos seminus e duros como esculturas de gelo na manhã seguinte. Eu estava consciente dos perigos. Entretanto, nós *estávamos* na rua e o vento – o vento implacável, inexorável, inóspito e reprovador – pelo menos sopraria a fumaça para longe do carro, e, mais importante, do banco de trás. Por um bom tempo, ficamos na frente, nos agarrando e observando as estrelas. Então, algo pareceu ceder em Iris, uma sensação de desprendimento, como se todas as velhas censuras e proibições tivessem subitamente se dissolvido. Ela deixou que eu abrisse o casaco, depois a blusa. Logo em seguida, puxei o sutiã para baixo, de maneira que os seios penderam livres e comecei a estimulá-los oralmente. Ela reagiu, e isso me deu mais coragem. Eu a bolinava agora, bolinava furiosamente, beijando-a profundamente, massageando seus seios nus e manipulando os mamilos entre as pontas dos dedos, absolutamente em chamas, quando murmurei:

– Vamos... O banco de trás...

Ela não disse nada, então tomei isso como um sim, e após um momento incômodo tínhamos passado sobre o assento para trás, meu corpo deitado completamente sobre o dela, o motor roncando embaixo de nós, o aquecedor lutando contra a investida do frio. Eu pensava em Mac, pensava em nossa primeira vez no jardim e no quanto ela fora receptiva, quão natural, prazeroso e fácil tinha sido, quando subitamente Iris fechou as pernas com força sobre o ponto de apoio de minha mão direita.

– Qual é o problema? – perguntei.

O rosto dela parecia indistinto e espectral à luz das estrelas, que penetrava através das árvores. Senti a fragrância do calor de Iris, de sua respiração se misturando com a minha, o perfume que ela borrifara atrás das orelhas e que praticamente se dissipara.

– Você não acha que eu vou até o fim, acha?

Eu estava deitado inteiramente sobre ela. Minhas calças estavam nos joelhos. Ela tivera meu pênis na mão e a língua em minha boca. Subitamente, tornei-me eloquente.

– Claro que acho – disse eu. – Você sabe que essa é a coisa mais natural no mundo, e é apenas a convenção social (a superstição, os padres, os pastores e os fantasmas) que faz com que as pessoas não se expressem por completo. Sexualmente, quero dizer. Vamos, Iris, vamos, não é nada. Você vai gostar, aposto.

Ela estava calada, sem se mover. O rosto a centímetros do meu, flutuando ali na escuridão do carro como uma concha vazia em um oceano à meia-noite.

– Você sabe o que estamos descobrindo? – sussurrei.

– Não – sussurrou também. – O quê?

– Bem, que o sexo pré-marital é, na realidade, benéfico. Que as pessoas que o praticam (o sexo pré-marital, quero dizer) são muito melhores, mais *ajustadas* do que aquelas que não o fazem. E levam isso consigo em suas vidas sexuais de casadas também. São mais felizes, Iris. Mais felizes. E isso é tudo, eu juro.

Ela estava calada novamente. Eu podia me sentir encolhendo, o sangue pulsando ao longo da extensão de meu pau, refluindo

O CÍRCULO ÍNTIMO

lentamente. O vento fustigava o carro e ambos ficamos tensos por um momento. Depois, isso passou, e o silêncio aprofundou-se.

— Pré-marital — murmurou ela, após um tempo. — *Pré* — disse ela, segurando a palavra um instante, e então a soltando — *marital.* Foi isso que você disse, John?

— Foi — respondi, agora ansioso, sem entender realmente o que ela queria dizer. — *Pré-marital.* Sexo antes do casamento.

Foi um silêncio, mas eu podia sentir a mudança tomando conta dela, comunicando-se por toda a extensão de seu corpo, através das terminações nervosas de sua pele, diretamente para a minha. Ela sorria abertamente, eu sabia disso, embora estivesse muito escuro para fazer uma leitura de seu rosto.

— Bom — disse ela —, isso quer dizer que você está pedindo a minha mão, é isso?

NO FIM DAS contas, o reitor Wells deu o ultimato que Prok estivera esperando, mas foi uma surpresa, inclusive para o Conselho de Administração. Eles haviam presumido que Prok escolheria o curso sobre casamento em lugar da pesquisa, o ensino ao qual se devotara e no qual se destacara pelos últimos vinte anos. A pesquisa parecia ser mais passageira. Mas eles não o conheciam muito bem. Aquilo o magoou, deixou-o indignado, tornando-o mais determinado que nunca a derrotar a cantilena e a hipocrisia dos guardiões do *status quo*, dos Rices, das Hoenigs e todo o resto. Então, abriu mão do curso sobre casamento — mais tarde, abandonou o magistério de vez — a fim de buscar a grande e nova meta de sua vida. Logo, logo mesmo, o Instituto para Pesquisa Sexual seria fundado, e o círculo íntimo se ampliaria para mais três.

7

— Então é Iris a felizarda, é isso?

Prok estava em sua escrivaninha, inclinado sobre os papéis em um cone de luz. As janelas estavam fechadas como se tivessem sido soldadas, o corredor no escuro e o peso monótono de um chuvisco constante pareciam ter deixado o campus inteiro hibernando. Era hora do almoço e estávamos comendo em nossas mesas, como fazíamos na maior parte dos dias, Prok se alimentando com sua dieta de estrada enquanto eu fazia o melhor que podia com um sanduíche de atum se desintegrando do refeitório. E eu tinha acabado de lhe contar as boas-novas, eu estava quase explodindo com aquilo desde que chegara, naquela manhã. Se demorei a lhe contar, foi porque Prok estivera mais absorto que de costume em seu trabalho durante toda a manhã e eu não conseguira encontrar uma oportunidade – ele odiava ser interrompido –, e, verdade seja dita, eu não tinha certeza de como ele receberia a notícia. Sim, ele queria que eu me casasse, mas na teoria, em outro plano temporal, e aquilo era no aqui e no agora. Eu sabia que seu primeiro pensamento seria em relação ao projeto e em como meu status de casado afetaria isso.

— Bem – disse ele, parecendo distraído enquanto folheava seus papéis em busca de algo que tinha momentaneamente colocado fora de lugar: uma artimanha para que ele pudesse ganhar tempo para pôr em ordem os pensamentos –, ela é uma garota atraente, não há dúvida quanto a isso. E inteligente. Inteligente também.

O CÍRCULO ÍNTIMO

– Mais um momento passou, as engrenagens girando no cérebro de Prok, com estalos e rangidos que eu conseguia ouvir do outro lado da sala, e então estava feito. – Mas o que eu estou pensando? – Gritou e, de uma hora para outra, já estava de pé, caminhando a passos largos até minha escrivaninha, mão estendida e rosto iluminado com o sorriso escancarado impactante que ele oferecia com tanto efeito quando isso lhe convinha.

– Parabéns, John. De verdade. Essa é a melhor notícia que ouvi a semana inteira.

Apertei sua mão e sorri para ele de um jeito que deve ter sido tímido, mas satisfeito.

– Que bom, realmente estou... É que eu não sabia... como você se sentiria... – Era o que eu estava dizendo, mas ele me interrompeu, já correndo à frente.

– Para quando vocês marcaram?

– Bem, isto é, eu não disse. Mas nós estávamos pensando que gostaríamos de... o mais cedo possível. Março. Iris pensou que março seria...

Ele balançou a cabeça.

– Isso não vai funcionar. Não em março. O jardim, como você deveria saber melhor que ninguém, mal é digno de seu nome em março. Não, terá que ser em maio, não há dúvida quanto a isso.

– O jardim?

Ele estava olhando diretamente para mim – mirando meus olhos –, mas não acho que estivesse me vendo realmente. Ele via o brilho do sol e as flores, Iris com um vestido de cetim arrastando uma cauda, o juiz de paz com sua toga cerimonial, o arco profundo azul-celeste acima de nossas cabeças.

– Sim, é claro. Eu o estou oferecendo a você... Meu presente, John. E, veja só, em maio os íris vão estar no auge... Íris para Iris. O que poderia ser melhor?

Respondi que por mim estava tudo bem – na realidade, agradeci-lhe profusamente –, mas que Iris já ligara para a mãe dela e que certas forças incontestáveis já tinham sido postas em movimento, de maneira que eu não tinha certeza se nós *poderíamos* adiar isso nessa conjuntura. Ele não parecia estar me ouvindo.

– Vamos pedir para Mac fazer algo especial – disse. – Um bolo de casamento de caqui, que tal? E eu vou preparar o banquete do casamento, com frios e esse tipo de coisa, e um *goulash*... E champanhe, é claro que somos obrigados a ter champanhe... – Ele diminuiu a marcha e pareceu se dar conta de minha presença de novo, como se eu tivesse escapado da sala, deixado para trás uma efígie e voltasse. – Mas Iris – disse ele –, sua tentativa... Pelo visto o ajuste sexual de vocês foi satisfatório, não é?

Continuei parado na escuridão do gabinete, a escrivaninha entre nós dois, um sorriso adormecido aderindo a meus lábios. Inclinei a cabeça.

Ele sorria largamente e mais intensamente ainda, transferindo o peso de um pé para outro, aprumando os ombros e esfregando as mãos como se quisesse aquecê-las.

– Sim – disse ele –, sim. Nada como o automóvel como um afrodisíaco moderno, não? Veja o que eu venho lhe dizendo desde sempre, quão realizados seriam os jovens pelos Estados Unidos, esses estudantes frustrados por aí afora, a turma do segundo grau perdida de amor, os casais pobres demais para se casarem... – seu braço varreu o campus e os telhados das casas além – se ao menos eles pudessem ter a privacidade e ser livres do preconceito para expressarem suas necessidades sexuais quando e como eles quisessem. É claro, John – e seus olhos prenderam os meus –, espero que você não esteja confundindo a experiência do coito com o tipo de compromisso necessário para construir e sustentar um casamento... Ou Iris. Ela sabe que o sexo é, ou pode ser, e, em muitos casos, deve ser, independente do casamento? Que ela não tem que se casar com o primeiro... – E então ele se conteve, deixando o resto não dito.

Eu estava prestes a tranquilizá-lo, dizer-lhe que nos amávamos e que estávamos namorando, como ele bem sabia, já havia algum tempo, e que nosso ajuste sexual era bom, mais que adequado – ótimo até –, e que nós sabíamos perfeitamente bem o que estávamos fazendo, porém, mais uma vez, ele me interrompeu.

– Mas essa é uma grande notícia! Ver você casado, Milk. Você não vê o que isso vai significar para o projeto? Você vai me perdoar, mas isso vai fazer com que você deixe de ser tão imaturo, ou de parecer ser, pelo menos. Um homem casado conduzindo entrevistas pode apenas inspirar mais confiança, especialmente nos indivíduos mais velhos e nas mulheres, é claro. Você não acha?

E, naquele instante, consegui responder com confiança, mesmo com a imagem da sra. Foshay lutando para tomar conta de todo o meu cérebro.

– Não é nem preciso dizer isso, Prok, sempre ouvi você, pode acreditar, quando dizia como gostaria de que eu fosse mais velho e mais experiente...

– Bom – disse ele –, bom – e tinha virado para voltar à escrivaninha quando deu um giro em minha direção, com um pensamento tardio. – Iris – disse. – Nós temos a história dela?

No DECORRER DOS dois meses seguintes, Prok foi cada vez mais solicitado como conferencista, e começamos, necessariamente, a aumentar nosso programa de viagens. A história se espalhara. Parecia que todos os grupos cívicos, faculdades privadas e universidades em um raio de quinhentas milhas queriam vê-lo, e em seu palco. Prok nunca negava um convite. Tampouco cobrava por isso, mesmo chegando ao ponto de pagar as despesas de viagem de seu próprio bolso, embora as primeiríssimas doações do Conselho Nacional de Pesquisa e da Fundação Rockefeller o ajudassem a cobrir isso – assim como cobriam meu salário como seu primeiro empregado em turno integral. A rotina era a mesma de sempre. Prok se via em um salão, em algum lugar, o público já presente, e palestrava então com sua franqueza costumeira sobre assuntos que anteriormente eram tabus, depois pedia voluntários – amigos da pesquisa, como começara a chamá-los – para se apresentarem e cederem suas histórias. Quando não estávamos em seu gabinete, trabalhando em nossas classificações, curvas e gráficos de correlação, estávamos na estrada, coletando dados, pois, como Prok sempre dizia, nunca tínhamos dados suficientes.

E como eu me sentia a respeito de tudo aquilo? Eu estava entusiasmado, é claro, estava impregnado com o entusiasmo de Prok – eu acreditava no projeto com cada quilo de meu ser, ainda acredito –, mas o tempo era um pouco importuno, como você pode imaginar. Iris e eu começáramos a gostar um do outro sexualmente (embora ainda estivéssemos lutando contra as nossas inibições e não fosse nem de perto como com Mac). Eu queria estar com Iris, caminhar de braços dados por Bloomington e bisbilhotar nas lojas de artigos de segunda mão, procurando utensílios, tapetes e coisas desse tipo, pesquisando preços para o lar que esperávamos montar até junho – e precisávamos encontrar um apartamento que desse para pagar dentro de nossas condições limitadas, isso levaria algum tempo e muitas idas e vindas também. Mas, em vez disso, eu estava sentado em hotéis de segunda categoria até uma ou duas da manhã, completamente exausto, tentando encaixar o máximo de histórias possíveis em cada dia de trabalho. Eu estava bebendo e fumando demais. Meus ouvidos tiniam, minha cabeça doía, meus olhos escorriam, e nada, nem mesmo os detalhes das práticas sexuais mais arcanas, conseguia me tirar de meu torpor – nem a coprofilia, o incesto ou o sexo com animais domésticos. Eu apenas inclinava a cabeça, mantinha o olhar dos indivíduos e fazia minhas anotações na folha de categorias.

Devemos ter coletado em torno de duzentas histórias durante esse período, realmente nos esforçando ao máximo. Até esse ponto a pesquisa era tendenciosa, pelo fato de que a maioria de nossas histórias era predominantemente da classe superior – isto é, de estudantes e profissionais universitários. Nós tínhamos começado a ampliá-la, como já mencionei, e fizemos algumas viagens para coletar histórias em meio a habitantes do submundo homossexual em Indianápolis e Chicago, assim como em uma prisão e na colônia penal agrícola onde Prok fizera tantos de seus contatos mais valiosos – e um contato invariavelmente levava a outro, e a mais outro, *ad infinitum*, de maneira que agora estávamos determinados a ir atrás do maior número possível de histórias das classes mais baixas. O que nos faltava, acima de tudo, dizia respeito a histórias de negros. Assim, decidimos montar uma segunda expedição para Gary, Indiana, e ir ao bairro negro.

Partimos de Bloomington em uma manhã de sábado garoenta de meados de abril (nós ainda tínhamos que conciliar as viagens com os horários das aulas de Prok na época – apesar do curso sobre casamento já ter acabado, mesmo assim ele seguia envolvido com suas aulas de biologia, uma das quais começava às oito em ponto nas manhãs de sábado, uma hora cruel para qualquer estudante ter que se inclinar sobre um recipiente de dissecação ou distinguir entre mono e dicotiledôneas). Nós dirigimos sem parar, indo o mais rápido que as estradas, o Nash e a polícia estadual permitiram, chegando um pouco depois do anoitecer. Comemos uma refeição insossa em um café-restaurante mal-iluminado e ficamos ali sentados com um café e uma fatia de torta enquanto a garoa transformava-se em uma chuva cinzenta e intermitente que não tornaria nosso trabalho – trabalho ao ar livre, nas ruas – nem um pouco mais fácil. Prok parecia preocupado. Seguia conferindo o relógio, como se isso pudesse, de alguma forma, parar a chuva e acelerar a chegada da hora em que deveríamos encontrar nosso contato. Ele tinha uma boa razão para estar ansioso. Nossa primeira expedição para Gary, em um dia gelado de fevereiro, fora um fracasso. Nós passáramos horas intermináveis circulando por uma quadra após a outra, espiando esperançosamente pelo para-brisa toda hora em que uma figura aparecia nas ruas desertas, mas o contato de Prok não apareceu, não conseguimos uma única história. Nenhum de nós mencionou esse fato naquele momento. Assim que terminamos nosso café, nos enfiamos nas capas de chuva e voltamos para o carro, seguindo seis quadras na direção sul, para o bairro negro.

Prok estacionou em uma rua lateral na esquina de um bar chamado Shorty's Paradise, em um bairro com fachadas de lojas modestas (CABELEIREIRO, SANDUÍCHES PARA VIAGEM, AÇOUGUE) com apartamentos sem elevador no andar de cima e chaminés de fábricas pairando não muito distantes como as ameias de um castelo decadente. A rua estava suja com jornais encharcados, garrafas e embalagens descartadas de alimentos. O para-brisa recebia rajadas da chuva, que pintava uma película de luz refletida sobre o calçamento. Não havia sinal de vida. Descemos do carro, e as portas bateram atrás de nós como um canhoneio.

Minha primeira surpresa veio quando viramos a esquina – a rua na frente do Shorty's Paradise estava apinhada de gente, apesar da chuva, uma horda inteira derramando-se da porta aberta do bar e espalhando-se para fora em ambas as direções sob o toldo esfarrapado. Mas aquelas eram pessoas negras, exclusivamente negras, e tenho que confessar que nunca, até aquele momento, eu tivera muito contato com negros, fora a cordialidade ocasional – "Belo dia, não é?" – que troquei com a esporádica empregada ou cozinheira que aparecia no mercado onde eu trabalhava nos verões. Havia música emanando da porta aberta, um burburinho de vozes, o cheiro de tabaco, maconha, álcool. Eu não sabia o que fazer. Hesitei.

Mas Prok. Prok foi a segunda surpresa. Apesar de detestar bares, cigarros e, especialmente, o que ele chamava de "ritmo das selvas" da música popular, ele passou decidido pela aglomeração de pessoas e entrou porta adentro como se fosse ao lugar todos os sábados à noite. Ele estava vestido, como sempre, com paletó escuro, camisa branca e gravata-borboleta, roupa sobre a qual carregava a tiracolo casualmente uma capa de chuva impermeável amarela que sempre parecia formar um vinco nas costas, como se fosse costurada com duas peças de oleado desproporcionais. Eu estava vestindo um paletó escuro e uma gravata também, embora meu sobretudo – um artigo que minha avó escolhera para mim – fosse cinzento com pintas escuras e descesse até meus tornozelos. Eu podia sentir os cabelos comichando embaixo da faixa do chapéu, prontos para se soltarem no instante em que eu entrasse. Baixei a cabeça e segui Prok porta adentro.

Um balcão longo de mogno se estendia dominando o lugar e estava lotado de pessoas falando ao mesmo tempo. Todas olharam para cima quando passamos pela porta, depois se viraram, como se nunca tivessem nos visto. O jukebox estava tocando "Minnie the Moocher" em um volume alto, e todos no lugar pareciam estar gritando para ser ouvidos. Prok seguiu direto até o bar, abrindo caminho com os cotovelos, e imediatamente travou uma conversa com um homem grande vestindo um terno azul-ferrete trespassado. E essa foi a terceira coisa, mais estranha de todas: Prok começou a falar em dialeto. Fiquei pasmado. Como você deve saber, Prok era um defensor obstinado do inglês correto, e ele não era nem um pouco tímido em se tratando de corrigir erros gramaticais – ele podia ser brutalmente mordaz a esse respeito também –, mas lá estava ele, usando o vernáculo como um ventríloquo. A conversa seguiu mais ou menos assim:

– Fala, meu irmão – disse Prok, voltando a atenção para o homem com as garras azuis de seus olhos. – Tô procurando o Rufus Morganfeld. Viu ele por aí?

O homem no trespassado azul-elétrico não se apressou, encarando Prok com olhos apertados até as frestas. Tinha um cigarro em uma das mãos e um copo meio vazio na outra.

– Tu é polícia?

– Que isso!

– Então que que tu é? Vendedor de Bíblia?

– Sou o doutor Alfred C. Kinsey, professor de zoologia na Universidade de Indiana, e o Rufus, o mano Rufus, disse que era pra gente se encontrar aqui.

– Nossa – disse o homem, suavemente. – Doutor, hein? O quê, veio curar as minha hemorroida?

O rosto de Prok não se alterou. Ninguém riu.

– Uma bebida, doutor? – perguntou ele.

Houve um longo intervalo, Prok permanecendo absolutamente imóvel, os olhos jamais hesitando, e então o homem com o paletó azul deixou um sorriso escapar dos cantos da boca.

– Um Crown Royal com soda – disse Prok.

A bebida foi pedida, veio e foi passada para ele. Àquela altura, Prok estava conversando animadamente com o homem de paletó azul e um grupo de quatro ou cinco outros que estavam mais próximos dele no bar. Rufus Morganfeld em pessoa – nosso contato, que estava do outro lado do bar até aquele momento, esperando para ver como as coisas se ajeitavam – apareceu e apresentou-se. Prok cumprimentou-o calorosamente, e pensei que ele ia oferecer uma bebida para Rufus também, mas, em vez disso, apertou as mãos de todos, pegou Rufus por um braço e eu pelo outro e nos guiou para a rua lá fora. Logo em seguida, Prok voltou a ser ele mesmo, já que não havia a necessidade de agradar Rufus, a quem ele conhecera na colônia penal agrícola, cuja história ele registrara e que estava recebendo cinquenta *cents* a cada história que nos ajudasse a coletar em meio às prostitutas que trabalhavam no bairro. Eu deveria dizer que Prok estava profundamente interessado em prostitutas, pelo menos no início, porque a experiência delas era muito mais ampla do que a da maioria – isso foi antes que ele começasse a observá-las no trabalho –, mas, em última análise, elas não eram tão úteis quanto você possa imaginar em relação à fisiologia dos vários atos sexuais, por conta de sua propensão a simular reações.

De qualquer maneira, com Rufus como nosso Virgílio,* fomos capazes de encontrar as prostitutas (era uma noite sem movimento para elas em todo caso, por causa da chuva, e elas tendiam a se agrupar em poucos locais) e de começar a registrar suas histórias. No primeiro dia, elas foram mais céticas – "Ah, claro, amor. Por uma nota de dólar você só vai *conversar*" –, mas Prok, quando estava em busca de histórias, não aceitava uma recusa como resposta. Elas logo passaram a ver que aquilo era ciência genuinamente

---

* Poeta latino (70-19 a. C.) autor do poema épico latino *Eneida*, é também o personagem que conduz Dante no épico *A divina comédia*. (N. T.)

honesta e pura, e que nós as apreciávamos não somente como uma fonte, mas como seres humanos também. Aquela era outra faceta do gênio de Prok: sua compaixão. Ele realmente se preocupava com as pessoas. E não tinha preconceito algum – fosse racial ou sexual. Não importava, para ele, se você era negro, italiano ou japonês, se fazia sexo anal ou gostava de se masturbar com a foto de casamento da sua mãe – você era um animal humano, uma fonte de dados.

O problema que nós encontramos, entretanto, era que, tendo em vista que não havia hotéis adequados por perto, nós estávamos sem um local privado no qual conduzir as entrevistas. Nós tínhamos o carro, mas somente um de nós podia entrevistar no Nash e precisávamos realizar entrevistas simultaneamente. Estávamos parados ali na esquina da rua, a chuva caindo ainda mais forte, em um pequeno grupo desamparado – duas prostitutas de minha idade ou menos, Prok, Rufus e eu –, quando nosso amigo encontrou a solução.

– Eu tenho um quarto – disse –, a duas quadras daqui. Nada de especial, mas tem luz, uma cama e uma poltrona, se isso lhes servir...

No fim, Prok decidiu ficar com o Nash para ele e me deixar o relativo conforto do quarto de Rufus, argumentando que eu ainda era amador e não precisava de quaisquer obstáculos adicionais – tais como o frio, a chuva e a iluminação inadequada – no meu caminho. Foi um gesto nobre, ou prático, suponho, mas, de qualquer forma, o tiro estava destinado a sair pela culatra. Levei minha garota – chamo de garota porque tinha apenas 18 anos, com um par de olhos oblíquos de cor canela e a pele da cor de achocolatado – para a sala de estar de Rufus no fim de um corredor no terceiro andar de um prédio de apartamentos simples com tijolos à vista e que fora um dia a casa de uma família. Ela parecia hesitante a princípio, talvez um pouco nervosa, e, é claro, eu estava uma pilha de nervos, não apenas porque tomara tão poucas histórias do sexo feminino até aquele ponto, mas pelo fato de ela ser negra e pelo ambiente, as paredes próximas e vagamente amareladas, a cama de solteiro bem-arrumada que poderia ter sido um catre na penitenciária, a luz ofuscante da lâmpada sem lustre pendurada do teto por seu fio com o interruptor. Passados quinze minutos da entrevista, quando ela viu o que era, relaxou. Acho que fiz um trabalho bastante profissional naquela noite (apesar de, para ser honesto, ter me visto desconfortavelmente excitado, como com a sra. Foshay).

A história dela era o que se poderia esperar de uma garota em sua posição – relações na puberdade tanto com o pai quanto com um irmão mais velho, o casamento aos 14 anos, a mudança do Mississippi para o Norte, o abandono, o cafetão, os sucessivos parceiros e as doenças venéreas – e me lembro de me sentir comovido com sua narrativa simples e direta dos fatos, fatos tristes, como nunca me comovera antes. Como um amador, queria levantar da cadeira e abraçá-la, dizer-lhe que estava tudo bem, que as coisas iam melhorar, embora eu soubesse que não iam. Como um amador, eu queria tirar-lhe as roupas, possuí-la ali, na cama, e observá-la contorcendo-se embaixo de mim. Não agi sob influência de nenhum dos impulsos. Apenas concentrei minha mente e registrei sua história, uma entre os milhares que abasteceriam a pesquisa.

A segunda mulher – era mais velha, 30 ou 35 anos, e tinha uma cicatriz de queimado que seguia pela linha do queixo do lado direito do rosto – apareceu na porta no minuto em que a primeira garota tinha saído. Essa segunda mulher passava um aspecto beligerante – um aperto estriado dos lábios, a pálpebra superior mostrando a idade, o jeito desafiador das pernas enquanto ela parava com as mãos no quadril junto à porta – e, antes de pisar o quarto, exigiu o dólar que nós estávamos pagando para cada uma das nossas entrevistadas naquela noite. Revirei os bolsos. Eu estava de mãos vazias – Prok ficava com a carteira das cédulas de um dólar que ele sacara do banco na tarde anterior e havia esquecido, por causa da confusão, de me passar mais do que a que eu dera para a primeira garota.

– Eu, bem, sinto muito – disse eu. – Acho que vou ter que, bem...

– Pode crer, claro, você sente muito... – disse ela, a testa franzida –, e eu também. – Ela soltou um palavrão. – E isso depois de eu arrastar meu rabinho até aqui na chuva ...

– Não – disse eu –, não, você não está entendendo.

– Você é só um cara de pau, como todo o resto. Uma casquinha em troca de nada?

Usei toda a minha capacidade de persuasão, que, acredite em mim, não era muito mais que primariamente desenvolvida naquela época, para convencê-la a sentar-se na cama enquanto eu corria enlouquecido escada abaixo, ganhava a rua e voltava as duas quadras onde Prok estava, no Nash, entrevistando sua prostituta negra. Ele não ficaria entusiasmado com a interrupção. Era uma regra, simples e direta, que todas as entrevistas deveriam ser conduzidas até o fim em um ambiente controlado e privado, sem quaisquer distrações que pudessem comprometer a confiança estabelecida com o indivíduo, sem telefones tocando, sem terceiros pairando nos bastidores para lá e para cá, sem emergências de qualquer tipo. Eu sabia disso. E sabia como podia ser a impaciência de Prok – e sua ira. Ainda assim, não tive escolha. Percorri a distância correndo o mais que podia, temendo que minha entrevistada perdesse a paciência e fosse embora. Virei a esquina do Shorty's correndo ao máximo, a forma escura do Nash destacando-se da nulidade sombria do calçamento como algo que tivesse sido depositado ali pelas geleiras em retirada. Havia uma luz acesa dentro – a lanterna de Prok – e as silhuetas de um par de cabeças iluminadas por trás do para-brisa. Sem fôlego, escorreguei até conseguir parar sobre a calçada molhada, levei meio segundo para me recompor e bati de leve na janela do motorista.

Foi exatamente nesse instante que uma radiopatrulha da polícia virou a esquina atrás de mim e as luzes começaram a piscar.

Eu nunca tivera problemas com a lei em minha vida e não tinha razão alguma para esperar nada além do que civilidade e a ajuda prestativa por parte dos dois agentes policiais que saíram da radiopatrulha, pensando absurdamente que eles tinham vindo para nos ajudar a contatar o maior número de prostitutas possível, facilitando agendarmos as nossas entrevistas. Os acontecimentos provaram o contrário. Os acontecimentos, na realidade, ocorreram tão rapidamente daquele momento em diante que não tive realmente uma chance para compreendê-los até bem mais tarde. Os dois patrulheiros, ambos baixos e atarracados, com os peitos largos e o caminhar cambado de jogadores de rúgbi, vieram para cima de mim, para onde eu estava, absolutamente imóvel junto à porta do Nash. O primeiro deles – parecia ter a idade de Prok, com um nariz chato e traços coléricos – avançou com passos largos diretamente em minha direção e, sem dizer uma palavra, agarrou meus braços, girou-os bruscamente para trás das minhas costas e fechou rapidamente dois discos de metal unidos em meus pulsos. Em uma palavra: algemas.

– Mas, o que o senhor está fazendo? – reclamei. Ou melhor, gaguejei. A chuva batia em meu rosto, encharcando as mangas e os ombros de meu paletó e infiltrando-se nos cachos de brilhantina de meus cabelos, que se soltaram naquele instante em um lamentável emaranhado selvagem (na pressa, eu deixara o chapéu e o sobretudo no quarto). – Não, não, não, está tudo errado. Escute, o senhor, bem, o senhor não está entendendo que...

O segundo policial – tinha cabelos louros, sobrancelhas claras e um bigodinho que sumia, como o de Paul Sehorn, quando as luzes do carro patrulha iluminavam seu rosto – tomara meu lugar ao lado da janela de Prok. Sua batida, com a ponta do cassetete, foi mais insistente do que fora a minha. A janela baixou e vi o rosto pasmado do Prok enquadrado ali por um momento, e então o policial tinha a mão na porta e a estava escancarando.

– Ok – disse ele –, para fora do carro.

Durante todo o trajeto até o distrito policial, enquanto seguíamos colocados à força de cada lado da prostituta (Verleen Loy, um metro e 78, 57 quilos, data de nascimento 17/3/24), Prok protestava com os patrulheiros em seu tom de voz preciso e irado. Eles sabiam quem era ele? Eles sabiam que o Conselho Nacional de Pesquisa, a Fundação Rockefeller e a Universidade de Indiana apoiavam sua pesquisa? Eles tinham consciência de que estavam bloqueando o progresso fundamental em busca da compreensão de um dos padrões comportamentais mais significativos do animal humano?

Não, eles não tinham consciência de nada daquilo, não. Na realidade, um deles – o policial de rosto avermelhado que tinha me algemado e, em seguida, me empurrara pelas costas contra a parede de tijolos sem razão alguma – virou-se em seu assento no mesmo instante e dirigiu-se à prostituta em um tom que pude apenas considerar grosseiro e ofensivo.

– Ô, Verleen – disse ele, sorrindo largamente –, atrapalhamos alguma coisa aqui?

Então, a aura passageira de uma luz de rua iluminou o rosto da mulher. Tinha olhos que davam a impressão de terem sido golpeados, dentes que pareciam ter sido amolados até virarem cacos.

O CÍRCULO ÍNTIMO

Sua voz era abatida, mal dava para ouvi-la sobre o ruído deslizante dos pneus no asfalto molhado.
— Você não atrapalhou nada — disse ela.
No distrito policial, as coisas pareceram dar uma guinada para melhor. O capitão do turno da noite, apesar de absolutamente cético, impressionou-se com a conduta e as roupas de Prok (e acho que sentiu pena de mim também, despenteado e com uma aparência deplorável). Após determinar que Prok era quem ele reivindicava ser, o capitão permitiu que ele desse um telefonema para H. T. Briscoe, reitor na Universidade de Indiana. Fiquei ali apenas observando, as algemas cravadas em meus pulsos, enquanto Prok recitava o número de memória e o capitão o transmitia para a telefonista.

Eram mais de duas da manhã. Verleen tinha sido levada e trancada em uma cela em algum lugar, e eu podia ouvir um grito ou uma lamúria emanando do bloco de celas dos homens nos fundos. Eu estava com medo, não tenho vergonha de admitir. Eu não tinha ainda 23 anos, não vira nada ou muito pouco do mundo, e lá estava, do lado errado da lei, enfrentando alguma acusação obscura de costumes que mancharia minha reputação para sempre. Eu já estava desesperado com o que contaria para minha mãe — o que eu contaria para Iris, quanto a isso. Solicitação de prostituição. Não seria disso que me acusariam? E sodomia? Fornicação? Corromper a honra de uma menor? Eu me imaginei em uma colônia penal agrícola, de uniforme de prisão, arrastando os pés para varrer o pátio com um ancinho.

Mas, então, ouvi o tom de voz frio e controlado de Prok enquanto ele explicava a situação para o reitor Briscoe, rudemente acordado de sua cama em um quarto aconchegante de uma casa confortável no distante Éden de Bloomington. Em seguida, observei o rosto do capitão quando Prok passou-lhe o telefone e o reitor Briscoe deu seu testemunho oficial do outro lado da linha, e só então tive certeza de que a crise havia passado. Infelizmente, nunca recuperei meu sobretudo e o chapéu, e conseguimos apenas seis entrevistas naquela viagem, mas, por outro lado, ela nos ensinou uma lição – dali em diante, Prok nunca mais foi a lugar nenhum sem uma carta do reitor Briscoe explicando o projeto e sua validação pelas autoridades máximas da Universidade de Indiana, carta essa que devia ser apresentada "caso a natureza de sua pesquisa o leve para localidades onde a finalidade do que ele está fazendo possa não ser claramente compreendida".

DE VOLTA À segurança de Bloomington, dei uma versão truncada e nossos pequenos contratempos para Iris. Tentei fazer piada deles, apesar de meus ferimentos psicológicos ainda estarem abertos e supurando, mas ela não achou a história divertida, de forma alguma. Nós estávamos jantando no refeitório (porco assado com molho pardo, purê de batatas e feijão-manteiga cozido até o ponto de adquirir a consistência de um alimento ruminado), e Iris perguntara inocentemente como fora a viagem. Eu contei para ela, atenuando alguns dos detalhes mais desagradáveis e concluindo com um lamento prolongado sobre a perda de meu chapéu e do sobretudo (cujo custo Prok cobriria incidentalmente em meu próximo salário).

– Prostitutas, hein? – disse ela.

Inclinei a cabeça. A iluminação de cima fazia de meu rosto uma máscara monstruosa (sei, porque estava encarando meu próprio reflexo em uma longa faixa suja de espelho na parede atrás de Iris). Na rua, estava chovendo, uma manifestação local da mesma tempestade pandêmica que havia nos atormentado em Gary.

O rosto de Iris estava bastante pálido e sua boca, comprimida. Ela colocou a faca e o garfo cuidadosamente ao lado do prato, apesar de mal ter tocado a comida. Quando falou, sua voz estava carregada de emoção.

— Você sai sempre com prostitutas?
— Bem, não — disse eu. — É claro que não. Não preciso nem dizer isso.
— Você... Você transa com elas?
Não gostei da acusação implícita, não gostei da crítica — ou menosprezo — a meu profissionalismo e meu trabalho. E fiquei especialmente incomodado depois do que tinha passado na noite anterior. Ela não fazia a menor ideia .
— Não — cortei. — Não seja ridícula.
— Mas já transou alguma vez?
— Iris. Por favor. O que você pensa que eu sou?
— Sim ou não?
— Não. E se você quer saber a verdade, eu nunca botei os olhos em uma prostituta na minha vida até a noite passada e não as trataria de maneira diferente de como trato qualquer outra pessoa no que diz respeito às entrevistas. Você sabe perfeitamente bem que, para o projeto ter sucesso, precisamos da história de todo mundo, da gama mais ampla possível de pessoas que nós consigamos contatar, esposas de pastores, as Filhas da Revolução Americana,* líderes bandeirantes — e, naquele instante, a imagem de Mac, nua, passou rapidamente por meu cérebro, como uma daquelas manchas, daqueles borrões na tela quando o projetor é ligado — e prostitutas também.

Ela desviou o olhar, ficando de perfil, seus cabelos uma pequena conflagração de sombra e luz.
— Você já dormiu com alguém? — falou ela para a parede, sua voz um sussurro. — Além de mim?

---

* Em inglês, Daughters of the American Revolution — movimento patriótico norte-americano. (N. T.)

— Não — respondi, e não sei porque menti, quando todo o espírito por trás do projeto era tirar a sexualidade humana do calabouço onde os padres a haviam confinado e celebrá-la, glorificá-la, enaltecê-la, vivê-la intensamente, sem proibições e inibições. Mas, mesmo assim, diante do momento e daquela situação, eu menti.

— Mas por que não? — disse ela, erguendo a cabeça para me lançar um olhar de soslaio, o olhar do executor, do juiz draconiano.

— Não é isso? Transar com as pessoas não é exatamente o que dr. Kinsey, *Prok,* diz que se deve fazer? Não é parte do programa? Quero dizer, de experimentação sexual?

— Bem — disse eu, e um naco de carne macia como uma esponja parecia ter me voltado garganta acima —, não exatamente. Ele próprio *é* feliz no casamento, sabe? E ele quer que nós sejamos também...

O rosto dela tinha corado. O porco crucificado congelou em seu molho sobre a mesa diante dela. Senti uma corrente de ar entrando, alguém abrira uma porta em algum lugar, e estiquei o pescoço para localizar a fonte.

— Está sentindo uma corrente de ar? — perguntei.

— Você está mentindo para mim — disse ela. — Sei que você já dormiu com outras pessoas.

— Com quem? — perguntei, incisivo.

Ela estava soltando o anel que eu lhe dera, girando-o para os lados a fim de passá-lo sobre o osso da junta do dedo. Ele tinha um diamante solitário, e eu tomara emprestados 25 dólares de Prok, como adiantamento de meu salário, para dar entrada nele. Eu nunca comprara nada tão generoso — nunca nem sonhara com isso. Observei enquanto ela o arrancava do dedo e o colocava na mesa entre nós. Ela estava tateando em busca do casaco, todas as suas emoções concentradas nos olhos e no traço sem perdão do ferimento que era sua boca repuxada para baixo.

— Mac — disse ela. — Com Mac.

8

FALE EM INTUIÇÃO feminina, nos sinais subliminares que tal sexo é capaz, de alguma forma, de perceber, da mesma forma que um cachorro sabe que seu dono está chegando em casa quando o carro ainda está a seis quadras de distância, ou que o gato levanta as orelhas com o movimento mais ligeiro de um camundongo no canto mais distante do sótão. Por uma semana inteira, caminhei pelo campus com aquele anel em meu bolso, e não fiz tentativa alguma de contatar Iris ou convencê-la de que estava errada, a não ser pelo que eu já dissera para ela naquela noite, no refeitório: que ela estava fora de si, que Mac era uma mãe adotiva, e velha demais, e casada, e que, de qualquer forma, não sentia atração alguma por ela. Iris ouviu, sem dizer uma palavra, como se quisesse ver até onde eu iria antes de tropeçar e, então, atravessou silenciosamente o refeitório até a porta, no canto mais distante da sala, que bateu com força atrás dela.

Aquela foi nossa primeira briga, o primeiro round de uma longa série de combates preliminares e atrações especiais, e eu me sentia miserável com aquilo – miserável, mas não pronto para ceder. O que eu tinha feito, afinal? Entrevistado duas prostitutas? Aquele era meu trabalho, ela não conseguia ver? E, se uma coisa tão insignificante podia tirá-la do sério, eu temia em pensar sobre o que o futuro estava por trazer, quando certamente nós seríamos obrigados a entrevistar cem prostitutas a mais, sem mencionar hordas de criminosos sexuais de todos os tipos. Eu queria ligar para minha mãe e contar-lhe que o noivado tinha terminado, mas, como digo, sempre tive dificuldade de confiar nela, porque ela nunca pareceu ver as coisas do meu jeito – ela tomaria partido de Iris, eu tinha certeza disso, e me exporia como um salmão que ela estivesse cortando em filés para pôr na panela. No fim das contas, fui ver Mac.

Escolhi uma hora em que eu sabia que Prok estaria na aula e as crianças, na escola. Segui pela rua familiar, sol no rosto, folhas desfraldando-se nas árvores, o mundo ficando verde com as chuvas de abril. O jardim estava se desenvolvendo muito bem, como Prok dissera que ocorreria, apesar de nós estarmos devotando menos tempo a ele naquela primavera, por causa do programa cada vez mais intenso de nossas viagens, e posso ter demorado nos canteiros um instante ou dois antes de juntar a coragem de tocar a campainha. Eu somente conseguia pensar em Iris e no que eu faria para me desenredar do emaranhado de mentiras que eu construíra à minha volta – um conselheiro matrimonial, eu precisava de um conselheiro matrimonial antes mesmo de me casar. Eu estava mais do que pisando em ovos em relação a Mac também. Ela nos dera sua bênção, assim como Prok dera, e ela não estaria mais contente se uma filha sua estivesse casando. Eu me perguntava como poderia chegar agora e contar para ela que tudo tinha terminado – terminado por causa do que tinha acontecido entre nós, no jardim, nos móveis de madeira vergada da sala de estar e na cama de casal no quarto do andar de cima. Então, fiquei parado ali, vagamente consciente da vida fervilhando à minha volta, os insetos pousando sobre as flores e os pardais berrando de seus ninhos nos beirais do telhado. Respirei fundo e coloquei o dedo na campainha.

Mac apareceu na porta, com seu short cáqui e a blusa que combinava com o emblema das Bandeirantes da América no bolso da frente, mas ela estava usando um cardigã também. (A casa estava fria naquela época do ano, porque Prok, sempre econômico, desligava o aquecimento no dia primeiro de abril, não importando qual fosse o clima – aliás, um hábito que eu mesmo incorporei. Por que desperdiçar combustível quando o corpo produz seu próprio calor?). Ela estava na cozinha, preparando uma panela de sopa de legumes e sanduíches com salsichas Bologna para o almoço das crianças, e achara que devia ser o carteiro, um dos vizinhos, um vendedor ambulante – qualquer pessoa, menos eu. Vi em seus olhos um momento de reconhecimento, e, então, o cálculo – de quanto tempo ela dispunha antes de as crianças virem zoando pelo caminho? Suficiente para me puxar para dentro e arrancar minhas roupas? Suficiente para uma investida rápida até o clímax com o short nos joelhos e a blusa enfiada na garganta?

– Olá – disse eu, e meu rosto devia estar abatido, porque o olhar travesso dela desapareceu de seus olhos no mesmo instante. – Você tem... Posso entrar um minuto?

Ela disse meu nome como se estivesse sonâmbula, depois puxou a porta para me deixar entrar.

– O que há de errado? – disse ela. – O que foi?

Fiquei parado ali, balançando a cabeça. Não acho que tenha me sentido tão desesperançado algum dia como me senti naquele momento.

Mac sabia o que precisava ser feito. Ela me levou até a cozinha, me sentou à mesa com uma xícara de chá e começou a preparar algo para mim com o que ela podia ceder do almoço das crianças. Eu a observei deslizando na cozinha, do fogão para o balcão para a geladeira e de volta, um verdadeiro balé de tranquilidade doméstica, e comecei a botar tudo para fora. Lembro que havia um ruído de batidas de martelo do jardim duas casas adiante, onde eles estavam construindo uma garagem, e aquilo parecia salientar a urgência da situação – e a desesperança.

– Não sei o que vou fazer – disse eu, e o martelo bateu abafado e depois veio uma sequência de batidas frenéticas.

Até aquele ponto, Mac não tinha dito muito, fora frases casuais – "E então?" ou "Você quer mostarda, John?" – e percebi de repente que ela estava, de alguma forma, com ciúmes, com ciúmes de Iris e do que ela significava para mim. Mac era mestre em desempenhar seu papel – esposa dedicada de um cientista, companheira generosa, anfitriã, cozinheira e mãe –, mas eu me perguntava como ela realmente se sentia sobre as coisas. Quer dizer, sobre mim e nossa relação, e sobre como isso a afetaria – como já tinha afetado.

– Eu deveria... Quero dizer, você acha que sou eu quem deve tomar a, tomar a...? – Eu queria que ela me dissesse para procurar Iris e fazer as pazes, dizer que a honestidade era a melhor política, deixar que a verdade viesse à tona, todos estaríamos melhor com isso, mas, como sempre, fui escorregando ao redor do assunto.

Mac puxou a cadeira à minha frente e se sentou à mesa com sua xícara de chá na mão. Ela inclinou-se para a frente, para assoprar o vapor da xícara, depois endireitou-se e mexeu o líquido escuro com uma colher.

– Você a ama, John? – disse ela. – Você tem certeza disso?

Eu amava, tinha certeza, e não seria a primeira vez que eu confessaria isso para Mac, mas ali, sentado na cozinha, com o sol infiltrando-se e tocando de leve onde tínhamos copulado nos ladrilhos de linóleo em frente ao fogão – nós dois, Mac e eu –, senti-me desconfortável por admitir.

– Tenho – disse eu, e o martelo bateu duas vezes. – Tenho certeza.

Ela atrasou a resposta, soprando o chá com os lábios franzidos, levando a xícara até a boca e me observando sobre a beirada de cerâmica. Suas mãos eram lindas, seus olhos, os cachos sobrepostos de seus cabelos. Eu estava apaixonado por ela também – por Mac – e estava me enganando ao pensar que isso era puramente biológico. E o que Prok tinha dito para seus críticos, os Thurman B. Rices e outros que o tinham acusado de tirar a essência espiritual do sexo, de vê-lo de uma forma puramente mecanicista? *Eles tiveram 3 mil anos para falar sobre o amor, agora deem uma chance para a ciência.* Eu concordara com ele, tomara isso como um credo e usara esse credo como um emblema. Nós contra eles, as forças da pesquisa e da ciência contra a água com açúcar que você ouvia no rádio ou no cinema. Mas naquele momento eu não sabia mais. Não sabia de nada. Larguei o sanduíche, incomodado demais – confuso demais – para comer.

De repente, Mac estava sorrindo, mesmo enquanto os primeiros passos na varanda, o ranger das dobradiças e a batida da porta chegavam até nós em uma rápida sucessão.

– Você sabe de uma coisa? – disse ela, e o martelo bateu com um ritmo lento e deliberado, que parecia o rufar dos tambores de uma marcha funerária. – Acho que vou ter uma conversa com ela.

MAIS UMA VEZ, entretanto, não consigo deixar de pensar que estou me perdendo no caminho, porque essa história é sobre Prok – ou deveria ser. Prok era o grande homem, não eu. Eu apenas tive sorte de estar com ele desde o início e de me darem a chance de contribuir, de forma modesta, para o bem maior do projeto e para a cultura como um todo. O trabalho definia Prok, acima de tudo, e seus detratores – aqueles que consideram a pesquisa sobre sexo uma fonte de piadas lascivas e risadinhas adolescentes, que não vale a pena ser feita, uma pseudociência como os estudos de seres espaciais, do ectoplasma ou algo do gênero – poderiam gostar de saber quão absorto por sua pesquisa Prok era. Vou dar um exemplo que ocorreu em torno dessa época – não consigo lembrar realmente se isso foi antes ou depois de Mac e Iris terem seu pequeno tête-à-tête –, e que diz muito sobre a dedicação e a sinceridade de Prok. E é interessante por outra razão também: foi a única ocasião em que nossos papéis foram invertidos, quando fui o professor e ele o discípulo.

Mas já estou fazendo muito caso disso. Qualquer um, qualquer homem na rua, poderia ter dado a Prok o que ele precisava – o que ocorreu foi que eu estava disponível, apenas isso. Seja como for, estávamos no gabinete certa noite – deviam ser umas seis horas por aí – e não creio que tivéssemos trocado uma palavra em horas, quando ouvi Prok levantar de sua escrivaninha. Eu estava de cabeça baixa, ocupado com um dos gráficos preliminares sobre as fontes do orgasmo para homens solteiros de nível universitário, então não ergui o olhar, mas reconheci o som da gaveta do fichário abrindo e fechando de novo, da chave virando na fechadura, sinais de que Prok estava se preparando para fechar o gabinete naquele dia. Um instante depois, ele estava de pé atrás de mim.

– Sabe, John – disse –, tendo em vista que Mac e as garotas vão estar fora nesse encontro de bandeirantes, ou seja lá como elas o chamam, e meu filho parece estar envolvido com um projeto da escola na casa de um amigo, os Casdens, ótimas pessoas, pensei se não poderíamos passar a noite juntos...

Pensei que sabia o que ele queria dizer, e sem dúvida eu tinha planos – remoer Iris na cabeça estaria no topo da lista –, mas inclinei a cabeça em concordância.

– Sim – disse eu –, claro.

Ele estava abrindo aquele sorriso encantador, satisfeito, contente, e, estranhamente, estendeu a mão sobre a escrivaninha e apertou minha mão, como se eu tivesse acabado de lhe entregar as chaves para o reino dos céus.

– Um jantarzinho, talvez, e quem sabe combinar isso com o que eu tenho em mente: um pouco de prática em uma das áreas em que me acho tristemente deficiente... Isto é, a fim de melhorar minha técnica.

– Técnica?

– Estou falando de entrevistar.

Olhei-o pasmado e disse algo no sentido de que ele era um entrevistador completo e de que eu não conseguia imaginar como ele esperaria melhorar o que já era o mais próximo do impecável que qualquer um poderia esperar.

– Bondade sua dizer isso – murmurou, dando um último aperto em minha mão e a soltando. – Mas todos nós podemos melhorar, e, sabe, acho que não me sinto tão à vontade quanto deveria junto a pessoas festeiras.

– Pessoas festeiras?

– Onde passamos a maior parte de nosso tempo, quer dizer, no campo?

Eu não fazia a menor ideia do que ele estava falando.

– Nas tavernas, Milk. Nos bares, restaurantes de estrada, cervejarias, em festas e reuniões nas quais fumar e beber são a regra e você sabe como eu... como eu sou desajeitado, ou talvez *não treinado* seja uma palavra melhor, nessas habilidades sibaríticas em particular.

Eu ainda não estava compreendendo.

– Sim? E?

Ele riu então, uma risada entrecortada que começou na garganta e terminou no nariz.

– Bem, não estou dizendo o óbvio? Você é o conhecedor aqui, Milk. Eu sou o aprendiz.

– Você quer dizer que gostaria que eu, eu...?
– Isso mesmo. Eu quero que você me dê algumas aulas.

Voltamos para a casa na rua First naquela noite, com um saco de papel marrom cheio de sanduíches com presunto, três maços de cigarros, dois charutos, um litro de cerveja e conhaque, uísque, rum e vodca, meio litro de cada, assim como os ingredientes padrão para os coquetéis. Talvez estivesse chovendo. A casa estava fria. Prok fez um fogo na lareira e espalhamos nossas compras na mesinha de centro, nos ajeitamos com os copos apropriados, gelo e cinzeiros, e começamos.

Primeiro, vieram os cigarros.

– Você não tem que inalar, Prok – disse eu, sabendo o quanto ele abominava o hábito. – Apenas deixe-o pender dos lábios, assim – demonstrei –, incline-se para a frente para acendê-lo, apague o fósforo com uma virada rápida de pulso, puxe a fumaça para sua boca, isso mesmo, segure um momento, exale. Não, não, não... Apenas esqueça o cigarro ali, bem no canto da boca, deixe a fumaça subir. Muito bem. Aperte os olhos um pouco. Está vendo? Agora suas mãos estão livres, e você pode pegar seu drinque ou, se estiver entrevistando, ir direto para suas anotações. Sim, sim, agora pode tirá-lo... dois dedos, indicador e o do meio..., e bata as cinzas. Isso. Certo, muito bem.

É claro que ele odiou aquilo. Odiou o cheiro, o gosto, a ideia, odiou a fumaça nos olhos e a sensação artificial do papel umedecido nos lábios. E, na segunda ou terceira baforada, ele inalou a fumaça inadvertidamente e teve um acesso de tosse que fez com que perdesse a cor no rosto e inchasse seus olhos a ponto de eu achar que iam explodir. Os charutos foram ainda pior. Em determinado momento, ele foi até o espelho para examinar como ficava com a ponta babada de um White Owl presa no canto da boca,

depois atravessou a sala de volta sem dizer uma palavra e jogou a guimba na lareira.
— Realmente, não consigo compreender isso — disse. — Realmente não consigo. Como as pessoas podem ter prazer com o tabaco queimando embaixo de seus narizes, com o tabaco queimando em qualquer lugar? Inalando o tabaco queimando? E os homens com pelos faciais, com barbas, o que eles fazem? É incrível que todos os bares dos Estados Unidos não tenham queimado completamente até hoje. — Ele caminhava como uma fera de um lado para outro pela sala. — É enlouquecedor, isso sim. Enlouquecedor.

Com o álcool foi melhor. Começamos com uísque, meu drinque favorito, e tentei convencê-lo a diluí-lo com água ou soda, mas ele insistiu em bebê-lo puro, argumentando que, se fosse escolher uma preferência, algo que pudesse pedir casualmente em algum alambique para ajudar a deixar indivíduos em potencial à vontade, ele tinha que saber como era o sabor em sua forma autêntica. Observei-o cheirar o líquido cor de sépia, virá-lo de um gole, escorrê-lo de um lado para outro na boca e cuspi-lo de volta no copo.

— Não — disse ele, fazendo uma careta para mim —, não acho que uísque seja... *viável.*

E seguimos adiante, passando por outros candidatos (a cerveja, disse, tinha cheiro de gás metano e gosto de uma esponja velha que fora enterrada no quintal e então espremida sobre um copo), até chegarmos ao rum. Ele o serviu, cheirou, bochechou e engoliu. A careta em momento algum deixou seu rosto, e minha impressão era de que o experimento tinha sido um fracasso. Mas ele se inclinou para a frente e serviu um segundo drinque, bem pequeno, e bebeu aquele também. Ele cerrou os dentes. Estalou os lábios uma vez ou duas. Seus olhos estavam vermelhos por trás dos discos reluzentes dos óculos.

— Rum — disse ele, por fim. — Essa é a jogada. Como é aquela canção mesmo? *"Fifteen men on a dead man's chest, yo-ho-ho, and a bottle of rum".**

NA REALIDADE, NÓS não tínhamos a história de Iris. Eu sabia, entretanto, quase exatamente como ela seria classificada — ela fora reprimida sexual, inibida por sua educação e pela religião. Masturbara-se com culpa enquanto pensava em um garoto de sua escola ou em algum ator de cinema. Saíra com garotos frequentemente, mas nada sério, um ou outro beijo mais empolgado e talvez a mão aqui e ali. Tivera um parceiro sexual e perdera a virgindade com 19 anos no banco de trás de um Nash. E mais: ela amava esse parceiro e tinha a intenção de se casar com ele. Ou pelo menos tinha, até uma semana antes.

Apesar de tentar não demonstrar isso, Prok estava irritado por não termos coletado a história dela — como o projeto seria confiável, se a provável esposa de seu único colega decidira não ser uma voluntária? Nada confiável, para dizer o mínimo. Irracional. Hipócrita. Pior ainda, isso tenderia a solapar tudo que estávamos tentando projetar com relação à abertura sobre o sexo, por um lado, e à absoluta confidencialidade, por outro. O que Iris estava pensando? Ela não acabaria sendo prejudicial ao projeto? E se fosse, isso poderia custar meu emprego?

A pressão era sutil. Houve aquela indagação inicial de Prok na tarde em que ele me congratulou pelo noivado e, então, nos dias

---

* "Quinze homens sobre o baú de um morto, yo-ho-ho, e uma garrafa de rum" — canção do livro *A ilha do tesouro*, de R. L. Stevenson. (N. T.)

e semanas que se seguiram, houve as estranhas alusões de passagem sobre o ajuste sexual de Iris ou a história que ele tomara de uma aluna de seu curso de biologia, que simplesmente o fizera lembrar-se de Iris.

— A mesma compleição, você sabe, os mesmos olhos alegres e cheios de vida. Uma graça de garota, uma graça mesmo.

Mas, assim que ele ficou sabendo — por Mac, presumo — que o noivado tinha terminado, recuou um pouco, sem dúvida matutando sobre suas opções. Ele queria me ver casado, não havia dúvida quanto a isso, e naturalmente queria a história de Iris, mas visto que eu ainda não decidira me abrir para ele, Prok não tinha como me dar conselhos gratuitos ou exercer pressão direta para que eu me sentisse mais confortável. Durante toda aquela semana — a semana em que eu andei por todo lugar com o peso do anel como se fosse uma bigorna no bolso —, Prok não disse nada, apesar de dar para ver que ele estava com muita vontade de interferir, discursar, aconselhar, intrometer-se e, em última análise, pôr as coisas no lugar.

No fim das contas, era Mac quem tinha a chave. No dia seguinte à nossa conversa, ela convidou Iris para tomar chá em sua casa, e não sei quanto ela revelou (ou não revelou) ou como ela colocou a situação, mas Iris pareceu apaziguar-se. Mac ligou para mim na pensão — gritos, passos pesados para cima e para baixo na escada, *"Telefone para você, Milk!"* — para me dizer, com seu tom de voz suave e suspirado, que eu deveria encontrar Iris assim que fosse possível. Já tinha passado das sete horas da noite. Eu jantara cedo sozinho em um café (onde olhara por sobre o hambúrguer para ver Elster, meu velho adversário da Biblioteca de Biologia, olhando-me com uma expressão de desprezo e inveja nua e crua) e estivera desde então largado em minha cama com um pouco de uísque, ouvindo Billie Holiday, com sua voz vinda das entranhas, triste e cansada, deixando-se levar pela dor. Eu estava bêbado? Acho que sim. Agradeci efusivamente a Mac, lutei para domar meus cabelos na frente do espelho, e então me joguei porta afora.

O campus. O dormitório. O ruído dos sapos coaxando junto ao regato. A assistente residente e seu sorriso de boas-vindas.

– Olá, John – disse ela, e me deu uma piscadela. – Que bom vê-lo de volta. – A lua grande e pálida de seu rosto nasceu e se pôs. – Já chamei Iris – disse ela.

Só que duas outras garotas saíram pela porta antes de Iris, vi-a de relance na escada antes de a porta se fechar com um chiado. Entre o fechar e reabrir rápido, tive uma chance de me recompor. Alisei os cabelos e levei a palma da mão até a boca, para avaliar meu hálito (que cheirava essencialmente o mesmo que o gargalo da garrafa que eu deixara no quarto). O que precisava era de um chiclete, mas largara esse hábito porque Prok o proibira no gabinete e era severamente contra ele em qualquer outro lugar. Senti o anel com o dedo em meu bolso e fiquei firme, esperando meu destino.

Ela estava usando seu melhor traje, um que eu tinha elogiado muito. Era evidente que ela passara bastante tempo cuidando dos cabelos e da maquiagem. E qual era sua intenção? Fazer com que eu me desse conta do que eu estivera perdendo, do que ela podia oferecer, do que ela valia. E enquanto a observava atravessar a sala em minha direção, tentei fazer uma leitura de seu rosto. O que Mac havia lhe contado? E a mentira? A mentira ainda estava intacta? Eu estava bêbado. Eu queria abrir meus braços e abraçá-la, mas seu sorriso me parou – um sorriso contido, corajoso e artificial. Seu queixo tremia como se pudesse começar a chorar.

– Iris, olha, desculpe, não sei o que fiz ou o que eu posso dizer para fazer as pazes, mas...

A assistente residente estava adorando a situação. Um casal que tinha se encontrado para estudar se agarrava no sofá mais próximo de nós. Não havia muito estudo acontecendo ali naquele momento – ou, pelo menos, não com livros e anotações.

– Aqui não – disse Iris, e me pegou pela mão, levando-me porta afora.

A noite estava suave, uma brisa quente pairava sobre as extensões escuras do gramado, as luzes dos postes encobertas pela bruma. Os sapos coaxavam. Outros casais materializavam-se de repente na aragem da noite, avultavam sobre nós e desapareciam. Perambulamos pelo campus, de mãos dadas, sem dizer muito, até que, em algum ponto, percebemos estar em frente ao Prédio de Biologia. Acabamos ficando sentados nos degraus ali até o prédio fechar. Durante a primeira hora, apenas nos abraçamos e beijamos, murmurando aquelas coisas de sempre – clichês; o amor floresce sobre eles – até que ficamos cada vez mais empolgados e perguntei a ela, com uma voz rouca, se não deveria dar uma corrida e buscar o carro de Prok.

Estávamos completamente vestidos, expostos aos olhos de qualquer um que passasse por ali ao acaso, mas acho que minha mão estava na coxa dela, por baixo da saia. E a mão dela – a mão dela pressionava a virilha de minha calça de flanela, e a pressão que ela exercia, a fricção calculada, lenta e carinhosa, dizia-me tudo que eu precisava saber.

– Não – disse ela, e não tirou a mão –, não hoje à noite. É tarde demais.

– Amanhã, então?

Ela me beijou mais forte e continuou me massageando.

– Amanhã – murmurou.

Levei um momento, flutuando ali, na aragem da noite, como se tivesse saído completamente de meu corpo. Eu não estava pensando em Mac ou nas versões da verdade ou em qualquer outra coisa. Eu procurava, desajeitado, o anel em meu bolso.

– Nesse caso – disse eu, soltando seus lábios e levantando a mão dela de meu colo pelo instante que levei para colocar o anel de volta no lugar, nenhum segundo a mais –, acho que o noivado está de pé de novo, não é?

O CASAMENTO FOI modesto, como tinha que ser, considerando meu salário, a condição financeira dos pais de Iris – seu pai entregava leite para a Laticínios Bowermann's em Michigan City e arredores – e a instabilidade da época. O que não quer dizer que não tenha sido uma cerimônia alegre e inspiradora, uma festa que vou lembrar pelo resto de minha vida, o núcleo emocional da cena à altura de todos os casamentos suntuosos no mundo. A noiva vestia um tule branco, o véu com rendas realçando os cabelos e o brilho irrefreável de seus olhos, e o noivo se viu em um smoking alugado, o primeiro que ele colocara na vida sobre seus ombros e ajeitara na marra sobre o peito. Tommy era o padrinho, a companheira de quarto de Iris, a madrinha (uma garota nervosa e grande como uma potranca, os olhos que nem alfinetes e uma boca que engolia a parte inferior de seu rosto, e é estranho que eu não consiga me lembrar de seu nome agora, apesar de isso pouco importar: ela estava lá, com um vestido sem alças, fazendo sua parte). A princípio, os pais de Iris exigiram um casamento na igreja, conduzido por um padre, mas Iris tinha começado a regular (ou melhor, a nadar contra) a fé católica romana desde que entrara na faculdade, e eu, um metodista desinteressado, não tinha vontade alguma de entrar para qualquer igreja de qualquer denominação, principalmente uma tão comprometida pelo mistério, a superstição e a repressão. E, é claro, para Prok, que era o anfitrião do evento, todas as religiões e todos os religiosos eram um anátema.

Mas uma palavra sobre Iris, porque acredito que não lhe dei o devido reconhecimento aqui — e ela *é* fundamental para tudo isso, isto é, para a história de Prok, porque, naquele dia, no fim de maio em 1941, ela estava prestes a tornar-se o quarto membro do círculo íntimo, assumindo seu lugar junto a Prok, Mac e eu, e tudo o que aconteceu dali em diante diz respeito a ela tanto quanto a qualquer outro. Ela era... bem, tinha um traço de caráter independente e pensava por si, formava suas próprias opiniões. E embora eu não tenha necessariamente reconhecido isso na época, tão envolvido estava com o projeto e com o que tínhamos estabelecido como meta, eu diria que a independência dela aumentou com o passar dos anos até chegar ao ponto de ser quase antiética — uma revolta, muito próximo de uma rebelião — contra aquilo em que acreditávamos. Mas isso foge do assunto. Iris. Deixe-me descrevê-la aqui em algumas palavras. Bonita, certamente. Cabeça-dura. Espirituosa (nunca encontrei ninguém tão esperto quanto ela, exceto talvez Corcoran). Rápida como um raio. Organizada. Ela tocara clarinete durante o segundo grau e na faculdade, e até seu último ano, quando já estávamos casados, ela colocava um uniforme engomado todos os sábados de manhã e marchava pelo relvado cintilante com a banda. Ela era uma estudante consciensiosa, embora suas notas não fossem tão altas quanto as minhas (não que isso importe, é claro). Tinha um sentido artístico incrível, capaz de fazer com que nosso lar, isto é, nosso eventual lar, fosse nada menos que elegante com os mais modestos recursos. Que mais? Seu sorriso. Eu queria zarpar naquele sorriso, e o fiz, por muito tempo. E sua resposta sexual, é claro — não posso deixar isso de fora, não em um relato dessa natureza. O que eu contara para Prok era verdade, mais ou menos. Ela se abrira para mim — ela me amava — e, à medida que nos acostumávamos um com o outro, passando mais e mais tempo no banco de trás do carro de Prok e depois, quando o tempo esquentou, sobre o cobertor em um canto escondido do parque, ela deixou seu lado mais intenso emergir. Começamos a experimentar, e ela se tornou cada vez mais entusiástica, em várias ocasiões até montando em cima de mim na posição superior feminina sem qualquer estímulo de minha parte. E, apesar de eu achar que ela nunca usaria uma linguagem grosseira em qualquer situação, Iris a usava, usava quando seus olhos começavam a dar voltas e sua cabeça e suas mãos sacudiam meus ombros como se ela quisesse me puxar para dentro de sua caixa torácica e além dela, para o chão abaixo, e mais fundo, mais fundo ainda:

– Oh, me fode – dizia. – Me fode toda.

Prok conseguira que o juiz de paz fizesse uma cerimônia civil simples embaixo do caquizeiro nos fundos da casa. Tivemos um trabalho considerável para levar o piano para a rua também, de maneira que pudéssemos ter a marcha nupcial e dar um caráter oficial à cerimônia. (Ainda não mencionei que Prok sonhara ser pianista de concertos quando garoto e desistiu apenas quando descobriu sua verdadeira vocação na ciência. Ele era bom, tão competente quanto qualquer um. Não nos contemplou apenas com a marcha de casamento naquela tarde, mas também com uma variedade de seleções da peça *Peer Gynt*,* que caíram magicamente bem com o cenário de conto de fadas.) Prok ao piano, Iris em meus braços, Tommy a meu lado: era o mais próximo que eu já tinha chegado do céu. E minha mãe, é claro. Ela estava ali com tia Marjorie, um sorrisinho distante no rosto. Acho que ela bebeu demais naquele dia (drinques com rum – Prok ficara maluco por eles, nem tanto por ele mesmo gostar muito de beber, mas porque ele estava empolgado com a ideia de colecionar receitas, então

---

* Peça teatral do dramaturgo norueguês Henrik Ibsen, escrita em 1867. (N. T.)

tomamos Zombies naquela tarde, e algo chamado Charleston Cup em uma poncheira de cristal sobre um suporte com gelo). Ela não chorou, mas Mac, sim, brevemente. Para minha mãe, que nunca fora de sentimentalizar as coisas (ela descrevera a si mesma para mim como uma fatalista em mais de uma ocasião), a cerimônia provavelmente a levara de volta ao dia de seu próprio casamento, tantos anos antes, e à ruína que fora deixada no lugar dos sonhos de uma jovem noiva. Mesmo assim, gostou de Iris, porque sentia que ela possuía firmeza de caráter, o que era a única coisa de que minha mãe precisava para se virar na vida – você precisa de firmeza de caráter e coragem, especialmente no caso de ser uma mulher, para sobreviver em um mundo de guerra, devastação e acidentes de barco.

Alguém – Tommy, a madrinha, Paul Sehorn – amarrou uma miscelânea de panelas velhas e grelhas no para-choque do Nash, e Prok, empertigado como um chofer na frente, com minha mãe e Mac a seu lado, fez caretas com o barulho durante todo o trajeto até a estação, enquanto Iris e eu seguíamos abraçados no assento de couro macio e espaçoso que conhecíamos tão bem.

9

Nossa lua de mel inspirou-se naquela de que Prok e Mac haviam sido pioneiros vinte anos antes – ou seja, partimos para acampar em uma longa viagem, não para as Montanhas Brancas de New Hampshire, como fizeram os Kinsey, mas para as Montanhas Adirondack, uma região que sempre me fascinou quando eu era um garoto crescendo em meio aos morros de vegetação rasteira às margens do lago Michigan. Iris não era muito de acampar, tampouco eu, verdade seja dita. Mas parecia uma aventura, e tinha a vantagem de ser barata (o que fora um dos fatores que motivaram Prok em sua época, ele era um naturalista que acampara a vida inteira e poderia subsistir sem problema algum à base de tubérculos, amoras e pinhas se fosse necessário, algo, desnecessário dizer, que eu não era capaz nem tinha vontade de fazer). Para lhe dar o devido crédito, Iris topou a ideia, apesar de ter exigido uma lua de mel mais convencional nas Cataratas do Niágara. Aliás, demos uma passada por lá, uma única noite, em um quarto de hotel que custou o mesmo que todo o resto da viagem junta. Olhando para trás agora, tenho memórias bonitas daquela viagem – Iris de maiô, com a pele arrepiada, acocorada sobre um lago maldegelado, o cheiro dos pinheiros e a fumaça intoxicante de nossas fogueiras para cozinhar, o toque da mão dela, nosso namoro despreocupado em um saco de dormir projetado para uma pessoa no meio de uma escuridão absoluta e o silêncio mais profundo de toda a História. Mas, como um todo, aquela viagem teve suas limitações. Não vou perder tempo entrando em detalhes – eles não têm importância aqui –, mas vou dizer que os insetos foram impiedosos, a barraca mal cumpria sua função, o tempo estava horrível e o chão era tão duro quanto um trilho saído da linha de produção de uma siderúrgica em Gary.

Nada daquilo parecia importar (ou importava, mas fazíamos de tudo para tentar assegurar um ao outro que não importava), porque estávamos juntos, só nós dois, pela primeira vez em nossas vidas. Fizemos um playground erótico da cama grande e branca no quarto de hotel das Cataratas do Niágara e nos lançamos a atividades – felação, cunilíngua, penetração por trás – que eu fora tímido ou apressado demais para tentar com Mac. Ironicamente, embora não soubéssemos disso na época, as duas semanas de nossa lua de mel seriam nossa última oportunidade para experimentar esse tipo de liberdade por quase um ano inteiro. Isto é, quando voltamos para Bloomington, Iris retornou para seu dormitório – onde ficaria pelo trimestre de verão, na esperança de acelerar sua formatura – e eu para a pensão da sra. Lorber. Apesar de passarmos todos os minutos disponíveis perambulando por apartamentos, salas vazias, porões convertidos e os vários anexos anunciados como unidades para alugar, não encontramos nada que pudéssemos tolerar e pagar ao mesmo tempo, e, assim, apesar de estarmos casados e de eu ser adulto e ter um trabalho de horário integral, nós voltamos para o cobertor no parque e para o assento de trás do velho Nash (não que Prok fosse insensível, mas você precisa entender que o grosso do dinheiro para o projeto estava, na época, saindo de seu próprio bolso – quer dizer, dos seus ganhos na Universidade de Indiana e dos direitos autorais do livro didático de biologia – e para mim era praticamente impossível esperar que ele aumentasse meu salário, mesmo que em apenas alguns dólares por semana).

De qualquer maneira, Iris e eu nos viramos, como fizeram inúmeros outros casais separados durante a Depressão, poupamos nosso dinheiro e pintamos sonhos vívidos de nosso primeiro lar à medida que o verão se fundia imperceptivelmente com o outono e as notícias do exterior iam do ruim para o pior. Foi um período estranho, agitado, aquele interlúdio entre nosso casamento e a guerra. Por um lado, estávamos esperançosos. No entanto, por outro, tudo o que fazíamos, mesmo as coisas mais simples, davam lugar à dúvida – por que se preocupar em poupar um dólar extra, cuidar de seus dentes e de sua dieta, ou ousar sonhar com sua esposa e um apartamento e o futuro quando o machado estava prestes a cair? Muitos homens que eu conhecia perderam as esperanças. Outros apenas consumiram completamente toda a energia e os recursos, dia e noite, *carpe diem*.

Minha crise pessoal ocorreu no final de outubro, em um dia em que Prok e eu exultávamos com as correlações que estávamos descobrindo entre os níveis de educação e o número de parceiros sexuais na adolescência (era profético, e a surpresa era que aqueles que não iam para a faculdade tinham uma atividade sexual muito mais ampla e completa que os que iam), e me lembro de estar entusiasmado quando entrei pela porta adentro da pensão da sra. Lorber. Estava ansioso para jantar com Iris, um filme no cinema e, então, alguns momentos mutuamente produtivos passados no banco de trás do Nash, quando vi o envelope com uma aparência oficial em cima de uma pilha de cartas circulares sobre a mesinha do vestíbulo, ele não me chamou atenção de saída. GOVERNO DOS ESTADOS UNIDOS, ÓRGÃO DO SERVIÇO MILITAR, estava escrito, ASSUNTO OFICIAL. Tenho certeza de que todos estão familiarizados com esse padrão, com a linguagem tão clínica que poderia estar descrevendo o método mais recente para aliviar

O CÍRCULO ÍNTIMO

uma prisão de ventre ou a forma apropriada para se instalar um novo condensador no seu Zenith,* mas, mesmo assim, consegue prender nossa atenção do mesmo jeito:

Saudações:
Tendo se apresentado para a junta local composta por seus vizinhos com a finalidade de determinar sua disponibilidade para o treinamento e serviço na força de infantaria ou naval dos Estados Unidos, o senhor está, por meio desta, notificado de que foi selecionado...

A questão não era que eu não queria ir – o campus já estava começando a pulular de garotos de uniformes, as garotas já olhavam sem interesse para qualquer um em trajes civis e praticamente estavam embrulhadas em vermelho, branco e azul; acrescente-se a isso o fervor que estava crescendo em todos nós e meu desejo verdadeiro e honesto de defender a liberdade e os direitos humanos e de salvar todos aqueles britânicos sitiados do terror da Luftwaffe e os albaneses dos italianos e todo o resto –, mas, mesmo assim, entrar pela porta em uma tarde de resto tranquila e encontrar o envelope ali, no topo da pilha, onde a sra. Lorber sem dúvida o deixara após examiná-lo de todos os ângulos e em todas as luzes possíveis, foi um choque. Eu tinha acabado de casar, estava apenas começando uma carreira, tinha dinheiro em meu bolso (não muito, mas, mesmo assim, dinheiro) e um automóvel à minha disposição, e agora eu teria que começar tudo de novo, sem nada. E em um lugar estranho, em meio a estranhos. Não que eu estivesse com medo. Eu era jovem e, naturalmente, saudável demais para sonhar, mesmo nas minhas piores fantasias que eu poderia

---

* Primeiro controle remoto de televisões produzido no mundo, manufaturado pela Zenith Corporation. (N. T.)

ser mutilado, ferido ou mesmo morto. Esse era o tipo de coisa não aconteceria comigo, mas com algum desconhecido no cinejornal antes de vir a atração principal. O problema era a incerteza disso – de colocar-se nas mãos de uma organização tão arbitrária e complexa quanto o Exército dos Estados Unidos e ter que confiar em que o melhor aconteceria.

Devo ter ficado parado no vestíbulo por uns bons cinco minutos antes de ouvir o ruído de passos pesados nos degraus da rua, seguidos proximamente por um empurrão violento e a batida forte da porta da frente, que me tiraram do devaneio. Ezra Voorhees acabara de chegar das aulas. Ezra era um estudante de administração, ou melhor, administração aplicada à agricultura, e sua ambição era melhorar a produção da fazenda de aves domésticas de seu pai, já pensando em administrá-la sozinho um dia. Tinha 19 anos, era mais ou menos inofensivo, mas barulhento e inquieto, e escolhera não contribuir com sua história sexual para o projeto (embora eu quase tenha me ajoelhado e implorado a ele). Ele não era muito empenhado em lavar suas roupas – ou tomar banho.

– John! – exclamou me olhando, surpreso, como se eu fosse a última pessoa que ele esperava ver ali, no vestíbulo da casa na qual dividíamos um quarto. E, então, arrancando a carta de minha mão: – O que é isso? Oh, meu Deus, meu Deus. É sua notificação de alistamento.

Estendi a mão, rigidamente, abatido demais para ficar irritado. Ele me passou a carta de volta.

– Você vai se alistar?

– Bem, eu... não sei. Não pensei ainda sobre isso. – Tive uma visão repentina de mim mesmo de uniforme, aprumado e orgulhoso, meus cabelos com um corte perfeito, com brilhantina e ondulados sobre as orelhas, o chapéu de aba dura enfiado embaixo do braço, batendo continência. Minha mãe ficaria orgulhosa. Iris odiaria. E Prok – Prok ficaria apopléctico.

– O alistamento é o caminho a se tomar, acredite em mim. Estive falando com Dick Martone e alguns dos outros caras, Dave Frears, por exemplo, e pensamos no Corpo de Fuzileiros Navais, quer dizer, para se alistar. Para pegá-los de jeito. – Ezra era alto, uns seis ou oito centímetros mais alto que eu, e encorpado, mas com uma cabeça desproporcionalmente pequena e de um formato estranho, cujo topo ele começara a coçar naquele momento, vagaroso e pensativo. – Aliste-se – disse – e você vai estar bem no meio da confusão, no exterior, na França ou na Bélgica, ou na Itália, a Itália, onde a luta de verdade vai acontecer.

Fui ver Iris primeiro. Nós nos encontramos no refeitório para o jantar (carne bem passada, com uma mistura que parecia caramelo queimado como molho, batatas cozidas e ervilhas que tinham sido colhidas e enlatadas antes do New Deal ter entrado em vigor), e esperei até que estivéssemos sentados, até termos passado manteiga em nossos pães e colocado pimenta em nossa carne, antes de empurrar o envelope sobre a mesa para ela. Observei enquanto ela inclinava a cabeça e absorvia o conteúdo da carta, mesmo antes de desamassá-la sobre o jogo de mesa à sua frente. O queixo dela tremia, quando ergueu a cabeça de novo, seus olhos tinham uma expressão atormentada.

– Não acredito – disse ela. – Você não pode... Tommy já não é o suficiente para eles?

– Não sei.

– Você não vai, vai?

Dei de ombros.

– Que escolha eu tenho?

– Mas você é casado.

Mais uma vez dei de ombros.

— Muitas pessoas são casadas. E quantas delas não se casaram nos últimos seis meses só para escapar do recrutamento? Eles não se importam com isso em Washington. E, do jeito que a coisa está indo... Bem, Willkie* não ganhou a eleição, não é?

Ela segurou minhas mãos sobre a mesa, entrelaçou os dedos nos meus e apertou-os como se quisesse esmagá-los.

— Não vou deixar você ir — disse ela. — Não vou. Não é a nossa guerra. Ela não tem nada a ver conosco.

Mas era claro que Iris estava errada, como todo o país — mesmo o mais fanático defensor do ideal America First** — saberia em menos de dois meses, quando os japoneses atacaram Pearl Harbor. Naquela noite, entretanto, com um vento frio espalhando as folhas pelo campus e as mãos de Iris entrelaçadas nas minhas enquanto os estudantes, por toda a nossa volta, estavam sentados mascando sua carne passada demais e com as cabeças enterradas em seus livros didáticos, em histórias em quadrinhos, ou apenas rindo alto em um exagero de bom humor, parecia que a força das palavras dela seria o suficiente: "Não vou deixar você ir. Não vou."

NA MANHÃ SEGUINTE, levei a carta até Prok. Ele estava no gabinete antes de eu chegar, como sempre, de cabeça baixa, envolvido com seu trabalho. Não quis interrompê-lo, mas ele olhou para a frente e me cumprimentou com um sorriso quando entrei. Calculei que essa era uma chance tão boa quanto qualquer outra para lhe dar a má notícia.

— Prok — disse eu, e seus olhos já iam caindo de volta para a página, mas fui em frente, mesmo que um tanto sem jeito. — Prok

---

* Wendell Lewis Willkie (1892-1944) concorreu contra Franklin D. Roosevelt nas eleições presidenciais norte-americanas de 1940. Defendia a não participação dos EUA na Segunda Guerra Mundial. (N. T.)
** O America First Comittee foi o mais importante grupo de pressão contra a entrada dos EUA na Segunda Guerra Mundial. (N. T.)

– repeti, seu olhar atento ergueu-se de novo, mesmo enquanto o sorriso sumia –, tem algo... Bem, eu só queria que você ficasse sabendo que, que, bem... Aqui. – E lhe passei a notificação.

Ele a examinou de relance, então se levantou, dobrou-a cuidadosamente e a passou de volta para mim.

– Eu temia isso há já algum tempo – disse. Por apenas um instante, ele pareceu derrotado, a sombra da resignação cruzando rapidamente seu rosto, as bochechas pesadas, mas então aprumou os ombros e deixou escapar um suspiro pronunciado, como se uma chaleira tivesse fervido. – Maldição – disse, e essa foi a vez em que o vi chegar mais perto de dizer um palavrão, antes e desde então –, nós vamos combater isso, nem que tenhamos que ir ao ministro da Guerra em pessoa. – E então ele fez uma pausa por um momento e me lançou um olhar interrogativo. – Quem é mesmo o ministro da Guerra?

Eu lhe respondi que não sabia.

– Tudo bem. Não importa. O que importa é a pesquisa, e me pergunto se alguma dessas pessoas – e ele deixou sua mão subir e cair em um gesto abrangente típico seu, como se todos os políticos, as forças do Exército e da Marinha, assim como Hitler e seu Wehrmacht* não passassem de estudantes vagabundos que tinham errado uma pergunta-chave em uma prova de biologia –, se alguma delas faz a menor ideia da dificuldade que é treinar um entrevistador. Não – falou ele, asperamente, respondendo à sua própria pergunta –, duvido que façam. Mas você faz, não é John?

Balancei a cabeça em concordância. Nós tínhamos passado juntos centenas de horas de treinamento, Prok me questionando incessantemente, saltando de sua cadeira impacientemente para arrancar a folha de classificação de minha mão e fazer suas

---
* Exército nazista. (N. T.)

próprias correções, olhando sobre meu ombro por horas a fio, fazendo-me passar por entrevistas falsas – eu devo ter tomado sua história cinquenta vezes – e sentando empoleirado atrás de mim como uma estátua de cera enquanto eu conduzia minhas primeiras entrevistas ao vivo. Como eu já disse, ele era um perfeccionista e não conhecia outra maneira de fazer qualquer coisa a não ser o jeito Kinsey – se isso pode ser considerado um defeito ou não, realmente não sei dizer. Seu método funcionava, não há dúvida quanto a isso, e funcionava em uma arena na qual tantos outros antes dele – Krafft-Ebing, Hamilton, Moll, Freud, Havelock Ellis – haviam fracassado. Mas ele estava certo em uma coisa: o treinamento não devia ser subestimado. E certamente você tinha que ter um determinado tipo de personalidade – a personalidade de um recruta, suponho, ou até mesmo de um discípulo – para, antes de mais nada, suportá-lo.

Ele tinha saído de trás de sua escrivaninha e caminhava a passos largos para cima e para baixo no espaço confinado do gabinete, as mãos presas atrás das costas.

– Não – disse por fim, empertigando-se à minha frente de maneira que nossos rostos não estavam mais que a centímetros de distância –, não, simplesmente não vou permitir que isso aconteça.

Assim, Prok começou uma campanha vigorosa para manter-me a seu lado durante a guerra, embora seja talvez interessante que eu observe o fato de que ele nunca me consultou realmente sobre o assunto, mas operava com o pressuposto de que eu estava cem por cento de acordo com ele, de que a pesquisa sobre sexo – o projeto e o avanço do conhecimento humano – era mais vital para o bem-estar do país que levar adiante uma guerra no front europeu ou no Pacífico. Ele nunca me pressionou. Nunca soube, na realidade, que passei longas horas apoiado na beira da cama de meu quarto com Ezra e Dick Martone e mais outros caras, debatendo os méritos de nos alistarmos, de fazermos nossa parte, de sacrificarmos tudo pela causa da liberdade. No fim das contas, aquiesci. Ou seja, não fiz nada, e deixei que os acontecimentos tomassem seu curso.

Enquanto isso, no momento em que Prok preparava um recurso e pedia cartas a meu favor para o reitor Wells, para Robert M. Yerkes, do Conselho de Pesquisa Nacional, e outros patrocinadores de influência e poder, ele estava, ao mesmo tempo, considerando seriamente a contratação de outro pesquisador para aumentar nossa força. Esse pesquisador, como a maioria das pessoas vai adivinhar, era Purvis Corcoran. Corcoran, como eu já disse, era um jovem psicólogo insinuante, bonito e expansivo, um *wunderkind** sexual que se formara uns dez anos antes na Universidade de Indiana, completara seu mestrado em Chicago e estava cada vez mais próximo de seu doutorado. Era casado – o nome de sua esposa era Violet – e pai de duas crianças pequenas, duas meninas. Prok encontrou-o pela primeira vez após dar uma palestra para um grupo de assistentes sociais ("as pessoas mais pudicas e limitadas em sua compreensão do sexo com quem você poderia topar um dia") em South Bend, enquanto eu estava longe, em minha lua de mel. Corcoran ofereceu-se para contar sua história – que era, no mínimo, extensa, tanto em experiências heterossexuais como em experiências-H –, impressionando Prok.

Impressionou tanto que foi convidado a Bloomington para visitar o Instituto (como nós começávamos a chamar oficialmente nossa sala apertada) e fazer entrevista para um emprego conosco.

---

* Criança prodígio, em alemão. (N. T.)

Quando mencionei isso para Iris – que o Prok, antecipando-se a novas doações do Conselho Nacional de Pesquisa e da Fundação Rockefeller, estava trazendo Corcoran para a cidade para uma entrevista de emprego –, ela achou muito suspeito.

– Você não está vendo que ele quer substituir você? – disse. – Ele está se descartando de você, está nos abandonando, e eu vou ficar aqui completamente sozinha e você vai estar sabe lá Deus onde, em algum deserto na África, lutando contra o Rommel ou quem quer que seja, algum prussiano que marcha em passo de ganso com uma arma e uma baioneta.

Estávamos no Nash, estacionados em nosso lugar favorito, com vista para as águas escuras e serenas de uma pedreira e seus monumentos fantasmagóricos de pedra, fumando um cigarro pós-coito.

– Você está errada – disse-lhe eu. – Isso não tem nada a ver com o recrutamento ou a guerra ou qualquer outra coisa. Nós precisamos de ajuda, só isso.

Ela ficou em silêncio por um momento.

– Sabe – disse ela –, ele tem feito propostas...

– Quem?

– Seu chefe.

– Prok?

Estava muito escuro no carro, mas foi possível divisar a cabeça de Iris balançando em concordância. Nós estávamos nus e o cheiro do sexo dela estava por todo o meu corpo. Coloquei um braço em torno dela, aproximei-a de mim e comecei a acariciar seus seios, mas ela me afastou.

– É, *Prok* – sussurrou. – Ele... Quando eu estava esperando por você no outro dia. Ele me disse que vai fazer tudo o que estiver ao alcance dele para livrá-lo, cartas para a junta de recrutamento em Michigan City, até mesmo um apelo pessoal se necessário..., porque a pesquisa é vital para a segurança nacional e etc., e eu disse que ficava muito agradecida. Mas era mais do que isso. Acho que quase me ajoelhei e beijei os pés dele, porque você sabe como é forte meu sentimento em relação a isso. Você não vai para a guerra, não enquanto eu estiver viva, John Milk. Então, ele me olhou de um jeito, e eu sei como você acha que ele é Deus em pessoa que baixou das alturas com todos os anjos cantando em êxtase, mas foi o olhar mais frio que alguém já me lançou na vida. E você sabe o que ele disse então, como se fosse algum tipo de barganha que nós estávamos negociando? Ele disse: "Nós não temos sua história ainda, Iris, não é?"

— Sim — disse eu —, e qual é o problema?

— Qual é o problema? Você não está me ouvindo?

— Olhe aqui, Iris — disse, expirando todo o fôlego que tinha —, eu já lhe falei mil vezes que você tem que contribuir com sua história para não prejudicar nossa imagem... como já está prejudicando.

— Ele é um chantagista.

— Um chantagista? Você ficou completamente maluca?

— Não me venha com essa, não se faça de cego.

Estendi a mão na direção dela novamente, mas ela mudou de posição afastando-se até que seus ombros pressionassem a janela e a luz de seu cigarro revelasse seu rosto ali, na sombra.

— Eu entrego a ele meus segredos, conto o que nunca contei para ninguém, nem mesmo a você, e ele vai botar você na rua. — Um instante se passou, tempo suficiente para a amargura saturar sua voz. — E se eu não fizer isso..., bem, adeus, Johnny, não é?

Uma semana depois, Corcoran chegou. Ele viera sozinho, sem a esposa. Chegou cedo em um sábado quando eu estava fora em algum outro lugar com Iris — mandado por Prok. Prok estava interessado em minha opinião sobre Corcoran, é claro, mas, naquele primeiro dia, ele o queria para si, e não sei o que aconteceu entre eles, se é que aconteceu algo, mas Prok, tenho certeza, assumiu seu lado cortês e terminou proporcionando a Corcoran um tour VIP da propriedade, terminando com um jantar íntimo, preparado por Mac, na casa de campo digna de um reino encantado na rua First. Na noite seguinte, no domingo, Iris e eu fomos convidados para a casa de Prok, para um de seus "saraus musicais" semanais, como ele os chamava, a fim de nos socializarmos com um grupo seleto de seus amigos e colegas, ouvir o programa gravado que Prok escolhera para a ocasião e, expressamente, conhecer Corcoran.

Chegamos alguns minutos atrasados, nada para se preocupar, apesar de Prok me pedir que fosse cedo, de maneira que tivéssemos algum tempo com Corcoran antes de os outros chegarem. Iris foi a culpada nesse caso. Ela pareceu ter levado uma eternidade com o vestido e a maquiagem – de enlouquecer uma pessoa – e devo ter pedido à assistente residente que ligasse para ela umas cinco vezes antes de ela finalmente descer a escada e passar pela porta, que eu encarara por tanto tempo a ponto de começar a crer que poderia arrombá-la somente com minha vontade. Eu estava impaciente, talvez até com raiva, embora eu deva dizer que a espera valeu a pena: Iris estava estonteante naquela noite, toda de preto, com um único colar de pérolas da família, dado por sua mãe, e um batom de tonalidade particularmente vívida, que lhe emprestava toda a cor de que ela precisava. Não sei o que era – as pérolas, talvez –, mas ela parecia transformada, como se tivesse subitamente ganhado cinco anos e a sofisticação de uma socialite, e perdoe-me se não consegui deixar de pensar na sra. Foshay e seu *savoir-faire*.

A maioria dos convidados já estava lá quando chegamos. Acho que devia haver umas quinze ou vinte pessoas presentes, professores e suas esposas, o vizinho de porta de Prok, dois estudantes com cara de impressionados que pareciam ter medo até de olhar para os biscoitos, as nozes e os chocolates que Prok espalhara pela sala em travessas de vidro lapidado. Mac nos recebeu à porta.

– John – sussurrou, com sua voz suspirada, puxando-me para me dar um beijo na face. – E Iris, tão simpático de sua parte vir hoje. – Pegou as duas mãos de Iris nas suas e a abraçou como se não se vissem havia anos.

Elas seguiram abraçadas por mais tempo do que achei apropriado. Comecei a me sentir desconfortável, como se eu tivesse sido abandonado ali, no hall de entrada, os olhos dos convidados mais adiante já se voltando para nós.

– Ora, Mac – disse Iris, fixando os olhos no rosto dela como se estivessem trocando segredos telepáticos –, você sabe que eu não perderia esse sarau por nada nesse mundo. – Ela estava sorrindo, exultante, tão feliz quanto eu a vira antes da notificação do recrutamento, toda a sua irritação com Prok dissolvida naquele instante. Ela sabia ser sincera, tenho que reconhecer isso. – Você é simplesmente ótima, é sim, e eu..., nós, John e eu..., nós sempre adoramos vir visitá-los. Você sabe disso. Eu só gostaria de poder retribuir o favor...

– Não se preocupe – disse Mac, tomando nossos casacos e nos levando para a sala de estar –, vocês vão dar um jeito. Prok e eu passamos pelo mesmo tipo de situação após nossa lua de mel, e o lugar que nós encontramos..., bem, garotos, vocês provavelmente nem olhariam duas vezes para ele hoje.

Iris murmurou algo em resposta – eu ainda não conseguira abordar o assunto de Mac com ela e sei que isso era ridículo, talvez até covarde, mas acho também que qualquer um em situação similar é capaz de entender a tentação de deixar as coisas em banho-maria –, e depois já estávamos na companhia dos outros, e Mac havia pedido licença para correr para a cozinha. Eu não conhecia todos ali, embora tivesse ido a vários dos saraus musicais de Prok no passado – o elenco de convidados estava sempre mudando. Por isso, não fui capaz de reconhecer Corcoran de imediato. Nós fomos distraídos pelo professor Bouchon, do Departamento de Química, e sua esposa, que parecia sofrer de verborragia. Então, fomos separados, e me vi preso em um canto, concordando com a cabeça no que pareciam ser os momentos apropriados enquanto a sra. Bouchon me contava em detalhes exaustivos os defeitos do caráter alemão e as privações que ela sofrera quando era criança em Nantes durante a Primeira Guerra. Iris estava do outro lado da sala, segurando uma taça de pé alto com um líquido esverdeado (um dos licores de ervas de Prok) e falando comedidamente com o professor Bouchon e um homem esquálido e curvado com um terno de flanela, era velho demais para ser Corcoran. Apenas então me dei conta de que Prok não estava entre nós.

Mas uma palavra aqui sobre os saraus musicais: Prok, como um colecionador inveterado, tinha acumulado uma discoteca pessoal de mais de mil discos e, na última década ou mais, vinha promovendo reuniões todas as semanas a fim de compartilhar aquela riqueza musical. Havia certa seriedade naquelas noites, e o formato do programa era uniforme e até relativamente rígido – Prok estava no comando, e Prok fazia as coisas do jeito dele. Os convidados se reuniam, como nós estávamos fazendo naquele momento, para um breve período de socialização. Prok fazia um discurso sobre as composições e os compositores que escolhera e, então, havia a audição. Sentada em semicírculo de frente para o gramofone, a plateia observava em silêncio enquanto Prok afiava a agulha de cacto, tirava o pó do disco e colocava a agulha suavemente sobre ele, girando. Isso tudo era sucedido por um momento de tensa expectativa, quando os convidados sentavam-se rígidos e sem expressão durante os estalos e sons bruscos iniciais até a música começar, com um troar característico, e eles assumirem suas posturas de escuta. Os discos eram sempre tocados em volume alto, porque aquela era a única forma, acreditava Prok, de percebermos as nuances dos movimentos pianíssimos e a complexidade na íntegra da combinação dos vários instrumentos. Durante a sinfonia ou quarteto ou o que quer que houvesse sido escolhido para a noite, era exigido absoluto silêncio por parte da plateia. Lembro uma noite em que a esposa de um convidado pela primeira vez parecia especialmente irrequieta e não parava de se mexer no assento, apesar de Prok lhe lançar um olhar de reprovação atrás do outro – a cadeira dela estava rangendo e ela não conseguia se conter. Depois disso, durante o intervalo para os comes e bebes, Prok a ignorou. Até onde sei, ela nunca mais foi convidada.

Mas aquela noite era diferente, em virtude de Corcoran. A reunião pré-concerto foi mais elaborada e animada que de costume, como se fosse um jantar festivo em vez de uma noite musical. Eu estava prestes a pedir licença e ir procurar Prok quando a porta da cozinha se abriu e ele entrou a passos largos pela sala, carregando a poncheira de cristal de nossa festa de casamento nos braços à sua frente. Logo atrás dele, segurando a porta, estava Corcoran.

O que primeiro observei em Corcoran foi a expressão de seu rosto – não exatamente presunçosa, mas absolutamente relaxada e confiante –, depois a fisionomia em si. Já foi descoberto (não por nós, mas por outros pesquisadores no campo) que o rosto mais atraente, em ambos os sexos, é aquele que chega mais próximo da simetria perfeita, e Corcoran certamente se encaixava nesse grupo. Ele era bonito, não havia como negar. Olhos castanho-claros, cabelos ruivos, testa perfeita. Tudo nele era suave e no lugar certo a ponto de ser muito agradável, apenas isso. Você via e gostava dele, e, quando ele sorria, falava, você gostava dele mais ainda. Ele era um pouco mais alto que a média, um metro e oitenta e poucos, acho, e não parecia particularmente atlético – preguiçoso demais, de certa forma, despreocupado demais, como se houvesse um cordão invisível de uma campainha pendurado na frente dele e bastasse apenas um puxão para reunir uma equipe inteira de criados correndo.

Na poncheira, tremendo na borda do cristal lapidado, havia um líquido de uma tonalidade ocre profunda, no qual flutuavam as cascas de três ou quatro limas de um claro verde-esmeralda, e reconheci-o imediatamente como uma versão especial feita por Prok do Planter's Punch (duas partes de rum para uma de Triple Sec,* sucos de laranja e abacaxi, em proporções iguais, uma lima espremida, um pouquinho de groselha, para bater e jogar gelo em cima, e, como enfeite, uma fatia de laranja e uma cereja de maraschino). Prok parecia intrigado enquanto ajeitava a poncheira sobre a mesinha de centro, obviamente ainda pensando em um dito espirituoso de Corcoran, e, então, seu rosto ficou neutro, enquanto ele se concentrava na tarefa de preparar os copos individuais de ponche e distribuí-los para seus convidados. Corcoran, enquanto isso, tinha se voltado para o reitor Briscoe e sua esposa, e já estava falando animadamente com eles, gesticulando, sorrindo, tão jeitoso e esperto quanto uma truta corredeira acima. Então, mesmo enquanto a esposa do professor Bouchon me lembrava pela terceira vez de como ela havia subsistido apenas de nabos por um período de nove semanas no outono de 1917, vi quando Corcoran registrou a presença de Iris. Ela estava no canto mais distante, ainda envolvida em uma conversa com o professor Bouchon e o homem curvado, esquálido e velho demais para ser Corcoran,

---

* Licor com sabor de laranja utilizado amplamente em receitas de coquetéis. (N. T.)

O CÍRCULO ÍNTIMO

e observei a cabeça dele girar sobre seu eixo e, então, fixar-se em minha esposa.

– Um brinde – proclamou Prok, apesar de ele mesmo estar segurando um copo quase vazio e jamais ter oferecido qualquer tipo de bebida alcoólica, nem mesmo seus licores, antes de um sarau musical. A sala ficou em silêncio. – A Purvis Corcoran – disse ele erguendo alto seu copo –, um jovem admirável e talentoso, uma pessoa que certamente não é reprimida sexual, realmente nem um pouco, e que acredito que possa estar disposto a juntar-se a nós em nossos esforços aqui... Ou melhor, se conseguirmos seduzi-lo para longe dos charmes culturais e físicos de South Bend.

Houve um riso perdido aqui e outro ali em apreciação à tentativa de Prok de fazer humor, e então bebemos até a última gota de nossos copos, Prok largando o seu intocado e imediatamente olhando em redor como se tivesse perdido algo. Com um tapinha do guardanapo, limpei meus lábios e sorri sem graça para a sra. Bouchon. Ela era uma chata, é claro, mas eu estava sendo absolutamente educado e atencioso – essa era minha natureza e esse era também meu trabalho. Mas foi naquele momento que Prok fez um gesto para mim enquanto Corcoran se livrava dos Briscoe e começava uma caminhada peculiar na direção de minha esposa (era quase uma dança, e o verbo "caminhar" não faz jus a ela – estava patinando, era isso, patinando pelo chão encerado como se aquele fosse o rinque municipal).

– Milk – Prok dizia –, Milk – enquanto eu resmungava alguma desculpa para a esposa do professor e atravessava a sala a passos largos. – E Corcoran – chamou Prok, fazendo com que meu futuro colega girasse sobre os calcanhares como um giroscópio que Prok colocara em movimento –, eu gostaria de apresentá-lo a John Milk.

O bate-papo recomeçara, alimentado agora pelos efeitos do rum de Prok. Eu mesmo o percebia – o rum – como um estimulante repentino, como se houvesse uma aba na parte de trás de minha cabeça e o tivesse derramado diretamente em meu cérebro. No mesmo instante, vi de relance o caquizeiro desfolhado pela janela, enquadrado sobre a cabeça grande e bem-formada de Corcoran como um vestígio de incêndio que ficara de pé. Corcoran estava sorrindo. Ele estendeu a mão, o homem vivo mais feliz, mais bem-ajustado e relaxado, um imperador em seu próprio quarto de dormir, e a apertei.

– É realmente um prazer – disse Corcoran, sacudindo vigorosamente minha mão. – Há dois dias dr. Kinsey tece elogios a seu respeito. Tenho a impressão de que já o conheço.

E lá estava o rosto de Prok, vincado, o queixo forte, os olhos vívidos e os cabelos parecendo o penacho de um falcão, e ele concordando, concordando e aprovando.

– Sim – disse eu, tomando consciência do toque da pele do homem à minha frente –, eu também. Quer dizer, sim... É um prazer.

– Ele está virando um entrevistador de primeira categoria – interpôs Prok, virando-se para Corcoran. – E isso não é pouca coisa, como eu espero que você perceba assim que as coisas se assentarem.

Fiz uma mesura com a cabeça ao ouvir o elogio para demonstrar quão pouco eu o merecia. Os dois homens estavam me estudando agora, como se eu fosse algum objeto raro em um museu.

– Você é bondoso demais, Prok, realmente é. – Virei-me para Corcoran. – O segredo está todo no ensino. E com Prok, bem...

– Tenho certeza de que... – disse Corcoran, olhando para Prok com sua expressão mais séria.

– Vamos assentar as coisas – repetiu Prok, pensando nos negócios. – E certamente espero que você não nos mantenha em suspense, Corcoran, porque o projeto precisa de dados, e nós temos vários outros candidatos alinhados nesse momento crítico, homens bastante capazes, como você. — Se houvera uma atmosfera de festividade até aquele ponto, Prok a havia apagado. Eu percebia que ele estava impaciente com todo o processo, ansioso para seguir adiante com o sarau musical e terminar com tudo aquilo, apesar de ter em alta estima aquelas noites, como uma forma de dar uma chance a seu lado emotivo, que ele suprimia tão rigidamente na vida rotineira — e, além disso, de conseguir ter Corcoran contratado, treinado e no campo, na rua. Ele observou nós dois nos cumprimentando e avaliando um ao outro. Não via nada além de dados, dados se acumulando em uma taxa cinquenta por cento mais rápida.

Mac deu uma volta, recolhendo nossos copos em uma bandeja, e tomamos nossos assentos. Prok insistiu em conduzir Iris e eu para a fila da frente, ao lado de Mac, e passei por um ligeiro momento de pânico com a escolha dos assentos antes de optar por interpor-me entre as duas mulheres, que imediatamente se inclinaram de lado sobre mim e trocaram uma torrente de chilreios como dois passarinhos, da qual não peguei uma palavra. Corcoran, como convidado de honra, foi posto na fila da frente junto conosco, tomando seu lugar ao lado de Iris. A sala ficou em silêncio. A esposa do professor Bouchon voltou do toalete e se sentou rapidamente no fim da segunda fila, enquanto outra mulher (meia-idade, rechonchuda, alguém que não reconheci ou não lembrei quem era) puxou seu tricô e começou a contar pontos com um movimento mudo dos lábios. No momento em que ela se virou de costas para conferir o gramofone, pude me inclinar sobre minha esposa e fazer uma apresentação apressada:

— Iris — sussurrei —, esse é Purvis Corcoran; Corcoran, minha esposa, Iris. — Então, Prok começou a preleção.

— Essa noite, temos um verdadeiro presente para vocês: duas versões da intensa e sensível *Sinfonia número quatro em sol maior*, de Gustav Mahler, uma regida pelo imortal Leopold Stokowski, da Orquestra da Filadélfia (embora alguns de vocês se lembrem sem dúvida, de seu início, com a Orquestra Sinfônica de Cincinnati), e a outra por seu *protégé* e sucessor, Eugene Ormandy, a nova sensação do momento, como se diz. – Prok seguiu adiante, bem ao seu estilo de palestrante, para dar uma breve biografia do Mahler, uma discografia de gravações conhecidas, tanto nos Estados Unidos quanto na Europa, e então um resumo dos estilos contrastantes de Stokowski e Ormandy. – Agora – disse Prok, seu rosto vermelho e sua cabeça maior que o usual, pairando à nossa frente, como uma grande fruta madura, as pernas ligeiramente separadas a fim de equilibrar-se, a mão direita gesticulando –, pretendo tocar movimentos alternados, começando com Stokowski para o primeiro e o terceiro e Ormandy para o segundo e então o quarto e último movimento, mas daí vou concluir tocando esse movimento final também na versão Stokowski. Agora, é claro, esse movimento tem o sensacional solo de soprano, "Wir geniessen die himmlischen Freuden" cantado por – e aqui ele citou duas cantoras de que eu nunca ouvira falar –, mas não quero que vocês se distraiam com as distinções na tonalidade vocal, e sim que focalizem o trabalho rítmico dos respectivos condutores, certo?

Houve um murmúrio vago de concordância, que pareceu satisfazê-lo. Prok juntou as mãos à sua frente brevemente, naquilo que poderia ter sido uma reza, ou, mais provavelmente, uma conciliação, então se virou de costas para nós e colocou o disco. Nós ouvimos a agulha acertar a superfície de vinil com um tranco, um ruído de estática, três estalos distintos e, subitamente, Mahler estava lá conosco, no volume máximo.

Ficamos por mais uma meia hora após o término do concerto (como já disse, a noite fora incomum, na medida em que Prok geralmente programava um intervalo e terminava seu programa com algumas composições leves, mas não naquela noite) parados em grupos pequenos, sorvendo café e tecendo observações sobre a música e as diferenças evidentes entre os dois maestros, pelo menos quando essas diferenças fossem destacadas em uma exibição como aquela. Eu alimentara esperanças otimistas de dar uma escapada para algum lugar no Nash com Iris, mas era tarde e havia trabalho para mim de manhã e aulas para ela, então apenas me restou ficar parado ali, estupidamente, com uma xícara de café em uma das mãos e um pão de ló na outra, enquanto o professor e a sra. Bouchon me encurralavam em um canto e faziam ruídos apreciativos sobre a música que acabávamos de ouvir. Como eu não sabia nada sobre música clássica, tirando o que eu ouvira havia pouco nas observações de Prok, fiquei essencialmente ouvindo, enquanto o professor Bouchon se entregava a reminiscências de quando ele vira Stokowski em ação uma vez – fora na Filadélfia, ou em Nova York, ele não tinha certeza de qual das duas cidades – e sua esposa chamara a atenção para o fato de que, graças aos alemães, o piano de sua família tinha sido destruído, e toda a sua alegria pela música também.

Do outro lado da sala, Iris e Corcoran estavam se conhecendo. Corcoran havia conseguido, de algum jeito, convencer Prok a trazer de volta sua bandeja de licores, agora que o momento era apropriado, e observei quando ele se inclinou para servir alguma coisa da cor de urina no café de minha mulher. Ela não gostara do concerto. Disso eu tinha certeza. Ela sempre dissera que a análise clínica de Prok dos concertos tirava todo o espírito deles, e, à medida que os anos se passaram, ela passou a ver aquelas noites musicais mais e mais como um dever, não como um prazer. Naquela noite, no entanto, parada ali com Corcoran na sombra do canto mais distante, enquadrada pelo design negro e lustroso dos móveis de Prok e pela mancha escura das paredes, Iris parecia estar se divertindo muito.

Como eu sabia disso? Eu podia dizer pelo modo como ela se portava, por seu rosto. Eu conhecia aquele rosto melhor do que o meu, e dava para ver, pelo jeito como ela arregalava os olhos e franzia os lábios enquanto falava (e o que ele estava lhe contando de tão fascinante?), que ela estava absolutamente envolvida. E, também, o jeito que tinha de inclinar a cabeça para um lado quando ria, puxando inconscientemente o brinco direito e trocando o peso de um pé para o outro, como se o chão estivesse pegando fogo embaixo dela. Linguagem corporal. Por necessidade, eu me tornara um estudioso disso. Eu estava com ciúmes? Nem um pouco, não ainda, pelo menos. Por que deveria estar? Eu a amava e ela me amava, não havia dúvida quanto a isso – e nunca houve, até hoje –, e todo o resto, como Prok havia me ensinado, não era nada mais que uma função do corpo, a fisiologia em sua essência, estímulo e resposta. Eu ouvia educadamente o professor e à sra. Bouchon, balançava a cabeça e sorria quando parecia apropriado, e então pedi licença e cruzei a sala para recuperar minha esposa, agradecer aos anfitriões e partir noite adentro.

A CAMINHADA PARA casa foi – bem, suponho que possa ser chamada de estimulante. Não em um sentido sexual (como eu já disse, não tivemos o luxo de nos estimular sexualmente naquela noite), mas emocional. Por mais ou menos um minuto, nós nos ocupamos com os botões de nossos casacos, levantamos as golas contra a brisa e encostamos um no outro enquanto nos apressávamos pela rua, nem uma palavra trocada. Havia uma fragrância premonitória de inverno no ar, das imensidões frias e rochosas canadenses, e das peles espessas de todas as centenas de milhares de animais arrastando-se através da tundra por lá. O céu estava aberto, as estrelas borrifadas de horizonte a horizonte, como o sangue branco da noite. Eu tinha vontade de ir a algum lugar tomar um último drinque, mas sabia que Iris recusaria – absurdamente, apesar de ser uma mulher casada, ela ainda estava sob a jurisdição do dormitório, a assistente residente e o limite de horário –, então me vi, em vez disso, dizendo a primeira coisa que veio à minha cabeça:

– E Corcoran? – perguntei. – O que você achou dele?

Sua cabeça estava baixa, os ombros encolhidos, uma das mãos na gola de seu casaco. Ela estava avançando em ritmo forte, nós dois estávamos.

– Ah, sei lá – disse ela. – Ele parece legal.

– Legal? Só isso?

Minhas mãos estavam frias – eu não pensara em luvas; a estação acabara de começar – e eu entrelaçara meu braço no dela, forçando minha mão direita no bolso de meu casaco. A mão esquerda eu enfiara no bolso da calça e a mantive ali, apesar do incômodo de caminhar desequilibrado daquele jeito. Folhas esvoaçavam à nossa frente. Ouvimos o som do motor de um carro falhando às nossas costas, onde os outros convidados estavam deixando a festa de Prok.

– Não sei – disse ela de novo. – Persuasivo, eu acho.

– Persuasivo? O que você quer dizer com isso?

– Ele tem uma conversa boa. Insinuante. Vai ser um excelente entrevistador, tenho certeza.

– Você está sendo sarcástica ou é impressão minha?

Ela virou o rosto para mim, uma forma oval fria e pálida de luz refletida, então olhou para os pés de novo.

– Não, de forma alguma – disse ela. – Só estou sendo prática. Ele vai se encaixar perfeitamente. Vai tomar seu lugar sem problema algum...

– Ele não vai tomar meu lugar.

– Você viu o jeito como Kinsey olhava para ele?

Acho que estava tremendo, meu casaco era leve demais, o vento cortava minha calça. Um calafrio passou por mim. Então, vi o rosto de Corcoran, vi Prok rondando à sua volta durante a noite toda, tão orgulhoso quanto se ele mesmo tivesse dado à luz o outro, e eu soube, naquele momento, o que havia entre eles – o mesmo que houvera entre mim e Prok. Não consegui me conter. Subitamente, me senti irritado. Com inveja.

– E daí? – disse eu. – O que isso tem a ver comigo? Estou lhe dizendo, nós precisamos de mais ajuda.

Iris não disse nada. As folhas faziam ruído sob nossos pés. Após um momento, ela disse:

– Mas ele *é* persuasivo.

– É mesmo – respondi, e não estava pensando direito, nem um pouco. – Do que ele persuadiu você? Eu realmente gostaria de saber.

Estávamos no fim da quadra, dobrando à direita, na direção do campus. O vento veio em cheio virando a esquina. Dois automóveis, um seguindo o outro tão proximamente que eles poderiam estar presos por uma corrente, bateram em um galho que o vento jogara na rua e o ruído foi como um disparo de explosões repentinas.

– A ceder minha história – disse Iris.

Achei que não tinha ouvido direito, então perguntei:

– O quê?

– A ceder minha história. Para Kinsey.

Fiquei mudo. Eu a vinha enchendo por meses, e então aquele cara – persuasivo, *Corcoran* – a convencera em, o quê?, dez minutos?

O CÍRCULO ÍNTIMO

– Que bom – disse eu, absolutamente pasmado. – Isso é bom. Mas como... Quero dizer, por que ouvir a ele se seu próprio, bem, seu próprio marido não conseguiu convencê-la, e após todo esse tempo?

Os faróis traseiros dos dois carros foram sumindo à nossa frente. Os dois dobraram à direita na Atwater, na frente do campus, e desapareceram.

– Parecia fazer sentido – disse ela –, só isso. Pelo bem do projeto, como você vem dizendo. A esposa dele já aceitou ceder a história dela na próxima visita que vocês fizerem a South Bend. Talvez você a entreviste, John, e não seria simplesmente formidável manter as coisas em família, hum?

– E daí, o que você quer dizer com isso? Não vejo nada errado com...

– Kinsey disse que vai conseguir uma dispensa para ele. – Caminhamos em silêncio. Era claro que Prok conseguiria para ele uma dispensa. Conseguiria uma para mim também, pelo bem do projeto, e isso não tinha absolutamente nada a ver com o fato de nossas esposas cederem suas histórias ou não. Eu devia ficar grato. No primeiro dia de Corcoran, ele convencera Iris a juntar-se a nós em prol do trabalho em equipe, e aquilo era maravilhoso, uma grande notícia, aleluia aos céus. Mas eu não estava grato, estava amargurado.

– A dispensa não tem nada a ver com isso – disse eu.

O campus se avultava à nossa frente, escassos gabinetes com a luz acesa em uma grade aleatória contra o fundo da noite, o gramado morto pelo gelo em nossos pés, mais folhas, e o ruído de nossos passos avançando.

– E Mac? – disse Iris, então.

– Mac? – ecoei. Eu não a estava acompanhando. – O que você quer dizer com *Mac*? Mac estava junto nessa? Ela persuadiu você também? Ou ajudou a persuadir? É isso que você quer dizer?

— Não. Mac na condição de esposa. Como parte do círculo íntimo. Agora serão três maridos e três esposas. Se eu ceder minha história para Prok, isto é, e *se* ele for falar com a junta de recrutamento.

— Ele vai — disse eu, simplesmente para dizer alguma coisa, para seguir adiante. — Quer dizer, ele tem que fazer isso. Ele está fazendo o melhor possível.

— Mas e Mac? — repetiu ela. Nós estávamos atravessando o pátio para o dormitório das mulheres, algumas figuras aglomeravam-se junto à abóbada da porta, casais nas sombras, os quartos acima irradiando luz, como se toda a vida do campus estivesse concentrada ali. E estava. Pelo menos naquela hora.

— O que tem ela?

Iris arrancou o braço do meu subitamente e acelerou o passo.

— Você transou com Mac — disse ela. — Ela me contou tudo a respeito. — A luz da fileira alta de janelas estava no rosto de Iris, em seus cabelos, prateando os ombros de seu casaco e as dobraduras escuras de seu chapéu. — Ela me contou — repetiu, e sua voz ficara embargada em um amálgama de raiva e desesperança, esganando as palavras na garganta —, e você mentiu para mim. — Ela deu um giro de repente e se plantou lá mesmo, bem na frente do prédio. — Você — disse ela. — Você, John Milk. Meu marido.

Eu não sabia o que dizer. Isso exigiria um discurso, exigiria horas, dias, exigiria uma filosofia heterogênea inteira proferida e discutida ponto a ponto, excruciante, e nós tínhamos dez minutos cada vez mais curtos até o limite do horário.

— Eu não queria surpreendê-la — disse, e isso foi o melhor que consegui pensar. — Ou, ou machucá-la, se...

— Mentiroso. Ela cuspiu em minha cara. Cabeças viraram. Os namorados nas sombras deixaram de se agarrar por um custoso instante. — Você é um mentiroso — disse ela, então me deu as costas e subiu os degraus entrando na arena de luz. Fiquei ali, parado, observando-a escancarar a porta e batê-la atrás de si.

UMA SEMANA DEPOIS, Iris marcou uma hora com Prok e contribuiu com sua história. Conforme me lembro, houve um volume incomum de chuvas naquele outono, a neve caiu mais cedo. Tudo estava trancado, sem poder sair, as semanas pareciam se misturar, e, então, Corcoran confirmou aceitar a oferta de Prok e os japoneses subiram em seus aviões antes do amanhecer e atacaram Pearl Harbor. E nada nunca mais seria como antes.

10

Considerando-se o que já revelei a respeito de mim mesmo, creio que não será uma surpresa se eu contar que, na primeira chance que tive (quando Prok viajara sozinho, para dar uma palestra a um grupo cívico em Elkhart, e incidentalmente tomara a história sexual de Violet Corcoran na cidade vizinha de South Bend), fui direto aos arquivos para olhar duas histórias especialmente interessantes – a de Corcoran e a de minha esposa. Posso dizer também que não senti a menor culpa ou remorso? Não dessa vez. Não mais. Prok estava longe e somente sua intervenção teria me parado, nada menos. Quebrei o novo código de Prok em menos de uma hora, puxei os arquivos e os espalhei lado a lado na escrivaninha à minha frente.

Era um pouco antes da época de Festas, o país inteiro levado a um frenesi de histeria bélica e Prok já se queixando dos rumores sobre o racionamento de gasolina, pneus etc., insistindo em que nós teríamos que andar mais de trem, de trem e de ônibus. Todos estavam distraídos, chocados, indignados, pegos tão de surpresa pelos acontecimentos do sete de dezembro que mesmo o Natal parecia irrelevante. Quem poderia pensar em Papai Noel quando Tojo e Hitler estavam soltos no mundo? Se bem me lembro, passávamos por uma onda de frio, o céu da cor dos cartuchos de artilharia, e uma nevasca prevista para o fim do dia. Eu estava no gabinete cedo, com uma série de tarefas pela frente. Havia a tabulação sem fim de dados, o desenho de tabelas e gráficos e também a correspondência, embora, é claro, o volume não fosse nada comparado àquele com que nós – Prok principalmente – tivemos que lidar após a publicação de nossos achados em 1948. Naquela época, Prok passou a receber milhares de cartas por ano de pessoas absolutamente estranhas, buscando conselhos ou ajustes para seus problemas sexuais, oferecendo seus serviços como amigos da pesquisa, mandando fotos explícitas e diários sexuais, arte erótica, consolos, correntes, chicotes e coisas do gênero. Lembro uma carta em particular, de um advogado representando um cliente que fora acusado de "manter relações carnais com um porco pelo ânus" e pedindo o testemunho de especialista de Prok relativo à frequência global de atos dessa natureza com animais (seis por cento da população em geral; dezessete por cento da população rural solteira). Prok recusou-se. Educadamente.

De qualquer maneira, lá estava eu, curvado sobre a mesa, enquanto um cântico de Natal infestava alguma parte de meu cérebro (Iris e eu tínhamos ido à apresentação de um coral na noite anterior), um dos colegas de Prok pigarreava ou assoava o nariz em algum lugar no corredor e os saltos altos das secretárias estalavam como uma série de locomotivas andando sobre os trilhos de uma ferrovia em miniatura. Fui primeiro à história de Iris, e não havia surpresas ali, como eu presumira. Ela nem mesmo sabia o que significava o termo "masturbação" até os 17 anos. Já na faculdade, Iris fora consumida demais por suas próprias inibições para tentar mais que duas ou três vezes, e nunca até o ponto do orgasmo. Ela experimentara ambos os estímulos, manual e oral, dos seios por parte de homens – garotos – que não eu, mas sem carícias e sem coito até a época de nossos noivado e casamento. Tivera uma experiência limitada com seu próprio sexo, e isso bem jovem, nenhum contato animal, poucas fantasias. Nunca empregara objetos estranhos, nunca (até então) levara a genitália masculina para sua boca.

Não havia nada ali que eu já não tivesse visto uma centena de vezes, e me perguntei porque minha mulher relutara tanto em ceder sua história – verdade, era mais normal possível –, e então me perguntei se não era disso que ela estava envergonhada: de ter tão pouco a nos oferecer, como se apenas nos importássemos com os casos extremos, os atletas sexuais, os promíscuos e as vagabundas, os indivíduos que saíam pelos extremos do gráfico. Poderia ser isso? Ou era algo mais profundo, alguma resistência ao sentido do estudo em si? A Prok? A mim? Por um minuto, achei que meu coração ia partir – não tinha sido fácil para Iris e ela o fizera por mim, somente por mim, e, se não fosse isso, ela nunca teria se oferecido para o projeto. Simplesmente não era de sua natureza. Acho que tirei um momento, então, para olhar pela janela para a cripta cinza-escuro do céu, e talvez tenha falado seu nome alto: *Iris*. Só isso: *Iris*.

Ela estava nervosa no dia em que entrou em nossa sala, tão sem jeito, tão tímida e delicada e bela.

– Dr. Kinsey – disse ela com uma voz que mal dava para se ouvir –, olá. E olá, John.

Eu já sabia que ela estava indo lá, até eu mesmo estava agitado – o dia inteiro, na verdade. Toda vez em que eu ouvia um passo no corredor, não importava que ainda faltassem horas para o horário dela, eu não conseguia deixar de me mexer na cadeira e lançar um olhar para a porta. Achei que estava pronto para Iris, pronto para deixar aquilo para trás como se fosse o último de uma série de ritos matrimoniais, como uma vacina ou o teste para doenças venéreas exigido para a licença. Mas, mesmo assim, embora estivesse olhando para o relógio e com uma dor na boca do estômago como se não tivesse comido nada por uma semana, quando chegou o momento, sentia-me quase surpreso por ver Iris ali.

Eu vinha trabalhando em um cálculo que estava um pouco além de minha competência (desvio padrão da média em uma amostra de homens que relatavam poluções noturnas), ela chegara sem fazer barulho algum, os passos tão suaves quanto os de uma gata. Olhei para cima e lá estava ela, ombros caídos, desamparada, afundada em seu casaco como uma criança, as mãos enluvadas, o chapéu, o sorriso rápido, fugaz e agitado nos lábios. Prok e eu nos levantamos simultaneamente para cumprimentá-la.

– Iris, entre, entre – dizia Prok, toda a inflexão suave de seu tom de voz mais macio se derramando como um melado. Aqui, deixe-me ajudá-la com o casaco. Está horrível lá fora, não é?

Iris disse que estava. Ela sorriu para mim enquanto encolhia os ombros para tirar o casaco, e Prok apressava-se à sua volta, farejando o rastro de mais uma história. Ela parecia em dúvida, até mesmo atordoada? Talvez sim. Mas eu não tinha realmente muito tempo para pensar naquilo porque Prok imediatamente virou-se para mim e disse:

– Acredito que você queira ir para casa um pouco mais cedo esta tarde, não é, Milk? Ou, melhor ainda, talvez você queira levar o trabalho para a biblioteca...

E, então, havia a história de Corcoran.

Mas a história de Corcoran – e ela era, como eu já disse, extensa, o arquivo mais ativo com que já tínhamos deparado – talvez não seja tão importante nessa conjuntura quanto delinear o desenlace daquela cena com Iris nos degraus do dormitório, pois isso tem um peso menor em relação a tudo isso e tudo o que estava por vir. Ela me chamara de mentiroso. Batera a porta e me deixara no frio. Parado ali, no vento implacável, com os estudantes e suas namoradas passando rapidamente à minha volta como fantasmas. Dois fatos incontestáveis me defrontavam: Mac lhe contara tudo, e ela sabia sobre isso o tempo inteiro, durante nossa reconciliação, nosso casamento e a lua de mel e as tardes de verão preguiçosas e íntimas de domingo e aí por diante, até o outono, e nunca dissera uma palavra. Ela só me observara, como uma espiã, esperando sua abertura. Bem, agora ela tivera sua chance. A porta batera atrás dela, o dormitório a engolira e cambaleei pelo campus como um inválido até encontrar um telefone público e ligar para o número dela.

A assistente residente atendeu.

– Bridget? – disse eu. – É John Milk. Você poderia chamar Iris para mim?

– Sim, claro – respondeu ela, mas sua voz estava distante e fria, e me perguntei do que ela poderia saber. O telefone bateu na mesa com um tapa forte, como de carne com carne, e então eu estava ouvindo o zunido da estática. Após um instante, os sons costumeiros vieram do outro lado: passos arrastados ao fundo, uma risadinha, a voz de um homem. "Boa-noite", disse alguém, outro homem, e então a voz de uma garota, "Mais um beijo".

Quando Iris finalmente chegou à linha – pode ter demorado dois minutos ou dez, não sei –, ela soava como se estivesse falando com um estranho, alguém que lhe telefonara contra a vontade, um vendedor.

– O que você quer? – inquiriu.

– Eu só queria... Eu só queria... *conversar*... Isto é, se, se...

– O que você achou que estava fazendo? – disse ela, então, e agora soava melhor, soava como ela mesma, furiosa, mas, de certa forma, resignada. – Você achou que eu era uma idiota ou algo assim? Ou cega? Foi isso?

– Não, não foi isso. Foi só que eu... Eu não fiz nada de errado, mas eu não queria incomodá-la de forma alguma, só isso.

O CÍRCULO ÍNTIMO

É o projeto. É o animal humano. Não há nada para ter vergonha, nada mesmo.

Ela ficou em silêncio. Ouvi a *blitzkrieg* de estática na linha, e Iris poderia estar a mil milhas de distância em vez de apenas do outro lado do pátio.

– Escute, Iris – disse eu –, você vai ter que tentar superar essas noções antiquadas sobre, bem, *relações* com consentimento entre adultos. Esta é a era moderna, e nós somos cientistas, ou pretendemos ser, e toda a superstição, o medo, a culpa e as acusações estão nos impedindo de avançar. Como sociedade, é o que quero dizer. Você não consegue ver isso?

A voz dela retornou para mim como se ela não tivesse ouvido nada do que eu dissera, uma voz fina, trêmula:

– E Prok?

– O que tem Prok?

– Você e Prok?

Eu estava em uma cabine telefônica, banhado por uma luz amarela. Estava frio. O vento chacoalhava a porta, passava pelos buracos onde as dobradiças viravam-se para dentro. Eu tremia, tenho certeza, mas aquela era minha esposa, aquela era Iris, e eu tinha que botar tudo para fora, tinha que ser sincero e honesto dali em diante, ou estaríamos perdidos, eu sabia.

– Sim – respondi.

O que veio em seguida foi uma surpresa. Ela não me rechaçou, não gritou "Como você pôde fazer uma coisa dessas?", ou exigiu saber as ocasiões e o número de vezes, ou me perguntou se eu o amava ou se ele me amava, ou onde Mac e ela entravam nessa história, e não usou aqueles epítetos odiosos que as pessoas são tão rápidas em usar: veado, bicha. Ela apenas disse:

– Entendo.

O que eu senti? Vergonha? Um pouco. Alívio? Sim, certamente, mas ele foi tão tênue quanto a ligação que alimentava nossas vozes através da noite.

– Amo você – disse eu –, você, e ninguém mais. O resto é só...

– Uma função corpórea?

– Iris, escute. Amo você. Eu quero vê-la face a face, porque isso não é... Nós não deveríamos, não pelo telefone...

– Mac – disse ela, e eu não podia ter certeza, a ligação estava ruim, mas havia uma pontada de tristeza em sua voz, um distanciamento que me fez sentir que ela estava prestes a chorar. – Mac e eu conversamos. Ela é como uma mãe, mas você sabe disso, não é? Ela, ela me contou a mesma coisa que você. Não significa nada, nada mesmo, é apenas... Apenas o quê? Animais esfregando suas partes juntos.

– Iris – disse eu. – Amo você.

Houve um longo silêncio. Quando ela falou, por fim, sua voz estava reduzida a nada.

– E que tal eu e Prok então? – sussurrou ela. – É isso que você quer?

Fiquei duro como uma estátua, absolutamente inexpressivo, a efígie de John Milk escorada dentro de uma cabine telefônica no canto mais distante do campus da Universidade de Indiana em uma noite tempestuosa de outono. Poderiam me pregar, me fustigar com todas as ferramentas à disposição: eu não sentia nada.

– Não – respondi. – Não, eu não quero... Não é isso... Você não precisa fazer nada que não queira.

– Mas eu estou cedendo minha história, não estou? Por que não ceder o resto de mim também? – Uma pausa. O vento chacoalhava a cabine. – Não significa nada, não é?

Duro como madeira. Eu não conseguia falar.

— John? John, você ainda está aí?
— Estou.
— Seu... Como eu deveria chamá-lo? Seu colega..., Corcoran — e naquele instante um tom novo surgiu na voz dela, um tom de que não gostei nem um pouco. — Ele certamente parecia interessado. Você o viu hoje à noite? Viu? Ele estava atrás de mim como um perdigueiro.

E assim parti para a história de Corcoran. Após as coisas terem se acalmado, ou seja, após Iris e eu termos conversado a esse respeito uma centena de vezes, após nós termos reafirmado os votos que fizéramos diante do juiz de paz, termos feito amor no banco de trás do Nash e juntado, com dificuldade, nosso dinheiro para dar a entrada em nosso primeiro apartamento. Porque era intolerável aquela separação, aquele desejo, aqueles mal-entendidos. Ficaria tudo bem até onde eu poderia dizer naquela manhã vazia de dezembro quando Prok estava viajando e fui em busca dos arquivos, e vi quem era Corcoran. O que vou dizer? Sentei embaixo da lâmpada e corri o dedo pela folha da entrevista, atentando para os atos, idades, frequências, reconstruindo um cenário que se expandia cada vez mais de experimentação e arrojo sexual. Corcoran, na realidade, estava muito próximo de ser meu oposto simétrico no que diz respeito à experiência. Ele havia amadurecido cedo e tirara vantagem disso. Precisamente, era o tipo de indivíduo que, mais tarde, nós rotularíamos de "high raters",* que consistentemente, ao longo de suas vidas, fizeram sexo com mais parceiros que a média, muito mais que os "low raters", na outra ponta da escala.

Corcoran fora criado em Lake Forest, filho de um professor universitário que, mais tarde (quando o filho tinha 14 anos),

---

* Indivíduos com uma vida sexual intensa. (N. T.)

mudou-se com a família para South Bend a fim de aceitar um emprego na Universidade de Notre Dame. Seu pai era católico, mas envolvia-se apenas minimamente com a Igreja. Sua mãe era unitarista e, de certa forma, um espírito livre. Havia nudez no lar, tanto o pai quanto a mãe tinham se envolvido, em uma época, com o movimento nudista, um fato que seu pai se esmerou para esconder de seus superiores na universidade, assim como Prok tinha que manter seus casos privados confidencialmente na comunidade da Universidade de Indiana. Corcoran se lembrava de ter tido ereções na infância, e sua mãe lhe garantiu que ele as tivera até quando bebê. Ela costumava brincar com isso, na verdade, dizendo que ele era como um soldadinho de chumbo, ficando em posição de sentido toda vez que ela ia trocar sua fralda. E, embora seja incomum, nossa pesquisa sobre a sexualidade na infância demonstrou que aquilo não era, de forma alguma, anômalo, especialmente entre indivíduos com uma vida sexual intensa.

Com 11 anos, Corcoran teve o primeiro orgasmo, após o qual participou entusiasticamente do que chamariam de "círculo das punhetas" com outros garotos do bairro, primeiro em Lake Forest e, então, em South Bend, onde, ao que parece, ele foi o iniciador de toda uma gama de atividades sexuais envolvendo tanto garotos quanto garotas.

O primeiro coito foi aos 14 anos, em uma casa de veraneio em um dos lagos da península superior de Michigan. Aparentemente, havia um número de indivíduos que pensavam igual, alugando cabanas de veraneio na região – ou seja, nudistas –, e Corcoran e suas duas irmãs passavam o verão inteiro sem roupas, "bronzeados", como ele diria mais tarde, "nos lugares mais improváveis". Foi sua tia – irmã de sua mãe – quem primeiro o iniciou, e, dali, ele seguiu em diante com a filha de 16 anos de um dos outros campistas, com quem buscou todos os meios de satisfação que podia imaginar.

Ele descobriu, como gostava de dizer, que tinha um talento para o sexo, que gostava mais disso que de qualquer outra atividade conhecida, e não demorou muito para perder todo o interesse pelos passatempos de meninos, como beisebol, pescar trutas, filmes e livros de aventura, devotando-se quase absolutamente à satisfação de seus desejos no maior número possível de maneiras e com o maior número de parceiros que conseguisse. Ele conheceu sua esposa, Violet, na faculdade, e ela fora, desde o início, uma entusiasta sexual também (àquela altura, eu apenas conseguia fantasiá-la em minha imaginação, e tenho que confessar que me vi cada vez mais excitado ao pensar em transcrever a entrevista dela para nossos arquivos). Eles tinham duas crianças, ambas meninas, de 7 e 9 anos, respectivamente. Ocasionalmente, recebiam outros casais. Para Corcoran, pouco importava se ele fazia sexo com homens, mulheres ou ambos (ele não passava de um 3 na escala 0-6 de Prok e considerava-se absolutamente bissexual). Por fim, e isso lhe granjearia a estima de Prok, proporcionando uma fonte de dados cada vez maior para nossos arquivos, ele mantinha um pequeno livro preto de suas conquistas, que, àquela altura, estavam na casa das centenas.

É claro que muito do que contei aqui foi o que compilei a partir de meu conhecimento pessoal do homem – hoje, somos colegas há quatorze anos, e certamente não mantivemos segredos um do outro – e, mesmo assim, o básico da informação estava ali nos arquivos quando violei a proibição de Prok pela segunda (mas não última) vez, naquela manhã de dezembro, antes do Natal incerto de 1941. Lembro-me de estar sentado ali em meio às galhas secas, meu coração acelerado, enquanto eu examinava atentamente o arquivo de meu futuro colega, uma canção natalina martelando em minha cabeça, o ruído de passos dos estudantes enfraquecendo no corredor. Como eu poderia um dia querer me igualar a ele? – era nisso que eu estava pensando. Tive certeza, subitamente, de que estivera me enganando o tempo inteiro, de que Iris estava certa: Corcoran chegara para me substituir, para tomar minha mesa e meu salário e minhas entrevistas, para tomar meu lugar na hierarquia do projeto em que eu fora o primeiro a entrar. Uma espécie de pânico tomou conta de mim e precisei me levantar e andar pela sala de um lado para outro para me acalmar. Fiz uma lista mental de minhas próprias virtudes – lealdade, afabilidade, um conhecimento da pesquisa que ficava atrás somente do de Prok, meu tempo de permanência no trabalho – e, no entanto, não importava o quanto eu revirasse tudo isso em minha cabeça, eu tinha que admitir que Corcoran era superior a mim de todas as formas, pelo menos no papel: oito anos mais velho, pai de duas crianças, portador de um diploma superior e com uma atividade sexual tão mais intensa que ele terminaria no topo de qualquer um de nossos vários quadros e gráficos. Culpado agora – recriminando-me e subitamente envergonhado –, coloquei o arquivo de volta no armário e passei a chave na tranca.

FOMOS PARA NOSSO apartamento no dia de Ano-Novo. Ele estava longe de ser o ideal – a dez quadras do campus, no que deveria ser o bairro mais pobre de Bloomington; úmido como uma tumba, porque estava situado no sopé de um morro sobre uma terra tomada de charco; três quartos com um banheiro e o cheiro que perdurava de uma velha senhora que morrera ali (a irmã mais velha da sra. Lorber, se isso lhe disser algo a respeito de sua proveniência) –, mas era nosso, e Iris, com seu talento para o design de interiores, logo transformou o lugar. Pendurou uma cortina de contas para separar a cozinha da sala de estar, arrancou o papel de parede vitoriano gasto e o substituiu por um design moderno, quase austero, de bege com uma cobertura de retângulos cinza e brancos encadeados. Então, após deliberar por uma tarde inteira e noite adentro quando cheguei em casa do trabalho, ela me orientou a pendurar quatro xilogravuras emolduradas descrevendo cenas de *O Morro dos Ventos Uivantes** que ela encontrara no canto dos fundos de uma loja de artigos usados. Nosso sofá e a poltrona foram cortesia dos anúncios classificados no verso do jornal, Prok teve a gentileza de nos emprestar o Nash para servir de caminhão de mudança, e Ezra me ajudou a carregar as coisas pela estreita porta da frente. Havia a cama – de casal, feita de ferro pintado e achada em um antiquário por uma pechincha – e o colchão, com etiqueta de "quase novo", uma estante de livros para emprestar alguma dignidade à parede vazia ao lado do sofá, meu rádio, um conjunto de vasos de vidro azuis exibindo vários arranjos de flores secas e uma aspidistra que Mac nos dera, juntamente com um conjunto de panelas e caçarolas, como presente de casamento. E Prok havia sido mais que generoso também, com um bônus de Natal que caiu bem na hora certa e a promessa de um aumento de cinco para cinquenta dólares por semana a partir do primeiro dia do ano.

Comemos sanduíches de um saco de papel marrom naquela primeira noite, sentados de pernas cruzadas sobre o colchão que colocáramos no chão, porque estávamos exaustos demais para arrumar a cama. Passamos uma cerveja de um para o outro até ela terminar, e então abrimos mais uma. Eu estava com o rádio ligado – Benny Goodman tocando "Don't Be That Way", ou talvez fosse algo mais leve, melodioso – e me recostei contra a parede, que logo teria seu papel arrancado, com Iris em meus braços, e abracei-a. Os cabelos, que ela lavara em nossa própria pia do banheiro, tinham o cheiro de um novo começo, o começo de uma

---

* Único romance da escritora britânica Emily Brontë (1818-1848). (N. T.)

vida por conta própria, a vida adulta, juntos e inseparáveis. Não consigo descrever a paz que senti naquela noite. Devemos ter ficado deitados ali sobre nosso colchão novo, admirando as paredes novas, nossa porta da frente e a cortina de contas até depois da meia-noite, a cerveja nos lançando delicadamente à deriva, a música balançando suavemente abaixo, sustentada em seu próprio fluxo. A sra. Lorber e as várias assistentes residentes não faziam mais parte de nosso universo. Ezra podia tomar banho ou não, como bem lhe aprouvesse, e isso pouco me importava. O banco de trás do Nash era coisa do passado. Tínhamos nosso próprio lugar agora – nosso lar – e podíamos fazer o que quiséssemos, a qualquer hora, dia ou noite, e nunca ter que nos preocupar com os faróis de outro carro estacionando atrás de nós, a fumaça do cano de descarga ou a noite que caía à nossa volta como um território hostil.

Quando voltei do trabalho no dia seguinte, Iris tinha amarrado os cabelos com um lenço e estava usando um avental. O apartamento cheirava fortemente a outra coisa que não a irmã falecida da sra. Lorber e as manchas inextirpáveis de mofo escuro que seguiam as linhas dos artefatos que ela deixara para trás.

– O que é isso, Iris? – perguntei, passando com ruído pela cortina de contas. – Está cheirando, bem, muito bem... diferente.

A mesa da cozinha, com camadas de uma tinta antiga verde-amarela e com as pernas bambas, era a cena de uma devastação. Todos os pratos que nós tínhamos – pratos usados, lascados em vários pontos nas bordas, um legado de minha mãe que fora achado em nosso porão, em Michigan City – estavam com uma crosta ou pingando algo. Havia uma confusão de farinha, cascas de ovos, açúcar, montes de cascas de batata e maçã, o que parecia ser ketchup e molho inglês, e temperos – lembro que a manjerona figurava nitidamente nesse quadro.

Ela sorriu para mim de seu jeito, os dois braços entrelaçados em meu pescoço, e um beijo:

– Bolo de carne – disse ela –, com batatas cozidas, vagem e um prato de purê de maçã. O bolo de carne e as batatas são cortesia de minha mãe, e eu estava parada bem ao lado dela na cozinha durante todos esses anos do segundo grau, aprendendo a ser uma boa dona de casa, viu? – Ela estava sorrindo abertamente, satisfeita consigo mesma. E daí que o lugar estivesse uma bagunça? Tínhamos acabado de nos mudar e ela estava cozinhando para mim. – Quanto ao prato de purê de maçã, encontrei uma receita em uma revista na biblioteca. Como não tinha um lápis, arranquei a folha. – E lá estava ela, um quadrado de papel lustroso, colado com uma fita adesiva no armário sobre o fogão.

Devo ter olhado para ela de um jeito (Iris sabia muito bem que, como um ex-bibliotecário, eu desaprovaria a desfiguração de materiais de qualquer tipo da biblioteca, mesmo publicações passageiras como revistas), porque acrescentou:

– Não faça essa tromba, John. A biblioteca da Universidade de Indiana não vai sentir falta de uma receitinha... Ou você acha que todos os estudantes estão em uma fila no balcão de retiradas, agora, soluçando por causa do prato de purê de maçã que iam preparar?

Dentro do bolso de meu sobretudo, que eu ainda não tirara, havia uma garrafa de uísque. Achei que esse podia ser um momento auspicioso para pegá-la e colocá-la em meio à desordem sobre a mesa.

– Uma pequena comemoração – disse eu, tirando dois copos da estante e servindo um drinque para nós dois. – A você – falei, e brindamos os copos mesmo enquanto ela me corrigia: – A nós!

Posso dizer que aquela foi a melhor refeição que já comi? Porque não é apenas a qualidade dos ingredientes, o conhecimento na preparação ou a elegância do ambiente que fazem uma grande refeição, mas o astral dos comensais – naquele caso, um astral elevado pela situação, pelo uísque, pelo *amor* – que pode fazer cada mordida parecer tão sensual quanto um beijo. Purê de maçã. Bolo de carne. Comi como um homem que naufragara há um mês, comi até não conseguir mais, então matei a garrafa de uísque – era de meio litro e temo que ela tenha nos deixado bem bobos – e caí sobre minha esposa como um marinheiro náufrago, ou talvez seu almirante.

Isso foi no início, e assim era nossa vida, todos os dias e todas as noites. É o que se chama de felicidade, e nós a tínhamos aos montes. A guerra pairava sobre nós, é claro, como pairava sobre todos naqueles dias e meses após Pearl Harbor, mas Prok manteve sua palavra e finalmente conseguiu uma dispensa ocupacional para mim, usando todo o arsenal de sua retórica e todo o peso de sua posição para convencer a junta de recrutamento de que nossa pesquisa era crucial para o esforço de guerra. De sua parte, Iris estava determinada a terminar seu semestre final e se formar como professora primária, mas pegou um emprego de meio turno em uma loja de mercadorias baratas, e o dinheiro que ela ganhava ali, junto com o aumento que Prok me deu, ajudou-nos a proporcionar o máximo de segurança que alguém poderia esperar diante das circunstâncias. O que não significa dizer que não tínhamos um orçamento bem apertado e que diminuí meu consumo de cigarros, passamos a beber em casa e nos limitamos a um filme por semana no cinema.

Era tudo idílico? Não, é claro que não. Ainda havia a questão não resolvida de nossa relação com Prok e Mac – eles nos convidavam para jantar e para os saraus musicais regularmente e, é claro, eu viajava com Prok muito mais do que Iris gostaria, um ponto doloroso, que parecia doer cada vez mais à medida que os anos passavam – e, além disso, havia o crescente desencanto de Iris com o projeto em si.

– Nós estamos em guerra – dizia ela. – O mundo inteiro está a perigo, e você andando por aí no interior, medindo orgasmos... Entende? Você não acha isso fútil?

– Mas você nunca quis que eu fosse, lembra? – contra-argumentei. – Foi você. Você foi inflexível quanto a isso... Por Deus, você poderia ter escrito os discursos do Lindbergh.* "Não vou deixá-lo ir", você disse. "Não é a nossa guerra." Lembra?

Iris tinha um jeito de enrolar o lábio inferior, como se pouco antes tivesse sido envenenada, largado o frasco e estivesse prestes a se voltar sobre seu algoz – eu – com toda a energia moribunda que lhe sobrara.

– Não diga asneiras, John. Eu podia ser contra, mas isso era antes dos japoneses entrarem na guerra. Agora, é como se, como se... Não sei como dizer isso, John. Mas *orgasmos*. Entende? O que poderia ser mais ridículo?

Lembro-me de uma noite daquela época, talvez no inverno ou no começo da primavera, quando demos nosso primeiro jantar, e Ezra e Dick Martone, que estavam largando a faculdade para alistar-se, apareceram no apartamento com duas garotas e várias garrafas de cerveja – e gim, que era o drinque favorito de Dick. Gim em uma garrafa prateada, um sifão cheio de água tônica. As garotas eram comuns, cabelos mortiços e cicatrizes de acnes – eram irmãs, acho, talvez até gêmeas – e seu principal encanto era a embriaguez de suas figuras, sua lascívia despudorada. Elas falavam sujo, bebiam como esponjas e tinham "dado" para

---

* Charles A. Lindbergh (1902-1974), piloto norte-americano famoso pelo primeiro voo solo sem escalas de Nova York a Paris, em 1927. Foi um dos líderes do America First Comittee contra o envolvimento dos EUA na Segunda Guerra Mundial. (N. T.)

metade dos homens no campus. O que elas gostavam mesmo, sendo garotas patriotas, era dos uniformes.

De qualquer maneira, tivemos uma festa de despedida, e Iris preparou um pernil de cordeiro com batatas assadas, cenouras e creme de milho, biscoitos saídos do forno e torta de pêssego para sobremesa. Passei a tarde – era um sábado – aspirando o tapete, descascando legumes e correndo para o mercado atrás de geleia de hortelã, dentes de alho, meio quilo de margarina e o que mais ela precisasse. Eu lhe disse que isso não tinha grande importância, que eram apenas Dick e Ezra com suas namoradinhas, duas garotas que nós nunca mais veríamos de novo e que estavam lá por uma razão somente, mas Iris estava uma pilha de nervos.

– É a primeira vez que recebemos pessoas para jantar, John – disse ela, ocupada na pia, de costas para mim. – A primeira vez que somos os anfitriões em nossa própria casa.

A água corria, o vapor do cozimento subia, a fragrância estonteante do cordeiro assando impregnava cada canto de nossos três aposentos, além do banheiro, com uma riqueza e uma prodigalidade que faziam com que eu me sentisse um grande mafioso, um sultão descansando sobre seus tapetes multicoloridos enquanto os cheiros exóticos do jantar chegavam das cozinhas reais abaixo. Coloquei minhas mãos no quadril dela e beijei-a atrás da orelha.

– Eu conheço você – disse eu, pressionando minha virilha contra o volume de suas nádegas –, você só quer impressioná-los.

Ela ficou tensa, os ombros rijos, a louça na pia voando da água com sabão para a panela de enxaguar e depois para o guarda-louça, como se um autômato estivesse trabalhando.

– Você poderia ajudar – disse ela, sem se virar. – Você poderia secar a louça, já que vamos precisar desses pratos para a mesa e nossos convidados vão estar aqui daqui a menos de uma hora.

– Claro – disse eu – claro –, e peguei o pano de secar e passei para o lado dela. – Mas, de verdade, você não precisa fazer uma produção dessas, não para Dick e Ezra...

Ela se virou para mim, meio de perfil, exibindo o beiço e um olhar dardejante.

– E qual é o problema se eu quiser causar uma boa impressão com minha casa, e com meu marido também. Eu tenho orgulho disso. Você não?

Eu lhe falei que tinha e tentei abraçá-la com uma travessa molhada em minha mão, e talvez estivesse um pouco desequilibrado – não bêbado ainda, de jeito nenhum, mas admito que tinha bebido um trago ou dois antes da festa – e, de alguma forma, a travessa foi parar no chão. Em pedaços. Nós dois ficamos imóveis, olhando fixamente para os destroços. Aquela era a única travessa que tínhamos, a travessa sobre a qual o cordeiro seria servido, e a crise do momento foi demais para Iris. Ela me lançou um olhar selvagem, mergulhou na cortina de contas e saiu em um rompante pelo corredor em direção ao quarto, onde bateu a porta atrás de si com uma força excessiva. Eu queria falar com ela e pedir desculpas – ou não, subitamente eu estava irado e queria chutar a porta, forçar a maçaneta e gritar com ela, porque não era o fim do mundo, fora apenas um acidente. E por que descarregar em mim? *Por que você não quebra logo a porra da porta, hum?* Era isso que eu queria dizer, que queria gritar. Mas não fiz nada. Fui até a porta. Estava trancada.

– Iris – disse eu. – Iris, vamos lá. – Ouvi por um momento. Ela estava chorando? Então, voltei para a cozinha, servi mais um drinque e me ajoelhei para juntar os pedaços.

Apesar de tudo isso, a festa foi tão boa quanto se podia esperar. Ou até melhor. Dick, Ezra e as duas garotas – vamos chamá-las de Mary Jane e Mary Ellen – estavam bem embalados quando chegaram e não creio que reparariam ou se importariam se tivéssemos servido o cordeiro em um espeto. No fim das contas, cortei a carne no fogão e dispus as fatias sobre um prato comum, ou melhor, isso após Iris ter certeza de que todos haviam tido uma chance de admirá-la na panela. Quando a torta e o café foram servidos, já estávamos rindo da travessa perdida e do marido inepto que eu era na cozinha. Mary Ellen, sentada à minha direita, deu-me um tapa no ombro de brincadeira e me chamou de "mão-furada". "Seu mão-furada", disse ela, e as duas irmãs deram uma risada histérica.

Eu trouxe o conhaque para batizar nosso café, e Ezra serviu sua xícara até a borda e virou tudo de uma vez – embora para os outros o café ainda estivesse quente demais até para um gole pequeno –, depois pediu mais. Um olhar vazio sobreveio em seus olhos após isso, mas ele ficou sentado ali, feliz da vida, um braço sugestivo jogado sobre o ombro de Mary Jane enquanto sua mão livre manobrava o garfo em volta de um segundo pedaço de torta. Ele e Dick, que ficara durante o outono para fazer uma pós-graduação e trabalhar como professor-assistente no Departamento de Engenharia, estavam partindo na manhã seguinte para o treinamento básico. Aquela era sua última noite de liberdade, sua última festa, e eu queria – Iris e eu queríamos – torná-la memorável para eles. Ainda sobrara cerveja e, quando saímos da mesa e fomos para a sala de estar, Dick serviu uma nova rodada de gim-tônica para si mesmo e para as garotas.

A partir de certo ponto, na manhã seguinte eu não me lembraria muito bem das coisas, sem contar o que consigo recordar a essa altura, a conversa desviou-se da guerra e de como Dick e Ezra tinham certeza de que virariam a maré, dariam uma surra em Hitler com o pé nas costas e voltariam com tudo para casa quando chegasse o outono. Dick tinha afundado no sofá, o braço seguro em torno de Mary Ellen e a mão descansando ligeiramente sobre seu seio esquerdo. O rádio estava ligado com o volume bem baixo para não incomodar os vizinhos, alguma coisa melancólica e triste escapava através das ondas de rádio.

– Kinsey realmente lhe conseguiu aquela dispensa, hum? – disse ele.

– Kinsey? – perguntou Mary Ellen. – Você quer dizer *professor* Kinsey? O dr. *Sexo*?

Mary Jane, que estivera presa em um abraço com Ezra na poltrona, levantou a cabeça por um momento e deixou escapar uma risadinha.

– Isso mesmo – disse eu. – Sim. Dr. Kinsey. Eu trabalho para ele.

– Fazendo pesquisas – acrescentou Iris. – Ele é incrível com estatísticas, cuida de todos os números...

Ezra riu com desdém.

– Aposto que sim. Mas o que você faz com todos esses *números*, hein, John? – Ele e Dick compartilharam uma risada lasciva.

Mary Ellen demorou para formar o pensamento seguinte, mas observei-a compor as feições e lutar com ele até conseguir colocá-lo para fora.

– Você quer dizer... Você, você pesquisa sexo?

Eu estava sentado em uma das cadeiras de espaldar duro da cozinha, a qual eu arrastara para a sala para dar lugar a todos. Como já disse, eu não tinha problema algum com relação ao trabalho – eu era o braço direito de Prok, seu discípulo em tudo –, mas não gostava de defendê-lo, não diante de outras pessoas, não em minha própria sala de estar. Encarei os olhos de Mary Ellen – tinha belos olhos, seu melhor traço, junto com seu corpo, que os completava – e apenas balancei a cabeça afirmativamente.

Ela fez um ruído demonstrando doçura, voltou-se para Dick e beijou-o em cheio na boca. Quando voltou para pegar ar, agraciou-nos com um sorriso afetando timidez e disse que sexo era o assunto mais fascinante que ela conseguia imaginar.

– Eu adoro sexo – disse ela, a voz enternecida. – Eu adoro homens, desculpa, mas eu sou assim. – Uma pausa. – Você chega a observar? Quer dizer, quando as pessoas estão... quando elas estão – ela olhou para Iris para ver até onde podia ir –, você sabe, *transando*?

Eu já passara pela fase de enrubescer havia tempo, mas senti o calor naquela sala e o olhar de minha esposa sobre mim, assim como os de Dick e Ezra.

– Não – disse eu, levantando a mão para ajeitar os cabelos –, não, nós só...

– Eles só fazem perguntas – respondeu Iris por mim, lançando-me um olhar que não compreendi. – Não é isso, John?

Mary Jane voltara à consciência, atirada no colo de Ezra e com o batom borrado em largos ovais nos cantos de sua boca. Os olhos dela estavam opacos com a bebida e o adiantado da hora. O lamento débil de um saxofone soou no rádio, como o choro de uma alma sufocada, e então sumiu de novo.

– Perguntas? – disse ela. – Que tipo de perguntas?

– Quantas vezes você se masturba – respondeu Iris, e ela ainda estava olhando para mim. – Com quantos homens você já esteve, quantos orgasmos você tem, com que frequência você pratica felação com seus namorados. Esse tipo de coisa.

Houve um silêncio. Dick ergueu a cabeça como se não tivesse ouvido uma palavra do que tínhamos dito nos últimos cinco minutos.

– Eu não sei – disse ele –, mas acho que você tem uma esposa e tudo mais, então não culpo você por aceitar a dispensa, realmente não culpo.

Mais um silêncio. O comentário simplesmente ficou ali, à espreita na noite, e ninguém queria tocá-lo, muito menos eu. O locutor entrou no ar para nos informar que a estação de rádio estava encerrando a transmissão pela noite. Todos olhamos fixamente para o rádio até que a distorção da estática substituiu a transmissão e comecei a achar que era hora de me retirar. Por fim, Mary Jane ficou de pé pelo tempo suficiente para perguntar:

– O que é felação?

Iris e eu tínhamos concordado de antemão que nos retiraríamos cedo e deixaríamos os dois casais terem o benefício do sofá, da poltrona e da temperatura uniforme produzida pela fornalha, em vez de terem que se virar em um corredor gelado de algum lugar ou no banco de trás de um carro emprestado. Assim, fomos para cama não muito tempo depois disso e deixamos nossos convidados na sala da frente. Eu estava completamente passado àquela altura, Iris também, e não creio que cheguei mesmo a escovar os dentes antes de desabar na cama como se estivesse caindo de uma grande altura. Dormi na hora.

Acordei em algum momento com a garganta seca naquela noite, algo que seguidas vezes acontece quando bebo. Eu estava sonhando que entrara em uma drogaria e pedira uma bebida de chocolate que magicamente se transformou em Coca-Cola com gelo e gotas de condensação no copo, era como uma compressa fria em minha mão. Então, eu estava de pé e fora da cama, caminhando em direção ao banheiro de pés no chão. Mas não eram só meus pés que estavam descalços. Eu sempre dormira nu, pelo menos desde a puberdade, quando minha mãe parou de conferir se estava tudo bem de noite, e, na desorientação do despertar, esqueci completamente que havia convidados em casa. A verdade é que eu ainda estava bêbado. Mesmo assim, alguma coisa me alertou para a situação – um cheiro, o som de um movimento furtivo, a luz débil e trêmula da vela que Iris deixara acesa na sala maior.

Levei um momento, tateando passo a passo, vacilante, pelo corredor, para me dar conta de que não estava sozinho. Havia alguém ali, uma sombra mais carregada que parecia concentrar a escuridão contra a parede logo à minha frente. Estendi a mão e senti o corpo, o corpo de uma mulher, acompanhado por dois seios para me deter neles, o calor de sua pele, de sua língua, e um sussurro:

– Eu estava procurando o banheiro.

O que um anfitrião correto teria feito? Suponho que a teria acompanhado até o lavabo. Teria lhe dado toalhas frescas, um sabão, *eau de cologne*. Não fiz nada disso. Não tive nem tempo para pensar, na verdade – em um minuto, eu estava dormindo e, no seguinte, estava fazendo um contato tátil com a pele suave, quente e excitante de uma mulher nua e estranha em meu próprio corredor, mesmo enquanto os sons de um ronco distante e o tique-taque de um relógio, em algum lugar, chegavam a mim. Os mamilos dela estavam duros; a vagina, molhada. No mesmo instante, estávamos inseparáveis, e não me culpo, nem um pouco, porque foi o impulso natural do momento, sem complicações, sadio, a pesquisa em movimento, por assim dizer.

Nunca descobri se a amiga da pesquisa naquela noite era Mary Ellen ou Mary Jane. Não que isso importasse.

11

AUTOMÓVEIS NÃO SAÍAM de minha cabeça naquele inverno, mesmo com o racionamento entrando em vigor e as linhas de montagem de carros convertendo-se para a produção de guerra. Em dezembro, um pouco antes de os japoneses atacarem, Prok voltara suas energias investigativas consideráveis para encontrar um segundo carro, alegando que era injusto privar Mac e as crianças de transporte por períodos tão longos quando nós estávamos na estrada, dando palestras e coletando histórias. Após ter examinado uma dúzia ou mais de veículos à venda pela cidade, ele finalmente decidiu-se por um modelo recente da Buick, com pneus praticamente novos e um acabamento imaculado em tom azul tão profundo que era quase preto. O carro pertencera a um de seus colegas na Universidade de Indiana, um professor de música idoso que falecera no ano anterior e deixara o carro parado na garagem com sua viúva, que nunca aprendera a dirigir. Prok reunira-se com a viúva para um chá certa tarde e levara não somente o carro (por um preço mínimo), mas a história sexual da mulher também. Eu estava lá, na casa da rua First, com Iris, Mac e as crianças, todos formigando de ansiedade para saber se Prok conseguira fazer a compra, e lembro o brilho de celebração do sol refletindo no para-brisa quando ele dobrou na entrada da garagem, e a expressão de triunfo absoluto em seu rosto. Aparentemente, aliás, aquele era para ser o carro de Mac, enquanto nós continuaríamos a contar com o Nash, ofegante e instável, para nossas viagens, mas, na realidade, a partir do dia em que Prok entrou dirigindo com o carro na garagem, o Buick era nosso. Tendo em vista que Iris e eu arrumaríamos nossa casa em poucas semanas, era claro que nossa necessidade de um carro já não era tão urgente como antes, mas, mesmo assim, acho que eu queria um automóvel que fosse meu naquela época, tanto quanto quisera qualquer coisa em minha vida. Nas tardes de domingo Iris e eu nos agasalhávamos e caminhávamos pela cidade – e, algumas vezes, até pelas áreas mais remotas, onde as casas davam lugar às fazendas e ao campo –, apenas para dar uma olhada nesse ou naquele carrinho caindo aos pedaços que não teríamos condições de comprar, apesar de tudo. Mas procurávamos, porque você nunca sabe o que vai encontrar. Toda vez que eu via um anúncio – "Modelo A de 1929, pneus em bom estado, precisa de reparos, melhor oferta; Chevy 1934, limpo" –, eu imaginava uma coisa, e, todas as vezes, sem exceção, eu me desapontava. Eu não era mecânico. Não sabia, na realidade, nada sobre velas de ignição, volantes ou óleos de transmissão. Mesmo assim, tinha esperanças. Eu estava procurando algo confiável, algo barato e eficiente, com um motor robusto e chassis sem ferrugem, não me importava com a marca, o modelo ou o ano. Porque, como eu já disse, a estrada que saía da cidade sempre fora um chamado para mim e, algumas vezes, senti – tanto como estudante quanto como homem casado – que eu estava encalhado em Bloomington, cercado e dado como morto. Havia os ônibus, o trem e minhas viagens com Prok, é claro, mas, se eu tivesse quatro rodas abaixo de mim, poderia ser dono de meu nariz e ir aonde quisesse, quando quisesse.

Deve ter sido próximo do fim de fevereiro, realmente não consigo lembrar se foi antes ou depois de nossa festinha de despedida para Dick e Ezra, quando Corcoran foi para Bloomington, para ficar. Ocorrera uma mudança no tempo – o céu limpara e as temperaturas durante o dia chegavam aos vinte graus – e lembro que eu estava saindo do Prédio de Biologia para fazer algum serviço para Prok quando ouvi uma buzina e um carro encostou na calçada à minha frente. Era um Cadillac La Salle conversível, amarelo, com pneus de banda branca novíssimos e calotas cromadas, o toldo estava abaixado. Na direção, vestindo um terno de tweed e com um cachimbo preso entre os dentes, no canto da boca, estava Corcoran. Estendeu os braços acima da cabeça e os abanou transversalmente, como se estivesse perdido no mar.

– John – chamou ele –, olá, John! Cheguei!

Não sei o que eu disse para ele em resposta, acho que algo sobre o carro. Era o tipo de coisa que se via nas revistas, certamente o veículo mais esportivo que Bloomington já vira.

– Gostou dele? – Ele ficou exultante, escorregando porta afora e apertando minha mão. – Comprei há uma semana. E você tinha que o ver rodando a caminho daqui, minha mão na buzina a viagem toda: cuidado suas vacas, seus fazendeiros nos carroções de feno, cuidado, eu estou passando!

Emiti ruídos de admiração, o tráfego passando ao lado, os estudantes parando para babar e as árvores desfolhadas enterradas no chão rua afora como uma série de paus de forca. Havia uma mala de mão sobre o assento de passageiros e um chapéu de feltro novo de um marrom amarelado sobre ela. Eu me perguntava como Corcoran podia ter comprado um carro daquele com o salário de um assistente social (a família de sua esposa tinha dinheiro, como vim a saber depois) e também quanto Prok havia oferecido para que ele fosse trabalhar conosco – mais do que eu estava ganhando, era certo – quando ele olhou para mim, para a mala de mão, e disse:

– Você acha que não tem problema deixá-la aqui? Quero dizer, a mala de mão. Só por um minuto?

– Bem – respondi eu –, acho que... Claro...
– Você cuidaria para mim, só por um minuto, sim? Veja bem, eu queria ir correndo até lá e avisar Prok de que estou aqui, de que dá para ver o apartamento depois, isso não é problema... Aliás, eu gostaria de agradecer a você, e acho que a Prok também, por terem encontrado um lugar para mim.

Essa fora a primeira vez que eu ouvira falar daquilo, e meu rosto deve ter demonstrado minha confusão, pois Corcoran acrescentou:

– Ou quem quer que tenha sido o responsável. Foi bacana. Realmente foi. Veja bem, vou precisar dos próximos dois meses, enquanto vou me organizando para achar alguma coisa adequada para Violet e as meninas, e isso foi realmente... Bem, eu sei como é difícil encontrar um lugar no meio do semestre...

No fim das contas, devo ter ficado ali na calçada por meia hora, cuidando do carro e fingindo que era meu, enquanto passavam bandos de estudantes, gente da cidade e algum professor. Dei uma bela inspecionada no carro, até examinei o compartimento do motor e o porta-malas (raquete de tênis, um jogo de tacos de golfe, um par de sapatos bicolores e outra mala de mão), e, perto do fim de minha pequena espera, sentei na direção, apenas para sentir. Eu estava começando a ficar um pouco inquieto – Prok devia estar se perguntando onde eu estava – quando vi Corcoran e Prok saindo do Prédio de Biologia e subindo em minha direção. Prok se deslocava com sua passada resoluta usual, e Corcoran mantinha-se bem ao lado dele, passo a passo. Os dois estavam sorrindo, gesticulando, absortos na conversa que se desenrolava. Com a consciência pesada (embora eu não soubesse do que deveria sentir culpa – afinal de contas, *haviam* me pedido o favor de cuidar do carro e da mala de mão), saí da direção e do carro, e fechei a porta com cuidado. Quando eles chegaram ao automóvel – isto é, a mim –, os dois homens me olharam como se estivessem surpresos por me ver ali, e Prok foi imediatamente para o lado do passageiro, levantou a mala de mão, passou-a para mim e disse:

— Tente colocá-la atrás e embaixo do banco, Milk, está bem? — E então para Corcoran: — Devo dizer que estou impressionado, Corcoran. Mas um pouco vistoso demais, não é?

Eu podia ver que Prok via no outro um alto nível de frugalidade, sem mencionar sua preocupação a respeito de que qualquer empregado seu chamasse uma atenção indevida para si mesmo. A expressão no rosto de Prok me dizia tudo: *um conversível amarelo*, ele estava pensando. *E depois?* Sem dúvida, também estava calculando como a propensão de Corcoran para o consumo poderia ser lançada mais favoravelmente no orçamento do projeto, embora isso não fosse justo de se dizer, *mas mesmo assim...*

Corcoran não estava prestando atenção, como muitas vezes ele fazia — esse era um de seus talentos, como logo vim a aprender. Ele planava pela vida sobre asas enceradas, tomava o que queria e dava de troco o que bem entendesse. Se a situação era, de alguma forma, opressiva ou difícil — e, à medida que o projeto decolou e o público caiu sobre nós, ocorreram diversas ocasiões que me causaram mal-estar, para dizer o mínimo —, ele simplesmente ignorava. Não creio que agisse assim por ser insensível, longe disso. Ele simplesmente não se importava. Era alegre. Despreocupado. Era Corcoran — e o mundo que se cuidasse. Tudo o que ele disse para Prok naquele momento foi:

— Motor V-8, Prok, anda que é um sonho. E que *potência*!

Consegui encaixar a mala no espaço atrás do assento de Prok, e, então, ele deu um tapinha em minha mão e disse:

— Volte para o escritório, Milk, só vou levar uns minutos para ajudar Corcoran a ajeitar as coisas no apartamento, apenas para terminar com isso. Voltamos em uma hora, e então — olhando de relance para Corcoran — nós vamos trabalhar de verdade.

Corcoran engatou a marcha, aumentou a rotação do motor e arrancou cantando os pneus, Prok já começando a gesticular, sem dúvida dando-lhe a primeira de uma série infindável de aulas de direção. Fiquei parado ali, vendo o carro se afastar quarteirão afora, então me virei e voltei para o gabinete no Prédio de Biologia, com o serviço que eu saíra para fazer – qualquer que tenha sido ele – já praticamente esquecido.

Houve um jantar festivo na noite daquele sábado. Depois, um sarau musical no domingo seguinte para um grupo seleto dos colegas de Prok, incluindo os Briscoe e o reitor Wells (Prok estava exibindo sua aquisição mais recente, aquele belo rapaz, brilhante e confiante com seu conversível amarelo). E, então, nós três partimos em nossa primeira viagem coletiva na cápsula aerodinâmica do Buick. Prok dirigia, Corcoran no banco do passageiro, ao lado dele, enquanto eu sentei no banco de trás e fiquei espiando o campo pela janela. Como sempre, Prok não parou de conversar nem um instante desde o momento em que ele e Corcoran passaram em meu apartamento para me buscar até chegarmos a nosso destino. Corcoran, como novo reforço, esforçando-se para pontuar algumas das observações fluentes de Prok com seus próprios pensamentos, e eu apenas me recostando com os olhos semicerrados e deixando que tudo passasse ao largo. Eu estaria desiludido por ter tido meu lugar usurpado de forma tão imediata e absoluta? Sim, era claro que eu estava, pelo menos em um primeiro momento. Mas rapidamente comecei a ver uma vantagem em tudo aquilo: agora eu tinha alguém para dividir a atenção de Prok, absorver um pouco de sua energia em excesso, assim como de suas críticas, sua severidade e, não menos importante, suas necessidades sexuais. E, assim, quando me recostei no assento de luxo relativo do Buick, mal ouvindo a conversa na frente e respondendo com um inclinar da cabeça ou um resmungo quando se dirigiam diretamente a mim, comecei a sentir que as coisas estavam de fato melhorando e que parte da pressão que eu carregara nos ombros somente podia se aliviar.

Porque eu *passara* por um período tenso. Nas semanas que precederam a chegada de Corcoran, Prok e eu trabalháramos nas propostas de subvenções para o projeto, assim como nos esforçáramos ao máximo para viajar e coletar o maior número possível de histórias antes do racionamento entrar em vigor. Prok ficou cada vez mais exigente sob o peso de suas próprias pressões. Talvez fosse a incerteza dos tempos (ele nunca dissera uma palavra sobre a guerra, nunca seguira os desdobramentos ou mencionara os acontecimentos mundiais, exceto quando estavam relacionados à pesquisa e, mesmo assim, era evidente que ele estava cada vez mais preocupado com o prejuízo potencial para o projeto). Talvez também porque ele percebia meu distanciamento emocional desde que eu fora viver com Iris. Ele queria relações sexuais e eu consentia, mas não havia alegria nelas, e Prok deve ter sentido isso. Lembro uma noite, em um motel nos arredores de Carbondale, quando ele veio em minha direção nu e ereto após um dia longo, dirigindo e entrevistando, e tudo o que eu queria era virar para o lado e dormir, e eu disse isso a ele.

– Qual é o problema – disse Prok, sentando-se na cama a meu lado –, você não vai dar uma de reprimido sexual comigo, não é?

– Não – respondi – não, só estou cansado. – Mas fiz o que ele queria e, durante o tempo inteiro, pensei em Iris, lá em casa, esperando por mim.

Naquela viagem em particular – a primeira de uma centena ou mais que nós três faríamos juntos ao longo dos anos –, estávamos a caminho de Indianápolis, onde planejávamos entrevistar prostitutas e, se possível, seus clientes. Corcoran acompanhando no papel de aprendiz até que ele pudesse adquirir as habilidades necessárias para juntar-se a nós. Prok estava de alto astral, até mais falante que de costume, e, apesar de ter dirigido erraticamente, também como de costume, e de tentar manter uma velocidade regular para poupar o combustível, viajamos rápido e chegamos ao hotel com tempo suficiente para um jantar farto antes de sairmos para as ruas. Eu teria pedido um uísque com soda antes da refeição, e Corcoran também, mas Prok não queria nem ouvir falar naquilo – iríamos entrar e sair de bares até altas horas. Como isso, quase certamente, envolveria o consumo de uma determinada quantidade inevitável de álcool, não havia razão para começarmos naquela hora; a última coisa que ele queria era um entrevistador embriagado. Não concordávamos com isso? Sim, era claro que concordávamos, embora com relutância. Após o garçom tomar nossos menus, Corcoran e eu trocamos um olhar sobre nossos copos de água mineral virgem, e então achei que tinha encontrado um aliado. Nós estávamos sob o jugo de Prok – sempre, e de boa vontade –, mas podíamos nos rebelar também, de nosso jeito discreto e com cumplicidade. Isso fazia com que eu me sentisse ligeiramente travesso, como se eu tivesse encontrado um irmão mais velho para chutar embaixo da mesa quando nosso pai estivesse de costas para nós.

Assim, tomamos com vagar nossa água mineral enquanto Prok pediu uma Coca-Cola ("Na verdade, eu não aprecio o gosto desse refrigerante", dizia ele, apesar de sua paixão por doces ser já uma lenda, "mas ele é bom pela cafeína, vocês sabem, me mantém alerta") e delineou nosso plano de ataque para a noite.

– Não tenho dúvidas de que vamos colher alguns dados excelentes hoje à noite, o tipo de história de vida sexual intensa e das camadas sociais mais baixas que nós estamos sempre procurando em busca de um equilíbrio. Você se lembra de Gary, Milk? Como era interessante aquele lugar. Mas isso não é o suficiente.

O hotel era de uma faixa de preço abaixo da média, e seu restaurante era péssimo (mais uma vez, o pensamento de Prok foi: "Por que desperdiçar recursos do projeto em um luxo fugaz"). Ele largou a faca e o garfo cuidadosamente ao lado do prato de salada, sobre o qual restavam três fatias de beterraba em conserva sobre uma poça cor de sangue junto a uma folha de alface já meio marrom.

– O que você quer dizer? – perguntou Corcoran. – Ninguém acumulou dados tão precisos e completos quanto os que você conseguiu, você e o John, quer dizer.

Prok lançou mais um olhar em torno da sala para ter certeza de que ninguém estava ouvindo, então se inclinou sobre o prato.

– O que estou pensando é o seguinte: embora registrar relatos diretos de atividades sexuais seja bom e a coisa certa a ser feita, embora isso seja essencial, a espinha dorsal de tudo o que estamos tentando realizar, mesmo assim nós poderíamos estar fazendo mais, muito mais.

Os olhos de Corcoran saltaram para os meus e respondi sutilmente dando de ombros. Eu não fazia a menor ideia de qual seria a intenção de Prok.

– Preparei uma coisa um pouco diferente para hoje à noite – disse Prok, pegando o garfo e largando-o como se nunca tivesse visto um talher antes na vida e não conseguisse adivinhar sua função. – Deixem-me colocar a questão dessa forma – prosseguiu ele. – Embora tenhamos conseguido, na condição de espécie, domesticar animais e reproduzi-los em suas muitas variedades, observar e manipular, por assim dizer, sua atividade sexual, nós nunca tivemos a oportunidade de fazer o mesmo com seres humanos. Isto é, observar.

– Sim, é claro – disse Corcoran, abraçando a ideia –, porque, enquanto participamos, nunca estamos observando precisamente, certo? Ou mesmo pensando como cientistas, não é, John?

– Bem – disse eu –, sim, claro – e sorri com esforço para ele.
– No calor do momento você não está pensando em termos científicos. Ninguém está...
– Correto. E onde fica a objetividade? – O rosto de Corcoran estava aceso de prazer. Estava no rastro de algo. O momento era dele. – Quando você está com uma mulher, nos braços da paixão, todo o resto, todas as outras considerações, vão por água abaixo e, em determinado ponto, você nem se importa com a aparência dela, desde que ela...

– Exatamente. – Prok nos lançou um olhar satisfeito, as garras azuis de seus olhos nos atraindo para ele, mesmo quando fez uma pausa com a aproximação do garçom e os três ficamos em silêncio enquanto os pratos fumegantes eram dispostos à nossa frente. O garçom se manteve em expectativa (gostaríamos de algo mais?), e Prok gesticulou dispensando-o. Quando o homem havia se retirado para o canto mais distante da sala, Prok levou um momento para mexer em seu prato (carne enlatada e repolho, sem batatas, uma de suas proibições alimentares). – Hoje à noite, vamos fazer o que ninguém neste campo teve ao menos a coragem de tentar antes, pelo menos até onde eu sei, isto é, nós vamos observar o ato em si, em comissão. Já foi tudo acertado.

Esperamos em uma espécie de silêncio palpitante, até que ele acrescentou:

– Isto é, com uma das jovens. Nós vamos ficar escondidos no quarto, no closet, na realidade, enquanto ela entretém os clientes.

– Você quer dizer – não consegui me conter – que vamos espioná-los então, como se nós fôssemos, bem... Você quer dizer como *Peeping Toms*?*

---

* Sinônimo de língua inglesa para voyeur, Peeping Tom seria o marinheiro que ficou cego após contemplar Lady Godiva nua. (N. T.)

– Voyeurs – pronunciou Corcoran com um sorriso débil. Prok olhou de um para o outro.

– Sim – disse ele. – Isso mesmo.

J EAN SIBELIUS – UM dos compositores prediletos de Prok – fora o escolhido do sarau musical da semana anterior, e lembro ter ido para a casa dos Kinsey sem muito entusiasmo. Fui apenas para me sentir agradavelmente surpreso. Como já disse, o swing tinha mais a ver com meu gosto que a música clássica, mas a música que Prok escolhera naquela noite era melódica e sensível – quase como um sonho – e, sem nem perceber, perdi totalmente a consciência do ambiente e deixei que ela me levasse como uma força da natureza. Acho que algo parecido acontecia com os *jitterbuggers** na pista de dança – com Iris e eu quando dançávamos diante de uma banda –, mas tudo era motivado pela intoxicação do momento e a batida coronária do bumbo. Aquilo era diferente. Assim que o disco começou, vi-me deslizando para um devaneio, absolutamente tranquilo e à vontade, meus pensamentos sacolejando sem lógica ou conexão. Pela primeira vez, comecei a compreender o que Prok via em sua música e o porquê de sua devoção.

Iris e eu chegamos na hora, para variar, peguei uma cadeira na primeira fila, como Prok esperava, com Iris à minha direita e Corcoran sentado ao lado dela, as preliminares dessa vez reduzidas a alguns minutos de um bate-papo constrangido com o reitor Wells acompanhado por um prato de biscoitos secos e um ponche de frutas sem rum. Lembro-me de especular sobre Wells nem bem ele se sentara na cadeira a meu lado. Era um homenzinho baixo,

---

* Dançarinos de swing, de movimentos extravagantes. (N. T.)

enérgico e gorducho, um grande apoiador de Prok contra a tempestade de críticas, denúncias e insinuações que continuamente vinham em nossa direção. Ele já passara dos 40 anos e ainda não casara, o que parecia estranho – muito estranho – dada a época e o lugar. Eu gostaria de, depois, contar sua história na primeira chance que eu tiver.

A sala estava vazia naquela noite, Prok tinha baixado o termostato na expectativa de que o calor agregado dos corpos dos convidados fosse suficiente para aquecer o lugar – isso e o arranjo da música. Havia um fogo pequeno aceso na lareira, mas estava morrendo, porque Prok não gostava da confusão de cuidar do fogo quando um disco tocava, e quem poderia culpá-lo por isso? Então, sentíamos frio, e acho que senti um pouco de pena dos convidados que estavam lá pela primeira vez e que não tinham se vestido como nós para o que poderia muito bem ser um concerto na rua. Apesar de tudo, Prok era o mesmo sujeito caloroso e expansivo de sempre, entretendo-nos com uma breve aula sobre a carreira do compositor e a composição que ouviríamos em seguida. Ele falou do amor de Sibelius por sua terra natal, a Finlândia, e o encanto de suas paisagens silvestres, e como a maioria de seus poemas sinfônicos era baseada no grande épico finlandês, o *Kalevala*.

Então a sala ficou em silêncio enquanto Prok se afastava até o gramofone, afiava a agulha e a deixava cair. Nós ouvimos "O cisne de Tuonela" naquela noite, e trechos de "A filha de Pohjola", e, como eu já disse, simplesmente fechei os olhos e deixei que a música me levasse. Houve um intervalo, durante o qual Mac serviu bebidas – não alcoólicas –, e os convidados se levantaram e se misturaram e, então, ouvimos mais algumas músicas ("Foi um sonho?" e "A donzela chegou do encontro com o amante", das quais me lembro distintamente, porque, tão logo tive uma chance, saí e comprei uma gravação, que aprecio muito até hoje). Então, a festa terminou. A razão por que menciono tudo isso se deve ao que aconteceu durante o intervalo – ou o que pode ter acontecido, porque não sei dizer com certeza se aquilo foi o início da história, embora eu tenha minhas suspeitas de que sim.

De qualquer maneira, fiz o melhor que pude com a mão cheia de biscoitos e um copo do ponche quente, enquanto Prok me imprensava a um canto junto com o reitor Wells, discorrendo sobre a música que tínhamos acabado de ouvir (e sobre a pesquisa, é claro), quando olhei para o outro lado da sala e vi que Iris estava sozinha com Corcoran, tal como na última ocasião – no outono –, em que nós três tínhamos nos reunido para uma noite musical. Eu não teria prestado nenhuma atenção não fosse o que Iris me dissera naquela noite pelo telefone: "ele me seguia como um perdigueiro." Prok estava contando ao reitor Wells e a mim (embora eu já tivesse ouvido aquilo antes) que ele gostava de estudar os rostos na plateia durante as apresentações musicais, em busca de sinais de um arrebatamento sensual – um professor emérito com mais de 70 anos na realidade ficara fisicamente excitado uma noite ao ouvir *Das Lied von der Erde,* de Mahler –, mas eu estava observando Iris, observando seu rosto, observando Corcoran e como ele parecia antecipar cada movimento dela, como se eles estivessem dançando para uma orquestra imaginária.

– Prok – disse eu, interrompendo-o –, reitor Wells, eu... Se vocês me derem licença, por favor, já volto.

Prok me lançou um olhar curioso, mas não perdeu o fio da meada. Enquanto eu me afastava, tomando cuidado para seguir em direção ao banheiro, ouvi-o dizer:

— É claro, eu nunca diria o nome deste cavalheiro por temer constrangê-lo, mas não há absolutamente nada nisso para se constranger...

Aproximei-me de Corcoran e de minha esposa por trás, tendo feito um desvio e passado pelo banheiro, para o caso de Prok e Wells estarem olhando, e, aparentemente, os surpreendi. O que quer que eles estivessem falando tão atentamente apenas um momento antes caiu de um penhasco escarpado da conversação e os dois me olharam confusos. Eu queria dizer algo bem-humorado como "Estou interrompendo algo?", mas, quando vi as expressões de seus rostos, as palavras morreram em minha garganta.

— Olá — foi o melhor que consegui dizer. Corcoran me encarou com um sorriso.

— Ah, olá, John. Nós estávamos falando agora mesmo da forma como Prok parece ter tomado conta de nosso reitor. — Ele olhou rapidamente de esguelha para onde os dois estavam parados, ainda no canto, Prok discursando, Wells reprimindo um bocejo.

Iris disse:

— Ele nunca perde uma oportunidade, não é?

Subitamente, eu estava irado, ou irascível, acho — irascível seria uma palavra melhor.

— Ele tem todo o direito — disse eu, encarando-a. Sem sorrir, não estava sendo bem-humorado e alegre. — Porque você se surpreenderia com a dificuldade que cada departamento tem ao lutar por recursos. E nós temos a perspectiva de ampliar nossa base de doações, o que, por sua vez, deve nos ajudar a convencer Wells, ou a universidade, quer dizer, a nos repassar mais para os salários, materiais, despesas de viagem e por aí afora.

Iris trazia um sorrisinho de diversão no rosto.

— E daí? — disse ela.

— E daí que você não deve sair acusando Prok de, de *alcovitar*, ou qualquer nome que você queira dar para isso, porque, se não fosse ele, nós estaríamos...

— Sem remos em um córrego de merda — disse Corcoran, abrindo seu sorriso. Ele tinha um copo de ponche de cor malva na mão e o girava contra sua palma como se estivesse prestes a apanhar três ou quatro outros para começar a fazer malabarismos com eles, quebrando o gelo e animando a festa, independente de Prok e Wells e do tom elevado da noite. Mas, então, ele colocou a mão sobre meu braço. — Está tudo bem, John — disse ele, e Iris abriu seu sorriso também —, nós estamos do seu lado. Nós estamos juntos nessa, não é?

Acho que foi então que comecei a ter minhas suspeitas — Corcoran, o atleta sexual solto por aí, e Iris, o amor de minha vida, ainda melindrada com o que eu tinha feito na cama com Mac e Prok —, mas eu estava paralisado. Eu queria acreditar que não havia nada entre eles além da boa vontade habitual que existe entre um colega e a esposa de outro. Eu temia qualquer tipo de confronto com Iris, porque sabia que ela jogaria tudo de volta em mim, todas as frases, todas as desculpas e racionalizações, todas as ocasiões nas quais eu já falara de nossa natureza animal e do sexo desligado de qualquer tipo de emoção, como a fome e a sede. Claro, deixei pistas. Coloquei sondas, por assim dizer. Eu chegava em casa do trabalho, elogiava o aroma do que quer que ela estivesse cozinhando, servia um drinque, sentava com ela e recapitulava meu dia e, é claro, meu dia incluía Corcoran — eu deixava escapar seu nome sempre que podia, perscrutando o rosto dela à procura de uma reação. Não havia nada ali. Mas o que ela achava dele, pressionei. Oh, ela o achava bem legal, disse Iris. Melhor do que ela esperara. Ela realmente achava que daria certo, e lamentava que, em um primeiro momento, houvesse pensado mal dele.

— Sim — respondi —, eu tinha dito isso, não tinha? — e então um sorriso, como se tudo fosse uma piada —, e as tendências de perdigueiro dele?

Ela estava ocupada subitamente — uma panela fervendo sobre o fogão, havia uma cebola para ser descascada. Era uma piada, claro que era, e ela apenas riu.

— Ele é assim com todas mulheres — disse ela. — E os homens também. Mas você sabe disso melhor que eu, John.

Se eu fosse uma tartaruga — uma das tartarugas de Galápagos de Darwin de que Prok sempre falava a respeito —, eu poderia ter puxado todas as minhas partes expostas de volta para dentro de meu casco, e acho que, metaforicamente, foi o que fiz. Nós fomos para Indianápolis, os três, colegas em missão, e Corcoran e eu sentamos de frente um para o outro, trocando nossos sinais privados pessoais enquanto Prok nos informava de que faríamos algo ilegal, senão imoral, apesar das cartas testemunhais do reitor Briscoe, do reitor Henry B. Wells e Robert M. Yerkes. Por aquela noite, de qualquer forma, seríamos voyeurs.

Apenas pensar naquilo, devo admitir, já fazia meu sangue ferver. Acho que todos temos a potencialidade para o voyeurismo, todos queremos poder ver como as outras pessoas vivem seus momentos privados e compará-los com os nossos, e vibrar com um sentimento de superioridade, ou, talvez, no outro extremo do espectro, sentir a bofetada seca e despertadora da inadequação. *Então é assim que é feito*, pensamos. *Eu poderia fazer daquele jeito. Ou poderia mesmo? Sim, claro que eu poderia, e eu poderia fazer melhor também. Eu gostaria de estar fazendo isso agora — mas, olhe para ela, olhe como ela se segura nele, como ela se levanta para encontrá-lo, como...*

Além disso, é claro, nós éramos cientistas, e nos convencemos de que tínhamos um dever em relação à pesquisa que se encontrava acima de todas as outras considerações. Nós precisávamos fazer trabalho de campo, como quaisquer outros investigadores, precisávamos lançar-nos à observação direta da experiência sexual em todas as suas variedades. De outra maneira, como poderíamos pretender nos chamar de especialistas? Como os nossos dados poderiam ter o tipo de legitimidade que queríamos se fossem somente dados de papel? Se você pensar a respeito, tudo o que buscávamos realizar, todas as observações próximas, todas as medidas poderiam ter sido proferidas por uma centena de estudos que viessem antes de nós. Mas não havia centenas de estudos, não havia cinquenta – não havia nenhum. Nós tínhamos construído nossa civilização, entrado em guerras, nos aprofundado sobre as coisas mais ínfimas, o micróbio e o átomo, e, ainda assim, os hipócritas e os puros estavam lá para gritar contra nós: o sexo é sujo, diziam. O sexo é vergonhoso, íntimo, obsceno, inadequado para o exame. Bem, levantamos da mesa, pagamos a conta e saímos para a noite, para provar que estavam errados.

Daquela vez, não chovia, nem estava tão frio, considerando-se a estação. Prok não colocara um sobretudo, apesar de as ruas estarem úmidas das chuvas fortes da semana anterior e de ele calçar um par de galochas sobre os sapatos. Corcoran usava seu chapéu de feltro amarelado e uma gabardine caramelo, como se tivesse saído havia pouco do set de um filme sobre agentes estrangeiros e missões de guerra. De minha parte, eu estava vestido como de hábito, terno e gravata, sem chapéu, e meus pés – com um par de sapatos de cordovão recém-polidos – simplesmente se encharcariam se eu não ficasse sempre atento às poças d'água na rua.

– Muito bem – disse Prok, reunindo-nos junto a ele numa esquina –, acho que é por aqui, seguindo essa rua, uma quadra virando à esquerda. E o contato, por acaso, é uma jovem, uma ruiva chamada Ginger.

Encontramos Ginger sem dificuldade alguma, vestida com uma imitação barata de pele e bebericando um refrigerante pelo canudo, estava sentada em um banco nos fundos do salão de sinuca local. Havia um homem elegante com uma gravata chamativa e calças folgadas que escondiam a magreza de suas pernas, isto é, até ele se recostar para acender um cigarro e cruzar os tornozelos. Ele nos encarou com desconfiança – era o cafetão, seu nome era Gerald – até que Prok dobrou-o com um discurso usando os termos de que ele gostava e uma contribuição de três dólares em prol de sua equipe, e um dólar mais a cada história que ele nos trouxesse, incluindo a sua própria. Ginger era uma garota grande, 1,75 m ou mais, 22 anos de idade, com um físico sólido, de carne abundante, que a afogaria em gordura quando chegasse aos 30. Tinha a tez de leite de uma ruiva natural. Ela não fez nem um movimento. Apenas sugou o líquido pelo canudo preso no arco vermelho de sua boca e observou seu cafetão dobrar as notas de Prok e metê-las nos bolsos volumosos da calça.

– Ok. – disse Gerald, então –, ok. – E ele sorriu, revelando uma inconfundível dentadura, de várias tonalidades. – Então, o que com você está esperando? Vá à luta, leve esses *cavalheiros*.

Em seguida, estávamos na rua, desviando das poças, Prok ao lado de Ginger como se a estivesse acompanhando para o cotilhão que apareceria milagrosamente virando a próxima esquina em um jorro branco e puro de luz, Corcoran e eu atrás. Era um cenário estranho, nenhum de nós – nem mesmo Prok – inclinado a dizer muito, Ginger nos guiando com um gingado hipnótico dos quadris, rostos saindo do escuro para se esconderem de novo, olhos semicerrados nos avaliando como clientes potenciais ou vítimas para um assalto. Ginger tinha um quarto no térreo, de fácil acesso para a rua, em uma casa da era vitoriana que precisava realmente de reforma e pintura. Ela se separou de Prok e entrou direto pela porta destrancada, sem se virar para nos convidar a entrar ou mesmo ver se ainda estávamos ali.

O quarto em si estava caindo aos pedaços, mas isso é praticamente tudo de que lembro. Exceto que tinha um teto alto e um closet grande, de entrar, que fora um dia algum tipo de antessala e agora estava separado do canto da cama por um cobertor com manchas gordurosas de dedos, esticado através da porta sobre um arame. Os vestidos de Ginger – uma dúzia ou mais, com o cheiro dos seus sovacos e a colônia que ela usava para mascarar o cheiro de suas axilas – pendiam de cabides de arame na parte da frente do closet, enquanto seus sapatos e roupas de baixo estavam espalhados pelo chão.

– Aqui está – disse ela, com uma voz aguda, como uma flauta, que poderia ter pertencido a uma mulher da metade do seu tamanho, a uma criança, e estendeu a mão com a palma para cima, para receber o dólar que Prok havia prometido.

– Legal – disse Prok, voltando ao vernáculo. – Legal mesmo. – Ele tinha puxado o cobertor para examinar os preparativos e o sorriso largo que lançou para ela foi quase vampiresco. A luz estava ruim, amarelada e distorcida, vinda de uma lâmpada na cabeceira sobre a qual Ginger colocara um lenço em tom de açafrão para criar um clima, fazendo com que o rosto inteiro dele descaísse sob o peso de sua satisfação. Olhei de relance para Corcoran. Ele também parecia um espírito maléfico. – É isso aí – continuou Prok, largando a nota de um dólar na palma de Ginger enquanto nós observávamos como se nunca antes tivéssemos visto dinheiro ser passado adiante –, mas me pergunto se você não poderia me fazer um favor, Ginger, só um favorzinho para a gente?

Ela virara de costas para esconder o dinheiro em algum lugar e agora se voltara, desconfiada.

— Depende do que for.

— Você se importaria se eu — Prok atravessou a sala e levantou o lenço da lâmpada — simplesmente tirasse isso por essa noite? A não ser que você faça questão...

Um sorriso lento insinuou-se no rosto dela.

— Claro — disse ela —, sim, claro. Você é o doutor.

Quando ela partiu em busca de seu primeiro programa (e não sei se já expliquei isso anteriormente, mas era o termo que as prostitutas usavam para descrever seu ofício e que, é claro, ainda é usado, embora, naquela época, apenas os indivíduos das classes mais baixas fossem versados nele), fizemos o possível para tornar o closet confortável, trocando de lugar algumas das roupas de baixo de Ginger que estavam no chão e trazendo a única cadeira do quarto para dentro do closet conosco. Concordamos em fazer um rodízio na cadeira de maneira a aliviar o tédio de ficar parado de pé, pois ia ser uma noite longa e não podíamos deixar que um alongamento ou um estalo de juntas nos revelasse, sem falar em uma tosse ou um espirro fatais. Nós falávamos aos sussurros agora, todos os três tensos com a expectativa. Qual era a sensação? Acho que como a emoção de um esconde-esconde juvenil, apenas com a mácula adulta deliciosa de um toque do proibido sobre ele. Sexo ao vivo. Nós estávamos prestes a testemunhar sexo ao vivo.

Não levou muito tempo. Houve o som de passos na varanda, um murmúrio baixo de vozes, então o estalo da maçaneta da porta, e nós três congelamos no lugar. A forma como Prok ajeitara o cobertor — e todos o tinham examinado de fora para ter certeza de que estávamos completamente escondidos — nos dava dois pontos de acesso. Corcoran estava em um extremo do closet, espiando pela abertura, Prok e eu estávamos no outro. Prok estava na cadeira, empoleirado na ponta, tão imóvel quanto um faquir sobre uma cama de pregos, e eu pairava sobre ele, tão próximo que estávamos praticamente unidos. Movimento. Vozes. Senti-o ficar tenso. Eu não tinha coragem nem de respirar. De onde estávamos posicionados, tínhamos uma visão da cama agora brilhantemente iluminada, mas não conseguíamos ver a porta ou o que estava acontecendo lá enquanto Ginger e seu cliente aparentemente se abraçavam, as roupas farfalhando, o ruído dos sapatos sobre as tábuas do assoalho, e, então, o baixo repentino e surpreendente da voz do homem.

— Que merda é essa? — disse ele, e a voz me arrepiou, ressoando do córtex cerebral que a registrou, passando por todo o caminho até as solas de meus pés. — Bom, merda — disse ele, de novo, movendo-se agora, e lá estavam eles, lá estava *ele*, a menos de dois metros de nós. Eu teria preferido contar que o homem era um tipo brigão, um marinheiro tatuado preso em terra firme, um *espécime*, mas esse não era o caso. Era franzino, altura mediana, mediano em todos os aspectos, uma pele que parecia granulada sob a impressão berrante da luz. Ginger estava ali, avultando a carne de seu traseiro, de seus seios. — Vai me chupar ou não? — perguntou ele.

— O que você quiser, amor — disse ela, inclinando-se para passar a mão pela virilha das calças dele. — Você é o doutor.

Ela não usava roupas de baixo — meias, sim, presas por cintas-ligas pretas na metade avolumada de sua coxa — e relutava por despir-se completamente, apesar de ser isso que nós queríamos, como Prok deixara claro de antemão. (Do ponto de vista dela, tirar seu vestido e o sutiã eram uma chateação, uma perda de tempo, um estorvo para fazer caminhar de maneira eficiente a fila dos clientes para dentro e para fora do quarto, mas, do nosso, era essencial se nós fôssemos observar a forma como o corpo feminino responde ao estímulo sexual.) O homem — o cliente — deixou que ela abrisse a braguilha enquanto ainda estava completamente vestida, massageando a cabeça de Ginger e apertando seu couro cabeludo como se ela fosse uma bola de boliche que ele estivesse prestes a segurar com os dedos e arremessar na pista, enquanto Ginger o chupava. Os lábios dela brilhavam com o fluído viscoso liberado pelas glândulas de Cowper para lubrificação, e ela levou tudo para a boca – isso era impressionante –, o falo inteiro, até a base, como uma artista engolindo espadas no circo. Mais tarde descobrimos, incidentalmente, que, entre as muitas modificações fisiológicas que ocorrem durante a atividade sexual, a suspensão do reflexo da náusea ocorre numa percentagem alta tanto de mulheres quanto de homens, dessa forma demonstrando o papel adaptativo do componente oral na resposta sexual. Mas, deixando tudo isso de lado, posso dizer como eu estava impressionado? Quão – pouco profissionalmente – excitado?

Ele se afastou dela antes de chegar ao orgasmo, e só então começou a puxar para baixo as calças.

– Pra cama, mana, porque, se você acha que vai se livrar de mim tão fácil, você tá maluca. Eu paguei por uma foda, não paguei?

Ginger se deitou na cama obediente, levantando a saia para exibir sua nudez, mas, então, pareceu lembrar-se de sua missão – nós estávamos no closet, os clientes assistentes, nós pagáramos pela nossa foda também – e sentou-se de novo, pegou o pênis dele na mão e o acariciou por um momento, para, em seguida, puxar o vestido pela cabeça e levar as mãos às costas para soltar as presilhas do sutiã, deixando os seios penderem livres. Imediatamente, ele estava em cima dela, estimulando seus mamilos com os dedos e a língua, mesmo enquanto ela o levava para dentro de si, mas, então, subitamente, ele parou, no meio da foda.

– A luz – disse ele. – Que porra de luz acesa é essa? Tu não entende nada de romance, amorzinho?

O CÍRCULO ÍNTIMO

Ela entendia. Ou, pelo menos, aparentemente entendia. Porque, até ele sair de dentro dela e alcançar com esforço a luz, ela estivera gemendo e entoando elogios como se não houvesse um homem melhor no mundo e nenhum momento mais precioso que aquele.

– Deixa aceso, coração – disse ela. Uma pausa teatral, um dedo enfiado no canto da boca. – Quero ver cada pedacinho de você.

12

A PRIMEIRA COISA que fiz quando voltei para Bloomington, três dias depois, foi correr para ver Iris. Eram mais de duas da manhã, eu estava sujo, exausto, com fome – morrendo de fome, na realidade, visto que não tínhamos parado para comer – e ainda podia sentir a vibração do motor do Buick como uma perturbação permanente na parte de trás de meu crânio. Eu tomara pessoalmente oito histórias, incluindo as de Gerald e Ginger, e observara do closet, com Prok e Corcoran, Ginger entreter dezesseis homens diferentes no curso das três noites que passamos em sua companhia. Surpreendentemente, não havia muita variedade. Embora eu admita ter ficado em um estado de excitação sexual permanente durante o tempo inteiro em que estivemos lá, a novidade tendeu a se esgotar depois de um tempo. Os homens eram hirsutos, imberbes, altos, baixos, gordos, magros, usavam cuecas compridas, sambas-canções, casacos esportivos e camisas de flanela, galochas, botas, tênis. Tinham verrugas, sinais de nascença, tatuagens, eram circuncidados e não circuncidados, os pênis entortavam para a esquerda, para a direita ou reto para cima, alguns dobravam as roupas direitinho em cima da cômoda ou as jogavam no chão em um monte todo enrolado. Quanto ao sexo, ele era inteiramente convencional, começando com um período breve de felação em torno da metade dos casos e um certo grau de dificuldades com a ereção, lambidas e apertões nos outros, seguidos pela penetração, o bombear das nádegas brancas que eram diversamente flácidas ou duras com a tensão dos músculos glúteos, a simulação cada vez mais teatral de Ginger do êxtase de seu orgasmo e, então, o declínio, a queda e a absoluta falta de interesse pela nudez da mulher, por sua genitália exposta ou mesmo por seu rosto e seus olhos, enquanto as roupas eram silenciosamente juntadas e apressadamente colocadas de volta e a porta era aberta e fechada de novo.

Mas fui ver Iris. Segui direto da calçada, vindo do banco de trás do carro de Prok, para o apartamento, que estava absolutamente silencioso e escuro agora, a não ser pela luz que vazava do poste na rua e a lua que pairava sobre a cidade, com todo o seu peso simbólico. Fui direto para o quarto. Ela estava dormindo, entrouxada nos cobertores para fugir do frio, seus cabelos esparramados sobre o travesseiro, um olho piscando aberto quando liguei a luz na cabeceira da cama, o relógio brilhando e nenhum som em lugar algum da caverna sem fundo da noite. Eu estava tirando minhas roupas, terno, camisa, calças, e a luz estava acesa. Eu queria que Iris me visse, queria que ela admirasse a mim e ao souvenir que eu guardara para ela durante três dias extenuantes no closet de uma puta em Indianápolis.

– John? – murmurou ela. – John? Que horas são?

Havia o cheiro dela, um cheiro que não consigo descrever, sua fragrância pessoal diferente de todas as outras, uma mistura de calor do corpo, dos cremes que ela usava no rosto e nas mãos, os vestígios de seu xampu, seu perfume e a gordura natural de seu couro cabeludo.

– Shhhh – disse eu, e esperei que ela me reconhecesse, que visse o que eu trouxera para ela, e, sim, eu sei que nossa pesquisa publicada demonstrou que a maioria das mulheres não se impressiona com uma exibição do falo ereto e que uma porção até se sente ofendida, mas isso não importava nem um pouquinho naquela noite. Eu estava estimulado a ponto de explodir e queria que ela visse, que o percebesse e sentisse. – Shhhh – repeti, e joguei os cobertores para o lado. Todo aquele calor, a visão de seus pés e tornozelos nus, seu rosto voltado para mim e seus braços abrindo inteiros a me convidar. Escorreguei em meio aos cobertores, levantei sua camisola e não desligamos mais a luz até de manhã.

Uma noite em mil noites, em cinco mil noites, um homem e sua esposa – um pesquisador sexual e sua esposa – satisfazendo as necessidades um do outro. Era o acontecimento mais comum do mundo – ou não, era uma celebração, ainda uma celebração, porque nós tínhamos nosso próprio apartamento e nenhum John Jr. para nos preocuparmos a respeito, ou qualquer outra coisa. Nós fazíamos sexo seis ou sete vezes por semana. Experimentamos com preliminares prolongadas, brincadeiras, pôquer com striptease, todas as posições de coito que podíamos imaginar. E, durante todo esse tempo, o projeto seguiu em frente, ganhou ímpeto, e Corcoran e eu nos envolvemos cada vez mais profundamente – como amigos, como colegas –, ao mesmo tempo que lutávamos por uma posição junto a Prok.

Corcoran me ofereceu uma carona para casa depois do trabalho uma noite e terminamos parando em uma taverna para um drinque. Pensei em ligar para Iris e dizer que chegaria tarde, mas não havia necessidade – os horários nunca eram regulares quando se trabalhava para Prok, e não dava para dizer quando eu estaria em casa em uma determinada noite, raramente era antes da sete. A taverna era o mesmo local de encontro de estudantes que eu frequentara em meu último ano, o lugar onde eu sentara ofegante e palpitante com Laura Feeney e seus amigos no rastro da exibição impressionante de slides de Prok. Lembro-me de sorrir com tal lembrança. Parecia cem anos atrás, e realmente era, levando em conta o que eu aprendera e vivera desde então.

O CÍRCULO ÍNTIMO

Corcoran largou uma nota sobre o balcão e perguntou por que eu sorria.

– Não sei – respondi. – Acho que é esse lugar. Eu costumava vir aqui quando era estudante.

Naquele instante, nós dois, como se fôssemos manipulados por uma força além de nosso controle, viramos para observar uma estudante de calças esportivas entrar desfilando de braços dados com um garoto que não podia ter mais de 18 anos.

– Que desperdício – disse Corcoran.

Eu sorria abertamente.

– Ah, sim – disse eu –, um desperdício e tanto.

Ele olhava o vazio distante agora, distraidamente batendo com os dedos sobre a madeira do balcão.

– Eu podia me dar bem com ela – disse ele. – Você também, não?

Eu disse que sim, e então o barman apareceu e pedimos dois martínis caprichados, com um pouco de limão, embora eu realmente não me importasse – Corcoran pedira primeiro, foi só isso, e ele fez com que parecesse uma boa pedida, então eu disse:

– Para mim também.

Sobre o que nós falamos naquela noite na companhia de três martínis e uma espécie de delírio que fez minha cabeça parecer uma panela cheia de água entornando? Sexo, certamente. O projeto. Prok. O futuro imediato, nossa próxima viagem, por exemplo, programada em dois dias. Em determinado momento, houve uma pausa, e ele se inclinou para a frente e acendeu um cigarro.

– Como você se sente a respeito disso? Quer dizer, das viagens? – perguntou ele, sacudindo o fósforo para apagá-lo. – Elas são... não sei... difíceis para você? Com Iris?

Olhei em torno do cômodo por um momento, cruzei o olhar com a estudante que nós acompanháramos antes, e, imediatamente, baixei os olhos.

— Bem, claro. — O terceiro martíni tinha esquentado. O céu de minha boca estava tão insensível como se eu tivesse recebido uma anestesia no dentista. Gim, eu não gostava de gim, e não sei por que estava bebendo aquilo. — Mas isso faz parte do trabalho. Ela entende. Nós dois entendemos. — Ergui o cálice de haste delgada até os lábios, consciente subitamente de sua fragilidade. — Mas e você? Você não... E sua esposa?

Corcoran aproximou-se com um rosto afável. Havia pontas douradas em seus cabelos. Ele sacudiu um pouco os braços, depois os ombros e, por fim, o pescoço e a bola giratória de sua cabeça.

— É difícil, mas Violet tem que manter as crianças na escola até junho, já que não pudemos simplesmente tirá-las de lá. E, quando consigo vê-la, você lembra que fui de carro vê-la no fim de semana antes desse que passou?, quando nos encontramos, acredite em mim, o sexo é incrível, bom mesmo, chega a ser difícil de acreditar.

Eu não sabia o que dizer. Até aquele ponto eu colocara os olhos em Violet Corcoran apenas uma vez, quando ela fora à cidade, de ônibus, um fim de semana, para se localizar e ajudar a motivar o marido a encontrar um lugar adequado para uma longa estada. Ela era mesmo atraente — de ascendência italiana, a pele em um tom de azeite de oliva, olhos bem escuros e uma boca que virava para cima em um beicinho natural, mesmo em descanso —, mas ela não era nada comparada a Iris. Talvez fosse preconceito meu — claro que era —, mas, em minha cabeça, Iris era de uma beleza natural genuína e Violet Corcoran não estava nem de longe nessa categoria. Tentei imaginá-la sem roupas, tentei imaginá-la na cama com Corcoran, mas a imagem bruxuleou e desapareceu antes que eu tivesse uma impressão nítida dela. Por fim, eu disse algo na linha de:

— Bom, então tem algumas vantagens, hum? — E tentei um sorriso cúmplice.

Havia gente entrando e saindo do bar, o som agudo de uma risada, o arrastar dos sapatos dos homens. O jukebox tocava algo que não reconheci. Corcoran semicerrou os olhos contra a fumaça que subia de seu cigarro, e não pude deixar de pensar que era ele quem deveria ter dado as lições de savoir-faire para Prok.

– Sim – disse ele, por fim –, mas há outras vantagens também, entende o que quero dizer?

– Não – respondi. – O quê?

Ele tragou o cigarro, soltou a fumaça, largou-o cuidadosamente no canto do cinzeiro e pegou um ovo cozido duro, o qual começou a bater delicadamente contra a superfície do balcão. Observei-o por um momento enquanto ele tirava a casca e a membrana abaixo dela, salgava a superfície branca e lisa e colocava a coisa inteira na boca.

– Você sabe, em uma leva só – disse ele, mastigando em torno das palavras – as oportunidades aparecem. Não que elas não fossem aparecer lá em South Bend, onde moro. E você sabe que eu nunca deixo a convenção ficar em meu caminho. Mas é só que é, bem, mais fácil se você está sozinho. É menos complicado, entende?

Pensei sobre aquilo por um instante, pensei sobre ele e Iris como unha e carne no sarau musical. Eu não tinha nada a acrescentar.

– Mas e você – disse ele, voltando-se para mim, seu rosto tão afável e irresistivelmente belo quanto o de qualquer estrela do cinema –, você não... não dá uma saidinha de vez em quando?

Como eu já disse, eu já passara do estágio de enrubescer – esse tipo de desempenho escolar era estritamente para adolescentes –, mas senti meu coração bater fora de sincronia por um instante, mesmo enquanto a mentira voava para meus lábios.

– Não – disse eu, pensando naquele encontro às escuras no corredor de meu próprio apartamento –, não, não realmente.

* * *

ENTÃO, CHEGUEI CEDO em casa certa noite – um pouco depois das seis – e Iris não estava. Eu passara a tarde inteira na Biblioteca de Biologia, isolado a um canto, trabalhando sobre uma série de tabelas (*Incidência Acumulativa: Orgasmo Pré-Adolescente de Qualquer Fonte, por Nível Educacional; Incidência Ativa e Percentagem de Escapes: Carícias até o Orgasmo, por Década de Nascimento*) em apoio à nossa proposta de subsídios para a Fundação Rockefeller. Eu estava de cabeça baixa, cuidando de minha vida, enquanto Elster caminhava como uma fera para cima e para baixo, dardejando olhares de sua mesa em minha direção como se um rabisco de meu lápis ou o pousar de meu esquadro e de minha régua-tê na mesa estivessem explodindo a calma bibliográfica do lugar. Fiz o melhor que pude para ignorá-lo, mas, sempre que ele entrava em meu campo de visão com um calhamaço ou um carrinho de livros, eu não conseguia deixar de me perguntar por que ele não fora chamado para lutar contra nossos inimigos na Europa, na África ou no Pacífico. Mas, então, estudei-o por um momento, quando ele estava ocupado em sua mesa – a postura largada, os membros descarnados, a calva brilhando no topo da cabeça como uma marca distintiva do envelhecimento precoce – e cheguei a uma resposta para minha própria pergunta: ele era um IV-F,* sem dúvida alguma um IV-F.

E o que eu estava fazendo na biblioteca em primeiro lugar? Simples. Prok tinha me mandado embora pela tarde para que ele e Corcoran pudessem conduzir entrevistas simultâneas de um grupo de psicólogos do sul de Indiana que estavam participando de uma conferência no campus. Eu já entrevistara dois deles naquela manhã e no início da tarde, e agora Prok estava testando Corcoran, conferindo a folha de categorias dele com a sua, logo

---

* Desqualificado para o serviço militar. (N. T.)

depois que o indivíduo deixava a sala. E, assim, fui para casa cedo, e Iris não estava.

Vi que ela tinha deixado um prato no forno – macarrão e atum, com camadas de queijo americano espalhadas sobre ele – e deixara a louça da manhã para secar no secador. Tudo bem, nada fora do comum, mas onde ela estaria? Teria esquecido algo no armazém, algum ingrediente essencial – café, margarina, uma mistura para o bolo de sobremesa? Talvez ela tivesse acabado de sair por um minuto para ir ao mercado na esquina. Ou talvez fosse alguma emergência. Talvez ela tivesse se cortado ou caído – ou poderia ter sido um dos vizinhos. Pensei na senhora idosa do andar de cima, que fora uma amiga especial da irmã da sra. Lorber: a sra. Valentine. Ela era tão frágil – tão combalida e frágil – que poderia se partir a qualquer momento e ninguém ficaria surpreso. Mas não era nada com que eu devesse me preocupar. Se algo tivesse acontecido, não havia nada que eu pudesse fazer. Eu ficaria sabendo na hora devida. Então, por que me preocupar? O macarrão estava no forno; o conhaque, na prateleira. Servi um drinque e liguei o rádio.

Eu estava em meu terceiro drinque e a camada de cima do macarrão tinha desenvolvido uma cor e uma textura que eu nunca vira antes em um prato levado ao forno – não que eu fosse um grande cozinheiro – quando comecei a ficar preocupado (com Iris; por mim o macarrão podia encontrar seu caminho até a lata do lixo e nos viraríamos com sanduíches e três dedos de conhaque). Eu ouvira o *Vic and Sade*,* depois um programa de notícias de guerra e Kate Smith cantando "God Bless America". Naquela instante, comecei a caminhar pela sala e espiar pelas cortinas toda vez que achava ter ouvido alguém chegando. Ela teria ido

---

* Série popular de rádio dos anos 1940 nos EUA. (N. T.)

ao gabinete me fazer uma surpresa? Eu deveria tê-la encontrado em algum lugar? Teríamos ingressos para um concerto da orquestra dos professores e estudantes? Iríamos jantar fora? Mas não, tinha o macarrão, prova irrefutável do contrário. Decidi voltar para o campus, para o gabinete, apenas para conferir se ela estava lá. Meti-me em um casaco e saí pela porta.

A luz tinha desaparecido gradualmente do céu, e as ruas já estavam bem desertas. Eu tinha o conhaque para me abastecer e, como já disse, mantinha-me em excelente forma, de maneira que fui capaz de percorrer as dez quadras até o campus no que deve ter sido um tempo recorde, embora eu nem estivesse correndo, mas, assim mesmo, deslocava-me rapidamente. Subi os degraus familiares do Prédio de Biologia, entrei pela porta destrancada e lancei-me escada acima. Encontrei o gabinete escuro e o prédio em silêncio. Talvez eu tenha tentado a maçaneta da porta do gabinete uma vez ou duas – eu poderia ter usado minha chave, mas qual seria o sentido? –, então virei-me e voltei escada abaixo. Pensei em mais um drinque, em parar em algum lugar, mas não.

Durante todo o caminho de volta, fiquei pensando em como tudo aquilo era estranho, como não tinha nada a ver com Iris. Ela ainda estava tendo aulas, é claro – esse era seu último semestre –, e isso envolvia monografias, trabalho na biblioteca e por aí afora, mas ela sempre conseguira dar conta de tudo durante o dia para que pudéssemos ficar juntos de noite. Imprimi uma passada vigorosa no caminho de volta, porque estava preocupado, frustrado de um jeito que eu ficava nas poucas vezes em que largava algo fora do lugar e terminava retornando sobre os mesmos passos incessantemente, dando voltas até encontrar o que estava procurando ou então desistir completamente. Minha caneta, por exemplo. Eu tinha uma Parker elegante de cor prata que Iris me dera de aniversário Uma tarde após o almoço eu parecia não conseguir encontrá-la. Sentava e levantava da escrivaninha, ia até os fichários e voltava, as prateleiras, a antessala, até que Prok levantou a cabeça do trabalho e me perguntou com uma voz irritada o que eu pensava estar fazendo. Contei, e ele me lançou um olhar longo, questionador, antes de voltar para seus papéis, mas eu estava para cima e para baixo a tarde inteira até que, por fim, na minha sexta ou sétima ida, encontrei a caneta no banheiro, sobre a bandeja de metal em cima da pia, onde eu rabiscara uma nota para mim mesmo depois de lavar as mãos. Acho que isso era um pouco neurótico, mas quando eu sentia que as coisas estavam fora de meu controle, que algo estava errado, que eu tinha feito alguma bobagem, eu sentia dificuldade em respirar e tenho certeza de que minha pressão arterial disparava. Irrequieto. Eu me sentia irrequieto, como se tivesse tomado café demais. E era assim que eu me sentia agora, chegando à última quadra no escuro quando deveria estar em casa com minha esposa, comendo um prato de macarrão.

A porta de um carro bateu à minha frente, vi o brilho vermelho das luzes traseiras como brasas de cigarro no tecido negro da noite. O carro – que era de uma cor clara – passou sob a luz do poste e desapareceu no canto mais distante da quadra. Havia uma figura ali, uma sombra contra a sombra, caminhando pelo acesso de uma das casas de nosso lado da rua? Estava escuro. Eu não podia ter certeza. Dois minutos mais tarde, entrei pela porta e lá estava Iris, inclinada sobre o fogão.

– Meu Deus, Iris – disse eu –, por onde você andou? Eu estava, bem, eu estava aqui e desliguei o macarrão...

Ela parecia corada, como se estivesse correndo pouco antes em volta de uma pista ou saltando do trampolim no ginásio, um exercício que ela adorava, às vezes, e eu já a observara praticando, o foco tenso de sua concentração, seus braços batendo como se estivesse prestes a alçar voo e seus cabelos subindo reto de sua cabeça, desafiando a gravidade. O macarrão estava em suas duas mãos, os pegadores vermelhos escalando sobre as alças. Ela largou-o sobre o balcão e me lançou um sorriso que desapareceu tão logo ele tinha florido.

– Você fez certo. – disse ela. – Porque senão o macarrão teria queimado.

Eu estava na cozinha agora, a cortina de contas chacoalhando atrás de mim como um enxame de insetos irados.

– Mas aonde você foi? Eu estava preocupado. Eu... Eu fui até o gabinete para ver se você, se você estava lá.

– Desculpe, John. Eu não esperava por você tão cedo. – Ela estava abrindo uma lata de ervilhas, de costas para mim, de maneira que não conseguia ler seu rosto, os movimentos bruscos, a panela, a chama, e, então, ela foi até a mesa para colocar os pratos e os talheres.

– Você quer leite hoje à noite, ou água está bom? Ou suco?

– O que foi? – perguntei. – Estava estudando? Você não teve uma prova semana passada?

Ela estava se movimentando, passando a meu lado sem dar atenção, as contas chacoalhando, até a mesa e de volta. Ela não estava olhando para mim, seus olhos fixos em qualquer coisa menos em mim: a mesa, a geladeira, o chão.

– Estudando – disse ela –, isso mesmo. Eu estava estudando.

– Onde? Na biblioteca? Porque eu estava na Biblioteca de Biologia a tarde inteira, e você teria... Mas você precisava da central, certo? Para o quê, para a aula do Huntley?

O macarrão tinha ido para a trempe no centro da mesa e ela servira um copo de leite, vigoroso e branco, o copo parado

O CÍRCULO ÍNTIMO

ao lado do prato em uma natureza-morta do costumeiro. Ela parecia arrasada. Parecia infeliz.

– O que foi? – perguntei. – Qual é o problema?

Ela parou bem onde estava, as ervilhas em uma colher, a panela quente equilibrada na ponta da mesa.

– Oh, John, eu não sou boa nisso. Não sou mesmo.

Ali que estava a febre, isso mesmo, o momento que fez meu coração bater mais forte. Eu não disse uma palavra.

Duas colheres de ervilhas, uma em cada prato.

– É melhor que você saiba... Eu estava com Purvis. Eu... eu fui até o gabinete, procurando por você, para fazer uma surpresa, e ele estava ali trancando a...

– Aquele era o carro dele? Agora mesmo, quando eu vinha pela rua?

Ela inclinou a cabeça afirmativamente.

– Bem – disse eu. – E daí? Ele lhe deu uma carona, você saiu com ele para um drinque ou o que foi?

– Não – disse ela, seus olhos fugindo dos meus. – Ou, sim, ele me deu uma carona para casa.

Meneei os ombros. Era uma carona. Caso encerrado.

Ela ainda estava segurando a panela de ervilhas, ainda pairando sobre a mesa.

– Mas não vou mentir para você, John, nenhum de nós dois vai. Não sou assim e acho que você sabe disso. – Houve uma pausa então, e suponho que, em algum lugar no mundo, navios singravam na noite, cargueiros iam a pique e o gelo se juntava nas passagens estreitas. – Nós... nós tivemos uma relação.

Apenas a encarei.

– No gabinete. Sobre a mesa.

– No gabinete – repeti.

— Eu e Purvis. — Seus olhos esfriaram por um momento. — Você não deve se preocupar com isso — disse ela, e a panela encontrou seu caminho até a mesa enquanto Iris secava as mãos trêmulas no avental em seus quadris. — Você sabe, John — disse ela. — O animal humano.

Foi nessa época que começamos a conduzir nossas primeiras entrevistas com crianças, as quais, como a maioria das pessoas vai ficar sabendo, serviram não apenas para romper com um tabu antigo, mas para estabelecer o início de vários estudos sobre a sexualidade infantil que vieram a seguir. Na realidade, ao tentar reconstruir os eventos, tenho quase certeza de que nossa incursão inicial no campo deve ter vindo logo após a cena enervante com Iris — na manhã seguinte mesmo —, porque lembro distintamente como eu estava perturbado, analisando a situação de todos os ângulos em minha cabeça como se fosse um objeto com arestas afiadas que eu poderia apalpar até que ficasse liso como uma cerâmica queimada. Era estranho. Enquanto eu seguia sentado ao lado de Prok no assento da frente do Buick a caminho da Escola Fillmore, em Indianápolis, ouvindo-o tagarelar sobre a sexualidade infantil e o despertar pré-adolescente do desejo, não pude deixar de sentir que minhas emoções estavam em rota de colisão com minha objetividade. Fiquei dizendo a mim mesmo que eu era um perseguidor, e que sentimentos não tinham valor nos âmbitos científicos, nenhum valor quantificável. Eram negativos, desqualificantes, uma fraqueza que devia ser controlada. Prok me doutrinara bem, e eu estava chegando lá, quase lá, mas eu continuava falhando. Não conseguia resistir.

— Você está bem? — perguntou Prok, lançando-me um de seus olhares velados, perscrutadores.

Eu devia estar me revirando no banco do carro, sacudindo um joelho, erguendo meu queixo às luzes tremeluzentes dos postes da estrada como se estivesse sendo levado para o abate, mas ao menos eu não tinha que encarar Corcoran, não ainda. Prok dera-lhe três dias de folga para resolver assuntos e ver as filhas em uma peça de Páscoa em South Bend.

– Milk? – disse Prok. – Milk, está me ouvindo? Perguntei se você está bem.

– Estou – respondi. – Estou bem.

O motor roncava abaixo da lataria. A paisagem passava depressa. Prok voltou-se para mim e me olhou novamente.

– Você tem dormido o suficiente? Porque, é sério, Milk, você parece um morto-vivo.

– Não. Bem, não essa noite, acho.

Prok ia começar um pequeno sermão sobre a importância de três fatores de efeito: dieta, exercícios e sono, e estava no meio de uma de suas frases longas e artisticamente construídas quando, de repente, ele se deteve:

– Mas, John – disse. – Você está com algo nas vistas?

Respondi que era uma alergia, só isso.

– Febre do feno.

Prok ficou em silêncio por um momento. Então, voltou o rosto para o meu, seus olhos trocando de foco brevemente e depois lançando-se à frente, para a estrada.

– Um pouco fora de época você ter isso, não?

No fim das contas, eu não tinha confrontado Iris – como eu poderia? Como eu poderia dizer qualquer coisa sem parecer hipócrita? Nós tínhamos jantado em silêncio, ouvindo rádio. Ela tinha um livro – *Poesia britânica moderna*, meu exemplar velho com anotações – aberto sobre a mesa ao lado de seu prato, e não ergueu os olhos dele em nenhum momento, embora não tivesse virado a página nem uma vez. Quando terminamos, tentei levantar e levar a louça, mas ela não deixou.

— Não, não — disse ela, tomando o prato sujo de minha mão. E eu não comera nada, o macarrão parecendo uma cartolina malcozida, apesar de o ter mastigado como se minha mandíbula fosse quebrar. Deixa que eu faço. Você deve estar cansado. Seu rosto estava pálido, os cabelos caídos sem vida, e eu não queria nem pensar sobre o que acontecera com o cacho com que ela despendia tanto esforço todas as noites e trabalhava tão duro para levar à perfeição todas as manhãs. Eu *estava* cansado. Tão cansado que mal conseguia erguer os braços da mesa.

— Claro — disse eu. — Ok.

Só consegui chegar até o sofá e apenas me larguei ali com a mão aberta sobre a testa enquanto o rádio cuspia e chiava e a água corria na pia. Por um bom tempo, ouvi Iris movimentando-se pela cozinha, os armários abrindo e fechando, o silvo da água, o tinir do vidro com a louça de barro. Então, acendi um cigarro e estudei o teto. Havia uma orquestra de jazz tocando de algum lugar, um show de variedades, o jingle da Chiquita Banana — eu devo tê-lo ouvido dez vezes. Finalmente, Iris veio até mim. Eu a senti ali, parada sobre o sofá, mas não virei a cabeça em momento algum.

— John — disse ela —, John, por favor. — E eu podia ouvir a emoção saturando sua voz, a súplica por perdão que me enrijeceu e endureceu mais ainda. Mineralizando, eu estava mineralizando como um graveto enterrado por eras na camada mais profunda do sedimento. Eu não disse nada. Ela fez um discurso então, choroso, pontuado por soluços. Ela não queria ter feito aquilo, não era nada, fora a loucura do momento, e, de alguma forma, ela não pudera resistir a ele, Purvis, porque era tão persuasivo. Mas não me movi em momento algum. Após um tempo, ela foi para o quarto e fechou a porta.

Posso dizer agora que o que eu sentia era que uma estaca tinha sido atravessada em meu coração? Eu sabia porque ela tinha feito o que fez — não era preciso ser psiquiatra para entender. Ela tivera um homem em sua vida, apenas um, e eu tivera Mac e Prok, e ela podia apenas adivinhar quem mais. O projeto todo, o regime todo, demandava que ela adquirisse experiência – nós buscávamos os high raters, não buscávamos?, não importando quão imparciais tentávamos parecer? Eu sabia de quem era a culpa. Eu sabia quem tinha errado. Mas, se eu acreditava no que pregava, se eu acreditava em meu trabalho – e eu acreditava, e ainda acredito, fervorosamente –, então não tinha o direito de dizer *J'accuse*.

Fui para a cama tarde naquela noite, tão tarde que havia o som de pássaros agitando-se nas moitas do lado de fora das janelas e uma vazão lenta e cinza de luz infiltrando-se pelas cortinas. Ela ainda estava acordada. E a vi ali na cama, e toda a tristeza do mundo veio se alojar em minha garganta, ácida e implacável, até que me fortaleci e a engoli. O que eu queria mais que qualquer coisa naquele momento era possuí-la, jogar para o lado os cobertores, tirar sua camisola e me enterrar nela.

Ela talvez tenha dito meu nome, não sei, não lembro. Mas lembro-me disso: nós nos agarramos sem preliminares, sem palavras, e fui para cima dela em um êxtase de desprendimento, e ela respondeu na mesma moeda, lutando comigo, debatendo-se, furiosa com o tormento de sua culpa e o prazer também. Durante o tempo inteiro, eu pensava que ela não tinha enchido a banheira, não tinha lavado o Corcoran dela, ele estava bem ali conosco, sorrindo abertamente, como um ator.

Sim, e era estranho também estar voltando a Indianápolis, daquela vez para sentar-me com crianças da escola primária local em vez de alguma prostituta exausta e sua fila sem rosto de clientes, e na luz pura e florescente do dia em vez das sombras da noite. Prok tinha acertado a reunião com o diretor e uma das professoras do jardim de infância, ambos amigos da pesquisa. Tínhamos modificado o procedimento padrão, considerando o nível de apreensão das crianças. Também tomáramos o cuidado de conseguir a permissão dos pais de antemão – assim como as histórias dos pais – e conduzimos as entrevistas em série e com pelo menos um pai presente, de maneira que não houvesse nem uma insinuação de impropriedade.

Chegamos cedo, as crianças ainda estavam em suas aulas, a grama dura e cortada do campo desportivo esverdeando junto aos cantos. O sol pairava brilhante sobre o playground, e sobre os balanços e as gangorras desocupados, e a superestrutura rígida das barras do escalador. O diretor da escola – um tal sr. McGuiniss, cuja história confortantemente comum nós tínhamos tomado em nossa última viagem durante as horas diurnas em que Ginger não estava disponível – encontrou-nos na porta e nos levou para seu gabinete. Havia uma bandeira, uma coruja empalhada, as pinturas toscas, abstratas e curiosamente móveis de crianças muito pequenas decorando as paredes e ainda uma janela que dava para o pátio.

– Dr. Kinsey – disse McGuiniss. Ele era pequeno, careca, com as pontas dos dedos manchadas de nicotina. – E sr. Milk, sejam bem-vindos, e obrigado por estarem aqui. Nós temos, como vocês sabem, vários estudantes que quiseram ser voluntários, e suas mães estão aqui também. Todos estão muito entusiasmados.

Nós começamos com duas irmãs, de 7 e 5 anos de idade. O diretor ofereceu seu gabinete para nós – ele havia posto ali alguns brinquedos e livros ilustrados para deixar as crianças à vontade. A mãe das garotas conduziu-as para dentro da sala. Ela era uma morena alta, que tinha seu charme, com ossos malares proeminentes e uma massa de cabelo com ar saudável penteada em um coque e presa com um par de pregadores de madrepérola. Eu sabia a idade dela – 29 –, porque eu mesmo tinha tomado sua história em nossa visita anterior. (Era monógama, casada havia oito anos, ávida por experimentar posições no coito e contatos orais-genitais, mas ainda muito principiante e tendo que lutar com a resistência do marido – um católico devoto e tipicamente reprimido, o único daquele grupo em particular que não quisera ser entrevistado.)

Prok e eu nos levantamos para cumprimentar a mulher, mesmo enquanto McGuiniss se retirava educadamente da sala com um maço de papéis embaixo de um braço.

– Sra. Perrault – exclamou Prok, tomando a mão dela e abrindo seu sorriso –, que bom que a senhora veio. A senhora conhece o meu colega, o sr. Milk, é claro. Mas – voltando-se para as garotas e fazendo uma mesura formal que era calculada para encantá-las – quem são essas belas senhoritas?

As garotas – Suzy era a mais nova; Katie, a mais velha – tinham o tom de pele da mãe e seus olhos grandes e cristalinos. Elas nos deram sorrisinhos afetados, satisfeitas por serem o centro das atenções e, mesmo assim, pareciam um pouco agitadas também, incertas sobre o que era esperado delas.

– Eu sou a Katie – disse a de 7 anos. – E essa é a minha irmã.

– Suzy – acrescentou a irmã, balançando-se para frente e para trás sobre um pé. – Meu nome é Suzy.

– Ah – disse Prok, e ele ainda estava curvado até a linha de cintura, seu rosto na mesma altura dos delas –, então vocês não são princesas, é isso? Eu tinha certeza de que vocês eram princesas.

Uma risadinha. Mais balanços.

– Não – disse a pequena, e as duas morreram de rir.

– E o que vocês me dizem de ter o gabinete do diretor só para vocês? Bem legal, não é? Bem, essa é uma tarde especial para umas garotinhas muito especiais. Eu sou o tio Kinsey, e esse aqui – indicou-me, e sorri da forma mais sincera que consegui para demonstrar a todos os envolvidos o quão inofensivo eu era – é o tio Milk.

As duas garotas me examinaram brevemente, seus sorrisos oscilando incertos e então voltando à vida mais uma vez quando Prok seguiu adiante em seu tom de voz mais brincalhão e fantástico:

— E o sr. Coruja. Vocês estão vendo o sr. Coruja ali? Ele vai participar também, porque o jogo que eu pensei para nós é um jogo de acampamento. A mamãe e o papai levam vocês às vezes para acampar?
Ah, sim, sim, eles levavam. E onde elas tinham ido acampar? Um olhar para a mãe delas e de volta de novo.
— No mato — disse Katie.
— Bom, muito bom. — Prok tinha ido para o chão agora, e se ajeitou em uma postura com as pernas cruzadas, como se fosse um chefe indígena presidindo uma reunião sobre um monte de folhas de fumo. — Muito bem, garotas — disse ele —, sentem aqui comigo, isso mesmo, cruzem suas pernas desse jeito, porque vamos fingir que estamos no meio da mata sentados em torno de uma fogueira, tostando marshmallows. Vocês gostam de marshmallows? Sim, bom. Muito bom. É claro que vocês gostam. — E, magicamente, apareceram dois folhados brancos de marshmallow do bolso de seu casaco.

Eu deveria dizer que, apesar do que se costumava falar por aí — e estou a par de alguns dos rumores mais maliciosos e odiosos espalhados pelos inimigos do projeto, pessoas que escolhem ver sujeira em tudo —, Prok tinha uma conduta tão atenciosa, respeitosa e apropriada com os mais jovens quanto com qualquer pessoa que eu possa imaginar. E todos aprendemos com ele e tentamos adotar seus métodos, embora nenhum de nós tenha conseguido um dia estabelecer a comunicação imediata com crianças da mesma forma que Prok. Aquele era um de seus grandes dons como entrevistador, e como pessoa também. Da mesma forma como ele podia se esgueirar para dentro de um mictório na Penn Station e imediatamente cultivar a confiança de um michê homossexual em busca de ação ou perambular pelos bairros negros de Gary e Chicago com gírias autênticas saindo casualmente de seus lábios, ele também conseguia relacionar-se da maneira mais aberta e inocente com crianças. E as histórias das crianças eram vitais para a pesquisa, porque, embora rotineiramente nós questionássemos nossos indivíduos sobre o princípio de seu despertar sexual, quase todos eles eram, pelo menos de certa forma, confusos sobre os detalhes, e nós sentíamos poder corrigir a inadequabilidade da memória nos indivíduos adultos ao coletar dados diretamente das crianças, cujas experiências ainda estavam vívidas e em curso. Isso parecia fazer sentido. E, mesmo assim, inevitavelmente, havia críticas – nós estávamos maculando as mentes das crianças, levando-as para o mau caminho, esse tipo de coisa. Mas posso assegurar que nada poderia ser mais distante da verdade.

Naquele dia, em particular, enquanto Prok levava aquelas duas garotas lindas e de olhos grandes através de uma floresta imaginária e se sentava com elas em torno de uma fogueira imaginária, sempre colocando suas perguntas sutil e graciosamente, primeiro para Suzy, enquanto sua irmã brincava em um canto, e então para Katie, tenho que admitir que aquilo foi uma educação para mim. As perguntas eram inteiramente inocentes, mas reveladoras: "Você brinca mais com garotas ou garotos? Você gosta de garotos? Mas os garotos são diferentes das garotas, não são? Sim? E como isso acontece? Como você sabe?" Eu sentei na cadeira do diretor, mantendo um sorriso aberto e trocando um olhar de relance ocasional com a mãe enquanto registrava as respostas de suas filhas, e me senti expandindo naquela direção. Crianças. Eu nunca pensara realmente muito sobre elas de um jeito ou de outro. Na realidade, elas sempre me fizeram sentir nervoso e inseguro – eu não sabia como agir perto delas, não fazia a menor ideia –, e agora ali estava Prok, um dos homens mais eminentes de sua geração, um cientista reconhecido, mostrando-me o caminho.

– Apenas converse com elas – disse ele. – Converse e ouça.

Todo o sexo, e para quê? Para aquilo. Para as crianças. Aquilo me veio como uma revelação naquela tarde, meu cérebro lutando com a imagem insuportável de Iris atirada nua sobre minha mesa e Corcoran assomando-se sobre ela mesmo enquanto as vozes agudas e imaturas suscitavam opiniões e expectativas qualificadas. Elas desfilaram pelo gabinete, uma criança depois da outra, tímidas, atrevidas, impacientes, reservadas, e me vi tateando na direção dos princípios de uma nova perspectiva. Aqueles órgãos que nós tínhamos focado tão diligentemente com Ginger e seus clientes, os atos, a consumação, o *aparelho reprodutor* – terminavam naquilo, nas crianças. E John Jr. não nasceria ainda por mais cinco anos.

VOLTAMOS PARA BLOOMINGTON tarde na terceira noite, após termos ficado mais tempo que o previsto para coletar uma série de entrevistas inesperadas que surgiram no último minuto – o faxineiro da escola e seu irmão, que cuidava do posto de gasolina, e um pastor local, sua esposa e a filha de 17 anos. Entrei porta adentro e lá estava Iris, com seu quimono, esperando por mim enquanto lia seu livro de poesia.

– Mas você não precisava ter esperado – disse eu, e ela veio até mim, os olhos absortos, e me abraçou, balançando suavemente para a frente e para trás comigo bem no meio da sala de estar. – Você não tem aula amanhã?

– Shhh – disse ela –, shhh. – E, então, fomos para cama, e eu me sentia como um boneco. Nós transamos mesmo assim, quase tão logo eu pude tirar minhas roupas, e ela pode ter tido uma crise durante o processo, pode ter chorado, enterrado a cabeça em meu peito e soluçado até onde sei, mas eu era feito de madeira e não posso dizer com certeza. Ela já tinha saído quando acordei de manhã, e então eu estava no gabinete no Prédio de Biologia, cercado por galhas e passando a mão lenta, demorada, sobre a superfície de minha mesa, como se nunca tivesse visto nada parecido antes.

13

Ouvi o ruído de passos reverberando na escada, o eco ressoante de vozes, ficando mais altas agora, aproximando-se. Pensei logo em Prok, voltando de suas aulas cedo com estudantes a reboque. Àquela altura, eu havia me recuperado e estava acomodado em minha mesa, organizando o material que tínhamos coletado na Escola Fillmore e afundando entorpecido nas garras familiares da rotina. Tinha apontado todos os lápis e ajeitado os papéis sobre a mesa. Uma caneca de café preto esperava fumegando junto a meu cotovelo. Lá fora, além das janelas, uma garoa fina suavizava as linhas do Maxwell Hall, do outro lado.

Aquela era a voz de Prok, sem dúvida, uma espécie de murmúrio lúcido erguendo-se acima dos sons ambientes. Havia outra voz ligada a ela, vigorosa e entusiástica, uma voz que eu não podia deixar de reconhecer e, um momento mais tarde, lá estavam eles, Prok e Corcoran, entrando pela porta.

– Milk, bom-dia – saudou Prok –, dormiu bem?

– Bom-dia, John – acrescentou Corcoran. Ele parou ali, às voltas da mesa de Prok, não mais que a 3 m de mim, os braços com as mãos nos quadris, transpirando indiferença, não havia nada de errado, nada no mundo. – Eu vou lhes dizer uma coisa, é bom estar de volta. A estrada foi de matar, absolutamente de matar. E como foi sua viagem?

Por um momento, não encontrei palavras. Acho que não tinha pensado em nada realmente no curso dos últimos quatro dias a não ser em Corcoran e no que eu diria para ele, no que ele diria para mim, como eu ia encará-lo e o que isso significaria para todos nós – para o presente e o futuro também.

– Nós... – gaguejei. – Eu tenho certeza de que Prok... – gesticulei vagamente, e então deixei minha mão cair, angustiado demais para seguir adiante.

Prok já estava sentado à mesa, com a cabeça baixa e folheando seus papéis.

– Esplêndido – disse ele. – Não poderia ter sido melhor. Conseguimos umas quatorze histórias juvenis, muito interessantes, muito significativas, e isso apenas corrobora para mim a decisão de buscar mais histórias. Não é mesmo, John?

– Sim – disse eu. – Foi, hum, uma experiência e tanto. – Corcoran me observava atentamente.

– Ah, é? – disse ele. – Como assim?

A cabeça de Prok levantou-se enquanto ele me olhava de relance para monitorar minha resposta.

– Não sei – disse eu, estendendo a mão para a caneca de café, para me cobrir. – Foi uma... Acho que você chamaria de uma espécie de despertar.

Corcoran estava sorrindo, sempre sorrindo. Ele estava tão à vontade que eu poderia tê-lo matado, poderia ter saltado da mesa e o estrangulado ali mesmo no meio da sala e não pensaria duas vezes a respeito. Acho que ele estava prestes a pressionar um pouco mais, pedir algum esclarecimento – porque isso era interessante, era mesmo. Ele podia estar prestes a dizer: "O que você quer dizer com isso?" Ou fazer uma piada: "Mas há quanto tempo você estava dormindo, então?"

Prok chegou primeiro.

– Bom – disse ele. – Bem colocado. Eu mesmo senti isso. Esse é um caminho novo, um caminho que nós temos que trilhar muito mais no futuro, mas prudentemente, é claro. – Houve um silêncio enquanto os três contemplavam o que essa prudência necessariamente acarretava ao certo, e então Prok, em seu tom de voz mais enérgico, disse: – Vou precisar de você para ditar algumas coisas, Milk. Cartas de agradecimento, não apenas para os pais, mas para as crianças também. – Ele me olhou de relance bruscamente, como se eu fosse fazer alguma objeção. – Porque, você compreende, nós temos que agir com a mais absoluta honestidade aqui, e os pais vão ver nossas cartas, e não sei como sublimar o quanto isso é vital. E deve ser. Meu sentimento é de que, se um voluntário faz um esforço para ser um amigo da pesquisa, não importa quão jovem ou velho, nós estamos em dívida com essa pessoa e devemos agradecer-lhe na primeiríssima oportunidade que tivermos.

Eu deveria chamar a atenção, contudo, para o fato de que esses eram os primórdios do Instituto de Pesquisa Sexual e não tínhamos ainda uma secretária em turno integral ou mesmo um espaço de trabalho adequado, embora, com a chegada de Corcoran, Prok tenha convencido a administração a incorporar a sala de aula ao lado no que agora era uma pequena suíte de gabinetes. Uma porta fora aberta na parede da sala original, dando para aquele espaço novo. A mesa de Corcoran ficava ali, assim como o excedente de nossos arquivos e a biblioteca sempre em crescimento de material sobre aquele campo que Prok começara a acumular (incluindo a coleção erótica de que tanto se falou recentemente). E o que era uma pequena coleção acabou se tornando um acervo considerável...

De qualquer maneira, menciono tudo isso apenas por causa do que aconteceu em seguida – apenas para me situar melhor –, de maneira que seja mais fácil imaginar onde nós três estávamos em relação um ao outro. As amabilidades tinham terminado, e Prok era o último a tolerar qualquer protelação – trabalho era o que ele queria e trabalho era o que nós estávamos lá para fazer –, e mesmo assim Corcoran ainda não tinha se mexido.

– John – disse ele, baixando a voz –, ouça, será que nós não poderíamos ter uma conversa mais tarde? Quer dizer, depois do trabalho. Precisamos conversar.

Prok ergueu uma sobrancelha e lançou um olhar para ambos.

– Isso seria esplêndido, Corcoran – disse ele –, mas asseguro a você que eu ficarei mais do que satisfeito em lhe contar os detalhes do que aprendemos, e do que esperamos aprender. É realmente fascinante.

O sorriso de Corcoran estava desaparecendo.

– Não, trata-se de outra questão, Prok.

– Ãh?

Apesar de toda a minha força de vontade, senti o rosto enrubescendo. Olhei fixamente para a caneca de café.

– Uma questão pessoal – disse Corcoran.

A sobrancelha de Prok ergueu-se um grau mais alto.

– Oh?

– Não é nada, realmente. Só... bem, só uma coisa entre colegas, não é mesmo, John?

O que eu poderia dizer? Eu fora flechado no peito, derrubado a pleno galope na planície, os cascos debatendo-se inutilmente no ar. Senti a haste da flecha emergindo abaixo de meu esterno, sua pontinha quente e afiada como a de um espeto.

– Sim – disse eu. – Sim, isso mesmo.

Não acho surpreendente se eu contar que tive dificuldades em me concentrar no trabalho o dia inteiro. Por mais que tentasse dominá-las, eu era uma presa de minhas emoções – estupidamente, eu sei. Falsamente. Anacronicamente. Eu ficava repetindo para mim mesmo que eu era um sexólogo, que tinha uma carreira e um futuro, uma perspectiva absolutamente nova, que eu estava livre de todas essas restrições inúteis da tradição judaico-cristã tão prejudiciais através dos séculos, mas não dava. Eu estava magoado. Eu sentia ciúmes. Exibi meu rosto mais normal para Prok, e, atravessada a porta, cruzado o espaço da sala interna, para Corcoran, mas eu fervia por dentro, como se estivesse queimando, violento e perturbado com a amargura de minha própria inadequação e de meu fracasso, meus próprios *pecados*. Eu seguia vendo a figura humilhada e degradada de marido traído da *commedia dell'arte*, não importava o quanto eu tentasse pô-la de lado. Eu encarava Corcoran quando ele não estava olhando. Estudava a forma como coçava o queixo ou batia o lápis preguiçosamente sobre a superfície do mata-borrão, como se estivesse acompanhando o bater dos tambores de alguma rapsódia particular. *Mate-o!* – uma voz gritava em minha cabeça. *Levante agora e mate-o!*

Então, nós estávamos trancando o gabinete, os três reunidos ali na frente da porta enquanto Prok virava a chave e batíamos um papo em um tom de despedida sobre o negócio do sexo. Prok tinha seu guarda-chuva consigo, suas galochas, mas estava sem sobretudo – o clima estava ameno demais e ele era um tipo resistente de qualquer forma –, e fez algum comentário sobre nós dois. Corcoran e eu precisávamos nos harmonizar melhor com o tempo, na medida em que ambos não dispunham de proteção alguma, salvo casacos esportivos e gravatas, e então ele nos deu adeus e partiu corredor afora.

– Bem – murmurou Corcoran, hesitante –, quem sabe... Você não quer vir no meu carro?

Apenas concordei com a cabeça e caminhamos até o carro dele em silêncio. Tão logo batemos as portas, Corcoran ligou o motor e o rádio voltou a si, tocando a todo volume uma música dançante popular. Isso, tanto quanto qualquer outra coisa, fez com que minha raiva subisse à cabeça, e tive que me segurar firme na moldura da porta para não fazer algo de que eu poderia me arrepender para o resto de minha carreira profissional.

Corcoran tinha engatado a marcha do carro e nós estávamos andando lentamente pela rua, mas eu estava tão perturbado que mal registrei o movimento. Passado um momento, ele disse:

– Que tal a taverna? O que você acha de um drinque? Por minha conta.

Havia um solo de clarinete naquela música – a banda era famosa por seu clarinetista –, e ambos ficamos ouvindo enquanto o instrumento viajava através de seu ritmo.

– Nunca tinha me dado conta do quanto eu odeio o clarinete – disse eu. – Não até agora, pelo menos.

Corcoran estendeu um pulso com punho engomado para desligar o rádio. Ele pareceu ter decidido algo naquele instante, virando a direção bruscamente para a direita para estacionar o carro de frente para a calçada.

– Escuta – disse ele –, John, espero que você não leve isso para o lado errado, porque a situação pode ficar constrangedora para todos nós, e não há razão...

Eu o encarava ferozmente? Não sei dizer. De súbito, e foi isso que predominou em minha mente, desenvolvendo-se como um câncer instantâneo, maduro, fui tomado pelo medo de passar vergonha, de abrir o jogo, de ser pequeno, cheio de preconceitos, de passar pelo marido traído.

– Não – disse eu, virando para o outro lado, e não sei que proposição ou discussão eu estava me negando a ouvir.

– Isso não significa nada. Nada mesmo. Não entre nós. – Ele voltara-se para mim, estudando meu perfil, e eu podia senti-lo ali, o calor de seu hálito contra a máscara de madeira entalhada de meu rosto. – Olha, antes de fazer qualquer coisa, eu consultei Prok...

Em um primeiro momento, achei que não tinha ouvido direito – Prok? O que Prok tinha a ver com tudo aquilo? –, e então a sílaba única e concisa começou a reverberar em minha cabeça como uma máquina de fliperama marcando os pontos. Talvez meus ouvidos tenham ficado vermelhos. Mesmo assim, não me voltei para ele, apenas fiquei sentado, olhando para fora da janela, lutando por controle.

– Bem, é claro que eu fiz isso. Você não acha que eu ia simplesmente... Olha, eu posso ter uma libido superativa, admito isso, mas eu não faria nada sem a permissão de Prok, não mais, não agora, não com a situação lá fora no mundo do que jeito que está. Isso seria uma loucura, seria suicídio.

Prok. Ele consultara Prok – Prok, mas não eu. Como se – mas não consegui terminar o pensamento, porque Prok sabia de tudo o tempo inteiro, Prok havia aprovado aquilo, dado a ele o sinal verde e sua bênção, todos por um e um por todos. E eu ficara sentado ali, impassivelmente, durante a manhã inteira enquanto Prok assomava sobre mim ditando cartas, meus dedos martelando as teclas da máquina de escrever como se eu fosse um escreventezinho obsequioso de um romance de Charles Dickens. Uma carta depois da outra, e nem uma palavra sobre Iris e eu. Primeiro, foram as cartas para os pais; então, para o diretor, o superintendente, o pastor e o atendente do posto de gasolina; e, por fim, as crianças.

Cara Suzy: o tio Milk e eu queríamos que você recebesse uma carta muito especial toda sua e que o carteiro vai trazer para a caixa de correio só para você. Nós vamos escrever uma carta especial para a sua irmã, Katie, também, e o carteiro vai levá-la só para ela para que a Katie tenha uma também. O que nós queremos mesmo dizer é como foi bom encontrar uma garota tão doce e inteligente como você e como você deve se sentir orgulhosa por nos ajudar com a nossa ciência. Cordialmente, Tio Kinsey.

– E acho que você sabe como ele se sente em relação ao círculo íntimo. Nós não temos segredos, nós estamos unidos, cada um de nós, juntos. John, me escuta, ele me apoiou. Para o seu bem e para o meu. E Iris, não esqueça Iris.
Eu não a tinha esquecido, nem por um instante.
O rosto de Corcoran pairava ali no carro, como se fosse dissociado de seu corpo, a última luz do dia folheando seus traços no canto mais distante e embaçado de minha visão periférica, e, ainda assim, eu olhava fixamente para a frente. Eu não queria encará-lo. Não conseguia. Havia uma cerca de madeira duas casas adiante, tinta branca fresca contra as folhas verde-cobre desabrochando da roseira que crescia e justo agora começava a tomar conta dela.
– E tem Violet. Não esqueça Violet. Ela é geniosa, John, acredite em mim. E logo logo vai estar aqui.

EM MINHA DOR – em minha dor e em minha recusa por demonstrá-la para Corcoran, Prok, Iris, qualquer outra pessoa –, fui encontrar-me com Mac. Liguei para avisá-la de que estava indo – era um sábado de manhã, Iris atrás da caixa registradora na loja de pechinchas, Prok dando sua aula para os estudantes de biologia sobre os gametas, os zigotos, a vida sexual da mosca, ou sei lá o que, ladrões de ninhos, vespas parasitas, o melro norte-americano e o cuco –, e ela me esperou na porta com um blusão leve e seu short para caminhadas.
– Achei que você gostaria de sair para uma caminhada – disse ela, seus olhos buscando os meus.

O CÍRCULO ÍNTIMO

Não lhe respondi nada, apenas concordei com a cabeça, e saímos sem levar nada rua afora e pelos campos familiares e para a mata além. Estava chegando o auge da primavera no sul de Indiana, os sulcos úmidos e escuros expostos ao sol, flores-do-campo nas clareiras, um cheiro de barro e fermentação sob as árvores, pássaros por toda parte. E mosquitos. Seguimos em frente, matando-os aos tapas, esquivando-nos de um enxame apenas para entrar no meio de outro. Estava quente onde o sol batia, fresco e até um pouco frio na sombra. Mac esforçava-se para manter o bate-papo – se Prok sabia, então ela sabia –, e sou grato a ela por isso, tentando amenizar a situação do mesmo jeito que Corcoran fizera, nada de errado aqui, a vida como sempre, o estudo do sexo e a prática livre e desimpedida dele inextricavelmente vinculados, onde estavam as razões para reclamar? Encontramos um lugar em uma das clareiras onde o sol jogava seu calor sobre a ponta de uma rocha gasta pelo tempo, e nos acomodamos ali.

Por um bom tempo, apenas fiquei ali sentado, as costas apoiadas na pedra, e deixei que Mac falasse. Ela não estava dizendo muitas coisas, ou seja, nada de importante, e eu sabia o que ela estava fazendo ("Não é um azulão ali adiante, naquele galho logo acima do toco, bem ali, está vendo? Eles estão ficando raros, não é?, desde que os estorninhos invadiram... Mas você não adora o cheiro do mato, especialmente nessa época do ano? Eu adoro. Para mim, nunca é demais. Quando eu era criança, não devia ter mais que 8 ou 9 anos – já lhe contei isso?"), mas eu não me importava, a conversa era como um paliativo, e deixei que escorresse sobre mim. Agradecido. Não sei quanto tempo isso levou – dez minutos, vinte –, mas, por fim, Mac ficou em silêncio. Recostei-me para trás, fechei os olhos e deixei que o sol perscrutasse meu rosto. Eu a queria, e tínhamos ido até ali para fazer sexo, mas eu não estava com pressa – ou talvez eu estivesse me enganando, talvez eu não a quisesse mais.

Sua voz parecia saída de lugar nenhum, de algum lugar em minha cabeça, e minhas pálpebras, de veias azuis, pulsando na deriva sonolenta de corpos flutuando, abriram-se bruscamente.

– John – estava dizendo ela –, John, escute, eu sei como você se sente. Eu sei. Mas você não pode deixar que isso o atinja, porque esse jeito de pensar, ciúme, recriminação, como quer que você chame, é errado. E é destrutivo, John. É mesmo.

Mac fechou sua mão sobre a minha. A luz cegava, flamejando em volta dela como se ela estivesse na boca de cena de um palco, suas pupilas encolhidas a pontas de alfinetes, um leque de linhas oblíquas irradiando dos cantos de seus olhos como se a pele ali tivesse se rompido ou sido trabalhada com uma ferramenta afiada. Mac era velha, estava ficando velha, e os sinais visíveis disso, a compreensão disso fizeram com que algo mudasse dentro de mim.

– Vou lhe contar uma coisa – disse ela, baixando a voz –, não foi fácil para mim no início. Você sabe, você não foi o primeiro. Houve Ralph Voris. Prok já o mencionou alguma vez?

– Já.

– E havia estudantes também, casos fortuitos, histórias com mulheres.

Eu não disse nada, mas talvez tenha corado, pensando no dia em que quebrara o código e conseguira o arquivo de Prok. E o dela.

– Ele tem uma energia sexual muito forte, Prok, e fica longe por tanto tempo. Você não sabe disso, foi antes de sua época, dez anos atrás ou mais. Ele foi para o México por três meses, coletando vespas galhadoras com três rapazes saudáveis, e ele mesmo era um rapaz saudável. Eu me sentia magoada? Eu reclamei? Eu me ressentia de estar praticamente abandonada? Eu me ressinto disso agora?

— Não sei — disse eu. — Você se ressente?

Ela puxou a mão, levantou os braços para ajeitar os cabelos, então alisou a blusa e mudou de posição sobre as folhas secas na base da pedra.

— Não — disse ela —, acho que não. Não mais. Veja bem — e ela se aproximou de mim, de maneira que eu podia sentir o calor de seu quadril deslizando contra o meu —, eu o amo, amo mais que qualquer pessoa no mundo, e é isso que importa.

O momento pairou ali, entre nós, e Prok era proporcional a ele, cada um de nós tentando encaixá-lo de alguma forma e ao mesmo tempo passar ao largo dele. Então, inclinei-me para a frente e beijei Mac, e ela trouxe as mãos para meu peito, deixando-as escorregarem para dentro de minha camisa, passando pelos músculos longos das costas. Respiramos em uníssono, e, então, ela me soltou.

— E eu acredito nele — disse ela —, acredito em seu trabalho e em tudo o que faz, e você também. Sei que você também.

NAQUELA NOITE, QUANDO fui buscar Iris no trabalho, ela não estava lá. Eu chegara bem na hora, seis em ponto, e me tornara bom nisso, adotando o modelo de pontualidade de Prok juntamente com tantas outras coisas dele. A garota atrás do balcão disse que Iris saíra mais cedo, meia hora antes, para ir a algum compromisso urgente.

— Talvez ao médico — tentou a garota, após estudar a expressão de meu rosto. — Sim, acho que Iris falou que ia ao médico — acrescentou ela, e que importava o fato de que nenhum médico no estado inteiro de Indiana trabalhava depois das seis em uma noite de sábado?

Fui para casa, então, para ver se eu tinha me desencontrado de minha esposa de alguma forma, e fiquei sentado por lá, remoendo até às sete. Quando o sino na torre da igreja dois quarteirões adiante bateu a hora, levantei-me e caminhei as dez quadras até o escritório, e daquela vez usei minha chave na porta. Liguei o interruptor da luz, e as sombras fugiram para os cantos. Estava tudo parado. Fiquei ali um momento, no vão da porta, e então não pude deixar de ir até minha mesa e examiná-la. Inclinei-me e cheirei, na verdade, cheirei a superfície de minha própria mesa como se eu pudesse, de alguma forma, detectar os resíduos dos lubrificantes vaginais ali, como se eu fosse um perdigueiro, como se eu fosse um idiota traído, insignificante e com o coração partido, rebaixando-me ao ponto de cair fora do gráfico da humilhação. E examinei a mesa de Corcoran também, mexendo em suas coisas, espiando suas gavetas, procurando por algo, qualquer coisa, que me desse uma pista sobre quem ele realmente era e o que poderia querer. E como me senti então, parado no gabinete iluminado, pilhando a mesa de meu colega, enquanto o céu se fechava sobre o campus e os casais passeavam de mãos dadas indo dançar, ao cinema, jantar fora? Devastado. Certamente devastado, mas era pior que isso: eu sentia como se tivesse deixado Iris na mão de certa forma, como se a culpa fosse minha. Mais que qualquer coisa, e odeio até me lembrar disso, senti-me sem lugar.

Nossa pesquisa viria a mostrar que em torno de 26 por cento das mulheres e cinquenta por cento dos homens teriam relações extraconjugais – eu mesmo tracei a curva de incidência acumulativa na página 417 do volume feminino –, e nós concluiríamos, nas palavras de Prok, que "o coito extraconjugal atraiu alguns dos participantes devido à variedade de experiência que ele lhes proporcionava com parceiros sexuais novos e, em alguns casos, superiores". Exatamente. E, no entanto, o volume feminino ainda precisaria de uma década (nós apenas tínhamos começado a acumular os dados a essa altura), e dessa forma, minha atitude era puramente intuitiva. Eu estivera com Mac. Eu ainda conseguia sentir seu cheiro nas pontas de meus dedos. Mas isso não importava nem um pouco, não naquele momento. Tudo que importava naquele momento era Iris, Iris e Corcoran.

    Voltei para casa. Oito horas e nenhum sinal de minha esposa. Servi um drinque e remoí um pouco mais. Quando bateram as oito e meia e ela ainda não tinha aparecido ou mesmo ligado, copiei um poema, ou um trecho de poema, de sua antologia e o deixei sobre o travesseiro dela no quarto de casal, então dei uma longa caminhada até o apartamento de Corcoran para ver se seu carro estava estacionado na frente, se as janelas estavam acesas, se havia movimento ali, uma silhueta na sombra, qualquer coisa. A noite tinha esfriado e observei o frio emanando de minha boca enquanto eu caminhava, meus ombros tensos, todas as minhas emoções, raiva, desespero, desprezo, sede de vingança, formando como que a massa de um bolo na boca de meu estômago. Não havia um conversível amarelo estacionado junto ao meio-fio do lado de fora do apartamento de Corcoran, e não havia sinal de vida dentro. Fiquei parado ali por duas horas e mais ainda, então virei as costas e voltei para casa, derrotado.

    Preciso dizer que Iris não estava lá? O poema estava onde eu o deixara, intocado, e poderia ficar ali por toda a noite e pelo dia seguinte, até onde eu sabia. Eu não fazia ideia de quando ela fora para casa naquela noite ou mesmo se fora, porque soquei algumas coisas em uma mala de mão – uma muda de roupas, artigos de toalete, roupas de cama – e me arrastei de volta para o gabinete, para dormir sobre o chão enquanto o prédio abandonado, um dos mais velhos no campus, marcava o tempo e sossegava-se à minha volta em um estado de declínio que não podia deixar de lembrar o meu próprio. Eu não tinha ainda 24 anos e minha vida já acabara. Eu devia ter me alistado, disse para mim mesmo. Devia ter ido lutar, matar e ser morto, porque qualquer coisa era melhor que aquilo.

O poema, incidentalmente, era de Hardy,* amargo como a bílis e tão soturno quanto pode ser. Acho hoje que ele soa um tanto imaturo — os sentimentos expressos, o gesto como um todo —, mas, na época, ele parecia acertar em cheio no âmago do que eu estava sentindo. Chama-se "Tons Neutros",** e o narrador está rememorando um dia triste junto a um pequeno lago congelado quando o sorriso dos lábios da sua amante morria. Deixei-a com os últimos quatro versos:

> *Desde então, as lições sutis que o amor esconde, angústia e erro*
>   *fabricaram para mim*
> *Teu rosto, uma árvore, um sol maldito,*
> *e um lago com algumas folhas ao redor.*

Dormi no gabinete por duas noites, nunca me aventurando mais próximo que dez quadras do apartamento, porque, se Iris podia me fazer sofrer, eu podia fazê-la sofrer também. Deixe que ela se aflija, foi o que pensei, deixe que ela se aflija até ficar tão doente do estômago quanto eu. Mas onde estava Corcoran? Esperei por ele naquela primeira manhã com a garganta seca e um martelar em minhas têmporas que era regulado por um aumento hormonal súbito e recorrente. As oito horas passaram, e, às oito e dez, mantive a postura mais casual possível para Prok. *Onde está ele?* Prok dificilmente tirava os olhos do trabalho. Isso fora um lapso da parte dele, pois esquecera de me contar que dera dois dias de folga para meu colega cuidar de um assunto pessoal,

---

* Thomas Hardy (1840-1928), romancista, contista e poeta inglês. (N. T.)
** No original: "Neutral Tones": "Since then, keen lessons that love deceives,/ And wrings with wrong, have shaped to me/ Your face, and the God-curst sun, and a tree,/ And a pond edged with grayish leaves". (N. T.)

e assunto encerrado – Prok mal ergueu a cabeça do que estava fazendo durante todo o resto do dia. Não havia bate-papo, não havia humor, e o único alívio da rotina veio quando nós entrevistamos duas jovens para o cargo de secretária em turno integral, e depois tomamos suas histórias individualmente.

No fim do segundo dia, não tendo ainda nenhuma notícia de Iris, voltei para o apartamento, mas cautelosamente, procurando sinais, avançando pelo acesso e aproximando-me dos degraus da frente com a deliberação lenta de um batedor, como se as tropas em retirada tivessem deixado minas e armadilhas no lugar. A primeira coisa que observei foi o leite. Lá estavam elas, duas garrafas, abrigadas lado a lado na caixa térmica na varanda, intocadas. Não se ouvia o som do rádio, nenhuma luz deixada acesa. Tudo desabou dentro de mim. Virei a chave na fechadura e entrei em um lugar que não cheirava a nada, uma tumba, que estava vazia e estivera vazia e poderia nunca mais ser habitada novamente. Era como se as pessoas que tinham vivido ali tivessem desaparecido, aquele casal jovem e simpático, como se tivessem sido raptados e um resgate fosse exigido por eles, e ninguém soubesse dizer se seria possível levantar a quantia.

As roupas dela ainda estavam ali, penduradas no armário, suas escovas e artigos de higiene, seu xampu, estava tudo ali. Levei provavelmente quinze minutos, um bom quarto de hora remexendo as coisas em uma espécie de desespero entorpecido, até que notei que o poema não estava mais ali, substituído por algumas linhas com a caligrafia dela mesma, e até hoje não sei de onde ela as tirou:

Nunca mais vou lhe dizer o que penso.
Serei doce e astuta, carinhosa e dissimulada...
E um dia quando você bater e abrir a porta,

Um dia qualquer, sem sol e sem chuva,
Eu terei partido, e você em vão esperará por mim.*

Eu não conseguia respirar. Tive que me servir um drinque e me largar na poltrona, tão fraco que subitamente minhas pernas não suportavam mais meu peso. *Partido? Terei partido?* E o que ela queria dizer com aquilo? Eu não fazia a menor ideia. Estaria ela me dizendo que me deixaria, que não me queria mais, que Corcoran tinha tomado meu lugar e apagado tudo que havia entre nós no curso de uma semana? Isso era normal? Não, era uma insanidade. Eu a amava, ela me amava. Como alguma coisa poderia mudar assim, de um dia para outro?

Se eu achava que aquele era o ponto baixo, trocando poemas amargos, uma guerra por procuração, o drinque e a cadeira e o apartamento vazio, eu estava errado. Porque, enquanto estava sentado na poltrona, o copo em uma das mãos e a folha de papel que ela escrevera na outra (e eu cheirara aquilo também, segurando-a próxima de meu nariz e respirando fundo na esperança de sentir o cheiro mais remoto e fugaz dela), ouvi o ruído de saltos nos degraus e sua chave virando a fechadura, e, no instante seguinte, tive que olhar para seu rosto e ouvi-la dizer que estava apaixonada.

Ali estava ela, afogueada de emoção, os cabelos desgrenhados e as roupas parecendo que ela dormira com elas (e era o que tinha acontecido, ou não, e eu não queria pensar sobre aquilo também). Iris foi direto para o quarto, jogou a bolsa e o casaco no chão, e me disse que sentia muito, mas a situação era essa, ela estava apaixonada.

---

* No original: "I never again shall tell you what I think./ I shall be sweet and crafty, soft and sly.../ and some day when you knock and push the door,/ Some sane day, not too bright and not too stormy,/ I shall be gone, and you may whistle for me." (N. T.)

Não vou ficar nervoso. Reprimo minha raiva, engulo tudo como um tônico de angústia, digiro a coisa, deixo que passe por meus intestinos até cagá-la para fora – minha mãe me ensinou isso. *Faça o que eu digo. Cuide de seus modos. Não me decepcione.*
– Nós não estamos casados nem há um ano ainda – disse eu.

Ela parecia desvairada, não conseguia sentar-se, andando de um lado para outro, enquanto me apeguei à poltrona como se o navio estivesse afundando, e isso era tudo que me restara.

– Não me importo – disse ela. – Sinto muito, e não quero machucá-lo. Sempre vou amá-lo, e você foi meu primeiro amor, você sabe disso, mas o que sinto é maior que isso, e não consigo deixar de sentir. Não consigo.

– Ele é casado – disse eu, e meu tom de voz era apático e sem modulação alguma. A torneira pingava na pia, uma gota ensurdecedora depois da outra batendo na porcelana engordurada dos pratos, copos e pires sujos –, ele não ama você. É só sexo, ele me disse isso. Só sexo, Iris. Ele é um pesquisador de *sexo*.

Toda a intensidade de seu rosto resumiu-se ao orifício congelado de sua boca e, por um instante, pensei que ela ia cuspir em mim.

– Esse é o nome que você dá para isso, pesquisa? – Ela tremia, animada com o êxtase do momento, o olhar tornado claro e endurecido. – Bem, não me importo, eu o amo, e não importa o que vai acontecer. Eu posso pesquisar também. Você vai ver. Espere só para ver.

NA MANHÃ SEGUINTE, cedo, enquanto Prok ainda estava no andar de cima escovando os dentes e Mac comandava a cozinha com seu batedor de ovos, uma tigela e uma caneca de café, fui até a casa na rua First e bati na porta até que uma das crianças me deixou entrar. Não lembro qual delas era. Poderia ter sido Bruce, o mais novo, que teria uns 13 ou 14 anos na época. Mas a porta foi escancarada, o rosto adolescente registrou minha presença, depois desapareceu, e fui deixado parado ali, na antessala, sem ser anunciado, a porta completamente aberta para a rua atrás de mim. Dois anos antes, eu teria me sentido mortificado de ser colocado naquela posição, mas agora, à medida que os sons da casa borbulhavam à minha volta – três crianças preparando-se para a escola e o estalo da correia para afiar navalhas de Prok ecoando lá de cima –, não senti nada senão alívio, agasalhado pela normalidade, pelo ruído regular de passos acima e o diálogo sussurrante das garotas flutuando corredor afora. Fiquei parado ali um momento, então fechei a porta cuidadosamente atrás de mim. Havia um cheiro de café, manteiga, gordura quente, e deixei que aquilo me levasse para a cozinha, mesmo enquanto eu tentava acalmar o atropelo do coração em meu peito. Mac estava no fogão, batendo ovos na panela, de costas para mim. Estava usando um vestido caseiro e um avental, de pés no chão e com os cabelos despenteados. Quando falei seu nome, ela se assustou visivelmente.

Voltou-se para mim, confusa.

– John? – disse ela, como se não conseguisse me reconhecer direito. – O que você está fazendo aqui a essa hora? Você e Prok estão indo a algum lugar? Achei que era semana que vem que vocês voltariam para Indianápolis?

– Não – disse eu, procurando as palavras que eu queria usar –, eu só, bem... Vim ver Prok, Prok está em casa? É que, bem, é urgente...

Ela me lançou um olhar consternado. Havia perigo e muito sofrimento profundo também, e eu estava determinado. Ela podia ver isso em um relance.

– Você já comeu? – perguntou ela de repente. – Porque é só eu colocar mais uns dois ovos. E uma torrada, você quer uma torrada?

O CÍRCULO ÍNTIMO

— Ele está lá em cima?

Mac pode ter balançado a cabeça afirmativamente, ou talvez tenha dito "Pode ir", mas a permissão era implícita. Eu pertencia àquele lugar, eu era parte daquilo, daquele lar, daquela família. E, no instante seguinte, eu pulava os degraus escada acima, mesmo enquanto as duas garotas, Joan e Anne, desciam vestidas para a escola. Talvez elas tenham me lançado um olhar zombeteiro e talvez até tenham dado uma risadinha ou duas (elas tinham 18 e 16 anos respectivamente), mas aquilo não era nada fora do comum. Eu estava ali, na escada, e estivera ali antes, John Milk, o rapaz bonitão com os cabelos teimosos, amigo de papai, assistente de papai, seu colega e companheiro de viagens. Encontrei Prok no banheiro, parado diante do espelho, fazendo a barba. A porta estava aberta, ele vestia apenas suas roupas de baixo, tinha acabado de raspar o último creme de barbear da ponta do queixo quando se deu conta de que eu estava parado ali, junto à porta.

— Prok — disse eu —, espero que você... Bem, eu não sabia mais a quem procurar.

Eu não conseguia comer, estava perturbado demais para isso, mas os dois, Mac e Prok, insistiram para que eu me sentasse com eles à mesa com um prato de torradas e ovos mexidos. Durante o café inteiro, Prok se manteve fixo em mim com aquele seu olhar atento, como se estivesse tentando reduzir-me a minhas partes constitutivas para um estudo fisiológico das variações no organismo humano sob estresse, mas ele falou exclusivamente do projeto.

— As crianças foram incríveis, não é mesmo, Milk? E, Mac, você deveria tê-las visto, absolutamente cientes dos papéis sexuais, mesmo com 4 e 6 anos de idade, e aos 7 ou 8 várias delas já tinham visto a genitália do sexo oposto, e havia uma garota, Milk, você se lembra dela? A de rabo de cavalo? Ela já tinha visto os pais nus, *via-os* sempre.

Quando terminamos – eu mal tocara na comida –, ele se levantou de seu jeito enérgico habitual, ajeitou sua gravata-borboleta no espelho do corredor e me informou que era melhor nos apressarmos se quiséssemos chegar pontualmente ao trabalho.

Assim que saímos da casa, perguntou-me qual era o problema.

– É Iris – disse-lhe eu, lutando para acompanhá-lo enquanto ele passava rapidamente pelo portão e ganhava a rua. Eu estava tendo dificuldades para desabafar, as palavras brigando em minha cabeça, e as emoções também, engasgando de um algum jeito profundo. Prok lançou-me um olhar impaciente.

– Ela disse que está apaixonada por Corcoran, e que – e naquele instante achei que não aguentaria mais –, que quer morar com ele, viver com ele. Para, para...

Ele estava de cabeça baixa, os ombros curvados, e já espichando o passo para valer, sem tempo a perder, sem tempo para ficar parado na rua e de papo para o ar quando havia trabalho a ser feito. O que ele disse foi:

– Não podemos admitir isso.

Não, pensei, *não, é claro que não.*

– Mas você aprovou isso – disse eu –, ou pelo menos foi o que Corcoran me contou, que você disse que dava sua bênção. Quer dizer, para tudo isso.

O olhar que ele me lançou, de esguelha, sobre o ombro que se movia aos solavancos, não foi nem um pouco simpático. Era furioso, irascível, o tipo de olhar que sobrevinha a seu rosto quando era contestado, quando os Thurman B. Rices e as reitoras Hoenigs do mundo se insurgiam para criticá-lo severamente por qualquer motivo, fosse estatístico ou moral.

– Nós somos adultos, Milk – retrucou ele. – Adultos responsáveis por seus atos. Ninguém precisa de minha permissão para fazer coisa alguma.

Eu estava bem ao lado dele, junto a seu ombro, emparelhado com ele, e cheguei então o mais próximo de perder o controle que já chegara na vida. Eu tinha um nó na garganta, reconheço, queria jogar contra ele suas palavras, mas o melhor que consegui foi só mais um reflexo de minha própria inadequação, uma espécie de balido de agonia que poderia ter vindo dos lábios de uma criança.

– Isso está me comendo por dentro – disse eu, e, apesar de todo o meu condicionamento, eu parecia estar sem fôlego, as pernas bombeando automaticamente, ar para dentro, ar para fora. – Eu a amo. Eu a quero de volta.

Caminhamos em silêncio por um momento, e não sei dizer se o sol estava brilhando e os esquilos trepando nas árvores ou se o vento estava soprando uma ventania, porque eu estava a ponto de perder o controle e nada no mundo das aparências despertava qualquer interesse em mim, tudo era apenas uma tela de fundo para a cena que eu estava representando, o amante com o coração partido, o homem traído, o bobo da corte.

– Você disse que ela quer ir *morar* com ele? – perguntou Prok, lançando um olhar rápido.

Balancei a cabeça afirmativamente. Avançávamos tão depressa que eu estava quase começando a trotar.

– Ela esteve com ele as últimas três noites, voltou para casa apenas para pegar suas coisas noite passada e me disse que estava – senti-me ridículo dizendo aquilo, mas não consegui me segurar – *pesquisando*.

Subitamente, paramos por completo onde estávamos, bem no meio da calçada, um casal de estudantes namorados dividiu-se para passar a nosso largo, as árvores rodando acima e tudo, a não ser o rosto de Prok, seus óculos, seus olhos, passando rapidamente em uma mancha de movimento.

– Pesquisando? – disse ele. – Mas isso é um absurdo. É errado. E você sabe disso, John, ainda mais você, porque eu enfatizei isso reiteradas vezes, o quanto nosso trabalho depende da percepção da sociedade sobre ele?
– É claro. É disso que estou falando.
Ele tensionava a mandíbula. O vento, se é que havia vento, pode ter despenteado o penacho endurecido de seus cabelos.
– Nós não podemos nos permitir dar munição para eles.
– Não, é claro que não. – Eu queria desviar o olhar. Havia fluidos em meus olhos, ou seja, lágrimas, e eu não queria me expor.
– Você e Mac, por exemplo. Mutuamente benéfico, bem como eu venho dizendo, prazer proporcionado, prazer recebido. É assim que deve ser. Nós precisamos derrubar nossas inibições e nos expressar ao máximo, eu acredito nisso com todo o meu coração. Mas isso tem que ser mantido estritamente confidencial, e cada um de nós, não apenas os maridos, mas as esposas também, tem que compreender que somos parte de algo maior aqui, muito maior. E sendo vigiados, sob o microscópio, John. Você sabe disso, não é? – Ele se conteve. Nós ainda estávamos parados ali, e ele fez menção de seguir adiante, mas se conteve novamente.
– Alguém viu Iris com ele, ou melhor, indo para o apartamento dele?
– Não sei – respondi miseravelmente. Eu estudava o padrão da calçada. Não conseguia olhar Prok nos olhos. – Mas não sei como, bem, em uma cidade pequena como esta... Ou não por muito tempo, pelo menos.
Prok não falou um palavrão. Ele nunca usava imprecações ou se comprazia com piadas sujas, apesar de, é claro, em anos posteriores, ter sido inundado por elas, mas, naquele momento, parado ali na rua, ele chegou muito perto de dizer. Disse algo com veemência, algum termo em latim, e então nós estávamos caminhando

de novo. Ele resmungava sobre Corcoran, como ele se culpava por não ter tornado a situação "absolutamente clara, tão clara que qualquer idiota poderia ver a verdade e sua necessidade" Cruzamos a Atwater, então a Third, avançamos pelo acesso e estávamos sob a égide dos prédios, já no campus.

— Sinto muito, John — disse ele, prendendo-me com seu olhar intenso, como se fosse eu quem ameaçasse acabar com a pesquisa —, mas não podemos admitir isso.

DUAS SEMANAS MAIS tarde, apesar de sua filha ainda estar com aulas na escola e do fato de que perderiam as últimas seis semanas do ano letivo, Violet Corcoran deixou South Bend e mudou-se para o apartamento apertado de seu marido na avenida College, no centro de Bloomington. Ela assumiu o comando das coisas assim que chegou, abrindo uma conta no mercado, conseguindo um preceptor e colocando Lloyd Wheeler, o melhor corretor imobiliário na cidade, atrás de uma propriedade adequada, com um jardim para as garotas, uma garagem para o Cadillac e árvores com sombra para mitigar o calor do verão. Prok tivera uma conversa com Corcoran. Na manhã em que eu externara minha queixa, Prok subira os degraus do Prédio de Biologia decidido, entrara batendo a porta do gabinete interior e o repreendera em termos de não deixar dúvidas. Corcoran falara com Iris cinco minutos depois, no telefone de seu apartamento. Durante o tempo inteiro, eu ficara sentado à minha mesa, bebendo café, como se, em minhas veias, não fluísse outra coisa.

Quando penso nisso agora, tenho que atribuir todo o caso à imaturidade de Iris, que tinha apenas 20 anos quando casamos e, como eu digo, não tivera nenhuma experiência anterior com homens. Talvez tenha sido injusto com ela, certamente foi, especialmente no contexto do projeto em que todos nós estávamos engajados, para não falar das relações que eu tivera fora do casamento. Ela não tinha como dimensionar o que estava fazendo, ou conter suas emoções e manter as coisas em perspectiva. Ela estava estupidamente apaixonada, apenas isso, como tantas adolescentes que entrevistamos sobre suas primeiras paixões e por aí afora. Acima de tudo, ela era cabeça dura. Uma vez tendo botado o olho em algo, era difícil fazê-la mudar de ideia. Quando ela passou pela porta do gabinete, uma hora depois, o rosto pálido, os olhos injetados e inchados, não posso dizer que fiquei surpreso, apesar de eu ter me encolhido. O que aconteceu foi que Prok estava parado atrás de mim, comparando um gráfico dele com um meu, e Corcoran, com seu sorriso enfatuado excepcionalmente extravasado para fora de seu rosto, sentava-se curvado à sua mesa na sala dos fundos.

— Você não pode fazer isso — disse ela.

Eu estava de pé antes de perceber o que estava fazendo, antes de me dar conta de que ela nem falava comigo. Corcoran girou na cadeira, os olhos afundados em sua cabeça. Lembro que ele usava um de seus sapatos de dois tons, e começara a raspar um pé no chão, como se estivesse apagando um cigarro. Prok pôs a mão em meu ombro, e senti uma onda de vergonha tomar conta de mim.

Iris não tinha se mexido.

— Você não é meu dono, nem John ou Purvis.

— Leve sua esposa daqui, Milk, faça isso — disse Prok. — Leve-a para casa.

— Não — disse ela, a voz alterando-se —, não, não até você me dizer quem o elegeu para Deus.

— Corcoran — chamou Prok sobre o ombro —, venha aqui, por favor — e todos observamos enquanto Corcoran se afastava de sua mesa e atravessava a sala sobre as pernas enrijecidas. Ele se meteu a nosso lado, parecendo inseguro de si mesmo, e Iris ainda não tinha deixado o vão da porta.

O CÍRCULO ÍNTIMO

— Muito bem, Corcoran — disse Prok então, e eu não tinha me dirigido a minha esposa, não tinha tocado nela, nós três alinhados ali contra ela como uma formação de jogadores de rúgbi esperando a saída da bola. — Apenas me diga, por favor, se você explicou a situação para a sra. Milk.

Corcoran inclinou a cabeça.

— Sim — disse ele.

— Desculpe, não ouvi você direito...

Corcoran olhou primeiro para Iris, depois para mim.

— Sim — repetiu ele.

— Bom — disse Prok —, muito bom. E, Iris, se você não se importa — e ele já estava um passo adiante, já a tomava pelo braço e a guiava em direção à porta da sala interna —, eu gostaria de ter uma conversa em particular com você, com licença.

Então, a porta se fechou e voltei ao trabalho.

PARTE II

PRÉDIO WYLIE

1

Acho que nenhum de nós, nem Prok, meus companheiros do círculo íntimo, o reitor Wells, o Conselho Nacional de Pesquisa ou mesmo a Companhia W. B. Saunders, a editora do livro da Filadélfia, estava realmente preparados para o furor com que o volume masculino foi recebido, em janeiro de 1948. Prok escolhera a Saunders, uma editora sóbria e sem graça de textos médicos, em vez das grandes editoras comerciais de Nova York (e, vá por mim, uma vez que a notícia se espalhou, todas elas vieram bater à nossa porta), em um esforço consciente de evitar qualquer tipo de esforço equivocado de marketing ou publicidade exagerada que pudesse depreciar ou fazer sensacionalismo com os resultados de nossa pesquisa. Acima de tudo, o que queríamos era que nos considerassem cientistas, para legitimar o campo da pesquisa sobre sexo e elevá-la a seu lugar apropriado em meio às ciências comportamentais. No entanto, ao mesmo tempo, havia um verdadeiro zelo reformador em Prok, que o fazia querer passar nossos resultados para um público o mais amplo possível. E, dessa maneira, sim, ele organizou entrevistas para a imprensa – na realidade, entrevistas coletivas – de maneira que a mensagem saísse, mas de um jeito sóbrio, racional e controlado. E escolheu a Saunders para produzir o livro em volume de capa dura simples e sem exageros, de modo que se parecia com qualquer outro compêndio científico ou médico esquecido nas prateleiras dos fundos das livrarias, bibliotecas e consultórios médicos. O livro foi posto à venda por US$ 6,50, ou seja, mais que o dobro do preço de um livro médio na época. Tinha 804 páginas, incluindo apêndices, tabelas, bibliografia e índice. E era dedicado, sobriamente o bastante, "Às 12 mil pessoas que contribuíram para esses dados e para as outras 88 mil que, algum dia, ajudarão a completar este estudo".

"Sóbrio", "sério", "clínico", não importava que adjetivo se quisesse usar, a imprensa não estava querendo essa versão. Todas as revistas e os jornais no mundo estouraram com manchetes sensacionais – "50% DOS HOMENS CASADOS SÃO INFIÉIS!", "SEXO PRÉ-CONJUGAL FORA DE CONTROLE!", "KINSEY DIZ QUE OS HOMENS CHEGAM A SEU AUGE DEZ ANOS ANTES DAS MULHERES!" – e esse tipo de coisa, sempre com letras maiúsculas e seguido pelo ponto de exclamação incitante. O livro começou a voar das lojas, 40 mil exemplares nas primeiras duas semanas, e logo estava no topo das listas de *best-sellers* por todo o país. Em março, havia 100 mil cópias sendo impressas, e, em junho, 150 mil. A revista *Time* declarou o lançamento do livro o maior acontecimento desde *E o vento levou...* E Prok, que fora o autor de cada palavra nele, era subitamente ubíquo, seu rosto aparecia nas páginas de todas as publicações que se possa imaginar, e suas palavras, suas estatísticas, *nossas* estatísticas, estavam na boca de todo mundo. Na verdade, as coisas ficaram tão fora de controle que mal conseguíamos entrar e sair dos gabinetes sem uma turba de repórteres, admiradores e pessoas em busca de sensacionalismo querendo nos derrubar. O trabalho no projeto deu uma parada evidente durante aqueles primeiros meses. (E alguém consegue esquecer aquelas músicas do jukebox, Martha Raye com seu "Ooh, Dr. Kinsey", e Julie Wilson com seu "The Kinsey Report", e, a pior de todas, "The Kinsey Boogie"?)

Para mim, tudo aquilo era nada mais nada menos que um inferno. Eu nunca me sentira confortável na frente de uma câmera antes e, embora acredite que consigo me sair bem na condição de entrevistador no trabalho, como entrevistado creio que sou um fiasco. ("Você é apenas tímido, John", dizia-me Iris, "não reprimido sexual, simplesmente tímido".) Era difícil para Mac também. Enquanto os repórteres tentavam me pôr contra a parede e a Corcoran — e Rutledge, porque ele tinha se juntado a nós àquela altura —, éramos capazes de apresentar uma frente unida, e, aos olhos da imprensa, não passávamos de um complemento de qualquer maneira, meros ajudantes do maestro da banda, Prok, mas Mac ficou um pouco exposta. Se o *Comportamento sexual do macho humano* revelou os homens pelo que eram — animais humanos lançando-se a uma variedade enorme de atividades, do intercurso anal a casos extraconjugais e relações com animais não humanos —, então como era viver com o homem que rotineiramente quantificava e correlacionava todo esse comportamento? Qual era a perspectiva da *mulher* sobre isso?

Em uma entrevista após outra, Mac suportou a pressão e o escrutínio como se ela tivesse nascido para aquilo, mas eu sabia que não era bem assim. Não era que ela fosse reticente, como eu, mas que ela simplesmente se via como uma conciliadora, como a companheira de Prok, e ela sentia que a recompensa por todo o trabalho incansável e o mérito da concepção deveriam ser inteiramente dele, toda a glória e a notoriedade. Ela deveria ficar em segundo plano e deixar que ele tivesse o que lhe era de direito. Mas não deixavam. Especialmente as revistas femininas, *McCall's*, *Redbook*, *Cosmopolitan*. Elas estavam loucas para se deleitar nos detalhes, entrar na vida dela, remexendo e bisbilhotando, esperando encontrar algo excêntrico, algo indecoroso em que suas leitoras pudessem se prender a fim de colocar todo esse negócio de *macho* em perspectiva. Ele contava orgasmos e tinha uma esposa. Quem era ela? Quem era ela realmente?

Mac convidou-os para sua casa, todos de uma só vez, para que respondessem àquelas perguntas por si mesmos. Ela era apenas uma dona de casa comum, só isso, nem um pouco diferente de qualquer uma das leitoras, exceto o fato de seu marido ir para o Instituto de Pesquisa Sexual todas as manhãs enquanto os delas carregavam a marmita para a fábrica ou o escritório no centro da cidade. Ela preparou biscoitos e tortas de caqui no forno para os jornalistas e sentou-se tricotando em sua cadeira de balanço. Quando perguntaram se o estilo de vida dela não estava prestes a mudar, se em seguida ela não ficaria rica com os direitos do livro e começaria a visar peles e contratar empregadas para cozinhar e limpar a casa e cuidar das crianças, ela chamou a atenção, melancolicamente, para o fato de que todo o lucro do *Comportamento sexual do macho humano* era para o Instituto e que eles nunca viam um centavo. Aliás, o livro havia *custado* dinheiro a eles, porque escrevê-lo impedira que Prok revisasse seu livro didático de biologia, o qual ao menos lhes traria alguma renda anual. "Apenas deem uma olhada no armário de Prok", disse Mac "ele somente tem um terno decente". Ricos? Eles podiam ser qualquer coisa, menos isso. Na realidade, Mac projetava exatamente o que Prok esperava dela: uma espécie de simpatia segura e estéril que manteria os críticos distantes e as donas de casa da América satisfeitas ao ponto de algumas delas começarem a se sentir até um pouco superiores. Era uma atuação brilhante.

Mas estou me adiantando um pouco aqui. A razão para eu trazer isso à tona nessa conjuntura é apenas passar a ideia de como era vital para todos nós mantermos nossas atividades em segredo – para todos nós – e nunca deixarmos vazar o menor sinal de impropriedade ou comportamento que qualquer pessoa pudesse impor de maneira alguma como um desvio da norma. Assim sendo, éramos todos casados, felizes no casamento segundo todos os indícios, e todos tínhamos filhos. Tínhamos que apresentar uma frente irrepreensível para o público – éramos pesquisadores sexuais e éramos absoluta e rigorosamente normais, nada de lascívia, troca-troca de casais, sadomasoquismo ou sodomia em nossos cardápios –, mas, à medida que os anos foram passando, e o escrutínio público se intensificou, isso se tornou cada vez mais problemático. E Prok. Prok pareceu crescer em seu papel, forçando, de forma cada vez mais imprudente, seus limites pessoais e profissionais. Nos anos posteriores, esperávamos que a casa caísse, que Prok fosse preso, algemado e arrastado na frente de flashes fotográficos por solicitar sexo em um banheiro público ou por praticar atos indecentes em uma das casas de banho que ele frequentava cada vez mais em nossas viagens de campo. Isso nunca aconteceu. Acho que, por um lado, isso pode ser atribuído à sorte, mas, por outro, ele *era* cuidadoso na maior parte das vezes, nunca admitindo qualquer pessoa no círculo íntimo a não ser que ele estivesse absolutamente certo a respeito dela. Além disso, havia a impermeabilidade da figura que ele apresentava ao público. Ele era o dr. Alfred C. Kinsey, professor de zoologia, pai de três filhos, satisfeito com seu casamento, acima de qualquer suspeita. Ele construiu uma fortaleza à nossa volta, dados compactados em pedra, pedra empilhada sobre pedra, e nós todos subimos dando as mãos uns aos outros para guarnecer as ameias.

 E assim, quando Violet Corcoran chegou à cidade e ela e as meninas já tinham se estabelecido, Prok fez questão de organizar um pequeno encontro no parque Bryan apenas para nós seis e as crianças – era seu jeito, acho, de remover qualquer situação potencial que pudesse surgir, além de reforçar nossa união. Essa era uma das coisas de se trabalhar com Prok, de ser seu *protégé*: ele sempre conseguia fazer com que cada um de nós se sentisse parte vital do empreendimento, incluindo as esposas, como se fôssemos membros de uma sociedade secreta, o que, de certa forma, suponho, nós éramos. E as crianças eram parte disso também – talvez elas não compreendessem o que estava ocorrendo entre os adultos, mas eram capazes, tenho certeza, de sentir que estavam ligadas a algo excepcional.

Havia um clima despreocupado e amigável em nossos encontros ao ar livre, um elo familiar que era exibido abertamente, mas nunca artificialmente. Tínhamos filhos, como qualquer pessoa – os filhos de Prok, Corcoran, Rutledge e, mais tarde, John Jr. – e, se nossos vizinhos nos vissem reunidos ali, em público, ao lado de uma grelha em brasa, as crianças maiores chutando uma bola enquanto as mais novas colhiam botões-de-ouro ou subiam em árvores, eles nos reconheceriam como atores no rito de uma cena familiar e tudo seria compreendido e perdoado. As pessoas podiam dizer "Ah, olhem lá o dr. Sexo com sua esposa e os filhos, e os seus colegas e seus filhos também, assando salsichas em um espeto como qualquer um, e aposto que as formigas vão se dar bem com essa, não é?" Nós fazíamos muitos piqueniques naquela época.

Mas, voltando àquele encontro em particular, no parque Bryan, o primeiro a incluir os Corcoran *en famille*. Iris não queria ir. Na realidade, pelo menos em um primeiro momento, ela se recusou categoricamente. Prok havia guilhotinado o caso dela. Ele havia falado com ela a portas fechadas – dera um sermão e lhe surpreendera –, e Iris o ouvira apenas porque isso significava o meu emprego se ela não o fizesse, mas ela estava ressentida e, embora eu não goste de pensar nisso nem agora, Iris ainda estava apaixonada. Ainda. Por Corcoran. Acordei cedo naquele sábado e fui para o mercado enquanto nossa panela maior chacoalhava no fogão com as batatas fatiadas que eu descascara na noite anterior e a menor cozinhava ovos duros em suas cascas. Não posso dizer que eu mesmo estivesse com tanta vontade de ir ao piquenique.

Eu ficava um tanto inseguro perto de Iris desde o confronto no gabinete. Eu sentia que estávamos começando a fazer algum progresso, gostando um do outro de um jeito carinhoso e amoroso, e eu não queria fazer nada que ameaçasse isso.

Quando voltei do mercado, ela ainda estava de camisola, a vitrola ligada alto demais, e Billie Holiday aniquilando toda e qualquer esperança, frase a frase, compasso a compasso, sussurrando com sua tristeza imensurável. Ouvi aquela voz e pensei em puxar uma arma e dar um tiro em mim mesmo, mas Iris estava à mesa, fatiando ovos e picando cebolas. Quando passei pela porta, ela olhou para mim e deu um sorriso arrependido. Eu não disse nada com medo de quebrar o encanto, apenas coloquei a sacola sobre a mesa – maionese, em um pote de trezentos gramas, páprica, vinagre de maçã – e fui para o quarto desencavar um cobertor velho para jogar sobre a grama. Tínhamos conversado na noite anterior sobre a importância prática de aceitar o convite – Prok nos queria lá e nós tínhamos que ir, era parte do trabalho, parte do compromisso –, e eu podia ver que Iris estava se conformando. Sim, seria incômodo, admitíamos isso, e, sim, Violet Corcoran estaria lá, mas tínhamos que seguir em frente, superar isso, retirar isso dos nossos sistemas, não?

Eu estava sentado ao pé da cama, puxando distraidamente a colcha com estampa em relevo, enquanto Iris deitava-se apoiada contra a cabeceira, os pés largados, lindos pés, bem arqueados e com soquetes, pés que eu amava, como amava todas as partes dela. Eu queria fazer as pazes, queria-a de volta, inteira, tanto de corpo quanto de alma.

– Estamos acima de tudo isso, Iris – argumentei –, estamos mesmo. De verdade. O sexo é uma coisa e o casamento é outra. Compromisso. Amor. É isso que nós temos. Não há lugar para emoções irracionais nesse negócio, e você sabe disso tão bem quanto eu. Nós somos profissionais. Nós temos que ser. – Fiz uma pausa então, estudando seu rosto, mas ela olhava para o livro no colo e evitava meu olhar. – Além disso, se alguém deveria estar, bem, emocionalmente abalado, deveria ser eu... e Violet. E ela? Ela não deveria ser a parte prejudicada?

Ela me encarou então, a energia de seus olhos, as linhas mais indistintas de ironia nos cantos de sua boca.

– Sim, John – disse ela –, você foi o prejudicado, você, sempre você.

– Isso não é justo – disse eu –, e você sabe disso.

Ela mudou de posição para puxar as pernas para o peito, como se para proteger-se. Olhou-me longamente, então baixou o olhar. Eu poderia ter dito mais, poderia ter feito acusações, mas não havia sentido nisso.

– Isso não é justo – repeti.

Ela levou um momento para responder. Quando falou, mal dava para ouvir sua voz.

– Eu sei – disse ela.

Mas agora ela estava picando cebolas e preparando-se para untar as batatas fatiadas com vinagre e maionese. Depois de fazer isso, e de coroar a salada de batata com os ovos cortados e uma pitada de páprica, Iris iria direto para o quarto vestir um short e uma blusa. Então, levantaríamos o peso da cesta de piquenique e seguiríamos flanando pela rua, como amantes. Do quarto, ouvi Billie Holiday repartindo sua miséria.

PROK ESTAVA DE alto astral naquele dia – ele se comunicara com um homem de uns 60 anos cujos feitos sexuais em série excediam até os maiores prodígios que tínhamos encontrado, tanto em termos de variedade quanto de continuidade, e o homem deixara implícito que ele poderia ser receptivo a uma entrevista. Prok irradiou todo o seu encanto sobre Iris, recebendo-a com seu maior sorriso, inclinando-se como um cortesão para beijar a mão dela. Então, colocou a mão em meu ombro e me chamou de John, e declarou que estávamos a caminho de grandes acontecimentos agora, realmente grandes, cada vez maiores. Mac e Iris se abraçaram cautelosas, mais parecendo veteranas de guerra, como se tivessem medo de abrir suas feridas, e, então, nós nos voltamos para o fogo, que Prok fizera parecer um inferno sob controle, pensando, de seu jeito eficiente, nos carvões em brasa que ele forneceria quando chegasse a hora de pôr as costeletas de porco e as salsichas na grelha.

Eu estava observando Iris quando o conversível amarelo estacionou na rua do outro lado do parque. Corcoran estava na direção, sorrindo como um embaixador, Violet magnífica a seu lado, e as duas meninas, Daphne e Lucy, saindo do carro com vestidos cor-de-rosa idênticos e os rostos perfeitamente serenos dos inocentes. Talvez Iris estivesse mais pálida que de costume, talvez estivesse mais magra e menor, como se tivesse sido reduzida dentro de suas roupas, mas, quando Violet atravessou o campo, os ombros jogados para trás e os seios apontando o caminho, Iris tomou sua mão, sorriu e bateu um papo sem perder a pose. E Corcoran. Ela encarou-o, deu seu sorriso mais reluzente, cheio e inflexivelmente determinado e bateu papo com ele também. Logo em seguida, já estávamos todos sentados no cobertor ouvindo Prok e tomando ponche enquanto o sol nos agraciava e as meninas de Corcoran brincavam decorosamente a distância.

Prok, como eu disse, era um grande campista, adorava ficar em frente ao fogo e observar, assando lentamente, os vários cortes de carne que ele colocava sobre a grelha (pouco do que ele mesmo comeria – Prok odiava qualquer alimento que considerasse seco, o que incluía bifes e costeletas de porco passados demais, e, lamento dizer, quando ele estava na grelha, tudo era passado demais). O cheiro da fogueira me levou de volta para nossa lua de mel, e as primeiras refeições que Iris e eu preparamos juntos, e, ainda antes, para minha meninice e a mata atrás de casa. Talvez os outros estivessem tendo devaneios semelhantes, o dia preguiçoso e sereno e a fumaça sendo levada pelo vento em espirais esvoaçantes. Quaisquer pequenas tensões que porventura existissem pareciam ter se dissipado, todos relaxando aos poucos à medida que a tarde avançava. Dei até uma ajuda, porque tinha escondido uma garrafa de uísque no fundo de nossa cesta de piquenique e, quando Prok não estava olhando, eu dava uma boa reforçada nos copos de cada um, exceto no dele, porque ele não aprovaria que bebêssemos em público com a família reunida.

Violet, especialmente, pareceu se soltar mais com o passar do dia, as mãos juntas atrás da cabeça enquanto ela deitava seu corpo baixinho, mas extremamente bem-acabado sobre o cobertor. Corcoran era o homem despreocupado de sempre, divertindo-nos com piadas e chistes enquanto bebia do copo e sorvia o uísque e o suco de frutas de seu lábio superior. Iris não ficou bêbada – ou, pelo menos, não demonstrou estar –, mas deu a impressão de ter descido a escada de uma espécie de animação nervosa para um silêncio acobertador, o qual poderia ser interpretado como contentamento ou a satisfação da barriga cheia, e também deitou-se ao sol em seu próprio canto do cobertor enquanto Prok seguia tagarelando. Corcoran e eu caçoávamos um do outro em tons baixos, e Mac pegava seu tricô e contava silenciosamente os pontos em um cantinho de sombra. Quanto a mim, eu começava a pensar que o mundo, que tão recentemente parecia ter se afastado de seu eixo, voltara de uma hora para outra para seu alinhamento. Meus colegas estavam relaxando, e eu também. Senti o sol como uma bênção sobre meu rosto. Tudo estava bem.

Isto é, até comermos, e as primeiras nuvens – reais e metafóricas – fecharem o dia. Com a cobertura das nuvens, sobreveio um friozinho, e colocamos blusões e casacos (todos exceto Prok, que estava sem camisa, de pés no chão e com seu short cáqui, para caminhadas, que mal o cobria). Violet chamou as filhas para ajudá-las a colocarem pulôveres tricotados combinando, enquanto os filhos de Prok se despediram e partiram para casa. Outra nuvem caiu sobre nós após nos dividirmos em dois grupos de cada lado do fogo, o qual Prok reavivara para nos aquecer e para o deleite das meninas que tostavam marshmallows. Mac, Iris e Corcoran estavam sentados de um lado do fogo, seus rostos distorcidos pelas correntes de calor que subiam das chamas, e Prok, Violet e eu estávamos do outro lado.

A tarde já ia longe, as sombras alongavam-se, o sol indo na direção do horizonte como se houvesse algo urgente no processo. Prok sentou-se de pernas cruzadas, mexendo no fogo. Ele estava falando de Gilbert Van Tassel Hamilton, o psiquiatra e autor de *Uma pesquisa sobre o casamento*, e sobre quão corajoso o homem fora, mas quão falhos haviam sido os resultados de suas pesquisas sexuais (uma amostra muito pequena e seleta, os resultados comprometidos pelos próprios preconceitos, moralização e psicologismo do pesquisador etc.), quando subitamente caiu em silêncio e olhou de mim para Violet Corcoran e de novo para mim, como se tivesse acabado de se lembrar de alguma coisa. Violet estava recostada nos cotovelos agora, suas pernas despidas esticadas à frente do corpo e cruzadas apenas nos tornozelos. Eu estava sentado, como um índio, uma imitação inconsciente de Prok. Pássaros tinham começado a acomodar-se nas árvores. Do outro lado da rua, veio o ruído da rebatida de uma bola de beisebol e os gritos de vários garotos correndo atrás dela.

Prok baixou a voz e inclinou-se para a frente.

– Sabe – disse ele –, eu gostaria que vocês dois pudessem se conhecer melhor, para seu próprio prazer, é claro. – Uma pausa. – Vocês não concordam que isso traria uma espécie de simetria para nossas inter-relações, isto é, haja vista que sua esposa, John, e seu marido, Violet, divertiram-se juntos?

Ele olhou para mim, então deixou que seu olhar intenso pousasse sobre Violet. Meu coração começou a palpitar. Eu não conseguia acreditar no que tinha ouvido. Meu primeiro pensamento foi "Ele enlouqueceu?" Mas então, quase imediatamente, comecei a compreender que ele não estava propondo nenhum tipo de loucura. Longe disso.

Os olhos de Violet eram escuros, quase tão escuros quanto seus cabelos, e dominavam seu rosto. Ela era atraente, como já disse, não exatamente bela, mas havia algo de carnal no jeito como ela se portava, no jeito como sorria e continuamente reajustava o conjunto de seus ombros e seios, quase um tique. Achei que ela sorriria ou tentaria desviar o comentário com uma piada, mas então ela me surpreendeu.

– Você está sugerindo que tenhamos um caso? É isso, Prok?

Prok nunca era evasivo, nunca vacilava – nada o deixava sem jeito, e ele estava continuamente testando seus limites para derrubá-los. Essa era sua cruzada, e ele era um cruzado convicto.

– Sim – disse ele –, exatamente isso.

Eu não conseguia olhar para ele, não conseguia olhar para Violet. Eu sentia aquele impulso velho e familiar em minha virilha. Eu queria diminuir o ritmo das coisas, deixar o momento em suspenso – "Ele realmente disse aquilo? Ele estava alcovitando para mim?" –, e tive meu pedido atendido.

As duas garotas estavam brincando de pique no campo, seus gritos soando nítidos no ar que esfriava, mas, subitamente, elas estavam em cima de nós, os rostos cheios de esperança, suplicando.

– Mamãe, mamãe, podemos tostar os marshmallows agora? Podemos?

– É claro, querida – sussurrou Violet para Lucy, a mais velha –, mas você vai ter que cortar dois galhinhos verdes e afiar as pontas. Você consegue fazer isso? E ajudar sua irmã?

O rosto de Lucy ficou sério.

– Consigo – disse ela –, consigo sim. Vamos lá – disse ela, voltando-se para a irmã, mal conseguindo conter o entusiasmo na voz –, vamos procurar os galhinhos!

Olhei para Iris de relance. Ela estava sorrindo com algo que Mac dizia, e, no mesmo instante, Corcoran deu seu palpite e ela virou-se para ele, distraída, mesmo quando o vento mudou de direção e as chamas se agitaram e se separaram em labaredas desiguais, e as duas meninas dispararam para o meio das árvores.

Violet inclinou-se para o lado, afastando-se da fumaça, e se apoiou em um cotovelo para redistribuir o peso. Sua voz era suave e relaxada, poderíamos estar falando sobre uma partida de bridge ou uma festa de piscina.

– Isso não significa nada para mim – disse ela, olhando primeiro para Prok, um olhar longo, vagaroso, lânguido, e depois para mim. – Tudo bem, se John estiver a fim.

N ÃO MUITO TEMPO depois disso – e não consigo me lembrar bem de quando ou como isso ocorreu exatamente –, eu estava trabalhando tarde no gabinete em uma série de gráficos e tabelas novas, incorporando dados que Prok estava ávido por ter em mãos. Aquele era o tipo de trabalho que eu gostava, em especial, de fazer. Eu descobrira que tinha talento para desenhar, para enquadrar os ângulos ortogonais e as curvas suavemente ascendentes de nossos gráficos, e, como nossa máquina de calcular Hollerith facilitou tanto tabular os dados e a secretária nova assumira a maior parte das tarefas de escritório, eu tinha mais tempo para me dedicar àquilo. Deviam ser umas oito horas, por aí. O prédio estava deserto. Alguma espécie de inseto – Prok teria sabido em um instante quais eram – seguia batendo no vidro da janela, atraídos por minha luz. Eu estava em um estado de suspensão, tão absolutamente concentrado no trabalho que esquecera completamente o jantar e Iris também – mas ela estaria ocupada dando uma última revisada em seus trabalhos finais de qualquer maneira. Minha régua moldava a folha à minha frente, o lápis dava o traço de conferência nos números. Tudo estava parado.

Em algum nível, suponho, eu talvez tenha ouvido os passos que se aproximavam do canto mais distante do corredor, mas isso é irrelevante, porque a primeira coisa em que reparei foi em que não estava mais sozinho. Quando tirei os olhos do trabalho, vi Violet Corcoran parada ali, no vão da porta. Usava um vestido elegante, com um cinto, e em um matiz ligeiramente cinzento, a gola, as costas e as mangas em azul-marinho. Ela passara algum tempo no sol, pegando uma cor nas pernas até parecer que estava usando meias de nylon (isso foi durante a guerra, lembre, e era quase impossível conseguir nylons, então as mulheres começaram a passar óleo de bronzear e a desenhar uma costura de meia subindo a parte detrás das pernas, e tenho certeza de que não fui o primeiro homem a imaginar até que altura do aclive da coxa aquela linha tencionava chegar). Sua maquiagem fora desenhada para acentuar o encanto de seus olhos grandes. Violet era baixa, tipo italiana, peituda. Entrou na sala sem dizer uma palavra e empoleirou-se no canto da mesa.

– Ah, olá – disse eu, desviando o olhar de relance da página à minha frente, esperando Iris, ou talvez Prok entrarem rapidamente em busca de algo que esquecera, e tive alguma dificuldade de lembrar o nome dela. – Olá..., Violet.

– Oi – suspirou ela, e lançou um olhar para o teto e de volta para mim, como se o esforço de me cumprimentar a tivesse exaurido. Ela puxou a bolsa colocando-a à minha vista, abriu-a com um clique e começou a pegar cigarro e isqueiro. Quase esperei que ela me presenteasse com uma cigarreira prateada, como em uma cena tirada de um filme, William Powell e Myrna Loy, ou Lauren Bacall interessando-se por Bogart em *Uma aventura na Martinica*. Ela se demorou no ritual do tabaco, e tentou puxar uma conversa. – Vai chover hoje à noite, não é o que estão dizendo? – perguntou, e eu já estava de pau duro, instantaneamente.

– Quer um? – perguntou ela, e eu queria, e Violet se inclinou para acendê-lo para mim.

Por um momento, simplesmente ficamos ali, tragando e soltando a fumaça, a nicotina passando através de nossas veias como um segredo compartilhado. Eu sabia o que estava por vir – eu visualizara a cena desde a tarde no piquenique –, mas, agora que a chance se apresentava, senti-me cheio de dedos e inseguro.

– Escuta – disse ela –, John, eu queria falar uma coisa com você. – Observei-a jogar a cabeça para trás e soltar a fumaça, exatamente como Lauren Bacall, e me dei conta de que ela sabia estar encenando um papel tanto quanto eu. Um pulso de excitação saltou de meus olhos para minha virilha.

– É sobre Purvis – disse ela. – Ele é um cara que não está nem aí para a moral burguesa, mas acho que você já sabe disso. – Violet tinha um tom de voz grave, com um traço suave, tranquilizante, como se nada estivesse em jogo ali, como se compartilhássemos rotineiramente o barquinho de madeira de minha mesa e velejássemos com ele mar adentro em qualquer clima. – Eu também sou... Nós dois somos. Mas nós somos *casados*, e pretendemos seguir assim. – Uma pausa, a manipulação do cigarro, aquele tique com os ombros e os seios. – Não sei se Iris, se ela realmente compreende isso.

– Não – disse eu –, acho que ela compreende, está tudo bem agora.

– Porque eu vou ser honesta com você – seguiu ela, como se não tivesse me ouvido –, Purvis está preocupado com ela e Prok também. E é por isso que eu estou aqui.

Larguei o lápis – mais uma vez inconscientemente –, mas acho que era para me segurar mais firme no canto da mesa. Ela era seis anos mais velha que eu. Tinha lábios bonitos, lábios e dentes – eu nunca notara antes –, um sorriso bonito. Suas sobrancelhas eram espessas, e ela não as fazia, sobrancelhas italianas. Violet estava ali, no canto de minha mesa, e o gabinete estava deserto. Os motivos não me interessavam. Eu não desconfiava de nada. Eu não estava preocupado com Iris, Corcoran ou a permuta que estava sendo oferecida naquele instante. Tudo que eu queria era observá-la e absorver o ronronar suave de sua voz, não me importava sobre o que estávamos falando.

– Então, o que você acha? – disse eu por fim.

Ela meneou os ombros quase imperceptivelmente, inclinou-se para bater as cinzas do cigarro no cesto de lixo ao lado da mesa.

– Ah, não sei – disse ela, endireitando-se e ajeitando os ombros –, o que você acha?

Sorri para ela. Eu estava nervoso – eu nunca fizera nada parecido com aquilo antes, a mulher de meu novo colega, Violet Corcoran, os olhos devoradores, os lábios, o sorriso, o contorno pecaminoso dela – e tentava projetar uma espécie de interesse despreocupado caso a estivesse interpretando erradamente e ela houvesse ido até ali apenas para conversar, caso eu estivesse prestes a fazer algo que me constrangeria depois. Naquele instante, foi minha vez de menear os ombros.

– Não sei – respondi.
– Sabe o que eu acho?
– Não. – Inclinando-me mais para perto, o sorriso congelado em meu rosto.
– Acho que devíamos simplesmente aproveitar.

O VERÃO CHEGOU naquele ano com uma sequência estrondosa de temporais. Iris se formou com distinção e trabalhou em horário integral na loja de pechinchas até o outono, quando aceitou um emprego de professora em uma das escolas primárias locais. Então, o outono cedeu lugar ao inverno e o inverno à primavera e nós seguimos como sempre, coletando e tabulando dados, Corcoran, Prok e eu voando através de caminhos vicinais e estradas esburacadas no casco robusto do Buick. Nossa única limitação era o cupom de racionamento – se não fosse por isso, pelo racionamento, ninguém ficaria sabendo que havia uma guerra acontecendo no resto do mundo. Prok não estava interessado em assuntos internacionais, tampouco em política. Suponho que ele devia odiar os nazistas, os fascistas e o Japão imperial tanto quanto qualquer outro, mas seguramente mantinha essa opinião para si mesmo – na realidade, se ele pegasse Corcoran e eu discutindo Midway, Guadalcanal, ele invariavelmente mudava o assunto. Nunca, em todos meus anos com ele, Prok mencionou os acontecimentos do dia, nem mesmo de passagem. Nós detonamos a bomba atômica, a guerra terminou, o conflito coreano começou e terminou, e Prok falava somente do último diário sexual que adquirira ou da necessidade de duplicar os experimentos de Dickinson sobre o poder de contração dos músculos elevadores do ânus quando um falo de cera era inserido na vagina. Ele era dedicado, não há dúvida quanto a isso. Talvez concentrado a ponto de isso ser um defeito. Mas é possível dizer o mesmo de praticamente qualquer grande homem.

Foi nessa época – podia ser já por 1944, pensando bem – que finalmente conseguimos persuadir o campeão sexual que eu mencionara anteriormente a ser entrevistado. Prok já o cortejava havia algum tempo, e o homem vinha sendo matreiro, incitando-nos com porções de seus diários sexuais pelo correio, mas expressando sua relutância em nos encontrar por causa da natureza criminosa de tantos de seus contatos sexuais. O que ele nos enviara certamente era provocativo – fotografias, medidas de pênis, histórias de casos e registros escritos de vários atos sexuais com toda sorte de parceiros: homens, mulheres, não humanos, pré-adolescentes e mesmo crianças –, talvez até ofensivo, mas inestimável para nossa compreensão da sexualidade humana. E, como Prok colocava tão acertadamente, éramos cientistas, não moralistas – nossa tarefa era observar e registrar, não julgar.

De qualquer maneira, Prok sabia instintivamente que aquele indivíduo – vamos chamá-lo de sr. X, como fizemos em nossos arquivos a fim de permitir-lhe um anonimato absoluto – deveria ser adulado para que contribuísse com sua história, seria um apelo à vaidade dele. Sr. X devotara sua vida ao sexo – ele era insaciável – e era, creio, uma espécie de sexólogo a seu modo, e assim Prok tratou-o desde o princípio, como um douto colega, elogiando-o repetidamente em sua correspondência ("Certamente o senhor tem muito mais material que nós temos em nossos arquivos" e "Essa é uma das contribuições mais valiosas que já recebemos, e eu gostaria de agradecer-lhe profusamente por seu tempo e sua vontade de cooperar") e instando-o com a perspectiva de tornar legítimos seus achados ao registrá-los para a posteridade. Prok chegou a dizer que pagaria as despesas dele se o sr. X fosse até Bloomington, mas ele declinou a oferta – ele nos encontraria, disse por fim, mas com a condição de que fôssemos até ele e nos encontrássemos em uma cidadezinha algumas centenas de quilômetros distante de onde ele vivia, assim não chamaríamos a atenção de ninguém.

Quando Prok recebeu a carta, ele mal coube em si de alegria, praticamente saiu dançando pelo gabinete.

– Arrume suas malas, Milk – exclamou, saltando de sua mesa e passando por mim a passos largos para enfiar a cabeça no gabinete interior –, e você também, Corcoran. Temos uma viagem de pesquisa de campo pela frente!

Naquela noite, após o jantar, contei para Iris que estávamos partindo para uma viagem mais longa, e ela mal olhou para mim.

– Na verdade – disse eu, levantando-me para ajudá-la com a louça –, estou entusiasmado com essa.

Iris estava parada à pia. Fui até ela, larguei a louça na espuma do sabão, coloquei um braço em torno da cintura dela e encostei no dela meu rosto.

– Ah? – disse ela. – E por que isso?

– É o sr. X. Você sabe, aquele cujos diários extrapolam qualquer escala.

As mãos dela saíam e mergulhavam na pia, a torneira quente totalmente aberta. Sua voz soou apática.

– O pedófilo?

— Sim, mas...

— Aquele, deixa eu ver se consegui entender isso direito, que masturba crianças nos berços e estupra garotinhos e garotinhas? Esse sr. X?

— Ah, vamos lá, Iris — disse eu —, deixe disso. Ele é um exemplo extremo, só isso, a cereja no topo do bolo. E Prok está nas nuvens com essa história.

Já tínhamos falado sobre aquilo antes. Mac transcrevera os diários do sr. X para os arquivos a fim de que pudéssemos devolver os originais para ele. Naturalmente, todos estávamos entusiasmados e vínhamos discutindo algumas das revelações que os diários continham e, certamente, sou culpado por levar para casa meu trabalho, como tantos outros homens, mas meu entusiasmo era genuíno e me doía que Iris o menosprezasse. Sr. X era um verdadeiro achado. Uma joia. O caso extremo que desmente a norma. Ele começara sua carreira quando era ainda uma criança, fora iniciado na atividade heterossexual por sua avó e apresentado à homossexualidade por seu pai, e, mais tarde, tivera contato sexual com dezessete membros do círculo estendido de sua família. No decorrer da vida — ele tinha então 63 anos —, tivera relações sexuais com seiscentos garotos e duzentas garotas pré-adolescentes, além de consumar inúmeros atos sexuais com adultos de ambos os sexos e várias espécies de animais. Era um prodígio, não havia dúvida disso, e tinha dados — e experiências — que poderíamos usar. Para mim, era só isso que importava. Iris pensava diferente.

— Tudo bem — disse ela, voltando-se para mim enquanto eu me atrapalhava pegando a louça de sua mão para enxaguá-la na torneira —, mas eu dou aula para esses garotos. Eles estudam no primeiro ano, John. Eles têm 7 anos de idade, são como cachorrinhos, como cordeirinhos, tão inocentes e doces quanto qualquer coisa que você venha a encontrar um dia, você sabe disso, não é? E então você me diz que está entusiasmado com a perspectiva de conversar com uma espécie de monstro que devotou a vida a molestar crianças? Eu devo ficar contente por vocês? Diga logo. Eu devo gostar disso?

– Não estou justificando o comportamento dele – disse eu –, é só que... Bem... Eu acho importante documentar isso, porque, bem, porque, por um lado, isso já aconteceu, e não há nada realmente que eu ou qualquer pessoa possa fazer a respeito.

– Não? Que tal entregá-lo à polícia? Que tal prendê-lo? Hum? É isso que você pode fazer. E Prok também.

– Escute – disse eu, afastando-me dela, apenas colocando o prato molhado no secador de louça e me afastando antes que eu tivesse uma chance de deixar o ressentimento tomar conta de mim –, não é essa a questão e você sabe disso.

Ela deu um giro, os braços cruzados sobre o peito, as mãos cintilando com as bolhas de sabão.

– Quando você vai? – perguntou, segurando meu olhar.

– Depois de amanhã.

– Purvis vai junto? – Concordei com a cabeça.

– Por quanto tempo? Não que isso importe, porque ser largada uma semana sim outra não é o que eu devo esperar, não é? "Onde está seu marido?", todos me perguntam. "Ah", eles dizem, "mais uma viagem de negócios, então? Você não sente falta dele?" Bem, eu sinto, John, eu sinto sua falta.

Deixei o queixo cair um pouco e meneei os ombros para minimizar a questão e mostrar que estava ouvindo. Eu a compreendia, mas o que eu poderia fazer, eu voltaria logo, e sentia falta dela também. Apesar disso, na realidade, eu estava ansioso por partir

— não por causa dela, é claro, porque eu a amava e queria estar com ela o mais rápido possível —, mas porque estávamos indo para o oeste, bem para o oeste, e até aquele ponto de minha vida eu ainda não cruzara nem o Mississipi.

— Bem, vai levar, temo que... Porque ele vive bem a oeste, em Albuquerque. Ou seja, Novo México... – Parei por aí. Meneei os ombros de novo. – Duas semanas – disse eu.

— *Duas semanas?*

— Sim, bem, vamos de carro e, não sei, é bem longe, uns 2 mil quilômetros, ou mais. Na ida e na volta.

— E o que eu devo fazer nesse meio-tempo? Você quer que eu me deite ali na cama e, como você chama, me *estimule* com meu dedo? Você quer que eu conte orgasmos para você, John? Isso ajudaria?

— Não – respondi –, acho que não.

— O que então? Eu e Violet? Nós deveríamos estimular uma à outra? E então escrever em nossos diários sexuais?

— Iris!

— O quê? – retrucou ela. – O quê?

2

QUANDO AGORA TENTO localizar no tempo essa viagem, acho que deve ter sido lá pelo verão de 1944, quando nós três – Prok, Corcoran e eu – partimos para o oeste. Estava quente, disso me lembro, opressivamente quente, e ficou cada vez mais quente à medida que viramos para o sul, em direção a Memphis, rodovias e estradas que nos levariam para o oeste passando pelos estados de Arkansas, Oklahoma e a região do enclave texano, para entrar nas montanhas pálidas e claras do Novo México. Prok dirigia com as janelas abertas – ele gostava da sensação do vento em seu rosto, e qualquer outra forma seria impossível no banho de vapor quente que era aquele clima, mas a entrada incessante do vento tornava difícil conversar e nos colocou em contato íntimo com toda uma hoste de vespas iradas, mariposas atordoadas e pedaços de cigarras, gafanhotos e por aí afora. Havia insetos entrando em meu colarinho, meus cabelos, saindo das dobras de minha camisa de mangas curtas.

– Pena que eles não são comestíveis! – gritei do banco de trás para Prok, que gritava acima do ronco do motor para Corcoran, que estava sentado ao lado dele e balançava a cabeça acompanhando algum ritmo interno.

Prok parou um instante para olhar de relance sobre o ombro e gritou de volta:

– Eles são! – E enfiou o pé no acelerador.

Os campos passavam ao largo, casas, celeiros e depósitos precisando de uma pintura, painéis exortando o fervor cristão e defendendo o consumo de rapé e tabaco de mascar. O campo cheirava a silagem, matéria em decomposição e esterco revirado. Havia mulas por toda parte, gado pastando e galinhas que pareciam não conseguir resistir à vontade de tentar atravessar a estrada. Nós parávamos nos cafés das cidadezinhas e encarávamos os pratos com ovos, canjica e toucinho frito, quase incapazes de reunir energia para levar os garfos para nossas bocas. O chá gelado adoçado – jarras – salvou nossas vidas.

Por tudo isso, era uma aventura – a maior aventura de minha vida até então – e, enquanto Prok discorria sobre o *Kama Sutra*, a pornografia sueca, a arte erótica da América pré-colombiana e uma série de outros assuntos, e Corcoran e eu trocávamos de assentos de maneira que pudéssemos alternar nossos cochilos furtivos e proporcionar uma plateia para Prok, eu sentia como se o mundo inteiro estivesse se abrindo diante de mim. Eu estava indo para o oeste, com meus colegas, e cada quilômetro que passava sob nossos pneus me trazia novos panoramas e sensações – "Oklahoma, pensei, eu estou em Oklahoma" –, e embora eu não tivesse ainda nem 26 anos, sentia-me como um homem do mundo, um viajante exótico, experiente, um explorador sem igual. Outros homens tinham partido para a guerra, vivido a camaradagem do combate, mas nós estávamos ali, camaradas na ciência, observando as planícies, os brejos e as guampas de touros nas cercas passando ao largo no clarão ofuscante da manhã e no mistério contemplativo da noite.

Levamos oito dias para chegar lá, Prok sempre entrando em um ou outro lugar, coletando galhas por hábito, seguindo aos solavancos por quase 20 km em uma estrada de terra apenas para erguer nossa barraca junto a um filete de água parada marrom que alguém um dia chamara de rio. Como já disse, eu não era um grande campista – e Corcoran era ainda pior –, mas Prok compensava. Sua energia era explosiva. Mesmo após ter sentado atrás da direção do nascer do dia até o cair da noite (ele insistia em dirigir o tempo inteiro), saltava do carro para montar o acampamento e coletar braçadas de chaparros ou algarobeiras, e cozinhava panquecas e ovos para nós, ou mesmo um peixe que, por acaso, conseguisse tirar de um charco escondido enquanto o fogo morria e virava braseiro. Ele era infatigável, tão solícito em relação a nosso conforto e nosso bem-estar quanto um chefe escoteiro – ou, melhor ainda, um irmão mais velho – e tão jovial e bem-humorado como eu jamais vira. Ele nos educou sobre as sutilezas da vida no campo, entretendo-nos em volta da fogueira com histórias de suas expedições para coletar galhas em Sierra Madre e nos permitindo o conforto de meu frasco e a garrafa de conhaque que Corcoran levara junto consigo contra o frio da noite, embora não estivesse frio e o próprio Prok tivesse pouco interesse em destilados a não ser como um agente para soltar as línguas de seus indivíduos.

Havia nudez também, como era de se esperar. Prok cozinhava nu, montava a barraca nu, escalava, fazia caminhadas, observava os pássaros e nadava nu, e nos encorajava a fazer o mesmo. Meu bronzeado voltou. Meus músculos se fortificaram. E Corcoran, branco como era, queimou-se e queimou-se de novo, até descascar como um ovo e mostrar o começo de seu próprio bronzeado.

E, é claro, havia sexo. Prok esperava isso – você não podia recuar ou arriscaria ser rotulado de pudico ou reprimido sexual –, e Corcoran e eu consentíamos, com graus variados de entusiasmo. Lembro-me de uma noite – estávamos em um motel de beira de estrada em Las Vegas, Nevada, eufóricos com o triunfo de termos chegado sãos e salvos, ansiosos para nos encontrarmos com o modelar sr. X na manhã seguinte – em que entrei no quarto e encontrei Prok e Corcoran deitados nus na cama. Prok olhou para mim, largou o parceiro, e disse:

– Milk, venha juntar-se a nós.

Eu queria aquilo? Sinceramente? Não, não àquela altura. Era complicado demais, com as auras de Iris, Violet e Mac pairando sobre a cena e minha própria história-H limitada. Prok podia ser extraordinariamente sedutor, persuasivo e não havia censuras morais tacanhas ou noções antiquadas de fidelidade para nos segurar, não ali, em um motel do Nevada, não em lugar algum, não em Bloomington, ou Indianápolis, ou Nova York, e, por fim, aceitei. Por quê? Talvez simplesmente porque assim era mais fácil. Certamente essa foi uma das razões, mas, para ser sincero, havia algo mais ainda: eu o amava. Amava mesmo. Não do jeito que eu amava Iris, talvez, ou mesmo Mac, mas de um jeito mais profundo, do jeito que um patriota ama seu país; ou um fanático, seu Deus. E, se aquele amor significava moldar minhas necessidades às dele, então que assim fosse.

De qualquer maneira, na manhã seguinte, tomamos uma chuveirada fria. Prok sempre insistia para que o fizéssemos quando estávamos viajando, fosse inverno ou verão, estando ou não na rua. Nós nos secamos vigorosamente com toalhas, tomamos um café previdente no restaurante local e voltamos ao quarto para esperar a chegada do sr. X. Sentados ali, à luz intensa da manhã, tamborilando os dedos preguiçosamente nos móveis gastos enquanto arrotávamos suavemente os ovos mexidos e waffles, os lápis apontados e prontos, não pudemos deixar de especular sobre o homem. Ele tinha 63 anos, sim, mas, apesar disso, era um gigante sexual. Nós o imaginamos como um indivíduo de estatura imponente, ombros largos, com mãos grandes marcadas pelo trabalho e braços como catapultas, um homem com força e tenacidade para colocar todos os nossos outros high raters em uma categoria completamente diferente, uma espécie de Paul Bunyan*

---

* Lenhador gigante mítico de fábulas norte-americanas e canadenses. (N. T.)

do sexo, pairando sobre o campo. Mas é claro que as expectativas foram feitas para serem frustradas e as aparências podem ser enganadoras.

Sr. X era um homem de um metro e 65 de altura e 55 quilos. Caminhava mancando, curvava os ombros para a frente e se tinha algo que ele parecia era ser mais velho que a sua idade. Qualquer pessoa com mais de 40 anos parecia um ancião para mim naqueles dias – fora Prok, é claro –, mas aquele homem, o sr. X, poderia nos ter dito que tinha 80 anos e não teria me surpreendido. A pele abaixo de seu queixo pendia em dobras, suas mãos já tinham manchas de velhice. Ele era quase inteiramente calvo (um sinal de virilidade, afirmava Prok, se você excetuasse nós três ali presentes e a lenda de Sansão e Dalila), e seu rosto era riscado por rugas infinitamente finas e os vincos mais profundos da idade e da experiência. Quando o vi pela primeira vez, à porta, achei que devia haver algum engano, mas Prok se manteve imperturbável.

– Bem-vindo – disse Prok, segurando a porta para ele –, nós estávamos esperando você.

Nosso indivíduo parou ali, no vão da porta, inexpressivo, uma maleta de cordovão a seus pés, os olhos cintilando como cacos de vidro em um leito seco de rio. Ele olhou em torno do quarto por um momento, tomou conhecimento de minha presença e da de Corcoran, então puxou o lábio superior para cima no simulacro de um sorriso aberto. Um brilho sagaz passou por seus olhos.

– Dr. Kinsey, presumo eu?* – perguntou, fingindo uma mesura e deu uma risada rouca e grave.

---

* Brincadeira com a famosa saudação do explorador Sir Henry M. Stanley (1841-1904) ao encontrar o lendário missionário e explorador da África Central David Livingstone (1813-1873), dado como morto. "Dr. Livingstone, I presume?"

— Sim — respondeu Prok, tomando sua mão —, Alfred C. Kinsey. É um grande prazer. E estes são meus colegas, Purvis Corcoran e John Milk. Gostaria de beber alguma coisa? Café? Suco? Talvez um coquetel com rum, se não for muito cedo?

Na maleta, estavam os volumes restantes de seus diários sexuais, que incluíam descrições detalhadas de todos os encontros que ele já tivera, bem como as medidas de vários pênis e clitóris com os quais ele tivera contato durante o curso de sua longa carreira. Fotografias que ele tirara de atos sexuais com toda uma gama de indivíduos, em muitas das quais ele mesmo aparecia, primeiramente jovem, então na meia-idade e por fim idoso. Uma coleção de consolos e lubrificantes. E, enigmaticamente, uma furadeira equipada com uma broca de meia polegada. Após me cumprimentar e ao Corcoran, o sr. X, sem cerimônia alguma, jogou a maleta na cama, abriu com o polegar as duas linguetas e começou a passar os artefatos pelo quarto como se fossem relíquias preciosas.

As fotografias — havia cem ou mais — tiveram o efeito mais imediato. Lembro-me de uma em particular, que mostrava apenas a mão de um adulto, com seus dedos de um tamanho fora do comum, manipulando a genitália de uma criança — um menino, com uma ereção minúscula, parecendo um broto — e a expressão no rosto da criança, o olhar perdido, a boca aberta, as mãos tateando o nada. Lembro-me da sensação que aquilo me provocou. Senti um calafrio em todo o corpo, como se ainda estivesse na banheira, parado rígido embaixo do chuveiro gelado. Olhei de relance para Corcoran, cujo rosto não revelava nada, e então para Prok, que estudou a foto por um momento e considerou-a "muito interessante, realmente muito interessante". Ele se inclinou para perto de mim, chamando a atenção para um detalhe, e disse:

— Você está vendo, Milk. Aqui está uma prova definitiva da sexualidade infantil, e, se isso é uma anomalia ou não, ainda é preciso ser demonstrado estatisticamente, é claro...

Ainda curvado sobre a maleta aberta, procurando algo descuidadamente em seu tesouro, nosso indivíduo deixou escapar um assovio baixo.

— Vá por mim — disse ele —, isso não é uma anomalia. — Deixamos que a afirmação pairasse no ar um momento, e, então, Prok perguntou:

— Mas, e a furadeira, qual é o significado dela?

— Ah, isso? — murmurou o homenzinho, tirando a coisa da maleta com um sorriso imbecilizado, e tudo em que consegui pensar foi em alguma forma extrema de sadomasoquismo, de desfigurar as pessoas, tortura. Senti um vazio no estômago. Sem querer, comecei a me sentir perceptivelmente desconfortável, e olhei de relance para Prok em busca de apoio, mas ele olhava fixamente para o instrumento na mão do homem, completamente absorto.

Sr. X não teve pressa. Meneou os ombros. Olhou para cada um de nós sucessivamente, depois baixou o olhar, e pude então perceber que se tratava de um homem que gostava de estar diante de uma plateia.

— É para fazer furos.

Prok encarou-o. Ele estava sendo o mais paciente possível, sorrindo junto com o homenzinho, encorajador e respeitoso, sem a menor insinuação de condescendência. Ele revelara para mim, na noite anterior, que tinha um sentimento real de urgência em ir até lá coletar a história do sr. X, porque o homem estava doente e poderia morrer a qualquer momento, o que seria uma perda para a ciência, e Prok não hesitava em dizer que aquela era nossa entrevista mais significativa até o momento.

— Mesmo? — disse ele. — E para que propósito?

— Bem, o senhor conhece meu trabalho, é claro... Fora o sexo, certo?

Nós conhecíamos. Ele trabalhava para uma agência do governo, o que exigia muitas viagens e acomodações para passar a noite em várias cidades país afora.

— Eu observo — disse ele.

Prok não estava acompanhando.

— Observa?

— Isso mesmo — respondeu ele, com seu tom de voz grave e gutural, e foi até a parede do outro lado para demonstrar. Ele colocou o ouvido contra o revestimento da parede por um instante, e, então, satisfeito com que o quarto estivesse desocupado — ou com que os ocupantes estivessem dormindo, ou fora dele —, apoiou-se em um joelho e, com uma rotação rápida e silenciosa da mão e do ombro direito, fez um buraco perfeito para espiar logo acima do rodapé. — Aqui — disse ele —, aqui, venham dar uma olhada — e nós demos, um de cada vez —, porque vocês se surpreenderiam com o que podem encontrar. — Ele fez uma pausa para recuperar o fôlego. — Porque as pessoas, bem, vocês sabem, quando elas estão em um quarto de hotel, longe dos olhos dos outros e da rotina de suas vidas, tendem a fazer coisas que não fariam em outra situação. Oh, sim. Eu já vi de tudo. Putas, macacos, anões. De tudo. Vocês ficariam surpresos.

O que veio a seguir foi ainda mais chocante — nós mesmos tínhamos sido voyeurs, afinal de contas, e a noção de observar um ato privado sem ser visto estava dentro do domínio de nossa experiência. Aquele homem, aquele dínamo, tinha muito mais a nos oferecer. De alguma forma, a conversa se voltou para a masturbação e técnicas de masturbação, mesmo antes de nós termos começado formalmente a entrevista.

— O senhor sabe, dr. Kinsey — prosseguia o homenzinho, confortável agora na poltrona junto à janela, um cigarro em uma das mãos, uma caneca de café na outra —, eu sou o indivíduo mais altamente sexuado que o senhor vai encontrar na vida. O número um. *Numero uno.* Não existe ninguém como eu. Ninguém.

Prok, conciliador, mas empiricamente cético:

— É mesmo?

— Ah, sim. Com relação à masturbação, mesmo agora, em minha idade, eu provavelmente... qual é o termo que o senhor gosta de usar? Bater punheta? Eu bato punheta três ou quatro vezes por dia. E eu posso ir da estaca zero até o orgasmo em exatos dez segundos, e vá me dizer que isso não é um recorde?

Corcoran, sentado na cama, pernas cruzadas e o lápis parado sobre a folha de categorias — nós registraríamos simultaneamente aquela entrevista —, comentou casualmente:

— Isso é impressionante. Mas não deveríamos começar agora? Eu quero dizer, colocar isso tudo no papel?

— Você não acredita em mim?

— É claro que acreditamos — interferiu Prok.

— Apenas observem. — E, antes que uma objeção pudesse ser feita, o sr. X tinha baixado as calças. — Alguém aqui tem um relógio que marque os segundos? Você? — perguntou ele, apontando para mim. — Qual é o seu nome?

— Milk — respondi. — John Milk.

— Bem, você tem relógio? — Os pelos púbicos dele eram grisalhos e seu pênis deitava-se enrugado naquele ninho. Ele era um homem de idade, mirrado e velho, e eu queria desviar o olhar, mas não o fiz.

— Sim — disse eu. — Bem, acho que sim.

— Vamos lá — disse ele —, você me fala quando devo começar. Olhei para Prok, e ele concordou com a cabeça, ao que eu disse:

– Vai. – E o homúnculo, o homenzinho ressecado, realmente conseguiu: foi da flacidez à ereção e ao orgasmo em apenas dez segundos. Houve um momento de suspense e, então, alívio, e quase achei que Corcoran ia começar a bater palmas. Alguns anos mais tarde, notoriamente, filmaríamos algo em torno de mil homens no processo de masturbação a fim de determinar se a maioria ejaculava em esguichos ou em jorros menores (73 por cento em jorros menores, incluindo eu, incidentalmente), mas, até aquele ponto, nunca tínhamos observado – ou pedido – uma demonstração. Levamos um tempo para nos recuperarmos, enquanto o sr. X se limpava e se contorcia colocando as calças. Então, Corcoran acendeu um cigarro, apesar do olhar duro de relance de Prok, e sentamos para registrar a história – os três, simultaneamente, mal parando para ir ao banheiro, ou para comer e beber.

No fim das contas, o sr. X tinha uma memória quase perfeita. Ele se afundou na poltrona, fumando um cigarro depois do outro, e nos levou de volta para sua infância, para seu pai e sua avó e seus irmãos e primos e tias e tios, e, então, passando por sua adolescência e sua idade adulta, por garotas e garotos, mulheres e homens, cães e ovelhas, e até, uma vez, um papagaio. Levamos dois dias e meio para registrar tudo. Eu ouvia aquela voz, aquele leve chiado da respiração difícil, a enumeração incansável, ato após ato, parceiro após parceiro, e não pude deixar de pensar em Iris, no que ela havia dito, mas mantive minha expressão profissional mesmo assim, debrucei-me sobre a folha de categorias e fiz o que tinha que fazer, a razão pela qual eu atravessara a metade do país.

* * *

O CÍRCULO ÍNTIMO

Considerando tudo, ficamos fora quase cinco semanas. Prok estava evidentemente se divertindo, exultando com a estação e a liberdade da estrada, como ele não fazia havia muito tempo. Aquela viagem lembrava-lhe das expedições em busca das vespas galhadoras que ele fizera uma década antes, trabalho de campo, sair detrás da mesa, esse tipo de coisa, e ele seguia inventando desculpas para prolongar a viagem. Fez questão de procurar cidades com faculdades pelo caminho, e nós chegávamos sem avisar e estacionávamos na frente do prédio da administração, eu e Corcoran, sentados no carro, fumando um cigarro sorrateiro enquanto Prok convencia o reitor ou o diretor. Na maioria das vezes, éramos convidados a ficar e coletar histórias, e Prok, na maioria das vezes, era chamado para dar uma palestra de improviso para professores interessados ou para um grupo local. Poderíamos ter seguido viajando assim pelo resto do ano se quiséssemos – pelo resto de nossas vidas, suponho, ciganos eruditos, homens da ciência na estrada –, mas é claro que era problemático, não apenas para a coerência do projeto e a correlação de nossos dados voltados para a meta final da publicação, mas para nossas vidas privadas também.

Escrevi para Iris todos os dias pela primeira semana, cartões-postais com desenhos em tons pastel representando cowboys em calças de couro contra um fundo de arbustos e cactos. Apesar de estar cheio de entusiasmo, tentei manter meu tom neutro e até de certa maneira arrependido, minorando o aspecto de pura aventura da viagem para evitar despertar quaisquer sentimentos de ciúmes ou ressentimento da parte dela. Na segunda semana, eu já estava escrevendo para ela dia sim, dia não, três frases descrevendo uma refeição – *frijoles* e *tortillas*, com um molho apimentado feito de tomates verdes picados e pimentões picantes, uma delícia, como nada que eu provara antes – ou a descrição de uma cidade ou paisagem. Mais tarde, passei a fazê-lo a cada três ou quatro dias, ou quando eu me lembrava, cheio de culpa, de que ela estava em casa sozinha, no mundo restrito do apartamento e do desenho repetitivo das ruas, e nem mesmo o trabalho dela poderia ampará-la, era o período de férias de verão agora e o que ela estaria fazendo com o longo desfiar de horas de seus dias? No fim, eu escrevia simplesmente para dizer que estava com saudades dela.

Em Tucumcari, encontrei uma loja que vendia joias de prata e turquesa. Comprei para ela um bracelete de prata pesado, com um desenho, segundo descreveu a mulher detrás do balcão, de uma flor asteca. Em Amarillo, encontrei para ela uma cesta feita da pele curtida inteira de um tatu, de seu rabo anelado ao focinho. Ela não escreveu de volta, é claro. Ela não podia. Não ficávamos em um lugar mais tempo que um dia ou dois de cada vez, e nosso avanço era confuso de qualquer maneira. Havia o telefone, mas uma ligação de longa distância era terrivelmente cara, sem falar em sua precariedade. Creio que eu poderia ter enviado um telegrama para Iris, e ela poderia ter me respondido. Mas não o fiz. Prometi a mim mesmo que daria a volta por cima quando retornássemos.

Quando finalmente chegamos a Bloomington, eu estava com saudades de casa como nunca estivera em minha vida. Toda a novidade da viagem, a excitação dos espaços abertos, os touros de grandes chifres e todo o resto desapareceram gradualmente durante aquela última semana, e eu sentia falta de minha mulher, tinha saudades de minha mulher, desejava-a, com uma dor inconsolável que me mantinha acordado no espaço apertado da barraca ou na cama anônima em um ou outro da série de motéis e hotéis baratos em que dávamos entrada a cada três ou quatro noites. Sentia falta da rotina simples de ir para o trabalho de manhã e voltar para casa para estar com ela de noite, de sentir a pressão tranquilizadora da mão dela na minha enquanto caminhávamos pela avenida coberta de verde para uma cerveja na taverna ou uma saída de noite para um cinema. Eu nunca estivera longe de casa, de Indiana, por tanto tempo antes, e, quando cruzamos a divisa do estado, em Jeffersonville, senti meu coração nas alturas.

Era fim de tarde quando Prok me largou na frente do apartamento, e eu já estava do lado de fora da porta com minha mala de mão nem bem ele tinha parado, sim, obrigado, até mais, nos vemos amanhã no trabalho, e lembro como era inebriante o cheiro da grama, das dálias junto à entrada, dos gerânios no canteiro da janela. Eu suava embaixo dos braços, e a camisa grudava em minhas costas, mas eu nem sentia. As solas dos sapatos pulsavam com uma energia exultante ao subir o acesso da casa, o coração palpitando, nenhum pensamento a não ser Iris e em como eu iria surpreendê-la e dar a ela o bracelete e a cesta e dizer o quanto eu sentira falta dela e que nunca mais eu partiria em uma viagem para coletar entrevistas, ou pelo menos não por um bom tempo. Então, o clarão súbito de um raio rasgou o céu sobre o elmo, e, quando cheguei à varanda, a luz escureceu de uma tonalidade avermelhada para um tom prata e uma brisa soprou do sul. Foi aí que ouvi a música penetrando pela cortina da janela da frente e o som de risos, de risos de mulheres, duas vozes unidas em torno da essência de uma piada. Empurrei a porta e entrei em casa.

— Iris? — chamei. — Iris, cheguei.

A sala estava meio escura, abafada, e Iris estava lá, sentada no sofá, com outra mulher, o rádio ligado alto e uma banda agitada segurando o compasso. Muita fumaça de cigarro, muitos coquetéis, e, quando coloquei a mala no chão, vi que a outra mulher era Violet Corcoran, vestindo short e blusa que deixavam parte de sua barriga de fora.

– John? – chamou Iris, e sua voz parecia enrolada pela bebida, ou talvez fosse minha imaginação. – John? É você? – Ela tinha se levantado do sofá agora, de pés no chão, com um short branco, e correu até mim e se jogou em meus braços. – Meu Deus, achei que você nunca mais fosse voltar! – Nós nos beijamos apressados, freneticamente, e senti o gosto de álcool na língua dela, gim, e o calor, a surpresa e a exultação. – Violet – chamou, afastando-se de mim –, olha quem chegou!

Não sei se esse é o melhor momento para mencionar isso, mas devo dizer que minha relação com Violet Corcoran, que começara naquela noite no escritório, instigada por Prok, nunca foi nada mais que meramente satisfatória. Nós nos agarramos – ela me tinha dentro dela praticamente antes que eu pudesse baixar as calças – e mais tarde tomamos um drinque e eu a acompanhei até em casa, e depois nos encontramos em um motel fora da cidade três ou quatro vezes, mas tudo parecia previsível e frio, e, pouco a pouco, nós dois compreendemos que não valia a pena levar as coisas mais adiante. Eu gostava dela. Gostava mesmo. Ela era expansiva e original, e fiquei contente em vê-la ali fazendo companhia para Iris.

– O retorno dos andarilhos – disse Violet, ou algo do gênero. Ela se levantara do sofá e já estava juntando suas coisas. – Acho que isso significa que é melhor eu ir correndo para casa ver Purvis... Meu Deus, a babá... Oi, John, e adeus. – Ela deu uma piscadela. – Não quero atrapalhar vocês...

A porta de tela bateu atrás de Violet e nós dois nos viramos para vê-la ganhar a rua apressada bem no instante em que um raio iluminou a sala, seguido do rolar profundo de um trovão. Levei um momento para perceber que o rádio ainda estava ligado – a estática crepitava dos alto-falantes, seguida por três rápidos estouros incineradores como um código rudimentar –, e, então, o programa morreu, e tudo ficou em silêncio. Eu podia sentir o cheiro

O CÍRCULO ÍNTIMO

da umidade no ar, como se um pântano tivesse sido dragado e toda a vida que fervilhava por lá tivesse sido trazida para a atmosfera, peixes, salamandras, cágados e girinos, o próprio lodo, e todas as plantas expostas até suas raízes. Nada se mexia. A luz tinha a tonalidade de metal fundido. Virei para Iris, mas ela parecia uma estranha para mim, uma estranha calada e bonita, de pés no chão e unhas pintadas, olhando pela grade enferrujada da porta de tela. O momento alongou-se, demorou-se até tornar-se quase insuportável. Devo admitir que eu me sentia constrangido ali, em minha própria casa, com minha própria esposa, como se eu fosse um estrangeiro para ela também. Por fim, ela se voltou para mim, as mãos nos quadris – mais um pouco de linguagem corporal –, e disse:

– Imagino que você gostaria de tomar um drinque, hein? Ou jantar. Você quer jantar?

– Claro – respondi. – Um drinque me cairia bem. Mas nós já, bem, nós paramos no caminho, e... bem, eu senti sua falta. Senti mesmo. Foi... Eu nunca esperava que fosse levar tanto tempo. Foi Prok, você sabe disso.

Os olhos dela estavam úmidos – mas eles estavam mais que úmidos, estavam molhados, transbordando. A brisa agitou as árvores e fez a porta bater.

– Eu me sinto como uma esposa de soldado – disse ela, deixando as mãos caírem ao longo do corpo. – Eu bem que poderia ser. E você, você poderia estar na guerra. Em Tarawa ou outro lugar qualquer. E você poderia estar morto.

Eu disse o nome dela, ternamente, trouxe-a para perto e coloquei meus braços em torno dela. Segurei-a por um momento, embalando-a em meus braços, e então a emoção tomou conta de Iris. Ela estava chorando – soluçando, na verdade –, e eu podia sentir a luta e o alívio daquela emoção passando através dela como uma espécie nova de pulsação engrenada a algum outro sistema totalmente diverso.

— Eu senti sua falta também — sussurrou ela.

Dez minutos mais tarde, estávamos aconchegados no sofá, observando a chuva varrer a rua e dobrar as árvores. O cheiro de decomposição desapareceu tão logo irrompeu o temporal, substituído agora por um frescor intenso vindo do norte, um granizo límpido caindo da troposfera para chocar-se metalicamente contra as sarjetas e saturar o canteiro gramado da frente. Iris preparou uísque com água para mim e um gim-tônica para ela. Estávamos celebrando — bebendo a meu retorno —, mas o clima não era de celebração, era triste e amorfo, e eu queria levá-la para o quarto e mostrá-la do jeito mais elementar o quanto eu sentira sua falta, mas não seria o certo, não ainda. Primeiro, precisávamos ter uma conversa.

— Ele era nojento, não era?

— Quem?

— O tal sr. X.

Eu tinha que concordar. Dei um gole pequeno em meu drinque e assenti com a cabeça, lentamente. Ela havia colocado algo no fogão para mim, talvez por dever, apesar de eu ter reiterado que não estava com fome — pelo menos de comida —, e a tampa da panela chacoalhava com o que quer que estivesse lá dentro fervendo.

— Sim — disse eu. — Acho que sim.

— Aposto que Prok adorou.

— Prok não faz esse tipo de julgamento, você sabe disso.

Ela não disse nada, e nós dois olhamos para fora, para a chuva.

— *Tortillas* — disse ela, após um tempo, pronunciando o *ll* forte demais onde deveria tê-lo suprimido —, elas são mexicanas, não é isso?

— *Torti-ias* — disse eu. — Sim, isso mesmo. Tem no Texas e no Novo México também.

— E como são elas, como panquecas?

— Um pouco, eu acho. São finas. Como um pão sem fermento. São feitas com farinha de trigo ou fubá, amassam com as mãos, os índios e os mexicanos, e então colocam um recheio dentro ou as usam para pegar feijão, arroz ou sei lá o quê.

Ela ficou em silêncio por um momento, bebericando seu drinque.

— Bem exótico, hein? Você não vai dar uma de mexicano para cima de mim, não é? Com... um *serape*, é assim que se diz, e um *sombrero*? Como é que eu chamo você? Don John? Ou Don Juan, não seria melhor?

Tive que me inclinar para beijá-la.

— Don Juan fica bem. Mas eu queria que você estivesse lá para provar as *tortillas*, e os *frijoles* e a salsa também. E aquilo que eles chamam de *tamales*, embrulhados em cascas de milho. Você ia gostar deles. Ia mesmo.

Ela encolheu os ombros.

— Ia — disse. — É claro que eu ia gostar. Se um dia eu chegar a ir a algum lugar.

— Você vai — disse eu. — Eu prometo.

— Quando? Nós não temos dinheiro para tirar férias. Que piada. E minha mãe... Apenas para visitá-la, só a passagem do ônibus já nos deixa apertados. Não, John, você pode ficar com as suas *torti-ias*.

A chuva pareceu intensificar-se então, uma queda d'água que silenciou todo o resto. Eu não queria discutir, não queria que nada interferisse em meu prazer verdadeiro de vê-la de novo e na perspectiva do sexo, relações maritais, nós dois na cama juntos após cinco longas semanas de abstinência forçada, e eu estava louco para tocá-la, despi-la, colocar minha língua em sua boca e perder meus dedos em seus cabelos. Inclinei-me para a frente, acendi um cigarro, tentando imaginar o que eu poderia fazer para pôr panos quentes na situação. Ela estava amargurada, eu via isso. Ela se sentiu abandonada, sentiu que estava passando ao largo da vida enquanto eu a vivia intensamente – o que não era verdade, de maneira nenhuma, como acredito ter deixado claro aqui. O problema dela não era único. Qualquer homem que viajasse para ganhar a vida, fosse no exército, em vendas, meteorologia, ou na indústria férrea, tinha, por necessidade, que deixar sua esposa para trás por longo tempo. Essa era simplesmente a natureza de algumas profissões.

Mac tinha o mesmo problema, e ela encontrou um meio de lidar com isso. Embora ela nunca tenha deixado escapar em público, eu sabia que ela se sentia frustrada. Queria ser incluída também, mas Prok fez de sua pesquisa uma fraternidade e Mac se voltou para as crianças, o tricô e as Bandeirantes como compensação. O mais próximo que Mac chegou de fazer uma crítica, que eu saiba, foi uma frase que deixou escapar em uma das revistas para mulheres após o volume masculino ter sido lançado. Perguntaram-lhe sobre Prok e suas viagens e se a devoção dele à pesquisa não tornava a vida difícil para ela, e a resposta foi significativa: "Eu mal o vejo à noite desde que ele passou a se dedicar ao sexo." Todos tinham rido – Clara Kinsey tinha dito uma frase espirituosa –, mas eu vi a verdade disso.

Uma vez – e isso foi depois de Rutledge ter se juntado a nós e de os filhos dos Kinsey já estarem crescidos e terem saído de casa –, Mac foi junto conosco em uma de nossas expedições, apenas para participar, para fazer algo diferente da lida doméstica. Não lembro agora onde foi isso, alguma cidade universitária sem graça do meio-oeste, um lugar pouco diferente de Bloomington, e provavelmente era inverno também, de maneira que até a paisagem era monótona. Nós nos hospedamos em um hotel, o arranjo de sempre, e conseguimos dois quartos contíguos, Prok, Mac, Rutledge e eu. Corcoran tinha ficado para tomar conta do Instituto. Mac passou seu tempo da melhor forma possível enquanto conduzíamos nossas entrevistas – ela pode ter ido a um parque tomado pela neve, ou dado uma espiada na biblioteca ou em uma loja de artigos usados, não sei. Depois, jantamos tarde e subimos para os quartos, onde presumi que Prok e Mac se retirariam e deixariam que Rutledge e eu nos virássemos sozinhos. Mas Prok estava especialmente agitado naquela noite, andando de um lado para outro e falando de seus inimigos – as legiões tinham crescido com o passar dos anos – e de algumas das excentricidades que tinham surgido nas entrevistas daquele dia. E os filmes. Ele tinha acabado de abrir caminho para o uso da filmagem dos hábitos de acasalamento de várias espécies de animais, e lembro que ele estava particularmente entusiasmado com o trabalho de um tal professor Shadle, da Universidade de Buffalo, que conseguira documentar claramente o comportamento reprodutivo de porcos-espinhos cativos.

– Porcos-espinhos! – seguia exclamando Prok. – Você consegue imaginar isso? Com toda aquela armadura defensiva? E, mesmo assim, eles ainda conseguem praticar o coito, é claro, ou onde estaria a espécie?

Mac estava bem ao lado dele, nunca tímida em expressar seus pontos de vista, e Rutledge estava absolutamente envolvido também, interrompendo para dar suas opiniões, empinando o queixo com esse ou aquele pensamento, gesticulando com as mãos durante o debate. Eu estava satisfeito por ficar de fora, com uma Coca-Cola, ouvindo, embora eu quisesse acender um cigarro. (Sobre Rutledge: ele era doutor por Princeton em antropologia cultural, 38 anos de idade, um homem elegante, dócil, com o corpo ligeiramente curvado, um sorriso irônico e um bigode bem fino em homenagem a sua linhagem ibérica do lado materno, e talvez até ao Duke Ellington também. Quanto a isso, Prok detestava todos os pelos faciais, argumentando que somente alguém com algo a esconder quereria encobrir seus traços.) Após um tempo, o assunto passou do sexo de porcos-espinhos para o sexo humano, e os comentários usuais de Prok sobre os costumes de nossos dias – éramos todos inibidos demais, insistia ele, mesmo entre nós, nas posições mais importantes da pesquisa sexual, nós, que estávamos ali naquele quarto.

– É mesmo? – intrometeu-se Rutledge, mordendo a isca. – Como assim?

– Veja o caso de Mac, por exemplo – disse Prok, parando no meio de uma passada. – Eis aí uma mulher atraente, desejável, sentada bem ao nosso lado enquanto fazemos sermões sobre sexo, e não pensamos em tirar vantagem da situação agora, pensamos?

– O que você quer dizer com isso? – Rutledge, encostado à parede oposta, uma garrafa de refrigerante vazia e um hambúrguer meio comido sobre a cômoda ao lado dele. Dois dedos rápidos e nervosos buscaram o bigode.

– Nós nos divertirmos com ela, obviamente. Você topa, não é, Mac?

Ela, sentada com seu tricô em uma cadeira de braços, olhou para a frente, rapidamente, e depois desviou o olhar. Murmurou algo que soou como se estivesse de acordo, e senti meu corpo adormecer. Eu não conseguia olhar para ela. Queria me levantar da cadeira, abrir caminho porta afora e sair para as ruas escuras de uma cidade que eu não conhecia e tampouco me provocava sentimento algum. Queria apenas caminhar, até que minhas pernas não aguentassem mais. Não era ciúme o que eu estava sentindo, mas algo completamente diferente, algo que eu não conseguiria colocar em palavras se me pedissem.

– Oh, mas isso dificilmente prova alguma coisa, trata-se apenas de uma convenção social.

Os olhos de Prok brilhavam.

— Exatamente o que estou querendo dizer.

O debate prolongou-se mais um pouco, a opinião de Mac foi pedida, a minha, a bola indo e voltando entre Rutledge e Prok, mas, por fim, Prok transformou a discussão em um desafio: ou nós nos expressávamos sexualmente, sem inibições, ou provávamos o ponto de vista dele.

— Ações falam mais que palavras, vocês não acham?

Ela estava entusiasmada? Eu não conseguia fazer uma leitura dela, mas todos os seus traços de garotinha tinham desaparecido e ela assumira seu rosto objetivo. Não fora até ali para isso, não era o que esperava. Rutledge era casado, pai de dois filhos e parecia sem jeito.

— Vão em frente — insistiu Prok —, divirtam-se. Rutledge, você é o homem novo no pedaço. Por que não vai primeiro?

O que eu estou tentando indicar aqui é que os sentimentos de Iris não eram, de forma alguma, únicos. Assim sendo, eu a compreendia e queria apenas apaziguá-la, amá-la e apoiá-la, e dar a ela tudo que eu tinha para oferecer, tanto emocional quanto fisicamente.

— Iris — disse eu —, por favor, não vamos brigar.

— Fique com elas — disse ela, bem quando um trovão sacudiu as janelas e reverberou nas paredes —, e todo o resto de seus petiscos mexicanos. — Seu rosto era inexpressivo à luz que caía. — Eu posso comer bolo de carne.

— Você está ouvindo o que está dizendo? Isso é ridículo. Você não precisa...

— Ou porco salgado. Ou bolachas duras — disse ela, agora sorrindo, seu belo sorriso, enriquecido com ternura e simpatia. — Eu posso comer bolachas duras todos os dias.

Estendi o braço e fiz uma carícia nas costas da mão dela.

— Tudo bem, entendi. Nunca mais vou falar de *tortillas* de novo.

— Antes que ela pudesse responder, ouvi um lamento abafado da cozinha, algo muito parecido com o miado de um gato, seguido

pelo baque de um corpo compacto saltando da pia para o chão, e, no momento seguinte, a cortina de contas se partiu e me vi encarando o olhar amarelo, fixo e arregalado, do maior gato que eu já vira na vida. – O que é isso? – perguntei, estupidamente.
– Um gato. O nome dele é Addison.
– Você está brincando – disse eu. Ela me ignorou.
– Aqui, Addison. Venha cá, garoto – chamou ela, amorosamente, e o gato, que congelara ao me ver, começou a rastejar pelo tapete sobre a barriga. Quando chegou ao sofá, deu um salto com prática e se ajeitou no colo dela.
– Mas você não pode ter um gato. Você sabe que eu sou alérgico, e a comida... É um gasto. Quem vai pagar pela comida, entende?

O gato começara a ronronar, um movimento sincopado da respiração das narinas para a laringe para os pulmões e de volta. Ela estava acariciando o bicho.
– Eu preciso de companhia, John.

Eu não disse nada. A chuva transbordava as sarjetas.
– Se você não vai estar por aqui, e acho que você não tem nada a dizer a respeito disso, afinal foram o quê, *34 dias*? Seguidos? Sem um telefonema?

Seria digno que um trovão sacudisse a casa naquele momento, mas não foi dessa vez. Ou talvez tenha sido. Talvez eu não esteja me lembrando direito.
– E tem mais uma coisa. Não me importa o que você vai dizer.
– Ela aproximou seu rosto do meu, diminuindo o espaço sobre o gato e a mão que o acariciava em vez de mim, seus olhos em suspenso, os lábios, os dentes, a fragrância doce de seu hálito. – Eu quero um filho, John. Já tomei a decisão.

E agora ele veio – *Boom!* –, sacudindo tudo, até a louça no guarda-louças e as facas na gaveta.

3

As coisas se acalmaram por um tempo depois disso – ou pelo menos entraram em uma rotina. Nós passamos a viajar com um pouco menos de frequência naquele outono. Éramos um trio, Prok e Corcoran partindo em duas excursões distintas para Nova York e Filadélfia, fazendo contatos e coletando histórias pelo caminho. Na ausência deles, bati o cartão de ponto e me concentrei nos assuntos do Instituto. Isso não me incomodava. Era bom estar em casa e passar mais tempo com Iris, apesar, é claro, de eu ainda cair bastante na estrada, e, quando não o fazia, devo confessar que sentia falta da emoção da caçada. De algum jeito, uma adaptação à rotina e à vida sossegada e ordeira combinava com meu temperamento, mas havia uma parte de mim completamente diferente que ansiava pela estrada, pela aventura, e, uma vez que Prok abrira esse mundo para mim, nunca me bastava.

Quanto ao Instituto, embora não fôssemos constituir uma pessoa jurídica nos três anos seguintes, estávamos crescendo tanto em prestígio quanto em autonomia, e, juntamente com nossa secretária em turno integral – a formidável sra. Bella Matthews –, tínhamos buscado também a ajuda de auxiliares de escritório em meio turno, e isso exigiu que mudássemos as coisas de lugar para conseguir colocar mais uma mesa nos gabinetes, a sra. Matthews indo para a antessala e os auxiliares encontrando um espaço junto a Corcoran. A biblioteca, toda ela adquirida com o dinheiro do próprio bolso de Prok e já chegando à casa dos 5 mil itens

– livros nesse campo, fotografias, obras de arte, diários sexuais e por aí afora –, tinha tomado cada centímetro disponível do espaço no gabinete interno, assim como uma sala vazia trancada e sem janelas no mesmo corredor e que fora usada um dia para guardar equipamentos de laboratório. Dizer que nosso espaço era exíguo seria abrandar as circunstâncias. Mais premente ainda era a necessidade de "mão de obra", como Prok colocava a situação – ou seja, de outro pesquisador para ajudar a coletar o número impressionante de 100 mil histórias que ele estava determinado a registrar.

Com esse intuito, tínhamos começado a fazer sondagens em várias instituições acadêmicas – e Prok procurava incansavelmente seus colegas país afora na tentativa de atrair um candidato que refletisse prestígio sobre nossa pesquisa. Àquela altura, eu tinha apenas um bacharelado, e Corcoran, seu mestrado, e Prok estava de olho em um homem mais velho – quer dizer, com seus 30 anos –, com um Ph.D. em ciências sociais ou psicologia, vindo de uma universidade de prestígio. Ele mesmo, é claro, era um homem de Harvard. Apesar de nunca falar nada a esse respeito, em um esforço, talvez, de poupar nossos sentimentos, ele estava procurando alguém cujas credenciais e associação pudessem compensar nossas graduações bastante prosaicas de universidades estaduais. Lembro que conduzimos algumas entrevistas durante todo o outono e até a primavera do ano seguinte – 1945 –, mas a resposta não foi a que esperávamos. A guerra ainda estava em andamento, afinal de contas, e a vasta maioria da mão de obra ainda estava empregada pelo Tio Sam.

Na frente doméstica – isto é, na frente doméstica pessoal, na cozinha, na sala de estar e no quarto do apartamento que eu e Iris compartilhávamos na rua Elm, 619 –, as coisas tinham começado a se acomodar também. Todo casamento tem suas dores de crescimento, e certamente tínhamos as nossas, mas agora eu estava em casa, ou, pelo menos, com mais frequência em casa que antes. Eu estava determinado a compensar os erros passados. Fazia um esforço verdadeiro para estar em casa para o jantar todas as noites, mesmo se isso significasse chegar ao gabinete mais cedo de manhã para dar conta da carga de trabalho. Eu tentava falar mais sobre literatura, arte, acontecimentos do momento, e menos sobre Prok e sexo. Deixei de ir ao bar depois do trabalho e tentei ajudar em casa o máximo que pude, embora eu tenha que admitir não ser muito bom nisso – mas eu estava tentando, pelo menos estava tentando. Com o tempo, até comecei a tolerar o gato. E, se me esquivei inicialmente da questão de termos um bebê (as desculpas de sempre: éramos jovens demais, não tínhamos condições para isso, um gato era uma coisa e um bebê, outra), lembrei meu momento de lucidez na Escola Fillmore, crianças, crianças por todo lado, e não demorou muito para que eu começasse a aderir ao modo de pensar de Iris.

Aquela primeira noite foi uma provação, entretanto, e não me importo em admiti-lo. Nós não parecíamos estar nos comunicando, de forma alguma, e eu deveria ter sido mais compreensivo, mas estava exausto, física e mentalmente, e não estava em minha melhor forma. Longe disso. Logo quando ela estava amolecendo, no momento em que eu estava prestes a desencavar o bracelete de minha mala de mão e colocar tudo em seu devido lugar de novo, o gato se meteu entre nós e, de alguma forma, conseguiu metamorfosear-se em uma criança hipotética.

– Eu quero um bebê, John – disse ela, e eu nem pensei a respeito, não hesitei ou me preocupei com o cálculo emocional, só disse que não. E Iris, com a panela chacoalhando no fogão e não sei quanto gim nas ideias, sem mencionar o resíduo de uma tarde de fofocas com Violet Corcoran, jogou tudo de volta em minha cara. – Muito bem – disse ela –, se é assim que você se sente, você pode dormir bem aqui no sofá então, porque você não vai chegar perto de mim, nem mesmo para me tocar, um beijo, nada. Você está me ouvindo?

E assim foi, o fim de nossa alegre reunião. Ela levou o gato para o quarto e bateu a porta, e eu fui até o bar mais próximo e bebi uísque a um canto, completamente sozinho, enquanto as pessoas se apinhavam em torno do rádio e ouviam as notícias da guerra, e eu fervilhava e padecia, sufocado de desejo por Iris, por minha própria esposa, cinco semanas longe de casa e nada de sexo, carinho, a não ser rancor e um gato. Eu estava furioso, de coração partido. Nauseado comigo mesmo e com ela também – com o casamento, com toda a instituição corrupta e coercitiva. Prok estava certo: o homem era pansexual, e apenas a convenção – a lei, os costumes, a igreja – fazia com que ele não se expressasse com qualquer parceiro que aparecesse em sua vida, de qualquer sexo ou espécie. O casamento era uma prisão. Uma escravidão. Dava nada além de uma sensação de azedume. Caminhei para casa na chuva, atormentado pelo desejo, dormi no sofá e acordei com uma ressaca. Eu tinha partido antes de ela ter se levantado.

No trabalho, tentei pedir um conselho a Prok, mas ele se movia na velocidade da luz, voando de sua mesa para a minha e a de Corcoran e a da sra. Matthews e de volta, cinco semanas de correspondência acumulada e problemas disseminando-se como metástase e tudo em um único dia, porque, com Prok, nada podia esperar até o dia seguinte. A tarde já estava avançada quando finalmente consegui pegá-lo em um canto. Ele tinha ido ao banheiro – com uma pasta cheia de papéis em uma das mãos e a caneta-tinteiro na outra –, e esperei por ele na porta. Quando saiu, cinco minutos depois, queixo no peito, ombros retos, com seu caminhar impetuoso costumeiro, fiz como se eu mesmo estivesse a caminho do banheiro e, por acaso, tivesse cruzado com ele.

— Oh — disse eu —, olá, Prok. Você teria um minuto? Eu queria, bem, ter uma conversa com você, se isso não for um incômodo, isto é, se você tiver um minuto...

Como já disse, de todos os indivíduos que já conheci em minha vida, Prok foi o sujeito mais rigorosamente ligado aos sinais subconscientes que as pessoas deixam transparecer quando estão angustiadas ou iradas ou simplesmente tentando acobertar seus sentimentos. Teria sido um grande detetive. Naquele momento, ele simplesmente me encarou — a imposição repentina do azul de seus olhos, o brilho dos óculos — e disse:

— Problemas em casa?

— Não — respondi. — Ou, sim, de certa forma.

Dois professores de biologia, um zoólogo com um jaleco de laboratório e um botânico em mangas de camisa, passaram a nosso lado a caminho do banheiro, e nós dois paramos um momento para cumprimentá-los. Assim que a porta foi fechada, Prok se virou de novo para mim, com uma expressão meiga e receptiva.

— Sim — disse ele —, vá em frente.

— Iris quer ter um bebê.

Ele ergueu as sobrancelhas. O sorriso largo — o famoso sorriso largo — revelou-se subitamente em seus lábios.

— Mas essa é uma notícia maravilhosa — disse ele. — Simplesmente maravilhosa. Ela está grávida?

— Oh, não — respondi. — Não, não. Ela só... Quer dizer, noite passada.

— Eu compreendo — disse ele, levando-me pela mão. — É um passo grande. Mas tudo faz parte de uma progressão natural, John,

nada com que se preocupar. Crianças são uma alegria, você vai ver. E se é com o dinheiro que você está preocupado, tenho certeza de que nós podemos dar algum jeito quando chegar o momento.
— Não é isso. É mais uma questão de princípios. Eu dormi no sofá ontem.

Ele não disse nada sobre isso, apenas segurou meu olhar, esperando o que viria em seguida, como se eu fosse um de seus entrevistados.

— Foi por causa de nossa viagem, quer dizer, porque nós a estendemos. Ela pegou um gato para fazer companhia, diz ela, e agora essa outra questão.

— Uma criança.

— Sim. Mas eu me ressinto com isso. Eu não estou pronto para assumir a responsabilidade, Prok, e, mesmo se eu estivesse, ela tornou isso uma demanda, e disse que não vai, bem, não vai *dormir* comigo até eu ceder. Foi isso que ela disse.

Prok demorou algum tempo retirando os óculos e polindo-os com o seu lenço, a pasta enfiada embaixo de um braço. Ele soltou um suspiro.

— Há um toma lá dá cá em todo casamento — disse ele, recolocando os óculos na ponte do nariz e dobrando cuidadosamente o lenço, quadro a quadro —, mas meu conselho é que você recupere seu lugar de direito na cama marital. Não vou lhe dizer para apressar nada, mas um filho poderia ser exatamente do que você precisa nessa conjuntura, como um fator de amadurecimento. Eu estou mais que satisfeito com seu trabalho, você sabe disso, mas sempre há lugar para o desenvolvimento, e não posso deixar de pensar que a paternidade, a experiência direta dela, a reprodução, John, seus genes passados para outra geração, vão torná-lo um entrevistador ainda mais compreensivo, isto é, em longo prazo. Você não concorda?

O CÍRCULO ÍNTIMO

Durante todo o trajeto para casa, ensaiei um pequeno discurso para Iris. Eu diria para ela o que Prok havia me falado – que ele praticamente tinha dado sua bênção, mas não de imediato. Minha mente estava longe de estar decidida, e a primeira coisa que eu esperava de Iris era um pedido de desculpas. Eu trabalhava tão duro quanto qualquer outro nesta Terra, e não importava se ela reconhecia isso ou não, mas a viagem havia exigido muito de mim, e ela não tinha direito algum de dar um ultimato dessa natureza. A paternidade era uma decisão compartilhada, algo com que ambos os cônjuges tinham que concordar, sem lançar mão de ameaças ou chantagem. Ela não gostaria realmente de trazer uma criança para o mundo sob uma nuvem de ressentimento, não é? Seria bom para a criança? Seria saudável? Não. Teríamos apenas que esperar – pensar em tudo, discutir – até que os dois estivessem prontos.

Havia música tocando quando cheguei à porta, algo calmo e suave, que me trouxe à mente os bailes aonde costumávamos ir, o tipo de número que a banda tocava bem no fim do último set, quando baixavam o ritmo e os casais ficavam ali parados balançando no mesmo lugar. A mesa estava colocada para o jantar – com flores em um vaso e guardanapos de pano –, e, na mesinha de canto ao lado do sofá, havia um copo alto de uísque com água transpirando sobre um descanso. Olhei de relance através da cortina de contas para a cozinha e vi uma panela sobre o fogão e, ao lado dela, uma frigideira com o corte róseo e firme de um bife, atravessado nela, e isso era realmente significativo, um bife, naquela época, era algo importante. Fiquei parado ali um momento, assimilando tudo. "Assim está bem melhor", pensei, e fui até o drinque, levei-o até os lábios e deixei que o álcool levasse embora o calor do dia e os últimos vestígios que restavam de minha ressaca da noite anterior. Mas onde estava ela? No quarto, sem dúvida, exasperando-se com seu batom, vestindo-se para me agradar, para fazer as pazes. Ela estava errada e sabia disso. Eu podia esquecer os discursos.

Foi então que observei que as cortinas estavam fechadas. Fora um dia de céu claro e terapeuticamente quente, o sol diligente de Indiana queimando os resíduos da tempestade da noite anterior e saturando o ar de umidade até o ponto em que o menor movimento fazia com que começássemos a suar. Ela deveria ter deixado as cortinas abertas, nem que fosse para deixar uma pequena circulação de ar. Eu estava confuso. E já suando, apenas do esforço de erguer o copo da mesa. Chamei-a:

— Iris? Iris, cheguei!

A voz dela veio do quarto dos fundos:

— Só um minuto. — E dei mais um bom gole no drinque, larguei o copo no descanso e fui até a janela para deixar entrar um ar.

Bem quando estava prestes a abrir as cortinas, ouvi de repente o deslizar e os cliques das contas de madeira atrás de mim e Iris dizendo:

— Não faça isso.

Eu me virei e lá estava ela, parada a meu lado no movimento ondulante de contas suspensas, o quarto meio no escuro, a música fluindo do fonógrafo. Ela não estava usando roupa alguma. Nada mesmo. Os pés bem separados e as mãos pousadas nos quadris. Vi que tinha maquiado os olhos, colocado batom e feito as unhas, mas tudo isso não tinha a menor importância diante do gesto simples e revelador de sua nudez. Iris era reservada em seus hábitos e modesta a respeito de seu corpo, nem um pouco como a exibicionista Violet Corcoran. Nunca havia posado nua para mim antes, ou, se o fez, foi apenas nas carícias preliminares, nos limites permissivos da cama.

— Deixe as cortinas fechadas — sussurrou ela. — Não quero que nenhum vizinho me veja.

Fui até Iris como se estivesse em uma coleira, e ela deixou que eu a beijasse, minhas mãos em seus seios, seu abdômen, o território familiar, antes de me afastar.

– Mas John – disse ela, e isso seria a própria definição de como ela era –, o que você está fazendo? Você sabe que nós não podemos ter relações. Você não tem medo de que eu fique grávida? Isso não seria uma tragédia? Não seria? Hein?

Ela estava junto ao fogão agora, de costas para mim e acendendo o gás embaixo da panela, as contas chocalhando, o gato sumido. Eu podia sentir o uísque em minha garganta. O aposento estava mais quente que qualquer sauna. E posso contar que a possuí ali mesmo, no chão da cozinha, sem pensar uma vez em Mac ou Violet Corcoran ou em qualquer outra mulher no mundo, e que as camisinhas ficaram bem onde estavam, no canto dos fundos da gaveta, com o laminado barato descascando da mesa de cabeceira do quarto.

Eu GOSTARIA DE poder contar que John Jr. foi concebido naquela noite, mas não era para ser assim. Meses se passaram, então um ano, a guerra terminou, Prok, Corcoran e eu estávamos viajando em um ritmo acelerado e coletando histórias mais assiduamente que nunca, e, apesar de nossos melhores esforços – meu e de Iris –, sua menstruação vinha com a mesma regularidade de antes. Consultamos a literatura médica, empregamos as posições para o coito recomendadas e copulamos zelosamente durante o período mais fértil do ciclo mensal, mas tudo para nada. Iris tomava banhos quentes, banhos frios, esfregava margarina no corpo, só consumia ovos por um mês inteiro. Nada parecia funcionar. Falei com Prok sobre isso, e ele me mandou para um especialista que conhecia em Indianápolis. Fiz um exame físico completo, e o médico chegou até a me convidar para a sala dos fundos, para estudar meu sêmen sob o microscópio a fim de me tranquilizar, dizendo que não havia nada de errado. Prok e eu começamos a suspeitar de Iris. Ela foi examinada também – por um ginecologista que Prok recomendara, o mesmo homem que ajudara Mac com o seu problema de aderência vinte anos antes –, e ele a declarou normal e saudável. Então, qual era o problema? O que estávamos fazendo de errado? Nenhum de nós dois fazia a menor ideia, mas Prok, sim, e ele foi tipicamente direto a respeito do assunto.

Após analisar os resultados – estávamos no gabinete, e ele caminhava de um lado para outro diante de sua mesa, o semblante intrigado, murmurando para si mesmo –, ele gesticulou para que eu me aproximasse. Podia estar chovendo naquele dia, não lembro, mas a chuva teria sido apropriada – como um símbolo de esperança e fertilidade. Eu precisava de algo positivo, porque estava me sentindo por baixo mesmo, inadequado, impotente, um fracasso até nisso. Paramos juntos próximos à janela por um momento, contemplando o campus.

– Você apenas precisa levar em consideração o fator aleatório aqui, só isso – disse ele, por fim.

– Como?

– Cada um dos milhões de seus espermatozoides lutando para conseguir entrar no *uterus* e nas trompas, um óvulo tendo descido ou não, como pode ser o caso, a seleção natural em funcionamento, isto é, no microcosmo do útero de uma mulher...

Olhei confuso para ele.

– O acaso, John, o acaso. Continue tentando, é só o que posso dizer.

Nesse ínterim, nossa procura maior – por sangue novo para o Instituto – havia começado a apresentar uma série de candidatos qualificados agora que a guerra terminara. Começamos a entrevistá-los seriamente. Cada homem era convidado para o campus, com sua esposa e família – as esposas, em particular, tinham que ser investigadas, não apenas para determinar se eram, de alguma forma, reprimidas sexuais, mas se eram discretas e confiáveis também – e Prok lhes proporcionava um tour pelos prédios, organizava um piquenique ou um musical em sua homenagem, coletava suas histórias e deixava que eu e Corcoran os examinássemos minuciosamente em busca de irregularidades. (Quase sempre, Prok arranjava um jeito de darmos uma saída pela cidade com o candidato depois, sem a esposa, a fim de fazê-lo se soltar e pegá-lo de guarda baixa, e, se isso exigisse certa dose de destilados e dado número de charutos Havana por conta dos cofres do Instituto, era apenas uma despesa de negócios na contabilidade de Prok.) Obviamente, quase todos os candidatos tinham um defeito ou outro, e Prok, perfeccionista que era, rejeitava-os em massa, apesar de sua necessidade quase desesperadora de outro homem.

Lembro-me de um candidato chamado Birdbright. Tinha 45 anos, era feliz no casamento, pai de uma filha bem-ajustada e já crescida, acabara de se desligar da marinha e se preparava para defender sua tese de doutorado em Harvard, no campo de antropologia física. Ele foi até o campus, e Prok questionou-o até tarde da noite. Corcoran e eu o levamos para dar um giro pelos bares e, apesar de ele parecer um tanto formal demais – acho que era sua postura militar, ou talvez fosse apenas rigor acadêmico –, nós não conseguíamos encontrar nada que o desqualificasse. Ele era de origem escocesa, fumava Camels e odiava esportes. Não era uma pessoa particularmente fácil de se abrir em uma conversa, mas tampouco era reprimido sexual e parecia ter poucos preconceitos contra quaisquer comportamentos sexuais que fossem, tecnicamente falando, contra a lei. No dia seguinte à sua visita, nós três sentamos para comparar notas.

— Não encontro nada objetável no homem — disse Prok, a pasta do candidato espalhada sobre a mesa diante dele, e Corcoran e eu tivemos que concordar. Houve uma pausa. — Entretanto, não sinto nenhum entusiasmo de verdade também. — Prok fechou cuidadosamente a pasta e deixou que os olhos rolassem para trás em sua cabeça. — Mas *Birdbright*,* quem vai querer revelar informações íntimas para um homem com um nome desses? — Ele soltou um riso curto, compassado. — *Birdbright*, por favor!

Houve outro homem desqualificado por uma razão parecida. Mais uma vez, o candidato não era objetável, mesmo que talvez não fosse particularmente animador, interessante. Tinha uma esposa aceitável e uma formação acadêmica apropriada, mas carregava o fardo de um nome longo e com hífen — Theodore Lavushkin-Esterhazy —, o que deixou Prok irritado. Então, ele colocou a questão diretamente: consideraria encurtar seu nome para o menos imponente Theodore Esterhazy, ou mesmo, a fim de entrevistar os indivíduos das classes mais baixas, simplesmente Ted Esterhazy? O candidato respondeu que se tratava de um nome de família venerável com o prestígio de vários séculos e que de forma alguma ele consideraria editá-lo. Foi o termo que ele usou, "editá-lo". Prok juntou as mãos sobre a mesa à sua frente, lançou um olhar longo para o candidato e agradeceu-lhe por seu tempo.

Sim. E houve outro homem, rejeitado por causa da esposa, que tinha problema de alcoolismo, como ficamos sabendo por meio da investigação que fizemos com o pessoal de seu último local de trabalho, e, logo depois, descobrimos de fato, no piquenique

---

* Junção das palavras bird e bright. Algo como "astuto como um pássaro". (N. T.)

no parque Bryan que fizemos para ele. A esposa era espalhafatosa, sexualmente exibida, com panturrilhas musculosas e peitos protuberantes, e se atirou em um homem após outro, entornando os drinques como se fossem suco. Ela não fez uma cena, não exatamente, mas foi o suficiente para nos dar um aviso. Prok não via utilidade em bêbados, pois não eram confiáveis e não era possível garantir que ficassem de boca fechada (ele viria a discursar sobre meu próprio consumo alcoólico em mais de uma ocasião, mas isso não interessa aqui, ou pelo menos não nessa conjuntura). Isso não é dizer, incidentalmente, que Prok era um sujeito cruel, como os fofoqueiros gostariam que todo mundo acreditasse, tampouco que ele escolhia os membros de sua equipe com base em sua capacidade de controlá-los e dominá-los, mas apenas que era extraordinariamente sensível às necessidades do projeto. Havia segredos a serem mantidos. Havia um trabalho a ser feito. Quem poderia culpá-lo por ser exigente?

Rutledge, como se sabe, é claro, foi o homem que finalmente escolhemos. Todos gostaram dele logo de início. Apesar de suas credenciais da Ivy League* e de um maço de cartas elogiosas de alguns dos nomes mais importantes no campo, Robert M. Yerkes** entre eles, ele parecia uma pessoa simples, tão à vontade com o reitor Wells e os colegas de Prok no Departamento de Zoologia quanto com o garçom que nos trouxe nossas costeletas ou o barman que preparou nossos uísques com soda. E, de saída, tratou a Corcoran e a mim como seus colegas e iguais. Sua esposa, Hilda, era uma loura alta e um pouco introvertida que falava pelo

---

* Associação de universidades tradicionais da região nordeste dos EUA, assim chamada devido à hera (*ivy*) que cobre os prédios mais antigos.
** Robert Mearns Yerkes (1876-1956), psicólogo, etnólogo e primatologista mais conhecido por seu trabalho com testes de inteligência e no campo da psicologia comparada. (N. T.)

canto da boca como se tudo que dissesse fosse um gracejo – e, na maioria das vezes, era. Era relaxada e informal, um sopro de ar fresco após as esposas da maioria dos outros candidatos, que poderiam muito bem estar fazendo um teste para um papel em um daqueles filmes de robôs que pareciam infestar os cinemas naquela época. Mais um ponto a favor, pelo menos em meu ponto de vista: ela logo se entendeu com Iris. Prok arranjou um modo de tomarmos um drinque com os Rutledge uma tarde – os Corcoran, os Milk e os Kinsey –, e, antes mesmo de Prok ter me passado meu primeiro coquetel Zombie, Hilda e Iris já estavam íntimas. E as crianças, nunca esqueça as crianças, porque, como dizia Prok, elas talvez sejam o melhor reflexo dos pais – nesse caso, dois garotos sérios de 8 e 9 anos, que pareciam ajustados e bem-educados.

Após o ciclo preliminar de entrevistas, Rutledge foi o único candidato que convidamos de volta para uma nova apreciação. Se ele fosse aprovado dessa vez, entendíamos que Prok estava preparado para lhe oferecer o trabalho. Recebi-o na rodoviária e caminhamos juntos até o Instituto. Era outono – sim, o outono de 1946, e me lembro dele distintamente por motivos que logo ficarão evidentes –, e fazia um calor fora de época, um pouco de verão antes que o tempo frio se estabelecesse, as folhas caíssem e o Hemisfério Norte se afastasse do sol por mais uma longa temporada de contrição. Rutledge usava um casaco de *tweed* sobre uma camisa de mangas compridas, o chapéu empurrado para trás para pegar um pouco de ar na testa e a gravata solta de maneira que pendia como uma língua solta para longe de seu colarinho aberto. Ele trazia uma maleta em uma das mãos e um saco de viagem na outra, sua capa de chuva jogada descuidadamente sobre o ombro. Perguntei a ele se eu poderia ajudá-lo com alguma coisa, e ele abriu um sorriso.

– É claro, John – disse ele –, isso seria legal da sua parte. – E me passou seu saco de viagem.

O CÍRCULO ÍNTIMO

Caminhamos em silêncio por um momento. As calçadas estavam úmidas por causa de uma chuva passageira, cada jardim por onde passávamos parecia bem-cuidado e tranquilo, com cercas de madeira, canteiros apinhados de flores e gramados resplandecentes. As borboletas vagueavam sobre as florações e os pássaros monologavam nas árvores.

– Sabe, eu realmente gosto dessa cidade – disse ele. – Ela tem personalidade. E charme também. Não é bem Princeton, talvez, mas ela parece ter muito a oferecer. O que você acha? Você gosta daqui?

– Bem, sim – respondi –, gosto, sim. É sossegado, é claro, mas nós formamos nossa própria sociedade.

– Com dr. Kinsey?

Fomos parados em uma esquina, esperando que um ônibus atravessasse um cruzamento. Eu tinha consciência de que os olhos de Rutledge estavam em mim. Ele estava me sondando, e eu não me importava com isso – não era como se ele estivesse me pedindo para revelar algo que já não soubesse. Significava apenas que estava confiante que Prok lhe ofereceria o emprego – e, mais ainda, que estava inclinado a aceitá-lo.

– Prok é uma parte muito importante nisso – admiti.

– Vocês são muito próximos, não é?

– Somos, sim.

Ele deixou que a informação assentasse um momento e então o ônibus andou e atravessamos a rua. Seu andar era relaxado, a maleta balançava e a gravata se agitava na brisa que nosso avanço gerava. Encontramos um passo, um ritmo, e senti uma espécie de comunhão com ele naquele instante, como se fôssemos dois atletas atravessando o campo de jogo.

– Você foi aluno dele, não foi?

Respondi que eu tinha sido, um dia, e então comecei a rir.

— Mas acho que você deveria dizer que ainda sou, porque, com Prok, o processo de aprendizado continua a cada minuto de cada dia.
— Ele certamente tem energia, Prok — disse Rutledge.
— Tem, sim. Nunca encontrei ninguém como ele.
— Mas eu gosto disso. Eu gosto do projeto todo, o que você, ele e Purvis estão fazendo aqui. É muito interessante. Ele realmente abre novos caminhos.

Avançávamos a passos largos, a uma quadra da universidade agora. Fora do escritório eu me sentia bem, no sol, nem que fosse por meia hora, e estava contente de Prok ter me escolhido para ir à rodoviária. Eu não saía à rua o suficiente. Nenhum de nós saía. Decidi não me esquecer de convidar Iris para um piquenique no fim de semana antes que o tempo virasse.

— Eu gostaria de fazer parte disso, gostaria mesmo — seguiu Rutledge, como se eu o estivesse contradizendo. — E eu adoro essa cidade, já disse isso? Parece um lugar ótimo para se criar os filhos.

Eu não tinha nada a dizer quanto a isso, mas, de qualquer maneira, ele só estava falando consigo mesmo. Havia uma proposta na mesa (ele deveria ou não aceitá-la?), e ele estava fazendo a maior força para se convencer de que sim.

— Aliás — disse ele, assim que entramos no campus —, você e Iris têm filhos?

— Não — disse eu —, mas gostaríamos. Nós estamos..., estamos tentando.

Ele me lançou um sorriso aberto.

— Tentando, é?

— É — respondi, e sorri abertamente de volta.

— Pensando bem — e dois dedos foram até o seu bigode —, tudo não passa de mais uma faceta da pesquisa, não é?

O CÍRCULO ÍNTIMO

* * *

Prok passou a maior parte do dia enclausurado com Rutledge, então jantamos em um restaurante – só nós quatro, as esposas não foram convidadas –, e Prok deve ter bombardeado Rutledge com mil perguntas, isso depois de ele e sua esposa terem cedido suas histórias. Havia bebidas, embora Prok tenha se abstido, e Rutledge, fosse por comedimento ou cálculo – ele sabia que ainda estava sendo julgado –, tenha parado após dois uísques com soda. Depois, ele partiu para cima de seu jantar com um apetite de verdade, não obstante o interrogatório rigoroso de Prok. Eu tinha bebido o suficiente para me sentir saindo do corpo por alguns segundos, mas nada excessivo, nada que chamasse atenção para mim mesmo. Corcoran, que aguentava um destilado melhor que ninguém, seguiu bebendo firme durante a refeição inteira, quase como se estivesse se condicionando para algum teste de resistência. O que, no fim das contas, ele estava.

Ninguém tinha me dado pista alguma, mas eu podia adivinhar, pela expressão de Prok, que havia algum teste ou demonstração a mais ainda por vir. Quando Corcoran pediu licença antes da sobremesa, com uma piscadela confiante e a promessa de que nos veria em breve, minhas suspeitas se confirmaram.

– Bem – disse Prok, enquanto dávamos colheradas em um sorvete com pão de ló e a garçonete espreitava ao fundo –, foi uma noite e tanto. Um dia e tanto, na realidade, e espero que você tenha aproveitado tanto quanto eu, Oscar – ele usou o nome de batismo de Rutledge pela primeira vez, um indício de que algo estava em marcha, porque ele fazia questão de se dirigir à equipe somente pelo sobrenome. – E tenho certeza de que Milk também. Não é, Milk?

Respondi afirmativamente, assim como Rutledge.

– Foi ótimo – disse ele –, e devo dizer que estou impressionado, dr. Kinsey, com tudo que você me mostrou aqui...

Prok largara a colher e encarava Rutledge do outro lado da mesa, sobre a ponte de seus dedos entrelaçados. Seu rosto não demonstrava nada – Prok, o impassível, Prok, o entrevistador, o homem aberto, acessível e que não julgava ninguém –, mas seus olhos brilhavam de expectativa.

– Pode me chamar de Prok – disse ele.

Rutledge baixou rapidamente a cabeça, passou a mão pela nuca e voltou sorrindo.

– Sim, claro – disse ele. – Será um prazer, Prok.

– Bom, muito bom – murmurou Prok, então pediu a conta e passou vários minutos examinando-a e calculando cuidadosamente o troco exato mais uma gorjeta de três por cento, enquanto Rutledge eu batíamos um papo como colegas de faculdade.

– Tudo bem – disse Prok por fim, afastando de si uma pilha arrumada de notas e moedas –, e agora vamos nos retirar para minha casa, para conversarmos um pouco mais e tomarmos um café forte, se você achar que pode bebê-lo a essa hora – ele fez uma pausa, sorrindo largamente agora –, porque arrumei algo para seu proveito, Rutledge, e o seu também, Milk, uma demonstração, na verdade, que vai se provar mais do que interessante. Vamos?

Quando entramos no caminho sinuoso e familiar que levava à casa de Prok, havia duas figuras esperando por nós na varanda, suas silhuetas visíveis contra a luminescência que vinha de dentro. Uma delas era Corcoran, rapidamente tirando um cigarro da boca e o esmagando com o salto do sapato. A outra era uma jovem que eu nunca vira antes. As apresentações foram feitas na varanda. "Essa é a Betty, Prok, a garota de quem eu lhe falei. Betty, dr. Kinsey. John Milk. Oscar Rutledge." E então nós estávamos no vestíbulo, Prok saudando:

O CÍRCULO ÍNTIMO

— Mac, chegamos!

Eu mal tive tempo de olhar de relance para a jovem — ela era uma morena alta com traços de garota, maçãs do rosto salientes e olhos escuros dardejantes que praticamente sumiam quando sorria, e estava sorrindo agora, nervosamente, seus dentes pontiagudos e vagamente predadores — antes de Mac aparecer. Ela devia estar esperando logo atrás da porta da cozinha, porque lá estava, de imediato, com um vestido de alças simples, pés no chão, e uma bandeja de acessórios para o café e um prato de biscoitos de aveia frescos feitos por ela para a ocasião. Mac não estava usando batom ou maquiagem e, apesar de ela ter passado uma escova nos cabelos, o penteado parecia prestes a se desmanchar. Parecia cansada. Parecia velha.

— Mas entrem, entrem — insistiu ela, conduzindo-nos para a sala de estar no momento em que Prok pedia licença e desaparecia pela porta que levava à cozinha.

Fiquei refletindo sobre isso por um momento. Ele parecia extraordinariamente animado, como um garoto na véspera de seu aniversário. O que estaria tramando? Até que ele voltou apressado para a sala no instante seguinte, com a cafeteira e sua bandeja de bebidas.

Nós nos sentamos em torno da mesinha de café e batemos papo sobre isso e aquilo, enquanto Mac servia o café e Prok oferecia as bebidas para cada um de nós sucessivamente. Fora os murmúrios hesitantes de nossa conversa — "Você quer creme? Sim, obrigado" —, estava tudo muito quieto. Mariposas se jogavam contra as telas em delicadas explosões artrópodes. Do jardim, vinha o som dos grilos, denso e contínuo. Observei a garota escolher um dos licores menos saborosos e entorná-lo em um único gole, como se estivesse parada ao balcão em algum bar escondido. Prok imediatamente serviu-lhe mais um. Ela estava usando uma corrente de prata fina na garganta. Quando jogou a cabeça para trás para pegar o segundo copo, vi um brilho de prata e a cruz em miniatura com seu Jesus em miniatura subindo pelo o esterno.

Prok se sentou na cadeira de braços ao lado da garota, seus dedos elegantes e esguios apertando e soltando as curvas reluzentes escuras da madeira trabalhada, enquanto ele se colocava à vontade.

– Esplêndido – disse. – Não é esplêndido? – Mas Prok estava animado demais para se recostar e relaxar, e inclinou-se para a frente quase de imediato, as mãos atravessadas sobre os joelhos. – Betty – disse ele, baixando um ombro e se aproximando dela confidencialmente –, nem sei lhe dizer como estamos satisfeitos, satisfeitos e honrados, de que você tenha concordado com isso.

A garota olhou para Corcoran como se estivesse perdida, então inclinou a cabeça e falou com uma voz baixa, hesitante.

– Não é nada demais, mesmo.

– Mas você *é* discreta. Pelo menos foi o que Corcoran me falou. Você é?

Ela começou a dizer que sim com uma voz que se perdeu na garganta, e então repetiu, com um tom mais firme.

– Sim – disse. – Eu sou discreta.

– Podemos confiar em você, não é? – Prok a olhava com o seu olhar mais severo. – O que acontece aqui nesta casa é estritamente entre nós aqui presentes, está entendido? E nenhuma fofoca, nenhuma menção de sua ajuda aqui com a pesquisa hoje à noite jamais, repito, *jamais*, vai sair desses aposentos?

– Ela é legal, Prok – interpôs Corcoran.

Rutledge, quase esquecido – ele não era a principal atração ali? –, segurava sua bebida da tonalidade de urina e tentava um sorriso despreocupado, como se não estivesse nem aí, mas que logo murchou em seus lábios. Subitamente, ele estava nervoso. E, francamente, eu também.

— Mas eu quero ouvir isso dos lábios de Betty. Betty?

— Eu entendi — disse ela, e seus olhos se esquivaram dos de Prok para se fixarem em Corcoran. — Mas nós vamos ficar sentados aqui tagarelando a noite inteira? Porque se formos... — Ela se levantou então, uma garota alta, nem um pouco frágil, os traços de sua figura discerníveis em um movimento impetuoso por baixo de suas roupas. Ela não terminou o pensamento, ou ameaça, ou o que quer que tenha sido. Apenas ficou parada ali, olhando-nos fixamente, como se nos tivesse feito um desafio que estávamos relutando em aceitar.

Prok levantou-se também.

— Você está certa, Betty — disse —, e, embora tenha sido agradável bater esse papo, nós temos negócios a fazer, não é? — E, nesse momento, ele lançou um olhar para Corcoran, depois para Rutledge (uma pausa significativa) e, por fim, para mim. — Bem, vamos? — Sua voz sumiu aos poucos em um vazio ressoante, e vi, naquele momento, que ele também estava ansioso. Todos ficamos de pé. — Corcoran, porque você não mostra o caminho para a senhorita... *Betty*?

Meu coração estava aos saltos. Eu já tinha adivinhado o que estava por vir, mas não podia ter certeza, porque nunca tínhamos feito nada como aquilo antes, ou até aquele ponto, não em público, e eu não podia acreditar que Prok estava preparado para ir tão longe. Observar uma prostituta de um closet era uma coisa, mas..., mas meu olhar estava preso aos quadris e ao traseiro de Betty conforme ela subia a escada, as panturrilhas flexionando e soltando enquanto a bainha do vestido subia e caía acima dela. Eu podia sentir o perfume de Betty, algo que não reconheci, água de rosas, lilás, e ele foi direto até minha virilha.

— Sim — Prok dizia —, lá em cima, aquela porta à esquerda, Corcoran, isso mesmo. Nós realmente não ajeitamos muito o sótão, temo que esteja um pouco quente lá, mas é aconchegante. E privado. Há que se admitir isso.

E então estávamos todos dando voltas no quarto do sótão, isto é, todos menos Mac, que escolhera ficar no andar de baixo para "dar uma arrumada nas coisas". O quarto era abafado e tinha cheiro de pó de serragem e verniz, como se os carpinteiros não tivessem completado o que haviam começado, tinha o forro baixo e não terminado, as paredes construídas de tábuas de pinho com pregos malpregados surgindo na superfície. O lugar não tinha mudado muito desde a primeira vez que eu estivera ali, logo depois de Prok ter me contratado — havia a cama de solteiro contra a parede embaixo do plano inclinado da linha do telhado, o caniço de pescar no canto e os brinquedos e acessórios para esportes que não serviam mais para as crianças. A única diferença, até onde eu podia ver, era que a mesa de pingue-pongue tinha sido retirada e substituída por meia dúzia de cadeiras de madeira arranjadas em semicírculo de frente para a cama.

Houve um momento incômodo, a presença da garota deixando todos sem jeito, mesmo Prok, até que Corcoran tomou a iniciativa. Ele usava um terno de verão leve, com um corte mais esportivo, e tinha soltado a gravata por causa do calor. O sol de verão clareara seus cabelos — ele era um aficionado por tênis e, quando encontrava tempo, por golfe também — e seu rosto estava muito bronzeado. Ele parecia bem. Muito bem. Quase saído de um filme de Hollywood sobre jogadores de polo grã-finos ou playboys passeando pela Riviera.

— Por que vocês não pegam uma cadeira e se põe à vontade — disse ele, tomando a garota pela mão —, enquanto eu e Betty vamos ao que interessa. — E, para a garota, ele disse: — Você está pronta?

Rutledge me olhou de um jeito que era para transmitir perplexidade, mas eu podia ver a que conclusão sua suposição o levara e que ele estava excitado. Houve um rangido dos pés das cadeiras quando sentamos – Prok, Rutledge e eu – e ajustamos a posição de nossos assentos, cruzamos nossas pernas, tentando agir despreocupadamente e fracassando, todos os três. Corcoran, enquanto isso, começara a beijar a garota, beijando-a profundamente, língua com língua, e deixou que suas mãos deslizassem pelo corpo dela, descendo para as nádegas e subindo de novo para os peitos, e ela devolveu à altura. As mãos de Betty se moviam como animais brancos e rápidos sobre o espaço do paletó e das calças de Corcoran.

Então, eles já estavam na cama, beijando-se com mais paixão agora. Corcoran desabotoava os botões que corriam pelas costas acima do vestido. Tão logo as costas de Betty estavam expostas, ele soltou o corpete e, com um único movimento, arrancou a roupa pelos braços, de maneira que ela estava despida até a cintura, e seus seios penderam livres. As mãos dela ficaram mais animadas, puxando com força a camisa de Corcoran e abrindo violentamente seus botões, em uma espécie de frenesi crescente, até que estavam os dois nus e Corcoran de joelhos, abrindo as pernas dela e fazendo cunilíngua enquanto Betty agarrava seus cabelos e suas orelhas, puxando com força, como se quisesse empurrá-lo para dentro de si. Após um momento, eles trocaram de posições e ela lhe retribuiu a gentileza, fazendo dele um picolé, e então Corcoran levantou as costas de Betty para a cama e montou sobre ela.

Prok usava sua máscara de imparcialidade, mas Rutledge parecia prestes a explodir. Ele estava excitado – a calça parecendo uma barraca armada na altura da braguilha – e, apesar de tentar agir furtivamente, permanecendo concentrado e distante, ele começara a mexer a mão sobre o colo. De minha parte, lutei para permanecer neutro, pelo bem de Prok e Rutledge – ninguém ali, a não ser Corcoran, parecia saber o que se esperava dele, e Prok, é claro, Prok –, mas acho que não vou causar surpresa alguma se lhes disser que nunca estivera tão excitado em minha vida e que os fatores psicológicos, o cenário e a companhia certamente tinham a ver com isso. Aquele era Corcoran – meu colega e amigo, que tinha feito exatamente o mesmo com Iris, minha esposa, esse movimento de cabeça e língua, esse deslizar para dentro e para fora do orifício feminino com o ritmo escorregadio e o equilíbrio de uma foca surfando uma onda até a praia –, e aquilo era como se uma ferida se abrisse em mim, não vou negar, e não vou negar que feridas fazem correr sangue também. Eu me sentia sufocado. Eu mal conseguia respirar.

De uma hora para outra, Prok estava fora da cadeira e tinha Rutledge pelo braço, arrastando-o para a frente até pairarem sobre a cena.

– Você está vendo, Rutledge, como isso é inestimável? – dizia ele, inclinando-se mais para perto, enquanto Corcoran penetrava e a garota gemia, agarrava seus ombros e gritava. – Você está vendo aquilo? – continuou Prok. – Bem ali, está vendo? – Ele estava apontando um dedo empírico para o seio esquerdo da garota. – Você vê como a auréola inchou e aumentou pela excitação, a tumescência do tecido erétil dos mamilos tanto da fêmea quanto do macho? E veja aqui, mesmo as *alae*, as partes delicadas do nariz, ficaram intumescidas na fêmea...

Prok estava a centímetros de distância, inclinado próximo, usando o dedo indicador para apontar, e, com um tom de voz tranquilo, perguntou se Corcoran não poderia virar a garota a fim de que eles pudessem estudar melhor as metamorfoses fisiológicas nas áreas retal e genital dela. Corcoran obedeceu. Houve uma confusão de membros, certa dificuldade, e, então, a garota estava por cima, a cruz de prata oscilando ritmicamente com o movimento dos quadris dela, e Prok discursando, e Rutledge pairando sobre a cena, e toda a performance caminhando para seu clímax inevitável.

MAIS TARDE – DEVIA ser mais de uma da manhã –, escorreguei a chave na fechadura, abri a porta da frente e encontrei Iris sentada com um livro, esperando por mim. Ela estava afundada no sofá, suas pernas desnudas aconchegadas embaixo das dobras de sua camisola. Ela largou o livro quando entrei porta adentro.

– Você está atrasado – disse.

Fui até ela e me inclinei para um beijo, então me endireitei e dei uma espreguiçada e um bocejo, teatrais os dois. E um menear de ombros para mostrar como tudo isso era normal.

– Estou – suspirei.

Ela não tinha se movido.

– Pobre John – disse –, eu não invejo você. É só trabalho, trabalho e trabalho, não é?

Eu estava trilhando um terreno delicado ali. Haveria um tom zombeteiro na voz dela? Quanto eu deveria contar?

– O de sempre – disse eu. – Jantar interminável. Depois, ir para a casa de Prok e sentar e bater papo. Ele realmente pôs Rutledge à prova. – Eu ainda estava parado sobre ela, olhando fixamente para a corrente profunda de seus olhos, estudando o entrelaçar de seus cabelos, a sombra entre os seios onde a gola da camisola caía aberta. – Aliás, ele conseguiu o emprego. Rutledge.

Ela não disse nada por um momento, mas seus olhos pareciam me buscar, abrindo-se mais e mais, esféricos como globos, mundos em si mesmos, aquela cor do mar e todo o mistério e estranheza investidos ali. Iris. Minha esposa. Havia algo no ar, mas o que era?

— Isso é bom — disse ela, por fim. — Eu quero dizer, que bom que isso está acertado. Ele parece ser um cara legal. Tenho certeza de que vai se dar bem, e a pressão vai ser menor sobre você agora, não acha?

— Não sei — respondi. — Acho que sim.

Ela ficou em silêncio de novo, mas não tirou os olhos de mim em momento algum. Ouvi o som distante de um fonógrafo, um único violino fraco erguendo-se do declínio da hora e então desaparecendo aos poucos de novo. Lembro-me de ter sido transportado, naquele momento, para outro lugar, um apartamento mais adiante, no mesmo quarteirão, pessoas reunidas ali, o último coquetel da noite, o burburinho baixo e incestuoso de vozes.

— Eu também tenho novidades — disse ela.

Minha boca tentou se fechar em torno das palavras, mas minha mente já estava saltando à frente.

— Você, isso mesmo, você foi ao, ao...

— Ao médico — sussurrou Iris, e ela sorria como todos os anjos do céu.

4

PROK JÁ ESTAVA em sua mesa quando cheguei para o trabalho na manhã seguinte, e ergueu as sobrancelhas quando entrei, dez minutos atrasado. Para Prok, cada segundo perdido era um segundo em que o projeto se atrasava, e se ele nos fizera ficar de pé até a uma da manhã isso dificilmente servia de desculpa para relaxarmos sobre nossas responsabilidades do dia seguinte. A sra. Matthews estava ali na antessala, pontual como um banqueiro, as costas curvadas e a cabeça erguida, datilografando. Corcoran já estava em sua mesa também, e Rutledge, que voltaria para Princeton naquela tarde para começar a resolver suas questões pessoais, estava no canto, de cabeça baixa, lendo com atenção um dos volumes que Prok lhe passara para estar a par da literatura na área. Oito e dez da manhã e o gabinete a pleno vapor como sempre. Ou melhor, com exceção de mim. Eu não estava em minhas melhores condições – de ressaca, exaurido e atrasado ainda por cima –, mas eu mal estava me aguentando para dar a notícia.

Iris e eu ficamos acordados até tarde para comemorar – abri uma garrafa de I. W. Harper que eu estava guardando para a ocasião e brindei com ela, apesar de ela se limitar a um refrigerante, já preocupada com o bem-estar do bebê –, então fomos para a cama e deixei minha empolgação se derramar sobre ela, fechando meus olhos para as sombras que se projetavam pela parede e lutando contra a imagem da morena e de Corcoran, minha esposa em meus braços e ninguém a não ser ela. Minha esposa fértil.

Minha esposa grávida. Dois anos de tentativas e, tenho que admitir, eu estava começando a pensar que nunca conseguiríamos, éramos, de alguma forma, amaldiçoados, e quanto mais a criança me era negada, mais eu a desejava, não importava o custo, a inconveniência, ou qualquer outra coisa. Prok a queria também. E a mãe de Iris – ela a queria – e Tommy a queria e minha própria mãe e praticamente todas as pessoas que conhecíamos ou encontrávamos, do açougueiro ao verdureiro. "Quando vocês dois vão sossegar e começar uma família?", era o que eles queriam saber, com todas as mulheres na América grávidas ou empurrando um bebê em um carrinho enquanto um ex-soldado se pavoneava a seu lado.

– Desculpe, Prok, eu me atrasei – disse eu, largando o chapéu e a capa impermeável no cabide atrás de minha mesa. A capa estava molhada, a temperatura tinha caído uns dez graus durante a noite, chovia continuamente e os saltos dos sapatos deixavam arcos reluzentes sobre os ladrilhos de linóleo. – Mas tive que parar na escola de Iris e avisar que ela não iria hoje.

Prok me olhou rispidamente. Estávamos trabalhando no texto do volume masculino, e ele estava tendo uma carga de trabalho diária de dezesseis a dezessete horas, destrinchando os números, passando da organização para a interpretação, e tornara-se cada vez mais rígido com isso tudo. Ele mesmo tinha ficado de pé até a uma da manhã. Embora devesse estar entusiasmado com a resolução da questão Rutledge e o sucesso da demonstração da noite anterior, também podia estar um pouco indisposto.

– Você está atrasando o projeto, Milk – foi tudo que ele disse, e me lançou um olhar ranzinza.

Normalmente eu teria ficado mortificado – odiava que qualquer pessoa questionasse minha devoção e minha lealdade, especialmente Prok, a quem eu devia tudo. E ele estava certo, é claro: eu tinha chegado depois da hora, eu era irresponsável, eu estava atrasando o projeto. Mesmo assim, eu estava com uma sensação de bem-estar quase de outro mundo, como se nada pudesse me atingir, nem o medo, tampouco uma doença ou recriminação. Nenhuma resposta era esperada, mas eu tinha uma pronta, e segurei um momento só para brincar com o prazer da situação. Não me mexi. Apenas fiquei parado ali, à minha mesa, olhando para o santuário do gabinete, as manchas douradas da iluminação, as galhas, Prok. Iris estava em casa na cama, passando muito mal para ir dar aulas para crianças de 7 anos. Eu a ouvira com ânsia de vômito junto à privada, segurara sua mão, agasalhara-a com um acolchoado e a levara de volta para a cama com uma torrada seca e o que restara do refrigerante.

– Eu tenho novidades, Prok – disse eu. – É uma notícia muito boa, uma notícia ótima.

Ele já havia baixado os olhos para a página, e eles se ergueram novamente, perscrutadores e duros. O alarido pulsante arrítmico da máquina de escrever da sra. Matthews se extinguiu em uma teclada. Corcoran tirou os olhos de sua mesa.

– É Iris – disse eu, e me senti inflado, maior que a vida, o ator, o herói, o maratonista cruzando a chegada. Eu sabia o que eles deviam ter pensado de mim. Eu era o mais jovem, o menos experiente, o títere de Prok, incapaz até de desempenhar a função biológica mais elementar de todas, mas tudo isso tinha sido superado. Eu era igual a qualquer um. Eu era um homem. Não era isso que a paternidade também significava? – Ela está. Bem, nós vamos ter um bebê – disse eu. – Ela está grávida.

Prok soltou um assovio baixo. A sra. Matthews – tinha os seus 50 anos, era avó e viúva – lançou-me um olhar enternecido. E Corcoran, de sua mesa na sala dos fundos, juntou as mãos em um breve aplauso, o que tirou a cabeça de Rutledge do livro a tempo de me lançar um olhar curioso.

— Nós ficamos sabendo na noite passada. Ou melhor, ontem. Quando eu voltei para casa depois da, da...

Prok já tinha atravessado a sala, sorrindo abertamente. Ele pegou meus braços e me segurou junto a si até seu cheiro familiar – de sabão, adstringentes, o sopro mais ligeiro de loção de hamamélis – entrar em mim.

— Mas você vai precisar de uns conselhos, você vai precisar de Mac – dizia ele, olhando para além de mim, para o relógio na parede, como se o bebê fosse esperado nos próximos quinze minutos. – E de um bom obstetra. Quem mesmo você disse que ela estava consultando? Porque eu conheço o homem certo...

INFELIZMENTE, NO FIM das contas, estive longe com a equipe grande parte do outono e do inverno, e, na maioria das vezes, Iris teve que suportar os seus acessos de enjoo matutino sozinha. Ela esperava o bebê para junho, e, assim, concordamos que deveria cumprir com suas obrigações na escola primária até quando fosse possível – era a coisa certa a se fazer, é claro, mas também estávamos precisando do dinheiro, porque agora teríamos que nos mudar para um lugar maior. Meu aumento no Instituto ainda tinha que ser aprovado, embora eu já tivesse certeza de que seria, uma vez que a situação dos subsídios fosse resolvida. Quando estava em casa, eu fazia o melhor que podia para ajudar, preparando as refeições de noite, lavando a louça e dispondo as roupas dela para a manhã seguinte. Iris encarava isso com coragem, não reclamando nem uma só vez de meus horários – era um fato da vida –, e lembro-me da forma como se levantava rígida da mesa de manhã, refreando a náusea, o rosto fechado, enquanto brigava com meio ovo cozido e três goles pequenos de café.

Eu me sentia mal com isso. E ficaria feliz de ficar em casa com ela, ajudá-la a passar por aquele período, compartilhar da maravilha da transformação que ocorria em seu corpo. Mas aquela era uma época crucial para o projeto. Nós conseguíramos alcançar um marco no ano anterior – dez mil histórias registradas –, e, mesmo assim, Prok continuava pressionando energicamente por mais histórias à medida que mais ele se aprofundava na redação dos resultados, temendo ter seus números atacados por penderem para uma direção ou outra ("Nós temos 505 mulheres alcoólatras", ele resmungava, "mas um conhecimento insignificante de negros de classe alta e praticamente nada de pastores, rabinos e assim por diante, sem mencionar viciados em drogas e caixeiros-viajantes"). Para complicar mais as coisas, ainda estávamos trabalhando com pouca ajuda, já que Rutledge só terminaria sua dissertação e se juntaria a nós bem próximo das festas de fim de ano. Enquanto isso, Iris ganhava peso, sentia seus seios ficaram tenros e os pés incharem. E nós estávamos pulando de cidade em cidade, Prok dando palestras quase todos os dias, os três ficando até de madrugada tomando histórias. Fomos a Chicago, Filadélfia e Washington, e não faço ideia de quantas cidadezinhas pelo caminho. Ficamos no Hotel Astor, em Nova York, por quase três semanas em dezembro, entrevistando uma sucessão de michês e prostitutas.

 Eu escrevia regularmente para Iris, mesmo apenas uma linha ou duas, e fazia questão de ligar para ela ao menos de dois em dois dias, sem me importar com o custo. Eu devia a ela esses telefonemas, e não levou muito para perceber que eu precisava deles tanto quanto Iris. O som de sua voz não saía de minha cabeça enquanto eu tomava uma chuveirada, no café, subindo em um trem ou escorregando para o Buick ao lado de Prok e Corcoran. Seu "alô" delicado e inseguro sussurrando para mim sobre o baque dos trilhos e o compasso cadenciado dos pneus. Ela soava contida no telefone, tímida, e temo que não nos comunicássemos muito bem. Mesmo assim, o importante é que conversávamos. Eu dizia que a amava. Mal podia esperar para estar em casa com ela. E o bebê? Já estava chutando? Não? Muito cedo? Bem, o bebê chutaria, não é? Em algum momento? Sim, ela me assegurou, o bebê chutaria. O Natal, eu disse a ela, o Natal seria o tempo em que ficaríamos juntos.

Mas me deixe dizer algumas palavras aqui sobre o Hotel Astor. Ele era, na época, um local de encontro aberto para homossexuais – o longo bar oval e escuro no andar térreo ficava lotado, ombro a ombro, de homens, durante a noite inteira, em qualquer dia da semana –, e isso era ideal para nosso propósito de garantir histórias-H, nossa principal meta naquela viagem em particular (embora, como venho dizendo, também estivéssemos entrevistando prostitutas, bem como uma série de jovens universitárias e mulheres em busca de uma carreira profissional, a maioria delas trazidas a nós por Vivian Aubrey, uma graduada da Universidade de Columbia e sexualmente fenomenal, cuja história Corcoran tomara pela primeira vez em nossa última incursão a Nova York, falarei mais sobre ela depois). Mais importante, no Astor ninguém fazia perguntas. Isso era significativo, porque tinham nos pedido para deixar o Hotel Lincoln no ano anterior (ou melhor, tínhamos sido expulsos) – um incidente que o Prok sempre foi capaz de relatar com serenidade, apesar de ter ficado furioso na época.

Nenhum de nós parecia ter notado nada de errado, mas, por uma razão ou outra – puritanismo, noções antiquadas de respeitabilidade –, nossas atividades começaram a chamar a atenção. Vínhamos entrevistando no Lincoln, já havia alguns dias, toda uma sucessão de michês de última categoria, garotos menores de idade e efeminados desfilando pelo lobby, onde Prok, Corcoran e eu os encontrávamos e acompanhávamos para nossos quartos no andar de cima, quando o gerente ligou para Prok e exigiu falar com ele. Prok estava no meio de uma entrevista e segurou o homem até ter um intervalo no cronograma, quando ele convocou Corcoran e eu para darmos um apoio e descemos para confrontar o gerente.

Tratava-se de um sujeito com uma aparência muito respeitável, cabelos penteados para trás, costeletas grisalhas e um traço de sotaque italiano – realmente distinto, como se costumava dizer, empolado e convencido.

– Nós não podemos aceitar isso – disse ele.

Prok cruzou os braços e nivelou o olhar nele. Sabia o que estava por vir.

– Aceitar o quê?

– Todo esse sexo – respondeu rispidamente o homem. – Veados e vagabundas. Putas. Não posso deixar vocês despirem essas pessoas em meu hotel.

– Mas eu expliquei isso para o senhor. Trata-se de uma pesquisa científica que nós estamos conduzindo. O senhor sabe perfeitamente bem que nós não estamos despindo ninguém.

– Ah, não? Talvez não suas roupas, mas vocês estão despindo suas *mentes*, e não vou deixar isso, não no meu hotel.

Mas no Astor não houve esse tipo de problema. A gerência abaixou a cabeça e tudo andou tranquila e profissionalmente, exceto em um episódio que ainda me perturba, embora eu não saiba por quê. O indivíduo era um jovem que tinha acabado de voltar da guerra sem a parte inferior do braço direito. Era minha última entrevista de uma longa noite, eu bebera e fumara com os indivíduos anteriores, e acho que estava me sentindo um tanto esgotado. Encontrei o rapaz no saguão, houve um breve contratempo com o aperto de mão – ele ofereceu a esquerda e levei um tempinho para seguir seu exemplo –, e então subimos de elevador para o quarto que Prok reservara para as entrevistas. O indivíduo estivera na marinha e, apesar de o bronzeado já ter desaparecido, ele poderia ser tomado por um Billy Budd* moderno, com seus cabelos claros repartidos do centro para a esquerda, o andar arrogante e a musculatura rígida de sua classe social. Tinha 19 anos. Fora educado até a oitava série, os pais viviam em Oklahoma City e ele ganhava a vida como michê desde que saíra do hospital. Dei a ele o dólar que tínhamos combinado, ele ficou na cama, eu na cadeira de braços, e começamos a bater papo.

As preliminares transcorreram bem, mas logo ficou visível que ele estava meio ligado – benzedrina, como vim a descobrir depois, que ele conseguia desmontando inaladores nasais e engolindo os chumaços embebidos com a droga que havia dentro. Ele ficou falante, excessivamente falante, cada pergunta provocava uma resposta interminável em que ele não parava nem para respirar. Ele se desgarrava de tal forma do que fora perguntado que eu comecei a esquecer o que eu estava fazendo com ele naquele lugar. Tínhamos sido treinados na técnica de fogo rápido que descrevi anteriormente, interromper e apartear quando fosse necessário a fim de guiar o indivíduo de volta para a questão pertinente, mas aquele homem – aquele marinheiro – simplesmente não cedia. A certa altura, no meio de uma reminiscência sobre as 53 variedades de plantas na estufa onde seu primeiro contato homossexual (um homem mais velho) havia trabalhado, fiquei tão exasperado que me levantei da cadeira de braços e comecei a caminhar de um lado para outro.

Ele parou no meio da frase e me lançou um olhar curioso – na verdade, um olhar agressivo.

---

* Título de uma novela de Herman Melville cujo personagem principal é um belo marinheiro de mesmo nome. (N. T.)

– O que foi – perguntou –, você não está mais interessado? Porque eu achei que você tinha dito que queria informações, a história de minha vida e tudo isso por um dólar, certo? Mas o que é? Algo mais? – Ele ainda olhava para mim. – Você não quer mais a história?

– Não, não é nada disso. Eu só gostaria que você... Bem, não me leve a mal, porque eu não quero ser grosseiro, ou dirigir sua reposta de maneira alguma... Bem, eu gostaria que você não fugisse do formato da entrevista, ou nós ficaremos aqui a noite inteira.

– Então, o que há de tão ruim nisso? – Ele se levantara da cama e me lançou o que, eu presumo, ele considerava ser um sorriso sedutor, seu sorriso de sauna, o sorriso que ele usava nos mictórios da Grand Central Station ou no primeiro andar, no bar do Astor. – Você quer se livrar de mim, é isso? Já?

– É claro que não – respondi. – Mas a pesquisa inteira torna-se suspeita se nós não pudermos terminar uma entrevista. Você entende isso, não entende?

Ele não disse nada, apenas atravessou o quarto até mim, a manga direita de sua camisa de veludo balançando vazia, e pressionou seu corpo contra o meu. Sua mão foi para a braguilha de minha calça e eu me mantive absolutamente imóvel. Era isso que estávamos treinados a fazer em tais casos, permanecer frios e rejeitar todos os avanços. Ele tentou me beijar então, mas virei meu rosto para o lado e seus lábios tocaram de leve minha bochecha.

– Vamos lá – sussurrou ele, sua voz baixa e aveludada com sensualidade ou a sua simulação –, você sabe que está com vontade. Deixa de frescura. Ciência. Você não é mais cientista do que eu.

Afastei-o com um empurrão e afundei de volta na cadeira, todo negócios – aquele era um encontro profissional, afinal de contas –, e assegurei-lhe que eu estava ali apenas com um propósito, eu o tempo inteiro me xingando por ter deixado a cadeira, em primeiro lugar. Eu agira como um amador, quebrando o encanto e passando para ele uma impressão errada.

– E o seu segundo contato – perguntei eu, tentando recuperar o controle de minha voz. – Você se lembra disso? Que idade você tinha? Foi logo depois de sua experiência com o homem da estufa?

Ele não respondeu. Pela primeira vez desde que ele entrara no quarto, não tinha nada a dizer, como se a droga fosse um trem de carga correndo por suas veias e tivesse se perdido em uma curva e descarrilado de uma hora para outra. Ficou parado ali um momento, balançando de um pé para outro. Cerrou e soltou a mão boa, e eu podia ouvir a fricção erosiva de seus dentes rangendo, molares com molares.

– Ouça aqui – disse ele, por fim –, você não me acha atraente? É por causa disso? – Ele levantou o braço, com a manga da camisa pendendo.

– Não é para isso que estou aqui.

– Ah, é? Mas, há pouco, eu senti você. Há pouco, eu tinha seu pau em minha mão.

– E mulheres? – perguntei, porque você nunca pode deixar o indivíduo distraí-lo, não se você for agir como um profissional. – Quando foi a primeira vez que você viu uma mulher nua?

– Eu chupo você por um dólar – disse ele, e estava inclinando-se sobre a cadeira, olhando-me nos olhos.

– Eu já lhe disse que não estou aqui para isso. Agora, responda à pergunta. *Por favor.*

Ele se inclinou para a frente e tentou me beijar de novo, mas afastei-o firmemente com um empurrão, ou pelo menos tão firmemente quanto eu podia, ainda sentado. Ele se endireitou lentamente e ficou parado à minha frente, rebolando os quadris e rangendo os dentes.

– Você não está enganando ninguém – disse ele.

O ponto que eu quero demonstrar com tudo isso, acho, é que consegui a entrevista, mais um conjunto de dados para alimentar a máquina Hollerith, e que eu sempre conseguia as entrevistas, assim como meus colegas. Infalivelmente. Nós persistíamos contra todas as dificuldades. Isso não é motivo de orgulho? De qualquer maneira, estávamos de pé cedo na manhã seguinte, o chuveiro frio, o café da manhã de hotel de sempre, conduzimos entrevistas até o meio-dia. Depois, fizemos as malas e perambulamos pelas ruas da cidade esperando para embarcar no *Spirit of St. Louis* às 18h05, chegando a Indianápolis às 8h45 da manhã seguinte. Era dia vinte de dezembro, o ar estava cortando com o frio, e havia Papais Noel e tocadores de sinos em cada esquina, as pombas saltitando embaixo dos pés, o cheiro de carvão e castanhas soprando pela tarde como o odor carbonizado da história, Natal em Manhattan, todas as vitrines das lojas tremeluzindo com mostruários elaborados do período de festas, brinquedos, coisas para comer, licores, lingeries, chapéus, peles e joias. Prok já tinha comprado algo para Mac, e Corcoran encontrara um broche de cristal com brincos de presilhas combinando para Violet – ela adorava esse tipo de joia e as usava sobre o seio esquerdo do jeito que os homens usavam lenços ou flores de lapela –, mas eu ainda tinha que encontrar algo para Iris.

Então, fui passear sozinho, acompanhado por uma rajada de conselhos de Prok ("Não chegue atrasado, não se perca, olhe para os dois lados, cuidado com os malandros e vigaristas, segure firme sua carteira"), que partira pela Broadway com Corcoran para dar uma olhada nos *peep shows** e nos estabelecimentos mais circunspectos especializados em artigos eróticos, pensando

---

* Cabines privativas em que o cliente pode espiar incógnito por uma abertura filmes pornográficos, strip-teases etc. (N. T.)

em acrescentar algo para a coleção da biblioteca. Eu não conhecia bem a cidade – nós raramente víamos qualquer coisa dela, a não ser a Times Square, as quatro paredes do quarto de um hotel e as estações ferroviárias –, e não me importo de admitir que eu estava com medo de me perder o tempo inteiro. Seria eu meio caipira? Acho que sim, um jeca solto na grande cidade polimorfa, procurando um artigo em meio aos dez milhões que deixaria sua esposa feliz no dia de Natal.

Não me lembro muito da viagem de volta, exceto que Prok ficou até tarde entrevistando estranhos no trem enquanto eu desabei em meu beliche como se tivesse sido espancado por uma gangue e dormi sem acordar até que Prok me chamou para o café da manhã. No entanto, lembro-me bem do que escolhi para Iris no Natal daquele ano. Encontrei o presente em uma loja escondida que anunciava ANTIGUIDADES & ARTEFATOS atrás de uma vitrine suja iluminada por uma fileira de lâmpadas vermelhas e verdes piscando desanimadamente que combinavam com o lugar. Havia dois outros clientes por lá e ambos conseguiam parecer que nunca tinham saído do local, graves e silenciosos, de cabeças baixas, as mãos atrás das costas, curvando-se lastimavelmente para inspecionar as mercadorias. Embora ainda fosse de tarde e o sol brilhasse pálido para além das janelas, dentro da loja estava escuro e quase tão frio quanto na rua. Mas todo mundo já esteve nesse lugar ou em algum bem parecido: o proprietário, uma figura sem graça usando um solidéu, tapetes orientais gastos, caminhos tortuosos através de paredes de móveis entalhados, pesados e empilhados até em cima com o bricabraque acumulado da velha Europa, um cheiro de polidor de prata e morte. No fim, o que acabou me interessando, com a ajuda do proprietário que me assegurou que ele valia duas vezes o preço pago, foi um cinzeiro feito de uma concha com uma estatueta de bronze de quinze centímetros de uma Afrodite nua erguendo-se de sua boca, com seus cabelos ondulados e os seios tesos. Pedi que fosse embrulhado para presente, saí correndo e peguei o trem.

Partiríamos novamente só depois do Ano-Novo – mais palestras, mais histórias, o ritmo cada vez mais frenético –, mas o Natal foi uma ocasião e tanto, com uma nevasca surpreendente na noite anterior e um jantar festivo na casa da rua First para toda a equipe e as crianças também. Mac estava encantadora como sempre, Iris, Violet e Hilda prepararam os acompanhamentos em casa e os trouxeram em pratos cobertos. Prok preparou um ponche de rum quente e destrinchou um peru de nove quilos com toda a habilidade de um grande chef. A equipe tinha se juntado para comprar para ele um presente – um par de abotoaduras de ouro que ele declarou generosas demais –, e então Prok distribuiu os presentes para cada um de nós em troca.

Eu deveria dizer aqui que, embora Prok fosse considerado, em alguns círculos, um tanto pão-duro (ele *era* excessivamente econômico, mesmo sovina às vezes, porque cada centavo que ganhava na vida tinha que ser reinvestido no projeto), ele nunca era tão generoso e mão-aberta quanto no Natal. Todo o seu pessoal – os que ajudavam no escritório, o faxineiro, mesmo as garotas estudantes que o ajudavam na catalogação de sua coleção de vespas galhadoras – recebiam bônus de Natal, e eu não era uma exceção. Na realidade, como o primeiro membro da equipe, como seu confidente e ajudante de ordens, eu era muitas vezes o beneficiário de sua generosidade, mas aquele Natal foi mais extraordinário ainda do que eu poderia esperar.

Após o jantar e um minissarau, após termos voltado para a mesa e nos deleitado com tortas de frutas picadas e moranga, deixamos que a conversa se estendesse por minutos inteiros além do assunto da pesquisa sexual. Prok fez um sinal para que eu o seguisse até a cozinha. Meu primeiro pensamento foi de que ele precisava de ajuda com a bandeja de bebidas ou com alguma brincadeira a mais para as crianças, mas não era nada disso. Tão logo a porta se fechou atrás de nós, ele girou sobre os calcanhares, pegou-me pelos braços e me puxou em sua direção para um abraço. Foi estranho, mas me segurei a ele, o tecido duro de sua gravata-borboleta fincado em meu colarinho, sua face uma escova dura contra a minha. Eu podia sentir a eletricidade dele através de suas roupas enquanto ele dava tapinhas em meus ombros com as duas mãos e sussurrava:

– Estou orgulhoso de você, John, muito orgulhoso. – Então, ele me soltou e abriu seu sorriso. – E a paternidade, hum? – perguntou. – Imagino que sem nenhum problema? Tudo normal?

Inclinei a cabeça afirmativamente. Devolvi-lhe o sorriso. Por dentro, eu estava irradiando alegria.

– Bem, você vai precisar de um pouco mais de espaço agora, não acha? Algo permanente, que seja condizente com sua posição?
– Um sorriso se abriu largamente. – Uma casa, John. Estou falando de uma casa.

– Mas não posso, nós não temos condições...

Ele cruzou os braços sobre o peito, observando-me e sorrindo abertamente.

– Eu estou aumentando seu salário a partir de hoje em dez dólares por semana, e estou pronto a lhe dar um empréstimo pessoal, de meu próprio bolso e com uma fração da taxa de juros que você esperaria pagar em qualquer um dos bancos no centro da cidade, no montante de dois mil dólares. O que você acha?

Por um momento, fui incapaz de dar uma resposta. Eu estava atordoado. Emocionado. Profundamente emocionado. Pensar que ele ainda estava cuidando de mim – eu, John Milk, um zéninguém, um antigo aluno, seu empregado menos importante –

e disposto a sacrificar suas próprias finanças no negócio. Era simplesmente demais. Meu pai estava morto; minha mãe, distante. Mas Prok, Prok estava lá, a meu lado, antecipando minhas necessidades – nossas necessidades, minhas e de Iris – como se eu fosse de sua própria carne, de seu sangue. Fui tomado de tal forma pela emoção que achei que poderia começar a chorar ali, na frente dele.

– Isso é..., isso é excelente – respondi eu, o choro preso no fundo da garganta –, mas você não precisa... E as doações, o Conselho Nacional de Pesquisa? Como nós vamos, o projeto...

Ele foi até o aparador e a bandeja esmaltada que já estava carregada com as taças pequenas e as garrafas multicolores.

– As doações para esse ano já entraram, foram depositadas há algum tempo, então não precisa se preocupar. – (Na verdade, como eu saberia mais tarde, o Conselho de Pesquisa Nacional, com o patrocínio da Fundação Rockefeller, havia ratificado a importância de nosso trabalho com uma doação de 40 mil dólares para cada um dos próximos três anos, quase dobrando nosso orçamento anterior). Eu ouvi por um momento a música das taças pequenas enquanto ele as rearranjava sobre a bandeja. – E tem mais a caminho, você pode ter certeza disso. Então venha cá, venha cá e me diga obrigado direito...

Eu o abracei de novo, e nos beijamos, mas só por um momento – um roçar rápido dos lábios – antes de eu me afastar. Eu queria encontrar Iris, contar-lhe a novidade, ligar para todos os corretores do país.

– Posso contar para Iris? – perguntei. – Posso dar a ela as boas notícias?

– Vá – disse ele, e não consegui fazer uma leitura da expressão de seu rosto. Eu já estava na metade da porta quando Prok me chamou de volta.

– Mas espere, espere, eu não lhe contei a melhor parte. – E ele havia se recuperado, estava sorrindo. – Eu encontrei o lugarzinho mais encantador nem a seis quarteirões daqui.

— Preciso contar para Iris — disse eu, tão animado que mal conseguia respirar. Eu estava na porta e nem pensava em segurá-la aberta para ele e suas bebidas, apenas queria passar por ela para encontrar minha esposa antes que explodisse com a notícia. — Mas obrigado — gritei sobre meu ombro —, mil vezes obrigado.
— E então a porta se escancarou e o barulho da festa me pegou em cheio, e o ouvi exclamando:
— E ela tem um jardim grande para o garoto!

NA MANHÃ SEGUINTE, cedo, ouvi uma batida na porta. Eu estava sentado à mesa da cozinha, lendo no jornal sobre as finais do campeonato de futebol-americano, que estavam prestes a começar, e comendo às colheradas um cereal de milho com leite açucarado demais. Eram sete e quinze pelo relógio sobre o fogão. Iris estava dormindo. Eu não conseguia imaginar quem poderia ser — era um dia depois do Natal, o mundo parado com a neve, nada se mexendo, nenhum som em lugar algum —, levantei-me e fui até a porta. Prok estava parado na soleira, soprando vapor pelas narinas. Ele vestia seu casaco acinturado de inverno, galochas, luvas de tricô e o velho chapéu arriado com tapa-orelhas que ele preferia usar nos dias de tempo inclemente.

— Que bom vê-lo já de pé, Milk — disse ele. — Mas que frio, não é? O termômetro estava marcando menos vinte graus quando eu saí de casa. — Atrás dele, no meio-fio, o Buick mandava penachos intermitentes de fumaça azul para o ar.

Eu ainda estava com meu roupão e de pijamas, um par de chinelos de feltro novos — presente de Natal de Iris — nos pés. Não me importo em admitir que estava um pouco tonto, minha cabeça ainda pesada com o resíduo de toda aquela animação natalina. Tentei fazer uma leitura da expressão em seu rosto. Ele teria esquecido algo? Tínhamos combinado partir em uma viagem de campo? Era isso?

— Sim — respondi —, bem, sim, muito frio, mas, por favor entre, porque, bem...

— Você vai ter que se vestir — disse ele, fazendo uma pausa para chutar a neve de suas galochas antes de entrar a passos largos pela porta. — Nós temos um compromisso às oito horas. E Iris? Onde está Iris?

Acho que Prok não tinha estado no apartamento mais que uma ou duas vezes antes, e de maneira rápida. Olhou à sua volta como se estivesse entrando em um de nossos quartos de hotel sem graça, seus olhos avaliadores e aguçados. Em seguida, estava andando pelo quarto minúsculo da frente, com seu jeito enérgico, passadas largas, arrancando o chapéu e as luvas com dois movimentos abruptos e afastando a cortina de contas para olhar de relance em torno da cozinha, como se fosse um inspetor de construção que fora até lá avaliar a qualidade do encanamento. Tive um pouco de vergonha. O lugar era pequeno, embora, como eu já disse, Iris tivesse muito jeito para a decoração de interiores, e era — ou fora — suficiente para nossas necessidades, mas, com Prok ali, pairando sobre os móveis, tudo parecia pobre de repente, e senti que, de alguma forma, o havia deixado na mão, como se eu tivesse a obrigação de ter ascendido a algo mais digno àquela altura da vida.

— Interessante aquela peça sobre a mesa de café ali, a Afrodite — disse ele. — Foi isso que você escolheu para Iris em Nova York?

— Foi. Na loja de que eu lhe falei.

— A mãe de Eros, sexualidade desagrilhoada. Ninguém poderia chamar os gregos de reprimidos sexuais, não é?

— Não — disse eu —, acho que não.

— Muito bacana. Eu diria que seu gosto está melhorando, Milk, definitivamente melhorando.

Eu estava parado ali, de roupão, a um metro dele, confinado na cozinha que poderia ser mais limpa, luminosa, maior, e eu não sabia o que dizer ou fazer. Pensei em oferecer a ele um café, convidá-lo para sentar-se na cadeira de braços por um momento, acordar Iris e me vestir. Mas então ouvi o eco do que ele dissera um momento antes, como se só então a ficha tivesse caído.

– Compromisso? Que compromisso?

Ele estava franzindo o cenho sobre o guarda-louça, abrindo cada porta em sucessão até encontrar uma xícara. Então, ergueu a cafeteira do fogão, dando uma sacudida para ver se estava cheia.

– Com o corretor – disse ele, servindo-se –, ou, na verdade, o proprietário. Eu mesmo falei com ele, hoje de manhã às seis e meia. Iris está acordada, não é?

A CASA TINHA uma localização conveniente, como anunciado, duas quadras mais próxima do campus, como a de Prok, mas em um bairro que estava lutando para manter as aparências enquanto as casas mais imponentes se espalhavam em marcha para o sul e o leste. O que para mim não era um problema. Eu não esperava um palácio. Se havia uma grande concentração de pensões e casas alugadas para estudantes ali, isso apenas depunha a favor da conveniência da localização. Iris não tinha tanta certeza disso. Prok e eu ficamos sentados à mesa da cozinha, bebericando café e beliscando uma torta de frutas que Hilda Rutledge havia nos dado no dia anterior, enquanto ouvíamos Iris lutar com seu enjoo e a descarga da privada, Prok batendo o pé impacientemente e conferindo o relógio a cada dois minutos. Então, ela emergiu do quarto, dez para as oito, com seu melhor vestido e os cabelos penteados para trás da testa em uma onda negra sedosa. Ela estava pálida, no entanto, e não tinha muito a dizer quando a ajudei a sentar-se no banco de trás do Buick enquanto Prok e eu subimos na frente.

A primeira coisa que ela disse, além das amenidades habituais, foi quando estacionamos ao meio-fio, na frente do lugar.

— Ela parece meio estranha — disse ela, e eu já sabia que Iris não gostaria da casa. — Fora de proporção. A frente é estreita demais.

Prok desligou a ignição e se virou para olhar sobre o ombro.

— Ela foi construída para caber em um terreno estreito — disse ele. — Mas segue bem para o fundo, você vai ver, para compensar isso.

— E a cor — disse ela, sua respiração condensando-se na janela, o rosto reduzido a um nada em torno do oval crítico de sua boca. — Quem pintaria uma casa de cor malva. Isso é malva, não é?

— Parece mais marrom para mim — interpôs Prok.

— Ou azul — disse eu.

— Eu não sei, eu esperava algo mais antigo — disse ela, mesmo enquanto Prok deslizava para fora do carro para abrir a porta de trás para ela. — Feito de pedras ou tijolos talvez, e com uma varanda maior.

— Mais antigo? Isso foi construído em 1924 — disse Prok —, e isso é mais que suficientemente antigo. Vá por mim, você vai querer as conveniências modernas. Algumas dessas casas antigas, embora possam parecer encantadoras da rua, dão uma dor de cabeça para o proprietário, encanamento ruim, instalação elétrica péssima, todo tipo de problemas estruturais, assoalhos empenados e por aí afora. Não, o que você quer é algo mais novo. Acredite em mim.

Mas Iris não queria acreditar nele. Ela era tão decidida quanto Prok, e, embora tivesse desenvolvido uma afinidade de verdade com Mac, nunca conseguira gostar dele, apesar de sempre ter sido, ou quase sempre, muito educada devido a sua civilidade inata e à consciência da fragilidade de minha posição. Mas, no fundo, acho que ela se ressentia da influência que ele exercia sobre mim. Sobre nós. E, é claro, havia Corcoran, todo o caso triste e humilhante que se colocava entre eles como uma ferida aberta. Corcoran, sempre Corcoran.

O proprietário era um professor assistente no Departamento de Química, que recebera uma proposta de promoção da Universidade de DePauw e estava indo embora. Ele nos recebeu na porta, junto com sua esposa, trocou um olhar enigmático com Prok e nos convidou para entrar. Vi uma escada de carvalho reluzente e um papel de parede vistoso com padrão floral. Iris viu um vestíbulo apertado e uma casa padecendo em suas vigas, com quartos que pareciam vagões de carga e janelas que se abriam para a casa vizinha como o pesadelo de um claustrofóbico. Ela mantinha um rosto de desaprovação (os olhos afundados na cabeça, o cenho franzido em um rígido V, os dentes e os lábios desenhados como se estivessem prestes a vociferar alguma recusa) durante nossa visita ao lugar, incluindo a preleção no subsolo da casa, durante a qual Prok e o professor de química se revezaram exaltando as virtudes da fornalha, e o *tête-à-tête* culinário com a dona da casa na mesa estreita do corredor da cozinha. Prok, o professor e eu voltamos do *tour* pelo jardim e pela estufa para encontrá-la bebendo chá, com o olhar vazio sobre uma travessa de biscoitos de mel, enquanto a esposa do professor (perto dos 30 anos, sem estilo, sem filhos, seu rosto um pergaminho de ansiedade) falava do estado de Iris e da bênção que as crianças representam. Ou deveriam.

– Bem – disse Prok –, o que você acha? Milk? Iris? Um barquinho firme, não? E perto do campus, nunca subestimem o valor disso.

O professor de química – quem sabe não seja melhor fazer um relato dele, visto que consegui tirar sua esposa do fundo dos bancos da memória (ele era dez ou doze anos mais velho que sua esposa, dispensado do Exército durante a última guerra por causa de uma deformidade congênita – um pé torto – e com uma fala tão empolada que deve ter aborrecido estupidamente toda uma legião de aspirantes a químicos) – asseverou que não havia casa melhor no mundo e que ele e a esposa estavam vivendo um conflito profundo por terem que abrir mão dela.

– Eu pensei até em ir e voltar de carro para o trabalho, mas daí, com todo o desgaste do corpo...

– Sem mencionar seu desgaste – interpôs a esposa, tirando os olhos de sua xícara de chá com um olhar esperto.

– Sim. Isso mesmo. E, assim, tivemos que pôr o lugar à venda, mas relutantemente. É aquele tipo de situação. A vida continua, certo?

Prok estava parado logo atrás da cadeira da mulher, trocando o peso impacientemente de um pé para outro. O casaco estava aberto, as luvas e o chapéu mole socados volumosamente nos bolsos de cada lado, de maneira que ele parecia estar expandindo-se para fora de suas roupas.

– E o preço – disse ele. – É firme?

Eu estava observando o rosto do professor enquanto ele fazia suas permutações.

– Dentro do razoável – supôs ele. – Mas há sempre espaço para manobra – foi o termo que ele usou, "espaço para manobra" –, se os Milk estão realmente interessados e não vieram aqui apenas para nos entreter com sua presença. – Ele deu uma risadinha. – E nós estamos entretidos, não estamos, Dora, com um casal jovem tão encantador conosco nessa época festiva, e pensar que temos a sorte de dar a eles uma força nesse momento em que estão começando a trilhar uma nova estrada?

– Você consideraria dez e meio, então? – perguntou Prok. – Com uma entrada de quinze por cento.

Foi nesse momento que Iris se manifestou.

– Eu acho que gostaria de ter uma conversa com meu marido – disse ela, olhando para cada um de nós em sucessão antes de deixar que seus olhos pousassem nos meus. – Se ninguém se importar.

Ah, não. Não, não. Ninguém se importava.

No vestíbulo, enquanto os outros sentavam-se em torno da mesa no canto mais distante da casa, ela abriu bem os pés para se equilibrar e descarregou em mim.

— Você é tão idiota — falou asperamente. — Tão tolo. Você é um frouxo, só isso. Um frouxo.

— Você não gostou daqui?

— Detestei. E eles estão manipulando você, não consegue ver isso? Prok, seu precioso Prok, e o professor e sua esposa, como se eles não pudessem esperar para se livrar dessa, dessa caixa de bolachas. Você realmente acha que eu vou passar o resto da minha vida aqui? E você. Você quer isso? Esse lugar é uma droga. Não tem estilo, nada, zero. Eu preferiria ficar onde nós estamos. Ou o quê? Voltar para Michigan City, para a casa de meus pais e viver na leiteira. Tirar leite de vacas. Qualquer coisa menos isso.

— Dá para falar mais baixo? E se eles ouvirem?

— O que vai acontecer?

Por um momento, ficamos apenas parados ali, encarando um ao outro, enquanto os sons baixos da casa — estalos, rangidos, o ruído dos passos miúdos de roedores se afastando — soavam à nossa volta.

— Não sei — disse eu. — Eu até gosto daqui.

— Gosta daqui? Você está maluco. Não vou nem conversar sobre isso. Pode esquecer, está me ouvindo? Pode esquecer.

O resultado foi que Prok teve que contar ao professor e sua esposa que nós daríamos uma resposta mais tarde. Iris não estava se sentindo bem, uma gravidez difícil, sua primeira, e foi por isso que ela teve que ir para o carro sem se despedir e agradecendo a eles pela gentileza e a hospitalidade. E, então, nós dois nos sentamos no assento da frente, batendo as portas, e Prok foi logo para cima dela. Ela estava deixando passar uma oportunidade de ouro. Havia um valor de verdade ali. Sim, existiam outras casas no mundo, uma grande quantidade para se olhar, ou algumas, de qualquer maneira, dada a escassez de habitação pós-guerra, e, sim, ele tinha que levar em consideração as diferenças de gosto, mas por favor, em nosso nível – e nesse ponto ele me lançou um olhar significativo –, nós não poderíamos esperar encontrar nada mais prático ou econômico.

Iris ouviu-o enquanto ficamos ali, no meio-fio, e Prok fazia seu sermão, então, por fim, ele virou a chave na ignição e reavivou o Buick. Naquele instante, com uma voz baixa, mas firme, ela disse:

– Eu tenho um classificado aqui.

Prok se virou para ela, o chapéu enterrado sobre a escova dura dos cabelos.

– Um classificado?

– Eu o recortei do jornal. Ouça: "Casa de campo encantadora, com três quartos, cozinha, sala de jantar, lareira de pedra, encanamento interno, construção sólida, 1887." E custa menos que essa casa.

– *Mil oitocentos e oitenta e sete?* – Prok estava incrédulo. – Uma casa de campo? O que você vai querer com uma casa de campo? Mas, espere um minuto, onde você disse que era?

Ela deu o endereço.

– Mas isso deve ser a uns doze ou dezesseis quilômetros da cidade. Pelo menos. Você precisaria de um carro.

– John quis um carro a vida inteira. Você não acha que, aos 28 anos, ele merece um?

Fiquei calado. A saída do aquecedor embaixo do painel começou a sibilar e a descarga voltou em espirais com o vento e se amarrou em nós ao lado de minha janela.

– Isto não está em discussão, Iris. Não é isso. Você tem que pensar na economia, é disso que eu estou falando. Um carro é apenas mais uma despesa, a gasolina, o óleo, a manutenção. E o projeto, nossas viagens coletando histórias. Você realmente quer ser deixada no campo completamente sozinha? E ainda por cima com um bebê para cuidar?

A voz de Iris, o pedacinho teimoso dela:

— Nós podíamos pelo menos dar uma olhada nela, não é?

A casa de campo, pelo hodômetro de Prok, ficava a 8,3 quilômetros além dos limites da cidade no fim das contas, logo na saída da estrada Harrodsburg. Não havia uma fazenda junto a ela — a fazenda tinha falido durante a Depressão —, mas havia um pedaço de terreno em torno da casa e um pequeno pomar de árvores frutíferas nos fundos, macieiras, pessegueiros e pereiras. O proprietário era um velho com as costas curvadas e mãos que pareciam luvas de beisebol, um viúvo que estava planejando se mudar para morar com a família do filho em Heltonville. Iris gostou da lareira no salão, uma construção sólida que fora usada um dia para cozinhar, gostou dos assoalhos desgastados de carvalho e o arqueamento suave que conduzia a pessoa, da clareira da sala de estar, para o vale da cozinha. Ela nunca vira nada mais robusto que a fundação de pedra e as tábuas cortadas à mão da varanda da frente — ou o poço, o poço era em si uma beleza. Prok odiou o lugar. Ele era pouco prático, uma dor de cabeça em potencial, e apelou para mim. "Você realmente quer passar todo o seu tempo livre em casa com um martelo em uma das mãos e um pincel na outra?" Mas eu já começara a perceber do que a Iris estava falando, já começara a imaginar o que ela poderia fazer com o lugar dado seu gosto e sua capacidade. Então, eu não disse nada.

No caminho de volta, no carro, enquanto Iris e eu falávamos, animados, sobre as possibilidades — "Aquele quarto embaixo da escada é perfeito para um gabinete, John, seu próprio gabinete" —, Prok deu sua cartada final. Ele ficara estranhamente em silêncio enquanto os campos gelados passavam ao largo e os pneus pegavam no pavimento heterogêneo entre montes de gelo e neve compactada. Subitamente, ele ergueu a voz:

— Eu realmente não sei como posso me ver fazendo este financiamento sob estas circunstâncias. Isto é, John — e tirou os olhos da estrada para me lançar um olhar de esguelha —, se eu não aprovar a propriedade, e eu não a aprovo da forma mais enfática possível, porque eu tenho de proteger meu investimento, você compreende.

Iris reagiu no mesmo instante, mais rispidamente que eu gostaria, mas estava certa, e eu tenho que reconhecer.

— Nós prezamos tudo que você fez por nós — disse, mordendo as palavras como se estivesse dando o troco sílaba a sílaba —, mas você precisa entender que seremos nós a morar naquela casa, não você. É decisão nossa, não sua. E, se precisarmos fazer um esforço a mais, se eu tiver que conseguir um segundo trabalho, esfregar assoalhos, qualquer coisa, nós faremos, com ou sem sua ajuda.

— Acho que não — disse ele, lutando para controlar a voz.

— Iris — falei.

O Buick navegava na estrada como um barco no mar, as mãos de Prok apertando a direção enquanto os pneus lutavam para buscar a tração e escorregavam novamente sobre um trecho ondulado de gelo.

— Escute, Prok — disse ela, inclinando-se para o banco da frente, as mãos apertando o assento de cada lado da cabeça dele, chegando bem perto de maneira a não haver mal-entendidos —, se você acha que pode mandar em mim, ou que serei pressionada ou chantageada, então você não me conhece muito bem. — Houve um solavanco e, depois, o ruído longo e suave do gelo sob o carro.

— Não — disse ela —, você não me conhece mesmo.

5

A ESCRITURA FOI assinada no fim de janeiro. E, apesar de Prok ter sido um tanto grosseiro quando fiz esse pedido, ele me deu um dia de folga e me deixou usar o Nash (que não mantinha a reta e era pouco estável, mas ainda rodava e podia fazer um carreto) para facilitar a mudança. Corcoran e Rutledge tinham se oferecido para me ajudar, mas o prazo do volume masculino estava expirando, e Prok estava cada dia mais irritadiço. Não era possível abrir mão dos dois, e, assim, contratei um homem por um dia e, juntos, desmontamos a cama, removemos as pernas da mesa da cozinha e carregamos nos ombros o sofá e a poltrona porta afora. O Nash, que Prok tinha modificado para uma espécie de caminhonete, levou os móveis maiores, e meu próprio carro – um Dodge D8 Coupe 1938 de que eu saíra atrás e comprara por 250 dólares no dia seguinte à nossa oferta pela casa, porque qual era o sentido de se poupar para um dia de chuva quando o dilúvio já estava sobre nós? – transportou as caixas de roupas, louças, discos, livros, cosméticos, talheres, esfregões, vassouras, panelas, frigideiras, víveres e todo o resto das necessidades acumuladas e poupadas com prudência de um lar americano em meados do século XX. Era impressionante contemplar o quanto tínhamos conseguido adquirir durante nossos cinco anos no apartamento.

Iris vivia seu momento de glória. Eu não queria que ela se cansasse – já estava no quarto mês agora, e a barriga tinha começado a aparecer, isto é, quando se olhava de certo ângulo –, mas não havia como pará-la. Ela estava ocupada empacotando havia semanas, fazendo listas, descartando vários objetos e arranjando outros, dobrando sacos de papel pardo e reforçando caixas de papelão com fitas adesivas. No dia da mudança, ela enrolou um lenço na cabeça, vomitou pela última vez na velha privada da rua Elm, e fez com que eu a levasse junto com um carro cheio até a casa nova antes de o sol nascer. Enquanto eu e o homem contratado lutávamos com os móveis para passá-los pela porta do apartamento, Iris estava ocupada revestindo as prateleiras na casa. Durante o tempo que levamos para deixar o sofá e as cadeiras na casa nova (de acordo com as orientações absolutamente explícitas dela), todas as caixas e sacos de papel pardo já estavam vazios, as gavetas cheias com camisas, meias e roupas de baixo cuidadosamente dobradas, a copa abastecida e a estátua de Afrodite com o cinzeiro ocupando uma posição de honra sobre o consolo da lareira.

Comemos hambúrgueres e batatas fritas de um saco de papel engordurado naquela noite, deglutidos com Cocas e, para mim, dois ou três merecidos uísques com água. Achei uma pilha de madeira velha em um galpão nos fundos e fiz um belo fogo na lareira, sentamos sobre o tapete desenrolado e comemos de frente para as chamas. Por um bom tempo, ficamos apenas parados, olhando fixamente para elas, satisfeitos de estarmos ali juntos, desfrutando nossa primeira refeição na casa nova.

— Meu Deus, eu adoro fogo — disse Iris, olhando à sua volta em busca de algo para limpar as mãos. Havia um brilho da gordura do hambúrguer em seus lábios. Atrás dela, apoiadas contra o lado do sofá, estavam as quatro gravuras que tinham decorado a parede do apartamento e uma reprodução emoldurada muito maior do *Nua sobre uma almofada azul*, de Modigliani, um presente de boas-vindas para a casa nova de Prok e Mac.

— Eu também — disse, e passei para ela o saco vazio do hambúrguer para que ela o usasse como guardanapo, porque nenhum de nós quis se levantar.

— Mas o papel de parede tem que sair — disse ela. — Nós precisamos de algo mais leve, para iluminar o lugar. A fumaça escurece as coisas também, você sabe, anos dela, as fagulhas que entram na sala? É por isso que eu não pensei em pendurar os quadros ainda. Um papel de parede novo, isso tem que ser feito. E os móveis. Eu não estou tão certa quanto aos móveis também. Você acha que o sofá parece estranho ali, bem no meio da sala daquele jeito? Eu achei que ele ajudaria a dividir o espaço...

Observei-a fazer uma bola do saco manchado de gordura e o jogar no fogo, as chamas subindo e caindo de novo, então dei de ombros.

— Parece bom para mim. Mas o que você achar melhor. Só me avise quando estiver pronta para escolher o papel.

— Não sei — disse ela, correndo o olhar pela sala. — Vou olhar os modelos amanhã, porque eu realmente não queria fazer nada até nós estarmos realmente na casa. É preciso morar em um lugar antes para poder senti-lo, minha mãe sempre dizia isso, mas as paredes estão escuras demais, exageradamente escuras. Nós não queremos que as pessoas pensem que estamos vivendo em uma caverna, queremos? — Ela fez uma pausa mordendo o lábio inferior e olhando como se eu não existisse. — Mas e aquele nu. Não sei o que acho dele.

— O quê? O Modigliani? É uma pintura famosa, uma grande obra de arte. Acho que ela ficaria bem, talvez naquela parede ali, junto da escada. Ou junto da janela?

— Não sei. Um nu. Que espécie de afirmação isso representa?

— Não representa afirmação alguma. É só arte, só isso. Só uma pintura.

— Oh, por favor, John. Quatro xilogravuras de cenas de Emily Brontë e um nu de quase um por um metro?

— Mas e Prok? Ele... Ele esperava...

— Sim — disse ela, e seus olhos estavam focados agora, flamejantes, e então se fixaram em mim como um par de lança-chamas —, Prok, Prok, Prok.

Na rua, ventava, as temperaturas bem abaixo de zero. As janelas batiam e ouvimos os sons da casa por um momento, sons estranhos, que se tornariam cada vez mais familiares, dia a dia, até proporcionarem a trilha sonora para o resto de nossas vidas.

— Não vamos estragar isso — disse eu. — Pendure onde você quiser, eu não me importo.

— Que gentileza, John — disse. — Muito nobre. Que tal o galpão das ferramentas? Ele serviria? Você acha que um nu animaria o lugar e nos lembraria como nós ganhamos nosso pão de cada dia toda vez que precisarmos de um serrote ou o quê, uma chave inglesa?

— Pare com isso — disse eu. — Pare.

O fogo afugentava sombras pelas paredes. O gato, que estivera trotando incansavelmente pelo lugar o dia inteiro, em busca de camundongos ou do cheiro deles, atravessou correndo a sala e desapareceu no corredor escurecido que levava à cozinha. Levantei então, e me servi de outro drinque, a garrafa caindo perfeitamente em minha mão como se fosse a coisa mais familiar naquele ambiente novo, mais reconfortante que os móveis trazidos e a Afrodite ou mesmo Iris, com seus olhos acusadores e o lábio inferior dramático.

— Sabe de uma coisa, é uma pena que você não possa tomar um drinque — disse eu. — Acho que um drinque realmente a ajudaria a relaxar. Você deveria estar feliz. Você não está feliz? Iris?

Ela não disse nada, mas seus olhos haviam começado a correr a sala de novo.

— Ele nos emprestou o dinheiro — disse eu. — Você tem que lhe dar um crédito por isso.

O DIA SEGUINTE era sábado, e trabalhamos todo aquele dia, e o domingo também, colocando o papel de parede, pintando o teto da sala de estar de um branco exageradamente puro, a dois matizes do branco absoluto, e, no mais, esfregando e arrumando as coisas até nós dois ficarmos exaustos. Nossa primeira refeição formal na casa não teve nada do toque festivo do jantar com bolo de carne que Iris havia preparado para mim naquele primeiro dia no apartamento (acho que me lembro de um frango de idade e maciez questionáveis, assado com batatas e cenouras em uma única panela, sem recheio, molho ou verduras, para simplificar as coisas), mas mesmo assim era uma refeição feita em casa, preparada em nosso próprio lar. Nosso filho ("ou filha", como Iris sempre me lembrava) não cresceria em uma casa alugada, e teria seu próprio jardim para brincar com sua bola, ou no balanço que planejávamos construir, e talvez ajudar sua mãe no canteiro de verduras, e só seria preciso sair para a rua para colher uma maçã, um pêssego ou uma pera a qualquer hora que ele tivesse vontade. Apesar do cheiro da massa e da tinta e das duas correntes que pareciam cortar a sala de estar a quinze centímetros e dois metros respectivamente, nós estávamos nas nuvens.

Mas, então, era segunda, e ouvi Iris vomitar na privada nova (ou melhor, na privada velha na casa nova), então, levei-a de carro à escola e segui para o gabinete, e a rotina começou de novo. Prok parecia estar trabalhando havia horas quando cheguei, às oito, a cabeça baixa, a pele descorada sob o clarão distorcido da lâmpada. Ele olhou de relance para a frente e me cumprimentou laconicamente com a cabeça quando entrei. Foi como se estivesse usando uma máscara – repentinamente, naquele momento, daquele ângulo e naquela luz, ele pareceu velho, linhas de cansaço cortadas embaixo de seus olhos, irradiando como parênteses de seus lábios apertados, a testa vincada, uma série de valetas verticais delineando a junção de seu maxilar superior com a orelha. Havia um traço grisalho em seus cabelos, um grisalho entremeado com o penteado jovem à pompadour, como um campo de trigo atacado aqui e ali por fungos. Qual era a idade dele? Fiz um cálculo em minha cabeça enquanto desenrolava o cachecol de minha garganta e me livrava do casaco: em junho, ele faria 53 anos, na plenitude da vida. Mas sua aparência, naquele momento, deixou-me alarmado. Ele estava exigindo demais de si mesmo, pensei, forçando contra um coração enfraquecido e um mundo impassível. Todo o seu poder, seu magnetismo e sua energia infatigável não poderiam salvá-lo, não poderiam salvar ninguém. Fiquei sentado ali por um momento, ponderando, e então o chamei através da sala.

– Prok, posso buscar alguma coisa para você? Café talvez? Um sonho?

Ele levantou a cabeça e me lançou um olhar firme, como se estivesse tentando me situar, e, pouco a pouco, o velho e familiar Prok começou a assumir seus traços.

– Não, obrigado, Milk, mas vou precisar daqueles gráficos sobre o intercurso marital por nível educacional para esta manhã, e vamos ter que convocar uma reunião especial da equipe também. – Ele fez uma pausa e tirou os óculos para apertar os olhos fechados um momento. – Houve um problema.

Corcoran e Rutledge entraram a passos largos naquele momento, partilhando uma piada entre si, e a sra. Matthews começou a metralhar na máquina de escrever.

— Bom-dia, Prok, John — ecoaram meus colegas, os lábios de Corcoran fechados em torno do cachimbo que Prok não o deixava acender nos gabinetes, Rutledge já desvencilhando-se de seu casaco. — Como está indo a casa, John? — Corcoran queria saber, e se inclinou sobre a mesa para tomar minha mão na sua e inspecionar de brincadeira as unhas de meus dedos. — O branco é para os tetos, imagino, hum? Ou seria para a cerca de madeira?

Na confusão, não tive chance de perguntar a Prok qual era o problema — ele já flutuava para a sala interior, consultando Rutledge sobre algo — e esqueci completamente isso até ele nos chamar uma hora mais tarde e nos reunir no gabinete interior. Ainda não tínhamos uma mesa de conferências — nem mesmo uma sala —, e, assim, simplesmente pegamos cadeiras e nos acomodamos. Prok pegou uma cadeira também, mas não ficou sentado por muito tempo. Tinha um jornal na mão, agitou-o duas vezes e então o segurou no alto para que nós o víssemos: era o jornal de uma cidade pequena, o *Star Gazette*, ou *Journal Standard*, algo assim.

— Lembram-se desse lugar? — perguntou ele, e estava de pé agora, lançando-nos um olhar fulminante.

Nós nos lembrávamos dele, pelo menos vagamente. Era uma dessas cidades letárgicas do meio-oeste que tínhamos invadido em alguma oportunidade nos últimos seis meses. Poderia ter uma fábrica ou uma fundição, um silo, talvez uma faculdade luterana pequena, e Prok teria se dirigido à Liga de Mulheres Eleitoras ou ao Lions Club ou à Convocação Anual da Sociedade Antropológica Interuniversitária. Pouco importava: nós conseguíamos nossos dados e seguíamos adiante.

— Não é aquele lugar em Minnesota? — Corcoran estava empinando sua cadeira para trás, o cachimbo apagado na boca. —

O CÍRCULO ÍNTIMO

Onde nós estávamos naquela busca absurda pelo fazendeiro com o pênis gigante? Ou o pênis ostensivamente gigante?
Eu tive um pequeno relance de reconhecimento. Prok ouvira falar de um homem no norte de Minnesota cujo pênis constava que media extraordinários trinta centímetros flácido – o médico local havia escrito para ele relatando o caso –, e nós tínhamos programado uma viagem para palestras nos arredores a fim de registrar as medidas. E, se soa ligeiramente ridículo ir atrás de um boato sobre o acessório de um indivíduo qualquer, por favor lembre-se de que é precisamente isso o que um taxonomista faz, registrar toda a variedade em uma dada espécie, dos traços menores aos maiores. E, mais ainda, se esperássemos que um indivíduo como esse tivesse um nome como *"Long John"* ou algo assim e fosse conhecido em toda a comunidade, então ficaríamos desapontados: esses espécimes insólitos, que exibem extremos tanto no topo quanto na parte mais baixa da escala, são modestos e praticamente desconhecidos. Pelo que me lembro, na realidade, nós nunca fomos capazes de verificar qualquer medida maior que 23 centímetros, e esse indivíduo, em particular – o fazendeiro –, parecia estar sempre em algum campo distante quando fazíamos uma visita para investigar.
– Não – disse Prok, sua boca se retesando – de fato, não. Essa cidade – um dedo enfiado no cabeçalho do jornal –, na realidade, fica em Ohio. Mas não se trata disso, se vocês se lembram do lugar ou não. O que é realmente alarmante é esse artigo aqui no canto esquerdo de baixo da primeira página. – Ele passou o jornal primeiro para Rutledge, que correu os olhos pelo artigo e, então, passou-o para Corcoran, que, por fim, deu-o para mim. O texto parecia bastante inócuo, do tipo de jornalismo básico quem–onde–quando, descrevendo a palestra de Prok para "uma sala

lotada ansiosa por ouvir os achados do reconhecido pesquisador sexual" no St. Agnes College. Mas Prok estava enfurecido com ele.

— Já falei com o presidente do St. Agnes, com o editor do jornal e o jornalista envolvido, e informei-os sem deixar dúvida alguma de que este artigo é um rompimento de nosso acordo verbal, de que nossos números não seriam publicados, nenhum dado específico, qualquer que fosse, seria revelado. — Sua voz era metálica, folheada com uma camada fina de revolta. Prok estava usando sua dicção precisa que se tornava cada vez mais afiada e formal quando ele se sentia encurralado. — E, mais ainda, que estou considerando tomar medidas legais, já que esses vazamentos de nosso material podem afetar adversamente a recepção do volume inaugural no começo do ano que vem. O que eu estou querendo dizer é que, se nossos achados forem publicados agora, mesmo que em algum, algum... — Ele fez uma pausa, procurando pela palavra.

— Lugarejo qualquer — sugeriu Corcoran.

— ... lugarejo longe de tudo em um jornaleco irrelevante, então nós estamos realmente com problemas, e, se você acha que isso é engraçado, Corcoran, ou você, Milk, então vocês são tão inimigos do projeto quando esse dito *jornalista*.

O sorriso morreu nos lábios de Corcoran. Baixei meus olhos.

— Se isso chegar às revistas de notícias, à *Time, Newsweek*, qualquer uma delas, vai nos enterrar antes de começarmos.

Houve um silêncio. Percebi o aquecedor retinindo em algum lugar nas profundezas do prédio. Rutledge foi o primeiro a se manifestar.

— Mas, Prok, até onde eu posso ver em uma olhada rápida, não tem muita coisa relativa a números aqui...

— Ah, não? — Prok abanou o jornal como se ele estivesse pegando fogo. — Que tal isso então? "Devido à natureza proibitiva e fora da realidade das leis sexuais existentes, afirmou dr. Kinsey, a população geral é levada a praticar o que é rotulado hoje como atividades criminais. Em seu estado natal de Indiana, população de 3 milhões e 500 mil habitantes, o zoólogo da Universidade de Indiana estima que em torno de 90 milhões de atos sexuais fora do casamento sejam praticados anualmente."

Rutledge estava sentado reto como uma estaca em sua cadeira. Ele levantou uma das mãos para alisar o bigode, então pensou melhor a respeito.

– Bem, sim, Prok, eu entendo o que você quer dizer, mas dificilmente isso significa que estejam abrindo nosso jogo, se é isso que você teme... Essa é uma estatística entre mil. Dez mil.

– Ele está certo, Prok – interpôs Corcoran. – Ou melhor, vocês dois estão. Eles não deveriam imprimir isso, não deveriam imprimir nada além, talvez, de uma descrição geral da conversa, mas acho que você está exagerando, quer dizer, é só uma cidadezinha qualquer...

– E é aí que você está categoricamente equivocado, Corcoran. Qualquer coisa que escape nos enfraquece. E você, Rutledge, com sua experiência no Exército, você muito mais que os outros deveria compreender isso. "Bico fechado", hum? Não era esse o lema? – Prok estava caminhando de um lado para outro, deixando-se tomar pela ira, alternadamente agitando o jornal e cerrando o punho. – O interesse está aumentando lá fora, vocês sabem que está. Assim que sentirem o cheiro do projeto, virão atrás de nós como sabujos, e vão colocar nossos números fora de contexto, fazer-nos parecer charlatães excêntricos como os nudistas, os vegetarianos, ou a Sociedade Antivivissecção. Imaginem o que eles fariam com uma tabela como a que John fez para nós comparando a idade do auge de atividade sexual para o macho e para a fêmea? Ou a prevalência de atividade-H? Ou relações extraconjugais? — Ninguém disse uma palavra. — Bem, é melhor vocês imaginarem isso. E é melhor vocês se prepararem. Porque a invasão está chegando.

Esse foi o princípio da paranoia, e, durante o ano inteiro, enquanto Prok lutava para escrever o primeiro volume e nós perfurávamos cartões de dados, e produzíamos os cálculos, e viajávamos em equipe para coletar histórias, e ele dava palestras pela região do meio-oeste e em Nova York, Filadélfia, Boston e Washington, nós nunca estivemos seguros. Prok dera mais de mil palestras nos últimos cinco anos, e as regras básicas para cada uma delas eram as mesmas: nenhuma publicação de dados específicos, nenhuma estatística, nada de sensacionalismo. Levando-se em consideração que ele nunca cobrou por suas palestras públicas (e só começaria a fazê-lo depois de o volume masculino ter sido publicado e de os gastos do Instituto demandarem isso), no mínimo ele esperava civilidade, integridade e discrição de seus ouvintes e patrocinadores. Na maior parte das vezes, ele obtinha isso. Mas ocorreram vazamentos, como com o jornal da cidadezinha em Ohio. E, à medida que o *Comportamento sexual do macho humano* se aproximava de sua conclusão e eram feitas suas provas tipográficas (vigiadas de perto), mais a imprensa ficou maluca atrás de sua trilha, tentando artimanhas atrás de artimanhas para arrancar informações de todos. Recebíamos cartas, telegramas, telefonemas, as pessoas apareciam à nossa porta vindas de lugares tão distantes quanto Oregon, Flórida e Maine, e em um caso, de Lugano, na Itália, e Prok era educado, mas firme com todas elas: não haveria entrevistas exclusivas, nenhuma citação ou qualquer informação concedida antes da publicação, a fim de não fazer sensacionalismo de um assunto tão delicado. E, é claro, quanto mais os rejeitávamos, mais ansiosos ficavam.

O CÍRCULO ÍNTIMO

Mesmo eu caí nessa. Lembro-me de um incidente mais tarde naquele ano. Deve ter sido no fim de maio ou no início de junho, Iris com a barriga enorme, o tempo mormacento e úmido. Eu estava cansado do trabalho, nervoso, sentindo o stress da pressão incessante de Prok para produzir – e a ferroada de seu gênio também, já que nada que eu ou qualquer pessoa fizesse parecia estar à altura de seus padrões. E, após um longo dia calculando coeficientes de correlação, medianas, médias e desvios padrão da média, eu não estava pronto para ir para casa. Eu me sentia... Deprimido, acho que é possível colocar a questão assim. A casa, como Prok havia previsto, precisava de mais atenção do que eu poderia dar. Um vendaval tinha arrancado as calhas e metade das telhas sobre o quarto, por exemplo, e os canos estavam tão enferrujados que a água parecia ter sido destilada e calibrada do outro lado da fronteira, em Kentucky... E isso foi só o começo, havia cupins nas vigas do chão, camundongos nas paredes, madeira apodrecida atrás da banheira. O Dodge, meu orgulho e alegria, o bem que eu realmente adorava, encontrava-se levantado no ascensor da oficina de Mike Martin, com uma transmissão congelada. Oito ponto dois quilômetros em cada direção, uma viagem de verdade, Prok já tinha dito isso também. Corcoran passara lá em casa naquela manhã para me buscar, e Prok havia se oferecido para me dar uma carona de volta, mas eu não queria importunar ninguém e, como já disse, eu não estava indo para casa. Liguei para Iris e disse a ela que estava planejando ir até a oficina para ver o carro, e, então, se ele não estivesse pronto, provavelmente, tomaria uns drinques e pegaria uma condução para casa mais tarde.

– E se ele estiver? – disse ela, sua voz pequena e distante.

– Não sei – respondi. – Mas não me espere para jantar.
– Houve uma pausa.

Não estávamos nos dando tão bem quanto poderíamos, e isso era erro meu, admito, com as pressões do trabalho e os humores dela. Parecia que, em toda a história do mundo, nunca tinha havido uma mulher grávida. À medida que ela ganhava peso, caindo no desconforto da gravidez, os pés chatos, distendida, desleixada em seus hábitos pessoais, comecei a repensar aquele bebê, aquela criança, e acho que todo pai passa por esse tipo de coisa: um dia você está extasiado e, no dia seguinte, você pensa que sua vida acabou. Ou talvez a coisa fosse pior para mim. Talvez, eu não estivesse pronto, afinal de contas. Eu lamentava a criança? Eu lamentava o fato de que minha esposa estava em seu oitavo mês e nós não estávamos mais tendo relações maritais e, na noite anterior, ela se recusara a me satisfazer com a boca ou mesmo com a mão?

– Está tudo bem, John – disse ela, após um momento. – Você precisa de um descanso, não é? Eu entendo. Vá, dê uma volta e tome uns drinques, mas tenha cuidado se você acabar voltando de carro para casa. – Houve um estalo na linha e pensei que ela havia desligado, mas, então, sua voz voltou. – Mike disse quanto sairia o carro?

– Não sei. Cinquenta dólares, talvez sessenta, setenta. Quem vai saber?

– Ah, John.

– É – disse eu. – Eu sei.

Não havia ninguém que eu reconhecesse no bar, uma safra nova de estudantes, dois homens de minha idade a um canto do balcão, que poderiam ser professores ou assistentes, algumas mulheres aqui e ali sentadas com homens de mangas curtas, o jukebox ligado, o barman tomando conta dos negócios com seu rosto inchado e flácido. Eu estava com calor, e o ventilador de teto não ajudava muito a melhorar a situação. Sentei com uma cerveja e um uísque para acompanhar, e me perdi no jornal. Passado um tempo – talvez eu estivesse em minha segunda rodada, acho –, percebi um movimento a minha direita, de alguém pairando ali na periferia, e olhei para cima distraidamente, para o rosto de Richard Elster. Ele estava sorrindo, como se estivesse contente em me ver, e havia outro homem com ele – alto, rosto magro, com um terno escuro de lã que parecia caro e pesado demais para o lugar e a época do ano –, que sorria também, como se fôssemos velhos conhecidos.

– Olá, John – disse Elster –, que bom vê-lo. Este é Fred Skittering. Fred, John.

Cumprimentei-os, e então Fred Skittering disse algo a respeito de como estava quente e levou a mão até a gravata para soltá-la e abrir o último botão do colarinho de sua camisa.

– Não há por que seguir formalidades aqui, não é? – disse ele.
– Estamos em Indiana, afinal de contas, não estamos?
– Estamos – respondi.

O sorriso de Elster era de um tipo enlatado, e havia algo em seus olhos que eu deveria ter percebido. Anos tinham se passado desde que eu trabalhara como seu subalterno e nos víamos quase diariamente nos corredores do Prédio de Biologia. Mesmo assim, sempre existiu uma frieza entre nós. Como eu já disse, ele era um tipo pequeno, e, apesar de Prok tê-lo feito responsável por aquela parte de nossa biblioteca que permanecia nas prateleiras – isto é, os livros mais inofensivos no campo –, ele nunca me perdoou por minha promoção. Geralmente, ele passava por mim no corredor ou na calçada em frente ao prédio sem nem um cumprimento. Mas ali estava ele, enfiando-se a meu lado no balcão, todo sorrisos, com seu amigo de rosto afilado usando terno de executivo. Alarmes deveriam ter soado em minha cabeça, mas eu estava distraído e bebendo e só olhei de Elster para seu amigo e de volta, acompanhando o sorriso deles. Acho que, em meu estado de humor, eu estava contente por ter companhia.

Observei-os fazerem os pedidos, acenderem cigarros, observei o barman caminhar pesadamente vindo do barril e colocar duas cervejas sobre o balcão diante deles. Fred Skittering tomou a sua de um só gole, enquanto Elster ergueu o copo até os lábios com as duas mãos, como um padre com um cálice, e bebericou delicadamente. Os dois largaram os copos com um suspiro de satisfação, e, então, Elster inclinou-se para a frente confidencialmente e perguntou:

– Tudo indo bem com Iris? É o primeiro dela, não é?

Eu não sabia o que dizer. Eu nem sabia que ele tinha conhecimento de que eu era casado, muito menos que minha esposa estava grávida.

– Você sabe, Claudette está esperando também. Na verdade, é para daqui a três semanas. Será nosso terceiro. Temos um de cada agora, e ela quer uma garota, mas eu estou torcendo por mais um garoto. – Ele se curvou sobre a cerveja. Skittering manteve o sorriso. – Elas têm o mesmo obstetra – seguiu Elster –, o que Prok recomendou. Ele recomendou Bergstrom para você, não foi?

Eu estava pasmado de novo. *Prok?* Ele estava chamando Kinsey de *Prok?*

– Você... eu não sabia que você e Prok...

– Ah, sim, sim. Você sabe, nós temos conversado bastante na biblioteca. Espaço, é isso que estamos buscando, mais espaço.

Skittering sinalizou para o barman.

– Mais uma rodada – disse ele, e o que ouvi em sua voz era Nova York, motoristas de táxi, becos, clubes noturnos. – E uma para John aqui também – disse. – Por minha conta.

As cervejas vieram, e uma dose de uísque com cada uma delas. Agradeci Skittering e papeamos por um tempo. O que ele fazia para ganhar a vida? Ah, ele viajava. Para uma empresa. Nada realmente animador.

– E você? – perguntou ele.

Eu lhe disse que trabalhava com dr. Kinsey.

– O pesquisador sexual?

– Eu faço parte da equipe dele. – Bebi o uísque seguido de um bom gole de cerveja. – Na verdade, sou a primeira pessoa que ele contratou – disse eu, e não consegui evitar que o orgulho se insinuasse em minha voz. – Estou com ele desde o início.

– Mesmo? – disse ele. – Bem, isso é muito interessante. – E, inclinando a cabeça para trás, entornou o copo com a dose enquanto Elster, o sorriso aberto intocável, brincava com o seu. – Mas, hum, pesquisa *sexual*... Como é que vocês fazem mesmo isso? Quer dizer, vocês não podem simplesmente irromper nos quartos das pessoas no meio da noite, não é? Garçom – chamou ele, e fez um movimento circular com uma das mãos para indicar o pedido de mais uma rodada. – Como é isso, pesquisas e essas coisas?

Como deu para perceber, é claro, eu estava sendo manipulado ali, e por um mestre experiente. Fred Skittering, como vim a saber depois, fora correspondente de guerra e fizera nome no Teatro de Guerra Europeu, um nome que eu poderia ter reconhecido em um outro cenário. Mas ali, em Bloomington, no bar que eu vinha frequentando desde os meus dias de estudante, isso passou batido. Ele trabalhava para a Associated Press mesmo enquanto estava parado ali no bar, embora eu não fizesse ideia de que já tinha mordido a isca.

– Pesquisas? – Dei de ombros desdenhosamente. – As pesquisas são praticamente inúteis. Pense bem: onde está o controle? Você recebe uma pesquisa pelo correio e a preenche ou não, você é honesto e aberto ou não, e quem vai saber a diferença? Não, nossos métodos – baixei a voz –, nossos métodos são científicos e estatisticamente confiáveis como em qualquer pesquisa séria.

    Passou-se algum tempo. Pessoas entraram e saíram do bar. Além das janelas, no extremo mais distante da rua onde as árvores escasseavam, um raio serpenteou pelo horizonte. Eu nunca fui particularmente falador, nunca fui de sair falando pelos cotovelos, como dizem nossos indivíduos das classes mais baixas, mas pelo visto eu simplesmente não conseguia parar de falar naquela noite. Talvez fosse meu estado de ânimo. O tempo. Iris. Talvez fosse só aquela conversa depois de cumprido o expediente. Eu me sentia excessivamente orgulhoso do que estávamos conseguindo, Prok, Corcoran, Rutledge e eu, quatro contra o mundo. Mas eu estava frustrado também, porque, até aquele ponto, nós tínhamos mantido tudo tão guardado. E ali estava um ouvido simpático. Aqui estava Elster – e aquele estranho –, e quem pensaria qualquer coisa?

    Quem me salvou foi Betty. Eu estava à beira de comprometer o projeto, solapando a confiança que Prok tinha em mim, envergonhando-me da forma mais profunda e irremediável, como o apóstata, o traidor, o trouxa, quando Betty apareceu. Eu não tinha posto os olhos nela desde que ela fora a protagonista feminina da demonstração do outono anterior no sótão de Prok. Na verdade, eu nem me lembrava do nome dela. Mas lá estava ela, esgueirando-se pela porta com outra jovem, ambas vestidas casualmente, de saia e blusa, como se fossem estudantes – ou quisessem passar por estudantes. Levantei a cabeça e trocamos um olhar de relance, e então ela deslizou para um banco em uma mesa no canto mais distante da sala, em um único movimento gracioso, a mão indo para a parte de trás das coxas para alisar a saia enquanto ela escorregava sobre a superfície lisa de madeira do banco. Skittering estava dizendo algo sobre outra pesquisa sexual de que ele ouvira falar – na Dinamarca, ele achava –, enquanto Elster (seu chamariz?, seu Judas?) se apoiava nos cotovelos e se concentrava em meu rosto.

Eu vi a garota – *Betty*, e seu nome me ocorreu em um lampejo – olhar de novo para mim de relance, enquanto a garçonete colocava dois martínis sobre a mesa. Betty sorriu para mim quando viu que eu a reconhecera, os olhos de criança se dissolvendo no rosto de mulher, as maçãs da face proeminentes, os dentes aguçados, os cabelos presos no topo da cabeça, caindo em um complexo de cachos nos ombros. Sorri de volta, mesmo enquanto Skittering dizia:

– Mas Kinsey, o homem, quero dizer, como é trabalhar com ele? – E, porque eu estava bêbado, ergui meu copo e a cumprimentei através do salão.

E então eu estava de volta ao mesmo instante, observando o rosto de Elster – o rosto de um sabotador, não um amigo ou alguém que me quisesse bem – a uma luz completamente nova. Parei por um momento, estudando o rosto de Skittering agora, e, de uma hora para outra, compreendi. Skittering tinha chegado a Elster e Elster tinha chegado a mim, e o que eles estavam procurando não eram estatísticas, mas algo muito mais profundo, mais perigoso. Balancei os ombros.

– Ele é um gênio – disse eu. – Um grande homem. O maior que eu já conheci.

– Sim, mas – um cigarro até os lábios, um gesto distraído para o cinzeiro –, por trás de tudo isso, quer dizer. O homem. O homem em si. Certamente ele tem algum tipo de esquisitice ou maneirismos, hábitos irritantes. Ouvi dizer que ele pode ter o pavio curto algumas vezes, estou certo?

– Olha – respondi –, eu não quero ser indelicado, mas estou vendo uma amiga ali adiante. Uma conhecida. Na verdade, uma amiga da pesquisa. E realmente tenho que... – Eu estava me afastando do balcão, batendo nos bolsos para encontrar os cigarros. – Mas obrigado pelos drinques, muito obrigado, foi um prazer conhecê-lo.

A garota – Betty – observou toda a negociação, o cumprimento em sua direção, os dois apertos de mão, as expressões de desânimo de Elster e Skittering, enquanto sua amiga se voltou para olhar sobre o ombro e eu abri caminho sinuosamente pela sala até ela, copo na mão. Eu não sabia o que estava fazendo realmente, apenas que estava me livrando de uma situação incômoda, e que isso, tanto quanto qualquer outra coisa, me impeliu na direção dela.

– Olá – disse eu, tirando os cabelos de minha testa com a mão livre enquanto me inclinava sobre Betty –, lembra-se de mim?

O sorriso dela era lustroso, seus lábios repuxavam-se sobre os dentes, e perdoe-me se não pude deixar de imaginar aqueles lábios enquanto eles se estendiam completamente para receber Corcoran, aquele movimento enérgico, dentro e fora, e o tecido brilhando com os fluidos.

– Sim, claro – disse ela, e escorregou para o lado e deu um tapinha no assento junto a si. – Sente aqui. Venha.

Acomodei-me ao lado dela, um olhar de relance rápido para Elster e sua companhia, que me olhavam fixamente como se fossem aves de rapina, e a memória olfativa dela voltou a mim de súbito, aquele perfume, o calor de seu corpo, o cheiro de seus cabelos.

– Essa é Marsha – disse ela, indicando a amiga do outro lado da mesa estreita (olhos bajuladores, rosto de Stan Laurel,* cabelos crespos cor de damasco) –, e qual é seu nome mesmo?

---

* Arthur Stanley Jefferson (1890-1965), o Magro da dupla cômica o Gordo e o Magro. (N. T.)

Meu nome é John. Eu lhe disse isso. E retribuí seu sorriso também.

A garçonete apareceu e perguntou se nós queríamos ver o menu. Os copos dos martínis das garotas estavam vazios. Betty queria outro drinque e achou que dar uma olhada no menu poderia ser uma boa ideia. A amiga afirmou que aquele já tinha lhe subido a cabeça, mas, claro, por que não?, tomaria outro. Por mim, estava tudo bem, apesar de eu não ter levado muito dinheiro. Afinal eu tinha planejado tomar uns dois drinques, petiscar alguma coisa e, então, a jornada, e nada mais. Iris estava em casa, a barriga enorme. Pedi mais uma cerveja e Betty pediu à garçonete para lhe trazer um bife da casa – "malpassado a sangrando" – com batatas fritas e uma salada com molho Thousand Island.

Após o pedido, nós três sorrimos contentes um para o outro por um tempo e falamos sobre Bloomington, como era uma cidade infinita, irremediável e letargicamente enfadonha, e falamos sobre estrelas do cinema – John Garfield,* ele não era nojento, ou tosco ou qualquer coisa do tipo? – e nossas viagens, como eram. As duas garotas eram loucas por Nova York, apesar de, como vim a saber, nenhuma delas ter estado lá, e acho que não foi nada demais eu ter tirado proveito de minhas experiências por lá, mesmo exagerando um pouco. Então, o bife chegou, e a amiga foi embora – tinha que acordar cedo na manhã seguinte –, e, quando olhei de relance sobre meu ombro, Elster e Skittering tinham partido também.

– Então você é casado? – perguntou a garota.
– Não.
– Mas e o que é isso em seu dedo?
– Isso?
– Sim, *isso*.

---

* Ator norte-americano (1913-1952). (N. T.)

— É uma aliança de casamento.

Ela baixou os olhos para o prato por um momento, a faca, o garfo, cortou uma fatia do bife e olhou para mim de novo, enquanto a enfiava entre os lábios.

— Divorciado?

— Isso importa?

Ela meneou os ombros e baixou os olhos para o prato de novo.

— E você? – perguntei. – Você é... E por favor não me leve a mal... Você é uma... uma *profissional*?

Ela estava mastigando pensativa, lentamente, os olhos voltados agora para focarem os meus.

— O que é isso, mais uma entrevista?

— Você quer dizer que já... – fiz uma anotação mental para ir até os arquivos na manhã seguinte e violar nosso código de anonimato mais uma vez. – Quem foi, Corcoran?

— Sim – respondeu ela –, Purvis. Ele é um grande amigo meu. Você sabe disso, não sabe?

Eu não era muito bom nisso, mas o conhaque corria em minhas veias, e o conhaque sempre fazia com que eu me sentisse imbatível.

— Deu para perceber – respondi. – Da última vez que a vi.

Ela me ignorou. Atacou o bife de novo, pegou uma batata frita e lambeu o sal com toques róseos rápidos de sua língua antes de dobrá-la na boca.

— Não – disse ela –, em resposta à sua pergunta. Não sou uma profissional, o que quer que isso queira dizer. Eu não cobro dinheiro por aquilo, se é isso que você está me perguntando, e isso está na folha da entrevista também.

Eu estava recebendo um olhar desafiador agora, o olhar que ela lançara para todos nós quando estávamos andando para cima e para baixo na sala de estar de Prok tentando reunir coragem para seguir adiante com o que faríamos.

— Eu gosto de homens — disse ela. — É crime?
— Não — respondi —, não é crime nenhum.

E então nós dois estávamos rindo, rindo para valer, como se diz, e, no auge da gargalhada, ela colocou uma das mãos sobre minha coxa para se endireitar. O jukebox — eu nem tinha me dado conta de que ele tinha silenciado até aquele momento — voltou à vida com tudo, algo bastante animado, e deixamos que o riso se extinguisse enquanto começávamos a sentir a batida vibrando no tampo da mesa, nos copos em nossas mãos e no assento do banco que dividíamos. As pessoas à nossa volta se levantaram para dançar, e meus dedos começaram a tamborilar sozinhos o ritmo. Eu estava pensando se deveria convidá-la para dançar, embora eu nem dançasse bem, mas, em vez disso, perguntei:

— Mas e o que você faz? Quer dizer, para ganhar a vida?

Ela voltou o rosto para mim, uma luminosidade azul de néon se refletiu em seus cabelos.

— Sou enfermeira — disse.

— É mesmo? Olha, isso é formidável. É sim. Uma enfermeira, hein? Deve ser... interessante?

— Você se surpreenderia — disse ela, olhando em torno da sala antes de seus olhos voltarem para os meus. — Mas você sabe de uma coisa?

— O quê?

— Você sabe do que eu realmente gosto? Depois de uma boa refeição? — Ela se inclinou mais próxima, de maneira que sua testa estava quase encostando na minha e pude sentir o cheiro do gim, de seu perfume e da carne em seus lábios.

— Não — respondi —, o quê?

— Você não quer adivinhar?

* * *

IRIS ENTROU EM trabalho de parto no dia 20 de junho, logo depois do jantar. Ela tivera contrações moderadas no dia anterior, e havia sangue em suas secreções vaginais naquela manhã, seguidas pela liberação de um muco sangrento, precursores normais da ruptura da bolsa amniótica e do nascimento da criança. Apesar de eu ser, na época, imperdoavelmente ignorante de todo o processo (lembre-se de minha pergunta sobre os chutes do bebê, coisa que até a pessoa mais inculta ou desatenta deveria saber que não ocorre até a décima sexta semana), Prok havia me encorajado a me instruir, não apenas para "meu próprio benefício em compreender o processo da vida", como ele colocava a questão, mas para melhorar minha capacidade de relacionamento com nossos indivíduos do sexo feminino. E ele estava certo: agora eu sabia pelo que elas passavam, do que tinham medo, como o prazer do ato era seguido pelo desconforto da revelação, a dor do aborto, o sofrimento do parto. Embora estivesse muito ocupado e até um pouco atormentado, Prok sempre encontrava tempo para me fazer perguntas a cada semana sobre o estado de Iris – o inchaço dos seios, o aparecimento da *linea nigra* desenhada como uma marca de giz escuro sobre a corcova de seu abdômen, a descida do feto, o alargamento do colo do útero – e dava uma pequena aula a cada passo do caminho. Termos como "blastocisto", "gonadatrofina coriônica humana", "endométrio" e "progesterona", que eu provavelmente havia copiado em um caderno em algum lugar na Introdução à Biologia e prontamente esquecera, tornaram-se tão familiares para mim quanto os resultados do beisebol no jornal matutino.

Tínhamos sorte, de verdade. Não só tínhamos o benefício da literatura sobre o assunto (incluindo um livro novo, excelente e bastante completo, escrito por Benjamim Spock, um médico da Universidade de Columbia) e a experiência do dr. Bergstrom, como também os conselhos da mãe de Iris sussurrados em telefonemas de longa distância, além de todo o apoio que Prok e Mac podiam nos dar, Mac em especial, que passava horas em nossa casa, fazendo tricô, cozinhando no forno e trocando ideias com Iris em seu tom de voz suave e glutinoso, como se Iris fosse sua filha e o bebê fosse de sua própria linhagem. Meu próprio entusiasmo, como já disse, tendia a variar de um dia para outro, mas havia algo de inevitável no processo, e acabei me submetendo a seu empuxo. E eu estava informado. Pelo menos isso.

Quando chegou perto da data esperada, conferi se o carro – com sua transmissão consertada – estava andando bem e se o tanque de gasolina estava cheio, pronto para uma corrida ao hospital. O dia 20 caiu em uma sexta-feira, eu não queria ter deixado Iris ir ao trabalho, mas ela me garantiu que estava bem – que eu deveria ficar perto do telefone, só isso. No fim das contas, mal consegui me concentrar durante a manhã longa, tediosa e sem grandes acontecimentos e, no momento crítico da tarde opressivamente lenta, saí do trabalho cedo – Como ela estava? Nada de novo? – para preparar um jantar leve, salada de macarrão e frutas em conserva, e então sentamos na sala de estar ouvindo rádio, esperando. Ela tinha se levantado para enxaguar o copo na pia quando notei que a camisola dela estava grudada e molhada em suas pernas. Olhei para ela alarmado.

– Iris – disse eu –, você está molhada, sabe disso?

Ela havia estendido uma das mãos para se firmar contra a pia, e agora estava pingando, eu me levantando do sofá e a segurando nos braços como se ela estivesse à beira de um precipício sombrio que se escancarava e correndo o perigo de escapar de mim. A terminologia ressoava em minha cabeça – *bolsa amniótica, dilatação cervical, oxitocina* –, mas me senti impotente do mesmo jeito. Ela me sorriu débil, um peso morto em meus braços, e murmurou:

– Acho que chegou a hora.

6

Houve a correria de costume para o hospital, o rosto da esposa crispado e pálido, a mão do futuro pai trêmula sobre a marcha do carro, uma ladainha de todas as coisas que poderiam dar errado na cabeça – Catherine Barkley* morta na chuva e o bebê também, a criança tirada a fórceps que morava mais adiante na rua, com os traços esmagados como uma pintura inacabada, o aleijado, o retardado, o desesperançado, o natimorto –, e então havia a cadeira de rodas nos esperando na entrada de emergência, os dois sentados na recepção respondendo a perguntas vazias, preenchendo formulários até o ponto de o futuro pai querer dar uma gravata na enfermeira e forçá-la a revelar o paradeiro do dr. Bergstrom, o obstetra, cadê? Ele não estava se dando conta do que estava acontecendo ali?

Eu não disse nada, no entanto. Não fiz nem sequer um movimento. Apenas fiquei sentado ali, na aflição da cadeira, e segurei a mão de Iris enquanto a enfermeira tagarelava, e a tinta encontrava seu caminho da caneta para os formulários impressos, e o mundo prosseguia exasperadoramente, como se nada estivesse fora do lugar. Iris parecia biliosa, descorada até as raízes dos cabelos, as sobrancelhas desenhadas sobre o vazio de seus olhos. Ela estava afundada na cadeira, curvada sobre o peso terrível da bola que

---

* Personagem do romance de 1929 de Ernest Hemingway *Adeus às armas*, que morre tragicamente no fim, junto com seu bebê. (N. T.)

estava carregando em torno dela, os dentes cerrados, os membros largados. Os ponteiros do relógio da parede arrastavam-se em círculos, como era de se esperar. Nuvens boiavam no céu para além da janela. De uma hora para outra, Iris soltou um grito aspirado e cortante, e a enfermeira sorriu. Então, eles finalmente vieram buscá-la, duas ajudantes com a maca sobre rodas, e a levaram para o setor de obstetrícia, e nada aconteceu, absolutamente nada.

Em torno de uma hora depois, deixaram que eu me sentasse com Iris, puxando a cortina em volta da cama para nos proporcionar alguma privacidade. Suas pálpebras estavam fechadas, as mãos com as palmas para baixo ao longo do corpo. Ela não tinha cor alguma, absolutamente nenhuma, e poderia já estar morta, deitada no leito de um necrotério. Peguei sua mão – por compaixão –, e medo, eu me sentia tão diminuído e impotente naquele momento e seus olhos se abriram bruscamente.

– John? – disse ela.

– Sou eu – respondi. – Estou bem aqui. – Era como o diálogo de um filme, e eu só conseguia ver o rosto de Helen Haye* sobreposto ao de minha mulher, e por que não tocava a "Liebestod"** que nos levaria para longe dali? – Como estão as contrações? Vindo mais rápido agora? Ele disse quanto tempo vai levar?

Tinham dado algo para a dor, e a voz dela ficou pastosa por causa disso.

– Vai levar um tempo, John – sussurrou Iris. – Isso é daquelas coisas que acontecem, você sabe? Algumas vezes, com o primeiro...

Uma mulher oculta gritou então do outro lado da sala. Ou melhor, deu um berro, como se um torturador estivesse trabalhando

---

* Atriz inglesa (1874-1957) que interpretou o papel da enfermeira Catherine Barkley na adaptação cinematográfica de *Adeus às armas* em 1932. (N. T.)
** Ária famosa da ópera *Tristão e Isolda*, de Richard Wagner, trilha sonora de *Adeus às armas*. (N. T.)

nela com seus alicates quentes e eletrodos. Houve um silêncio, então ela berrou novamente. Eu me senti castigado, impotente, cheio de remorso e ternura. A única coisa que eu podia pensar em fazer era apertar a mão de minha esposa.

– Será que encontro Bergstrom? Que falo com ele?

A voz dela foi sumindo:

– Só se você quiser. Mas não. – A mulher berrou mais uma vez, pedra sobre vidro. – Vá tomar um banho. Eu estou bem. Estou mesmo. Vai dar tudo certo, você vai ver.

No fim das contas, ela estava certa, é claro – estava tudo bem, e John Jr., com 2 quilos e 900 gramas e 53 centímetros de comprimento, foi o resultado. Mas Iris teve um trabalho de parto demorado, e a noite de sexta-feira virou sábado de manhã, o progresso do relógio era a coisa mais tediosa que eu já tinha suportado: sermões de domingo, uma visita ao dentista, Prok falando pelos cotovelos no Buick. Então, o sol estava alto, e Bergstrom estava de volta ao trabalho, aconselhando-me a ir para casa tomar um banho e dormir um pouco, porque ela mal estava dilatada e levaria algum tempo ainda. Não segui seu conselho. Afundei na cadeira ao lado da cama de Iris, ouvi as idas e vindas furtivas da ala do hospital, posso até ter ouvido o pranto peculiar de um recém-nascido na sala de parto do outro lado do corredor. O café e alguma coisa gordurosa da cafeteria – *chili* com carne, frango frito e bolinhos de massa – mantiveram-me de pé até meu estômago virar um tanque de ácido. Quando a tarde de sábado se misturou à noite e nada ainda tinha acontecido, busquei meu frasco para me consolar.

O domingo de manhã chegou, as horas da madrugada foram revisitadas, e dei uma saída até o carro e dormi, e, quando acordei, o sol estava alto no céu, fazendo do Dodge uma fornalha da qual eu fechara as janelas a fim de derrotar os mosquitos. Eu suara até a roupa de baixo, e suspeito de que devia estar uma parede ambulante de odores e secreções desagradáveis. Minha boca estava seca, mas tomei a precaução de reabastecer o frasco antes de me arrastar de volta pelo hospital, ver Iris — ainda nada — e encontrar meu caminho até o banheiro masculino para jogar alguma água no rosto e passar um pouco de sabonete com toalhas de papel nas axilas. Já tinha passado do meio-dia quando comi um sanduíche no refeitório, então passei a longa tarde e entrei noite adentro com minha esposa. Foi como se nunca tivéssemos estado em lugar algum a não ser ali, atrás das cortinas brancas, enquanto mães grávidas subiam nas camas ao lado, gritavam sua dor e eram empurradas para a sala de parto para satisfazer seus maridos e médicos. Eu estava lendo o jornal quando o sol caiu pela terceira vez.

Então era noite, dez horas, dez e trinta, onze, e ainda nada, apesar de as contrações estarem acontecendo com mais rapidez agora e o dr. Bergstrom estar acompanhando o caso, enfiando a cabeça entre as cortinas de tempos em tempos, examinando o colo do útero de Iris para ver a dilatação e emitindo ruídos encorajadores. Eu deveria dizer, incidentalmente, que recebera permissão para estar com minha esposa durante o processo e testemunhar o próprio nascimento, algo que Prok me estimulara a fazer. Ele estivera presente no parto de todos os três filhos, e falou apaixonadamente, tanto comigo quanto com o dr. Bergstrom, sobre a importância da experiência de um ponto de vista científico. Acho que ele próprio gostaria de ter estado lá conosco se isso não fosse parecer estranho aos olhos da comunidade. Já era estranho o suficiente que o marido estivesse presente, quanto mais outro homem, não importava quão próximo fosse e quão puramente objetivo pudesse ser. E é claro que Iris o teria rejeitado de qualquer maneira. Esse show era dela. Absolutamente.

E então me ocorreu – quando passou das onze horas e meu estômago queimava e o uísque me deixava ligado por dentro e todos os meus temores começavam a emergir como os corpos dos afogados – que na realidade havia um acaso feliz no atraso, que algo extraordinário estava ocorrendo aqui. Se Iris segurasse mais 45 minutos, de acordo com meu relógio, John Jr. compartilharia seu aniversário com Prok. Pensei comigo mesmo que tudo estava acontecendo por alguma razão, era só isso, e eu não conseguia imaginar nada mais perfeito. Ou auspicioso. *John Jr. e Prok.* Vi uma sucessão de festas de aniversário estendendo-se pelos anos, balões, flores, o bolo sendo cortado, Prok levantando meu filho em seus ombros e desfilando pela sala com ele, tio, padrinho, mentor.

Tomei um gole do frasco e olhei de relance para Iris. Ela estava deitada ali como uma pedra. Tinham aplicado uma epidural nela para a dor, e o dr. Bergstrom começara a falar sobre induzir o parto ou mesmo operar, porque havia agora o perigo de uma infecção, e as enfermeiras tinham começado a se apressar um pouco porque, de um jeito ou de outro, o momento estava chegando.

– Iris – disse eu, e acho que estava meio bêbado àquela altura, o frasco fazendo maravilhas com meus nervos alterados, e eu não queria nem pensar sobre o atraso, as consequências e a fatalidade que pairavam sobre a cama como um pesadelo palpável, porque eu tinha que olhar para o lado alegre das coisas, eu ia encorajá-la da melhor forma possível. – Iris, você quer saber de uma coisa?

Ela estava exausta, extenuada, toda a sua energia e todo o seu otimismo tinham ido embora. Ela mal abriu os olhos.

– Parece que John Jr., ou a Madeleine, vai compartilhar um aniversário famoso.

Nenhuma reação:

– Com *Prok.* Em 45 minutos, é o aniversário de Prok, 23 de junho, você se deu conta disso? Não é incrível?

Ela soltou um ai súbito, como se uma garrafa de champanhe tivesse sido aberta. Então, segundos depois, mais um. Então outro. As cortinas foram escancaradas, e a enfermeira estava empurrando a cama para a sala de parto, enquanto eu ficava ali, de máscara cirúrgica e mãos escovadas, e tentava conter o martelar do coração.

Vi meu filho vir ao mundo às 23h56 do dia 22 de junho de 1947.

E<small>U GOSTARIA DE</small> dizer que nós demos a luz ao volume masculino na mesma época – e deveríamos tê-lo feito, de acordo com o cronograma que Prok estabelecera para si –, mas o parto do texto foi um pouco mais difícil e demorado que qualquer um de nós poderia imaginar. À medida que o verão começava a esquentar para valer à nossa volta e partíamos em viagens de campo curtas para esta ou aquela localidade, Prok trabalhava cada vez mais furiosamente no manuscrito, escrevendo em todos os lugares – no carro, no trem, em casa antes do trabalho e no gabinete depois do horário, compondo os últimos capítulos mesmo enquanto os primeiros voltavam em provas da W. B. Saunders. Ele estava se impondo jornadas de dezoito horas de trabalho, o sono era um luxo, a comida nada mais que o combustível para a máquina. Mac, a sra. Matthews, Corcoran, Rutledge e eu confinados, lendo as provas, nossos escritórios uma tempestade de papel, gráficos e textos em aberto, sempre uma tabela a mais a completar ou um fato a ser conferido. A data final absoluta para a cópia completa era o dia 15 de setembro, e em agosto ainda havia cinco capítulos para ser terminados.

Eu nunca o vira tão ocupado em minha vida, nem Prok fora tão exigente – ou irritadiço –, e, quando eu não estava no trabalho, havia a confusão sem fim da casa, fraldas na lavanderia, fervendo no fogão, enfileiradas como bandeiras de rendição em miniatura no varal dos fundos, garrafas por todo lado e o cheiro de mamadeira pairando no quarto e na cozinha a ponto de eu começar a pensar que as próprias paredes estavam amamentando. Havia as refeições tarde da noite, a sinfonia de berros, urros e soluços de John Jr., o silêncio angustiado da casa às três da madrugada e a calma maternal de Iris. E a mãe dela, a mãe dela, é claro. A mãe dela ficou conosco pelo primeiro mês, uma esponja em cada mão, esfregando cada superfície horizontal até que brilhasse, trazendo as compras do supermercado, varrendo como um robô e sempre cozinhando cubas de ensopado de cordeiro, ou feijoadas, ou panelas de dez centímetros de macarrão com queijo e nacos de salsicha frankfurter espalhadas como peças de artilharia sobre a massa.

Eu era neutro em relação a ela. Ela era como Iris, apenas mais velha, autossuficiente, contenciosa, e nunca conseguiu se dirigir diretamente a mim. Em vez disso, referia-se a mim na terceira pessoa, como, por exemplo: "*Ele* está com fome? *Ele* senta aqui?" Mas ela tirou um pouco da pressão de minhas costas e fez companhia para Iris. Por mim, tudo bem, porque, como já mencionei, esse estava sendo o período mais crítico e atarefado que o projeto já vira. Assim que ela foi embora, entretanto, voltando para Michigan City, o ônus recaiu sobre mim, e a ocasião não poderia ter sido pior. Tentei meu melhor. Iris ainda não tinha recuperado seu nível costumeiro de energia, e fiz o que pude para ajudar, as compras de supermercado, um monte de roupas para lavar, esse tipo de coisa, mas naturalmente as coisas começaram a ficar para trás e não consegui deixar de me sentir sobrecarregado e ressentido.

E apesar disso não quero parecer negativo, porque uma espécie de milagre se originou daquilo tudo: eu pude conhecer meu filho. Até aquele ponto ele fora entrouxado, enrolado em fraldas e carregado de um quarto para outro, dos braços de minha sogra para os de Iris, e, se eu havia conseguido dar uma espiada no rostinho avermelhado e informe, fora muita coisa. Mas tão logo a mãe dela foi embora – na realidade, ainda no caminho de volta da rodoviária –, Iris simplesmente me entregou o bebê, como se fosse uma sacola de compras que ela estivesse cansada de passar de um braço para outro.

– Vá em frente, segure o bebê, John – disse ela. E lá estava ele, a trouxa surpreendentemente densa de seu corpo empurrada para meus braços. Eu não sabia o que fazer. Eu estava com medo de deixá-lo cair, de não apoiar corretamente seu pescoço, com medo de seu peso, seus movimentos e do jeito que ele tinha de sugar sem esforço o ar e deixá-lo sair de novo em um choro enfurecido e inconsolável. Ele era uma bomba-relógio. Era feito de chumbo. Tinha os pulmões de Éolo. – É só um bebê, John, só isso. Ele não vai morder você. Nem tem dentes ainda. – Iris olhou para mim, para a expressão em meu rosto, e desatou a rir.

Eu não estava rindo. Estava pasmado. Era meu filho. Segurei-o nos braços, senti o peso dele, a vitalidade, e algo mudou dentro de mim. John Jr. O enlace de cromossomos. Fora para aquilo que nós tínhamos nos esforçado, o resultado final, e não se tratava mais de uma pesquisa.

Mas o livro. O projeto. Esse era o foco do verão de 1947, e, se nossas vidas domésticas intrometiam-se – a de Corcoran, a de Rutledge, a de Iris, a minha e mesmo a da sra. Matthews –, Prok estava ali para nos lembrar de nossas prioridades. À medida que Prok se tornou mais exigente, ficou mais ansioso também, e a imprensa não fez nada para atenuar seus temores. Os repórteres foram ficando mais inoportunos e engenhosos conforme o verão avançava. Eu havia escapado de Skittering, mas havia dúzias de outros em cima de pistas da história, cada um procurando ser o primeiro a revelar nossas descobertas para o público. Estávamos sitiados por cartas, telegramas, telefonemas, e não somente das classes plebeias, mas de editores e chefes de redação, e até, em alguns casos, dos próprios distintos proprietários de vários veículos de comunicação. Nunca subestime o poder do sexo para incitar o público. Nós estávamos interessados na ciência, mas a imprensa estava interessada no comércio, e somente no comércio. Eles queriam vender números, porque números vendiam anúncios e anúncios vendiam produtos e produtos compravam mais anúncios, e nenhum de nós do círculo íntimo tinha qualquer dúvida de que eles iriam distorcer nosso trabalho da maneira que lhes conviesse.

Em última análise, foi Prok quem encontrou a solução. Ele estava cada vez mais atormentado, e um repórter em particular – muito persistente, que não aceitaria um não como resposta – forneceu o catalisador. Todos os dias, por um período de mais de um mês, recebemos um telegrama deste cavalheiro (ou peste, como Prok o chamava), implorando por uma entrevista, Prok rejeitando-o firmemente repetidas vezes, até que uma manhã ele apareceu na antessala, chapéu na mão, tentando passar a conversa na sra. Matthews para que o deixasse entrar. Nós estávamos tocando o trabalho em nossas mesas quando, em determinado momento, percebemos um duelo de vozes vindo da antessala, as inflexões sanguíneas de quem se aproximava, e a sra. Matthews defendendo-se habilmente. Lembro-me de Prok, exasperado, tirando os olhos do trabalho.

– Quem *está aí*, sra. Matthews? – perguntou asperamente.

Todos o vimos ali, pelo vão aberto da porta, um homem de meia-idade, ombros curvados, com um terno marrom simples. Ele parecia confuso e perdido.
— Ralph Becker — balbuciou ele. — Da *Magazine of the Year*? Mandei um telegrama para você.
— Ah, sim — rosnou Prok —, sim, o senhor nos mandou um telegrama mesmo, e nós o respondemos. Repetidas vezes. — Subitamente, Prok tinha se levantado, abrupto e irado, atravessando o vão da porta a passos largos para confrontar o homem de terno marrom enquanto assistíamos passivamente. — Mas talvez o senhor tenha dificuldade com a palavra escrita?
O homem gaguejou uma desculpa, praticamente sumindo em seus sapatos, mas insistiu.
— Tendo em vista que estou aqui, será que você não poderia somente... Oh, apenas uma voltinha por aí. É só isso que peço. E uma espiada no que você espera concluir. Por tudo o que ouvi, você é uma pessoa fantasticamente dedicada, rigorosa, realmente rigorosa — e, nesse momento, ele olhou para além de Prok, para onde estávamos sentados, estáticos —, e você tem uma equipe de primeira também. Um minuto? Só um minuto de seu tempo?
Prok ficou impassível, escondendo-se por trás de sua fachada de entrevistador, e, se eu não o conhecesse, não faria ideia de quão próximo de perder a cabeça ele estava. A voz o entregou, engasgada no fundo da garganta, uma espécie de grasnar articulado:
— Eu já expliquei tudo isso uma centena de vezes, expliquei até ficar exasperado a ponto de perder a educação, e receio que tenha que pedir que o senhor deixe nossos gabinetes...
— Mas eu não atrapalharia em nada... Eu só queria ter uma ideia de seu trabalho.
— ... e não coloque os pés neste prédio novamente até ser expressamente convidado. — Prok gesticulou com a mão impacientemente,

como se dispersando um enxame de mosquitos. – Não está vendo? Não compreende? Se não pararem de me importunar, não *haverá* um volume para ser criticado.

O jornalista deve ter detectado a mesma dissonância de desespero que notei na voz de Prok, porque imediatamente tentou prender nela um grampo para se içar mais acima:

– "Convidado", o senhor disse isso? O senhor quer dizer que vai revelar algo, então? Bom, bom. Mas por que esperar? Eu estou aqui agora. Pense como posso lhe ser útil difundindo a mensagem. É isso que o senhor quer, não é? Difundir o Evangelho? Certo?

A luz do corredor se fundiu aos óculos de Prok. Ele hesitou. Queria difundir a mensagem, mas não em partes, tampouco de maneira que fosse depreciar e solapar tudo o que esperávamos alcançar.

– Tudo bem – disse Prok, por fim –, eu aprecio seu interesse, e isso é o que eu decidi, o que *nós* decidimos, meus colegas e eu, como uma questão de política. – Ele levou um momento para olhar para nós de relance sobre o ombro, e fizemos o melhor que podíamos para lhe dar nosso apoio, embora estivéssemos tão ansiosos quanto o homem de terno marrom para ouvir o que Prok tinha resolvido. – Vamos enviar convites para todos os principais jornais e revistas, para que venham aqui para o Instituto, dar uma volta pelas instalações, registrar suas histórias sexuais e obter um acesso irrestrito às provas das páginas, quer dizer, assim que estiverem completas. E preciso enfatizar isso: completas. Terminadas. Prontas para serem publicadas. O senhor entendeu agora?

– Eu serei o primeiro?

– Será um deles.

Houve uma pausa. O homem deslocou o peso de um sapato marrom puído para outro. Seu rosto era astuto, estreito, o rosto de um extorsionário, um homem de muita conversa. Ele fora até ali nos roubar, tão certamente quanto Skittering viera.

– Você não quer dizer que vai me fazer voltar aqui de tão longe... veja bem, eu estou aqui. Não dá para o senhor abrir uma exceção, só nesse caso?

Eu quase me levantei – estava prestes a fazê-lo. Afinal, por que Prok, com tanta responsabilidade sobre os ombros, teria que suportar aquilo também? Eu poderia ter acompanhado o homem porta afora, tê-lo quebrado em dois se fosse necessário, mas Prok estava no comando ali, sempre no comando, e ele nunca hesitava.

– Tanto você quanto eu sabemos que isso não seria justo, não é? – disse Prok. Do ponto onde eu estava sentado, não dava para ver a expressão do rosto dele, mas eu poderia tê-la adivinhado, ele pairando com controle absoluto sobre o homenzinho marrom, o olhar frio como aço, a máscara de indiferença, e sutil, tão sutil. – Mas eu compreendo o que quer dizer. O senhor está aqui, não é? E, assim sendo, é melhor ir registrando sua história sexual e poupar o trabalho quando voltar. – Então, Prok virou-se para mim, enquanto a sra. Matthews voltava para sua datilografia, Corcoran tentava segurar o riso e Rutledge continuava irrequieto na cadeira. – Milk, você se importaria de fazer as honras?

E assim foi. Prok trouxe os repórteres em duas ondas, os jornalistas de revistas primeiro, em agosto, e então os de jornais, em setembro, mesmo enquanto dava os retoques finais no manuscrito. Nós colocamos uma mesa de reuniões no gabinete do outro lado do corredor, do qual tínhamos expulsado um dos colegas de Prok do Departamento de Zoologia (sob seus protestos, mas com a benção – e o imprimátur – do reitor Wells), e Prok amontoou os repórteres lá dentro como se fossem um bando de lançadores de peso e saltadores com vara apinhando-se no ônibus da equipe. Primeiro, ele os instruiu sobre nossos achados, sobre a dádiva que tais descobertas representavam para a humanidade. Depois, levou os jornalistas para uma volta pelas instalações e para terem uma oportunidade de conversar individualmente conosco, a brilhante e meticulosa equipe, por fim fazendo um apelo para cada um deles cederem suas histórias, não simplesmente em prol do projeto, mas com o intuito prático de adquirirem insights sobre nossos métodos. Mais de cinquenta por cento dos jornalistas aceitaram a proposta, e isso nos manteve ocupados, a todos nós, registrando freneticamente histórias sexuais, mesmo enquanto o resto dos repórteres bisbilhotava pela cidade, procurando descobrir um pouco da cor local. Como você pode imaginar, houve uma corrida para valer aos bares.

Antes de os jornalistas irem embora, Prok deu um jogo de provas do livro para cada um, e, então – isso foi realmente genial –, fez com que assinassem um contrato de treze cláusulas, por meio do qual prometiam não publicar suas histórias ou liberar qualquer um de nossos números antes de saírem as edições de dezembro dos respectivos jornais, além de submeter previamente todos os artigos a nós para que pudéssemos vetá-los por erro. É claro, a ideia era abafar quaisquer críticas e, ao mesmo tempo, atrelar a imprensa a nossos próprios objetivos. Houve uma torrente de artigos altamente favoráveis, e tudo isso naquele período crucial até o lançamento do livro. Nós suportamos as manchetes sensacionalistas como algo inevitável, pois não havia realmente nada a fazer, mas, como um todo, os artigos em si foram mais do que poderíamos ter desejado. De repente, o país inteiro – o mundo inteiro – estava ouvindo.

O resto é história.

* * *

O CÍRCULO ÍNTIMO

Tudo ia bem e conforme o esperado. Nós tínhamos conquistado celebridade – ao menos, Prok tinha –, mas, se antes nós podíamos trabalhar em certa obscuridade, agora tudo que fazíamos era ampliado. E, se Prok fora capaz de relaxar com o trabalho no passado, a jardinagem, sua coleção de galhas, as viagens de campo sem destino traçado em busca de prodígios taxonômicos ou de histórias, agora ele era guiado e manipulado por seu próprio sucesso, puxado para uma centena de direções ao mesmo tempo. Havia, de uma hora para outra, multidões de visitantes, muitos bastante proeminentes, havia pedidos por palestras e viagens, entrevistas sem fim, e cartas – milhares delas – vindas, aos borbotões, de todo o mundo, uma mais angustiada que a outra. Prok se tornara um guru, e gurus tinham que se sentar em suas mesas, do nascer ao pôr do sol, cuidando das necessidades de seus fiéis.

Prezado Dr. Kinsey, meu marido quer fazer coisas anormais comigo na cama, como beijar as minhas partes privadas, mas eu acho que essas coisas não são atraentes, são pecaminosas, e eu gostaria que o senhor pudesse escrever ou ligar e dizer para ele me deixar em paz. Obrigada, sra. Hildegard Dolenz.

Caro Professor, doze anos atrás encontrei a mulher dos meus sonhos, Martha, e casei com ela sem nem pestanejar. Ela é uma mulher como nenhuma outra e estou satisfeito com ela como uma boa mãe para nossos seis filhos e uma boa cozinheira etc., a não ser o fato de que ela não está mais interessada em relações sexuais e não sei por quê. Isso é natural para uma mulher da idade dela (38)? Se for, o senhor poderia me dizer qual é a cura ou se eu deveria buscar consolo em outras partes, porque me tornei amigo de uma viúva de 54 anos que parece verdadeiramente mais interessada em relações do que minha própria esposa. Sinceramente, Stephen Hawley. Long Beach Island, Nova Jersey.

Prezado Dr. Kinsey, o senhor poderia me dizer por que os nossos soldados, após liberar a França e derrotar a Alemanha nazista, têm que passar todos esses meses distantes de casa, vivendo com o inimigo? Porque meu marido, com quem sou casada há dezessete anos, não escreveu para mim nem uma vez até vir para casa de licença duas semanas atrás e me dizer que estava se mudando de nossa casa, que trabalhamos duro para comprar juntos, por causa de uma piranha ex-nazista, se o senhor me perdoar a expressão, cuja única ideia na vida é se jogar sobre soldados solitários no país estrangeiro dela. Eu o amo. Eu o quero de volta. Mas ele diz que gosta dela. Obrigada e Deus abençoe o senhor. Sra. Thomas Tuttle. Yuma, Arizona.

Prezado Doutor, sou uma jovem adolescente e gosto de brincar comigo mesma e com duas outras garotas da minha turma e realmente não acho que haja nada de errado nisso. E o senhor? Anônima. Chicago.

Prezado Dr. Kinsey, meu pai foi meu primeiro amante e ele tinha um irmão de quem eu nunca gostei, que foi meu segundo. Eu sou uma garota mulata de raças misturadas, porque meu pai é branco e minha mãe é de Trinidad (Negra), e meu ex-marido, Horace, quer que eu transe com clientes em um quarto mobiliado, e eu ainda o amo, mas meu namorado Naanam diz que me mata primeiro, e eu não sei o que "fazer". O senhor poderia me ajudar, por favor, com algum conselho? May.

É claro que, apesar de todas as pressões sobre ele, Prok não obstante assumiu a tarefa de responder a cada carta pessoalmente, algumas vezes detalhadamente, embora, depois de um tempo, ele mesmo tenha se vacinado contra com esse derrame de angústia e ignorância, indicando aos correspondentes os capítulos relevantes do volume masculino ou aconselhando-os a buscar ajuda de profissionais em suas próprias cidades natais (*Lamento dizer que não somos médicos e, embora nos interesse ouvir seu dilema, não podemos fazer nada além de indicar uma ajuda profissional para você*). Mesmo assim, o simples volume da correspondência, juntamente com as viagens, as entrevistas e o desejo de seguir adiante com o texto feminino, tudo isso começou a cobrar seu preço.

O primeiro colapso de Prok ocorrera uns três anos antes, na primavera de 1945, após uma sucessão febril de palestras na Clínica Menninger e depois em uma conferência para alguns dos principais líderes militares, durante as quais ele fez de tudo tentando convencê-los de que nenhum comportamento sexual era desvio de conduta (especialmente o comportamento-H, o velho fantasma marcial) e de que, mesmo que o fosse, isso não seria ameaça à disciplina militar. Dá para imaginar o tipo de recepção que Prok encontrou com os oficiais tacanhos e os burocratas militares fechados, dá para imaginar a energia que ele deve ter gastado no processo. Fui eu quem o buscou na estação de Indianápolis. Lembro a expressão de seu rosto, sua palidez, que se estendia até as íris embotadas dos olhos, o andar encurvado, a voz amortecida. "É só um resfriado", disse-me ele, mas era mais que isso. Era seu coração, grande e desritmado, o legado de sua luta contra a febre reumática quando criança, a doença que o mataria, embora nenhum de nós pudesse imaginar isso naquela época — outras pessoas tinham problemas coronários, outras pessoas morriam, não Prok. Prok era um pilar. Era incansável. Era o nosso líder, nosso mentor, e não poderíamos prosseguir sem ele, não poderíamos nem conceber isso.

O médico diagnosticou um esgotamento nervoso e ordenou três semanas de descanso na cama, mas Prok estava de volta à ativa em menos de uma semana, tomando histórias na Colônia

Penal Agrícola do Estado de Indiana. Então, o turbilhão de trabalho se desencadeou novamente, e esqueci tudo a respeito, mesmo diante das evidências. Agora, sob o peso de sua celebridade repentina, Prok começara a debilitar-se mais uma vez, e tentei protegê-lo – Mac também, nós todos tentamos –, mas era impossível. Ele era rigoroso demais consigo mesmo, não havia nada que pudesse relaxá-lo, a não ser o sexo, e o sexo, apesar de todos os seus efeitos benéficos, durava apenas da excitação ao orgasmo.

Foi o professor Shadle quem assumiu a situação na crise. Ele era, como se sabe, um dos pioneiros na filmagem do comportamento sexual animal, o homem que fotografou, pela primeira vez, o coito de porcos-espinhos e outras criaturas improváveis. Prok conhecera-o na Universidade de Buffalo, quando estivéramos lá, alguns anos antes, para palestrar e coletar histórias. Desde então, tínhamos o importunado sobre a questão de seus filmes, que seriam inestimáveis para nossa biblioteca. Por fim, após uma longa troca de cartas, Shadle tinha concordado em deixar seus porcos-espinhos por uma semana e aparecer em Bloomington com os filmes. Como sempre, eu fora incumbido da tarefa de receber o professor no trem, e levara Iris e o bebê junto, para darem uma volta. Era fim de verão, o volume masculino ainda surfando no topo das listas de mais vendidos, "The Kinsey Boogie" paralisando as ondas do rádio, o calor do sul de Indiana como um ser vivo grudado aos poros querendo sugar todos os minerais e fluidos do corpo. Chegamos cedo para o trem, comprei um sorvete para Iris e observei-a lamber o cone em volta dos cantos e inclinar-se sobre o bebê, enquanto ele tentava chupar e beijar aquela nova substância, aquela coisa densa, doce e gelada ao mesmo tempo, o conceito se fixando em seu cérebro infantil no lugar onde os centros de prazer recebem seus estímulos: sorvete. Sorvete. Foi um momento único. E qual seria sua primeira palavra, quando o dom da linguagem baixou sobre ele bem ali, na plataforma, sob o olhar intenso do sol de Indiana?

– Você ouviu isso? – Iris estava inclinada sobre o carrinho do bebê, o sorvete de baunilha escorrendo como um sangue branco sobre os dedos, as mãos de nosso filho se agitando em uma exibição cômica. O trem tinha acabado de entrar na estação com um guincho longo e atenuado dos freios.

– O quê?

– O bebê. Ele acabou de falar "sorvete", não ouviu?

– Não – respondi. – Falou mesmo?

– A primeira palavra dele, John. "Sorvete". Eu ouvi.

Tenho uma foto daquele momento em minha cabeça, Iris agachando-se sobre o bebê, os cabelos presos com um rabo de cavalo, os ombros nus e as sardas do sol, a bermuda subindo até acima das coxas, as sandálias, as unhas dos pés pintadas e os arcos brancos dos pés reluzindo ao sol, e o trem parado ali, como uma ilusão, uma parede que se mexia, abracadabra. Inclinei-me para me aproximar de meu filho, um olho nos vagões de passageiros quando as portas se abriram suspirando.

– Sorvete – disse eu. – Sorvete, Johnnie.

Um safanão dos braços roliços, as mãos pegajosas batendo palmas juntas em uma percussão acidental. E a execução gorgolejante de um som:

– Veti – disse John Jr.. – Veti.

Quando olhei para cima, o professor Shadle estava parado ali, de mala na mão. Tinha uns 65 anos, era baixo – muito baixo, quase anão –, tinha uma cintura pronunciada e tufos de cabelo branco que poderiam ser bolas de algodão grudadas aleatoriamente em sua cabeça.

– Que bebê bonito – murmurou ele.

— Oh, desculpe — disse eu, levantando-me para apertar sua mão úmida de anão. — Professor Shadle, seja bem-vindo a... Indiana. Nós nos conhecemos em Buffalo, o senhor se lembra?

— Sim — disse ele, com um tom de voz irritante, os olhos desviando-se dos meus. — É claro.

— E essa é minha esposa, Iris. E nosso filho, John Jr..

— Ele acabou de falar a primeira palavra — interpôs Iris. Ela estava radiante. — Quer dizer, fora "mama" e "papa".

O professor ergueu as sobrancelhas.

— Mesmo? E qual foi essa palavra solene?

— Sorvete — respondemos, em uníssono, e então houve o eco da voz delicada atrás de nós, John Jr., que deixara de ser mudo.

E uma palavra, fina como um fio: *veti*.

— Bonito — suspirou o professor. — Muito bonito. — E deixou por isso mesmo.

De noite, houve um jantar em homenagem ao professor Shadle na casa da rua First, Prok preparou às pressas um de seus *goulashes** acompanhados por salada de repolho frio ("Pelo efeito refrigerante"), após o qual nos recolhemos para a sala de estar para ver os filmes no equipamento que Prok tinha pegado emprestado do Departamento Audiovisual na universidade. Shadle tinha oito filmes ao todo, cada um deles isolado em uma lata redonda. Ele conversou animadamente com Prok enquanto arrumava meticulosamente na posição adequada o primeiro deles no projetor. Nós estávamos todos lá, todos do círculo íntimo, e a atmosfera era relaxada e festiva — na realidade, havia uma atmosfera verdadeira de expectativa prazerosa, como se tivéssemos ido todos ao cinema e estivéssemos sentados ali, no escuro, esperando o primeiro bruxulear de luz iluminar a tela.

---

* Ensopado de carne temperado com páprica. Prato típico da Hungria. (N. T.)

— Só nos falta uma pipoca — disse Hilda Rutledge, com o canto da boca.

— E jujubas — disse Iris —, não esqueça as jujubas.

— Você gosta de... jujubas? Mesmo? — Violet Corcoran estava sentada no chão, sobre o tapete de farrapos, os cotovelos apoiados sobre a cadeira atrás dela. — Elas praticamente arrancam as obturações dos dentes. Confetes — disse. — Eu gosto de confetes a qualquer hora.

— E que tal puxa-puxas? — Era Corcoran, com as pernas cruzadas, as mãos juntadas sobre os joelhos. — Era isso que a gente comia quando era criança. Durava o filme inteiro, até os programas duplos.

— Claro — disse Iris —, se você não os chupar ou engolir, ou usar seus dentes. Se usar, eles não duram nada. Nós costumávamos comer um saco inteiro de puxa-puxas em um programa duplo. Lembra, John, aquela loja de doces na frente do cinema? Laura Hutchins e eu costumávamos comprá-los ali e entrar com eles às escondidas.

Eu sorri para ela. Eu estava feliz, sentindo-me relaxado e tranquilo, e o álcool não tinha nada a ver com isso.

— E quase pela metade do preço que eles cobram em um cinema.

— O público cativo — disse Corcoran, com um balançar de ombros. — Você não pode culpá-los por tentar ganhar uns bons dólares.

— Não — disse Iris —, mas você pode poupar uns bons centavos se pensar na frente. Mas é claro que a maioria dos garotos não faz isso.

— Balas de alcaçuz — disse Hilda. Os olhos de Iris ficaram distantes.

— Ah, sim — disse ela —, balas de alcaçuz. Sim. Mas as vermelhas, só as vermelhas...

As mulheres usavam vestidos de verão, os ombros nus, os membros fluidos, derramados como líquido, carne nua, a luz pairando sobre a cena, e Prok nas persianas, fechando o sol, que desaparecia gradualmente enquanto o professor Shadle trabalhava no projetor. Nós estávamos vestidos de maneira informal – eu, Rutledge e Corcoran, que, aliás, usava até um short de tecido xadrez claro –, mas Prok ainda estava vestindo seu terno com gravata-borboleta, e fiquei a refletir sobre isso até me ocorrer que ele estava fazendo uma demonstração de formalidade para seu colega de Buffalo. Shadle não tinha tais escrúpulos. Fora ao jantar com uma camisa havaiana volumosa, através da qual ele suava sem parar enquanto se inclinava sobre o projetor.

– Vocês vão ver Dannie, ele é um ano mais novo, e Peterkin – disse ele, em uma voz que se elevou da conversa com Prok para se dirigir a todos nós. – Eles se casaram no ano passado, ou pelo menos é assim que eu gosto de colocar a situação. Mas vocês vão ver, só um... – ele fez uma pausa para se concentrar na colocação da última volta do filme pelo projetor e prendê-lo na bobina –, só um minuto.

Prok não disse nada. Tinha completado sua ronda das janelas, e a sala estava iluminada agora somente pela lâmpada que ficava atrás do projetor. Estava de fato mais quente agora, com as persianas fechadas. Havia nosso cheiro coletivo, do círculo íntimo, a fragrância delicadamente suada de nossa humanidade, todos, amigos e colegas, reunidos informalmente em mais uma ocasião social. Prok não disse nada, mas eu sabia o que ele estava pensando: que "casados" era apenas um eufemismo, uma conveniência, e que o professor Shadle, apesar de seu treinamento como biólogo, estava perigosamente próximo de cair na categoria dos reprimidos sexuais. Fiquei me perguntando se tínhamos a história dele.

O CÍRCULO ÍNTIMO

Mas então, assim que Shadle se endireitou e ligou o projetor, a porta da cozinha se escancarou e Mac apareceu com seus braços finos e brancos, arqueados à sua frente sob o peso da maior tigela de cerâmica da casa, e a fragrância de pipocas quentinhas, cobertas generosamente com manteiga e sal, encheu a sala.

– Bem – riu ela, largando a tigela sobre a mesinha de centro –, já que *vamos* ver um filme – e Hilda fez um ruído de entusiasmo correspondente.

– Perfeito – exclamou Hilda –, perfeito. – Ela recolheu as pernas e se inclinou para a frente, para mergulhar a mão na tigela. – Você sabia que nós estávamos nos lembrando justamente do cinema, e cá estamos, com pipocas e tudo o mais?

E então a luz foi cortada, e o projetor começou a clicar e a grunhir, e os primeiros lampejos iluminaram os grânulos de sílica da tela que Prok tinha montado no canto mais distante da sala. Vi um trecho gramado, tremeluzindo e escuro, a câmera saltando, no quadro seguinte, para os troncos cinzentos esburacados de um pequeno bosque de pinheiros envolvidos por uma cerca baixa. Então, nós estávamos dentro do cercado, e as criaturas estavam ali, dois coágulos densos de vida crescendo contra a paisagem de fundo até preencherem a tela e a câmera recuar. Os espinhos dos animais estavam penteados para baixo como uma barba cerrada, apenas seus olhos e o vislumbrar ocasional de seus dentes reluzindo através deles. Eles pareciam cheirar um ao outro, nariz com nariz, como cachorros encontrando-se pela primeira vez. Então, com a deixa da narração de Shadle ("Agora, olhem só isso, vale a pena"), eles se ergueram simultaneamente sobre suas patas traseiras e se abraçaram, as bocas de lábios escuros juntando-se como em um beijo. Toda a operação foi lenta e majestosa, uma espécie de minueto de porcos-espinhos.

Prok soltou um risinho de deleite.

— Carícias preliminares — disse ele, com um tom de voz abismado —, eles estão investindo nas preliminares.

E estavam mesmo. Animais, meros animais, e eles poderiam ter sido humanos, filósofos com seus longos casacos, encontrando-se da forma mais carinhosa possível, aproveitando o momento, curtindo um ao outro.

Hilda Rutledge fez um ruído como um estalo da língua contra o palato e disse:

— Eles não são bonitinhos?

— Qual deles é a garota? — queria saber Iris.

— É a Peterkin, à direita — sussurrou Shadle, e foi como se estivéssemos em uma igreja, ajoelhando-nos nos bancos. — Ela nunca foi acasalada antes, nem o Dannie.

— Então, esse é o primeiro encontro deles? — a voz de Hilda circulou pela escuridão, fazendo piada da cena.

Ninguém lhe respondeu.

Nesse momento, na tela, os animais desceram lentamente sobre as quatro patas, e o macho começou a pressionar as ancas da fêmea até que, subitamente, ela se abriu para ele, os espinhos barbados magicamente expondo-se para revelar o lugar de entrada. O macho enfiou o focinho ali por um momento, depois a penetrou com uma série de estocadas rápidas antes de se afastar e lamber o pênis para limpá-lo. E era isso. Tinha terminado. Alguém — acho que foi Corcoran — começou a bater palmas, e então nós todos aplaudimos, Prok entre os mais ruidosos, e me lembro de sua risada também. Ele sentia um prazer puro, sem complicações, com esses filmes, e os filmes que viriam, não apenas desses animais inferiores, mas também do animal humano, e esse prazer, tanto quanto qualquer outra coisa, ajudava-o a seguir adiante.

Mas Shadle já estava nos pedindo silêncio, porque a câmera estava pairando sobre os animais novamente, a luz diferente

– mais clara agora, de um outro dia –, e a corte repetiu-se várias vezes, durante oito rolos inteiros.

Mais tarde, enquanto caminhávamos na rua em direção ao carro, perguntei a Iris o que ela achara daquilo tudo. Ela estivera com um astral leve a noite toda, jovial e disposta a rir, a questão com Corcoran e Violet agora havia muito esquecida, e eu tinha a impressão de que ela se divertira, realmente se divertira, pela primeira vez em muito tempo.

– Não sei – respondeu ela. – Acho que foi mais legal que eu imaginava.

– Sim, foi demais, não foi? Eu não sabia o que ia ser, mas foi bacana, você não achou? Encantadores. Eles eram encantadores. Quase como...

– Pessoas?

Dei uma risada.

– É verdade.

A noite estava parada. Vaga-lumes tracejavam o espaço sobre os canteiros de flores e em cima das árvores, como se estivessem todos trabalhando em conjunto em algum design elaborado que poderíamos somente tentar imaginar qual seria. Havia um cheiro forte do esterco de galinha que Prok e eu tínhamos espalhado sobre os canteiros de flores no fim de semana anterior, e de algo mais também, um cheiro da própria terra, trabalhada e retrabalhada sob a pá incansável de Prok.

– Mas não é esse o ponto? – disse ela. – Que não somos realmente melhores que... O que são eles, roedores? Eles acasalam e nós também, certo?

– Claro – respondi com um balançar de ombros que ela não podia ver, já que ficara completamente escuro. – Se é desse jeito que você quer ver a questão.

Ficamos em silêncio um momento, abri a porta do carro para ela e então me inclinei para dentro e pressionei contra os seus meus lábios. Minhas mãos encontraram seus ombros, a carne aveludada da parte posterior de seus braços, alisei os cabelos dela e beijei seu pescoço. Ficamos nessa posição por um longo tempo, porque ainda éramos jovens, ainda apaixonados, e John Jr. estava com a babá, e isso era o que os casais faziam quando estavam livres da responsabilidade e a noite se abria acima deles nas avenidas escuras do universo, que não tinham razão ou fim.

– Hum – disse ela finalmente, seus lábios roçando os meus –, talvez devêssemos ver os porcos-espinhos mais vezes. Você acha que o professor Shadle se importaria de ir lá em casa para um espetáculo de gala?

– Não – sussurrei –, não precisamos do douto professor ou de seus porcos-espinhos. – Então, a porta da casa se abriu atrás de nós, um paralelogramo de luz amarela pintado sobre a calçada, e ouvimos o som de vozes, passos, as batidas secas dos saltos no calçamento. Afastei-me do carro, fechei a porta de Iris e dei a volta até o lado do motorista. – Nós não precisamos de ninguém – falei, escorregando para o assento e colocando a mão sobre o joelho dela antes de a deixar subir coxa acima sob o vestido fino de verão.

– Não – disse Iris –, nem mesmo de Prok.

Foi aí que os Corcoran apareceram, vindos do jardim da frente, suas vozes entrelaçadas em um esquecimento sussurrante, e nos sentamos na escuridão do cupê e os observamos virarem na calçada, de braços dados. Então, estendi o braço às chaves para ligar o carro e ir para casa, mas Iris me fez parar. Sua mão estava sobre a minha, e ela a guiou de volta para si, para suas coxas nuas e seu vestido amarrotado puxado para cima.

– Você não quer... Não aqui? – sussurrei.

– Quero – disse ela. – Aqui. Aqui mesmo.

7

O FILME ERA a nova mídia, nós todos vimos isso, e compreendemos desde o princípio – a partir daquela noite, na casa de Prok, com o professor Shadle e aquelas imagens indeléveis de seus porcos-espinhos eróticos – que ele revolucionaria o curso de nossa pesquisa. Embora, no passado, tivéssemos conseguido observar a atividade sexual em carne e osso, primeiro com Ginger e seus clientes e, depois, de forma muito mais transparente, com Betty e Corcoran, tínhamos agora os meios de gravar isso de maneira que a sequência de eventos – da passividade à excitação, ereção e penetração – pudesse ser estudada sempre de novo em busca dos detalhes que poderiam ter escapado à atenção no calor do momento. E isso era especialmente valioso àquela altura, porque estávamos começando a voltar nossa atenção para o comportamento sexual da fêmea. Não somente precisávamos dar sentido a uma montanha de dados, mas também precisávamos observar e registrar a reação fisiológica de maneira que pudéssemos, por exemplo, determinar a variação individual do montante de fluido secretado pelas glândulas de Bartholin ou terminar de uma vez por todas com o debate que Freud iniciara sobre a questão do orgasmo vaginal *versus* clitoridiano.

Foi quase como se o público tivesse nos antecipado. Se antes éramos inundados pelo correio – cartas pedindo conselhos, notas rabiscadas apressadamente criticando nossos métodos, moral e sanidade, ofertas de toda sorte de aventuras sexuais imagináveis –, também começamos a receber filmes. Alguns deles, do comportamento de acasalamento dos ratos, pombos e doninhas, vinham da roda seleta de behavioristas de animais que Prok cultivara com o passar dos anos (as doninhas eram incríveis, os mais próximos do sadomasoquismo que poderíamos encontrar na natureza, ambos os parceiros sangrando quando a relação estava consumada), enquanto outros – filmados grosseiramente em películas pretas e brancas de oito milímetros – eram de amigos da pesquisa e retratavam sexo humano. Lembro-me do primeiro deles bem distintamente. Tínhamos acabado de sair de uma reunião de equipe – devia ser uma sexta-feira, nosso dia costumeiro de reuniões – e encontramos a sra. Mathews em sua mesa na antessala, separando o correio da manhã.

– Dr. Kinsey – chamou ela quando saímos da sala dos fundos –, talvez o senhor queira dar uma olhada nisso.

A carta que acompanhava o filme era de um jovem casal da Flórida que elogiava profusamente nossos esforços de pesquisa ("Já estava mais do que na hora de alguém ter coragem de tomar partido e tirar essa sociedade puritana da Idade Média sexual em que se encontra") e expressava, com uma considerável minúcia (que eu me lembre, algo como vinte e duas páginas), sua própria filosofia, de certa forma deturpada, mas libertina, com relação ao sexo. Basicamente, eles achavam que o sexo era um dos prazeres elementares da vida e devia ser gozado sem restrições e, como ambos eram altamente sexuados, desfrutavam de relações duas a três vezes ao dia desde seu casamento, seis anos antes, e diziam sentir-se muito mais saudáveis por causa disso, tanto mental quanto fisicamente. O filme em anexo, eles esperavam, não apenas demonstraria o prazer incontido com que eles praticavam a atividade, mas também proporcionaria uma contribuição valiosa para nossos arquivos de pesquisa. "Use-o livremente", concluíam eles, "e exiba-o amplamente". E assinavam como "Felizes em West Palm Beach". Eles incluíram um endereço de retorno e um número de telefone, caso quiséssemos contatá-los para uma demonstração ao vivo.

Nós todos tínhamos partido para nossas mesas, mas não conseguíamos deixar de dar uma espiada em Prok enquanto ele lia a carta. Em um primeiro momento, não houve reação, sua expressão severa e preocupada, os óculos pinçados na ponte do nariz, mas ele começou a sorrir e até a dar risadinhas para si mesmo à medida que avançava na leitura.

– Ouçam isso – chamou ele, o velho entusiasmo aquecendo sua voz, e começou a fazer citações da carta até terminar lendo alto as duas últimas páginas inteiras. Quando terminou, levantou alto a lata do filme e segurou-a, de maneira que todos pudéssemos vê-la, e poderia ser uma prova em um tribunal, Prok o juiz e nós o júri. Ele estava sorrindo, sorrindo abertamente, era o velho sorriso aberto, aquele de que estávamos sentindo falta ultimamente, sedutor, inocente, descuidado, puro Prok. – Sabem de uma coisa? – disse, e mesmo a sra. Matthews fez uma pausa em seu ataque furioso sobre as teclas da máquina. – Acho que talvez sejamos obrigados a ficar depois das cinco esta tarde e organizar uma projeção privada aqui no gabinete. O que vocês me dizem disso? Corcoran? Rutledge? Milk? Estou pisando nos calos de alguém aqui?

Ninguém fez objeção alguma.

– Bom – disse ele. – Bom. Então é só ligar para nossas esposas e atrasar o jantar um pouco. – O sorriso aberto tinha desaparecido, não sobrara nem resquício dele, mesmo em seus olhos. – Isto é, em prol da ciência – disse, e voltou para seu trabalho.

Liguei para Iris e disse que chegaria tarde. Surgira algo, sim, outro filme, de maneira que Prok estava entusiasmado a respeito. E então observei o relógio até baterem as cinco horas e a sra. Matthews arrumar sua mesa, colocar a cobertura de vinil sobre a máquina de escrever e dar por encerrado o dia. Prok não tirou os olhos do trabalho em momento algum. Ele estava ocupado, de cabeça baixa, cuidando do parecer de um caso de tribunal que vinha consumindo seu tempo ultimamente (um homem na Pensilvânia, vítima de uma lei barbaramente antiquada, estava sendo julgado por fazer sexo oral com sua própria esposa). Prok não queria parecer impaciente demais para ver o filme, embora eu já percebesse, por meio de alguns gestos característicos, as batidinhas do lápis sobre o texto à sua frente, o passar de dedos repetitivo pelos cabelos, que ele estava tão ansioso para ver o filme quanto nós.

Trabalhamos em silêncio por mais um quarto de hora, trocando olhares de relance um para o outro, até que Corcoran finalmente se levantou de sua mesa com um suspiro e fez que se espreguiçava.

– Bem – disse ele – Oscar, John, o que vocês acham, já não está na hora?

Prok tirou os olhos do trabalho e, então, olhou furtivamente para o relógio.

– Prok? O que você me diz?

O filme era de uma qualidade surpreendentemente boa, e, visto que ambos os participantes estavam presentes o tempo inteiro, levantou-se a questão bastante interessante de quem poderia estar por trás da câmera do que se provou uma performance tão inexpurgada e variada quanto a que todos nós tínhamos testemunhado, em carne e osso, na noite em que Corcoran nos apresentou Betty. Mas isso era diferente, muito diferente. Não sou estudante de cinema e, sem dúvida, isso já foi observado muitas vezes antes, mas havia algo a respeito da distância e do anonimato do observador que tornava a performance tão mais estimulante.

O CÍRCULO ÍNTIMO

Em estado natural – ou seja, com Corcoran e Betty, com Ginger e seus clientes –, havia sempre uma sensação de apreensão, de fragilidade, como em uma peça de teatro, quando um único gesto ou comentário da plateia pode quebrar o encanto e estragar tudo.

Esse não era o caso ali. Eu realmente não discuti isso com meus colegas, mas, de minha parte, estar fora da ação apenas aumentou minha reação, a qual foi, para dizer o mínimo, pouco profissional. Eu estava excitado, não havia dúvida quanto a isso. A mulher – a fêmea – era esguia e morena, com seios perfeitamente simétricos, e usava os cabelos do mesmo jeito que Iris, os cachos penteados enovelando-se na garganta e nas omoplatas enquanto ela passava por seu repertório. O macho era de estatura mediana, seu pênis não fora circuncidado e tinha comprimento e espessura médios (todos aqueles cartões de um centavo me vieram à mente, todas aquelas medidas devidamente registradas e enviadas para o professor Alfred C. Kinsey, Departamento de Zoologia, Universidade de Indiana), e havia algo que cativava no rosto dele, um sentimento de ingenuidade e despreocupação, como se ele não estivesse representando papel algum, como se fosse a coisa mais natural do mundo fazer sexo com sua esposa enquanto outra pessoa filmava tudo com uma câmera. Ambos eram atraentes. Muito atraentes. E me desculpe: isso não deveria fazer a mínima diferença para um cientista preocupado com a variação individual – os indivíduos feios, com sobrepeso e pouco favorecidos sendo tão significativos quanto as Vênus e os Adônis –, mas fez. Minha boca estava seca. As palmas das mãos, suadas. E o resto, bem, o resto da reação fisiológica nem preciso dizer.

Imediatamente, quando o filme começou, o casal estava nu, sem carícias preliminares ou brincadeiras como nos *peep shows*, a fêmea sentada sobre o macho no sofá, os dois encarando a câmera. O falo era visível entre as coxas dela, e ela o manipulava com os dedos e, ao mesmo tempo, voltava-se sobre o ombro para lamber a língua dele. A cena se manteve por um momento. Então, eles trocaram de posição, ela se agachando para chupá-lo antes de ele a penetrar e, depois, eles seguiram nos movimentos costumeiros até que, por fim, ela rolou para o lado, de maneira a ficar novamente por cima dele, seu rosto de frente para a câmera, absolutamente extasiada, os olhos abertos e brilhando, a boca entreaberta – quase uma careta –, mesmo enquanto o estremecimento do orgasmo a trespassava.

– Ali – exclamou Prok. – Estão vendo ali? Essa é a expressão do orgasmo feminino, precisamente, não dá para fingi-lo. A esposa que sorri durante o coito ou a prostituta, com os seus gemidos e todo o resto do teatro, deveriam ver isso. Toda mulher deveria ver isso.

Permanecemos em silêncio, ouvindo o ruído de catraca do filme, contemplando a proposição.

– Realmente – disse Prok, mesmo enquanto a segunda cena se apresentava (eles estavam na cozinha, ela sobre a bancada, na altura da cintura, as pernas abertas, ele visível apenas como um par de nádegas brancas retesadas, até que a câmera mudou de posição para mostrar sua ereção) –, isso é um trabalho de primeira. Será que deveríamos conceder-lhes uma citação especial como amigos da pesquisa? O que vocês acham, cavalheiros? – Prok estava fazendo uma piada, ou chegando o mais próximo de fazê-lo que seu temperamento permitia. – Mas, falando sério – acrescentou ele após um momento –, talvez devêssemos procurá-los na próxima vez que estivermos na... Onde é, Flórida? – Ele olhou de relance à nossa volta, o lampejar do filme projetando-se em seu rosto. – Não consigo deixar de pensar em como isso poderia ser melhorado com um pouco de luz direta, quer dizer, e talvez um homem ou uma mulher mais competente operando a câmera.

O CÍRCULO ÍNTIMO

* * *

As COISAS PROGREDIRAM rapidamente depois disso. Prok já estava fazendo uma campanha por mais espaço – instalações novas, que fossem dignas de nosso sucesso, com salas para entrevistas à prova de som, gabinetes individuais, espaço para as secretárias, uma biblioteca separada para abrigar a coleção erótica –, e a necessidade de um laboratório fotográfico apenas incentivou mais seu argumento. Desde que se juntara à equipe, Rutledge, um fotógrafo amador, vinha tirando fotos de desenhos eróticos e objetos de arte emprestados para nós por seus proprietários mundo afora. Prok montara uma câmara escura no subsolo da casa na rua First para ajudá-lo ali, mas agora nós todos víamos como isso era inadequado. Prok estava pisando fundo. Como os direitos autorais do volume masculino estavam chovendo no Instituto, ele decidiu comprar o melhor equipamento fotográfico e cinematográfico existente e contratar um fotógrafo em turno integral. Esse fotógrafo – Ted Aspinall – seria o último membro do círculo íntimo, conhecedor de nossos segredos mais confidenciais e participante de tudo o que estava por vir.

 Aspinall tinha trinta e poucos anos na época, reservado, solteiro, classificado quem sabe como um 3 na escala 0-6, e ganhava sua vida como fotógrafo comercial em Manhattan. Fisicamente, ele era imponente de certa forma, um metro e oitenta e poucos de altura, atarracado, com mãos grandes de lutador e uma estrutura óssea sólida. No entanto, seu jeito não tinha nada a ver com isso. Tinha o ar discreto e inteligente de um moderninho de Greenwich Village, usava óculos escuros até de noite e nunca tirava sua jaqueta amarelo-escura exceto, acredito eu, para ir para cama. Quando o volume masculino saiu, ele o leu por inteiro duas vezes, então ligou para Prok de impulso para lhe dizer como o livro o tinha impressionado, e os dois imediatamente se deram bem. Nós o encontramos quando estávamos em Nova York, e Ted aceitou o convite de Prok para visitar o Instituto, e as coisas progrediram a partir daí.

Sua primeira missão para nós foi o já mencionado estudo sobre os meios de emissão do esperma no macho humano, porque isso era fundamental para nossa compreensão da concepção na fêmea. A literatura médica da época insistia que era necessário que o esperma esguichasse sob pressão a fim de que a fertilização ocorresse, mas nossos dados mostravam que a maioria dos machos não ejaculava em esguichos, mas em jorros menores. E Prok determinou isso com uma experiência. Fomos para Nova York naquele outono (de 1948, mais precisamente, e me lembro da data porque a viagem fez com que eu perdesse a primeira festa de Dia das Bruxas de John Jr.. Iris o vestira como o Tigrão, das histórias do Ursinho Pooh, com uma fantasia que ela mesma costurara a partir de um molde, e ela estava furiosa comigo) e reservamos quartos, como sempre, no Astor. Aspinall apareceu com o sócio, um homem mais ou menos da minha idade, cujo nome me escapa agora – vamos chamá-lo de "Roy" para facilitar. E Roy, que tinha inúmeros contatos-H, assegurou-nos que poderia nos conseguir os mil voluntários que Prok decidira serem necessários para uma amostra definitiva.

Prok estava cético a princípio.

– Mil? – repetia ele. – Você tem certeza? Tem certeza mesmo? Porque um número menor que esse seria uma perda de tempo. – Nós estávamos no nosso quarto, no décimo quinto andar, com vista para o aglomerado humano na quadra abaixo. As cortinas estavam bem abertas (Prok preferia um ambiente claro), e os móveis eram do tipo que se espera em um hotel em faixa de preço de baixa a média.

Roy – completamente ligado em anfetaminas, um homenzinho gesticulando com os braços – deixou sua voz ficar mais aguda:

– Não, não, não – disse ele –, você não está entendendo. Eu conheço esse garoto, ele é um gênio. Ele é lindo. Dezessete anos, pele perfeita, cabelos como um melado Karo, ele é um refugiado alemão, ou austríaco, talvez, com apenas um traço daquele sotaque para apimentar as coisas, você me entende? Nesse momento, ele é o que há de mais quente na rua, pelo menos nesse bairro. São dois dólares para cada voluntário, certo? E dois dólares para o garoto para cada um que ele trouxer?

Prok, franzindo as sobrancelhas, mostrou a carteira.

– Certo – disse Roy – certo. – E Aspinall inclinou a cabeça como a assegurar-nos do que ele estava dizendo. – Amanhã de noite, às cinco, em nosso estúdio, tudo bem?

Na noite seguinte, quando Prok, Corcoran e eu viramos a esquina da quadra onde Aspinall e o sócio tinham o estúdio fotográfico, no andar térreo de um prédio com uma fachada de arenito, meu primeiro pensamento foi de que ocorrera um acidente, um incêndio. As pessoas estavam evacuando o prédio e o carro de bombeiros, com sua escada, estava a caminho. Levei um momento para perceber que a fila de pessoas, estendendo-se pela quadra inteira – a fila de homens, exclusivamente homens –, não estava saindo do prédio, mas entrando. Alguns deles reconheceram Prok quando nos esgueiramos pela turba, chamando seu nome e pedindo um autógrafo, mas Prok manteve o rosto desapaixonado e lembrou-lhes de que aquilo era um experimento científico, não um programa de perguntas no rádio. Mesmo assim, uma centena de mãos projetou-se para tocá-lo, e ele apertou o maior número possível delas, seu sorriso largo inalterado como o de um político, enquanto subíamos os degraus e entrávamos a passos largos pela porta aberta do estúdio.

Tudo estava pronto para nós, a câmera, as luzes, a *mise-en-scène* e um elenco de centenas, o michê jovem louro na ponta da fila esperando o sinal enquanto batia um papo com os que estavam imediatamente atrás dele.

– Primeiro, primeiro – ficou insistindo, enquanto nos apertávamos para entrar na sala –, eu vou primeiro, e então eu saio e trago mais clientes, *ja*?

Prok lançou-lhe um olhar prudente. Então, separou duas do rolo de notas de um dólar que tirou do bolso, e passou-as adiante.

– Sim – disse a ele –, sim, bem-pensado. – E os olhos dos homens no corredor voltaram a atenção para nós, como se para guardar na memória que aquilo era para valer, assim como o dinheiro.

Roy e Aspinall tinham empurrado os móveis contra a parede e criaram um palco no centro da sala, estendendo um lençol sobre o tapete e posicionando as luzes e a câmera acima dele. A ideia era que cada sujeito se despisse, deitasse-se de costas no chão e terminasse o que tinha que fazer o mais prontamente possível, e os fotógrafos tinham fornecido uma grande quantidade de revistas pornográficas, tanto da variedade heterossexual quanto da homossexual, como estímulo. Aspinall andava de um lado para outro em seu casaco impermeável e seus óculos escuros, manuseando nervosamente o equipamento, enquanto Roy nos acompanhou até as três cadeiras que ele colocara logo após o limite do campo da câmera. Então, a filmagem começou.

Nós tínhamos previsto cinco minutos por homem, um depois do outro, entrando, tirando as roupas e assumindo sua posição no chão assim que o homem anterior tivesse liberado o lugar, uma espécie de linha de montagem, mas logo ficou evidente que precisaríamos encontrar algum meio para acelerar as coisas, porque ocorriam os atrasos inevitáveis, os indivíduos incapazes de atuar em frente à câmera, aqueles que precisavam de mais tempo, uma ida ao banheiro, e por aí afora. Após as primeiras horas, nós nos demos conta de que apenas a etapa de despir-se estava levando tempo demais – trinta segundos, quarenta, um minuto –, e Prok perguntou a Roy se ele não conseguiria fazer com que vários homens seguintes na fila tirassem a roupa no corredor, distribuíssem as revistas e se preparassem o máximo possível de antemão. Corcoran tinha defendido a ideia de que não fazia muita diferença se o homem estava vestido ou não – o que realmente importava era o pênis, a mão e a ejaculação –, e eu me inclinei a concordar, mas Prok, acusando-nos de estarmos solapando o projeto, insistiu com a nudez frontal absoluta.

– Nós queremos tudo, a técnica, a expressão facial e por aí afora – disse ele, com um sussurro tenso, mesmo enquanto o décimo quinto ou décimo sexto indivíduo começava a se masturbar sobre o lençol cada vez mais sujo –, porque tudo isso é relevante, ou melhor, será relevante, a longo prazo. Encolher-se, por exemplo.

– Dobrar-se? – perguntei alto, o homem no foco de luz à nossa frente batendo em si mesmo como se quisesse arrancar o órgão do corpo, com uma expressão odiosa e fria, coberto de pelos, chumaços sobre as costas dos dedos das mãos e dos pés, subindo sobre os ombros e seguindo continuamente do pescoço até a linha dos cabelos, um macaco de homem, um chimpanzé, um gorila. É um erro achar que a pesquisa sexual é estimulante. Após o choque inicial (seja sexo ao vivo ou filmado), uma monotonia debilitante se estabelece. Nós poderíamos muito bem estar contando salmões subindo a corrente de um rio para desovar. Abafei um bocejo.

– Sim, é claro. No orgasmo. Um por cento de nossa amostra relata isso, e eu deveria dizer, Milk, que você, melhor que ninguém, deveria ter conhecimento desse fato. É muito comum, em alguns dos animais inferiores. Coelhos, porquinhos-da-índia. – Mesmo Prok parecia entediado. Parecia irascível. Ele olhou de relance para o homem grunhindo no chão, inclinou-se sobre ele e disse, com um tom de voz baixo: – Será que você poderia gozar agora, por favor?

PERMANECEMOS LÁ DEZ dias ao todo, depois tentamos dobrar as sessões, em prol da praticidade, e, por fim, triplicá-las, Aspinall manobrando habilmente a câmera de um indivíduo a outro sem perder nem uma vez o momento do clímax. Não acho que nenhum de nós, não importando nosso grau de dedicação, voltaria a ter a menor propensão para observar a masturbação no macho humano algum dia, mas Prok tinha conseguido finalmente seus mil indivíduos em filme e foi capaz, com base nisso, de determinar, de uma vez por todas, a questão da fisiologia da ejaculação. Foi um trabalho bem-feito, talvez tedioso – e caro, chegando a um pouco mais de quatro mil dólares em honorários para os indivíduos e o garotinho de programa louro, que deve ter virado o adolescente mais cheio da nota em Nova York quando partimos. E estávamos em um clima mutuamente congratulatório no trem no caminho de volta. Lembro-me de Prok sair à cata de drinques enquanto o vagão-restaurante sulcava a noite e nos apresentava visões fugazes de estações intermediárias obscuramente iluminadas e de casas de campo saturadas de solidão. Eu pedi o peixe; Prok, o macarrão *au fromage*; e Corcoran, o filé da casa. Nós sorrimos uns para os outros durante a refeição inteira, e Prok retirou-se mais cedo para sua cabine, para anotar suas observações, enquanto eu e Corcoran fomos jogar cartas no carro-salão, bebendo coquetéis e fumando cigarros. Dormi como uma pedra.

O CÍRCULO ÍNTIMO

Na manhã seguinte, após voltarmos de carro da estação, em Indianápolis (tínhamos pegado meu carro para deixar o Buick e o Cadillac livres para Mac e Violet, respectivamente), deixei Prok no Instituto e Corcoran em casa, depois segui adiante para a casa de campo. Eu pensara em escolher uma lembrança para Iris — flores, uma caixa de bombons, perfume —, mas não cheguei a fazê-lo. Então, parei no mercado e perambulei pelos corredores até encontrar algo que achei que a agradaria, e que representava uma espécie de extravagância para nós: um saco de um quilo de pistaches da Califórnia, salgados e torrados na casca. Eu já estava no caixa quando me lembrei de John Jr. e tive que voltar para desencavar um pote de sorvete napolitano do freezer. Perguntei-me, então, se Iris não poderia ter ficado sem café, pão ou ovos enquanto eu estive fora. Acabei levando algumas provisões básicas também.

Estacionei embaixo do chorão, os resquícios dos galhos amarelados pendendo como uma cortina esquelética, e já senti meu humor azedar. Era sempre assim. Mesmo tendo ansiado por ver Iris e meu filho, mesmo tendo nutrido seus rostos em minha mente como uma espécie de talismã durante as horas tediosas de viagens e coleta de histórias, assim que parei o carro na porta da casa, vi a quantidade de coisas que tinham sido esquecidas por desleixo em minha ausência: a lata de lixo transbordando nos fundos da casa, a porta do porão deixada entreaberta, a lona que cobria a lenha levada pelo vento. E mais: Iris deixara a luz da varanda acesa, sem dúvida durante os dez dias inteiros, e esse tipo de desperdício simplesmente me deixava furioso. Segurei como pude as compras com um braço e peguei a mala com o outro, e a primeira coisa que fiz ao subir os degraus foi chutar os restos que se liquefaziam da lanterna feita de uma abóbora do canto da varanda. O que fez um estrago em meu sapato. Então, tive que me virar com a porta, quase deixando caírem as compras.

Lá dentro, estava pior. Iris certamente deixara o termostato ajustado para uns trinta graus – mais desperdício –, e o mau cheiro químico de amônia da caixinha do gato me atingiu como um soco no rosto. Quem devia ter cuidado *disso*? Havia brinquedos e roupas de criança espalhados pela sala de estar, jornais, livros com a encadernação partida, tricôs. E comida, uma mancha de comida, em dois tons de damasco, na parede de pintura nova. Eu não disse nada, não chamei por minha mulher, apenas larguei a mala na porta e segui carregado até a cozinha, deixando as compras na bancada. E a cozinha, é claro, era um caso à parte. Tentei manter a calma. Eu estava cansado, só isso – irritável, talvez com um pouco de fome –, e Iris estivera totalmente ocupada, presa ali sozinha, John Jr. na sua fase de andar por tudo, entrando em tudo, precisando de atenção, sempre precisando de atenção. Eu tentei, mas, enquanto subia a escada para o quarto, pude sentir um nó escuro de irritabilidade latejando nas têmporas, como algo enfiado embaixo da pele, como uma lasca de madeira e a agulha quente para tirá-la.

Iris estava na cama, dormindo, encolhida, a extremidade dos joelhos dobrados proeminente; John Jr. estava parado em silêncio no cercadinho junto à cama, agarrando as barras e me encarando como se eu fosse uma visita saída do inconsciente coletivo. Ele tinha mesmo os olhos de Iris.

– Olá, campeão – disse eu, e me agachei para encostar meu rosto no dele. – Papai voltou.

Meu filho me sorriu com o reconhecimento súbito e atordoante, seguido por um gorgolejar de arroubo infantil, a alegria espontânea e verdadeira de um bebê, e peguei-o nos braços, levantei-o para fora do cercadinho, enquanto o odor fecal tomava conta do quarto: ele precisava ser trocado e já fazia algum tempo.

— Sim — falei, amorosamente —, esse é o meu garoto. — E coloquei-o de pé atrás das ripas de sua prisão vistosa. Foi somente aí que ele começou a chorar.

— O que foi? — levantou-se Iris, esforçando-se para focar a visão. Havia duas marcas paralelas em sua bochecha, onde o rosto havia vincado o travesseiro, entalhes vermelhos que poderiam ser ferimentos. Ela ainda estava de camisola, embora já fosse quase meio-dia. — John? Meu Deus, você me assustou.

— Sim — disse eu —, às vezes eu assusto a mim mesmo também.

— Não fiz movimento algum na direção dela. John Jr. começou a se superar, cada choro crescendo sobre o anterior como ondas quebrando-se na tempestade.

— Aqui — disse ela, estendendo os braços —, deixe-o comigo.

Levantei meu filho, aquela trouxa berrante, do cercadinho, cuidando para evitar o ponto molhado no rego de seu macacãozinho. *Cercadinho, macacãozinho, amiguinho, brincadeirinha*: mais eufemismos.

— Ele precisa ser trocado — disse eu.

Observei enquanto ela o acalmava, os gritos aquietando-se para um choro desconexo parecido com o ruído de telhas caindo de um telhado. As paredes se fecharam à minha volta. Tudo estava uma bagunça, tudo fedia.

— O que foi — disse eu —, você está doente?

Não, ela não estava doente, ela não estava nem um pouco doente. Ela nunca se sentira melhor, isto é, fisicamente.

Então, qual era o problema? Ela estava deprimida.

— *Você* está deprimida? — cresci sobre a cama. O rosto dela era pequeno, uma pepita, de lado, afastando-se. — E eu? Eu sou o cara que teve que ficar em um quarto superaquecido e rançoso por dez dias para ver mil homens baterem punheta. Você acha que isso é divertido? Você acha que eu gosto disso?

Um silêncio. O lábio inferior trágico.

— Acho, John — disse ela, finalmente, os olhos fixos nos meus —, eu acho que você gosta. Você faz isso com Prok, não é? E Purvis? E metade dos vagabundos e michês em, em... Vá em frente, bata em mim. Isso vai fazer com que você se sinta um grande homem, vai?

Eu não bati nela. Nunca bati nela, nem vou. E, quando falei, anteriormente, com termos de pugilato, em assaltos e rounds, há que se compreender que a intenção era metafórica, estritamente metafórica. Certamente tivemos nossas discordâncias, como qualquer outra pessoa, mas não havia violência nelas, pelo menos não física. Tudo que fiz foi virar as costas para Iris e sair em silêncio pela porta. Pode ser que eu tenha chutado alguma coisa contra a parede na sala de estar, um ursinho de pelúcia ou um caminhão de brinquedo, não lembro. Então, saí para o jardim, para fumar um cigarro e deixar que o céu de novembro, pesado e cinzento, alimentasse meu estado de espírito.

Mais tarde, quando nós dois tínhamos nos acalmado, ela se levantou, vestiu uma roupa e trocou o bebê. Ela se esforçou de verdade para arrumar a casa — simplesmente não combinava com Iris deixar as tarefas do lar descambarem, pelo menos não por muito tempo —, fez o que pôde para preparar uma boa refeição naquela noite. Eu tinha ido para o Instituto cumprir meio dia de trabalho e, quando voltei, devo ter cochilado, porque me lembro de acordar com o cheiro de algo no fogão. Então, Iris entrou, sem fazer ruído, no cômodo — a sala de estar. Eu estava no sofá. Iris depositou um bebê banhado e com cheiro de talco em meu colo, junto com um copo de cerveja.

Brinquei com John Jr. por um momento, depois ele desceu e saiu cambaleando pela sala para revolver seus caminhões e escavadeiras.

— Olha, Iris — disse eu, erguendo o olhar na direção dos olhos dela —, desculpe por hoje de manhã. Eu não queria... Eu estava cansado, só isso.

Iris carregava seu próprio copo de cerveja. Ela estava usando um vestido caseiro riscado, azul e branco, e os cabelos presos.

— Você estava com um péssimo humor — disse ela.

— Sim — concordei. — Desculpe. — Eu estava pensando no cálculo de uma relação, de como o sexo equivale a bebês, hipotecas e portas de porões deixadas entreabertas, de como o próprio amor não passa de uma função hormonal, puramente química, como a ira e o ódio. Mas eu tinha uma cerveja na mão e um teto sobre a cabeça, e meu filho estava ali, e minha esposa, e o que mais uma pessoa poderia querer? Outras esposas, outros filhos, outros tetos? Eu me sentia generoso. Satisfeito. — Mas, olhe só, que tal fazermos um fogo? — sugeri. — Você está a fim?

— Claro, seria legal. — Ela estava empoleirada no braço da cadeira, uma perna balançando, sua bela perna, o tornozelo, o pé no chinelo de feltro jeitoso. — Mas, John, tem uma coisa que eu queria falar com você, e não me olhe desse jeito, porque não é nada disso. É..., bem, quero que você me ensine a dirigir. Violet e Hilda dirigem para todos os lugares. Violet diz que se sentiria perdida sem o carro. E mesmo Mac, Mac dirige. E se você vai estar longe o tempo todo...

— Eu não vou, não estou longe o tempo todo, e não vou estar.

— ... me deixando sozinha aqui por quanto tempo? Semanas, a cada vez que você viaja?

— Dez dias.

— Tudo bem, dez dias. Mas eu estou presa aqui. E se o bebê precisar de alguma coisa? E se eu ficar sem farinha de trigo, como aconteceu? Ou, não sei, se eu simplesmente me sentir entediada? Você não sabe que eu me sinto entediada aqui, você não percebe isso?

– Foi você quem quis o lugar.
– Você também quis.
Olhei fixamente para o buraco escuro da lareira. Havia cinzas frias ali, as extremidades de gravetos queimados apontando para cima como ossos no crematório. Do outro lado da sala, John Jr. estava falando com seus caminhões de brinquedo.
– Menino feio – dizia ele, repetidamente –, feio!
O sorvete estava no freezer, os pistaches ainda no saco sobre a bancada. Olhei para minha esposa.
– Quando você quer ter a primeira aula?

SE RELUTEI NO primeiro momento – forçado a fazer algo que eu não tinha nem tempo tampouco paciência para fazer –, foi preciso apenas uma aula para que eu me desse conta de meu engano. Não posso falar por Iris, mas, para mim, as semanas seguintes foram das melhores épocas que passamos juntos, John Jr. em meu colo, Iris a meu lado, concentrada e atenta, suas mãos fechadas sobre a direção enquanto ela negociava com os mistérios eternos da embreagem e do acelerador. Nós memorizamos as estradas secundárias, observamos os morros rolarem um depois do outro em nossa direção, como ondas em um mar de concreto, e íamos para onde a nossa vontade nos levava, parando para um milk-shake ou um cachorro-quente, ou apenas para passear pela beira de um regato e dividir um sanduíche sentados em um tronco caído. Então, voltávamos ao carro, a embreagem, o acelerador, um solavanco para frente e o carro morrendo, o ranger da ignição, a embreagem, o acelerador, um solavanco para frente e o carro morrendo de novo. Não sei o que era, algo a ver com sua fragilidade, acho, sua necessidade muito restrita e específica e minha capacidade de orientá-la – "Vire à esquerda", diria eu, "pare aqui. Terceira marcha, engate a ré" –, mas eu curti aquela época. Nunca perdi a calma, nunca levantei a voz, nem mesmo quando Iris deu uma guinada para fora da estrada para não atropelar um esquilo ligeiro e fez três arranhões profundos e compridos no para-lama dianteiro direito.

Agora, vou ter que fazer uma digressão aqui, porque isso é importante – não para Prok, talvez, mas para mim. Foi no dia depois do feriado de Ação de Graças, o sol pálido, Iris cada vez mais confiante, as rodas firmes na estrada e minha atenção desviada completamente para outro mundo, quando subitamente o esquilo partiu em sua corrida para atravessar o pavimento e minha mão livre alcançou tarde demais a direção. Houve o choque do impacto, um guincho de pedra sobre o metal, e, então, o carro morreu. Assustado, John Jr. começou a chorar esganiçadamente, e o choro cresceu em intensidade e volume até que ele estava gritando a plenos pulmões apesar de não haver nem uma marca nele – em nenhum de nós. Iris não estava a mais de trinta quilômetros por hora.

A voz de minha esposa saiu fina da garganta contraída, enquanto John Jr. acertava o passo.

– Oh, meu Deus, eu arruinei o carro. Eu destruí o carro, destruí, destruí!

– Está tudo bem – disse-lhe eu, embora não estivesse.

– Eu não quero fazer isso, não quero, não consigo.

Lembro-me de ter me sentido expansivo, calmo, para além de mim mesmo. Saí do carro, John Jr. ainda se agarrando bem forte em mim, avaliei calmamente o dano – de coração partido, meu primeiro carro, minha menina dos olhos – e então me inclinei na janela para tranquilizar Iris.

– Não foi nada. Apenas um arranhão. Nada que um pouco de pasta de polimento não cure, talvez uma batidinha ou duas de martelo. Iris, de verdade, tudo bem.

Ela ficou sentada ali, rígida, os olhos fechados, a testa encostada na direção. Seus ombros começaram a estremecer. Os dedos tremiam. Ela parecia não conseguir respirar. Eu a vi humilhada naquele momento, derrotada, por baixo. Senti tudo que um homem deveria sentir por uma mulher. Eu queria protegê-la, salvá-la, consolá-la e me acomodei de novo no carro, tomei-a nos braços, John Jr. estendendo os dele para ela ao mesmo tempo, até que nós três apenas ficamos parados ali, abraçados, como se não existisse nada mais na vida.

Infelizmente, não era possível continuar assim. Três dias depois — na segunda —, Prok, Aspinall, Corcoran, Rutledge e eu tomamos o trem para Oregon, onde usaríamos quase trezentos metros de filme para exibir o comportamento-H nos touros em uma estação agrícola.

— Você está vendo — exclamou Prok animado quando um animal montou no outro —, é como eu venho dizendo faz tempo. Todos os nossos comportamentos têm seus antecedentes na natureza.

8

Foi pouco mais de um ano depois, em fevereiro de 1950, que nos mudamos para as instalações novas no Prédio Wylie, mais um dos prédios antigos e veneráveis do campus. Dessa vez, foi-nos dado um andar inteiro. Era o subsolo, mas, para não cometer uma injustiça, devo dizer que ele ficava parcialmente acima do chão, de maneira que podíamos, pelo menos, olhar para o vidro opaco reforçado com tela das janelas e especular se era manhã, tarde ou noite. Prok supervisionou todos os detalhes com seu jeito obsessivo de sempre, é claro, insistindo pelos padrões mais altos de proteção contra fogo, a fim de proteger nossos arquivos e o estoque da biblioteca, que se acumulava rapidamente, assim como pela instalação de um sistema de ar-condicionado, para que pudéssemos vedar o lugar durante nossos verões infernais, e o isolamento acústico nas paredes, para assegurar privacidade absoluta em nossas entrevistas. Cada um de nós tinha um gabinete para si agora, havia uma sala para os arquivos, uma câmara escura e, pela primeira vez, espaço suficiente para consolidar a biblioteca em um único lugar (com espaço adicional para os pesquisadores visitantes consultarem nosso material sem atrapalharem o funcionamento do Instituto). Nada disso era realmente magnífico – estávamos no subsolo, afinal, com corredores longos e estreitos, canos expostos passando sobre nossas cabeças –, mas Prok teria se recusado a qualquer coisa que tivesse o menor vestígio de luxo. Mesmo assim, a universidade considerava o projeto um sucesso a ponto de enterrar 70 mil dólares na reforma do espaço, e, assim, finalmente tínhamos um lugar nosso, onde poderíamos seguir com a pesquisa como achássemos melhor sem nos preocuparmos com qualquer tipo de interferência.

O que eu mais lembro dessa época? Caixas. Caixas de papelão completamente lotadas de livros, arquivos e correspondência. Por duas semanas inteiras, durante o pior período que o inverno de Indiana podia oferecer, subi e desci as escadas do Prédio de Biologia, cambaleei pelo campus com os braços tensionando as articulações, e depositei as ditas caixas no subsolo espaçoso do Wylie. Qualquer outra pessoa teria contratado uma empresa de mudanças ou, no mínimo, usado os estudantes, mas não Prok. Ele insistia que nossos arquivos eram sensíveis demais para serem confiados a qualquer pessoa se não os membros mais antigos da equipe. De alguma forma, a coleção de vespas galhadoras, os fichários e mesmo nossas mesas, cadeiras e cabides entravam nessa categoria também. Corcoran, Rutledge e eu empacotamos, carregamos, desempacotamos e arrumamos tudo que possuíamos. Depois, olhamos o conjunto e nos maravilhamos com todo o espaço vazio que ainda tinha para ser preenchido.

Ted Aspinall havia se juntado a nós no ano anterior, mas fora excluído de qualquer trabalho pesado em virtude da sua especialidade – ele era um artista em primeiro lugar, um técnico em segundo, e a sua esfera de ação era o laboratório de filmes. Ele se mudou permanentemente para Bloomington naquela época, chegando com uma mala de mão com roupas e dois baús de equipamentos fotográficos. Imediatamente, ele se estabeleceu em nossos novos gabinetes (ou "laboratórios", como Prok preferia chamá-los). Aspinall nunca estivera antes fora da cidade de Nova York e parecia um pouco perdido às vezes, perambulando pelas ruas de Bloomington com seus óculos escuros e capa impermeável, como se tivesse dormido no metrô e descido na estação errada. Mas Prok fizera-lhe uma oferta atraente (ele chegou com um salário mais alto que o que eu estava ganhando, mas não havia nada de novo nisso, homem por baixo no mastro totêmico como eu era e sempre serei), e a sua fotografia comercial – os eternos casamentos, bar-mitzvás, formaturas, os retratos congelados invariáveis dos avós, tios, primos, mesmo cachorros – tinha começado a incomodá-lo. Aspinall foi para Bloomington para ficar, e toda a abordagem do projeto mudou para acomodá-lo. Não éramos mais o tipo de pesquisa sem fundos que operava em um viveiro de gabinetes melancólicos no Prédio de Biologia. Éramos um empreendimento brilhante, com reconhecimento internacional, um influxo de dinheiro à disposição e nosso próprio fotógrafo em tempo integral.

Aspinall não perdeu tempo. Prok tinha separado em torno de oito mil dólares para a compra dos equipamentos de edição, processamento e filmagem mais modernos, e Ted gastou a maior parte do dinheiro em uma semana. Prok estava ocupado por toda a parte – furiosamente ocupado, dando palestras, tomando histórias, posando para fotos e dando entrevistas, supervisionando a mudança e o rearranjo dos acervos da biblioteca e, ao mesmo tempo, deslindando os dados para o que viria a ser o revolucionário volume feminino – e, mesmo assim, encontrava tempo para se esconder na câmara escura e se informar com Aspinall sobre cada detalhe do equipamento fotográfico. Filme – a rápida codificação e exposição quadro a quadro do comportamento, animal, do porco-espinho ao touro excitado eroticamente, passando pelo casal desinibido em seu apartamento na Flórida –, essa era nova obsessão de Prok, e Aspinall era seu fornecedor.

E, sim, tenho consciência da progressão evolutiva. Tenho consciência de que os animais inferiores são uma coisa – a gravação de seus hábitos é educativa, sem controvérsias, até mesmo salutar – e o animal humano é outra bem diferente. Talvez nós tenhamos ido longe demais. Talvez alguns críticos do que o público estava chamando de *O relatório Kinsey* tivessem um ponto de vista válido, embora nenhum de nós tenha visto isso na época. E o que Margaret Mead tinha dito sobre o volume masculino? Algo no sentido de acusar Prok de ser um reducionista, inflexível demais, científico demais – todas essas estatísticas e nem uma única menção sobre a diversão, esse foi o termo que ela usou: "diversão." Como se a "diversão" pudesse ser mensurada ou catalogada. E Lionel Trilling, Lawrence Kubie e o resto, denunciando Prok – e, por extensão, a nós, a *mim* – de defender uma visão mecanicista das relações humanas sobre o espiritual e o emocional. Entendo agora o que eles estavam querendo dizer, talvez timidamente, mas ainda defendo tudo que fizemos. Se não tivéssemos sido rigorosamente científicos e consumadamente profissionais, todo o projeto teria sido uma impostura. De qualquer maneira, eu considerava a crítica nada além de um tormento, intolerante, puritano e anticientífico. Eu achava que, para seguir adiante – para progredir –, tínhamos que a ignorar. Sendo assim, era apenas lógico que começássemos a filmar o comportamento sexual humano.

Mas vou voltar um pouco aqui. Não foi somente a chegada de Aspinall e a aquisição de todo aquele equipamento o que nos empurrou na direção de filmes em carne e osso, tampouco apenas a progressão evolutiva do projeto, mas um terceiro fator também teve sua importância: a pronta disponibilidade de indivíduos. Em primeiro lugar, Betty ainda estava na cidade, e à mão. Eu a via ocasionalmente, dirigindo um conversível do ano na rua, empurrando um carrinho pelos corredores do supermercado, com seu uniforme de enfermeira engomado, que ela fizera sob medida para caber em suas medidas abundantes. Ocasionalmente, eu parava para conversar com ela – éramos amigos. Ela era uma amiga da pesquisa, eu era um amigo de... bem, relações amigáveis. Havia também Vivian Aubrey, a ex-aluna de Columbia que nos dera uma ajuda tão extraordinária em nossas primeiras visitas a Nova York. Ela estava cada vez mais frequentemente em Bloomington, atraída pela aura de fama de Prok, assim como uma série de mulheres (outra Vivian, a multiorgásmica Vivian Brundage, me vem à mente, uma ginecologista de 60 anos da Filadélfia que filmaríamos várias vezes, com diferentes parceiros) e homens. Sempre homens. Porque, mais e mais, Prok ansiava por homens.

O primeiro filme que fizemos – de Corcoran e Betty, repetindo seus papéis anteriores – é o que lembro melhor. Era fim de ano – estávamos em cima dos feriados, Prok tirando o pó de suas barbas de Papai Noel, Vivian Aubrey se preparando para partir e visitar seus pais na Flórida, minha própria mãe aparecendo inesperadamente para passar algum tempo com o neto – quando Prok, com um toque de mistério na voz, pediu que nos encontrássemos em sua casa naquela noite, sem as esposas, a negócios do Instituto. Minha mãe não compreendeu. Durante todo o jantar, ela me perguntou sobre o projeto e Prok – Quando ela o veria de novo? Que homem legal. Tão dedicado. O que eu achara da foto dele em tal e qual revista? E Mac. Aquela foto não a deixou lisonjeada, porque Deus sabe que ela não era uma beldade. Cortei a carne e mergulhei os dentes de meu garfo em um monte de purê de batatas, e garanti a minha mãe que Prok não mudara em nada (mentira) e que ele falava dela repetida e afetuosamente (outra mentira) e que nós o veríamos no Instituto no dia seguinte, mas que a reunião daquela noite era estritamente de negócios, fadada a ser um tédio.

Iris concordou.

— Você não quereria ir, Irene, acredite em mim. Vão ser apenas Prok e seus garotos, de cabeças baixas, preocupando-se com o orgasmo feminino.

Minha mãe me lançou um olhar sobre a mesa, então se voltou para Iris.

— Mas você não está sendo justa, Iris, ele é um...

— ... homem tão doce e generoso?

— Não era isso que eu ia dizer, mas, sim, eu acho que ele é. E um grande homem também. E John deveria sentir-se privilegiado por fazer parte de todo o empreendimento. Eu tenho muito orgulho de você, John, tenho mesmo.

Iris limpou com uns tapinhas uma mancha escura de espinafre que, de alguma forma, migrara do babador de John Jr. para a testa dele.

— Ah, sim, eu sei – disse ela, sua voz cansada e saturada de sarcasmo. – Eu agradeço a Deus todos os dias.

E então estávamos na rua, no frio, o Dodge resfolegando para ligar na terceira tentativa, os faróis abrindo caminho na estrada até a cidade e, depois, para a casa de Prok, onde o chalé, saído de um conto de fadas, brilhava com as luzes de Natal. Bati a porta do carro, encolhi-me contra o frio e apressei o passo pelo caminho até a casa, mal notando os cômoros escuros dos canteiros de flores mortos pelo gelo e a floresta de plantas novas que tinham começado a tomar conta do jardim negligenciado. Parei na soleira daquela porta familiar, toquei a campainha.

Mac abriu a porta com um sorriso de boas-vindas e, bem-arrumada – e maquiada – como se estivesse indo a um concerto ou ao teatro, com um vestido que eu nunca vira antes e brincos no formato de árvores de Natal cintilantes em miniatura. Ela acabara de fazer um permanente nos cabelos e usava batom.

— John — suspirou ela —, entre e seja bem-vindo. — E me senti mal por não ter nada a lhe oferecer, flores ou bombons, nem mesmo um queijo.

— Eu não, bem, eu não sabia que seria uma reunião formal, eu teria trazido pelo menos um queijo.

Essa era uma velha piada entre nós, e ela riu para demonstrar seu deleite nela.

— Não precisamos de queijos hoje à noite. Prok fez ponche Barbados especialmente para a ocasião. — Uma pausa. — E sua mãe, está bem? E Iris? Ótimo. Bem, mande lembranças minhas para elas. Nós as convidaremos para o fim de semana, só nós, as garotas. Você diz isso para elas?

Ela segurou minha mão um momento longo demais e senti o pulso de tudo o que se passara entre nós, a pulsação lenta, doce e terna daquela época. Depois, ela me levou para a sala de estar.

Os outros já estavam reunidos lá, a luz errática do fogo distorcendo seus traços de maneira que eles pareciam estranhos em uma sala de espera apinhada de gente, até que me aproximei e tudo se tornou familiar novamente. "Olá, John. Boa-noite. Está frio na rua?" Uma lâmpada estava acesa no canto. As luzes de Natal na janela piscavam ligadas a um timer. Havia um cheiro de madeira queimada, madeira de carvalho e macieira que Prok gostava de queimar, e das velas brancas com fragrâncias que Mac colocara sobre o consolo da lareira, tudo aconchegante e festivo. Cumprimentei a todos, um a um, mas, quando vi que Betty estava lá, recostada no canto mais distante e conversando descontraidamente com Corcoran, senti um choque — algo estava sendo armado, e meu interesse cresceu, sem dúvida —, de forma que terminei brindando ela com um balançar de cabeça desajeitado e um meio sorriso confuso antes de me acomodar em uma cadeira ao lado de Rutledge e Prok. Betty me reconheceu com um sorriso que percorreu seus lábios e foi-se embora de seus olhos antes de sua atenção voltar a Corcoran. Fiquei me perguntando o que aquilo significara. Terei sentido uma pontada de ciúme, por mais ridículo que possa parecer? O que ela dissera naquela noite, na taverna – "Purvis é um grande amigo meu, você sabe disso, não sabe?" Mas e eu, não era um grande amigo dela também?

– Isso é alcoólico? – perguntou Aspinall. Ele estava estacionado junto à vasilha de ponche, os ombros caídos e a cabeça pendendo, como se ele estivesse com medo de quebrar alguma coisa.

– Ted? – Mac cruzou a sala, flutuando até ele. – Você precisa de alguma coisa? E você, John? – chamou ela. – Ponche? Ou algo mais leve, um refrigerante talvez?

Então, eu estava agarrando um copo da alegria calorosa do Natal, pressionando-o contra a parte mole da cartilagem na base de meu nariz até os vapores alcoólicos começarem a abrir as vias respiratórias e as vozes distintas da sala chegarem claras até mim. Prok estava falando de San Quentin, a prisão na Califórnia. Ele fora convidado para entrevistar a população carcerária de lá, e conseguira marcar algumas palestras em Berkeley também. Sua voz estava lutando para encontrar o tom certo, subindo e descendo a escada emocional. Claramente, ele estava animado com a perspectiva de entrar em uma prisão de segurança máxima para se aprofundar nas histórias de alguns dos homens mais perigosos que nossa sociedade tinha para oferecer, os extremos dos casos extremos. Mas não deveríamos investigar os mosteiros também? Sorri com o pensamento. Prok em um mosteiro. Imagine só. Então, a voz de Mac chegou a mim, como uma flauta suave – o tempo, era sobre isso que ela estava falando –, e o zum-zum rouco e alto de Aspinall envolvia-se ao redor dela. Eu não conseguia ouvir o que Betty e Corcoran estavam conversando, mas ouvi o riso dela, sua trajetória inteira, erguendo-se para voar sobre a sala como um dardo que descia rumo ao centro do alvo pintado na minha testa. Nós íamos testemunhar sexo ao vivo novamente, íamos filmá-lo. Corcoran e Betty. E por que ele? Por que não eu? O que havia de errado comigo?

Foi então que a porta do banheiro se abriu e Vivian Aubrey apareceu para se juntar à festa. Seus cabelos – louros, com uma onda natural – tinham acabado de ser penteados, e ela retocara o batom, uma mancha cor de sangue dele aparecendo em um de seus incisivos enquanto ela sorria voltando para a sala. Ela era elegante como minha primeira entrevistada – a esposa elegante do professor, que parecia tão deslocada em Indiana quanto um pássaro tropical e me fizera corar – e vinha diretamente da atmosfera refinada da Costa Leste. Era confiante. Brilhante. Anos-luz à frente de qualquer um de nós em termos de sofisticação e *savoir-vivre*.

– Ah, olá, John – disse ela, flutuando até onde eu estava e tomando minha mão com um aperto firme e sincero. – Achei que talvez você não viesse, com o bebê e sua sogra. Sua sogra ainda está por aqui, não é?

Todas as possibilidades fervilhavam dentro de mim. Minha voz saiu em um grasnado.

– Minha mãe.

Ela havia se curvado para acender um cigarro, ignorando o olhar ácido de Prok – estava em um palco ali e podia fazer o que quisesse. Observei-a jogar a cabeça para trás e soltar a fumaça.

– Isso: sua *mãe*.

Realmente, não acho necessário entrar nos detalhes da filmagem naquela noite, porque, como eu já disse, a novidade passa rapidamente e o processo de filmagem, observação, mesmo de participação, perde o *frisson* inicial com o tempo e a repetição. Um ato é muito parecido com o outro, não importando se ele foi observado na carne ou preservado no celuloide. O que aquela noite teve de diferente, entretanto – o que me faz lembrá-la agora, após toda a atividade e as provações que lhe sucederam –, foi o que Vivian me disse em seguida. Ela disse:

– Ouvi dizer que nós vamos ser parceiros hoje à noite, eu e você.

Ela se apoiara sobre o braço da cadeira, de forma que a parte redonda de seu quadril estava em paralelo com meu rosto. Depois, ela se inclinou para a frente, para aproximar seus olhos dos meus, e pude sentir seu cheiro, seu perfume, sabonete, sim, e algo mais também, algo natural e primitivo que não pode ser fingido, que nunca virá em uma garrafa.

– Qual é o problema? – perguntou. – Você não gosta de mim?

Se você ainda não adivinhou, eu já havia sido filmado – fui um dos mil machos gravados masturbando-se sobre o lençol no estúdio de Aspinall, assim como o foram Corcoran e Rutledge. Prok poupara doze dólares com isso, e por que não? Embora isso tivesse me constrangido em um primeiro momento, havia outros 999 homens para me encorajar, e esse pensamento, tanto quanto qualquer outra coisa, estimulou-me a ponto de eu corresponder: fiz minha parte, passei um pano e saí, como qualquer um deles.

Os cabelos de Vivian Aubrey pendiam soltos, a força da gravidade soltando-os dos ombros dela em um cintilante painel espesso. Olhei de relance para o outro lado da sala, para Betty – ela estava me observando, com uma expressão quase zombeteira no rosto. Ou talvez fosse fome, talvez. Voltei-me para Vivian Aubrey, o brilho de seus olhos, o talho flamejante de cor fixado na aresta de seu dente, e sussurrei:

– Claro que gosto. Gosto muito de você.

Ela se endireitou então, e deixou a mão apoiar sobre meu ombro, para se equilibrar. Mais um trago no cigarro. Uma risada curta, como um gorjeio.

– Tudo pela ciência, não? – disse ela, e me perguntei onde eu tinha ouvido aquilo antes.

NÃO SEI SE tenho as datas direito aqui, ou mesmo o ano (o volume das viagens de Prok durante o período de cinco anos entre a publicação do volume masculino, em 1948, e o feminino, em 1953, teria deixado para trás qualquer estadista), mas, até onde me lembro, foi em algum momento no início do ano seguinte que Prok, Mac, Corcoran e eu embarcamos em um trem para a costa do Pacífico, ou seja, para San Quentin e Berkeley. Mac passou a maior parte do tempo da viagem fazendo tricô e olhando para fora da janela, observando em silêncio o passar do campo, mas ela voltava à vida para as refeições no carro-salão e o ocasional jogo de cartas tarde da noite, e era realmente um prazer tê-la ali, apenas pela companhia, apenas por isso. Quanto a mim e Corcoran, Prok nos pôs para trabalhar, é claro, entrevistando viajantes, calculando dados, reunindo-nos diariamente com ele no carro-salão para combinar nossa estratégia de coleta de histórias em San Quentin e dar início ao volume sobre criminosos sexuais que ele já estava projetando na época como sucessor de *Comportamento sexual da fêmea humana*. A perspectiva era excitante, mas todos estávamos um pouco ansiosos com a ideia de recolher histórias na prisão – essa não era a Colônia Penal Agrícola do Estado de Indiana, mas um cárcere de segurança máxima completo, com uma câmara de gás e seu próprio Corredor da Morte. Estar confinado em uma cela frente a frente com um estuprador ou um assassino era intimidador, para dizer o mínimo.

Pegamos um carro para atravessar a ponte Golden Gate, o nevoeiro fumegando abaixo como se o oceano tivesse sido aquecido até uma fervura borbulhante, nenhum de nós falando muito, nem mesmo Prok. Ainda me lembro da aparência da prisão, volumosa e baixa contra uma bateria de morros calvos, uma colmeia de pedra com fendas no lugar de janelas e um terror medieval pairando sobre ela, como se já estivesse ali antes de Colombo, antes das leis, dos júris e juízes. Era um local de confinamento. De penitência. E se qualquer um dos reclusos passasse da penitência para o ressentimento, para a raiva e a violência, ninguém estaria ali para nos defender. Quando o guarda revistou nosso carro no portão e as palmas de minhas mãos suaram e minha garganta ficou seca, não pude deixar de desejar ter escolhido outra profissão. Ou pelo menos ter pedido apenas uma vez para ficar em casa com Iris e o bebê.

No fim das contas, o diretor da prisão estava tão preocupado com nossa segurança quanto nós mesmos (quer dizer, quanto eu: assim que chegamos realmente lá dentro, Prok parecia imperturbável, como se, para ele, todo mundo fosse igual ali), e ele conseguira que entrevistássemos primeiro os prisioneiros de elite. Eram os líderes das várias gangues e grupos, o mexicano que se destacava, o líder negro, o campeão de boxe, e por aí afora. Se conseguíssemos estabelecer nossa legitimidade com os líderes dos reclusos, então seria relativamente fácil lidar com os outros – essa era a ideia. É claro que precisávamos de privacidade absoluta, e conduzir as entrevistas no escritório do diretor ou mesmo do capelão, onde as intimidades poderiam ser ouvidas, estava fora de questão. Prok finalmente decidiu conduzi-las em uma série de celas sem uso desde o século anterior, nas profundezas das câmaras da prisão. As paredes eram de pedra, sessenta centímetros de espessura, cada porta talhada de uma única placa de aço e com nada além de um olho-mágico para quebrar suas linhas. Mesmo assim, Prok acabou cobrindo-as com cobertores para estar certo de que o menor ruído seria abafado.

Meu primeiro indivíduo foi um negro inteiramente inocente do crime pelo qual fora condenado, a saber, ter esperado no beco atrás de um bar após discutir com dois dos clientes do estabelecimento. Por isso, ele foi falsamente acusado de espancar os dois homens até a morte com o uso de suas mãos apenas e uma parede de tijolos que se apresentou como uma arma conveniente, embora imóvel. Ou pelo menos era o que ele dizia. Quase todos os prisioneiros que entrevistamos, particularmente os criminosos sexuais, batiam continuamente na tecla de sua inocência. De qualquer maneira, ele foi levado para a cela por um guarda com ar de desaprovação (todos os guardas, sem exceção, consideravam que era má ideia nos trancarmos com os presos sob sua custódia, sugerindo até que usássemos apitos em torno de nossos pescoços caso precisássemos de ajuda), e ofereci a ele uma cadeira, cigarros e Coca-Cola em uma garrafa pequena, um verdadeiro luxo na prisão, já que, por motivos que devem ser óbvios, o vidro era estritamente proibido.

O negro tinha 31 anos, era baixo, mas corpulento, com estrabismo em um olho e uma mania de baixar a cabeça e resmungar suas respostas de maneira que, seguidamente, eu precisava parar a entrevista e pedir que ele repetisse. Quanto à sua história sexual, ela era surpreendentemente comum, muito pouca atividade consensual com o sexo oposto e uma profusão de atividades da variedade-H por causa do longo tempo de encarceramento. Ele falava livremente, parecia estar se divertindo. Acho que a novidade da situação o encantava, assim como a consideração especial com a qual eu o tratava, as garrafas (ele consumiu três) e a generosidade dos cigarros (ele fumou metade de um maço, então guardou no bolso mais dois). Bem próximo do fim da entrevista, ele se inclinou sobre a mesa e disse:

— Você sabe, não sei se deveria estar lhe contando isso, mas eu queria ser sincero com você, porque você foi sincero comigo, entendeu?

— É claro — disse eu, segurando firme a prancheta. — Nós tentamos ser... Quer dizer, nós nos orgulhamos de nossa, como vocês dizem? Nossa honra. Ou melhor, honradez.

— Bem, escuta: eu não sou realmente tão inocente como eu possa ter dito. — Uma pausa, um tapinha no cigarro novo que ele enfiara por precaução atrás do lóbulo de uma orelha. — Os dois homens na rua naquele beco? Aquela noite?

Inclinei a cabeça, afirmativamente.

— Bem, eu apaguei eles. Minhas mãos, entendeu? Minhas mãos eram como quando você pega um pedaço de carne do açougueiro antes de ele embrulhar, bem assim. Eram os cérebros deles, cara, escorrendo por entre meus dedos.

Eu não tinha resposta para aquilo. Não era o que fôramos lá ouvir. Aquele era um gênero completamente diferente de ciência. Meus olhos fixaram-se nos dele, sobre o que não estava girando. Não havia ruído algum a não ser o chiado seco de nossas fornalhas internas, nossos pulmões bombeando ar para dentro e para fora. Estávamos em uma tumba, bem no fundo, enterrados nas profundezas. Eu estava assustado? Isso mesmo. Absolutamente. Controlei-me tempo suficiente para dizer:

— É? E aí?

Ele não se apressou, o olho indisciplinado se mexendo como uma portinhola em uma tempestade, e então ele estendeu o braço sobre a mesa para agarrar meu punho.

— Aquele gordo filho da puta.

— Quem? — *Não reaja*, eu seguia dizendo para mim mesmo. *Não demonstre nada.*

— McGahee.

Eu estava confuso.

— Quem é McGahee?

Uma expressão de incredulidade.

— O guarda! — gritou ele. — O gordo filho da puta do guarda. — Mais uma longa pausa. Se eu tivesse gritado por um megafone ninguém teria me ouvido.

— Eu vou apagar ele. Hoje à noite. — Ele olhou de relance sobre o ombro para a porta e o cobertor de lã verde-oliva pendurado como uma tapeçaria sobre o olho mágico. Depois, puxou uma lasca de aço azul afiado do cós das calças. O que era aquilo? Uma colher trabalhada até ficar pontiaguda, o fragmento da armação de uma cama de ferro, a ponta esburacada de um meteoro vindo dos céus? Metal, aço. Ele o tinha — ali, na prisão. O homem segurou-a na luz da lâmpada que eu colocara sobre a mesa juntamente com as cadeiras. Havia um lado afiado naquele aço, e ele refletiu a luz com um brilho agudo e passageiro de ameaça. — Vou furar ele — sussurrou, e agora eu estava metido nessa também, um cúmplice, um de seus soldados, um de sua gangue. — O gordo filho da puta — acrescentou, enfatizando, mesmo enquanto se levantava da mesa guardando dois maços fechados de cigarros no bolso e seguia para a porta, para bater na placa fria de aço com o lado de baixo do punho e vociferar para o guarda no fim do corredor: — Abra aqui! A entrevista acabou!

É claro, eu conto essa história por causa do dilema moral que ela nos colocou. Eu estava entorpecido nas duas entrevistas seguintes — com o boxeador e, depois, o líder mexicano — e, assim que entramos de volta no carro, abri-me com Prok e Corcoran. O nevoeiro tinha se fechado sobre nós, entramos em nosso carro alugado como se nós mesmos fôssemos prisioneiros, confinados para sempre, confinados a aquilo, àquelas questões e àquele procedimento, às confidências que nos oprimiam. Éramos cúmplices.

Eu queria gritar. Queria me voltar para Prok e berrar até que não houvesse mais ar em meu corpo.

Prok estava sentado tenso a meu lado, tão próximo que nossas coxas se tocavam. Corcoran estava a meu outro lado, olhando para fora da janela, para a opacidade da luz vaporizada. Prok estava quase ligando o carro, todo sério e com pressa, mas fez uma pausa, sua mão detida sobre a chave que ele inserira na fenda da ignição.

— Eu compreendo seu dilema, Milk — disse ele, após um momento. — Mas isso poderia ser um teste. Você percebe isso, não? Se a notícia de que nós não mantivemos a confidencialidade se espalhar, ficaremos acabados aqui, ou em qualquer outra penitenciária.

— Mas a vida de um homem pode estar em questão... O guarda. — Eu disse o nome dele, e foi como ler o nome em uma lápide: "McGahee".

Prok deixara cair sua mão da ignição. O nevoeiro embaciou as janelas.

— Não — disse ele, finalmente —, não podemos fazer isso, não importa a vida de quem esteja em jogo. É lamentável, não há dúvida, e eu gostaria que isso realmente não tivesse ocorrido, mas não podemos simplesmente comprometer o projeto. E, por outro lado, isso pode muito bem ser um teste, nunca descarte essa possibilidade. Você concorda comigo, Corcoran? Milk?

No fim das contas, ninguém foi assassinado naquela noite. Ou na noite seguinte também. Até onde eu sei, nenhum dos guardas foi atacado durante todo o período em que nós estivemos em San Quentin, durante aquela visita e as subsequentes. Pensei naquele homem, com sua haste suja de aço e o olho que não parava quieto — penso nele agora — e me pergunto se Prok não estava certo no fim das contas. Foi um teste. Só isso. Um teste.

O CÍRCULO ÍNTIMO

* * *

MAS ENTÃO SEGUIMOS para Berkeley e para o que seria o momento mais significativo de todos os meus anos com Prok: a grande palestra no ginásio, ministrada para não menos que 9 mil almas. Tínhamos acabado de sair do confinamento em San Quentin – frente a frente nas profundezas silenciosas e abafadas, removidos de tudo que a vida tem para oferecer – e estávamos no terreno familiar do campus de uma universidade, expostos ao mundo todo, 9 mil estudantes e professores também, não encarcerados e respirando livremente, esbarrando uns nos outros para ter uma chance de ouvir a maior autoridade mundial falar sobre aquele assunto que exercia um fascínio maior que qualquer livro ou filosofia poderia jamais revelar.

Não me lembro do clima. Poderia estar chovendo, aquela chuva simplesmente torrencial e implacável típica da temporada de chuvas da Califórnia, mas isso pode ter sido em outra época, em outro lugar completamente diferentes. Lembro-me do salão, entretanto. Ou melhor, do ginásio. Ele era normalmente o cenário de jogos de basquete entre as faculdades, mas naquele momento, por causa do entusiasmo incontido de Prok – Prok, o autor, a celebridade, o exterminador de tabus sexuais –, o ginásio nos fora cedido pela tarde. Todos os 7 mil assentos tinham sido tomados duas horas antes do horário marcado para a palestra começar. Quando chegamos, os funcionários da universidade estavam lutando desordenadamente para colocar 2 mil cadeiras extras nos corredores e na própria quadra de basquete. Eu poderia dizer que o entusiasmo era grande, mas isso não seria suficiente para me exprimir.

Fomos levados a uma das salas dos treinadores, indo por uma porta lateral e seguindo um corredor isolado do público, onde o homem que faria a apresentação de Prok – ninguém menos que o vice-reitor da universidade – insistiu para que ficássemos à vontade enquanto ele saía para cuidar dos detalhes finais.

— Vamos precisar de uns dez minutos, por aí – disse ele, e não tenho lembrança alguma sua, então vou atribuir-lhe traços finos, espertos e olhos evasivos de burocrata inato –, e, por favor, se houver qualquer coisa que eu possa fazer por vocês, é só gritarem.
— Então, ele fechou a porta e nos deixou sozinhos.
— Que vestiário elegante, hein? – disse Prok, voltando-se para nós, Corcoran, Mac e eu. Olhamos em volta. A sala estava apinhada de coisas, empilhada até em cima com equipamentos atléticos, tênis de números desemparelhados, bolas de vôlei ficando amareladas, bastões, tênis com ferrões, luvas de beisebol, raquetes, capacetes e por aí afora, as paredes praticamente escurecidas com fotos de times e duas prateleiras enormes cedendo sob o peso dos troféus coletivos. O cheiro – do almoxarifado contíguo, do suor destilado e rançoso de gerações – trouxe-me de volta ao segundo grau e a um delírio que eu tivera depois de minha concussão no campo de futebol americano. Eles tinham me levado ao vestiário em uma maca, a voz de minha mãe flutuando junto à porta como um pássaro batendo as asas contra o vidro da janela, minha consciência indo embora e então voltando a se conectar, até o mundo se abrir como o sorriso de uma mulher, embora sem haver nenhuma mulher ali, apenas o médico do time, careca e severo, ministrando sais aromáticos.
— É mesmo – disse Mac –, e veja só o que sua celebridade conseguiu para você? Da próxima vez vão nos colocar no Ritz, Prok. Espere só.

Sorrimos, todos nós, embora o sorriso de Prok parecesse mais um relinchar e seus olhos se revezassem para fitar cada um de nós, como se todos tivéssemos falado ao mesmo tempo. Ele estava nervoso? Era isso?

Naquele momento, como se estivesse respondendo à minha questão, o prédio pareceu balançar com a agitação enorme da multidão para além da porta e do corredor. Milhares de estudantes

O CÍRCULO ÍNTIMO

tinham segurado um bocejo simultaneamente, ajeitado em seus assentos, elevado suas vozes para serem ouvidos sobre o zum-zum crescente de expectativa da multidão.

Mac se colocou ao lado de Prok, os dois parados ali, no centro da sala, como se estivessem escutando o estrondo distante de um trovão.

– Posso pegar algo para você? – perguntou ela, sua voz em surdina. – Café? Um copo d'água? Coca?

Ele pareceu hesitar – Prok, que nunca hesitava, nunca perdia as palavras ou os movimentos – e, depois, tão sussurrante que mal consegui ouvi-lo, disse:

– Água.

– Bom – murmurou Mac. – Achei que você ia ficar de garganta seca, Prok. Você precisa mantê-la lubrificada, entende? Odeio dizer isso, mas você já é como um tenor famoso no Metropolitan ou um apresentador de rádio. – Ela se virou e encarou Corcoran e eu.

– Eu vou – disse Corcoran. – Só água, certo? Água sem nada?

A multidão se mexeu de novo, um grande e vasto zunido de bancos, cadeiras, músculos e tendões. Era como se todo o ar tivesse sido espremido para fora do ginásio, do corredor, da sala do técnico e, então, voltado para dentro, em uma onda de som ecoante. Tentei aliviar o clima um pouco, porque meu coração disparava como se fosse eu quem estava prestes a subir à tribuna.

– Pelo visto, os nativos estão agitados.

Prok estava parado ali, rígido, os dedos da mão direita detidos no ato de pentear os cabelos. Ele me lançou um olhar azedo, um olhar que me prendeu e me estudou como se eu fosse uma de suas errantes vespas galhadoras.

– Não seja infantil – disse ele. – Esse não é o momento para leviandades, nem o lugar.

Mac estava ao lado dele, mão em seu braço, logo acima do cotovelo.

— Prok — murmurou ela —, acalme-se. — Mas ele deu um safanão, soltando o braço.

Ele ainda estava me encarando, as mandíbulas cerradas de fúria. Havia um crispar mínimo nos lábios, como se houvesse provado algo amargo.

— É precisamente esse tipo de observação irrefletida que mina todo o projeto... Que tem minado o projeto desde que eu o conheço. Seu trabalho é retrógrado, Milk... Ele é, foi e sempre será. Você está me ouvindo?

A multidão respirava junto. O prédio vibrava. Baixei a cabeça.

— Eu só queria... é... Foi só uma piada.

— E pare de gaguejar, pelo amor de Deus. Fale como um homem!

— Prok — disse Mac, intercedendo por mim. — Por favor, Prok. Ele só estava...

— Não me interessa o que ele estava tentando fazer! Ele deveria saber, melhor que ninguém, que eu não preciso de sua ajuda — e agora um olhar para Mac —, ou a de qualquer outra pessoa, quando eu me preparo para me dirigir a uma reunião...

A voz de Mac soou abatida.

— Talvez você queira que nós saiamos, então?

Foi nesse momento que Corcoran, o garoto de cabelos claros, apareceu no vão da porta com um copo d'água, a intensidade enorme e borbulhante da multidão chegando com ele em uma onda que varreu a sala e se encapelou contra as prateleiras cheias de troféus.

— Sim — Prok respondeu bruscamente, dando um passo enérgico à frente para arrancar o copo da mão de Corcoran —, sim, eu gostaria que vocês saíssem. Com toda certeza. E levem-no — o dedo acusador apontado para Corcoran agora — com vocês.

Assim que encontramos os assentos reservados para nós na primeira fila, eu já havia esquecido — e perdoado — o incidente.

O CÍRCULO ÍNTIMO

Ele estava nervoso, só isso. Prok estava sob pressão intensa para fazer um bom trabalho e, embora eu nunca o tivesse visto tremer em nenhuma das centenas de palestras nas quais eu estivera presente, aquela era especial. Nunca houvera uma multidão como aquela, e, se ele não ficasse nervoso, não seria humano. De qualquer maneira, o vice-reitor – aquele rosto e figura genéricos, o acadêmico, o burocrata – fez sua própria tentativa de descontração com suas observações introdutórias, e os estudantes na plateia soltaram um riso abafado coletivo. Embaralhando suas notas e lançando um olhar míope para aquela massa de humanidade, ele limpou a garganta e disse:

– Estou feliz por ver tantos professores aqui hoje, e esposas de professores comparecendo a uma reunião da universidade. É claro, a maioria de nós deve ver o assunto a ser discutido, em grande parte, em retrospectiva. – Houve uma pausa, como se a plateia não o tivesse ouvido direito, e então os risos abafados se espalharam pelas fileiras apertadas de cadeiras e bancos, como um tema saído de *Die Walküre.**

Então, veio Prok. Ele saiu a passos largos dos bastidores, peito estufado, óculos irradiando luz, e ganhou a tribuna com uma avalanche de aplausos, que subitamente desapareceram completamente quando ele ergueu a mão para ajustar o microfone. Como sempre, ele começou falando de improviso, sem anotações ou apoio algum, sua voz baixa e sem modulações, adotando o tom factual que lhe servira tão bem ao longo dos anos. Começou falando da variação e de como os extremos em ambos os lados de um gráfico sobre o comportamento definem a norma, um tema antigo. Listando os vários escapes disponíveis para o animal humano da puberdade em diante – masturbação, carícias, o coito,

---
* Ópera de Richard Wagner. (N. T.)

o componente oral –, ele seguiu adiante para discutir a frequência, e aqui a multidão, que estivera lentamente despertando para o que ele estava dizendo, quase escapou.

– Existem aqueles, por exemplo, que não necessitam de mais que um único orgasmo por mês ou mesmo por ano, e outros que exigem vários por semana, ou mesmo por dia.

Nesse momento, houve um assobio baixo e continuado partindo da fileira atrás de mim, o que era conhecido por nós na época como um "assovio de domjuan". A multidão se animou com isso, como se fosse um brado de ataque, todo o organismo interligado se agitando novamente como o vento nas árvores. Mas Prok reagiu imediatamente com uma farpa que os calou abruptamente.

– E então existem aqueles – seguiu ele, imperturbável – cuja produção é tão baixa quanto a daquele homem que assobiou há pouco.

Risadas nervosas, e depois silêncio. Ele os tinha consigo. E ele não os soltou pelos próximos sessenta minutos, cada uma daquelas 9 mil almas concentradas e focadas em Prok, aquela figura firme na tribuna, a celebridade do sexo, o reformador, o pioneiro e mago das palavras. Assisti da primeira fileira, Mac a meu lado, Corcoran do outro, e, apesar de ter ouvido o discurso tantas vezes que eu poderia recitá-lo como um gravador, das estatísticas passando pelas pausas prolongadas, a intensidade dele naquele cenário, naquela tarde, deixou-me arrepiado. Esse foi o ápice, o momento de glória, Prok em seu auge. Não havia um ruído, nem uma tosse ou sussurro. Ninguém se mexia, ninguém saiu mais cedo. Prok concluiu com seu apelo de sempre por tolerância, então deu um passo para trás e inclinou a cabeça em agradecimento à plateia. Não era exatamente uma mesura, mas teve esse efeito.

E, ah, eles vieram abaixo. Eles vieram abaixo.

9

QUANDO VOLTAMOS, FIQUEI sabendo que Elster tinha sido designado bibliotecário oficial do Instituto e que Iris tinha retomado o clarinete, o som melancólico e cavernoso dele me dando as boas-vindas assim que subi a entrada da casa, quando, aliás, avaliei o estado de abandono dela e do jardim. O carro (eu o deixara para Iris, Corcoran me deu carona até em casa) estava inclinado sobre um pneu furado dianteiro no lado do motorista, havia um amassado tosco novo no para-choques traseiro. Como tudo estava parado, límpido e frio, o som do clarinete chegou bem do interior da casa, e levei um tempo para me dar conta do que era – primeiro pensei que era um animal ferido gemendo sua agonia final atrás da casa de ferramentas. Mas não, era Iris. Tocando seu instrumento, o instrumento do estojinho preto de veludo que ela deixara intocado na gaveta mais baixa à direita da cômoda todos aqueles anos.

Imagine só, pensei, e foi tudo que consegui pensar. O carro estava fora de combate e meia dúzia de outros problemas chamaram minha atenção enquanto eu subia os degraus da frente. Mas nada daquilo me afetou de fato. Eu não estava nem aí. Por mim, o lugar podia ruir, o carro podia pegar fogo – eu estava cansado, muito cansado, e não havia a menor possibilidade de continuar viajando com Prok e me encaixar no papel de marido do lar como um daqueles pais legais e certinhos sorrindo para nós na televisão daqueles dias.

Assim que entrei pela porta, John Jr. saltou da confusão dos brinquedos e correu pela sala para jogar seus braços em torno de meus joelhos. Larguei a mala para erguê-lo e lhe dar um beijo. Iris estava de costas para mim, sentada no sofá, de frente para o fogo (a lareira estava acesa, pelo menos, mas vi que ela havia usado a madeira errada, os gravetos que eu reservava apenas para acender o fogo e tinha implorado a ela pelo menos uma centena de vezes para usar com parcimônia), as pernas abertas à sua frente, o instrumento nos lábios. O som que produzia tinha um tom baixo e lúgubre, uma reverberação que rangia sofrida e que me fez pensar nos cargueiros abrindo caminho pelo nevoeiro do lago Michigan. Subitamente, senti-me deprimido, vendo-a ali com suas bochechas distendidas e pernas abertas, os cabelos desalinhados, os olhos bem fechados em concentração, Iris, minha Iris, e ela podia ser qualquer uma, a garota de uma banda, um prodígio de prática e desejo trabalhando por algo que eu não fazia a menor ideia do que era. Somente por um momento, antes de colocar meu filho no chão (delicadamente, delicadamente, os membros em miniatura agarrando-se a mim, o encontro com o tapete) e chamar o nome dela, eu senti que a estava perdendo. Ou não: que já a havia perdido.

– Iris – chamei –, Iris, sou eu. – E ela despertou, os olhos arregalando-se em um brilho súbito, o instrumento afastando-se de seus lábios com um filamento longo de saliva ainda preso a ele. Ela levou um tempo, depois sorriu, e eu disse: – Tocando o clarinete de novo, hein?

– Vem cá – disse ela, e me sentei ao lado dela, e nos beijamos, John Jr. escalando meu colo e o gato aparecendo do nada para se grudar no braço da cadeira. Foi um momento alegre repentino, o retorno do herói. Senti minha depressão começar a ir embora. Nós deixamos o momento se estender um pouco, e dissemos as coisas de sempre um para o outro, e contei para ela os pontos altos da viagem, o susto em San Quentin e a maestria de Prok em Berkeley. Tomamos um drinque juntos, dei a John Jr. a caixa de balas que eu trouxera para ele e desencavei a concha marítima laqueada que eu comprara em uma loja de lembranças de beira-mar para Iris. Então, após um silêncio, voltei ao assunto clarinete.

– Mas o que fez você voltar a tocar?

Iris me encarou sobre a borda de seu copo. Ela preparara para si um gim-tônica, embora estivesse frio, um frio que duraria um bom tempo ainda. O instrumento ficou aconchegado contra seu ombro, a palheta e o bocal molhados e brilhando, as teclas reluzindo, o longo tubo escuro cortando como uma sombra sobre o braço dela.

– Não sei – disse ela com um balançar de ombros –, algo para fazer, eu acho. Você sabe, para passar o tempo.

Havia um indício de acusação naquilo, a velha discussão, e a raiva me subiu à cabeça.

– Você deixou o carro na rua com um pneu furado. Você não andou nele daquele jeito, andou? Por favor, me diga que não fez isso.

Ela me ignorou. O copo foi até os lábios e voltou de novo.

– E Hilda. Ela me deu força, ela também toca, você sabe, e nós estamos planejando formar um dueto nesta primavera, no Memorial Day,* talvez, só Hilda e eu. Achei que não ia conseguir minha embocadura de volta, mas consegui. – O fogo deu um suspiro, então morreu, porque ele fora feito de galhos finos em vez do carvalho que tanto trabalho dera para ser cortado e que estava empilhado no abrigo da madeira, talvez a uns quinze metros de onde nós estávamos. – Eu queria fazer uma surpresa para você.

---

* Feriado em memória dos soldados norte-americanos mortos em guerras, celebrado nos EUA na última segunda do mês de maio. (N. T.)

– Eu não sabia que Hilda tocava. – Tentei imaginar a esposa de Rutledge, uma loura aérea e angular, com seus lábios escassos e seios pequenos e empinados, sentada na ponta de uma cadeira com a partitura aberta diante dela, levando o instrumento à boca.

– Durante a faculdade inteira, assim como eu. – Ela passou o polegar sobre a superfície brilhante da palheta. – Nós temos que fazer alguma coisa, o quê, com os nossos homens longe o tempo inteiro.

– Oscar estava aqui.

– Sim – disse ela –, isso mesmo. Mas você não estava.

Naquele momento, John Jr., que voltara para os brinquedos, olhou para nós e anunciou que estava com fome.

– Mamãe, quero comida – falou, com sua voz fina, como se tivesse acabado de descobrir alguma verdade essencial a respeito da natureza da existência e de si mesmo em particular.

– Talvez nós devêssemos simplesmente dar uma saída – sugeri.

Iris me encarou:

– Nós temos dinheiro?

– Algo barato. Um hambúrguer. Uma pizza.

– Pizza! – exclamou John Jr., gostando do refrão. – Pizza!

– Quieto – mandou ela, e ele já tinha se jogado nas pernas de Iris, enterrando a cabeça em seu colo. – Não tem por que eu não preparar alguma coisa, afinal não há uma razão para se festejar, há? Quer dizer, você viaja para longe e você volta. Não é sempre assim?

Eu não tinha o que dizer quanto àquilo, e ficamos sentados ali por algum tempo, em silêncio, enquanto John Jr. puxava a blusa dela e implorava.

– Por favor, mamãe, por favor?

– Eu teria que me trocar – disse ela. – E me maquiar. E quero voltar logo...

Inclinei o copo em sua direção.

– Para quê, para tocar mais?

Ela estava sorrindo agora, John Jr. em cima dela – *Por favor, por favor* –, e havia algo de divertido em seus olhos, como a dizer que tudo estava perdoado e por que brigar quando o amor, o amor entre nós, entre dois seres humanos jovens e saudáveis, um macho e uma fêmea, significava muito mais que a soma de suas perdas e hesitações.

– Não – disse ela –, é outra coisa. Uma estatística que talvez você pudesse me ajudar, porque faz um tempo.

– O quê?

– Qual foi a frequência média de s-e-x-o – soletrando para que nosso filho não a tomasse como uma palavra favorita, como já fizera com "sutiã" e "cueca" – para casais casados há pelo menos cinco anos? Uma vez por semana, não é?

– Ah, não – respondi, balançando a cabeça de maneira profissional –, é pelo menos duas vezes isso.

No DIA SEGUINTE, no trabalho, Rutledge e eu fizemos um intervalo para tomar um café juntos. Foi então que fiquei sabendo sobre Elster. Tínhamos começado com o assunto do clarinete – eu dissera algo como "Ouvi dizer que Hilda reencontrou sua inspiração musical" – e então seguimos discutindo a viagem para a costa do Pacífico, como ele ficara contente por não ir naquela vez, porque realmente já estava cansado de conduzir entrevistas como um empregado ("Não me leve a mal, John") quando ele pensara ter sido contratado para fazer uma pesquisa original. Como um igual a Prok, ou pelo menos seu parceiro. E então, casualmente, como se isso não tivesse a menor importância, ele largou a notícia sobre Elster.

Fiquei chocado.

— Elster? — repeti. — Mas ele é, bem, ele não é um amigo da pesquisa. Ele... Já lhe contei sobre Fred Skittering, aquele incidente todo? — E contei para ele, minuciosamente.

Rutledge permaneceu imperturbável. Era seu traço principal. O prédio podia estar pegando fogo — os cabelos dele podiam estar pegando fogo — e ele não ergueria a voz nem andaria mais rápido do que se estivesse em um funeral. Lembro-me da noite no quarto de hotel, com Mac, e de como ele endireitara os ombros e marchara para o quarto com ela, como se aquilo fosse uma questão militar, ordens dadas, ordens recebidas. Mas, naquele momento, enquanto eu revelava a perfídia de Elster — ou seu potencial para tanto —, o rosto de Rutledge adquiriu uma expressão totalmente diferente. Por fim, ele disse:

— Você acha que não podemos confiar nele, então?

— Não — respondi. — É claro que não.

Ele alisou o bigode, olhou de relance o corredor para ver se Prok estava por perto e acendeu um cigarro. Observei-o apagar o fósforo com uma sacudida, largá-lo no chão e esmagá-lo com o pé.

— Bem, simplesmente vamos ter que ser cuidadosos, só isso, manter isso em mente, não deixar que Prok fique a par da situação, porque, realmente, ninguém sabe de nada aqui além de nós, e não preciso lhe dizer como a merda ia bater no ventilador se qualquer coisa, mesmo o menor boato, viesse a público Mas olhe para a sra. Matthews e as outras mulheres que nós contratamos, Laura Peterson e aquela outra. Elas não fazem a menor ideia, não é? E elas estão bem ali no gabinete com a gente todos os dias.

Eu não estava convencido. Talvez eu estivesse reagindo de forma exagerada, talvez eu tivesse interpretado mal o cara — mas, por outro lado, houve aquela noite no bar, quando ele tentou me fazer falar, e não era para seu próprio proveito, mas para um terceiro, para um jornalista. Ele fora pago? Ou seria simplesmente um mau-caráter?

– Aliás – disse Rutledge, apertando os olhos contra a fumaça de seu cigarro e bebericando de sua xícara de café ao mesmo tempo –, você ficou sabendo do musical no domingo?

Eu abri as mãos em resposta, e acho que não devo ter expressado muito entusiasmo pela ideia.

– Ãh – respondi, por fim –, não. – Não que eu não gostasse da oportunidade de aprender sobre música clássica. Como já disse, eu realmente passei a apreciá-la, mesmo ópera. Mas é que os musicais pareciam apenas mais uma extensão do trabalho, dos tentáculos do Instituto. E Iris os odiava. – Não sei – disse eu. – Estou cansado. Estou por aqui com os musicais, se você quer saber a verdade.

Rutledge estava me observando firmemente, seus lábios compostos em torno da ponta do cigarro e o traçado fino de seu bigode.

– Sim – retorquiu –, sei do que você está falando. Mas tem algo mais dessa vez. Seremos só nós. E as esposas.

– Só nós? Isso *é* estranho. Porque Prok, até onde sei, nunca programou um musical com menos de vinte ou trinta convidados. Essa é a ideia, para educar as pessoas.

– E para se exibir.

A observação pareceu tirar o fôlego da conversa. Eu não aceitaria ouvir qualquer crítica contra Prok, especialmente de um de meus próprios colaboradores e colegas, e encarei-o de maneira a deixar isso claro.

Rutledge deu de ombros, lançou um olhar furtivo para o corredor e então se voltou para mim.

– Ouça, John. Lealdade é uma coisa. Não me entenda errado, mas ele não está acima da crítica, você sabe disso. Às vezes, ele consegue ser um grande chato pedante, com seu *obbligato*, seu *menuetto* e *largo e cantabile* e por aí afora, e então tem aquela cara que ele faz, a mesma cara de quando ele goza, como um penitente pregado na cruz.

Senti como se tivesse recebido um tapa no rosto.

– Ouça, Rutledge. Oscar – disse eu, e minha voz gelou –, tenho que lhe dizer que não me sinto à vontade com qualquer tipo de crítica ou maledicência sobre Prok, não mesmo, desculpe. Então, por favor, no futuro, se você simplesmente guardar isso para si mesmo...

– Mas você viu isso. Você viu essa expressão no rosto dele. Você já esteve do outro lado desse olhar, não esteve? Bem, eu também já estive. É parte do trabalho, não é?

– Não – respondi. – Não, eu não quero falar sobre isso.

Ele ainda estava me observando, olhando-me nos olhos, como se estivesse tomando minha história.

– E Ted, é claro. Ted vai estar lá – disse ele. – Com sua câmera.

O DOMINGO CHEGOU, fustigado pelo vento e banhado por um sol de março que queria aparecer e dava indícios de melhores dias à frente. Crocos estavam em flor, salgueiros, azaleias. O povo estava em seus jardins, varrendo a grama com ancinhos, pensando sobre onde deveriam pendurar a rede, e os estudantes estavam por toda parte, enchendo as calçadas em grupos de três e quatro, as jaquetas abertas até a cintura, sorrindo, galhofando e gritando uns para os outros, como se já fosse maio, como se fosse junho e as provas finais tivessem terminado. Fazia um tempo bom para soltar pipa. Embora eu não tocasse em uma havia vinte anos, Iris e eu compramos uma pipa barata de papel em uma loja de novidades e levamos John Jr. para o parque para soltá-la. Tudo bem, numa boa. Mas, antes de irmos ao parque, fizemos algo ainda mais fora do comum. Não sei como me senti a respeito daquilo nem o que significou exatamente. Fomos à igreja. Era domingo, e fomos à igreja.

Como eu já disse, Iris foi criada na Igreja Católica, mas deixara-a de lado na época da faculdade, e eu mesmo certamente não tinha fé tampouco motivo para entrar para qualquer estrutura eclesiástica de qualquer denominação. Mas Iris tinha acordado naquela manhã com uma ideia fixa na cabeça – iríamos à igreja porque era Quaresma e porque ela sentia falta do ritual, o murmúrio em latim, a fragrância imemorial dos turíbulos. Não pude discutir com ela. Eu não queria dizer que ela estava retornando a hábitos infantis, porque não seria justo, mas, por outro lado, Iris começara a escrever longas cartas para a mãe quase diariamente, sobre que assuntos eu não fazia a menor ideia, e *tinha* voltado com o clarinete... e a fazer pães no forno. Ela contou que adorava fazer pães no forno quando era garota. E agora, no café – ovos bem no ponto, como eu gostava, tiras magras de bacon e pedaços esfarelados crus de um pão feito em casa que não crescera – Iris anunciara que estávamos indo à igreja. A família toda.

– Igreja? – perguntei.

– Isso mesmo.

– Mas por quê? O que você está pensando? Você sabe que eu não, bem... Eu tenho coisas melhores para fazer no meu dia de folga, não acha?

– Porque eu sinto falta de ir à igreja, só isso. Não é o suficiente? Você consegue fazer alguma coisa por mim, só por mim, uma vez só? E por John Jr.? – Nós estávamos à mesa da cozinha, meu filho, com quase 4 anos, e empoleirado na ponta da cadeirinha, fazendo sua própria improvisação de ovos mexidos. Ela fez uma pausa

para limpar o queixo dele, a mancha amarela divertida ali e, então, voltou-se para mim.
— Ele está crescendo pagão. Isso não incomoda você?
— Não — respondi —, de forma alguma.
— Você sabe o que as outras mães dizem? As outras crianças?

Não faria sentido chamar a atenção para o fato de que eu não dava a menor importância para o que as outras mães pudessem dizer, ou de que Prok teria um ataque se ficasse sabendo que eu estivera a quinze metros de uma igreja, templo, tabernáculo ou mesquita (ele odiava todas elas, todas as religiões, com o mesmo fervor). A religião era antiética para a ciência. O religioso simplesmente não conseguia encarar os fatos. Vivia na Idade Média, coisas do tipo. Eu concordara com ele em gênero, número e grau, mas Iris queria ir à igreja, e era só o que importava.

Vou dizer que a experiência foi, pelo menos, ligeiramente interessante, de um ponto de vista sociológico. As mulheres tinham as cabeças cobertas, a maioria com chapéus floridos, mas um bom número com lenços simples pretos ou brancos, amarrados embaixo do queixo, e os homens — como as crianças — usavam suas melhores roupas em deferência ao Deus que tinham ido até lá adorar. Havia o cheiro sobre o qual Iris tinha falado — uma espécie de erva ou resina aromática queimada sobre carvões em brasa, um remanescente, sem dúvida, dos dias em que a maioria dos devotos não tomava banho e se acreditava que o contágio ocorria espontaneamente no miasma do ar fétido —, e toda uma panóplia de ritual que Iris seguia com uma graciosidade simples que me emocionou mais profundamente do que eu gostaria de admitir. Observei-a ajoelhar-se, fazer o sinal da cruz, mergulhar os dedos na água benta e deixar que seus lábios acompanhassem os do padre na ventriloquia do êxtase, enquanto John Jr. balbuciava palavras e se contorcia ao lado dela, que se virava para fazê-lo calar-se.

O CÍRCULO ÍNTIMO

De certa forma, a coisa toda era bem bonita, não que significasse qualquer coisa nem que tenhamos voltado depois – eu, pelo menos –, mas acho que era como estar em um concerto, quando você está livre para deixar sua mente se esvaziar e divagar por onde lhe aprouver.

Sim, então fomos para o parque, e John Jr. ficou louco com a liberdade do momento, como um cachorrinho solto da coleira. Fizemos um piquenique, apesar do vento constante e das nuvens que obscuresciam o sol, abrindo e fechando, a tarde toda. Tínhamos comprado uma pipa para montar e a armamos em casa, embora ler instruções em uma folha de papel e transformá-las em ação não fosse meu forte. Quando a soltei, rodopiando e serpenteando acima de minha cabeça, meu filho soltou um grito tomado pela alegria mais simples e pura. Eu dei linha e senti o puxão da natureza do outro lado, e não preciso dizer que a sensação me trouxe de volta a minha própria infância.

– Eu quero – disse meu filho. – Dá, papai. Eu, eu! – E me sentei direto na grama, com John Jr. em meu colo, e juntos seguramos firme a linha.

Pode ter sido naquele dia que ele deixou a pipa escapar, ou talvez tenha sido em outra ocasião, outro dia, outro ano. Mas me lembro de ter confiança suficiente para deixá-lo tomar conta dela sozinho, para sentir aquele puxão suspensivo misterioso por si só e dominá-lo. Ele correu com a pipa, dando risadinhas como um louco, dando linha, ficando mais corajoso a cada minuto – e isso era bom, tanto melhor –, até que não havia mais linha. Antes que eu pudesse alcançá-la, antes que eu pudesse dar um salto e agarrá-la, a pipa já tinha ido embora, desaparecendo no céu com sua linha, como se nós nunca a tivéssemos controlado.

Então, era hora do jantar, um peru assado que Iris pusera no forno antes de sairmos, o cheiro dele pesado no ar quando abrimos a porta e entramos, o fogo que eu tinha feito para tirar o frio de nossos dedos das mãos e dos pés. Deixamos John Jr. na *baby-sitter*. Nós chegaríamos tarde?, ela queria saber. Não, achávamos que não, não tarde demais. E então fomos de carro até a casa de Prok.

No fim das contas, fomos os primeiros a chegar, o que em si era incomum. Mac pegou nossos casacos, e Prok, absorto no preparo dos coquetéis – vi que teríamos Zombies –, lançou uma saudação curta da cadeira que ele levara para a mesinha do café na sala de estar. Não havia fogo naquela noite. No entanto, a casa estava quente, com ligeiros traços olfativos de calor irradiado da fornalha no porão e seu conduto de canos e radiadores. Era estranho, dados os gostos espartanos de Prok. Ele se levantou para nos cumprimentar quando entramos na sala, um beijinho no rosto de Iris e um aperto de mãos forte com seu sorriso famoso para mim, e era como voltar para casa mais uma vez, chegando a um lugar predestinado, o lugar em que eu deveria morar em minha passagem sem pai pelo planeta. A casa de Prok. De Prok e de Mac. Uma onda de emoção passou por mim, não sei dizer o porquê nem o que havia naquele momento em particular que me emocionou tanto, mas devia ter algo a ver com a continuidade, penso eu, e com meu temor repentino por ela. Acho que Prok teria classificado isso como uma reação química, uma flutuação nos níveis hormonais originada nas glândulas endócrinas. Só isso, nada mais.

– Um Zombie? – ofereceu ele, empurrando os copos altos embaciados em nossas mãos antes que tivéssemos chance de responder.

Observei então que não havia cadeiras colocadas para o musical, que a luz sobre o fonógrafo estava desligada e os discos ainda estavam em suas capas nas prateleiras. Iris também deve ter notado, porque deu um longo gole em seu drinque e então perguntou a respeito do assunto em uma voz que poderia soar apenas um pouco conciliadora demais.

– Você precisa de alguma ajuda com as cadeiras, Prok? Para o musical, não é? Nós *vamos* ter um musical, não vamos?

Prok tinha terminado com os coquetéis – ou a primeira leva deles, quatro copos gelados parados na bandeja sobre a mesa baixa, esperando os demais convidados. Ele se levantou da cadeira, esfregando as mãos como no término de um trabalho bem-feito.

– Não – disse ele, concentrando-se sobre Iris –, acho que escolhemos algo completamente diferente para hoje à noite...

Foi nesse instante que Aspinall bateu a porta que levava ao sótão e veio descendo pesadamente a escada. Todos nos voltamos para observá-lo enquanto ele atravessava a sala arrastando-se, com seus óculos escuros e o casaco acinturado. O calor parecia subitamente sufocante – tive que soltar o nó de minha gravata –, e fiquei me perguntando como ele conseguia suportar.

– Está tudo pronto lá em cima? – perguntou Prok, e senti o primeiro acelerar de sangue nas veias.

Aspinall se arrastou até nós e abaixou a cabeça para espiar por sobre os óculos e cumprimentar a mim e Iris, inclinando-a antes de responder:

– Ah, sim, nós estamos prontos. A não ser as luzes, é claro...

– Certo – disse Prok.

– Não faz sentido desperdiçar eletricidade.

– Certo.

Eu nunca tinha observado antes como Aspinall era pálido, como ele era exangue e sem cor, como se todas aquelas horas na câmara escura tivessem drenado todo o seu sangue, e não pude deixar de perguntar se ele estava bem.

– Ted, você pegou uma gripe ou algo assim? – em vez de me virar para Prok e exigir uma resposta para a dúvida que se mexia como um recém-nascido em meu cérebro: *o que nós estamos planejando filmar, e, se estamos filmando algo, então por que as esposas foram convidadas?*

Ted soltou uma risadinha e inclinou a cabeça em direção a Iris novamente. Seu rosto era neutro, mas os cantos da boca viravam-se ligeiramente para cima, de maneira que, mesmo em repouso, ele parecia estar rindo de alguma piada só dele.

– Minha mãe costumava me perguntar isso toda hora – disse ele. – Teddy, você precisa dar uma saída e brincar com os outros garotos, jogar bola, pegar um sol. Mas acho que eu sou como uma coruja. No Village, ninguém levanta antes do meio-dia... E esses são os que acordam cedo.

– Eu podia dormir o dia inteiro – disse Iris, e nós três olhamos para ela. – E acho que eu faria isso se não fosse por John Jr.. Mas você sabe como é, com um filho de 3 anos, indo para 4...

Aspinall não sabia. Seus olhos eram fracamente visíveis por trás das lentes escurecidas, círculos pela metade, enxaguados de luz, como corpos lunares no eclipse. Observei que Prok não lhe ofereceu um drinque.

Então, bateram à porta, e os Rutledge e Corcoran chegaram juntos, Violet com um casaco de pele sobre um vestido de decote baixo, que exibia os seios; Hilda com uma blusa rosa primaveril e um vestido solto na cintura, que poderia ser uma camisola não fosse o molde Jacquard dele; Rutledge bem-alinhado como sempre; e Corcoran com um casaco amarelo-escuro e sapatos vistosos. Seus rostos estavam enrubescidos do frio, eles bateram os pés na entrada por um momento, despindo-se de seus casacos, suas vozes entretecendo-se animadamente em um recitativo de chegada.

O CÍRCULO ÍNTIMO

Prok apressou todos a entrarem, subitamente sério, distribuiu os drinques na atmosfera tropical abafada da sala da frente e imediatamente começou a preparar uma segunda leva. Iris já estava mostrando os efeitos do primeiro drinque, os olhos brilhando, os lábios ligeiramente entreabertos, como se estivesse querendo recuperar o fôlego ou lembrar a letra de uma música que ninguém mais estava ouvindo. Eu a ouvi dizer algo para Hilda, algo sobre o clarinete, e suas palavras arrastaram-se em um adágio pomposo. Iris estava parada com as pernas abertas para se equilibrar e, quando cruzamos o olhar, ela me lançou um sorriso conspiratório – tínhamos escapado do ônus de um musical e ali estávamos, no meio de uma festa. Com amigos. Bons amigos. Nossos melhores amigos. Eu deveria tê-la pego pelo braço então, deveria tê-la levado porta afora e para o carro, deveria tê-la levado para casa, mas não fiz nada disso.

Para quem não sabe, eu deveria dizer que o Zombie é um drinque especialmente forte. Ele é servido em um copo alto – e o copo precisa ser alto para comportar tudo que a mistura contém: duas doses de rum branco, uma de rum escuro e outra de licor de damasco, suco de abacaxi e um melaço qualquer, para amenizar a mordida dos destilados, e um pouco do rum mais forte que tiver para rematá-lo – e apenas um é o suficiente para me fazer sentir aquele formigamento familiar nas extremidades que me diz que já estou começando a descer o longo declive da embriaguez. E o que Prok estava fazendo? Ele estava nos embebedando, seu círculo íntimo, seus confidentes. Quando estivéssemos bêbados e nossas inibições estivessem baixas, nós subiríamos a escada. Para o sótão.

Estavam todos observando uns aos outros, pelo menos os homens estavam, porque sabíamos o que estava por vir, e estávamos receosos, mas também animados. Rutledge estava sentado em uma das cadeiras no canto mais distante da mesa, inclinado-se sobre os joelhos para brincar com Violet Corcoran e Mac, como se não houvesse problema algum no mundo, seus olhos portugueses cintilando para mim, enquanto Corcoran me lançava um olhar triunfante e dominava a sala com uma explosão curta e penetrante de risos. A coqueteleira deu uma volta. Ouvi o relógio no corredor soar a hora – que hora eu não saberia dizer. E então Prok estava batendo a longa colher de prata na coqueteleira.

– A atenção, por favor? – disse ele, e a conversa terminou com uma risada, quase um relincho de Hilda Rutledge em resposta a algo que Violet dissera.

Prok estava vestido como sempre, com seu terno escuro padrão, camisa branca e gravata-borboleta. Não pude deixar de pensar que seu calção tom de pele teria sido mais apropriado para a ocasião. Sua cabeça – a imponência, a solidez, a massa de cabelo, os traços severos, os olhos empíricos duros e frios – parecia talhada em bronze. Ele era um gigante em meio aos pigmeus. Eu o seguiria para qualquer lugar.

– Nós temos uma surpresa para vocês. Mac, Aspinall e eu. Uma surpresa que há muito tempo guardávamos e, se vocês não se importarem de acompanhar o Ted aqui – um gesto para Aspinall, que estava encurvado contra a parede, os ombros caídos, óculos escuros absorvendo a luz –, tudo será revelado.

Não sei o que eu estava pensando, mas segui o grupo escada acima como uma criança em um passeio da escola, Iris logo à minha frente, o perfume das mulheres concentrado no vão da escada até ficar inebriante, como se eu precisasse de algo mais. Os degraus estalavam e cediam sob nosso peso. Prok disse algo que não ouvi direito, e Mac estava ali também, bem ao lado dele, uma interação de sombras, Corcoran dois degraus acima, cochichando, enquanto Ted Aspinall nos levava para dentro do quarto e ligava as luzes. Meu coração disparava, quase saindo pela garganta. Estava quente como no auge do verão. Eu suava pelas roupas. E o que eu esperava – que Iris gostasse daquilo? Que já era hora de ela ver o que era meu trabalho de verdade? Que observar Corcoran e – quem? Violet? – mandar ver iria, de alguma forma estimulá-la, desarmá-la, no mínimo torná-la uma aliada naquilo tudo? Ou talvez eu estivesse me precipitando. Talvez Prok tivesse algo inteiramente diferente em mente, outro filme de animais, castores, hamsters, chinchilas. Mas não havia projetor. E as luzes eram fortíssimas.

– Certo – disse Prok, dando a volta furtivamente para fechar a porta atrás de nós com um *clic* definitivo –, assim está bem. Muito bem. Agora fiquem à vontade, por favor...

A cama no canto estava iluminada como um palco, como estivera da última vez que tínhamos filmado no sótão, mas as cadeiras não estavam mais lá e alguns colchões estavam largados no chão. Parecia a aula de ginástica no ensino médio, o jeito que o técnico pedia que desenrolássemos as esteiras para a luta greco-romana, ficávamos encostados nas paredes, tensos como fios elétricos, até ele escolher dois garotos ao acaso para que se engalfinhassem por três minutos intermináveis, do agarramento inicial ao desfecho suado e retorcido. Nós nos ajeitamos, em silêncio, inconscientemente nos dividindo em casais, fora Mac, que se sentou ao lado de Iris e de mim, com um sorriso delicado nos lábios. Rutledge me deu uma olhada, e foi a mesma expressão que ele teve na noite em que Corcoran e Betty se exibiram para nós da primeira vez – ele estava excitado, e eu, mesmo contra minha vontade, também.

– Eu disse que a surpresa estava guardada há muito tempo.
– Prok estava imediatamente fora da cortina de luz, curvado

rigidamente para nós, gesticulando, o que escureceu o seu rosto enquanto sua silhueta brilhava com uma radiação elétrica crepitante, como um ator afastando-se da cena para recitar um monólogo. E quem seria ele naquele momento? Iago? Ricardo III? Próspero? – Porque os alicerces daquilo que estamos conseguindo aqui contam com nosso comprometimento, temos nossa equipe e suas esposas apoiando. Nenhum de nós pode se dar o direito de ser minimamente reprimido sexual, ou mesmo ser acusado disso, por causa do dano irreparável que isso causaria, não apenas ao projeto, mas aos princípios por trás dele.

Ele fez uma pausa para olhar em torno do quarto, a luz nos reunindo e agrupando enquanto ele girava a cabeça para nos observar.

– Desculpe dizer isso, mas seremos hipócritas se não praticarmos o que pregamos, se não pudermos ser desinibidos uns com os outros, todos nós, porque somos os pioneiros aqui, e não se enganem a esse respeito. É claro que uma pesquisa, por mais rigorosa que seja, nunca vai chegar aos fatos sem a observação direta. Então, como a maioria de vocês sabe, já faz um tempo que estamos engajados na observação e na filmagem da atividade sexual aqui mesmo nesta sala, e não vejo razão – e nesse ponto ele olhou diretamente para Iris – para que qualquer um de vocês ignore isso. Isso é ciência. É algo objetivo e impessoal. E necessário, nunca se esqueçam disso.

A mão de Iris buscou a minha e eu a apertei e me inclinei para encostar os lábios na orelha dela. Ela estava suando também – o quarto estava como uma fornalha – e eu podia sentir o cheiro disso nela, seu perfume, privado e furtivo, o cheiro de Iris e só de Iris.

– Agora – estava dizendo Prok –, eu gostaria que todos vocês, inicialmente, tirassem suas roupas – houve um riso abafado

O CÍRCULO ÍNTIMO

de Hilda Rutledge, que estava sentada no colchão à minha frente, ao lado do marido – sem constrangimentos ou acanhamentos. Somos todos adultos aqui – disse ele, sua voz sumindo enquanto ele se curvava para tirar os sapatos e as meias –, e tem mais, diferentemente de tantos casos tristes e reprimidos que ouvimos diariamente, somos esclarecidos e absolutamente harmonizados em relação ao prazer para o qual fomos feitos... Isto é, as relações sexuais, de todos os tipos e sem inibições ou censuras.

Em um instante, ele estava nu, pairando sobre nós com suas pernas musculosas e com veias, uma ligeira corcunda e a revelação de uma barriga de meia-idade, a respiração silvando pelos dentes quando falou:

– Vamos lá, tirem suas roupas, todos vocês... Isso mesmo, bom.

Houve um barulho das roupas quando nos mexemos, virando para esse ou aquele lado para abrir os zíperes e cuidar dos botões, e percebi Mac a meu lado, saindo de suas roupas com a mesma facilidade com que teria deixado escorrer a água após um banho. Iris olhou para mim então, a luz como um escudo pregado em torno da cama no canto. Tirei minha jaqueta e desabotoei minha camisa. Seus olhos estavam brilhando, olhos de gato, fixos resolutamente em mim, e, por um momento, ela não reagiu, apenas me observou enquanto eu soltava o cinto e baixava as calças pelas pernas. Então, ela alcançou os botões do vestido nas costas – estava de preto, sua cor preferida, a cor que ela usara para o musical tantos anos antes, quando Corcoran entrou em nossas vidas, um vestido preto simples com uma barra branca e mangas estufadas, pérolas em um colar simples, sapatos baixos, meias, sutiã branco, calcinha branca. Eu estava nu antes dela e ela podia ver meu estado, o estado em que nós todos estávamos – os homens –, mas ela não hesitou em momento algum. Deixou cair o sutiã atrás de si e se encostou contra a parede para tirar a calcinha pelas pernas.

Prok estava se preparando – masturbando-se, orgulhoso de sua técnica e de seu dote natural, um tanto exibido, é verdade – e eu deveria contar aqui (porque não faz sentido deixar algo de fora e não há nada do que se envergonhar, nada mesmo) que, desde a puberdade, ele muitas vezes incorporara o princípio do prazer-dor em sua atividade sexual. Ele gostava de fazer inserções uretrais, alargando a si mesmo ao longo dos anos a ponto de usar um objeto tão grande quanto uma escova de dentes para este fim, e foi exatamente o que ele fez – inseriu a escova de dentes – como se fosse um mágico fazendo um truque. As luzes o pegaram de perfil enquanto ele enfiava o objeto, e, mesmo assim, ele conseguiu dar uma minipalestra sobre o assunto enquanto o observávamos em um silêncio arrebatado, talvez até admirado.

Prok não chegou a gozar, entretanto. Ele estava reservando isso para a filmagem. Após um momento, ele retirou a escova, e, com uma voz baixa, convidou-me para me juntar a ele na cama.

– Milk, você gostaria de ser o primeiro na filmagem hoje à noite, para mostrar aos outros algumas das técnicas que nós adquirimos?

Iris estava sentada contra a parede a meu lado, nua e encolhida sobre os joelhos, e Mac, do outro lado, à minha frente, sentada como uma índia, a coluna ereta sobre a postura de seus seios pequenos e belos. Todos os olhares estavam sobre mim. Eu não sabia o que dizer, Iris a meu lado, Mac do outro, minha história-H minguando com o passar do tempo – minguando ali mesmo, naquele momento – até me fazer duvidar se eu ainda era mesmo 1 na escala.

– Milk? – disse Prok. – John?

Aspinall estava na câmera, as abas de seu impermeável pendendo como asas de maneira que ele parecia um abutre enorme chafurdando sobre um objeto de grande interesse. O filme estava pronto para rodar, as luzes acesas.

— Não — eu me ouvi dizer —, não consigo. Não agora. Não primeiro.

Houve um momento de silêncio, então Corcoran — o exibicionista — falou.

— Eu vou — disse, como se aquilo fosse um esporte coletivo, e então ele e Prok irromperam a cortina de luz e foram para a cama juntos. Aspinall começou a rodar o filme e senti Iris se encolher a meu lado. Então, foram os Rutledge, em seguida Corcoran e Mac, e então — parecia que estávamos ali havia horas, suando como se estivéssemos em uma sauna, com medo de falar, porque não havia nada a dizer, não havia palavras para expressar o que estávamos sentindo, o que *eu* estava sentindo — Prok se levantou do lugar onde estava sentado com Violet Corcoran e atravessou o quarto para se agachar na beira do colchão que Iris e eu dividíamos. Ele estava de pé novamente, a barriga pesada, os tendões de seus joelhos e panturrilhas tesos sobre a carne que era dura como charque. Sua cabeça pairava sobre nós. Seu rosto.

— Agora, Milk — disse ele —, você está pronto agora? Você e sua esposa?

Eu não disse nada. Não conseguia olhar para Iris.

— Você não está dando uma de reprimido sexual para cima de mim, não é, Milk? Iris?

Foi então que Iris falou pela primeira vez desde que tínhamos entrado no quarto. Ela disse só uma palavra, que atingiu em cheio meu coração. Ela disse:

— Purvis.

— O quê? — perguntou Prok, baixo e ameaçador. Ela virou o rosto.

— Eu vou com Purvis.

Houve uma longa pausa, tudo estava em queda livre, todo o projeto – arquivos, as folhas de entrevistas, as provas com orelhas nas páginas e os volumes grossos amarrados – prontos para cair do céu como se caíssem do compartimento de carga de um avião. E eu conseguia visualizar aquilo, bolos de papéis se acumulando nos campos, gramados e telhados da América, donas de casa e seus maridos atormentados puxando os fios de um segredo anônimo e doloroso depois do outro até desabarem um nos braços do outro e chorarem por todos nós, pobres animais humanos, sofredores, com nossos desejos, dores e necessidades. Então, Prok baixou a voz até um sussurro e disse:

– Não, com Purvis, não. Comigo.

Lembro-me de suas pernas, suas pernas sólidas, endurecidas e arteriais, quando ele se levantou e a agarrou pelo pulso até que ela estava de pé também, seus seios expostos, seu corpo todo. E lembro-me de como Iris o afastou, como ela disse "Prefiro a morte". E então eu estava em movimento, e foi como aquela luta greco-romana, como no campo de futebol americano. Não sei o que aconteceu comigo – ou sei, eu sei –, mas Prok estava de costas no chão, no meio da sala, e todos se levantaram naquele instante, enquanto Iris se agachava para apanhar suas roupas e sair correndo.

Deixamos a *baby-sitter* esperando muito aquela noite – ou, pelo menos, eu deixei, porque Iris não estava no carro e não estava em casa nem em nenhuma das ruas escuras e varridas pelo vento por onde eu errei até que o céu ficou claro, e a *baby-sitter* enfiou o rosto furioso na abertura da porta, e John Jr. caiu pesado nos braços que o esperavam, os meus.

10

NÃO FUI TRABALHAR no dia seguinte. Cuidei de meu filho e fiquei ao lado do telefone, esperando que ele tocasse. Após o almoço – fervi salsichas e abri uma lata de carne de porco com feijão –, coloquei John Jr. no carro e dirigi pelas ruas em um ritmo lento e repetitivo, como se eu fosse um daqueles casos geriátricos procurando por algo de que não conseguia me lembrar. Mas eu me lembrava, sim: *Iris*. E o que eu esperava – que ela estivesse correndo na calçada, seus cabelos voando ao vento, indo fazer compras? Parei na escola primária onde ela trabalhara até meu filho nascer, na possibilidade remota de que Iris estivesse substituindo uma professora ausente, mas, não, ela não estava lá – na realidade, a secretária na direção da escola, uma empregada nova aparentemente, não conseguia entender do que eu estava falando. John Jr. tagarelou comigo pela primeira hora e brincou com os botões do rádio até cair no sono em meio a uma confusão de ruídos, o carro avançando furtivamente sozinho enquanto eu olhava fixamente pelo para-brisa e deixava minha cabeça disparar. A certa altura, desesperado, fui até a pedreira onde, em tempos mais inocentes, costumávamos estacionar e namorar, e me vi escalando sobre a pedra branca íngreme e olhando embaixo para as águas escuras como se pudesse detectar ali a corrente lenta e circular de um suicídio.

Após o jantar – mais salsichas, mais feijão –, sentei-me entorpecido na poltrona de frente para o fogo apagado e li *O ursinho Pooh* alto até decorar e mesmo assim John Jr. queria que eu continuasse. Não dava para a gente ouvir mais o rádio?, perguntei. Não, lê, respondeu ele. E me interrompeu no meio de um episódio que se passava em um dia de vento para perguntar, com sua fala enrolada, O que é *vendaval*?

— Você sabe, como ontem, quando estávamos soltando a pipa? — respondi. Ele estava sentado a meu lado, os membros curtos em perspectiva, os cabelos arrepiados que eram uma réplica dos meus próprios (que estavam despenteados, assim como seu rosto não estava lavado, porque eu não era muito preocupado com isso também), e então ele perguntou "Onde está a Mamãe?" pelo que deve ter sido a sexagésima vez. "Ela deu uma saída", respondi, e então disse que era hora de ir para a cama.

Ninguém ligou, nem a sra. Matthews para perguntar se eu estava doente ou Prok para pedir desculpas (ou melhor, para aceitar minhas desculpas), nem Rutledge, Corcoran ou Mac. Finalmente, por volta das oito horas, disquei o número de Corcoran, e Violet atendeu.

— Violet, é o John. Purvis está em casa?

Sua voz não tinha timbre, toda a familiaridade exaurida dela.

— John — disse ela, como se tentando acertar o nome. — Claro. Claro. Vou tentar chamar.

— Alô, John? — Corcoran entrou na linha e, antes que eu pudesse responder, ele estava me atacando. — O que foi aquilo ontem? Você não pode... John, escute, nós estamos todos juntos nessa, você sabe disso. Nada pessoal, certo? Ninguém sai empurrando Prok por aí, não se faz isso. E depois, você não aparece para o trabalho...

— Iris está aí?

— Iris? Do que você está falando?

— Minha esposa. Iris.

– Ela não está com você?
– Não – respondi, todo o sangue correndo para meu rosto.
– Ela não está com vocês?
– John, escute, você só está chateado nesse momento, e isso é uma bobagem, mesmo. Não deixe que isso nos derrube, não jogue fora toda a sua carreira por...
– Amor?
Ele respondeu na hora, a voz esganiçada de exasperação.
– Não – disse ele –, não se trata de amor. O amor não tem nada a ver com isso. Nada. Nada mesmo.

Coloquei John Jr. na cama da melhor forma que pude, uma escovada apressada nos dentes e uma esfregada mínima no rosto – ele não gostava do pano de lavar o rosto por alguma razão, era áspero demais ou não era quente o suficiente ou tinha sabão demais ou de menos –, e depois só sei que acordei com o barulho do carro dobrando na entrada da casa. Quando saí pela porta para a noite ainda ventosa, o carro estava no fim da rua, lanternas traseiras se afastando, uma pisada rápida e irada nos freios, nenhum sinal, e então os dois fachos dos faróis virando na estrada. Quando voltei para dentro de casa, para o quarto de John Jr., era tarde demais para perceber que ele não estava mais ali.

FIQUEI BÊBADO PELOS dois dias seguintes. Não posso dizer que seja legal, nem racional, uma fraqueza minha, herdada nos genes de meu pai morto e do pai dele antes – os Milch, de Verden, no rio Aller, ao sul de Bremen –, e, até onde eu sabia, havia uma dúzia de Milch borrachos por lá ainda, primos e tios-avôs ouvindo um pouquinho de *jazz* pós-guerra em uma rádio de segunda e afogando as suas mágoas em Dinkelacker e *schnapps*.* No primeiro

---
* Destilados fortes em alemão. (N. T.)

dia, deitei prostrado no sofá e bebi o que tinha em casa, um litro de cerveja choca, minha garrafa reserva de uísque, e, por fim, o conteúdo de meu frasco (meio cheio de alguma coisa com gosto de Geritol, mas que, na verdade, fui perceber que era o que sobrara do meio litro de licor Southern Comfort com o qual eu o enchera pela última vez, quando Iris e eu fomos a um jogo de futebol americano da Universidade de Indiana, no outono anterior). Levei o frasco aos lábios – meu presente de formatura, dado por Tommy, irmão de Iris – e olhei fixamente para o teto. Antes, eu tinha ligado para a mãe de Iris em Michigan City. Iris estava lá? Uma pausa. A voz absolutamente gelada de minha sogra. Sim, Iris estava lá. Ela podia vir ao telefone? Não, não podia.

No segundo dia, acordei com dor de cabeça e fiz uma gororoba com ovos, bacon e os restos do pão duro feito pedra de Iris. Eu não ia trabalhar, não ia ligar para minha esposa – deixaria que ela me ligasse – e, acima de tudo, eu não me permitiria pensar em nada, em Prok, no projeto, em meus colegas ou no que ocorrera comigo no sótão três noites antes. Tínhamos bebido coquetéis Zombie, não tínhamos? Bem, ótimo: agora eu era um zumbi, sem sentimentos e sem vontade. Perto do meio-dia, ainda debilitado, caminhei até a cidade na claridade do sol de um dia de início de primavera e fui até o bar, onde haveria cerveja em abundância e uma cornucópia de garrafas de destilados iluminadas por trás para fazer tudo descer firme. Mantive a cabeça baixa e meus olhos no chão, porque a última coisa que eu queria era ver algum conhecido.

Não me lembro de ter comido nada aquela tarde. Eu bebi, li os jornais, fui ao banheiro, bebi um pouco mais. Devia ser umas seis horas, por aí, quando senti um tapa em meu ombro e olhei para cima para ver Elster parado a meu lado. Isto é, Richard Elster, designado como novo bibliotecário do Instituto, o homem encarregado do que seria logo a maior coleção de sexologia – e erótica – no mundo, maior até que a do Museu Britânico e do Vaticano.

– Oi – disse ele. – John, por onde você andou? – Não respondi.

– Perguntei à Bella e ela me disse que você estava doente. – Senti a irritação aumentando dentro de mim.

– Quem?

– A Bella. A sra. Matthews. Ela disse que você estava gripado.

– Não estou gripado.

O barman interveio para perguntar a Elster o que ele queria beber e ele pediu uma cerveja antes de falar.

– Está tudo bem? Você tem certeza? Porque eu ouvi um rumor, sobre aquela noite... Algo sobre você e sua esposa?

Ele estava jogando verde. Elster não sabia de nada. Nenhum de nós deixaria vazar uma palavra, nem à beira da morte. Eu tinha certeza disso. Absoluta. Ainda assim, senti um aperto dentro de mim.

– Aliás, como ela está? Porque eu queria que você contasse para ela como Claudette está bem, e Sally, nossa pequenina. Você sabia que Claudette está grávida de novo?

– Ela está bem.

Houve um movimento na porta, entradas e saídas, o jukebox tropeçou de volta à vida com alguma cantora burra arrulhando algo sobre ninhos de amor, e levantei um dedo para o barman.

– Quanto eu devo?

– Você não está indo embora, está? – A boca de Elster fechou-se em torno de uma expressão de descontentamento e algo mais, beligerância. Sua voz subiu um grau. – Acabei de chegar aqui, e nós somos colegas agora, certo? Nós vamos trabalhar juntos, compartilhar as coisas, não vamos? – Ele se encostou em meu ombro enquanto eu juntava o troco, estava próximo demais de mim, invadindo meu espaço, pressionando, pressionando, e eu não sabia por quê. Então, ele disse: – Segredos, certo? O que acontece por trás das portas fechadas? Juro que não vou dar um pio.

Eu bebera o dia inteiro e, de uma hora para outra, eu estava sóbrio. Fiquei de pé – ele era um homem pequeno, sua cabeça batia em meus ombros – e talvez eu tenha dado um esbarrão nele, de leve, e, se o fiz, foi totalmente por acaso.

– Eu tenho que ir – disse eu.

– Para onde? Para uma casa vazia? Qual é o problema, John? – Fiquei parado ali no balcão, encarando os olhos perscrutadores de Elster. Elster, um zé-ninguém sob todos os aspectos, mas perigoso mesmo assim. Minha voz saiu rouca.

– Nenhum – respondi, e abri caminho com um empurrão.

– Eu conheço você! – gritou ele às minhas costas. – Eu sei o que vocês fazem!

Não sou uma pessoa violenta. Pelo contrário – Iris vive me dizendo que deixo as pessoas passarem por cima de mim, e acho até que ela tem alguma razão. Mas não naquela noite. Naquela noite foi diferente. Foi como se tudo que eu sempre quis ou tive estivesse subitamente em jogo – Prok, Iris, minha carreira, meu filho –, e não consegui me controlar. Eu estava a caminho da porta, rostos me olhando embasbacados, estudantes, gente do lugar, mulheres com seus drinques suspensos nos lábios, quando me virei e agarrei Elster pelas lapelas de sua jaqueta. Seu rosto empalideceu, os olhos afundaram na cabeça.

– Ei – gritou o barman. – Ei, parem com isso!

Eu podia sentir Elster saindo do chão. Minhas mãos tremiam.

– Você não me conhece – respondi, minha voz tornando-se firme. – E nunca vai conhecer.

* * *

NA MANHÃ SEGUINTE, fui ao trabalho. A sra. Matthews tentou não demonstrar nada, mas ela não conseguiu deixar de me lançar no meio do caminho um olhar entre a perplexidade e o alívio. Quando passei pelo gabinete de Prok, ele ergueu a cabeça e me lançou um olhar intenso e firme por um momento, então pigarreou e disse:

— Vou precisar daqueles gráficos, Milk. Tão logo isso for possível.

Eu poderia ter dito "Enfia os gráficos naquele lugar". Eu poderia ter dito "Chega. Não aguento mais. Vou embora". Mas tudo o que fiz foi devolver seu olhar por tempo suficiente para que ele entendesse o significado de tudo o que eu estava sentindo, e então respondi:

— Sim — com um suspiro longo e conciliatório —, vou fazer isso agora.

Trabalhei sem parar a manhã inteira. Concentrei-me nas linhas retilíneas e nos sombreados dos gráficos que eu estava desenhando, os números correlacionados, as medianas e as incidências que nunca mentiam. Tanto Rutledge quanto Corcoran enfiaram as cabeças na porta para me dar as boas-vindas enquanto Prok não saiu de seu gabinete e Elster passou penosamente pelo corredor duas vezes com os ombros caídos e o olhar fixo em um ponto distante. Na primeira chance que tive — quando ouvi os sons reveladores de Prok abrindo ruidosamente o saco de papel no qual ele mantinha sua dieta de almoço com sementes de girassol, castanhas e pedaços de chocolate — fui direto para seu gabinete e tranquei a porta atrás de mim.

— Prok — disse eu —, eu só queira... eu queria...

Seus cotovelos estavam largados sobre o trabalho, seu eterno trabalho. Ele parecia exausto e arruinado. Sua cabeça pendeu ali por um momento como em uma corda, os ombros curvados para a frente. Havia algo em seus olhos que eu nunca vira antes – não era fraqueza, não, mas algo muito próximo disso, uma brandura, uma resignação, um apelo.

– Não é preciso, John – disse ele, e então repetiu em um tom mais baixo e terno –, não é preciso. Sente-se, por favor. Eu preciso conversar com você... *Nós* precisamos conversar.

Puxei uma das cadeiras reservadas para os entrevistados e me acomodei sobre a almofada. Alguma coisa retiniu nos canos acima de nossas cabeças. Uma luz tênue e inquieta vagava pelas janelas, as nuvens perseguindo o sol, indo e vindo.

– Por onde eu começo? – refletiu, recostando-se na cadeira e passando a mão pelos cabelos. – Acho que com as mulheres. Com o casamento. Nós estamos estudando a fêmea da espécie, no fim das contas, não estamos, John?

Inclinei a cabeça.

– Interessante como o cromossomo X prevalece, não é? Digo, com o passar do tempo? – Ele pegou uma caneta e a colocou de volta. – Mas o que eu quero dizer é que o casamento é a grande instituição governante de nossa sociedade, nós somos devotados a ele, tanto eu quanto você, devotados às nossas esposas, a Mac e a Iris. E o que você fez naquela noite... Não, apenas me ouça... Foi compreensível naquele contexto, mesmo que demonstrando quão pouco você aprendeu aqui todos esses anos. – Ele deixou escapar um suspiro longo e lento. – Mas, realmente, acho que, como meu colega, como meu copesquisador, quase meu filho, John, meu *filho*, você tem que se dar conta de que as emoções e as explosões emocionais não têm lugar em nossa pesquisa. Deixe disso, John. Por favor.

Não desviei o olhar dele em nenhum momento, isso eu tinha aprendido. Eu podia manter a fachada tão bem quanto ele. Eu disse:

— Não consigo.
— Você consegue. Você vai.
— Iris... — comecei, e eu não sabia o que ele ouvira ou quanto ele sabia. Eu queria contar a ele que Iris tinha ido embora e que nada, nem o projeto, nem ele ou Mac ou todos os gráficos e tabelas do mundo valiam aquilo. Mas eu não conseguia dizer as palavras, toda a história complicada, a imagem dele, nu, ereto e pairando sobre ela como um animal (não um animal humano, apenas um animal), uma imagem que marretava meu sono e ulcerava minhas horas acordado. Que direito ele tinha? Que direito?
— Ela vai voltar.
— Como você tem tanta certeza?
Ele suspirou, quebrou sua própria regra e olhou para os canos por um momento antes de me lançar um olhar agudo e rápido de impaciência.
— As mulheres têm as mesmas necessidades fisiológicas que os homens, e nossos números vão demonstrar isso, como você deve saber bem. Especialmente com relação à fisiologia da excitação e do orgasmo, a correspondência dos órgãos e das glândulas. O fato é que as fêmeas precisam e reagem ao sexo tanto quanto os machos. Precisamente na mesma medida. E é um crime negar isso a elas ou colocá-las em uma espécie de pedestal oitocentista como noivas virginais que enrubescem e toleram o sexo uma vez por mês no escuro a fim de reproduzir a espécie. Quantas entrevistas você já conduziu, John?
— Não sei. Acho que umas mil e setecentas ou mil e oitocentas.
— Agora era o velho olhar, os olhos que prendiam a atenção, o desenho triunfante da boca:
— Exatamente.
Senti que eu me acalmava, a máquina diminuindo o ritmo, e não era hipnose — não havia truques nem necessidade de mágicas

baratas, tampouco de psicanálise. Era só Prok, Prok em pessoa, Prok em carne e osso. Minha esposa tinha me deixado, Elster era um câncer, eu derrubara meu Deus, mesmo que só por um momento, e ali estava eu, afundando na almofada, como se não tivesse preocupações.

— No mesmo sentido, e disso você também já sabe, intuitivamente ou até empiricamente — disse ele —, existe um outro lado completamente diferente da fêmea, e é aqui que as coisas se tornam problemáticas para tantos machos, para você, John, para você. — Prok estava entrando em seu modo palestra, pegando o ritmo, saboreando o momento. Deixei-me levar. Não havia nada que eu pudesse fazer, nada que eu pudesse dizer. Fixo na cadeira, fiquei ouvindo. Acho que deveria ter tomado notas. — As mulheres não são as iniciadoras da atividade sexual, como você sabe, mas as reagentes. Uma vez que tenham sido abraçadas, começa a excitação. Mas os homens, por outro lado, os homens médios, da puberdade à velhice, ou ao climatério, de qualquer maneira, excitam-se várias vezes durante cada dia e todos os dias de suas vidas. Mentalmente excitados. Excitados com a visão da forma feminina, por pinturas, música, arte, pelas fantasias a que eles se entregam, enquanto as mulheres, as fêmeas, raramente se excitam por qualquer outra coisa que não o próprio contato. Ainda assim, na maioria dos casos, consideram a genitália masculina feia e repugnante. Levando-se isso em consideração, não deveria causar surpresa que elas tenham sido forçadas a seus papéis de inibidoras, como pudicas, como as sentinelas do que a sociedade chama de moralidade. — Ele fez uma pausa e deixou que seus olhos me penetrassem. — Você compreende? Você compreende o que estou dizendo?

Eu não compreendia. Mas aquilo não era uma conversa, não mais.

— John. Eu estou dizendo que você tem que deixar sua esposa se ela continuar reprimida sexual, isso faz parte certamente da natureza dela. Pior, de sua aculturação, e isso só pode ser mudado se ela se abrir para o que nós estamos tentando conseguir aqui. Como Violet Corcoran, por exemplo. Ou Hilda, Vivian Brundage ou aquela jovem amiga de Corcoran... Betty, não é? Essas coisas não são definitivas. Pense em resposta *fisiológica*, John. *Fisiológica*.

Lembrei-me do que Prok dissera privadamente para uma mulher após uma palestra em uma noite na qual o termo "ninfomania" tinha vindo à tona. *Uma ninfomaníaca*, explicou ele, *é uma pessoa que faz mais sexo do que você. Ponto.*

Pensei por um momento e então disse que ele estava certo e que eu realmente levaria tudo aquilo em consideração, porque Iris precisava de mais experiência, mais variedade, mais contato físico. Por um instante, eu estava de volta àquele sótão, os seios das mulheres brilhando com o suor, os homens de pau duro e ansiosos, todas as minhas esperanças, temores e inadequações em exibição, para todos verem.

— Você está certo — repeti —, está mesmo. — Mas então minha voz vacilou e eu quase desabei bem ali, na frente dele. — Prok — disse eu, miserável, absolutamente miserável, tão miserável quanto já estive um dia na vida — Prok, eu *amo* Iris.

A palavra pareceu ricochetear nele como uma bolinha de fliperama batendo em um defletor, *amor*, um termo tão improvável para se incorporar no léxico científico, mas Prok merece o crédito: ele submeteu-se à palavra.

— Sim — disse ele, secamente —, e eu amo Mac. E meus filhos. E você também, John.

Ele se ajeitou na cadeira e depois deixou o olhar vagar, os canos retinindo acima de nossas cabeças, o sol iluminando as janelas por um momento e logo desaparecendo. A entrevista tinha terminado. Mas havia algo mais. Eu podia ler isso em sua expressão. Ele focou os olhos em mim novamente e deixou só um indício de autossatisfação cruzar seus traços.

– Olha, marquei duas palestras em cima da hora em Michigan City – disse ele. – Nós vamos tomar histórias também, é claro, duas noites no hotel lá. – Ele fez uma pausa, moveu a caneta de um canto de sua mesa para outro. – Achei que talvez você quisesse vir junto.

A VIAGEM DE carro para Michigan City foi monótona, nem um pouco diferente das outras mil viagens de carro que Prok e eu fizemos juntos, ele na direção e eu sentado a seu lado, olhando fixamente pelo para-brisa e dando as direções, porque Prok tinha a tendência de se envolver com o que estava dizendo e passar direto por uma entrada crucial à esquerda ou perder o entroncamento que estávamos procurando. Assim, tínhamos que dar uma volta completa cem metros adiante – arriscando as vidas dos dois. Prok estava ficando velho, menos atento aos detalhes, e sua maneira de dirigir mostrara isso. É claro, ele jamais consideraria pedir que eu assumisse a direção, a não ser que estivesse nocauteado e inconsciente. O que mais? Era primavera de novo, mais uma primavera. O sol brilhava desimpedido e os brotos dos verdes estavam aparecendo em toda parte. Deixamos as janelas abertas para nos alimentarmos da glória do momento.

Não falamos sobre Iris, mas ela estava ali conosco o tempo inteiro, um obstáculo a mais para Prok, o início e o fim de tudo para mim. Eu ligara repetidas vezes, mas ela nunca atendia o telefone e a voz da mãe dela poderia ter partido de tão fria! Eu não sabia o que ela esperava de mim. Não sabia se aquilo era o fim ou não, se nos divorciaríamos e meu filho seria tomado de mim –

e meu trabalho. Porque Prok não teria um homem divorciado em sua equipe – ou mesmo um que tivesse se casado novamente. Essa era a regra, simples e final.

O assunto que nós discutimos foi Elster.

– Não quero falar pelas costas de ninguém – disse eu –, mas eu acho... eu acho que é um erro contratar o homem. Para qualquer cargo. Especialmente como nosso bibliotecário, o que dá a ele acesso à nossa... Bem, você entende o que quero dizer.

Prok não entendia, e ele me interrogou quase a viagem inteira até lá, seus olhos frios e duros agora, me fazendo passar pelos detalhes seis vezes – "Fred Skittering? O repórter? E Elster o largou em cima de você? Há quanto tempo foi isso?" –, e ele ainda estava me questionando, ainda remoendo essa traição, quando paramos o carro na frente da casa onde Iris passou a infância. Era uma casa modesta em uma rua de casas modestas, dois andares, com as calhas riscadas pela ferrugem e um Pontiac amassado na entrada.

– É aqui, então? – perguntou ele, esperando um carro passar antes de dar uma ré para estacionar junto ao meio-fio.

– É aqui – respondi, meu estômago embrulhando –, a casa branca, aqui mesmo, número quatorze.

Ele trancou o carro e virou o rosto para mim.

– Qual é o nome da mãe de Iris mesmo?

– Deirdre. Eles são irlandeses.

– Irlandeses. Sim. Certo. E o pai? – Olhei de relance meu relógio.

– Frank – respondi. – Mas ele está no trabalho ainda.

E então estávamos na porta, Prok passando a mão pelos cabelos enquanto eu tocava a campainha e o cachorro – um sheltie*

---

* Cão pastor das ilhas Shetland, ao norte da Escócia. (N. T.)

chamado Bug, que o pai de Iris adorava chamar de Bugger*
sempre que podia – começou a latir nos fundos da casa. Ouvi o
som de passos, o arranhar das unhas do cachorro no assoalho descoberto,
mais latidos. Tentei me compor enquanto a mãe de Iris
abria a porta e me olhava duramente, o cão ganindo e pulando em
minhas pernas.

– É... Olá – disse eu, e experimentei o nome dela –, Deirdre.
Ah, sim, e esse é dr. Kinsey, meu... meu chefe...

Tudo mudou naquele instante. A mãe de Iris deixou seu rosto
se iluminar com um sorriso irlandês e a porta se escancarou.

– Ah, sim, é claro – disse ela –, eu reconheceria o senhor em
qualquer lugar. Por favor, por favor, entrem.

Eu passei pela porta e congelei: onde estava Iris? E meu filho?
Achei que ouvi a voz fina de uma criança no andar de cima, vinda
do quarto antigo de Iris, e tive que me forçar a pôr um pé na frente
do outro. O cão gania e abanava o rabo no chão e me curvei mecanicamente
para acariciá-lo.

Fazia seis meses ou mais que eu havia estado pela última vez
na casa – nós visitávamos quando podíamos, tanto os pais de Iris
quanto minha mãe, mas meu trabalho não dava muitas folgas,
como acho que deixei claro aqui. De qualquer maneira, o lugar
não parecia ter mudado muito, os mesmos casacos no cabide, os
mesmos guarda-chuvas no descanso, mesmo um par de galochas
que parecia vagamente familiar de lado em um canto. Observei
todas essas coisas com uma espécie de percepção aguçada – o cão
parecia mais caído, a mãe de Iris mais velha, o tapete estava gasto
na sala de estar –, porque eu me sentia confuso por dentro, retorcido
como um arame. Tudo que eu conseguia era pensar em Iris.
Ela falaria comigo? Eu conseguiria vê-la?

---

* Malandro, patife, em inglês. (N. T.)

– Aqui, por favor, sente-se – dizia minha sogra –, mas o senhor deve estar exausto... Vocês dirigiram tudo isso hoje?

– Foi – respondeu Prok, acomodando-se no sofá –, mas o John e eu estamos acostumados, não é mesmo, John?

Fiquei ali parado, hesitando, ao lado dele, incapaz de tomar uma decisão. Eu não sabia nem se conseguiria me sentar, se os músculos responderiam ou se a usina de meu cérebro emitiria o comando.

– Claro – murmurei.

A mãe de Iris estava transformada, cheia de si como eu nunca havia visto. Havia uma celebridade na casa, o grande homem em pessoa, estacionado no sofá de sua sala de estar na Albion Drive, 14.

– Chá? – perguntou ela, estendendo seu sorriso até para mim. – Vocês gostariam de chá? E pãezinhos doces, eu tenho pãezinhos doces...

Prok, de seu jeito mais cortês, no tom de voz com o qual já havia hipnotizado não sei quantos milhares de pessoas, disse que seria muito bom, realmente, um prazer mesmo, e minha sogra praticamente caiu aos pés dele. Fiquei me perguntando, mesmo em meu estado distraído, quanto tempo levaria para ela se propor a ceder sua história.

Eu estava prestes a arrombar as portas, queria saber onde estavam minha esposa e meu filho e por que minha sogra não fora buscá-los na hora, quando subitamente o som do clarinete chegou a mim, descendo do andar de cima, algo hesitante, desalentado, infinitamente triste, como se todas as tristezas da humanidade tivessem sido decantadas no sopro único daquela melodia.

– Isso é Wagner – disse Prok. – A "Liebestod", não é? Da ópera *Tristão e Isolda*?

— Sinceramente, não sei — respondeu a mãe de Iris, jogando as mãos para o alto. — Com Iris, pode ser qualquer coisa...

E então eu já partira porta adentro, tinha subido a escada de dois em dois degraus, e pouco me importava Prok, o projeto ou qualquer outra coisa nesta Terra. Eu queria Iris, minha esposa, a mulher que eu amava, de quem precisava, que eu queria. Escancarei a porta e lá estava meu filho, dormindo, espalhado no meio da cama como se tivesse sido largado do céu, e Iris à janela com seu clarinete. Ela estava usando um par de chinelos de criança, felpudos e grandes demais, e uma blusa que se alimentava da cor de seus olhos. Iris tocou mais duas notas, *sostenuto* e *diminuendo*, e então, muito lentamente, com todo o cuidado, deixou de lado o instrumento e abriu os braços. E posso lhes dizer uma coisa? Não a larguei mais, nunca mais.

EPÍLOGO

Bloomington, Indiana

27 de agosto de 1956

Eu GOSTARIA DE poder dizer que tudo continuou numa boa, que Iris e eu conseguimos fazer os ajustes necessários e viver em harmonia para sempre – ou pelo menos até hoje – e que o projeto deu seus frutos e Prok recebeu o reconhecimento que merecia como um dos grandes gênios do século XX, mas, na vida, diferentemente da ficção, as coisas nem sempre terminam da melhor maneira. Iris nunca mais foi a um musical ou subiu os degraus para o sótão da casa na rua First. Ela estava presente para as ocasiões sociais, os piqueniques, os jantares ocasionais de nossa equipe na casa de Prok, as celebrações nos feriados, mas encarava tudo isso como obrigação, nada mais. Gradualmente, começou a recusar a amizade de Mac, Violet Corcoran e Hilda Rutledge e a partir para um círculo novo de pessoas que ela conhecera em sua época de estudante. Falou mesmo em voltar a dar aulas assim que John Jr. se matriculasse no primeiro grau. Nesse ínterim, continuei com os negócios do Instituto, as entrevistas, as viagens e as filmagens, algumas vezes como observador, outras como participante. Iris e eu não discutimos isso. Tento deixar o trabalho no escritório, como se costuma dizer. E Elster: Prok transferiu-o de volta para a Biblioteca de Biologia quando voltamos de Michigan City. Ele é considerado *persona non grata* no Prédio Wylie desde então. Bons ventos o levem, é o que digo.

Quanto a Prok, sua vida foi curta demais. Morto aos 62 anos, enterrado nesta mesma manhã. Ele queria registrar 100 mil histórias – essa era sua grande ambição, a amostra definitiva –, mas, na última contagem, tínhamos pouco menos do que vinte por cento disso. E ele projetava vários outros volumes em sequência para aproveitar todos os dados não interpretados ainda, um volume sobre criminosos sexuais após o volume feminino, mas tudo isso é incerto agora. Suas últimas palavras para mim, quando o levaram para o hospital, foram: "Não faça nada até eu voltar." Não sei. Estou perturbado demais agora para ver as coisas claramente, mas, se houve um catalisador em tudo isso – em sua exaustão e na sobrecarga de seu coração que, em última análise, foi o que o matou –, foi o volume feminino. Menos de três anos depois de sua publicação, ele estava morto.

Os editores estão sempre usando o clichê "ansiosamente esperado" para descrever livros comuns e enfadonhos que ninguém faz a menor ideia de que existam, mas posso dizer, sem dúvida, que o *Comportamento sexual da fêmea humana* foi o título mais explosivo e febrilmente aguardado do século. Tudo que funcionara tão espetacularmente para o volume masculino – o controle da imprensa, todo o cuidado com as provas, o segredo e a vigilância – foi redobrado para o feminino. Durante os meses anteriores à publicação, Prok convidou a imprensa para uma série de palestras, reuniões com o círculo íntimo, conversas cara a cara longas e exaustivas até tarde da noite e, é claro, uma primeira olhada nas provas e a assinatura de seu contrato padrão, limitando os artigos a 5 mil palavras e proibindo a publicação antes do dia 20 de agosto – isto é, de 1953 –, que um gaiato já tinha batizado de "dia K". A agitação era tão grande que tivemos que remarcar a data de publicação do dia 14 de setembro para o dia 9, porque as livrarias tinham começado a colocar o livro nas prateleiras assim que receberam suas encomendas, mesmo contra as proibições e pedidos da Saunders Company. Como era de se esperar, as vendas superaram as do volume masculino em duas vezes só nas primeiras semanas.

Mas então, como estou certo de que todos já sabem, a reação adversa começou. Não foi como se não esperássemos isso — Prok tinha nos avisado desde o início de que o público reagiria muito diferentemente às revelações sobre a sexualidade feminina que às sobre o macho da espécie. Mas era absolutamente necessário que publicássemos nossas descobertas de qualquer maneira, porque, como ele gostava de dizer, as pessoas tinham que aprender a lidar com a realidade. Se o volume masculino era chocante, especialmente no que dizia respeito às estatísticas sobre relações pré e extraconjugais e o predomínio do comportamento-H, pelo menos o público em geral sempre vira os hábitos dos homens com algum grau de ceticismo, mas colocar as mulheres na mesma categoria era algo completamente diferente.

Não importa se Prok gostava disso ou não, as mulheres *tinham* sido colocadas em um pedestal — elas eram nossas esposas, filhas, mães —, e as pessoas passaram a ver o livro menos como uma pesquisa científica e mais como um ataque à feminilidade norte-americana. Não gostavam de ouvir as mulheres sendo chamadas de "animais humanos", um termo que reaparece no texto umas 48 vezes, assim como o olhar favorável de Prok em relação ao sexo pré-conjugal também (nossas estatísticas, como informei a Iris no banco de trás do Nash há tanto tempo, mostraram que as mulheres que fazem sexo pré-conjugal tem uma chance maior de conseguir um ajuste satisfatório no casamento que aquelas que não o fizeram). Na realidade, elas odiaram todas as nossas estatísticas e o que ficava subentendido a partir delas – que as mulheres eram seres sexuais também, 62% delas tinham se masturbado, 90% fizeram ou receberam carícias, 50% tinham tido relações pré-conjugais e 36% relataram contatos sexuais com animais inferiores. Mães e filhas fazendo sexo com animais (e não faz mal que apenas um de nossos indivíduos tenha experimentado o coito completo com seu animal de estimação, um pastor alemão, até onde me lembro, e que nossa única high rater tinha alcançado não mais que talvez seiscentos orgasmos através do contato oral-genital com seu gato): a noção em si era o suficiente para inflamar o público à nossa condenação quase universal, nossos métodos, nossos objetivos, personalidades e reputações. Houve até movimentações no meio dos legisladores do Capitólio no sentido de que o *Comportamento sexual da fêmea humana* fazia o jogo dos comunistas que tentavam destruir a fibra moral do país.

Prok foi chamado diferentemente de "defensor do amor livre", "mascate de literatura obscena e da sujeira" e "Nabucodonosor degenerado", cujo objetivo era arrastar as mulheres para o nível dos "animais da selva". Velhos adversários, como Margaret Mead e Lawrence Kubie, ergueram-se para denunciá-lo, além dos novos, como o reverendo Billy Graham, Reinhold Niebuhr e Karl Menninger, sendo que esse último havia exaltado o volume masculino e agora ofendia Prok de maneira profunda e intolerável com sua apostasia. A crítica? Em um primeiro momento, ela foi feita estritamente sob argumentos morais, censurando Prok por sugerir que todos os escapes sexuais eram igualmente sem objeções e que a frequência e os números de certa maneira legitimaram determinados comportamentos. Eles diziam, em vez disso, que, na realidade, tais comportamentos *deveriam* deixar as pessoas com um sentimento de culpa, pois a culpa era essencial para o estabelecimento e a preservação de uma moralidade fundamental.

O CÍRCULO ÍNTIMO

Então, a comunidade científica entrou na discussão para solapar nossa análise estatística, e isso foi verdadeiramente devastador.

É claro, Prok foi perspicaz o suficiente para escapar do furor inicial – todos nós, Mac, Corcoran, Rutledge, Aspinall e eu, nos metemos em um trem no dia da publicação e fizemos uma excursão de três semanas para a costa do Pacífico, onde nos trancamos com os presos em San Quentin, o mais inacessíveis possível. Mas depois estávamos de volta a Bloomington, onde o telefone nunca parou de tocar, e Prok começou seu contra-ataque. No mínimo, ele passou a exigir mais ainda de si mesmo, buscando provas, lutando pela própria existência do Instituto, mas a Fundação Rockefeller, sentindo a pressão, retirou nosso financiamento e mesmo a defesa da liberdade acadêmica do reitor Wells começou a soar vazia diante dos ataques de ex-alunos revoltados, do Conselho de Administração e do Concílio Provincial de Indiana de Mulheres Católicas. Prok escorregou. Ele vacilou. Quanto mais exigia de si mesmo, maior era a tensão sobre seu coração recalcitrante. Ele começou a sofrer uma série de pequenos derrames. Seus médicos recomendaram ficar de cama, mas não havia como manter Prok em uma cama. Mesmo em suas férias, uma viagem para a Europa com Mac com o intuito de baixar o ritmo e distraí-lo de seu trabalho, terminou sendo exaustiva, já que ele não conseguia deixar de ficar fora até altas horas entrevistando prostitutas e michês nas ruas de Londres, Copenhague e Roma. Por fim, inevitavelmente, ele não aguentou mais.

Mas não quero lembrá-lo assim, não quero me lembrar da aparência esgotada e confusa de um homem que começou a convocar reuniões diárias porque não tinha mais concentração e capacidade mental para trabalhar, do Prok impostor que todos achávamos que jogaria fora a máscara a qualquer momento e gritaria: "Milk, Corcoran, Rutledge, vocês estão confundindo os fatos e atrasando o projeto!" O Prok morto. O Prok no caixão, que parecia estar cheio de pedras, chumbo, lava quente, porque nenhum simples mortal poderia pesar tanto assim...

Não sei o que vou fazer. Não sei nem se vou ter trabalho a partir de amanhã. E não vou beber outro coquetel Zombie, porque eles não têm mais efeito sobre mim. Esse à minha frente é o último que vou beber em vida, em homenagem a Prok, por respeito a ele. Uísque, vou beber uísque, mas não rum. Nunca mais. Só o cheiro dele traz Prok de volta, *Fifteen men on a dead man's chest*. Mas cá estou eu, trancado em meu gabinete, a fita de gravação girando pelas rodas dentadas e através dos cabeçotes, uma tira escura fugaz de fita magnetizada gravada com a camada mais fina de tudo o que eu já senti em minha vida. Está quente. Sufocante. Nem um sopro de ar. Iris está na sala de estar, com seu vestido preto, bebendo chá gelado e folheando uma revista, e John Jr., liberado da obrigação do luto, está na rua, no jardim – ou no jardim do vizinho –, jogando bola ou correndo sobre os regadores com seus amiguinhos. Se eu me concentrar, posso ouvir seus gritos e exclamações lá fora, no gramado.

Mas Prok. É assim que eu me lembro dele, como eu quero me lembrar dele:

Eu vejo Corcoran e eu estacionando no meio-fio na frente do Prédio Wylie, um dia de inverno, cinco ou seis anos atrás. Estamos no Cadillac de Corcoran e nós dois estamos exaustos após uma longa viagem, vindos de Nova York por estradas escorregadias com gelo, cheias de buracos e uma centena de outros perigos. Dirigimos direto, nos revezando na direção, e meu estômago está embrulhado de tanto café e da gororoba de algum restaurante anônimo em uma cidade que já esqueci. O que estamos trazendo é uma carga preciosa – um grupo de modelos extragrandes em cerâmica deixados para o Instituto pelo falecido Robert Latou

O CÍRCULO ÍNTIMO

Dickinson, juntamente com sua biblioteca, as histórias que ele tomara, seus diários sexuais e sua coleção erótica. Os modelos são da genitália humana, retratada no ato do coito, em uma escala de quase cinco para um, de maneira que o falo tem praticamente um metro de comprimento e a vagina de cerâmica feita para recebê-lo é proporcional em todos os sentidos. Ao todo, transportamos sete modelos desses, e, dados seus vários ângulos e excrescências, não foi pouca coisa manobrá-los para dentro do porta-malas e do banco de trás do carro nas ruas geladas de Nova York enquanto uma multidão considerável de curiosos nos acompanhava. E agora, exaustos, estamos diante da tarefa de tirá-los com segurança do carro e carregá-los escada abaixo do prédio, pelo corredor e para a biblioteca sem atrair atenção indevida dos outros.

Nós tínhamos sido aconselhados por Prok, em carta e telefone – seus conselhos bastante rigorosos quanto aos itinerários, estofos para proteger os modelos, a velocidade ideal que deveríamos manter, de quanto descanso precisávamos e onde deveríamos parar para as refeições, etc. – e nós dois podíamos ouvir a voz dele em nossas cabeças quando abrimos a porta e começamos a nos atrapalhar com o primeiro dos modelos, aquele com o falo extragrande e frágil. Está ventando. Uma chuva fria começou a cair. Um passo errado e o modelo será destruído para sempre. Eu só quero terminar com isso, estar em casa com Iris e meu filho, sentado junto ao fogo com um copo de uísque e alguma coisa quente e saudável em meu estômago. Minha atenção se desviando. Estou morto de cansaço. Eu puxo a carga em uma direção, Corcoran na outra.

Então, ouço Prok atrás de mim.

– Desculpe, Milk – diz ele –, mas estou vendo que você não sabe nada sobre isso. Aqui, deixa comigo – e o sinto tirar o peso de mim como se nunca tivesse existido.

Impresso no Brasil pelo
Sistema Cameron da Divisão Gráfica da
DISTRIBUIDORA RECORD DE SERVIÇOS DE IMPRENSA S.A.
Rua Argentina 171 – Rio de Janeiro, RJ – 20921-380 – Tel.: 2585-2000